VIRGINIA HENLEY

# Ein Hauch von Feuer

*Buch*

Als die englische Armee in Schottland einfällt, wird einer der fähigsten Soldaten des Königs, Baron Lynx de Warenne, abkommandiert, um das königliche Schloß bei Dumfries im gefährdeten Grenzgebiet zu schützen. Dort begegnet Lynx dem Schloßverwalter Jock Leslie, einem Mann mit zehn Kindern und einunddreißig Enkeln – für den verwitweten, kinderlosen Lynx ein unerfüllbarer Lebenstraum. Nichts hätte er lieber als einen Sohn, dem er seinen Namen und seine Besitztümer vererben kann. Gleichzeitig aber scheut er die Ehe wie der Teufel das Weihwasser. Der listige Jock durchschaut Lynx geheimste Wünsche mühelos und schlägt ihm einen traditionellen schottischen Heiratshandel vor: Per Handschlag verheiratet er ihn mit seiner jüngsten Tochter Jane, einem bildschönen, unschuldigen Mädchen mit flammendrotem Haar. Nach einem Jahr und einem Tag kann jeder, wenn er will, wieder seiner Wege gehen. Erwächst ein Kind aus dieser Verbindung, ist es ehelich, gehört also Lynx. Das ist ein »Geschäft« nach Lynx' Geschmack, und er stimmt begeistert zu. Doch die widerspenstige, phantasiebegabte und einfallsreiche Jane hat ganz eigene Vorstellungen von der Ehe …

*Autorin*

Virginia Henley ist eine vielfach ausgezeichnete Autorin, deren Romane regelmäßig auf den Bestsellerlisten der *New York Times* und von *US Today* erscheinen. Ihre Werke sind in zehn Sprachen übersetzt worden. Virginia Henley lebt abwechselnd in Ontario, Kanada und St. Petersburg und Florida.

*Von Virginia Henley ist bereits erschienen*

Der Falke und die Lilie (42994) – Der Pirat und die Sklavin (42997) – Der Rabe und die Rose (42996) – Namenlose Versuchung (42937) – Rosenträume (43796) – Sinnliche Eroberung (43806) – Traum meiner Nächte (43986)

# VIRGINIA HENLEY

# Ein Hauch von Feuer

Roman

Aus dem Amerikanischen
von Elke Iheukumere

BLANVALET

Die Originalausgabe erschien 1998 unter dem Titel
»A Year and a Day« bei Delacorte Press,
Bantam Doubleday Dell Publ. Group, Inc. New York

*Umwelthinweis:*
Alle bedruckten Materialien dieses Taschenbuches
sind chlorfrei und umweltschonend.
Das Papier enthält Recycling-Anteile.

Blanvalet Taschenbücher erscheinen im Goldmann Verlag,
einem Unternehmen der Verlagsgruppe Bertelsmann

Deutsche Erstveröffentlichung September 1999

Umschlaggestaltung: Design Team München
Umschlagillustration: Schlück/Daeni
Satz: deutsch-türkischer fotosatz, Berlin
Druck: Elsnerdruck, Berlin
Verlagsnummer: 35155
Lektorat: Maria Dürig
Redaktion: Barbara Gernet
Herstellung: Heidrun Nawrot
Made in Germany
ISBN 3-442-35155-3

3 5 7 9 10 8 6 4 2

# 1

Eingetaucht bis zu seinen Brüsten in dem Waldsee, ergriff ein wohliger Schauder den Körper des jungen Mädchens mit dem flammenden Haar, als das eiskalte Wasser seine Haut berührte. Den ganzen Winter über hatte es auf dieses erste Bad im Frühling gewartet. Jane Leslie besaß ein wildes, ungezähmtes Temperament, genau wie die Kreaturen des Waldes, mit denen sie sich verständigen konnte. Weil sie diese ganz besondere Gabe besaß, vertrauten ihr die Tiere und kamen ohne Furcht zu ihr. Jane hatte gerade mit einem Otter gespielt, der neben ihr hergeschwommen war und sie mit seinen Drehungen und anderen Kunststücken ganz schwindlig machte. Deshalb sollte er mit seinen Eskapaden aufhören, und jetzt lag er gehorsam schlummernd am Ufer.

Plötzlich hob sie den Kopf und fühlte, wie sich die Härchen in ihrem Nacken sträubten, so wie bei den meisten Geschöpfen, wenn sie Gefahr verspüren. Nur ihre Augen bewegten sich durch das dicht belaubte Dickicht, um festzustellen, was die himmlische Ruhe dieses Naturparadieses störte.

Obwohl sie nichts sehen konnte, wußte sie, daß sich jemand gleich hinter dem grünen Laub der dichten Äste verbarg. Sie strengte sich an, um auch das geringste Rascheln von Blättern oder leisen Atem wahrzunehmen, und da kein weiteres Geräusch an ihre Ohren drang, mußte dieser Eindringling ein Meister der List ein. Tief atmete sie den Geruch des Wassers ein, den Duft der ersten wilden Iris, das Aroma des Waldes und den salzigen Geruch des Meeres, das gleich dahinter lag. Dann bebten ihre Nasenflügel, als ein männlicher Geruch ihr in die Nase stieg. Nein, sie hatte sich nicht geirrt – man beobachtete sie beim Baden!

Grüne Augen durchdrangen das Blätterdach und linsten heimlich nach der kleinen Nixe. Er war schon lange unterwegs, müde und durstig, und wollte an diesem See unbedingt trinken. Ohne mit den Wimpern zu zucken, starrte er wie gebannt auf das Wasser. Er leckte sich über die Lippen, sein Appetit auf dieses sanfte weibliche Fleisch regte sich, erweckte einen plötzlichen Hunger. Der Lauerer ließ das Mädchen nicht aus den Augen, als er sich in eine bequemere Position rückte, während er darauf wartete, daß es aus dem Wasser kam.

Das Menschenkind senkte den Blick und verbarg die Erregung, die es fühlte. Es tat so, als habe es seine Anwesenheit nicht bemerkt, tauchte die Hände unter und hob dann die Arme hoch, um das Wasser über Nacken und Schultern laufen zu lassen. Konnte sie ihn aus seinem Versteck locken? Sie besaß Kräfte, die andere nicht hatten. Vorsichtig begann sie, eine verführerische Melodie zu summen, und bewegte sich dabei unmerklich auf das Ufer zu. Äußerlich gab sie sich ruhig; jedoch die Gedanken in ihrem Inneren waren ziemlich aufgewühlt, weil ihre Neugier, Erregung und Erwartung immer größer wurden.

Unwiderstehlich angezogen von ihrem sirenenhaften Gesang, setzten sich seine muskulösen Beine in Bewegung. Ohne den Blick von ihr zu lassen, beobachtete er gierig das Wiegen des reizenden weiblichen Körpers. Sie würde seine Beute sein, keinesfalls konnte sie ihm entkommen. Sie gehörte ihm. Er hob den stolzen Kopf, beherrschte seine Ungeduld und machte sich sprungbereit.

Als er aus dem Dickicht trat, blinzelte Jane erstaunt und schaute in Augen, die so grün waren, wie sie es noch nie zuvor in ihrem Leben gesehen hatte. Bis dahin war für sie der Eindringling vielleicht ein Fuchs oder auch ein Hirsch; nicht in ihren wildesten Träumen hätte sie daran gedacht, einem Luchs zu begegnen.

Jane war entsetzt. Sie fürchtete sowohl um ihr eigenes Leben als auch um das des schlafenden Otters. Der Luchs würde das flinke Tier fressen, wenn sie nicht umgehend etwas unternahm. Mutig sprang sie aus dem Wasser und versuchte, ihn zu verscheuchen, doch der große Räuber ließ sich nicht einschüchtern. Er ignorierte den Otter, seine ganze Aufmerksamkeit richtete er auf Jane. Langsam kam er auf sie zu, als wolle er seine Beute in die Enge treiben.

Das Mädchen keuchte erschrocken auf und begann dann, um sein Leben zu rennen. Seine *Macht* war das einzige, was er jetzt noch retten konnte. Während sie lief, griff Jane nach dem keltischen Amulett, das um ihren Hals hing und schickte ein verzweifeltes Gebet an die Göttin Brigantia.

Ein Blick über ihre Schulter sagte ihr, daß es keine göttliche Hilfe geben würde, der Luchs verfolgte sie und hatte sie beinahe eingeholt. Als sich ihr Fuß in einer Ranke verfing, schrie sie wild auf und stürzte nieder. Das mächtige Tier erhob sich bedrohlich über ihr, mit einer seiner gewaltigen Pranken drehte er sie auf den Rücken.

Jane wimmerte vor Entsetzen und schloß die Augen, um das furchteinflößende Bild des Luchses nicht länger ertragen zu müssen. Ihre Furcht war so groß, daß ihre Glieder unkontrolliert zitterten und ihr Herz so laut schlug, daß es in ihren Ohren dröhnte. Scharf zog sie den Atem ein, als sie fühlte, wie der Luchs an ihrem Haar schnüffelte; dann streckte er zu ihrem Erstaunen die Zunge heraus und leckte über ihre Wange. Lieber Himmel, spielte auch er, wie alle anderen Katzen, mit seiner Beute, ehe er sie verschlang?

Alarmiert riß sie sich zusammen und starrte in seine wilden grünen Augen. Wieder wurde seine Zunge sichtbar, er leckte über ihr Ohr, und zum ersten Mal hatte sie das Gefühl, daß er ihr freundlich gesinnt war. Mit ungeheurer Erleichterung begriff Jane plötzlich, daß er ihr nichts tun würde.

Noch immer hämmerte ihr Herz, während sie erstaunt die Herrlichkeit dieser Kreatur bewunderte. Sein Fell war lohfarben, in seinem Gesicht und an den Ohren wuchs es büschelförmig, umhüllte seinen Kopf mit einer silbernen Aura. Das Fell der

Wildkatze sah so weich aus wie Distelwolle, und ihre riesigen weichen Pfoten verrieten die ungeheure Kraft, die sie besaß. Jane wußte, daß sie dieses Tier nicht beherrschen konnte – der Luchs war derjenige, der die Macht besaß. Er war furchtlos und böse, räuberisch, stolz, wild und frei.

Seine Zunge glitt über ihren Hals hinunter zu ihrem Schlüsselbein, und zum ersten Mal wurde Jane bewußt, daß sie nackt war, als er über ihre Brüste leckte. Als seine rauhe Zunge über ihre Brustspitze rieb, erschauerte sie abermals. Jetzt mischte sich ein Anflug von Glück in ihre Furcht, und sie fühlte eine eigenartige Erregung, die sie noch nie zuvor in ihrem Leben gespürt hatte und bis in ihr Innerstes drang.

Der Luchs leckte weiter über ihren Körper, seine Zunge glitt über ihre Rippen, bis sie seine feuchte, warme Berührung auf ihrem Bauch wahrnahm. Das Glücksgefühl, das er dabei in ihr weckte, war so absolut, daß sie die Augen schloß und ein leises Stöhnen über ihre Lippen kam.

Ganz plötzlich raschelte es auf dem Waldboden, als ein Hase durch das Dickicht hoppelte. Der Luchs verfolgte ihn auf der Stelle und verschwand so unmittelbar, wie er aufgetaucht war. Jane holte tief Luft und hob das Amulett an dem ledernen Band, so daß sie in das Antlitz von Brigantia sehen konnte. Sie fragte sich, ob die Göttin der Inspiration den Hasen als Vermittler geschickt hatte. Hasen waren Schwindler: sie besaßen die Fähigkeit, sich zu verwandeln, und konnten das Schicksal manipulieren.

Als sie mit unsicheren Schritten zu der Stelle zurückkehrte, an der sie ihre Kleidung gelassen hatte, war sie einigermaßen verwirrt über diese eigenartige Begegnung. Ihr kam der Gedanke, daß es ein Omen gewesen sein könnte, aber auf was es sie hinweisen mochte, konnte sie sich nicht zusammenreimen. Ihr Herz schlug noch immer laut, während sie in ihr wollenes Gewand und ihre Strümpfe schlüpfte. Allmählich senkte sich auf den Waldsee wieder die gleiche Stimmung wie zuvor, ehe der Eindringling aufgetaucht war. Die Vögel und Libellen flogen über das Wasser, und die roten Eichhörnchen kletterten an den Stämmen der Eichen auf und ab. Eine Schildkröte streckte den Kopf aus dem Wasser und wackelte langsam an Land.

Jane schlüpfte in ihre Pantinen und ging zurück zum Schloß Dumfries, wo ihr Vater, Jock Leslie, Verwalter war. Dumfries bildete eine der großen Grenzfestungen im schottischen Annandale.

Bei ihrer Geburt, dem jüngsten von zehn Kindern, starb ihre Mutter. Sie war von ihrer Großmutter mütterlicherseits, Megotta, großgezogen worden, einer Frau, die einen wilden Stolz hegte auf das keltische Blut, das in ihren Adern floß. Als ihre Tochter Jock Leslie geheiratet hatte, war Megotta außer sich gewesen vor Zorn, daß diese einen nicht ganz reinen Kelten zum Mann erwählte, und deshalb hatte sie um so entschlossener ihre Enkelkinder in den keltischen Traditionen unterrichtet. Jane, mit ihren sieben Brüdern und zwei Schwestern, war Megottas Liebling. Sie kam mit der Gabe des Heilens zur Welt, und ihre Großmutter glaubte dabei fest an das Geschenk einer keltischen Gottheit. Außerdem hoffte die Alte, daß das Kind auch die Gabe des zweiten Gesichtes erlangen würde, die Jane bei einigen Gelegenheiten bereits bewiesen hatte.

Als sie zu Hause ankam, stand die Tür ihres Hauses offen, und Jane konnte deutlich hören, wie sich ihre beiden verheirateten Schwestern mit der Großmutter stritten. Eine leichte Röte stieg in ihre Wangen, als sie merkte, daß es bei dem Streit um sie ging.

Ihre Schwestern lehnten sie ab, weil sowohl ihr Vater als auch die Großmutter ihr eine Sonderbehandlung angedeihen ließen und ihr die Freiheit gestatteten, den Wald zu erforschen und sich um alle möglichen Tiere zu kümmern. Allerdings ahnte sie nicht, daß ihre Schwestern neidisch waren auf die Schönheit ihres flammenden roten Haars und ihres sinnlichen, geschmeidigen Körpers.

»Hört endlich auf, euch einzumischen! Jane ist für höhere Dinge bestimmt als für die Ehe. Und auf jeden Fall ist sie dafür noch viel zu jung«, herrschte Megotta die beiden an.

»Zu jung?« rief Mary. »Ich hatte schon drei Kinder, als ich so alt war wie sie.« Sie legte die Hände auf ihren gerundeten Leib, in dem das sechste Kind ihrer sechs Ehejahre heranwuchs.

»Ihre Wildheit ist unnatürlich, sie müßte lernen, sich zu bezähmen«, unterstützte Kate sie. »Die Leute flüstern bereits über sie. Noch nie hat ihr jemand den Hof gemacht, dem armen Ding. Die Männer halten sie eher für eine Hexe als für eine Frau; deshalb machen wir dir Vorwürfe, weil du ihren Kopf mit all dem keltischen Aberglauben vollstopfst!«

»Du solltest stolz sein auf dein urtümliches Erbe! Nichts zählt mehr als das Blut!«

»... außer mit einem Ehemann die Probezeit einzugehen und ihn dann schließlich auch zu bekommen«, widersprach Mary. »Vater wird Brautgeld bezahlen müssen, ehe überhaupt jemand sie ansieht.«

Denn Jane kam zwar mit Tieren wunderbar zurecht, aber in der Gesellschaft von Menschen fühlte sie sich doch manchmal ungemütlich; sie interessierte sich überhaupt nicht für die Ehe, Kinder und einen Hausstand – Gedanken, mit denen sich die meisten der jungen Frauen beschäftigten. Obwohl Jane eine leidenschaftliche Natur besaß, so versuchte sie doch, ihre Gefühle für sich zu behalten, weil sie oft ausgelacht wurde. Sie verbarg ihre Verletztheit, indem sie sich gleichgültig gab gegenüber den Dorfbewohnern.

Heute jedoch konnte sie nicht mehr an sich halten. Als sie durch die Tür trat, stellte sie sich ihren Schwestern. »Ich will keinen Ehemann! Viel lieber bleibe ich bei Vater und Megotta.«

Ihre Schwestern wandten sich mit erschrockenem Blick zu ihr um. Beide waren mit Kuhhirten verheiratet, besaßen ein eigenes Haus aus Stein und Flechtwerk außerhalb der Festungsmauern. Und dann begannen beide zu lachen. »Sie hat nicht die leiseste Ahnung von dem, was ihr entgeht«, murmelte Kate Mary zu.

»Wir sollten ihr erklären, was sich zwischen einem Mann und einer Frau abspielt«, meinte Mary.

»Ihr seid schamlos, ihr beiden!« schimpfte Megotta.

Jane wurde über und über rot, schenkte ihren Schwestern keine weitere Beachtung. »Es ist schon gut, Megotta. Ich weiß sehr wohl, was zwischen einem Mann und einer Frau vor sich geht, aber habe einfach kein Interesse. Männer sind für mich äußerst ...« Jane sprach das Wort *beängstigend* nicht aus, weil ihre Schwestern sie dann nur noch mehr ausgelacht hätten. »Grob«, beendete sie den Satz. Jane hatte noch nie jemandem erzählt, daß sie früher einmal von einem Mann angegriffen worden war, einem Entflohenen, der sich im Wald versteckte. So, wie er damals ihre Kleidung zerrissen und ihren Körper begrapscht hatte, glaubte sie an ihr letztes Stündchen. Es war ihr gelungen, ihn mit dem Messer, das sie zum Schneiden von Kräutern bei sich trug, abzuwehren; doch der Angriff hatte in ihr eine unauslöschliche Angst vor Bartträgern hinterlassen.

»Und Männer sind nicht die einzigen, die grob sein können«, bellte ihre Großmutter. »Macht, daß ihr nach Hause kommt, denn sonst werden eure wundervollen Gatten euch verprügeln, weil das Essen nicht rechtzeitig auf dem Tisch steht!«

Die Schwestern zuckten mit den Schultern, eine Tracht Prügel gehörte zu einer Ehe nun mal dazu.

Jane bewegten andere Träume als normale junge Frauen. Megotta hatte ihr die uralten Weisheiten keltischer Priesterinnen beigebracht, und sie wollte ihr Leben dem Herstellen pflanzlicher Arzneien widmen sowie dem Heilen von Menschen und Tieren in Dumfries.

Janes Bruder Keith kam eilig in die Hütte gelaufen. Er war der jüngste männliche Leslie, als einziger noch unverheiratet, und lebte zu Hause. Als Stallbursche arbeitete er in den Stallungen des Schlosses; er liebte Pferde und war erfahren im Umgang mit ihnen und in ihrer Pflege. »Meine braune Stute hat Zwillinge bekommen. Ein Fohlen ist gesund; aber das andere werde ich verlieren, wenn du nicht hilfst, Jane.«

Wortlos folgte sie ihrem Bruder. Ihn mochte sie am allerliebsten, den siebten der Söhne, der ebenfalls übernatürliche Fähigkeiten besaß. Die beiden jeweils jüngsten Sprößlinge der Leslies verband eine ganz besondere Zuneigung.

Jane eilte in die Box, wo die Stute ihr Neugeborenes beschnupperte und es anstupste, die Milchquelle zu suchen. Ein weiteres, ungewöhnlich kleines Fohlen lag im Stroh, offensichtlich hatte sie es verstoßen. Ein Hauch von Beben war die einzige Bewegung des kleinen Winzlings, die Jane erkennen konnte, als sie sich ins Stroh kniete. Sie hatte gelernt, daß Berührung genauso wichtig war wie die Nahrung, wenn es ums Überleben ging.

Das Mädchen legte beide Hände auf den Hals des Fohlens und rieb es mit langen, sanften Strichen. Sanfte, beruhigende Worte begleiteten ihre Bemühungen; sie sprach ihm gut zu, ermutigte es, streichelte es mit Händen und Worten. Sie massierte seinen Rücken, den Bauch und die Stöckerbeinchen; dann begann sie noch einmal von vorn, an der Schnauze und dem Hals. Ganz langsam änderte sie die Behandlung. Ihre Bewegungen wurden kürzer, sie grub die Finger in das Fell und striegelte es, wie es die rauhe Zunge seiner Mutter getan hätte, wenn es mehr Lebenszeichen von sich gegeben hätte.

»Heute bin ich am See einem Luchs begegnet.«

Keith hörte die Erregung in ihrer Stimme. »Hattest du keine Angst?«

»Doch, schreckliche ... am Anfang. Ich dachte, er würde einen Otter umbringen; deshalb wollte ich ihn vertreiben, aber ich konnte sein Verhalten nicht beeinflussen. Dann begann er, mich zu umschleichen, und ich fürchtete schon einen Angriff.« Allerdings verriet sie Keith nichts von der eigenartigen, intimen Begegnung mit dem Tier. »Mein Amulett von Brigantia muß mich geschützt haben.«

Keith runzelte die Stirn. »Die Gegend ist kein Luchsgebiet. Sie leben in den Felsenbergen hinter dem Wald. Wirst du Sim und Ben davon erzählen?«

Jane schüttelte den Kopf. Ihre Brüder Sim und Ben waren

Schäfer des Schlosses, verantwortlich für die große Herde Schafe. »Ich weiß, daß ich es ihnen eigentlich sagen müßte«, gestand sie Keith zu, »aber es war eine so herrliche Kreatur – ich könnte es nicht ertragen, wenn sie ihn umbrächten.« Sie sehnte sich danach, mit ihm in Verbindung zu treten, ihren Geist mit dem seinen zu vereinen; doch der Luchs war derjenige gewesen, der die Situation bestimmte, und ihre Reaktion beunruhigte sie zutiefst. Ihre Finger glitten liebevoll über das weiche Fohlenfell, während sie sprach. »Glaubst du, es war ein Omen?«

»Ganz bestimmt!« Das äußerte der normalerweise so fröhliche Keith vollkommen ernst, sein rotes Haar war durch die Aufregung ganz zerzaust. Alle Leslies, bis auf diesen siebten Knaben und Jane, besaßen rabenschwarzes Haar. »Große Veränderungen werden kommen – im Land und auch in diesem Schloß, fürchte ich. Machtvolle Männer von weit her sind im Anmarsch. Schottland wird vielleicht zerrissen ...«

Nun erkannte sie den Luchs als Warnzeichen. Er war aus den Bergen heruntergekommen und zerriß seine Beute mit unüberwindlicher Kraft. Ein Schauder durchrann sie. »Hast du Vater etwas von deinen Vorahnungen erzählt?«

Keith nickte. »Vater besitzt normannisches Blut, seine Treuepflichten sind geteilt. Er sagt, weil Dumfries der Krone gehört, hat es in den letzten Jahrhunderten mehrmals den Besitzer gewechselt. Ganz Carrick und Annandale wurden von den Bruces regiert, bis Baliol König wurde. Dann wurden diese Ländereien von Comyn konfisziert, dem Oberbefehlshaber Schottlands. Laut Vater sind wir Schloßhüter, keine Soldaten, und die Veränderungen betreffen uns nicht. Aber Veränderungen haben immer ihre eigenen Konsequenzen, Jane.«

Auch wenn ihre Schwestern und die Frauen ihrer Brüder viel Zeit im Schloß verbrachten, wenn sie im Speisesaal bedienten oder die Zimmer in Ordnung hielten, weilte Jane dagegen lieber in den Ställen und den Abfüllräumen. Nur selten betrat sie die Festung, dem Quartier von Comyns Soldaten. Obwohl sie schon seit drei Jahren dort in Garnison lagen, fühlte sich Jane noch immer durch die Anwesenheit der Männer bedroht. Jetzt beunruhigte sie der Gedanke, daß noch entferntere Fremdlinge Dumfries überrennen könnten!

Das Pferdchen begann sich zu bewegen, und Jane half ihm auf die Beine. Zusammen mit Keith schob sie es zu seiner Mutter und beobachtete dann voll Zärtlichkeit, daß die Stute es annahm. Sie benetzte ihren Finger mit der Muttermilch und steckte ihn in das Maul des Fohlens. Nachdem sie das ein halbes Dutzend Mal wiederholt hatte, begann das Hengstfohlen zu saugen. Als Jane dann ihre eigenartige Begegnung mit dem Luchs wieder einfiel und wie sie wohl in Verbindung mit Keiths Vorhersagen zu bringen war, wurde ihr klar, daß sie sich einem Luchs gegenüber erheblich wohler fühlte als einem lebendigen Mann.

## 2

»Wigton? Aber das liegt doch an der Grenze zu *Schottland*!« rief Alice Bolton voller Entsetzen, und sie bekam eine Gänsehaut.

»Du tust gerade so, als würdest du in meinem Schloß in Wigton lebendig begraben, wenn ich nach Norden weiterreise«, erklärte Lynx de Warenne seiner langjährigen Geliebten.

»Das ist wirklich das gleiche! Als wir hier an der Küste ankamen, dachte ich, wir würden nach Frankreich segeln; seit Monaten freue ich mich schon auf Bordeaux.«

»Du sprichst von der Reise nach Frankreich, als handle es sich um ein Vergnügen; wir werden einen Krieg führen«, rief Lynx ihr ins Gedächtnis.

»Krieg ist dein Leben«, erwiderte sie voller Ungeduld. Sie hatte sich gerade einen Strumpf von ihrem langen, schlanken Bein streifen wollen, doch jetzt warf sie verdrießlich den Rock zurück. »Wenn ich an all die vielen Male denke, wo ich nur deinetwegen meine Zeit in der Wildnis von Wales verbrachte, könnte ich schreien! Und jetzt bittest du mich schon wieder, eine weitere Tortur auf mich zu nehmen – an einem noch viel gottverlasseneren Ort!«

»Schloß Chester liegt ja wohl kaum in der Wildnis«, korrigierte Lynx sie. »Verglichen mit den wahrhaftig kargen Burgen dort in Wales, ist Chester ein Palast, genau wie diese Festung von Newcastle.«

»Aber es ist niemals Windsor!« fuhr sie ihn an. Alice war Hofdame der verstorbenen Königin Eleanor gewesen und entsprechend verwöhnt vom Leben am üppigen Hof der Plantagenets.

Lynx zuckte die Schultern. »Ganz wie du meinst, Alice, du mußt es selber wissen.«

»Mein Name ist Alicia; du nennst mich nur Alice, weil du mich kränken willst! Dich kümmert es wenig, ob ich mitkomme oder hierbleibe. Ich bin für dich nur eine Bequemlichkeit – eine Gewohnheit!«

Er bedachte sie mit einem eisigen Blick. »Eine Gewohnheit kann man leicht ändern.«

»Oh! Dir *gefällt* es, mich grausam zu behandeln, und das nach allem, was ich für dich aufgegeben habe.«

Lynx reckte sich zu seiner vollen Größe von einem Meter achtzig empor, seine Geduld war am Ende. »Ich sage dir, was mir nicht gefällt – theatralisches Benehmen bei einer Frau. Bis bald, Madam!«

»Geh nicht, Lynx, bitte, geh nicht«, schickte Alice ihm verzweifelt nach. Es gab mindestens dreißig Frauen im Schloß, die liebend gern Lynx de Warenne in ihrem Bett willkommen geheißen hätten, und sie war furchtbar eifersüchtig auf jede einzelne von ihnen. Mit zusammengezogenen Brauen starrte sie auf die Tür des Zimmers, die er hinter sich geschlossen hatte, leise, ohne sie zuzuschlagen. Das bewies erst recht, wie gleichgültig sie ihm war!

Alice sprang auf und lief zu dem polierten silbernen Spiegel, um ihr Bild zu betrachten. Sie war schlank wie eine Gerte – und schön. Was konnte sich ein Mann mehr wünschen? Natürlich werde ich ihn in den Norden begleiten, sagte sie sich. Wie sonst soll ich es verhindern, daß eine andere ihn in ihre Fänge bekommt? Er hat ja keine Ahnung, wie skrupellos einige dieser elenden Hündinnen sein können!

Spornstreichs steuerte sie auf ihren Schrank zu und holte ein kleines Fläschchen aus seinem Versteck. Sie goß sich ein wenig davon ein und nippte gierig daran. Alice trank schon so lange Essig, daß sein beißender Geschmack ihr gefiel. Er half ihr, schlank zu bleiben; sie hätte alles getrunken, sogar den Urin eines Pferdes, den sie benutzte, um ihr Haar zu bleichen – wenn das ein Mittel wäre, nicht dick zu werden. Königin Eleanor hatte dem unersättlichen Edward Plantagenet fünfzehn Kinder geboren, und vor nichts graute Alice so sehr wie vor dem gedehnten Leib und den anderen verheerenden Spuren, die Geburten bei einer Frau hinterließen.

Lynx vergaß Alice in dem Moment, als er sich umgedreht hatte. Er hielt die meisten Frauen für gefallsüchtig und oft sehr hohl, obwohl ihn ihre Fehler auch oft amüsierten. Als der Ritter in die große Halle trat, quoll diese über vor Männern, die tranken, grölten und einander zuprosteten – der Lärm war ohrenbetäubend, der Rauch der Feuer und der Talgfackeln beißend. Suchend blickte er sich in dem großen Raum nach John de Warenne um. Da er seinen Onkel nirgendwo entdeckte, würde er ihn wahrscheinlich im Kartenraum finden.

John de Warenne, Graf von Surrey, blickte rasch auf, als sein breitschultriger Neffe eintrat; dann fiel sein Blick auf die Karte, vor der er saß.

»Newcastle platzt aus allen Nähten vor Menschen, und jeden Tag kommen mehr. Meine walisischen Bogenschützen lagern außerhalb der Festung, und wenn die Männer des Grafen von Ulster aus Irland anrücken, werden sie das auch müssen«, bemerkte Lynx.

»Es wird noch ein paar Tage dauern, bis sie hier sind – ihre Schiffe sind noch nicht in Carlisle eingetroffen. Ich habe Percy befohlen, den König nordwärts nach Berwick zu eskortieren. Das verschafft uns ein wenig mehr Platz, wenn Cliffords Männer anrücken.« John de Warenne war Generalfeldmarschall aller Armeen von König Edward. Er hatte seine Fähigkeiten im Kampf unter Simon de Montfort erworben, dem größten Krieger, den England je gekannt hatte. »Es ist die reinste Dummheit, Edward Plantagenet zu unterschätzen; das werden die Schotten bald recht schmerzlich bemerken.«

»Eine Zurschaustellung unserer Macht sollte wahrscheinlich genügen ... sie wird dazu führen, daß König Baliol den Schwanz einzieht und noch einmal für Schottland Lehenstreue schwört. Auf diese Weise erhält Edward die Truppen, die ihm noch fehlen, gegen die Franzosen. Baliol ist blind, taub und dumm, wenn er nicht begreift, daß Edward ihn nur als Marionettenkönig eingesetzt hat«, meinte Lynx.

»Tatsächlich begreift er mitnichten, daß Edward Plantagenet ihn genauso schnell wieder von seinem Thron herunterbefördern kann, wie er ihn draufgesetzt hat. Wenn Baliols Spießgeselle John Comyn, der Graf von Buchan, ihn zu einer Rebellion drängt, weil er glaubt, daß wir im Augenblick mit unseren Kriegsplänen gegen Frankreich beschäftigt sind, dann muß ihm der Verstand im Hintern sitzen! Edward könnte mit der Armee, die er gerade zusammenstellt, in Schottland einfallen, ehe wir nach Frankreich segeln – und schlüge gleich zwei Fliegen mit einer Klappe.«

»Die Ironie in der Sache ist allerdings der Umstand, daß die schottischen Adligen beinahe unmöglich zu schlagen wären, wenn sie sich zusammentäten.«

De Warenne lachte kurz und freudlos auf. »Eher werden zwei Monde am Himmel erscheinen, als daß sie sich unter einem Banner vereinen. Der absurde Stolz der Clanführer hält sie davon ab, Befehle von einem gemeinsamen Souverän anzunehmen. Lieber metzeln sie sich gegenseitig ab – als die Engländer.«

»Robert Bruce hätte man zum König ernennen sollen und nicht Baliol – auch wenn Bruce nur von der Seite seiner Mutter her keltisches Blut in den Adern hat. Es gibt ohnehin sehr wenige schottische Adlige mit rein keltischem Blut. Die meisten sind, wie der Bruce, von der Abstammung her Normannen und besitzen Land sowohl in England als auch in Schottland. Die schottischen Adligen haben genauso oft die Seiten gewechselt, wie sie sich wieder verheirateten.« Lynx goß seinem Onkel ein Horn Bier ein und reichte es ihm; erst jetzt drehte der General den Karten den Rücken zu und schien für eine Weile alle Gedanken an die Armee beiseite zu schieben.

Er setzte sich ans Feuer und betrachtete Lynx' kräftige Gestalt. »Da wir gerade von einer Wiederheirat sprechen, wann suchst du dir denn eine neue Frau? Du wirst auch nicht jünger. Ich möchte nicht, daß du so endest wie ich – ohne einen Sohn.«

Lynx wußte, daß es seine Pflicht war, abermals auf Brautschau zu gehen. Er besaß eine Baronie, hatte Ländereien in Wales, Essex und Northumberland; außerdem war er Erbe der Grafschaft von John de Warenne in Surrey mit riesigem Grundbesitz und zahlreichen Schlössern. Nur starke Söhne könnten all das, was ihm gehörte, halten. Wenn er ohne einen Nachkommen starb, würde Edward Plantagenet den ganzen Besitz der Warennes verschlingen.

Mehr als alles auf der Welt wünschte sich Lynx einen Erben. Wenn er nicht mit einem Sohn gesegnet würde, würde er sich auch glücklich schätzen, eine Tochter in den Armen zu wiegen. Er war schon beinahe dreißig Jahre alt, und soweit er wußte, hatte sein Samen bis jetzt noch keine Früchte getragen. Ein solches Versagen gereichte ihm zur Schande in einem Land, wo große Familien unterstützt und sogar erwartet wurden. König Edward war ein Vorbild gewesen und hatte mit Königin Eleanor fünfzehn Kinder gezeugt. Jetzt, wurde überall erzählt, suchte er abermals nach einer jungen Gemahlin, um eine zweite Ernte auszusäen.

Lynx war fünf Jahre verheiratet gewesen, ehe seine Frau starb;

aus dieser Verbindung gab es keine Kinder, und tief in seinem Inneren fürchtete er, daß dieser Mangel an ihm lag. Keiner der Männer aus der Familie Warenne zeichnete sich durch besondere Fruchtbarkeit aus; Lynx war der Erbe seines Onkels, weil auch John keine eigenen *legitimen* Kinder besaß.

»Du hast doch Fitz-Waren – das beweist, daß du in der Lage bist, Söhne zu zeugen«, rief Lynx ihm ins Gedächtnis.

John nahm einen Schluck von seinem Bier; er schwieg einige Minuten, schüttelte dann verneinend den Kopf. »Fitz ist nicht mein Sproß. Sein herunterhängendes Augenlid hat mir, noch ehe er zwei Jahre alt war, verraten, daß er der Sohn meines besten Freundes ist, der in der Schlacht sein Leben ließ. Wir haben oft unsere Frauen ausgetauscht ... Als dann das junge Mädchen tränenüberströmt zu mir kam und mir anvertraute, daß sie in Schwierigkeiten stecke, habe ich das Kind als meines anerkannt.«

Lynx begriff jetzt, warum John Fitz-Waren nie als einen legitimen Sohn ausgab, und bei Lichte besehen wies sein Cousin auch keinerlei Ähnlichkeit mit den de Warennes auf.

Zum hundertsten Mal dachte Lynx daran, wieder eine Frau zu nehmen. Auch wenn seine erste Ehe arrangiert wurde, so war doch Lady Sylvia Bigod all das gewesen, was ein Mann sich von einer Gattin wünschte. Sie hatte ihm nicht nur Reichtum gebracht, sondern stammte auch aus einer aristokratischen Familie, war wunderschön und kultiviert gewesen; zwar schien sie ihm ein wenig verwöhnt von dem üppigen Leben am Hof der Plantagenets, dennoch hatten sie nie ein böses Wort gewechselt. Als Sylvia einer Lungenentzündung erlag, war Lynx voller Schuldgefühl gewesen; er hatte es bereut, viel zu wenig Zeit mit ihr verbracht zu haben. Danach beschäftigte er sich lieber damit, Kriege auszufechten und Landbesitz zu erwerben, als wieder zu heiraten. Seine Gedanken wanderten zurück zu Alicia. Eigenartig, aber nach zwei Jahren ihrer Liebschaft war sie immer noch nicht schwanger. Lynx sehnte sich mit solcher Intensität nach einer Familie, daß er vermutlich kapitulieren würde und Alicia heiraten, wenn sie doch empfangen konnte. Er blickte zu John hinüber und versprach dann: »Ich werde mich nach einer angemessenen Partie umsehen.«

Fitz-Waren stand am Schloßtor Wache und sah aufmerksam zu, wie hundert Reiter in den Außenhof des Schlosses drängten. Es war schon beinahe dunkel, und Cliffords Männer wurden erst morgen erwartet. Doch dann erkannte Fitz-Waren das Wappen der de Bohun auf einem der Schilde – also handelte es sich um den Grafen von Hereford, den Oberbefehlshaber von England.

Ganz plötzlich begann sein Blut zu rauschen, als er eine scharlachrote Haube entdeckte, die zurückgeschoben wurde und silber-goldenes Haar von der Farbe des Mondlichtes enthüllte. *Majory de Warenne!* Allein ihr Name genügte, um seinen Puls schneller schlagen zu lassen. Waren sprang von seinem Wachturm herunter und bahnte sich einen Weg durch die Menge der schweißnassen Pferde, bis er mit festem Griff die Zügel der jungen Frau packte.

Jory sah nach unten und bedachte ihn mit einem strahlenden Lächeln. »Fitz! Ich bin vollkommen erschöpft, weil ich mit diesen Kerlen Schritt halten mußte.« Sie senkte die Lider. »Sei ein Schatz und bring das Pferd für mich in den Stall.«

Fitz blickte auf das wunderhübsche, herzförmige Gesicht und wußte, daß die Männer reihenweise ihrem Befehl gefolgt wären, hätte sie verlangt: »Stürz dich in dein Schwert«, oder: »Trinke diesen Becher mit Gift!« Er verfluchte sich selbst dafür, so ein vernarrter Dummkopf zu sein; dann half er ihr aus dem Sattel und versuchte hartnäckig, sich einzureden, daß sie nicht mehr war als ein eingebildetes Miststück.

Marjorys Schwiegervater, der Graf von Hereford, puffte Fitz-Waren mit dem Ellbogen beiseite. Auch wenn sie die Witwe seines ältesten Sohnes Humphrey war, so wünschte John de Bohun sie sich jetzt als Frau für seinen zweiten Sohn Henry.

»Beunruhigt Euch nicht, Mylord, Fitz-Waren ist mein lieber

Cousin. Ich weiß, daß Ihr mich entschuldigen werdet, damit ich Lynx überraschen kann.« Jory hüpfte mit so leichtem Schritt auf das Schloß zu, als würde sie einen Tanzboden überqueren – obwohl sie zwölf Stunden im Sattel verbracht und dabei nur zwei kurze Pausen gemacht hatte.

Lynx de Warenne blickte ungläubig auf, als seine Schwester in die große Halle wirbelte. »Gütiger Himmel, bist du gerade angekommen? Wer ist denn deine Eskorte?« wollte er wissen.

Jory zog die Nase kraus. »Leider ist es Hereford. Er paßt auf mich auf wie ein Hund auf seinen Knochen.« Sie stellte sich auf Zehenspitzen, um ihrem Bruder einen Kuß zu geben. »Bist du gewachsen, oder bin ich kleiner geworden?« neckte sie ihn.

»Glaube nicht, daß du mich ablenken kannst. Was, zum Teufel, tust du hier, Jory?«

Sie seufzte tief. »Ich bin in äußerste Ungnade gefallen. All die schlimmen Einzelheiten wirst du erfahren, wenn wir beide allein sind.«

»Komm mit rauf in meine Gemächer.« Lynx winkte zwei Knappen zu. »Taffy, bitte den Verwalter, ein Zimmer für meine Schwester herzurichten; sage ihm, es spielt keine Rolle, wen er dafür vor die Tür setzen muß. Thomas, hol etwas Bier.«

»Bier?« fragte der irische Knappe zweifelnd. Keine Dame von Rang trank etwas anderes als Wein.

»Meine Schwester hat den Durst von drei Soldaten. Das verleiht ihr die nötige Energie für das Chaos, das sie üblicherweise anrichtet«, erklärte Lynx.

Jory zwinkerte dem irischen Knappen zu, und zwar so übermütig, daß dabei ein eigenartiges Gefühl in seinem Inneren erwachte. Er beeilte sich, Lynx' Befehl auszuführen, doch nicht, ehe er das Blinzeln der Dame erwidert hatte.

Als sie allein waren, warf Jory sich in einen der geschnitzten Stühle vor dem Feuer und hob ein Bein. »Hilf mir, diese verdammten Quälgeister auszuziehen.«

Lynx drehte ihr den Rücken zu, nahm ihren Fuß zwischen

seine Beine und zog an dem Stiefel. Der erste ließ sich leicht entfernen, doch beim zweiten war es schon schwieriger. Jory legte ihren Fuß mit dem Strumpf an seinen Rücken und drückte fest zu. »Du machst dich sehr nett als Kammerzofe!«

Lynx stellte die Stiefel auf den Kamin, damit sie trockneten. »Papperlapapp Kammerzofe! Du brauchst einen verflixten Knappen.«

»Hm, was für ein wunderbarer Vorschlag. Bekomme ich deinen Iren?«

»Kannst du dich nicht benehmen?« fragte er verstimmt.

»Nein«, antwortete sie fröhlich und hob den Rock, um ihre Beine zu wärmen. »Und du – hast du schon eine neue Dame gefunden, der du deine Aufmerksamkeit schenken möchtest?«

»Leider nicht!«

»Puh, das bedeutet wahrscheinlich, daß du dich noch immer mit dieser schrecklichen Geliebten abgibst. Wenn es doch dein Herzenswunsch ist, ein Kind zu haben, warum verschwendest du dann deine Zeit mit Alice?«

»Wir sprechen hier nicht über meine Schwachpunkte, sondern über die deinen.« Als seine Worte mit Schweigen beantwortet wurden, wurde seine Stimme schärfer. »Ich warte.«

»Und das tust du wirklich charmant«, neckte sie ihn. Doch da sie um ein Geständnis nicht herumkommen würde, finge sie am besten gleich damit an. Sie wählte ihre Worte sorgfältig, um sich dabei in das beste Licht zu rücken.

»Als Humphrey in Wales umgebracht wurde, habe ich so tief getrauert, daß ich glaubte, ich würde den Verstand verlieren – alle fürchteten es.« Abrupt hielt sie inne, weil sie einen dicken Kloß im Hals spürte. Ehe sie weitersprechen konnte, mußte sie schlucken. »Schließlich erbarmte sich meine beste Freundin Joanna und lud mich ein, eine Weile bei ihr in Gloucester zu wohnen. Hereford und Gloucester sind nur fünfundzwanzig Meilen voneinander entfernt, und wir hatten einander immer schon oft besucht.« Marjory hielt inne und holte tief Luft.

»Ich weiß, wie weit die beiden Städte voneinander entfernt sind, komm endlich zur Sache!«

Erneut seufzte Jory. »Mein Schwiegervater hatte etwas dagegen. Als ich begriff, daß de Bohun mich für seinen Sohn Henry als Ehefrau wollte, war ich entsetzt. Sicherlich hat er sich bereits um einen Dispens bemüht. Glaub mir, ich könnte niemals den Bruder meines verstorbenen Mannes heiraten!«

Lynx runzelte die Stirn. »Du bist in Ungnade gefallen, weil du dich weigerst, Henry zu heiraten? Ich werde mit Hereford sprechen.«

»Nein, nein. So weit ist es doch noch gar nicht gediehen. Ich bin vollkommen in der Lage, allein mit Hereford fertig zu werden.«

Ihr Bruder bemühte sich, seine Ungeduld im Zaum zu halten. »Jory, laß diesen verdammten Unsinn und komm zur Sache.«

»Nun, ich nehme an, man könnte sagen, es sei Vorsehung gewesen, daß ich zu Joanna reiste; denn es dauerte nur wenige Wochen, da wurde ihr alternder Ehemann bettlägerig und starb.«

Der König hatte seine Tochter Joanna mit dem höchsten Adligen im ganzen Reich verheiratet. Gilbert de Clare war Graf von Gloucester und Hertford gewesen; auch ein Teil von Irland und Wales gehörte ihm, doch er war sehr viel älter gewesen als die Plantagenet-Prinzessin.

»Ich bin froh, daß du bei ihr sein konntest. Der König und ganz England haben beim Tod von Gilbert de Clare getrauert.«

»Oh, es hatte nichts mit Liebe zu tun; de Clare war uralt. Joanna fühlte sich enorm hingezogen zu Gilberts Knappen, Ralph de Monthermer.«

Das schockierte Lynx. Sicher war doch Prinzessin Joanna dem mächtigen Grafen von Gloucester nicht untreu gewesen? »Du hast der Prinzessin dabei geholfen und sie unterstützt, Ehebruch zu begehen?« warf er seiner Schwester vor.

»Ach, du bist genauso schlimm wie die anderen! Alle machen mir Vorwürfe, als hätte ich die beiden in eine Kammer geschoben und sie auch noch entkleidet.«

»Die Wahrheit, Marjory«, donnerte Lynx.

»Nuuuun, höchstens die Knöpfe ihres Nachthemdes habe ich geöffnet«, gab sie zu und gönnte ihm einen Schlafzimmerblick. »Du weißt doch, ich bin bekannt für meine Impulsivität.«

»... und hast Prinzessin Joanna ermuntert, genauso impulsiv zu handeln. Kein Wunder, daß die de Clares schrecklich wütend auf dich sind – der Graf ist ja noch nicht einmal erkaltet in seinem Grab. Normalerweise bist du eine klügere kleine Hexe – wie sind sie denn dahintergekommen?«

»Wir haben unser möglichstes getan, die Ehe geheimzuhalten; aber der Priester muß wohl geplaudert haben.«

Lynx de Warenne starrte seine Schwester entgeistert an. »Bei den Gebeinen von Jesus Christus, mit ihm zu schlafen und ihn zu *heiraten*, das sind immerhin zwei verschiedene Welten! Was hast du dir bloß dabei gedacht? Monthermer ist ein verdammter *Knappe*, beim heiligen Benedikt!«

»Jetzt ist er nicht mehr nur Knappe, sondern neuerdings Graf von Gloucester und Hertford«, flüsterte sie, und ihre Lippen waren plötzlich ganz trocken.

»Allmächtiger, du hast recht!« keuchte Lynx auf, als ihm die Folgen von Joannas übereilter Eheschließung klarwurden.

»Die de Clares haben sofort einen Botschafter zum König gesandt und mich zu meinem Ekel von Schwiegervater zurückgeschickt. Ich mußte Joanna versprechen, daß ich zum König hier in Newcastle reiten und ihm alles erklären würde.«

»Du willst Edward Plantagenet erklären, daß seine mächtigste Grafschaft Gloucester gerade an einen Knappen gefallen ist? Bist du noch ganz richtig im Kopf?«

»Also – bei der Familie!« Jorys Bemühung, einen Spaß zu machen, prallte auf taube Ohren. Sie fand, daß Lynx' Miene grimmiger aussah als je zuvor. »Du siehst Edward Plantagenet als König, ich sehe ihn als Mann. Es gibt keinen lebendigen Mann, den man nicht manipu ...« Jory fing den warnenden Blick ihres Bruders auf und verschluckte den Rest.

»Du und Prinzessin Joanna, ihr beide steht euch in nichts nach! Ihr seid bei weitem viel zu eigensinnig und schrecklich eingebildet.«

»Deshalb verstehen wir uns ja so gut!«

»Der König wird wahnsinnig wütend auf dich sein. Ich verbiete dir, ihn heute abend aufzusuchen. Edward hat im Augenblick unerhörte Sorgen, die Situation in Schottland hat ihn furchtbar zornig gemacht.«

Der Ausdruck von Niedergeschlagenheit auf Marjorys Zügen weckte plötzlich Lynx' Mitleid. Sie hatte aus lauter Freundschaft einen Ritt von hundertfünfzig Meilen auf sich genommen. Er sah die dunklen Schatten unter ihren wunderschönen Augen, sah die herabhängenden Schultern. »Nimm mein Zimmer und versuche, dich auszuruhen. Ich komme später zurück und begleite dich zum Essen.« Danach machte er sich auf die Suche nach seinem walisischen Knappen Taffy, dem er einen schier unausführbaren Befehl aufgebürdet hatte. In Newcastle würde es in dieser Nacht keine freien Zimmer geben.

Als Marjory am Arm ihres Bruders die Halle betrat, übte sie eine ungeheure Wirkung aus auf alle Männer, die sich glücklich schätzen konnten, einen Blick auf sie zu werfen. Ihr blaßgrünes Gewand hatte die gleiche Farbe wie ihre Augen; bestimmte Juwelen hatte sie ausgewählt, um die Aufmerksamkeit auf ihre weiblichen Rundungen zu lenken. An einer schweren goldenen Kette hing ein Cabochon-Smaragd zwischen ihren hochgebundenen Brüsten, er teilte sie, unterstrich sie und weckte unwiderstehlich die Aufmerksamkeit aller. Der einzige andere Schmuck bestand aus einer weiteren goldenen Kette, die um ihre Taille lag und an der ein zweiter Smaragd auf ihrem Venushügel ruhte.

Das Raunen der Stimmen, als sie vorüberschritt, glich einem anschwellenden Fluß. Alicia, die am anderen Arm von Lynx ging, flüsterte sie zu: »Ooh, sie sind wie eine Meute hungriger Hunde. Sollen wir losen, wer der Knochen sein soll – und wer der erste

Anwärter?« Jory sah den Ausdruck von Abscheu auf Alicias Miene bei dem Gedanken an die Halle, die überquoll vor Rittern und ungehobeltem Fußvolk – und mußte ein Lächeln unterdrücken. Persönlich konnte sie sich nichts Aufregenderes vorstellen, als von Männern umgeben zu sein.

Als sie an dem langen Tisch entlangstolzierte, an dem die Grafen und Barone saßen, bedachte sie jeden einzelnen von ihnen mit einem Lächeln. John de Bohun machte ihr einen Platz neben sich frei. Sie knickste anmutig vor ihm. »Danke für das sichere Geleit, mein lieber Lord. Heute abend werde ich mit meinem Onkel John zusammen speisen. Seit Monaten hatte ich nicht mehr die Freude seiner Gesellschaft. Aber bestimmt würde sich Alicia sehr geehrt fühlen, am gleichen Tisch mit dem Oberbefehlshaber Englands zu sitzen.« Sie wußte, daß John de Bohun sich des Gefühls nicht erwehren konnte, sie als seinen Besitz zu betrachten, und daß er den Verlust seiner Schwiegertochter sehr bedauerte.

Alice warf ihr einen Blick zu, der die Milch hätte säuern können, und als Jory dann ihren Platz zwischen John de Warenne und Lynx einnahm, murmelte sie: »Das sollte dir eine kleine Atempause verschaffen ...«

John betrachtete sie liebevoll. »Hallo, du niedliches Biest, du wirst mit jedem Tag hübscher.« Ihr Onkel hatte sie so genannt, seit sie und Lynx Kinder waren.

»Sie steckt in ernsten Schwierigkeiten«, erklärte ihm Lynx.

»Nicht schon wieder«, bat ihr Onkel aufgeräumt.

»Ich habe nur eine Botschaft für den König von seiner Tochter Joanna.«

»Du solltest eigentlich gar nicht hier sein«, schalt John sie sanft. »Es steht uns Ärger mit Schottland bevor, wir werden die Armee dorthin führen.«

Marjory begann zu strahlen. »Dann könnt ihr mir eine Strecke Geleitschutz geben. Ich verspreche, daß ich bereit bin, sobald ich Gelegenheit hatte, mit dem König zu sprechen. Danach kann ich mit euch nach Carlisle reisen, um meine Patin Marjory de Bruce zu besuchen. Sie wird mich mit offenen Armen willkommen heißen.«

»Das wird sie *nicht*«, donnerte Lynx. »Schloß Carlisle ist als Sammelplatz für die Vorräte der Armee ausgewählt worden, und es könnte jeden Tag von den Iren de Burghs überrannt werden. Carlisle ist jetzt kein Aufenthaltsort für eine junge Dame.«

Jorys Gedanken bewegten sich blitzschnell; sie mußte sich sputen, ihrem Bruder einen Schritt voraus zu bleiben, was nicht einfach war. Ganz plötzlich lächelte sie. »Dann werde ich nach Wigton gehen. Selbst du, Bruder, kannst mir nicht verwehren, in unsrem Familienschloß abzusteigen.« Wigton war nur acht Meilen entfernt von Schloß Carlisle, in dem die Bruces als Gouverneure residierten.

Lynx erwiderte ihr Lächeln. »Dann gehst du nach Wigton. Du wirst eine gute Gesellschafterin für Alicia sein.«

»Schwefel und Pest über sie!« fluchte Marjory. »Immer ist ein Haar in der Suppe!«

»Warum steckst du in Schwierigkeiten?« hakte John nach. »Weil du dich weigerst, wieder zu heiraten? Was habt ihr beide nur gegen die Ehe?«

»Die Ehe ist eine gute Sache – für andere. Nein, das war nur ein Scherz. Ich habe Humphrey sehr geliebt, und für alle Kronjuwelen der Welt hätte ich mir nicht ausgesucht, Witwe zu werden. Aber jetzt, nachdem ich die Witwenschaft erlebe, sehe ich, daß ihre Vorteile wesentlich größer sind als die für eine unverheiratete Jungfer oder sogar eine verheiratete Frau. Ich brauche mich keinem Mann zu beugen. Zum ersten Mal in meinem Leben fühle ich mich frei und kann meine eigenen Entscheidungen treffen.«

»Entscheidungen, die ständig übereilt sind«, rief ihr Lynx ins Gedächtnis.

Jory legte ihre Hand auf seine. »Lynx, Joanna konnte nicht anders. Du erinnerst dich doch sicher, wie es ist, wenn man sich verliebt?«

»Liebe?« wiederholte Lynx spöttisch. »So etwas gibt es gar

nicht. Es ist ein Märchen, das Frauen für Frauen erfunden haben. Männer mögen so tun, um das von einer Dame zu bekommen, was sie anstreben; aber ich bezweifle, daß es einen lebendigen Burschen gibt, der wirklich an einen solchen Unsinn glaubt.«

Jory hob überrascht den Blick. »Und was war mit Sylvia?«

»Unsere Ehe wurde arrangiert, so wie alle guten Ehen. Auf keinen Fall ist uns etwas so Lächerliches passiert, wie uns zu verlieben!«

Jory betrachtete das Gesicht ihres Bruders. Lynx de Warenne war einer der bestaussehenden Krieger in ganz England. Sein muskulöser Körper und sein lohfarbenes Haar brachten jede Frau dazu, zu seufzen und ihm ihr Herz anzubieten. Es war unverständlich, daß er nie wahre Leidenschaft erfahren hatte. In diesem Augenblick hatte sie Mitleid mit ihm, schnell senkte sie den Blick, damit er es nicht merkte.

Lynx wechselte das Thema. »Es sieht so aus, als würde der König uns heute abend nicht beehren.«

»Nein, soeben hat er eine Nachricht erhalten, weshalb er jetzt außer Rand und Band ist.« John sprach leiser, damit niemand außer Lynx ihn hören konnte. »Baliol von Schottland hat alle von Edward ernannten Amtsinhaber entlassen und das gesamte Land konfisziert, das Engländern gehört. Der König bringt gerade einen Befehl zu Papier, daß alle schottischen Festungen entlang der Grenze in seine Hand übergehen, bis der Krieg mit Frankreich beendet ist.«

»Dann werden wir morgen früh zum Abmarsch blasen«, entschied Lynx.

# 3

König Edward I., der großartigste Gesetzgeber, den England je hervorgebracht hatte, ergab sich einer seiner berühmten Plantagenet-Rasereien.

»Hurensohn! Dungfresser! Rotarschiger Pavian!«

Drei Männer kauerten vor ihm und wußten, daß ihr Schicksal besiegelt war, wenn Edward Plantagenet erst einmal vom Zorn zum Ernst überging. Seine Spione hatten sie im Hafen von Berwick geschnappt, als sie eine Botschaft zu König Philipp von Frankreich schmuggeln wollten.

»Wenn dieser Drecksack Baliol und sein schwanzleckender Spießgeselle Comyn glauben, daß ich sie seelenruhig ein Bündnis mit Frankreich schließen lasse, dann haben sich wohl Maden in ihrem Gehirn eingenistet. Diese Schafsnasen, wissen sie denn nicht, daß ich sie unter meinen Stiefeln zerquetschen werde? Baliol sitzt seit drei Jahren auf Schottlands Thron, *von mir geduldet*, und offensichtlich waren das drei Jahre zuviel!« Dem stolzen Edward schwoll der Kamm.

»Seit Monaten schnappt er nach meinen Füßen, er mißachtet meine Befehle, und das erlaube ich alles, weil er hoffentlich irgendwann einmal lernt, gehorsam zu sein und sich zu besinnen. Begreift er denn nicht, daß ich der oberste Herr Schottlands bin?«

In jeder Faust hielt der König ein Pergament. Eines war der heimtückische Brief an Philipp von Frankreich, den seine Spione konfisziert hatten, der andere beinhaltete Baliols Treueschwur. Edward starrte mit seinen wilden blauen Augen die drei Männer vor ihm an. »Aufstand! Verrat! Betrug! Gott wird ihm jetzt nicht mehr helfen, es ist zu spät!«

Der Anführer schluckte. »Majestät, erlaubt mir, Eure Worte Baliol zu überbringen.«

Unglaublich, daß dieser Frechling auch noch die Dreistigkeit besaß, mit ihm um sein Leben zu feilschen! Hochmütig hob er einen Finger und winkte eine Wache herbei. »Ich besitze meine eigenen königlichen Boten. Weg mit dem Abfall von Schotten! Hängt sie!«

Englands König kehrte in seine privaten Gemächer des Schlosses Newcastle zurück und schickte nach den Männern, die die Abtrünnigen herbeigeschafft hatten. Sie standen im Lohn der Pfründe des Bischofs Durham, der damit beauftragt war, eine Armee aus Edwards nördlichen Aushebungsgebieten zusammenzuziehen. Mit fester, entschlossener Hand schrieb der König eine Botschaft, lobte den Eifer des Bischofs und beauftragte ihn, seine Mannen nach Schloß Norham zu führen, am südlichen Ufer des Flusses Tweed an der Grenze zu Schottland.

*Eine Zurschaustellung der Macht, so wie Ihr sie versammelt habt, wird Furcht in ihre Herzen schicken. Ich stoße mit meiner eigenen Armee in weniger als drei Wochen zu Euch.*

Der König bestreute die feuchte Tinte mit Sand, rollte das Pergament zusammen, schmolz das Siegelwachs und drückte seinen Leopardenring in die weiche rote Masse. Als er das Schriftstück dem Mann des Bischofs von Durham übergab, sagte er: »Falls die Schotten vergessen haben, daß ich ein Abkömmling Wilhelm des Eroberers bin, dann sind sie gefährlich leichtsinnig!« Als er die Botschaften des Bischofs von Durham nochmals durchlas, lief sein Gesicht rot an. »Ruft meine Heereskommandanten zu einer Beratung zusammen!« befahl er John de Warenne.

Edward Plantagenet betrat das große Gewölbe von Newcastle, wo sich seine Kommandanten versammelt hatten. Am Tag zuvor hatte er sich gewaltig über die enorme Anzahl der Soldaten gefreut, die eingerückt waren. Als noch Richard de Burgh mit seiner Horde aus dem irischen Ulster dazustieß, war die Armee auf fünftausend Berittene und vierzigtausend Fußsoldaten angewachsen. Zuerst dachte er, daß ein solch gigantischer Aufmarsch die Schotten in die Knie zwingen würde.

Heute jedoch war Edward wütend. »Der Bischof von Durham

berichtet, daß die englische Flotte auf dem Fluß Tweed angegriffen wurde, während sie Nachschub für die Truppen lieferte!« Die Angreifer waren aus dem großen Seehafen Berwick gekommen, der am nördlichen Ufer des Tweed auf schottischem Gebiet lag, und Edwards Sinn stand nach Rache gegen die Bürger von Berwick. Flüche und üble Beschimpfungen erfüllten die Halle.

»Der Reichtum dieser Krämerseelen macht sie leider allzu arrogant! Die fetten Schweine glauben, daß sie sicher sind, wenn sie hinter ihren Festungswällen am Nordufer hocken! Sie werden schon bald erfahren, daß sie sich irren!«

John de Warenne tauschte mit den Grafen und Baronen ringsum einen verständnisinnigen Blick. Sie würden Berwick eine Lektion erteilen müssen, ehe sie die französische Invasion in Angriff nahmen.

Es gab einen Aufruhr an der Tür des Saales, als Robert Bruce sich an dem Herold vorbeischob, ehe dieser ihn ankündigen konnte. Alle Anwesenden kannten den dunkelhäutigen, gutaussehenden Bruce, der sich selbst als den rechtmäßigen König Schottlands sah. Er erwies Edward seine Reverenz und meldete ihm dann ohne lange Umschweife seine Neuigkeiten.

»Sire, die Schotten haben eine Armee nach Cumberland geschickt. Sie hat die nördlichen Grafschaften verwüstet, bis hin nach Carlisle. Wir sind hinausgeritten, um gegen die Aufrührer zu kämpfen. Sie haben eine herbe Niederlage erlitten und sich danach auf ihr eigenes Gebiet zurückgezogen.«

»Der Hurensohn wagt es, in England einzudringen?« Edward Plantagenets Zorn näherte sich einem Tobsuchtsanfall.

Die Grafen und Barone brüllten durcheinander, Ungläubigkeit, Empörung und Wut ließen ihre Stimmen anschwellen. Schließlich hob der König seine Arme. »Ruhe! Die Schotten haben eine Verschwörung mit Frankreich gegen uns angezettelt – sie haben unsere Schiffe versenkt – und jetzt erdreisten sie sich sogar, in unser Land einzudringen. De Warenne, wir würden gern hören, was Ihr dazu meint!«

Der Graf von Surrey stand auf. Er war ein entschlußfreudiger General, deshalb hatte ihm Edward das Kommando über all seine Armeen übertragen. »Euer Majestät, ich schlage vor, daß wir unser Unternehmen Frankreich hinausschieben, bis wir den Schotten ihren Aufstand ausgetrieben haben.«

»Absolut richtig, John!« Der König ließ seine Faust auf den Tisch donnern. »Wir werden in Schottland einfallen!«

Man hörte hier Jubelschreie, dort Flüche – doch alle Anwesenden wußten, daß die Würfel gefallen waren. Wenn Edward Plantagenet erst einmal eine Entscheidung getroffen hatte, wich er nicht mehr davon ab.

Edwards strahlende blaue Augen ruhten auf Robert Bruce. »Es ist Krieg. Steht Ihr auf unserer Seite oder auf der der Schotten?« fragte er rundheraus. Der König wußte, daß die Bruces mächtig waren, so wie er auch wußte, daß ein geheimes Bündnis mit sieben anderen schottischen Grafen bestand, die den Anspruch der Bruces auf den Thron unterstützten. Es war ihm klar, daß er ohne sie Schottland niemals wirklich kontrollieren konnte. Als er unglückseligerweise Baliol zum König ausgerufen hatte und nicht Robert Bruce, hatte der neue schottische Regent alle Ländereien der Bruces in den westlichen Marschen konfisziert und sie an Bruces bittere Feinde übergeben, die Comyns. Es herrschte also keine Zuneigung zwischen den Bruces und dem derzeitigen schottischen Oberhaupt.

Robert umfaßte Edwards Arm und blickte dem König in die Augen. »Wir stehen in dieser Sache hinter Euch!« Doch lag in diesem Schwur indirekt die Aufforderung, als Gegenleistung für seine Unterstützung alles zurückzuerstatten, was er verloren hatte. Und als die beiden mächtigen Männer einander anstarrten, wußte Edward, daß Bruce am Ende die Krone Schottlands von ihm verlangen würde.

Edward gab John de Warenne den Befehl: »Unser erster Angriff gilt Berwick!«

Lynx de Warenne bekreuzigte sich und murmelte: »Gott stehe

den Einwohnern bei! Wir wollen hoffen, daß beim Fall der Stadt Baliol den Befehlen von König Edward Folge leisten wird.«

Percy, Stanley und Bohun blieben bei John de Warenne, um mit ihm die Strategie zu besprechen, während Robert Bruce dem König den Treueschwur leistete. »Ich möchte, daß die Bruces das Schloß Carlisle als Gouverneure halten. Es muß das uneinnehmbare Hauptquartier für den Nachschub aus Wales und Irland bleiben. Wenn Schottland kapituliert und sie mir Baliol ausliefern, erhaltet Ihr alle westlichen Marschen zurück«, versprach Edward Robert Bruce.

Lynx de Warenne trat zu seinem Freund, und der König beobachtete wohlwollend, wie die beiden Männer einander umarmten. Die Ländereien der de Warennes und der Bruces in Essex lagen nebeneinander, und die beiden jungen Männer waren seit ihrer Jugend Freunde.

»De Burgh hat den Befehl bekommen, mit seinen Männern aus Ulster in Carlisle zu landen. Hat man sie schon gesichtet?« erkundigte sich Lynx.

»Aye. Gleich als wir die Eindringlinge über die Grenze zurückgetrieben hatten, entdeckten wir die irischen Segel in der Solway Förde«, berichtete Robert voller Ironie. »Aber besser spät als nie. Sie sollen eigentlich morgen hier eintreffen.«

»Das würde ich ihnen auch raten«, erklärte der König mit ausdrucksloser Stimme. »Morgen marschiert die Armee nach Norden!«

Marjory de Warenne war verärgert. König Edward hatte den ganzen Tag über mit seinen Generälen hinter verschlossenen Türen gesessen und Pläne für den Marsch nach Schottland aufgestellt, sie hatte ihn also überhaupt nicht zu Gesicht bekommen. Nüchtern rief sie sich ins Gedächtnis, daß er Edward Plantagenet war, der größte König der Christenheit. Wie konnte sie so anmaßend sein zu glauben, daß er Zeit für sie erübrigen würde, wo er gerade einen Krieg vorbereitete? Doch Jory wußte, daß der heutige Tag ihre einzige Möglichkeit wäre, für Joanna ein gutes Wort bei ihm einzulegen. In der Morgendämmerung würde der König aufbrechen, und sie müßte nach Wigton.

Als die Schatten des Nachmittags länger wurden, der Abend hereinbrach und noch immer kein einziger Ritter den Konferenzsaal verließ, wurde Marjory klar, wie wenig Bedeutung den Frauen in diesen Zusammenhängen zukam. Frauen spielten keine Rolle bei wichtigen Entscheidungen. Männer regierten die Welt, sie zogen in den Krieg, erließen Gesetze, sammelten Reichtümer, besaßen Eigentum und schrieben ihren Frauen das Leben vor. Die einzige Daseinsberechtigung, die einer Frau zugestanden wurde, lag in der Versorgung ihres Mannes, im Gebären.

Und dennoch, nur wenige von ihnen lehnten sich gegen dieses Los auf. War sie die einzige lebende Frau, die sich gegen die Einschränkungen wehrte, denen man sie unterwarf? Wenn sie vielleicht ein Kind hätte, wäre sie zu sehr damit beschäftigt, Mutter zu sein, um gegen die Ungerechtigkeit zwischen den Geschlechtern zu rebellieren. Jory fühlte einen Anflug von Bedauern; dann fragte sie sich zum wiederholten Male, ob sie wohl unfruchtbar sei.

Entschlossen, ihre bedrückte Laune abzustreifen, zündete sie die Kerzen an und goß Wasser ein, um sich zu waschen. Vielleicht ergäbe es sich heute abend im Eßsaal, den König anzusprechen und ihn um eine private Unterredung zu bitten. Jory entschied sich, keinen Schleier umzulegen. Ihr silber-goldenes Haar war bei weitem das Hübscheste an ihr, es übte eine erstaunliche Wirkung auf Männer aus. Bei dieser Soiree mußte sie so bezaubernd aussehen wie nur möglich, um die Aufmerksamkeit des Königs zu erringen.

Als Jory zwischen Thomas und Taffy in dem riesigen Saal ankam, gingen ihre Blicke zuerst zu der Empore und dem hohen, geschnitzten Stuhl, auf dem der König sitzen würde. Da der Stuhl leider leer war, suchte sie ringsum die übervolle Halle ab nach der großen, beeindruckenden Gestalt von Edward Plantagenet. Enttäuscht begab sie sich unter die Empore und bedankte sich bei den Baronen, die ihr eifrig einen Platz zwischen sich frei machten.

Die ersten Platten mit Fleisch wurden bereits serviert, ehe sie ihren Bruder Lynx entdeckte, den ein anderer Mann begleitete. Als sie auf die Empore stiegen, ging Thomas zu ihnen, um Lynx zu bedienen. Der Knappe kam sofort zu Marjory zurück und führte auch sie zu den hohen Herren.

»Hier bei uns ist Platz, Jory; John speist heute abend mit dem König.«

»Wie schade, ich habe den ganzen Tag darauf gewartet, Edward gegenüberzutreten ...« Sie hielt inne, als ihr Blick auf den Kompagnon ihres Bruders fiel. Gütiger Himmel, das ist ein Mann, bei dem sich das Ansehen lohnt, dachte sie. Er war nicht ganz so groß wie Lynx, nur sehr wenige Männer waren das –, aber die beeindruckende Breite seiner Schultern glich dies perfekt aus. Ganz plötzlich weiteten sich Jorys Augen, als sie in dem Mann den dunklen Eroberer Bruce erkannte.

»Robert! Seid Ihr das wirklich? Also, ich habe Euch seit Jahren nicht mehr gesehen – seit damals bei der Zeremonie, als Euer Vater Euch die Grafschaft Carrick übergab.«

Robert Bruce grinste erfreut. »Ihr wart damals noch ein Kind und selbst mit siebzehn schon so schön, daß Ihr die Herzen der Gebrüder Bruce in Wallung gebracht habt.«

»Bis auf Eures! Wenn ich mich recht erinnere, spieltet Ihr den wilden Teufel, der mich gnadenlos verspottete.«

»Ich war keine Ausnahme, Jory.« Seine schwarzen Augen glühten, als er ihre entzückende Gestalt betrachtete.

Sie lachte vergnügt. »Ihr macht Euch immer noch gnadenlos lustig über mich, und ich würde wetten, daß Ihr ein wilder Teufel geblieben seid.«

Jory war belustigt, als Lynx sich zwischen sie beide setzte; zweifellos bemerkte ihr Bruder die Funken, die zwischen ihr und Robert Bruce stoben.

»Es tut mir leid, daß du keine Möglichkeit hattest, mit dem

König zu sprechen, Jory. Deine Reise war reine Zeitverschwendung«, erklärte Lynx.

Nach einem Blick Richtung Robert verzog sie schmollend den Mund. »Nicht ganz …« Dann fügte sie hinzu: »Es gibt immer noch ein Morgen.«

Lynx schüttelte den Kopf. »Der König und die gesamte Armee brechen morgen früh nach Schottland auf.«

Das Blitzen schwand aus ihren Augen. »Gibt es Krieg?« fragte sie ernst. Als Lynx nickte, suchten ihre Augen die von Robert. »Für wen werdet Ihr kämpfen, Mylord?«

»Ich kämpfe für Robert Bruce«, erklärte er offen.

»Er steht zu uns«, erläuterte Lynx.

»Wenigstens momentan«, schränkte Bruce ein. »Auf jeden Fall werde ich meinen Feind Comyn zerschlagen und meine Ländereien in Annandale und Carrick wieder in Besitz nehmen. Edwards Hilfe begrüße ich«, fügte er mit natürlicher Würde hinzu.

»Du bist der Gouverneur von Schloß Carlisle – der König erwartet von dir, daß du es sicherst«, erinnerte ihn Lynx.

»Gegenwärtig werde ich dorthin zurückkehren; doch wenn der wirkliche Kampf beginnt, fechte ich für meine Sache. Ich habe genügend Brüder, die Schloß Carlisle verteidigen können.«

Jorys Augen begannen zu strahlen. »Mich hat man auf das Schloß meiner Familie nach Wigton verbannt, Mylord, es liegt nicht weit von Carlisle entfernt. Könnt Ihr mir nicht Geleit dorthin geben?« Auch wenn sie genau wußte, daß sowohl ihr Bruder als auch ihr Onkel ihr Warenne-Ritter zur Sicherheit an die Seite stellen würden, so war ihr doch der Schutz dieses prächtigen schottischen Thronanwärters lieber.

Bruces sinnlicher Mund wurde breit. »Es wird mir eine Freude sein.«

»Sei da nicht zu voreilig, Robert«, warnte ihn Lynx. »Sie ist ein eigenwilliger Trotzkopf, mit einer Vorliebe für Chaos.«

»Ich werde sie schon im Auge behalten«, versprach Robert Bruce.

Marjory wurde bei dieser Vorstellung ganz schwach zumute.

Später an diesem Abend lief Jory unruhig in ihrem Zimmer auf und ab und grübelte. Sie war so gereizt wie ein Terrier und weigerte sich aufzugeben, wo sie doch ihrem Ziel so nahe war. Diese private Unterredung mit dem König brauchte sie noch heute, und sie konnte sich nur einen möglichen Ort dafür vorstellen: sein Schlafzimmer. Jory bürstete ihr Haar, bis es wie Seide über ihre Schultern fiel, dann trug sie Lippensalbe auf und rieb einen Tropfen parfümiertes Öl in das Tal zwischen ihren Brüsten. Danach legte sie den Schleier über ihren Kopf, verbarg damit ihr Gesicht und auch ihr Haar, das sie verraten würde; nun griff sie nach einem Tablett mit Süßigkeiten.

Anschließend huschte sie durch das Schloß zu den königlichen Privatgemächern. Wegen der fortgeschrittenen Stunde hatten sich die Insassen schon auf die Nacht vorbereitet, und die einzigen Menschen, denen sie begegnete, waren Diener. Jory erklomm die Treppe zu dem Turm, in dem Edward wohnte; natürlich stünde vor der Tür des Königs eine Wache. Als sie den Mann schließlich entdeckte, seufzte sie erleichtert auf, weil sie ihn nicht persönlich kannte.

»Seine Majestät hat sich zurückgezogen, er braucht nichts mehr.«

»Der König hat nach mir geschickt, Sir«, erklärte sie atemlos und war von ihrem eigenen Wagemut überrascht.

Er schüttelte den Kopf. »Seine Majestät hat für heute abend kein Weib zu sich bestellt.«

»Wirklich nicht?« forderte sie ihn mit leiser Stimme heraus. »König Edward liebt etwas Süßes, wenn er sich zurückzieht.«

»Lieben wir das nicht alle, mein Zuckerplätzchen?« fragte er und lachte, dann griff er nach ihrem Schleier.

»Nein!« Jory trat schnell einen Schritt zurück und senkte vertraulich die Stimme. »Guter Mann, ich bin kein Weibsbild, ich bin eine Lady. Der König wäre schrecklich zornig, wenn meine Identität bekannt würde.« Sie hatte ihn schon halb überzeugt, daher drängte sie weiter. »Er hat mir gesagt, daß Ihr heute abend vor seiner Tür stehen würdet und daß Ihr der diskreteste von all seinen Gentlemen seid.« Während der Gelobte dieses Kompliment verdaute, klinkte Jory die Eichentür auf und schlüpfte flugs hindurch.

Edward Plantagenet trug ein scharlachrotes Bettgewand aus Samt, er hob den Kopf mit dem goldenen Haar; er hatte mehr gespürt als gehört, daß jemand in seinem Zimmer war. »Was gibt es?« fragte er.

Sie trat näher und hob den Schleier, um ihm ihr Gesicht zu zeigen. »Euer Majestät, ich bin Marjory de Warenne.«

Ungnädig zog er die Augenbrauen zusammen. »Was, zum Teufel, sucht Ihr hier?«

»Sire, ich komme von Prinzessin Joanna.«

Die herrscherliche Miene wurde kalt. »Ich habe diesen Monthermer Emporkömmling in Ketten legen lassen! Der ehrgeizige Habenichts hat meine Tochter umgarnt. Doch sie wird in dieser Angelegenheit wohl nicht als Unschuldige dastehen und auch nicht diejenigen, die ihr bei diesem verhängnisvollen Schritt geholfen haben.« Seine Stimme und seine Augen waren eisig. »Sie haben die Erinnerung an Gilbert de Clare entehrt, und seine Familie fühlt sich zutiefst beleidigt. Die Eheschließung wird annulliert.«

Jory ließ den Schleier von ihrem Haar fallen, dann sank sie flehentlich vor ihm auf die Knie. »Euer Majestät, Joanna schickt mich zu Euch, um Vergebung und Verständnis zu erwirken. Sie wollte, daß Ihr die Wahrheit von meinen Lippen hört, ehe andere Eure Gedanken mit ihren falschen Geschichten vergiften.«

Die Bittstellerin sah, wie Edwards frostiger Blick zu ihren Lippen wanderte, und sie hoffte, daß ihn ihre Erscheinung ein wenig besänftigte. Mittlerweile betrachtete er ihr Haar, und sie wußte, daß er ihren Duft eingeatmet hatte. Als er sie an der Hand zu sich hochzog, erkannte sie, daß er mit sich rang.

»Sprecht aus, was Ihr zu sagen habt«, befahl er, doch seine Stimme klang nicht mehr so abweisend.

Jory holte tief Luft und sah, wie sein Blick nun auf ihrem Busen ruhte. »Euer Majestät, Joanna weiß, daß Ihr sie durch die Ehe mit dem aristokratischen Herzog von Gloucester hoch geehrt habt. Sie ist diese Ehe aus Liebe eingegangen, doch nicht aus Liebe zu dem hohen Herrn ... Joanna hat es aus Liebe zu *Euch* getan.« Jory fragte sich, ob er sich noch an die schrecklichen Wutanfälle erinnerte, zu denen Joanna sich hatte hinreißen lassen, ehe sie kapitulierte und den alternden Fürsten geheiratet hatte. »Diesmal ist sie ihrem eigenen Herzen gefolgt – sie hat Ralph de Monthermer gewählt, weil sie ihn inniglich liebt.«

»Monthermer ist ein niedriger Junker!«

»*Niedrig* auf keinen Fall, Sire! Er war Gilbert de Clares tapferster Krieger, ja, in der Tat de Clares rechte Hand. Er nämlich hat für de Clare Schlachtenruhm errungen in dessen späten Jahren. Der Graf von Gloucester vertraute ihm vollkommen, und ich denke, er hat Ralph einen Eid schwören lassen, daß er sich immer um Joanna kümmern würde.«

Die kleine Dame war recht angetan von ihrem Rührstück, sie begann es noch ein wenig auszuschmücken. »Es wird Joanna das Herz brechen, wenn sie sieht, daß ihr Geliebter in Ketten liegt, Sire. Ihr sehnlichster Wunsch ist es, daß Ihr Monthermer kennen- und wertschätzen lernt. Die Männer von Gloucester und Hertford, die er befehligt, zollen ihm höchsten Respekt. Schickt nach ihm, Sire! Gebt ihm die Chance, Euch seine unverbrüchliche Treue zu beweisen.«

»Ihr vertretet seine Interessen gut. Was hat dieser Monthermer an sich, das sowohl Euch als auch Joanna den Standespflichten gegenüber blind macht?«

Plötzlich fühlte sich Jory noch mehr inspiriert. »Er erinnert Joanna an *Euch*, Sire. Das ist seine große Anziehungskraft, ich schwöre es.«

Während Edwards Blicke ihre unwiderstehliche Schönheit in

sich aufnahmen, wurde seine Miene ein wenig milder. »Ich hoffe, Joanna weiß Eure Freundschaft zu schätzen. Was veranlaßt die Warennes nur zu so viel Ergebenheit?«

»Ihr beehrt uns mit Eurem Vertrauen, Sire. Für einen de Warenne ist dieses Vertrauen heilig.« Jory hoffte, daß sie nicht Gottes Vergeltung treffen würde, immerhin hatte sie nicht allzu gräßlich übertrieben …

Edward setzte sich vor das Feuer und deutete auf einen Stuhl, damit auch Jory Platz nähme.

»Euer Majestät, morgen werdet Ihr in den Krieg ziehen. Wegen der Liebe, die Ihr für Joanna empfindet, bitte ich Euch, nicht die Schlacht zu eröffnen, ehe Ihr ihr verziehen habt. Sie würde es nicht ertragen können, wenn es zwischen Euch und ihr zu einem Bruch käme. Die Liebe eines Vaters wiegt mehr als alles andere.«

Inzwischen lächelte der König wohlwollend. »Erinnert Ihr Euch an Euren eigenen Vater?«

Traurig schüttelte Jory den Kopf. »Lynx entsinnt sich seiner noch gut; aber ich war sehr jung, als er starb.«

»Wie ich meinen liebsten Freund vermisse! Er war es, der meine Flucht geplant hat, als Simon de Montfort mich gefangenhielt.«

»Ich weiß, Sire. Diese Ereignisse hat man mir oft berichtet.«

»Seine Treue zu mir war grenzenlos, so wie die Eurige zu meiner eigenwilligen Tochter es zu sein scheint.«

Jetzt, wo die Unterhaltung sich wieder um Prinzessin Joanna drehte, begann Marjory noch einmal, den König anzuflehen. Doch da Edward abwehrend die Hand hob, hielt sie inne.

»Ich werde nach diesem Ralph de Monthermer schicken und mir selbst ein Urteil bilden.«

»Seid bedankt, Sire!« Jory beugte das Knie und wußte, daß sie alles getan hatte, was in ihren Kräften stand – und daß sie auf der Stufenleiter der Gunst der Prinzessin hoch gestiegen war. Sie hüllte sich in ihren Schleier. »Lebt wohl, Euer Majestät!«

Als sie rasch den Turm verließ, war Jory zuversichtlich, daß alle im Schloß Newcastle zu dieser Stunde bereits schliefen. Beinahe hatte sie es schon bis zu ihrer eigenen Kammer geschafft, als unvermutet ein starker Arm nach ihr griff und sie in eine dunkle Ecke zog. Jory wollte gerade schreien, als sie ihren Cousin, Fitz-Waren, erkannte, der ihren Schleier beiseite schob.

»Wie wäre es mit einem Kuß?«

»Du verdammter Schurke, Fitz, du hast mich zu Tode erschreckt.« Als er sie gegen die Wand drängte, fühlte Marjory keine Furcht, nur Entrüstung. »Laß mich sofort los!«

Fitz-Waren nahm ihr Kinn in seine Hand und preßte seinen Mund auf ihren. Voller Abscheu entwand sie sich ihm. »Du hast getrunken!«

»Glaubst du, du seist zu fein für mich, nachdem du die Hure des Königs gespielt hast? Du möchtest sicher nicht, daß mein Vater oder dein Bruder davon erfahren.« Anzüglich berührte er ihre Brust.

»Lynx wird dich umbringen, wenn er hiervon erfährt.«

»Der ist viel zu beschäftigt mit seiner eigenen Dirne.«

Jory wußte, daß sie ihm irgendwie entkommen mußte – doch wenn sie schrie, würde sie das ganze Schloß aufwecken. Sie dachte daran, nach Thomas zu rufen, doch leider war der Flur leer, und er stand nicht mehr vor ihrer Tür. Im Bruchteil einer Sekunde wurde Marjory klar, daß sie sich auf sich selbst verlassen mußte, um ihrem lüsternen Cousin eins auszuwischen. Sie packte mit der Hand sein ledernes Wams, dann zog sie kräftig das Knie hoch und stieß damit gegen Fitz-Warens Unterleib.

Er krümmte sich vor Schmerz und sank zu Boden. »Dafür wirst du büßen, du eingebildetes Luder!« drohte er und biß die Zähne zusammen.

# 4

Auf ihrem Weg zum Wald, wo sie Kräuter sammeln wollte, kletterte Jane Leslie auf die Hügel hinter Dumfries. Sie bückte sich, um ein wildes Stiefmütterchen zu pflücken, das sie sich hinters Ohr steckte. Als sie erst einmal den Schatten der Bäume erreicht hatte, begann Jane nach Ehrenpreis zu suchen, nach seinen blaßgrünen, haarigen Blättern, die sich zum Boden neigten. Ehrenpreis half gegen Husten und Schwindsucht. Als sie eine sumpfige Stelle erreichte, entdeckte sie einen Erlenbusch, der gerade zu knospen begann. Jane nahm eine Handvoll Blätter davon, weil es bekanntlich kein besseres Mittel gegen Flöhe im Hause gab, die sich dort während eines langen Winters eingenistet hatten. Sie packte die Blätter in die große Stofftasche, die sie bei sich trug, und schlenderte dann weiter.

Als sie eine Stelle mit Drachenwurz entdeckte, riß sie diese samt der schwarzknolligen Wurzel aus und steckte sie zu den anderen nützlichen Pflanzen. Die Drachenwurz heilte viele Krankheiten, zum Beispiel Brechreiz, Blutergüsse, Bisse oder Stiche, und sie brachte auch Blutungen zum Stillstand, wenn eine Frau eine Fehlgeburt hatte.

Als sie sich dem Waldsee näherte, spannte sich ihr ganzer Körper vor Erwartung; sie fragte sich, ob sie dem Luchs noch einmal begegnen würde. Gleichzeitig erfüllten sie Furcht und Faszination hinsichtlich des herrlichen Raubtiers; instinktiv ging sie langsamer, so daß ihre Schritte lautlos wurden.

Jane spürte seine kraftvolle Anwesenheit, noch ehe sie ihn sah. Versteckt hinter einer Wand aus Blättern, beobachtete sie, wie der Luchs seinen prächtigen Kopf senkte, um aus dem See zu trinken. Er war das wundervollste Geschöpf, das sie je in ihrem Leben erblickt hatte. Gebannt schaute sie zu, wie er ins Tiefe glitt und zu schwimmen begann.

Sie sehnte sich danach, eine Verbindung mit ihm herzustellen, wie sie sie zu anderen Tieren knüpfte. Was wäre es für eine seltene Ehre, wenn sie eines Tages zusammen mit ihm schwimmen könnte! Dann erinnerte sie sich wieder an die Worte ihres Bruders Keith, daß der Luchs eine Schicksalswende für sie bedeuten könnte. Vorsichtig wich sie hinter die Stämme zurück, und nach einer gewissen Entfernung rannte sie zurück in die schützenden Mauern von Dumfries.

Es war die Zeit der Lämmer – und Ben und Sim Leslie hatten als oberste Hirten der Herden, die über tausend Schafe zählten, alle Hände voll zu tun. An diesem Nachmittag half Jane ihren Brüdern mit den Mutterschafen, die gebären sollten. »Sim, hast du in letzter Zeit Schafe verloren, die von Wölfen gerissen wurden?«

»Nicht sehr viele, die Hunde sind gut ausgebildet und warnen uns, wenn ein Raubtier in der Nähe auftaucht.«

»Das ist gut.« Jane zögerte, dann setzte sie angelegentlich hinzu: »Hast du je einen Luchs in dieser Gegend ausgemacht?«

»Nein.« Sim schüttelte den Kopf. »Das hier ist kein Luchsgebiet. Später, wenn wir die Herden in das Hochland treiben, werden wir eher Großkatzen begegnen. Viele von ihnen jagen in den Pentlands und den Lammermuirs.«

Die kleine Schwester versank in Schweigen, froh darüber, daß ihr Luchs nicht die Herden von Dumfries dezimierte.

Als die Nacht hereinbrach, gab es drei winzige, mutterlose Lämmer, die ohne Janes zärtliche Fürsorge nicht überleben würden. Sim brachte sie in die aus Steinen errichtete Hütte, wo Jane sie vor die Feuerstelle legte, um sie zu wärmen.

Megotta hatte heißes Wasser bereit, damit die Enkelin sich das Blut und den Schleim abwaschen konnte, mit dem sie von Kopf bis Fuß besudelt war. Nach erfolgter Säuberung ging sie zum Feuer.

»Nein, du wirst erst etwas essen, ehe du dich um die Lämmchen kümmerst. Du brauchst deine Kraft, sonst wird deine Macht abnehmen.«

Jane wußte, daß die Worte ihrer Großmutter der Wahrheit entsprachen. Sie würde ununterbrochen die schwarzgesichtigen Tierjungen füttern müssen, wenn sie Hoffnung haben wollte, sie zu retten. Deshalb setzte sie sich gehorsam zu Megotta und aß die Schüssel mit herzhaftem, kräftig gewürztem Stew.

»Kate und Mary haben doch nicht etwa mit Vater darüber gesprochen, daß sie einen Mann für mich suchen wollen, oder?«

Obwohl Megotta freilich bei der Erörterung dieses Themas dabeigewesen war und viele Vorschläge mit angehört hatte, so glaubte sie doch, daß sie Jock in bezug auf seine jüngste Tochter würde beeinflussen können. »Jane, ich gebe dir mein Wort, daß man dich nicht in eine Ehe zwingen wird. Schlage dir diese beunruhigenden Gedanken aus dem Kopf. Es gibt niemanden hier ringsum, der gut genug wäre als Gatte für dich. Ich werde nicht zulassen, daß man dich einem Schweinehirten opfert oder sonst so einem Rüpel.«

Beruhigt füllte Jane eine kleine irdene Flasche aus dem Kessel mit Schafsmilch, die zum Wärmen am Feuer stand; dann drückte sie einen sauberen Leinenpfropfen in die schmale Öffnung und drehte die Flasche um, bis das Leinen durchtränkt war. Vorsichtig drehte sie das kleinste der Lämmer hoch und schob ihm die Ersatzzitze in den Mund. Es schien viel zu klein und leblos, um daran zu saugen, doch dann begann Jane mit ihrer Stimme und ihren Händen Wunder zu wirken.

Nach einer halben Stunde war es ihr gelungen, der winzigen Kreatur etwas Milch einzuflößen, und das Fell, das Janes Finger getrocknet und gekämmt hatten, ließ das Lamm aussehen wie ein rundes Wollknäuel. Sie legte es zurück an die Feuerstelle und nahm die zweite Kreatur auf den Arm. Mit sanfter Beharrlichkeit sorgte Jane für das kleine Trio, bis es spät wurde.

Megotta brachte eine Decke herbei. »Ruh dich ein wenig aus, Kind.« Jane lächelte sie dankbar an, dann zog sie ihre Schützlinge an sich und kauerte sich vor die Flammen. Mit ihren kleinen Mägen voller Milch würden sie die nächsten Stunden über schlafen.

Ihr letzter Gedanke, ehe sie entschlummerte, galt dem herrlichen Luchs.

Das junge Mädchen versank in einen Traum, worin es sich wieder im Wald befand. *Es war voller Erregung, weil es wußte, daß es beobachtet wurde. Der Wunsch wegzulaufen beherrschte es, doch es konnte sich nicht bewegen. Als es auf seine Füße hinuntersah, bemerkte es, daß diese von langen Ranken des Wiesenknöterichs umwuchert waren, die es festhielten. Jane fühlte seine Blicke, schweigend beobachtete er jede ihrer Bewegungen. dann wußte sie, daß er durch das dichte Laub näher kam.*

*Als sie den Mund öffnete, um zu schreien, glitt ein Luchs zwischen den Bäumen hindurch. Sie war so erleichtert, daß es sich bei ihrem Beobachter nicht um einen Mann handelte, daß sie zu Boden sank, um wieder zu Atem zu kommen und ihr trommelndes Herz zu beruhigen. Doch dann geschah etwas Beängstigendes. Gerade, als sie glaubte, in Sicherheit zu sein, schlich der Luchs sich näher!*

*Langsam setzte er eine große, weiche Pfote vor die andere, seine grünen Augen ruhten eindringlich auf ihr. Dann hockte er sich auf die Hinterbeine, bereit loszuspringen. Wieder öffnete sie den Mund zu einem Schrei, als das Tier über ihr war. Da er sich auf sie stürzte, erwartete sie, zerrissen zu werden. Doch was dann geschah, erschien Jane ebenso entsetzlich: Die Raubkatze verwandelte sich in einen Mann! In ihr Grauen mischte sich Verwunderung; nie zuvor hatte sie einen Mann von solcher Schönheit und Gestalt erlebt. Auf kräftigen Schultern thronte ein Haupt mit lohfarbenem Haar und strahlend grünen Augen, die ihr direkt in die Seele blickten.*

*Er hielt sie mit seinen starken Händen fest. Irgendwie kam er ihr sanftmütig vor. Mit ungeheurer Erleichterung erkannte Jane, daß er ihr nichts zuleide tun würde. Begierig atmete er den Duft ihres Haares ein, dann berührten seine Lippen ihre Wange. Gebannt sah sie, wie sich seine Zungenspitze hervorwagte und über ihren Hals, ihr Schlüsselbein fuhr.*

*Jane wurde sich ihrer Nacktheit bebend bewußt, als er begann, langsam über ihre Brüste zu lecken. Nun glitt seine Zunge über eine ihrer Brustspitzen, und ihre rauhe Oberfläche weckte ein herrliches Gefühl tief in ihrem Inneren. Ihre Furcht legte sich und wurde abgelöst von einer übermächtigen Freude – seltsame Erregung ergriff von ihr Besitz.*

*Der wunderschöne Mund des Mannes fuhr über ihre Rippen, bis sie seine feuchte, warme Zunge auf ihrem Bauch spürte. Das köstliche Gefühl, das er in ihr auslöste, war so intensiv, daß Jane die Augen schloß und ein leises Stöhnen ihren Lippen entwich. Er beherrschte sie vollkommen, und genauso wollte sie es!*

Mit einem Ruck wachte Jane auf und errötete, weil sie sich in ihrem Traum so lüstern benommen hatte. Hastig schob sie alle Gedanken an diese Gaukelei von sich; doch das Bild des Luchses war so mächtig, daß es sich nicht vertreiben ließ. Auf einmal hatte sie den Wunsch, sich ein neues Amulett anzufertigen, das sie beschützen und sie geleiten sollte.

Ihre Vorstellungskraft bescherte ihr die Bilder der verschiedensten Göttinnen und Symbole, die sie dazu benutzen konnte, wie zum Beispiel Fische, Schlangen, Drachen und Hirsche; doch sie verwarf sie alle wieder und entschied sich statt dessen für ihr Raubtier. Der Luchs war sicher die kraftvollste Kreatur, die sie je angetroffen hatte. Außerdem war er majestätisch, von stolzer Schönheit und ehrfurchtgebietend. Sein Bild würde für sie ein Quell der Stärke und Energie sein, wie auch ein erhabener Wächter.

Lynx de Warenne und die anderen Befehlshaber waren nach Norden gezogen, wo sie sich mit der Armee vereinten, die der Bischof von Durham in Norham zusammengezogen hatte. Aus ihrem Lager ritt Lynx mit dem König, John de Warenne und weiteren Führern auf die mit einer Festungsmauer umgebene Stadt Berwick zu. Auf einer Seite wurde sie gut geschützt vom Meer, auf der gegenüberliegenden von einem tiefen Kanal, den der Fluß

Tweed bildete. Schloß Berwick lag am Nordufer, ein Graben friedete es ein.

»Wer kommandiert die Garnison?« wollte Edward Plantagenet wissen.

»William Douglas, Euer Majestät, er hat den Ruf eines tapferen Kämpfers«, gab John de Warenne Bescheid.

»Verlangt die Kapitulation des Schlosses«, befahl Edward.

John de Warenne wählte Lynx, der mit dem Kommandeur der Garnison verhandeln sollte, während der König und die anderen Anführer sich in ihr Lager zurückzogen. Lynx de Warenne war ein zäher Gegner, der besonders bei der Unterwerfung von Wales seinen Kampfgeist bewiesen hatte. Gleichwohl verabscheute er unnötiges Blutvergießen.

Mit seinen Knappen zu beiden Seiten, in der Hand die weiße Flagge des Waffenstillstands, ritt Lynx de Warenne in den Schloßhof und verbrachte volle zwanzig Stunden in Verhandlungen mit William Douglas. Schließlich, in den frühen Morgenstunden, nahm er in William Douglas' Zügen die Ergebung wahr. Daraufhin gestand de Warenne ihm, um seinen Stolz nicht zu verletzen, zu: »Es sei Euch gewährt, in allen Ehren mit Euren Männern aus dem Schloß zu marschieren, mit wehendem Banner und der Flagge von Schottland!«

Edward Plantagenet und seine Kommandeure nahmen an den Toren von Berwick Aufstellung, um die Kapitulation zu überwachen. Hunderte von Männern erklommen die Palisaden, um den Rückzug zu beobachten. Als Douglas aus dem Schloß ritt, begannen die Bürger von Berwick die Engländer zu beschimpfen; sie schwangen ihre Waffen und schrien höhnische Bemerkungen und Beleidigungen. Über all dem Lärm war nur eine Schmähung deutlich zu verstehen, und Edward Plantagenet wußte, daß sie allein ihm galt.

»Stelzenbein! Stelzenbein! Stelzenbein!« spotteten sie.

Das berühmte Temperament der Plantagenets brach aus wie

ein Vulkan. König Edward zog sein Schwert aus der Scheide und schwang es über dem Kopf. »Zum Angriff! Zum Angriff!«

John de Warenne befahl die leichte Kavallerie an die Seite des Königs und organisierte dann in Windeseile ein Bataillon Fußsoldaten, das ihr folgen sollte. Edward sprang auf seinem großen Hengst Bayard über den Graben und galoppierte auf die Palisaden zu, flankiert von seinem Neffen, Richard von Cornwall, und Fitz-Waren. Ihre Pferde flogen über die niedrigen Wände, und dann befahl Fitz-Waren, ihr Holz anzuzünden. Die Verteidiger auf den Zinnen flohen in Panik, und die englischen Fußsoldaten überschwemmten die Stadt wie eine Flutwelle.

Plötzlich fand ein Pfeil sein Ziel und drang in den Augenschlitz des Helmes von Richard von Cornwall. Voller Entsetzen sah Edward, wie sein Neffe tot vom Pferd stürzte. Seine eisblauen Augen trafen sich mit denen John de Warennes, und er befahl die gefürchtete Vergeltung: »Kein Pardon! Jeder Mann von Berwick soll durch das Schwert sterben!«

Lynx de Warenne hatte keine Ahnung von dem grausigen Geschehen außerhalb der Schloßmauern. Flankiert von seinen Knappen, wartete er am Ende der langen Reihe der Truppen, die in die Kapitulation marschierten. Als er schließlich aus dem Schloß Berwick ins Sonnenlicht trat, tobte eine blutige Schlacht in den Straßen der Stadt.

»Warum machen wir keine Gefangenen?« verlangte er ergrimmt zu erfahren, als er endlich seinen Onkel gefunden hatte.

»Richard von Cornwall wurde umgebracht, Edward hat angeordnet, keine Gnade walten zu lassen«, erklärte John.

Lynx klappte sein Visier wieder herunter und wendete sein Schlachtroß. Er und seine Knappen preschten durch die Straßen zurück zum Schloß, mit gezogenen Waffen; doch nur sehr wenige Individuen wagten sich in ihren Weg, da jene mörderischen Hufe einen Mann zu Tode trampeln konnten. Ohne zu zögern, stampfte Lynx de Warenne in die große Halle des Schlosses Berwick, das Edward Plantagenet jetzt besetzt hielt. »Schloß Berwick gehört uns, und auch die Stadt ist die unsere«, erklärte er. »Weiteres Abschlachten erübrigt sich also, Euer Majestät.«

Die Saphiraugen von Edward Plantagenet glitzerten gefährlich. »Ich habe befohlen, daß jeder Mann von Berwick durch das Schwert sterben soll!«

»Sire, etliche Leute sind nicht einmal Soldaten, sondern einfach freie Männer, Bürger, Handwerker.«

»Diese *freien* Männer haben unsere Schiffe versenkt und Richard von Cornwall umgebracht! Untersteht Ihr Euch, meine Befehle zu mißachten, de Warenne?«

»Das tue ich, Sire! In diesem Blutvergießen liegt keine Ehre. Wenn die Seiten der Geschichtsbücher geschrieben werden, wollt Ihr dann als Englands größter König und Gesetzgeber erwähnt werden oder als der Schlächter von Berwick?«

Die Züge des Königs verfinsterten sich. »Ihr argumentiert genauso leidenschaftlich wie Eure Schwester. Alle de Warennes kommen mir verdammt überheblich vor!«

»Ich wage es nur, meine Meinung zu äußern, weil meine Loyalität Euch gegenüber niemals wankt. Wenn Ihr keinen Einhalt gebietet, wird der Haß zwischen den Schotten und den Engländern so groß werden, daß wir die beiden Länder nicht mehr vereinen können. Was ich dort draußen mit angesehen habe, erfüllt mich mit Scham – schlimmer noch, Sire, es gereicht *Euch* zur Schande! Frauen und Kinder werden dort draußen hingemetzelt!«

»Mein Befehl lautete, nur die Männer umzubringen. Macht der Sache ein Ende!«

Lynx de Warenne zögerte nicht. Er hatte erreicht, was er wollte. Jetzt mußte er allerdings die neue Order einer Armee beibringen, die von Blutdurst trunken war.

Jory de Warenne konnte sich an keinen Ortswechsel erinnern, der ihr mehr Freude gemacht hätte als der von Newcastle nach Wigton. Sowohl sie als auch Robert Bruce hatten märchenhaft miteinander geflirtet, den ganzen Ritt über. Sie gingen ausgesprochen förmlich miteinander um, wenn andere sie hören konnten; doch sobald niemand in ihrer Nähe war, neckten sie einander und tändelten in einer schamlos intimen Weise. Es war ein Spiel, das sie genossen, und um so aufregender, da nur sie beide dieses Geheimnis kannten.

Die junge Witwe stand auf den Zinnen von Schloß Wigton und blickte in Richtung Carlisle, das nur acht Meilen entfernt lag. Der Bruce hatte sie hier heraufgeführt, weil er an diesem Ort mit ihr allein sein konnte. Robert stand so nahe hinter ihr, daß ihre Körper sich beinahe berührten. Jory mußte den Kopf zurücklegen, um ihn anzusehen. Seine dunklen Augen flackerten wie die Flamme einer Kerze. »Ich kenne jeden Winkel von Wigton. Es war eines der Schlösser, das wir erobert haben, als Baliol auf den Thron kam und wir Streit hatten mit den Engländern.«

Jory schaute in die Ferne. »Ich kann mir sehr gut vorstellen, wie du die Verteidigung durchbrichst und vorwärts stürmst, wie du die Bewohner zwingst, sich zu unterwerfen.«

Er hob eine Strähne ihres silberhellen Haares, die im Wind flatterte. »Eroberung liegt mir im Blut.«

Als Jory zu ihm aufblickte, stellte sie sich einen Recken vor, von dessen schottischem Breitschwert und Streitaxt das Blut tropfte. Vor seiner breiten Brust trug er einen Harnisch; doch seine Arme und Schultern waren nackt und schmutzig, glänzten vor Schweiß.

Marjory fühlte, wie ihre Knie weich wurden und sie unkontrolliert zu zittern begann unter seinem wilden Blick. Ihr stockte der Atem. »Robert!« Sie fühlte, wie sie schwankte.

Mühelos hob er sie in seine Arme und trug sie zu der Treppe. Woher wußte er, daß ihre Beine zu schwach waren, um sie zu ihrem Gemach zu tragen? Sie konnte die Blicke nicht von ihm lösen. Er war voller Schweiß und Schmutz, und das harte Metall vor seiner Brust tat ihr weh, weil er sie so eng an sich preßte. Doch es war ein willkommener Schmerz! Mit jedem Schritt, den er tat, wichen die Welt und alle, die darin lebten, weiter von ihnen ab.

Ein Pochen erwachte tief in ihrem Unterleib und breitete sich aus, bis in ihr Herz und ihren Hals. Ihre Haut wurde noch empfindsamer, dort, wo der wollene Stoff ihres Gewandes sie berührte, und beinahe hätte sie aufgeschrien. Seine Arme trugen sie fest und sicher, von ihr aus hätte es ewig so weitergehen können.

Jory war verloren, vollkommen verloren. Sie fühlte sich nicht mehr matt, genausowenig wie er. Er erfüllte sie mit neuer Energie, Hunger und Lust! Bis jetzt kannte sie reine Wollust noch nicht. Ihre plötzliche Erregung benahm ihr den Atem. Sie wußte, daß auch er erregt war. Nein! Das empfanden sie nicht getrennt, sondern teilten dasselbe Gefühl. Gemeinsam. Es band sie fest aneinander wie unlösbare Ketten.

Die Lady deutete mit einem Arm in Richtung ihres Gemaches, und er verstand ohne Worte. Er trug sie hinein, trat mit dem Fuß die Tür hinter sich zu und stellte sie dann erst wieder auf die Füße, während er gleichzeitig begann, seinen Harnisch zu öffnen. Sie klammerte sich an ihn, um nicht zu fallen und fragte sich, welcher Wahnsinn sie befallen hatte, weil sie ihn besitzen und von ihm besessen werden wollte.

Dies war der breiteste Oberkörper, den sie in ihrem Leben je gesehen hatte. Sie konnte den Blick nicht davon losreißen. Er sah aus, als wäre er aus Bronze gegossen, und war genauso hart. Andächtig strich sie über die herrlichen Muskeln. »Robert!«

Mit gesenktem Kopf küßte er seinen Namen von ihren Lippen. Sein Kuß hatte nichts Zögerndes, kam hart, wild und gierig. Jory begriff in diesem Augenblick, daß er unzivilisiert war, und dem Himmel sei Dank, das paßte zu ihr. Gleichzeitig rissen sie sich die Kleider vom Leib. Noch ehe das letzte Stück auf den Boden gefallen war, kletterte Jory an ihm hoch, als wäre er eine Eiche. Früher hatte sie, wann immer sie mit ihrem Ehemann intim wurde, vorher gebadet und sich mit duftendem Öl eingerieben. Jetzt roch sie nur nach Frau. Und er roch wie ein Geliebter, den die Lust übermannt.

Robert umfaßte ihr Gesäß und hielt sie fest, dann ließ er sie auf sein hart erigiertes Glied hinunter. Beide schrien auf, weil es so herrlich war. Jory keuchte vor Verlangen, sie stöhnte und klammerte sich an ihn, jammerte wie eine läufige Katze. Zusammen fielen sie auf das Bett, sein Gewicht schien sie zu erdrücken. Er flößte ihr so viel sinnliche Kraft ein, daß sie sich ruhelos unter ihm bewegte, ihm ihren Körper entgegenhob, aus reiner Glückseligkeit, damit er noch tiefer in sie eindränge.

Wie mit einem Rammbock erstürmte er ihre Verteidigung. Jory warf den Kopf zurück und lachte auf. Dabei war ihre Verteidigung zusammengebrochen, noch ehe er sie berührt hatte. Sie hörte, daß auch Robert lachte, während er gleichzeitig immer tiefer in sie kam. Es handelte sich um reinste Gier, und niemals in ihrer Ehe hatte sie so etwas erlebt.

Jory wurde wild und begann, ihn zu beißen. Sofort änderte sich ihr Liebesspiel. In einer Minute versank sie in Verlangen, und in der nächsten Minute bereits flog sie auf einer Woge des Glücks empor, ihr Körper schien sich aufzulösen; sie hielt sein heißes Glied, das so hart war wie Marmor, in sich gefangen, als es barst und er sich in sie ergoß mit flüssigem Feuer.

Als sie beide erschöpft voneinander abließen, rollte er sich auf den Rücken und zog sie mit sich. Jory blickte auf ihn hinunter und genoß das Bild, das er bot. Ihre wilde Vereinigung hatte sie erschüttert, verändert. Sie hatte immer geahnt, daß sie sinnlich und feminin war. Jetzt begriff sie, daß Sinnlichkeit nur bläßlich bezeichnete, was sie mit diesem Mann erlebte. Er konnte mit ihr alles tun, und sie würde es begrüßen, würde sich danach sehnen. Ihr Herz war erfüllt von diesem neuen Wissen. Dieser herrliche Robert Bruce, ihre perfekte Ergänzung!

Er betrachtete ihren Körper, als gehöre er ihm, dann ruhte sein Blick auf ihrem herzförmigen Gesicht. Seine Nasenflügel bebten, als er den Duft ihrer beider Körper einsog. Sie war so zart wie eine Elfe, er wunderte sich, daß er sie nicht zerbrochen hatte. Seit er ihr in Newcastle begegnet war, begehrte er sie. Nein, schon vor fünf Jahren hatte er sie gewinnen wollen, als sie erst siebzehn war. »Es tut mir leid, Mädchen.«

Jorys Blick trübte sich für einen Augenblick, dann erhellte ein Lächeln ihr Gesicht. »Du heuchlerischer Schuft!«

Jetzt kam die Wahrheit. »Nein, es tut mir nicht leid. Ich triumphiere!«

Sie drückte ihre Lippen auf sein Herz, leckte den Schweiß von seiner Haut.

Er hob sie von seinem Körper und legte sie neben sich auf den Rücken. Dann kniete er sich hin und setzte sich rittlings auf sie, seine Augen glühten, während seine Hände den Schatz zu erforschen begannen, den er gehoben hatte.

»Robert, nicht schon wieder!« keuchte sie.

»Jory, eben, das war nur Sex. Jetzt werde ich dich lieben.«

Ein Gefühl bemächtigte sich ihrer, als würde sie vergehen.

Die Liebenden waren äußerlich das genaue Gegenteil, einer so kräftig, der andere zerbrechlich, einer so groß, der andere zierlich; einer mit dunklem Haar und gebräunt, der andere lichterhell. Aber unter der Haut paßten sie vollkommen zueinander, nicht nur in physischer, sondern auch in charakterlicher Hinsicht.

Das Liebesspiel gestaltete Bruce langsam, nicht übereilt, gründlich – aber in dem Augenblick, als ihre Lust erfüllt und sie beide befriedigt waren, sprang er bereits aus dem Bett und zog sich an.

»Nimm mich mit nach Carlisle«, flüsterte sie.

»Führe mich nicht in Versuchung!«

»Die Versuchung liegt mir im Blut.« Einen Herzschlag lang glaubte sie kühn, er würde ja sagen; doch dann dämmerte ihr die Wahrheit. »Du wirst auch in Carlisle nicht bleiben, oder, Robert?« fragte sie wehmütig.

Er hob sie vom Bett und nahm sie in seine starken Arme. »Schon bald werde ich einen Thronräuber entmachten, danach hole ich mir meine Schlösser zurück und zuletzt Annandale.«

Seine Entschlossenheit und sein Ehrgeiz waren so groß, daß

Jory ehrfürchtige Scheu fühlte. »Und dann nimmst du dir Schottland?«

Seine dunklen, strahlenden Augen wanderten über ihr Gesicht. »Du hast in mein Herz geschaut und seine Geheimnisse entdeckt.« Er küßte sie schnell, dann drehte er sich um und gab ihr einen Klaps auf den Hintern. »Ich bin ein verdammter Dummkopf, eine Frau so nah an mich heranzulassen. Beeil dich mit deiner Garderobe!«

Eine Woche später spürte Jory, daß es sie keinen Augenblick mehr im Haus hielt. Auf den Hügeln, in den Tälern tummelten sich junge Lämmer, ein früher Frühling hatte alles erblühen lassen, und das Wild war zahlreich. Sie entschloß sich auszureiten, vielleicht sogar eine Jagd anzuregen. Mit fliegenden Röcken machte sie sich auf die Suche nach Alicia, weil sie glaubte, daß diese sich genauso nach Abwechslung sehnte wie sie selbst.

Alice hatte sich wunderschöne Gemächer im vorderen Flügel des Schlosses ausgesucht, mit Aussicht auf die Cumbrischen Berge. Der herrliche Skiddaw, dessen Spitze in den Wolken verschwand, schien so nahe zu sein, daß es aussah, als könne man vom Fenster des Schlafzimmers aus nach ihm greifen. Marjory klopfte leise an ihre Tür und wartete dann. Als keine Antwort erfolgte, nahm sie an, daß Alicia nach unten gegangen war. Doch dann hörte sie ein leises Stöhnen.

Jory trat näher und rief leise Alicias Namen. Wieder erklang ein leises Stöhnen, und sofort öffnete sie die Tür. Es gab Zeiten, da fand Jory Alice Bolton äußerst ermüdend; doch als sie sah, daß Alice sich vor Schmerzen krümmte, tat sie ihr leid.

»Oh, meine Liebe, was ist geschehen?« fragte Jory und eilte zu ihr.

»Es ist nichts. Laß mich allein!«

»Nichts? Aber du hast Schmerzen – hat man dich vergiftet?« Jory nahm ein Glas mit einer dunklen Flüssigkeit darin und roch daran.

»Hör auf, mir nachzuspionieren!« schrie Alice und hielt sich den Bauch, als hätte sie Wehen.

Schließlich sah Jory, daß ihr Rock voller Blut war. »Mein Gott, du blutest ja – laß mich dir helfen!«

Alice brach in Tränen aus. »Verrate nichts Lynx, versprich mir, daß du ihm nichts erzählst!«

Marjory de Warennes Augen wurden ganz groß, als es ihr langsam dämmerte. Alice Bolton trieb ein Kind ab! Die bräunliche Flüssigkeit in dem Glas war Pennyroyal, eine Flüssigkeit, die aus einer Art der Minzgewächse gewonnen wurde – ein starkes Mittel zur Abtreibung, dessen aromatischen Geruch man nicht verwechseln konnte.

Jory lief zum Bett, zerrte das Laken hoch und riß es in Stücke. »Wir müssen die Blutung stillen!« Ihr Herz dröhnte in ihren Ohren. Gütiger Himmel, wußte diese Frau denn nicht, daß sie daran sterben konnte?

»Es wird aufhören«, versicherte Alicia ihr und biß die Zähne zusammen. »Der Schmerz ist entsetzlich, aber bei Pennyroyal braucht man sich nicht zu übergeben und den Darm zu entleeren.«

»Du hast das schon öfter gemacht?« erkundigte sich Jory entsetzt. Alices Maßnahme schockierte sie geradezu. Es war eine Offenbarung zu erfahren, daß ihr Bruder sehr wohl über die Fähigkeit verfügte, Kinder zu zeugen. Wie selbstsüchtig war Alice doch, Lynx seinen Herzenswunsch zu versagen – er wünschte sich so verzweifelt einen Erben.

»Komm, ich helfe dir ins Bett«, bot Jory an und fand, daß die Frau ihr eigener schlimmster Feind war. Begriff sie denn nicht, daß Lynx sie sofort heiraten würde, wenn sie ihm ein Baby schenkte? Beinahe hätte Jory es ihr gesagt, doch dann dachte sie noch einmal nach. *Er hat etwas Besseres verdient!*

»Jory, bitte, du mußt mir schwören, mich nicht zu verraten«, bettelte Alice jämmerlich. »Das hier ist schon Strafe genug!«

Obwohl Jory sich abgestoßen fühlte von Alice Boltons Tat,

hatte sie doch Mitleid mit der leidenden Frau. »Natürlich verrate ich dich nicht, Alice; aber ich würde dir trotzdem empfehlen, meinem Bruder das alles zu gestehen.«

## 5

In Dumfries waren die Soldaten Comyns zusammen mit ihrem Kommandanten nach Norden zurückberufen worden, in die schottische Hauptstadt Scone. John Comyn, Oberbefehlshaber von Schottland, stellte eine Armee auf, so rasch er konnte. Er war die Macht hinter seinem Verwandten, König Baliol, mit dem Hintergedanken, eines Tages die Krone von Schottland selbst zu ergattern. Jetzt stand Comyn an der Spitze der schottischen Armee, die er zusammengezogen hatte, und passierte auf seinem Weg nach England Annandale.

Jock Leslie, der Verwalter von Dumfries, war zornig, als Comyns Männer durch Dumfries ritten und alles Vieh und Futter mitnahmen, dessen sie habhaft werden konnten, um die Armee zu ernähren. Jock und seine Söhne, auch die anderen Diener des Schlosses, hatten sich im Außenhof versammelt, um die Lage zu besprechen.

»Dumfries gehört der Krone, und als König Alexander in Schottland herrschte, waren die Bruces Lehensherren über Annandale – wobei wir für unsere Dienste bezahlt wurden. Seit die Clansmänner Comyns Dumfries besetzt halten, haben wir nur wenig Lohn gesehen; aber bis jetzt hatten wir wenigstens die größten Vieh- und Schafherden, um unsere Bäuche zu füllen«, erklärte Jock voller Abscheu. »Gott möge die verfluchten Comyns bestrafen!«

»Ihr solltet euch alle schämen, ihr alle«, schalt Megotta. »Sie sind ausgezogen, um gegen die Engländer zu kämpfen – das können sie doch nicht mit leerem Magen!«

»Himmel, Frau, noch vor einer Woche standen die Comyns auf der gleichen Seite wie die Engländer. Jetzt haben sie ihre Mäntel wieder einmal nach dem Wind gehängt. Ich hoffe bei allen Heiligen, daß die Bruces die Comyns besiegen und Annandale mit all seinen Schlössern zurückerhalten. Wir haben immer unseren Lohn bekommen, als der frühere Clan die westlichen Marschen kontrollierte!«

»Die Bruces sind die größten Überläufer in Schottland«, warf Megotta ihnen vor. »Das ist ihr normannisches Blut.«

Jocks Lippen zuckten. Wieder einmal versuchte sie, ihn zu provozieren. In Megottas Augen konnte ein Kelte nichts Falsches tun und ein Normanne nichts Richtiges.

Alex Leslie mischte sich in das Gespräch ein. »In der Schmiede, wo sie ihre Pferde beschlagen ließen, beklagten sich die Soldaten darüber, daß die Grafen von Angus und Dunbar sich geweigert haben, die Männer zu den Waffen zu rufen.«

»Und das sind nicht die einzigen, möchte ich wetten. Jeder Clan auf dieser Seite des Forth zieht einen Bruce einem Comyn vor.«

»Graf Patrick von Dunbar war seit jeher ein guter Freund von Bruce. Das Blut aller Clans aus dem Lowland ist vermischt mit dem schmutzigen Blut der Engländer. Welch ein Jammer, daß unsere Familie nicht in den Highlands geblieben ist. Ich spucke auf den Bruce und alle Engländer!« fluchte Megotta.

»Du gewöhnst dich besser an sie.« Keith betrachtete seine Großmutter mit zärtlicher Fürsorge. »Die Engländer kommen, und bestimmt schneller, als du glaubst.«

»Ha! Wenn sie nach Dumfries kommen, um uns unter ihren Stiefeln zu zerquetschen, werden wir die Schurken vergiften. Jane und ich kennen unsere Kräuter und Tränke, nicht nur, um zu heilen, sondern auch, um das Gegenteil zu bewirken!«

»Nein!« protestierte Jane. »Niemals würde ich meine Gabe benutzen, um Böses anzurichten.«

Jock sah die Augen seiner Tochter, die vor Angst und Entsetzen weit aufgerissen waren. »Komm her, Kind! Du brauchst dich nicht zu fürchten. Die Leslies sind Schloßverwalter. Wir dienen demjenigen, der Schloß Dumfries mit einer Garnison belegt. Ich bin halber Anglo-Normanne, und zweifellos sind die Engländer keine schlimmeren Monster als die Schotten.« Er breitete die Arme aus. »Männer bleiben Männer.« Jock war klar, daß er seine jüngste Tochter schon vor langer Zeit von der alten Frau hätte fernhalten müssen. Jane sollte heiraten und Kinder haben, die ihr Leben erfüllten.

Jane schluckte. *Männer bleiben Männer!* Genau davor fürchtete sie sich ja. Sie griff nach ihrem Talisman und erinnerte sich daran, daß sie allein in den letzten Tagen mindestens ein Dutzend Bitten um schützende Amulette erhalten hatte. Sowohl Männer als auch Frauen baten sie darum. Wenn es nichts zu fürchten gab, warum verlangten dann die Leute von Dumfries plötzlich nach der Macht der Magie, um sich zu schützen?

In Berwick endete der Wahnsinn, die Toten wurden begraben, und Edward Plantagenet erließ Befehl, daß alle Zerstörungen in der Stadt sofort wieder aufgebaut werden sollten. Die Mauern der Umfriedung wurden höher aufgerichtet, und der Graben wurde verbreitert. Um ein Beispiel zu geben, schob der König höchstpersönlich die erste Karre mit Mörtel und Steinen herbei.

Innerhalb von nur einer Woche verbesserte Edward Plantagenet die Gesetze und ernannte fähige Männer, die über deren Einhaltung wachten. Er setzte auch eine verhaßte Steuer auf Wolle aus, *Maltote* genannt. Einiges davon tat er in dem Bemühen, das Massaker, das er befohlen hatte, wieder gutzumachen; trotzdem breitete sich die Nachricht über das, was die Engländer in Berwick angerichtet hatten, in Schottland aus wie der Rauch eines Buschfeuers; er erstickte die Schotten förmlich und erfüllte sie mit Haß auf die englischen Eroberer.

Als König Edward eine Botschaft von König Baliol erreichte, in der dieser seinen Treueschwur widerrief, kam der königliche

Plantagenet-Zorn wieder zutage. »Der elende Dummkopf! De Warenne, Ihr werdet dafür sorgen, daß man ihn von seinem verdammten Thron holt und daß er auf Knien zu mir gebracht wird, um mich um Gnade anzuflehen! Innerhalb eines Monats soll Baliol im Tower von London schmachten!«

John de Warenne mußte so viele Soldaten aufbieten, daß er einige von Lynx' Fußsoldaten auswählte, die zusammen mit Bataillonen von Percy und Bohun in Berwick bleiben sollten, um die Stadt weiter aufzubauen und den Seehafen unter englischer Kontrolle zu halten. Er wies Anthony Bek, den streitbaren Bischof von Durham, der seine eigenen Soldaten kommandierte, an, König Baliol gefangenzunehmen; dann führte de Warenne den Hauptteil der Armee die Küste entlang nach Dunbar, weil er wußte, daß dort Graf Patrick unerschütterlich zu den Engländern hielt. In Dunbar wollte Edward Plantagenet wieder mit seiner Armee zusammentreffen, die inzwischen die Lammermuir Hügel überquerte und den Weg frei machte zur Hauptstadt Edinburgh.

Robert Bruce begann, in ganz Northumberland Freiwillige auszuheben. Immer mehr irische und walisische Truppen strömten mit ihrem Nachschub jeden Tag nach Carlisle; am Ende der Woche fühlte sich Bruce stark genug, nach Schottland zu marschieren, um sich sein rechtmäßiges Eigentum zurückzuholen.

Als ihn die Nachricht von dem Massaker in Berwick erreichte, wußte er, daß Comyn, der die schottische Armee kommandierte, sich rächen würde. Robert Bruce nahm an, daß Comyn mit seiner Haupttruppe losziehen würde, um den Engländern entgegenzutreten. Erstaunlicherweise wich sein bitterster Feind den Engländern im Osten aus und zerstörte statt dessen Städte im Westen. Comyns Streitmacht legte die gleiche vernichtende Rachsucht an den Tag, die Edward in Berwick hatte walten lassen. Er ermunterte seine Gefolgsleute, das englische Land zu verwüsten, nachdem sie die Grenze überschritten hatten; zuerst zerstörten sie das Kloster in Hexham, dann zogen sie durch Redesdale und die anderen Täler und rückten ihrem Ziel, Carlisle, immer näher. Jede englische Stadt, die auf dem Weg der Schotten lag, wurde geplündert und angezündet; ihre Männer, Frauen und Kinder fielen dem Schwert zum Opfer, ihr Vieh wurde weggetrieben und die Kirchen geschliffen.

Innerhalb der Mauern von Carlisle wartete Robert Bruce, bereit, gewillt und mehr als fähig, seinem Feind Comyn, dem verhaßten Grafen von Buchan, die Stirn zu bieten.

Comyn wählte dreitausend seiner besten Männer. Den Schotten gefiel der Gedanke eines Überraschungsangriffes; doch als bereits über tausend Männer die Stadtmauern bezwungen hatten, begriffen sie erst, daß sie die Überrumpelten waren.

Robert Bruce ließ einen seiner Brüder zurück, der das Schloß verteidigen sollte, für den unwahrscheinlichen Fall, daß es angegriffen würde; er und seine anderen Brüder nahmen die Schotten von Norden, Süden, Osten und Westen her aufs Korn. Der Feind versuchte zu fliehen, doch die Stadtmauern hielten die meisten von ihnen gefangen, wie Fische in einem Faß. Das Gemetzel war sowohl konsequent als auch schrecklich in seinem Ausmaß. Noch ehe das Licht des Nachmittags verschwand, lagen beinahe eintausend Schotten tot auf den Straßen von Carlisle.

Comyn und eine Handvoll seiner Kommandeure flohen durch die Tore, um zu den zweitausend Soldaten zu stoßen, die noch immer außerhalb der Mauern warteten. Er befahl ihnen zu kämpfen, doch die Oberhäupter der Clans zögerten angesichts des Gemetzels. Und als dann die Armee des Bruce aus der Stadt quoll, trunken von ihrem Sieg und bereit, weiterzufechten, nahmen die Barone ihre Leute und flohen in Richtung schottische Grenze.

Als es dunkel wurde, hatten Robert Bruce und seine Armee den Feind ausgelöscht. Sie ritten zurück in die Stadt Carlisle, um den Bürgern beim Löschen der Feuer zu helfen, die der Feind angezündet hatte. Erst als Robert einen Krug Bier leerte, um seinen trockenen Hals zu benetzen, kam ihm wieder das Bild von Marjory de Warenne in den Sinn. Wigton war nicht sicher, er mußte sofort zu ihr und sie hierher bringen.

Als Robert Bruce Jory de Warenne und Alice Bolton im Schloß von Carlisle gut beschützt wußte, begab er sich sofort daran, die schottischen Eindringlinge, die noch immer die englischen Täler unsicher machten, in die Flucht zu schlagen und über die Grenze zurückzujagen. So viele sammelten sich um das Banner des Bruce, daß Robert schon bald die Kontrolle über seine alten Gebiete zurückerobert hatte.

Er sandte seinen Bruder Nigel aus, um den Aufenthalt des Hauptteiles der englischen Armee aufzuspüren und die arrogante Botschaft zu überbringen, daß die Bruces Annandale, Dumfries, Galway und Carrick für Edward Plantagenet gesichert hatten.

Lynx de Warenne ritt während seiner Nachtwache rund um das riesige englische Lager und war stolz auf die Wachsamkeit seiner walisischen Bogenschützen. Ihr Vermögen, auch in der Dunkelheit zu sehen, überstieg dasjenige aller anderen englischen Soldaten, und Lynx war davon überzeugt, daß der Grund dafür nicht nur im eisenharten Training lag. Er glaubte, daß seine Waliser einen sechsten Sinn besaßen, der sie vor lauernden Gefahren warnte. Als Lynx den einsamen Schrei einer Nachteule vernahm, war er sofort hellwach und erwischte Nigel Bruce, als dieser sich in das Lager schleichen wollte.

Mit einer Messerklinge an seinem Hals und laut klopfendem Herzen schrie Nigel: »Ein Bruce, ein Bruce!«

Lynx ließ das Messer sinken, doch hielt er den Störenfried noch immer im Schwitzkasten, bis er ihn genauer untersucht hatte. Die beiden Männer erkannten sich, und im gleichen Augenblick verwandelte sich der Würgegriff in eine brüderliche Umarmung.

In John de Warennes Feldunterkunft erzählte Nigel Bruce, was in Carlisle geschehen war. Er versicherte ihnen, daß Marjory und Alice gut aufgehoben seien; die Armee des Bruce habe einen totalen Sieg über die Hälfte der schottischen Armee errungen und verfolge die andere Hälfte auf ihrem Rückzug nach Schottland.

De Warennes Spione hatten ihn darüber unterrichtet, daß eine weitere schottische Streitkraft das Schloß des Grafen Patrick in Dunbar erobert hatte, und während er Nigel Bruce lauschte, wußte er ganz genau, wohin Comyn unterwegs war. Wenn die schottischen Armeen sich erst einmal verbündet hatten, dann würden sie ein beachtliches Heer bilden – es lag auf der Hand, daß diese Streitmacht ganz ohne Frage in Dunbar auf sie wartete.

Er bat Nigel Bruce, ihm eine Karte des schottischen Gebietes zu zeichnen, von der Grenze bis hinauf zum Firth of Forth, und in den nächsten Stunden widmete er sich diesem Pergament. In der Morgendämmerung hatte John de Warenne einen Plan; doch wußte er, daß sein Erfolg von der vollen Kooperation Robert Bruces abhing und der Armee, die dieser jetzt befehligte.

Nigel schüttelte den Kopf. »Mein Bruder vertritt zuerst einmal die Interessen des Clans. Ich habe ihn verlassen, als er sich häuslich einrichtete in unserer Festung in Lochmaben, am Eingang des Tales von Annandale. Als die Männer die Banner der Bruces erkannten, versammelten sie sich um uns, wir sind keiner Gegenwehr begegnet. Robert ist wieder dort, wohin er gehört, er hält die westlichen Marschen unter seiner Kontrolle. Es würden wilde Pferde nötig sein, um ihn von seinem eigenen Gebiet zu zerren.«

Lynx fühlte den grüblerischen Blick John de Warennes auf sich ruhen. Es hatte wenig Zweck, sich mit seinem Onkel zu streiten, wenn dieser im Recht war. Man munkelte, daß die Bruces Verträge mit vielen Grafen des südlichen Schottlands abgeschlossen hatten; daher käme es wohl kaum zu einem Sieg ohne die Hilfe von Robert. Die Kämpfe konnten sich jahrelang hinziehen, sie konnten das gleiche Terrain zurückerobern und wieder verlieren, in endlosen Scharmützeln. Eine entscheidende Schlacht war notwendig, um die Waagschale zu ihren Gunsten zu beeinflussen und allen Schotten klarzumachen, daß es einen König Baliol nicht mehr gab.

»Nun gut«, stimmte Lynx zu. »Ich werde mit Nigel zurückreiten und den Bruce überzeugen, unter einer Bedingung.« Seine grünen Augen blickten John de Warenne ernst an. »Dein Wort möchte ich, nicht das von Edward Plantagenet, daß Robert *wiedereingesetzt* wird in seine Ämter und daß alles, was an Comyn gegangen ist, den Bruces zurückerstattet wird, sofort und ohne Einschränkung.«

Am Tag nach Lynx' Ankunft in Lochmaben ritt er mit seinem Freund Robert Bruce durch Annandale und besuchte alle Schlösser des Bruce, von Caerlaverock bis Lockryan. Als sie weiter in das Tal drangen, wurde die Aussicht atemberaubend. »Was gehörte zur ursprünglichen Schenkung?« wollte Lynx wissen.

»Mein Vorfahre, Adam de Brus, der mit Wilhelm dem Eroberer kam, erhielt die Grafschaft von Annandale und zweihunderttausend Morgen, zu beiden Seiten der westlichen Route zwischen England und Schottland.«

»Die Gier der Normannen nach Land liegt noch immer in unserem Blut«, gab Lynx zu. »Wir alle sind nach wie vor Eroberer.«

Robert lachte. »In meinen Adern fließt sowohl normannisches als auch keltisches Blut von meiner Mutter. Ist es da ein Wunder, daß ich das Bedürfnis habe, über alles zu regieren?«

Als sie in die blühende Stadt Dumfries ritten, mit dem Franziskanerkloster und ihren herrlichen Steinbrücken, deren neun Bogen sich über den Fluß Nith spannten, verspürte auch Lynx eine gewisse Begehrlichkeit.

»Ich kann dir nicht einmal einen Vorwurf machen, wenn du hier nie wieder weg willst. Annandale ist das schönste Fleckchen Erde, das ich je gesehen habe. Verstehe mich nicht falsch, Essex und Surrey sind auch wunderschön und sehr kultiviert, haben außerdem die ertragreichsten Böden; aber die Ausblicke hier rühren einem in ihrer Majestät an Herz und Seele. Können wir uns das Schloß einmal ansehen?«

Robert grinste bedauernd. »Dumfries gehört mir nicht; es ist ein königliches Schloß, obwohl es auf meinem Gebiet liegt. Ich habe eine Idee! Wenn wir Comyn geschlagen haben, solltest du den König bitten, dich zum Gouverneur von Dumfries zu ernennen, dann werden wir Nachbarn sein.«

Lynx' Blicke trafen sich mit denen von Robert. »Du wirst also doch mit uns kämpfen?« De Warenne hatte die Hoffnung schon beinahe aufgegeben. Er redete sich seit Tagen die Kehle heiser, ohne daß Robert auch nur das leiseste Entgegenkommen zeigte. Lynx hatte ihm auseinandergesetzt, daß Robert auf die Rückgabe seiner Ländereien und Schlösser durch König Edward hätte warten müssen, ehe er sie sich einfach selber nahm. Der englische Monarch duldete keine Eigenmächtigkeit, außer bei sich selbst. Doch Lynx argwöhnte, daß sich Robert Bruce hinsichtlich der Wutanfälle der Plantagenets ein recht dickes Fell zugelegt hatte.

Und jetzt kapitulierte Robert plötzlich ... doch wohl sicher nicht aus Freundschaft? Wesentlich wahrscheinlicher war es die Herausforderung, die er ihm geboten hatte, entschied Lynx. Er hatte nicht die leiseste Ahnung, wie sehr seine grünen Augen Robert an die seiner Schwester Jory erinnerten, als er neben ihm durch den Aprilsonnenschein ritt.

»Es ist der Bruce!« Die Neuigkeit verbreitete sich so schnell wie ein Buschfeuer in der Stadt Dumfries, und noch ehe Robert und Lynx am Schloß eintrafen, wußten alle, die dort lebten, daß der Graf von Carrick, Lord Annandale, praktisch vor der Tür stand. Dumfries hatte in den letzten drei Jahren Comyn gedient, und alle, bis auf den Verwalter, waren nervös, weil sie nicht wußten, was der Bruce darüber dachte.

Jock Leslie stand an dem massiven Burgtor, um den mächtigen Grafen zu begrüßen, ihm eine Erfrischung anzubieten und seine Reverenz zu erweisen.

»Ich erinnere mich an Euch!« Robert war erfreut über das, was er in Dumfries antraf. »Wie lange seid Ihr hier schon Verwalter?«

»Über zwanzig Jahre, Mylord.«

Robert stellte Lynx de Warenne vor, der Jock viele sachkundige Fragen über Dumfries stellte.

»Verständlicherweise bedeuten Schafe in diesen Tälern Reichtum. Wie groß ist Eure Herde?«

»Aye, Mylord! Dumfries hatte tausend Schafe. Der Ertrag ihrer Wolle hätte uns das ganze Jahr über versorgt. Doch leider hat Comyns Armee uns die Tiere weggenommen, noch ehe die Schur beginnen konnte.«

Lynx sah den Zorn im Gesicht des Bruce. »Besitzt Dumfries eine eigene Schmiede?«

»Aye, Mylord, wir haben auch eine Grützmühle und ein Brauhaus. Im Normalfall können wir uns hier selbst versorgen.« Jock Leslie war stolz und froh, alle Fragen beantworten zu können und die beiden Männer durch die Anlagen zu führen. Es machte ihn glücklich, daß sie seine Arbeit lobten. Diese hohen Herren begriffen vollkommen, daß Kastellane Schloßhüter waren und jedem Befehlsgeber dienen mußten, der Dumfries zu einer Garnison erklärte. »Wir würden uns geehrt fühlen, wenn Ihr zum Essen bliebet, Euer Gnaden!«

Robert Bruce zog fragend eine Augenbraue hoch und sah Lynx an, der eifrig nickte. »Danke, es wird uns eine Freude sein, hier zu speisen.«

Ihre Schwestern kamen so aufgeregt an dem kleinen Haus an, wie Jane sie noch nie gesehen hatte.

»Los, beeil dich! Es ist der Bruce persönlich! Man sagt, er sei der schönste Mann von Schottland«, rief Mary.

»Und der stärkste«, fügte Kate hinzu. »Die Frauen werden ohnmächtig, wenn sie ihn nur anschauen!«

Jane sah, daß Megotta entrüstet war über die offensichtliche Verehrung, die ihre Enkelinnen zeigten, und sie hörte schweigend zu, als Megotta diese kräftig abkanzelte. Aber ebenso deutlich stand fest, daß ihre Schwestern davon nur wenig beeindruckt schienen, so daß auch sie neugierig wurde. »Laß uns gehen und sehen, wie dieser edle Riese aussieht«, drängte sie Megotta.

Sie mischten sich unter die Menge im Außenhof des Schlosses, um selbst die beiden mächtigen Lords in Augenschein zu nehmen. Und als sie der Männer ansichtig wurde, der eine so hell, der andere dunkel, stand sofort fest, welcher von beiden Robert Bruce war.

»Wer ist das bei ihm? Ich finde, der sieht aus wie ein Normanne«, meinte Megotta mißtrauisch.

»Die Gerüchte sagen, er sei Engländer, ein persönlicher Freund des Bruce«, antwortete eine Frau aus der Menge.

Jane Leslie zitterte vor Wut. Wie konnte der Bruce es wagen, einen bösen Anglonormannen mit nach Dumfries zu bringen? Nur diese einzige Person im Gedränge schaute nicht auf Robert Bruce. Janes Blick erfaßte widerwillig den herrlichen Mann mit dem lohfarbenen Haar und den strahlend grünen Augen, der neben dem Bruce stand. Ungläubig keuchte sie auf. Er war ihr Luchs in Menschengestalt!

Während ihre Finger das Amulett auf der Brust umklammerten, spürte sie ihr Herz bis in den Hals hinauf schlagen. Ein paarmal blinzelte Jane hintereinander, weil sie wußte, daß das Bild keine Wirklichkeit sein konnte – doch sie vermochte nicht, es zu vertreiben. Die aufgeregten Stimmen ihrer Schwestern und die lärmende Menge traten in den Hintergrund, bis sie nur noch ihren wilden Herzschlag wahrnahm. Jane bemerkte nichts mehr, sie sah lediglich dieses Prachtexemplar, dessen golden-lohfarbenes Haar ihm das wilde Aussehen eines Luchses verlieh.

Einen kurzen, beängstigenden Augenblick lang schien es Jane, daß die grünen Augen sie direkt anstarrten, daß sie bis in ihr Innerstes vordrangen. Blitzartig wurde ihr bewußt, daß sie diesen Mann kannte, sie hatte ihn schon einmal gesehen. Und dann erinnerte Jane sich an ihren Traum. Er kam zurück, bis in die kleinste, peinlichste Einzelheit.

Vor Schreck stockte ihr der Atem. In Gedanken sah sie, wie der

Luchs sich in ein menschliches Wesen verwandelte, in einen Mann, der heute hier stand, ein Mensch aus Fleisch und Blut. Janes Wangen brannten, als sie sich daran erinnerte, daß er sich mit der geschmeidigen Anmut eines Luchses bewegt hatte und sie, noch ehe sie aufschreien oder weglaufen konnte, gepackt hatte. Dies war der Feind – ein Normanne, mit der bösen Macht, sie zu beherrschen – sich alle untertan zu machen.

»Megotta, wir wollen ihn nicht hier haben«, zischte Jane. »Wir müssen ihn wieder loswerden!«

Dann führte Jock Leslie die Besucher ins Schloß – was bedeutete, daß er die Gastfreundschaft von Dumfries ausdehnen und sie zum Essen einladen würde.

»Laß uns in die Küche gehen«, entschied Megotta. »Auf die eine oder andere Art verscheuchen wir sie schon!«

Als Jane und ihre Großmutter die Küche betraten, sausten die Köche aufgeregt hin und her; sie rührten in einem Topf mit Suppe, prüften die Beschaffenheit einer Keule Wildbret, drehten einen riesigen Spieß, schoben runde Laibe in einen gewaltigen Backofen und warfen Gemüse in kochendes Wasser.

»Ich werde die Sauce zubereiten«, erklärte Megotta, als Jock Leslie auf der Bildfläche erschien.

Er warf nur einen Blick auf Megotta und kam dann auf sie zugestürzt. »Raus aus der Küche, sofort, Frau! Ich werde nicht erlauben, daß du heute einen deiner faulen Zauber anwendest. Möchtest du Schande über uns alle bringen?« brüllte er. Megottas Unschuldsbeteuerungen stießen auf taube Ohren. Jock kannte den abgrundtiefen Haß seiner Schwiegermutter allen Fremden gegenüber. »Andrew«, schnaubte er, sich an seinen Sohn wendend, der zum Verwalter ausgebildet wurde. »Ich übergebe dir die Verantwortung. Unter keinen Umständen darfst du Megotta erlauben, sich hier noch einmal blicken zu lassen!«

Jane trat vor, als einer der Köche Suppe in eine große Terrine goß und sie dann mit Sahne und Wein verfeinerte. »Andrew, darf ich die Suppe servieren?« fragte sie liebenswürdig.

Ihr Bruder lächelte. »Sehr gern, Jane, aber du mußt dich beeilen, sie wird schnell kalt.«

Als Jane den Speisesaal betrat, schlug ihr das Herz bis in den Hals, mit jedem Schritt, den sie den geehrten Gästen näher kam. Sie war erstaunt über ihre eigene Kühnheit. Würde sie wirklich genügend Mut besitzen, ihren Plan auszuführen? Ein Schauder durchrann ihren Körper, als sie den Deckel der Terrine öffnete, um Robert Bruce zu bedienen. Ihre Nerven drohten zu versagen, sie biß sich auf die Lippe und goß ihm die Suppe in den Teller, ohne auch nur einen Tropfen zu verschütten. Verstohlen sah sie zu dem Mann mit dem lohfarbenen Haar daneben, und kurz fiel ihr Blick auf seinen Mund. Es ging ihr heiß durch und durch, als sie an die Dinge dachte, die dieser Mund in ihrem Traum vollbracht hatte. Sie holte tief Luft, als sie sah, wie er ihre Brüste, ihr Haar musterte und Verlangen in seinem abschätzenden Blick aufflammte. Als sich sein sinnlicher Mund zu einem einladenden Lächeln verzog, nahm sie all ihren Mut zusammen. Jane senkte die Terrine so ruckartig, daß der dampfende Inhalt in seinen Schoß schwappte.

Lynx de Warenne sprang auf wie ein Blitz – er war froh, daß seine lederne Tunika und die Lederhose ihn geschützt hatten vor der kochenden Brühe. In der nächsten Sekunde fuhr seine Hand vor und packte den Ellbogen der Täterin, noch ehe sie weglaufen konnte. Sein ärgerlicher Blick ruhte auf dem Mädchen mit dem leuchtend roten Haar. »Wer, zum Teufel, seid Ihr?«

»Eine Keltin!« knirschte sie herausfordernd.

»Eine kleine Teufelskatze, die gezähmt werden muß, würde ich meinen.«

»Ich bin eine eingeschworene Feindin aller Engländer!«

Jock Leslie, der seinen Gästen den besten Wein auftischen wollte, den Dumfries zu bieten hatte, trat näher, um den Schaden, den seine Tochter angerichtet hatte, zu mildern.

»Wer ist diese Person?« beharrte de Warenne.

»Eine ungeschickte Dienstmagd, Mylord!« Jock schämte sich in Grund und Boden, daher verleugnete er seine Tochter.

»Sie wirkt ganz und gar nicht ungeschickt. Das war keine Unachtsamkeit, sondern Absicht!« De Warenne runzelte die Stirn, ließ aber Janes Arm los. Er wußte, daß sie am liebsten auf ihn losgegangen wäre und ihm das Gesicht zerkratzt hätte – was sie natürlich nicht wagte. »Ich würde Euch gern Manieren beibringen«, flüsterte er ihr mit rauher Stimme zu, die ihr mitteilte, daß er ihr auch noch andere Dinge beibringen wollte.

»Verlasse sofort den Saal!« befahl Jock. »Sie wird bestraft werden, Mylord.«

Als die Sünderin sich aus dem Staub machte, wandte sich Robert Bruce an Lynx. »Erlaube mir, mich für alle Kelten zu entschuldigen. Unsere leidenschaftliche Natur überwältigt manchmal unsere Vernunft.«

Lynx de Warenne konnte nicht anders, er mußte lachen. Er hätte nichts dagegen, seine eigene leidenschaftliche Natur mit der dieser rothaarigen Hexe zu messen. »Bestraft das Mädchen nicht, Jock Leslie«, legte er ein Wort für sie ein. »Ich weiß, daß der Haß auf die Engländer hier in Schottland sehr groß ist, und dieser Dienstmagd sind nur die Pferde durchgegangen.«

Jock winkte die schwarzhaarige Kate befehlend zu sich. »Meine eigene Tochter wird Euch die restliche Mahlzeit servieren, Euer Gnaden. Ich verspreche, daß nichts mehr Euren Besuch hier stören wird.«

Jane lief zu den Ställen, als sei ihr der Teufel auf den Fersen. Sie sah, daß ihr Bruder Keith die Pferde der Lords in die besten Ställe gestellt und ihnen Hafer zu fressen gegeben hatte. Als Jane sich den prachtvollen Hengsten näherte, begann sie leise zu sprechen. Auch wenn sie die Eigentümer gründlich ablehnte, so waren diese Rösser doch die schönsten, die sie je erblickt hatte. Sie fuhr mit den Fingern durch die wallende Mähne des kraftvollen Grauen und freute sich, als er leise wieherte.

Nachdem sie eine Weile mit ihnen geredet hatte, geriet sie in Versuchung, die Satteltaschen zu öffnen und zu durchsuchen. Vielleicht würde sie so die Identität des beunruhigenden Begleiters von Robert Bruce erfahren. Vielleicht fände sie einen Hinweis darauf, warum er gekommen war und was er hier wollte.

Als sie den Inhalt der Satteltaschen des Grauen durchwühlte, entschied sie, daß dieses Pferd dem Bruce gehörte. Es war nicht mehr drin als Wasser, Hafermehlkuchen und eine zusammengerollte Decke. Jane brachte die Sachen wieder in Ordnung und ging zur nächsten Box. Sie rieb den Hals des herrlichen schwarzen Hengstes und murmelte ihm leise Koseworte zu, ehe sie eine weitere Satteltasche öffnete.

Auch hier war das Ergebnis enttäuschend. Nur Äpfel fand sie, ein paar lederne Reithandschuhe und ein Pergament, das für ihre ungeübten Blicke aussah wie eine Karte von Annandale. Da Jane nicht lesen konnte, faltete sie die Karte wieder zusammen und legte alles zurück, so, wie sie es vorgefunden hatte, bis auf einen Apfel.

Mit einer Hand hielt sie die Frucht dem Rappen hin, mit der anderen streichelte sie seinen Hals. Jane zuckte erschrocken zusammen, als eine schnarrende Stimme zu wissen verlangte: »Und was, zum Teufel, macht Ihr jetzt mit meinem Pferd?«

Sie suchte ihr Heil in der Flucht, doch mit wenigen großen Schritten hatte er sie eingeholt; eine Faust umklammerte ihren Arm. »Seid vorsichtig, Normanne, ich bin eine Hexe mit magischen Kräften gegen einen Feind Schottlands!«

»Eure lächerlichen Drohungen interessieren mich nicht. Aber heraus mit der Sprache, was habt Ihr meinem Pferd zu fressen gegeben?«

Jane vergaß ihre Furcht und wurde ärgerlich. »Niemals würde ich mich an einem Tier vergreifen. Ich habe ihm einen Apfel gegeben. Und jetzt laßt mich los, Ihr tut mir weh!«

»Das ist auch meine Absicht, ich sollte Euch übers Knie legen, Ihr eigensinniger Frechdachs!«

»Oho, was haben wir denn hier? Unterbreche ich etwa das Vorspiel zu einem kleinen Abenteuer im Heu?« fragte Robert und grinste.

»Sehr lustig«, blaffte Lynx und gab das Mädchen frei. »Wie, zum Kuckuck, kann eine einzige Person in einer so kurzen Zeit ein solches Durcheinander anrichten?«

Robert zwinkerte ihm zu. »Du weißt doch, was sie von Rothaarigen sagen: du sollst sie meiden wie die Beulenpest!«

Jane zitterte, als sie ihnen nachsah, wie sie davonritten. Erleichterung überflutete sie bei dem Gedanken, daß der Anglonormanne Dumfries verließ. Doch genau wie sie gemerkt hatte, daß dies nicht ihre erste Begegnung gewesen war, so wußte sie auch, daß der Luchs wiederkommen würde. Es konnte gar nicht ausbleiben.

## 6

Der Plan John de Warennes klappte wie am Schnürchen. Als die schottische Armee bei den ersten Bergen der Lammermuir Hügel anlangte, müde und erschöpft von der Invasion Cumberlands, stürzte sich die englische Streitmacht auf sie. Zwar versuchten die Schotten auszuweichen, liefen jedoch in die Arme des Bruce, der hinter ihnen anrückte, und sie saßen in der Falle zwischen den beiden Heeren des Feindes.

In der wilden Schlacht bei Spottsmuir, in der Nähe von Dunbar, erlitten die Schotten eine vernichtende Niederlage. Die Kommandeure Edwards waren Veteranen, in Schlachten gehärtet, und ihre Soldaten weit besser ausgebildet und gerüstet als die der Schotten. Am Ende des Tages geriet nicht nur Comyn in Gefangenschaft, sondern mit ihm einhundertdreißig namhafte schottische Ritter, einschließlich der Grafen von Menteith, Atholl und Ross. Am nächsten Tag ergab sich die Burg.

Am Abend nach einem Schlachtensieg wurde immer gefeiert und gepraßt. Den großen Saal des Schlosses Dunbar erfüllte lärmende Festlichkeit, während Fässer mit Bier und Malzwhisky aus den Kellern herangerollt wurden, die jetzt überquollen von Gefangenen. Lynx de Warenne saß in seinem Zelt und fühlte sich müde und abgespannt; er spürte nichts von dem Stolz, den normalerweise ein Triumph mit sich brachte.

Was, zum Henker, ist nur mit mir los? fragte er sich. Alicias Worte kamen ihm in den Sinn. »Der Krieg ist dein Leben«, hatte sie behauptet, und Lynx konnte das nicht abstreiten. Düster dachte er an die Zukunft und an das, was vor ihm lag. Sobald Schottland niedergerungen war, würde Frankreich die nächste militärische Herausforderung bilden.

Ganz plötzlich genügte ihm das nicht mehr, Lynx sehnte sich nach mehr, suchte etwas. Zwar wußte er nicht so recht, was es war, aber ganz sicher würde er es nicht auf den Schlachtfeldern Frankreichs finden. Lynx schloß die Augen und verdrängte den Gedanken an den Krieg; doch Bilder der Scheußlichkeiten, die er in den Straßen von Berwick mitangesehen hatte, verfolgten ihn. Unschuldige Kinder mußten dran glauben, wie Wachskerzen waren sie ausgelöscht worden. Nichts auf der Welt kam der Kostbarkeit eines jungen Lebens gleich, er würde seine Seele verkaufen für eigenen Nachwuchs.

Edward Plantagenet brach, so schnell er konnte, aus Berwick auf; er bedauerte, den entscheidenden Kampf verpaßt zu haben, der schließlich Schottland wieder fest in seine Hände zurückbrächte. In der großen Halle von Dunbar ließ er die Gefangenen vorführen, einen nach dem anderen, damit er sie betrachten konnte. Doch viel wichtiger war ihm die Tatsache, daß sie sich ihm unterwerfen mußten, während sie die Knie vor ihm beugten und ihm die Treue schworen.

Wie er es immer tat, so schickte Edward auch jetzt diese Leute nach England, damit sie in Hertford festgehalten wurden. Bis vor kurzem hatten die reichen und mächtigen de Clares dafür gesorgt, daß seine Gefangenen in sicheren Gewahrsam genommen wurden. Jetzt hätte er seinen neuen Schwiegersohn, Monthermer, damit zu beauftragen, für ihre Einkerkerung zu sorgen, und könnte gleichzeitig das Stehvermögen dieses Mannes testen.

Graf Patrick, der wieder als Lehnsherr in Dunbar eingesetzt wurde, richtete ein großes Fest aus, um den Sieg zu feiern. Edward Plantagenet brachte einen Trinkspruch aus auf seinen Oberbefehlshaber John de Warenne. »Ihr habt gute Arbeit geleistet, John. Ich wußte, als ich Euch den Befehl über die Armee gab, daß ich damit den besten Kopf für diese Aufgabe wählte. Ihr und ich, wir beiden wurden von dem Großmeister selbst ausgebildet, von Simon de Montfort. Ein *vorsichtiger* General ist langsam in der Verfolgung einer fliehenden Armee, ein *großer* General bleibt genauso hart, wenn sein Feind geschlagen ist, wie vorher in der noch unentschiedenen Schlacht.«

»Sire, niemals hätten wir die schottische Armee ohne das spontane und entschlossene Handeln von Robert Bruce einkesseln können.« John de Warenne hob sein Glas und prostete seinem Nachbarn Robert zu. »Ich mache den Vorschlag, ihn sofort wieder in seine Regentschaft über Annandale einzusetzen.«

»Wenn ich mich recht entsinne, habe ich gesagt, daß ich darüber nachdenken werde, sobald Baliol gefangen ist und wir uns seiner entledigt haben«, erklärte Edward kalt.

Robert Bruce sah dem König von England in die Augen. »Nach der Amtsenthebung Baliols werde ich meinen Anspruch auf den Thron von Schottland erheben und nicht nur auf die Herrschaft über Annandale.«

Schweigen hing in der Luft, als keltische schwarze Augen in die blauen des Plantagenet starrten. »Glaubt Ihr, wir haben nichts anderes zu tun, als Königreiche für Euch zu erobern?« verlangte Edward zu wissen.

Lynx spürte die Feindseligkeit – er trat neben seinen Freund Robert, während John de Warenne sein ganzes diplomatisches Geschick bündelte und sich an den König wandte.

»Majestät, Euer nächstes strategisches Ziel ist die Hauptstadt. Wir müssen die Kapitulation einer jeden Burg erzwingen, die vor uns liegt, nämlich Roxburgh, Jedburgh, Dunbarton und zuletzt Edinburgh. Von dort aus ist es nur noch eine kurze Strecke nach Stirling. Ich sage Euch voraus, daß Euer triumphaler Weg durch Aberdeen und Banff, bis hin nach Elgin, von schottischen Adligen gesäumt sein wird, die herbeieilen, um Euch ihren Treueschwur zu leisten. Die einzige Gefahr könnte in der versprengten Armee liegen, die sich *hinter* uns wieder vereint und die südlichen und westlichen Regionen zurückerobern möchte, während wir nach Norden marschieren.«

Edward Plantagenet erkannte deutlich, daß er es sich nicht leisten konnte, Robert Bruce zu verärgern. Er brauchte den mächtigen Grafen, damit dieser ihm den Rücken freihielt. »Ihr seid ein großer Stratege, John, deshalb werde ich diese Angelegenheit völlig in Euren fähigen Händen lassen. Und wie Ihr vorgeschlagen habt, werden wir umgehend die Schlösser den Bruces zurückgeben. Die westliche Route zwischen England und Schottland muß für den Nachschub für unsere Armeen offenbleiben.«

Als der König sich verabschiedete und John de Warenne mit ihm, sah Robert Bruce Lynx an, und die beiden Männer mußten sich sehr bemühen, ihre Belustigung nicht offen zu zeigen.

»Himmel, es gibt doch nichts Besseres, als ohne große Umschweife das zu verlangen, was man haben will!«

Robert stieß Lynx mit seiner kräftigen Schulter an. Er deutete mit dem Kopf auf John de Warenne und meinte: »Warum versuchst du es nicht auch?«

Ganz plötzlich wußte Lynx, was er wollte. Er hob den Blick und suchte nach dem in der Menschenmenge untergetauchten John. Als er ihn entdeckt hatte, ging Lynx ohne zu zögern durch die Halle auf ihn zu. Gerade als er den Mund öffnen wollte, um zu sprechen, sagte John de Warenne: »Es tut mir leid, Lynx, aber ich fürchte, du wirst nicht daran teilnehmen können, den Rest Schottlands zu unterwerfen. Der König vertraut Robert Bruce nicht völlig, und er möchte ihm einen Aufpasser an die Seite stellen. Du bist der einzige, der nicht das Mißtrauen von Bruce wecken wird. Es gibt da ein königliches Schloß in Dumfries, wo eine dauerhafte Garnison eingerichtet werden soll. Wirst du diesen undankbaren Posten antreten?«

Sein Neffe antwortete ihm mit einem breiten Lächeln.

Am nächsten Morgen ritt Lynx de Warenne nach Süden, mit zwanzig seiner jüngsten Ritter und siebzig Soldaten. Den Rest seiner Männer hatte er unter das Kommando seines Cousins, Fitz-Waren, gestellt. Lynx hatte persönlich mit seinen Getreuen gesprochen und um Freiwillige gebeten – er wußte sehr gut, daß die meisten es vorziehen würden, an der Spitze des Heerzuges mitzumarschieren, der Schottland unterwerfen sollte.

Als er anbot, diejenigen, die bei der Armee bleiben wollten, unter das Kommando seines Cousins Fitz-Waren zu stellen, hatte es in den Reihen einige Mißbilligung gegeben, und Lynx stellte mit Erschrecken fest, daß seine Waliser Roger Fitz-Waren weder mochten noch ihn respektierten. Als Lynx über diese Tatsache mit den zwei Dutzend Rittern sprach, die sich entschieden hatten, für den König zu kämpfen, versicherten sie ihm, daß John de Warenne seinen unehelichen Sohn Fitz-Waren fest in der Hand habe und alles gutgehen würde. Die jüngeren Mannen, die Lynx mit sich nahm, konnten als Kuriere zwischen Dumfries und dem Befehlshaber der Armee dienen, um den Neffen über deren Vorrücken zu unterrichten.

In der Nacht, ehe sie in Dumfries eintrafen, rief Lynx de Warenne seine Leute zusammen, nachdem sie ihr Lager aufgeschlagen hatten. Er wollte keine Auseinandersetzungen, wenn sie erst einmal in Dumfries angekommen waren; daher erklärte er ihnen die Regeln und machte ihnen deutlich, was er von ihnen erwartete.

»Die Menschen in Dumfries sind keine Krieger, sondern die Hüter des Schlosses. Wir gehen nach Dumfries nicht als Eroberer, die die Bewohner dort unter ihren Stiefeln zertreten, unsere Absichten sind friedlich. Ihr werdet kein Lager außerhalb der

Mauern aufschlagen, ihr werdet in den Gebäuden selbst untergebracht. Wir werden alle in der großen Halle essen, und am Abend sollen diejenigen, die keinen Wachdienst im Schloß oder in der Stadt haben, auch dort schlafen. Die Ritter werden zu zweit in einem Zimmer untergebracht.« Er legte eine Pause ein.

»Wir bilden eine Garnison, eine Friedensmacht, die dem Bruce helfen soll, Kontrollen in den westlichen Regionen einzurichten und die Hauptnachschubroute von England nach Schottland offenzuhalten, oder, genauer gesagt, zwischen Carlisle und Edinburgh.« Lynx räusperte sich.

»Versucht daran zu denken, daß die Menschen in Dumfries, wenn auch Schotten, nicht unsere Feinde sind. Wir wünschen ihre Kooperation und keine Sabotage.« Lynx' Stimme wurde tiefer, als er die nächsten Worte betont aussprach. »Alle Schwierigkeiten werden mir vorgetragen. Wenn ihr Verrat entdeckt, und ich bin sicher, daß das nicht ausbleibt, dann werden zur Vergeltung keine Menschenleben geopfert. Einmal in der Woche halte ich Gericht und entscheide, welche Strafen verhängt werden. Zu allen Zeiten solltet ihr euch daran erinnern, daß ihr Männer de Warennes seid. Ich dulde kein unmäßiges Benehmen. Ihr seid frei, mit den Frauen aus Dumfries zu verkehren, aber keine von ihnen wird gegen ihren Willen zu etwas gezwungen. Darauf mein Wort!«

Als Lynx de Warenne in Dumfries ankam, befahl er seinen Männern, das Gepäck im äußeren Schloßhof zu deponieren, bis er mit dem Verwalter der Anlage gesprochen hatte. Nicht ein einziges Pferd sollte in den Stall geführt, kein einziger Wagen abgeladen werden, bevor nicht das korrekte Protokoll abgewickelt war.

De Warenne freute sich, daß der Betreffende ihn wiedererkannte und sofort mit Namen ansprach. Lynx zog seinen ledernen Stulpenhandschuh aus und reichte dem Mann die Rechte. »Jock Leslie, Ihr seid schon zwanzig Jahre lang hier der Verwalter, und ich bitte Euch, diesen Posten zu behalten.« Lynx' aufmerksamer Blick beobachtete die Miene des Mannes gespannt.

Als er kein Anzeichen von Feindseligkeit entdeckte, erwärmte er sich noch mehr für Jock. »Wie Ihr selbst seht, bin ich mit meinen Männern geschickt worden, um in Dumfries eine Garnison anzulegen. Ich würde die Eingliederung der Schutztruppe gern so reibungslos wie möglich durchführen, und das hängt von Eurer und meiner Zusammenarbeit ab.« Indem er Leslie von Anfang an fest an seiner Seite hatte, hoffte Lynx die Ablehnung gegen sich und seine Männer zu verringern.

»Ich stehe Euch zu Diensten, Lord de Warenne!«

»Nach allem, was ich hier gesehen habe, gibt es nur sehr wenig zu bemängeln. Eindeutig leistet Ihr Euer Bestes gemeinsam mit den Menschen, die unter Eurem Kommando stehen. Mit Fug und Recht darf ich das auch von mir behaupten. Dennoch werden wir Kompromisse schließen müssen. Wenn es etwas gibt, das ich nicht mag, also geändert haben möchte, werde ich damit sofort zu Euch kommen, Jock. Umgekehrt bitte ich Euch, es genauso zu halten.« Lynx' Mundwinkel zogen sich hoch. »Zwar kann ich Euch keine Zugeständnisse versprechen; man sagt mir nach, daß ich recht streng bin. Aber ich möchte, daß Ihr mir alle Fragen erst einmal vortragt.«

Lynx sprach schnell weiter. »Ich habe zwanzig Ritter, eingebildete junge Streithähne; sie werden jedoch im täglichen Ablauf des Hausstandes nichts zu bestimmen haben. Ihr tragt hier die Verantwortung, Jock Leslie, und Ihr seid niemandem außer mir Rechenschaft schuldig.« Wieder ließ Lynx ein schiefes Lächeln sehen. »Ihr könnt gleich weitermachen mit dem Scheuchen der Ratten.«

Als Jock nicht gleich verstand, was er meinte, deutete Lynx mit der Hand zum Schloßhof. »Erteilt sofort Eure Befehle. Sagt mir, wo wir die Pferde unterstellen und die Vorräte abladen sollen. Morgen wird es noch früh genug sein, daß Ihr mir den täglichen Ablauf der Arbeiten auf dieser Burg erklärt.«

Während der nächsten Tage befriedigten die Männer, Frauen und Kinder von Dumfries ihre Neugier, indem sie die Männer gründlich ins Visier nahmen, die zu ihnen geschickt worden waren, um eine Garnison zu errichten. Zuerst waren sie voller Beklommenheit. Immerhin handelte es sich um Engländer, und die Geschichten über die Grausamkeiten, die die verhaßten Nachbarn in Berwick angerichtet hatten, waren auch nach Dumfries gedrungen. Doch da ihr Kommandeur der Mann war, der Robert Bruce begleitet hatte, legten sich einige ihrer Ängste.

Schnell verbreitete sich die Nachricht, daß Jock Leslie Verwalter des Schlosses bleiben würde, mit voller Verantwortung, das Hauswesen so zu führen, wie er es immer getan hatte; die Menschen von Dumfries atmeten erleichtert auf, daß sie so glimpflich davongekommen waren.

Jane Leslie allerdings bildete eine Ausnahme. Sie setzte weder einen Fuß in das Schloß noch in seine unmittelbare Nähe. Die letzten beiden Tage hatte sie bei der Frau ihres Bruders Ben verbracht, die ihr viertes Kind zur Welt bringen sollte. Judith litt immer sehr bei ihren Niederkünften, doch Janes Stimme und ihre Hände beruhigten sie, vertrieben ihre Furcht und erleichterten ihr die Schmerzen. Die Berührungen der jungen Schwägerin wirkten Wunder, und die sanften Lieder, die sie ihr vorsang, wiegten Judith in Schlaf zwischen den Wehen.

Ben hatte sich bemüht, die Nachricht, daß es in Dumfries einen neuen Oberherren gab, von seiner Frau fernzuhalten, weil er wußte, daß sie ohnehin schon genügend Zukunftssorgen wälzte. Deshalb hatte auch Jane keinerlei Ahnung, daß das Schloß jetzt eine Garnison der Engländer war.

Das Baby kam in dem Augenblick zur Welt, als die Sonne frühmorgens am Himmel aufging. Jane wusch den Säugling und legte ihn dann seiner Mutter an die Brust. Judith schloß die Augen zu einer verdienten Ruhe – gerade als Megotta kam, um ihren neuen Urenkel zu begrüßen.

Jane schlüpfte aus dem Haus und hob ihr Gesicht der warmen Aprilsonne entgegen. Auch wenn sie in den letzten beiden Tagen kaum einen Augenblick verschnaufen konnte, so war doch das

Wunder einer Geburt eine so belebende Erfahrung, daß sie an Schlaf nicht einmal denken mochte. Sie schlug den Weg ein, der über die Wiese zu den Bäumen führte. Ihr Waldsee lag gute zwei Meilen von Bens Hütte entfernt; doch Jane besaß einen leichten Schritt, ihre Gedanken waren glücklich, als sie dem Gesang der Vögel lauschte und sich aufmerksam nach den Kreaturen umsah, die in dem grünen Schatten des Waldes lebten. Es herrschte noch Dämmerung, daher bestand die Möglichkeit, daß sie ihrem herrlichen Luchs begegnete.

Als Jane durch die Stämme der dunklen Bäume auf die Lichtung trat, landete eine winzige Eule auf ihrer Schulter und plusterte ihre Federn auf, so daß das Ende einer Schwinge Janes Wange berührte. Ihr geräuschloser Anflug bereitete dem Mädchen unendliche Freude.

Dann entdeckte sie den smaragdfarbenen Reiher, ihren Liebling, den scheuesten aller Wasservögel. Er flog auf einen niedrigen Ast in der Nähe und streckte von dort aus seinen Kopf zum Wasser hinunter, auf der Suche nach einer Elritze. »Ich sehe dich, Crabby Bill«, rief Jane – er legte den Kopf zur Seite, als er seinen Namen hörte. Zuerst hatte sie ihn auf den Lehmbänken gesehen, wo der Fluß Nith ins Meer mündete. Der grüne Vogel hatte dort nach Krabben gesucht, und sie nannte ihn von Anfang an Crabby Bill. Jane setzte sich an den Rand des Sees und schloß zufrieden die Augen.

Lynx de Warenne nutzte die frühe Morgenstunde, griff nach einem kleinen Falken und sattelte sein Pferd, damit er allein über das Gebiet von Dumfries reiten konnte. Er wußte, daß Jock Leslie ihn später am Vormittag überall herumführen würde; doch zuerst einmal wollte er sich mit dem Stück Land vertraut machen, das zu Dumfries gehörte.

Als Lynx über die Wiesen, Hügel und Koppeln ritt, entging ihm nicht der Mangel an Schafen und Lämmern; ihm fielen nur vereinzelte Viehherden und Milchkühe auf, keine Pferde grasten auf den Wiesen. Insgeheim verfluchte er Comyn dafür, daß er Dumfries die Haustiere genommen hatte. Lynx begriff sehr gut, daß eine Armee ernährt werden mußte; doch es war kurzsichtig und töricht, ganze Herden zu requirieren.

Es interessierte ihn, ob in den Wäldern von Dumfries Schweine gehalten wurden, so wie in England, und deshalb lenkte er sein Pferd durch die Bäume. Lynx entdeckte keine Anzeichen von Schweinen, doch der Wald war voller Wild, sowohl großen als auch kleinen Tieren; er verspürte eine tiefe Befriedigung, daß in Dumfries nicht alle Vierbeiner geschlachtet worden waren. Als er an eine Lichtung kam, stieg er aus dem Sattel und warf den kleinen Falken in die Luft. Er sah zu, wie er sich höher und höher wand, zur Vorbereitung eines steilen Sturzflugs.

Ein schriller Schrei drang durch die Luft, und de Warenne wurde zu Boden gestoßen, als sich jemand in einem unerwarteten Angriff auf ihn warf. Blitzschnell hatte Lynx den Angreifer am Hals gepackt, sich herumgerollt und so den Feind unter sich begraben. Der weiche Körper unter ihm sagte Lynx sofort, daß sein Gefangener eine Frau war, und das lange, flammendrote Haar verriet das Mädchen, das ihn bei seinem ersten Besuch in Dumfries so provoziert hatte.

Vor Erschrecken und Überraschung weitete sich Janes Blick, als sie den Mann erkannte, der sich drohend über sie geschoben hatte. Sie starrte in seine wilden grünen Augen, und dann rann unwillkürlich ein Schauder durch ihren Körper, als sie sein männliches Feuer spürte und ihr der Gedanke kam, wie er im nächsten Augenblick damit beginnen würde, über ihre Haut zu fahren. Gleichzeitig begriff sie jedoch, daß er nicht so sanft vorgehen würde. Er war wütend, und Angst stieg in ihr auf. »Ich ... ich habe Euch zu Boden gestoßen, damit der Falke die Vögel nicht tötet.«

»Mich gestoßen?« wiederholte er tadelnd. »Ihr seid auf mich losgesprungen wie eine Bestie!«

»Die Geschöpfe, die zu diesem See kommen, sind meine

Freunde. Es ist ein Schutzgebiet; ich erlaube nicht, daß hier gejagt wird.«

»*Ihr* erlaubt das nicht? Was, zum Teufel, bildet Ihr Euch eigentlich ein?«

Sie zögerte, sich ihm vorzustellen und versuchte, sich zu befreien. Aber sie war eingeklemmt zwischen seinen eisenharten Schenkeln. Während ihre Hände sich gegen seinen Oberkörper preßten, berührten ihre Finger seine glatten, festen Muskeln. Zweifellos war er der größte Mann, den sie je angetroffen hatte, und als sie so unter ihm lag, überwältigte sie seine große und kräftige Erscheinung. Er könnte ihr mit seinen Händen das Genick brechen. Ihre Brust hob und senkte sich heftig, und sie tat alles, sich ihre Furcht nicht anmerken zu lassen. »Was treibt Ihr hier?« keuchte sie.

Ihre üppigen Brüste waren so verlockend, daß Lynx' Finger juckten, so gern hätte er sie in die Hand genommen und liebkost. Sein Zorn verrauchte und wurde ersetzt von heißem Verlangen. Er grinste anzüglich. »Alles, was ich will. Ich bin der neue Oberherr von Dumfries.« Die erotischen Möglichkeiten dessen, was sich da eröffnete, waren endlos. Bei dem Gedanken an den sanften Leib unter ihm regte sich sein Körper in heißem Begehren.

»Das ist unmöglich – Ihr seid *Engländer*!« Sie sprach das Wort aus, als sei es ihr ein Greuel.

»Und Ihr seit Keltin, wenn ich mich recht erinnere an unsere letzte Begegnung. Wie heißt Ihr?«

»Sironi«, antwortete sie trotzig und benutzte den keltischen Namen einer Göttin, mit dem Megotta sie manchmal ansprach. Dann fiel ihr wieder ein, daß sie ihm gesagt hatte, sie sei eine Hexe und besäße große Macht über Schottlands Feinde. Sie nahm all ihren Mut zusammen und warnte ihn: »Ihr seid in diesem Schloß unerwünscht. Großes Leid wird über Euch kommen und alle, die mit Euch sind, wenn Ihr nicht sofort Eurer Wege zieht.«

»Bei Euren keltischen Prophezeiungen packt mich kaltes Entsetzen«, spottete er. »Wie schade, daß ich ein Normanne bin!« Er beugte sich über sie, um den Duft ihres Haares einzuatmen, und sein hart aufgerichtetes Glied drängte sich gegen ihren Bauch.

Auf einmal wurde ihr klar, daß sie ihn erregte, und ihre Furcht verdoppelte sich. Sie haßte ihn für die Lust, die er verspürte, und sich selbst für ihre Gefühle. »Es ist mir gleichgültig, was Ihr seid!« giftete sie.

Lynx sah, daß ihre Augen vor Pein ganz dunkel wurden, und das ließ ihn innehalten. Wenn er nicht aufhören würde, sie zu necken, würde er die Beherrschung verlieren und sie gleich hier im Gras nehmen. Doch noch niemals hatte er eine Frau zur Intimität gezwungen.

»Schreckliche Kratzbürste, ich sollte Euch den Hintern versohlen.« Er ließ von ihr ab und sah zu, wie sie aufstand. »Ganz bestimmt haben Eure Talente mehr mit Unfug zu tun als mit magischen Kräften.«

Obwohl Jane sich von ihm bedroht fühlte, forderten seine herabsetzenden Worte sie doch heraus. Offensichtlich bezweifelte er ihre Fähigkeiten. Sie blickte hinauf in den Baum, in den sein Falke geflogen war, dann reckte sie gebieterisch die Arme. »Komm zu mir, du Krallentier!«

Der kleine Geschnäbelte schwang sich von der Baumspitze und landete auf Janes Handgelenk. Sie strich mit einem Finger über sein blau-graues Gefieder und sprach mit ihm, als sei er ein geliebtes Schoßhündchen und kein wilder Raubvogel. »Ihr seht, ich bin in der Lage, ihn zu dirigieren.«

Lynx de Warenne griff nach dem Wurfriemen um den Fuß seines Falken und nahm ihn ihr weg. »Ihr solltet besser lernen, Euch selbst unter Kontrolle zu halten, junge Dame, jetzt, wo ich hier der Herr bin«, riet er und sah ihr dabei tief in die Augen. Dann bestieg er sein Roß und ritt davon, ohne sich umzudrehen.

# 7

»Mylord, dies ist mein Sohn Andrew, der in Dumfries zum Verwalter ausgebildet wird.«

Lynx erkannte die Ähnlichkeit zwischen Vater und Sohn, er lud Andrew ein, sich ihnen anzuschließen.

»Nun, Ihr könnt mich sicher gar nicht gebrauchen. Und eigentlich geht in der Küche alles drunter und drüber. Es gibt nicht genügend Köche bei uns und auch nicht genug Bedienung. Ich muß gehen, um dort mit Hand anzulegen.«

»Laßt Euch von meinen Walisern helfen! Es gibt einige ausgezeichnete Köche unter ihnen«, riet Lynx ihm.

Als nächstes nahm Jock Leslie Lynx mit in die Schmiede des Schlosses und stellte ihn dort vor. »Dies sind meine Söhne James und Alex.«

Lynx sah ein wenig bedenklich drein, sagte jedoch nichts. Er war froh, daß die Schmiede ausreichend Raum bot. »Ich werde Euch Männer zur Unterstützung besorgen. Viele unserer Pferde müssen neu beschlagen werden, und unsere Waffen und Rüstungen sind reparaturbedürftig. Natürlich habe ich meine eigenen Waffenschmiede, Ihr werdet bitte zusammenarbeiten. Wenn es Probleme gibt, dann sagt mir Bescheid.«

Von der Schmiede nahm Jock Lynx mit zu einer Inspektion der Vorräte. Als sie über den Hof schritten, wackelten Hennen und Küken vor ihnen her. »Gibt es auch Gänse?« wollte Lynx wissen.

»Nur sehr wenige, Mylord.«

»Notiert Euch, eine Herde Gänse zu kaufen. Meine Bogenschützen bevorzugen die Federn der englischen Graugans.« Lynx waren die Kinder aufgefallen. Die kleinen Schlingel fielen ihm immer auf. Sie waren glücklich und gesund, mit strammen Beinen und roten Wangen. Jock sprach mit ihnen allen, er zerzauste das Haar eines kleinen Mädchens oder gab einem Dreikäsehoch einen Klaps. Der Neuankömmling war überrascht, daß die Kinder Jock mit Großpapa ansprachen – denn er war noch kein alter Mann.

Als sie in den Lagerräumen des Schlosses ankamen, äußerte der dortige Leslie-Sohn, David, ohne zu zögern gleich seine Sorgen. »Comyns Männer haben mir alles weggenommen. Die gedankenlosen Räuber haben meine ganzen Hafervorräte an ihre Pferde verfüttert, als uns das Heu ausging.«

Lynx nickte, als er durch die Schuppen wanderte; er stellte fest, daß sie nur mehr wenige Lebensmittelvorräte hatten. »Kauft neue! Kauft Futter für die Pferde. Stockt Euren Bestand an getrockneten Nahrungsmitteln auf, wie Bohnen, Erbsen, Linsen, Gerste – kauft alles, was Ihr braucht.«

»Das wäre Silber«, erklärte David unumwunden.

»Dann kauft welches ... oh, Silber bedeutet natürlich Geld!« Lynx lachte, dann blickte er zu Jock. »Ihr habt mir nicht gesagt, daß die Truhen nicht gut gefüllt sind.«

»Sie sind leer, Mylord«, gestand Jock leise.

»Macht nicht so ein bedrücktes Gesicht, Mann, das läßt sich irgendwie ändern. Vorläufig kümmern wir uns erst einmal um das Nötigste, denn wir müssen auch den Viehbestand von Dumfries auffüllen, um für die Zukunft gerüstet zu sein.«

Die beiden Leslies schauten voller Hoffnung auf.

»Wir werden uns um neue Herden bemühen ... natürlich bedeuten Schafe in diesen Tälern hier Wohlstand. Es sollte mit dem obersten Schafhirten und auch mit den Kuhhirten besprochen werden«, entschied Lynx.

»Ich werde es ihnen heute abend sagen. Meine Söhne Ben und Sim sind die obersten Schafhirten, und die Hüter der Rinder die Ehemänner meiner Töchter.«

Lynx sah Jock erstaunt an. »Himmel, Mann, wie viele Söhne und Töchter habt Ihr überhaupt?«

»Nur zehn, Mylord.«

»Nur?« Lynx verschluckte sich fast. »Für einen Mann, der

überhaupt keine Kinder hat, sind zehn Kinder wirklich eine stattliche Schar.« Während er die Augen zusammenkniff, fiel ihm noch etwas ein. »Die Kinder nennen Euch Großpapa, weil Ihr wirklich deren Großvater seid?«

Jock nickte glücklich. »Ich habe dreißig Enkel. Nein, falsch, es sind einunddreißig. Die Frau meines Sohnes Ben hat in der Nacht einen weiteren bekommen.«

Ehrfürchtig starrte Lynx ihn an, solch eine Leistung schien ihm unfaßlich. »Ich beneide Euch, Jock Leslie.«

Als sie zum Brauhaus gingen, wurde Lynx' Verwalter vertraulich. »Darf ich so kühn sein und Euch eine Probezeit vorschlagen, wenn Ihr unbedingt Vater werden wollt?«

»Erklärt mir, was diese Sitte zu bedeuten hat«, bat Lynx ihn.

Jock dachte einen Augenblick nach, er suchte nach Worten, die der Normanne verstehen würde. »Eine Probezeit hebt eine anständige Frau in ihrer Stellung über die Dirnen. In diesem Zusammenhang wird die Tatsache, daß sie mit einem Mann schläft, als anständig gesehen. In unseren Tälern hält man es gewöhnlich so vor einer Hochzeit. Die Länge dieser Probezeit beträgt normalerweise ein Jahr und ein Tag. Am Ende dieser Zeit entscheidet sich das Paar, ob es heiraten oder sich wieder trennen wird. Aber wenn aus dieser Verbindung ein Kind hervorgeht, gilt es als ehelich, auch wenn die beiden am Ende doch nicht heiraten.«

»Die Sitte bedeutet also Sicherheit für Frauen und Kinder«, meinte Lynx nachdenklich.

»Aye, Mylord; uneheliche Kinder sind nicht erwünscht.«

Lynx de Warenne fragte sich, ob Jock Leslie ihn warnen wollte. »Meine Männer kennen meinen Standpunkt; es wird in Dumfries keine Frau zu etwas gezwungen werden.«

Am späten Nachmittag hatte der Verwalter Lynx de Warenne jeden Raum im Schloß gezeigt. Die beiden Verantwortlichen diskutierten und planten seit dem frühen Morgen miteinander. Im Inneren der Festung fiel es Lynx schwer, Verbesserungen vorzuschlagen. Die Abflüsse waren gesäubert, die Böden geschrubbt, die Kamine qualmten nicht; sogar die Hunde waren eingesperrt und liefen ihnen nicht zwischen den Füßen herum.

Die Einrichtung von Dumfries konnte man beinahe luxuriös nennen. In den meisten der Zimmer hingen Wandbehänge vor den Steinwänden, um die Kälte abzuhalten; in fast allen der oberen Räume lagen dicke Teppiche auf dem Boden, und die großen Betten wiesen schwere Bettvorhänge, gewobene wollene Decken und fleckenloses Leinen auf. Jedes Schlafgemach besaß einen geräumigen Schrank, einige hatten sogar Kamine.

Das Schloß, das in normannischem Stil erbaut war, besaß an jeder Ecke einen viereckigen Turm. »Dies ist der Hauptturm.« Jock führte Lynx die steinerne Treppe hinauf in den ersten Stock, der aus zwei Räumen mit Durchgangsbogen bestand. »Hier wohnten immer die Herrscher von Dumfries.«

Lynx bemerkte, daß alle Stühle gepolstert und alle Bänke mit Kissen ausgelegt waren. Das dunkle Eichenholz der Möbel hatte man mit Bienenwachs poliert. Auf einem Spieltisch standen Schachfiguren, an den Wänden hingen Musikinstrumente, und es gab eine Menge polierter Silberspiegel. Als Lynx die Stimme seines Verwalters von oben hörte, gefolgt vom Lachen einer Frau, stieg er die Treppe in den nächsten Stock hinauf, wo sich wieder zwei Zimmer befanden, ebenfalls durch einen Bogen verbunden.

Sofort bemerkte er, daß seine Knappen sein eigenes Bett aufgestellt und sein Gepäck heraufgetragen hatten, einschließlich seiner Waffentruhe; gerade waren sie dabei, seine Kleidung in den Schrank zu räumen. Aber eigentlich erregte die Frau Lynx' Aufmerksamkeit, während sie das Bett mit frischem Leinen bezog. Sie war ein gutgebautes Frauenzimmer mit dunklem Haar und einem breiten Mund sowie üppigen Hüften. Die Rundung ihres Leibes sagte ihm, daß sie ein Kind erwartete.

»Solltet Ihr wirklich diese Arbeit tun?« fragte er und sorgte sich um ihren fortgeschrittenen Zustand.

Jock lachte leise. »Das ist meine Tochter Mary. Ihr braucht

Euch keine Sorgen zu machen, Mylord, dies ist ihre sechste Schwangerschaft.«

Sie verbeugte sich vor ihm und warf ihm einen kecken Blick zu. »Willkommen in Dumfries, Lord de Warenne!«

»Danke, Mary«, antwortete Lynx und unterdrückte das Gefühl des Neides, das ihn wegen des Kindes, nicht wegen der Frau, überkam.

»Möchtet Ihr ein Feuer, um die Feuchtigkeit zu vertreiben? Mary, zeige den Knappen, wo das Holz aufbewahrt wird«, ordnete Jock an.

Das neue Oberhaupt starrte der fruchtbaren jungen Frau nach und schüttelte verwundert den Kopf. »Habt Ihr auch noch unverheiratete Töchter, Jock Leslie?«

Jock ging bereitwillig auf den Scherz ein. »Meine jüngste Tochter ist noch nicht in ihrer Probezeit. Wenn Ihr an ihr interessiert seid, müßtet Ihr Euch beeilen, Mylord!«

Jane hatte gewußt, daß der Luchs nach Dumfries zurückkehren würde, so sicher, wie der Frühling in jedem Jahr wiederkam. Sie dachte an ihn als *der Luchs,* weil er für sie die Verkörperung des herrlichen Tieres war, mit dem sie jene außergewöhnliche Begegnung gehabt hatte. Jetzt erinnerte sie sich an den Namen des Mannes in Robert Bruces Begleitung.

»Lord de Warenne«, flüsterte Jane den Namen vor sich hin und spürte ihr Herz schneller schlagen. Der Vorfall am Waldsee war unerfreulich und beunruhigend gewesen, doch irgendwie auch unvermeidlich – als wäre er vorherbestimmt. Ihre Gefühle befanden sich in hellstem Aufruhr; doch glücklicherweise schaffte sie es, ihre Furcht und die Verehrung, die sie für ihn empfand, zu verbergen.

Jane hob den Talisman hoch, den sie um den Hals trug, und blickte auf den gemalten Luchs hinunter. Die lohfarbene Mähne, die grünen Augen, die massiven Schultern hatten eine unheimliche Ähnlichkeit mit de Warenne, und sie konnte sich des Gefühls nicht erwehren, daß dieser Mann für sie eine Bedrohung darstellte.

Statt sich nach Hause zu begeben, suchte sie in den Ställen ihren Bruder Keith. Er war der einzige, der die Dinge, die sie fühlte, zu verstehen schien, ohne daß er sie gleich eigenartig fand oder, noch schlimmer, sie sogar auslachte. Jane mochte die Atmosphäre der Ställe. Der Geruch nach Pferden, Heu und Leder mischte sich mit dem beißenden Duft der Pferdeäpfel. Doch als sie dann einige unbekannte Soldaten im Stall entdeckte, erfüllte sie das mit Mißbehagen. Jane wandte sich auf dem Absatz um und wollte gerade gehen, als Keith sie entdeckte.

Er ließ den Striegel fallen und lief hinter ihr her. »Jane, lauf nicht weg. Komm und sieh dir die Gäule an. Es sind die feinsten, die ich je gesehen habe, ganz besonders der schwarze Hengst von Lord de Warenne.« Keith hielt sie am Arm fest.

»Ich kann nicht ... diese Männer ...« Die Worte blieben ihr im Hals stecken.

»Komm mit mir hinauf in den Speicher, während ich den Falken zurückbringe auf seine Stange.« Keith nahm den Gefiederten auf sein Handgelenk und führte Jane nach oben unter das Dach, wo die Falken untergebracht waren. »Diese Männer sind Ritter, die zu dem neuen Lord gehören.«

Die Raubvögel mit ihren Kappen vernahmen die Stimmen und begannen zu lärmen, um Aufmerksamkeit zu erregen. Sanft strich Jane über das Brustgefieder eines weiblichen Zwergfalken, der sofort ruhig war. »Ich habe ihn gesehen«, flüsterte sie geheimnisvoll.

»Lord de Warenne?«

Jane nickte. »Zuvor auch schon mal ...«

»Aye, er kam mit Robert Bruce, dem Grafen von Carrick.«

Daraufhin schüttelte sie den Kopf. »Nein, noch viel früher!«

Keith begriff, daß sie ihm etwas sagen wollte, deshalb schenkte er ihr seine volle Aufmerksamkeit.

»Erinnerst du dich, als ich dem Luchs am Waldsee begegnete?

Nun, dort habe ich ihn angetroffen.« Sie griff nach ihrem keltischen Talisman an der ledernen Schnur. »Ich habe den Luchs zu meinem Zaubersymbol gemacht. Ursprünglich gedachte ich, meinen Geist mit dem seinen zu vereinen, damit ich Macht und Kraft erhielte. Auf jeden Fall ist der Luchs in einem Traum zu mir zurückgekommen und hat sich in einen Mann verwandelt ... in Lord de Warenne.«

Ihr Bruder nickte langsam. »Das ist das zweite Gesicht ... etwas zu sehen, bevor es geschieht. Hast du andere Visionen gehabt?«

»Heute morgen tauchte er am Waldsee auf – doch ich glaube nicht, daß es eine Vision war. Er wirkte überaus lebendig.«

»Der Name des Lords ist Lynx, das bedeutet der Luchs.«

»Was?«

»Er heißt Lynx de Warenne.«

Jane öffnete bestürzt die Lippen, denn so hatte sie ihn genannt: *der Luchs.* »Keith, was hat das zu bedeuten?«

»Das weiß ich nicht. Dennoch sind sein Schicksal und das von Dumfries wohl miteinander verbunden. Es gibt einen Grund, vielleicht sogar einen erhabenen ... aber ob es nun gut oder schlecht ist, wird erst die Zeit weisen.«

»Sicher wird mein Talisman mich gegen ihn schützen!«

Keith betrachtete sie eingehend. »Anscheinend hat er dich erschreckt, Jane; aber ich glaube nicht, daß er für dich eine Bedrohung ist.«

»Ich fürchte mich nicht vor ihm«, versicherte sie lauthals und reckte stolz den Kopf; doch tief in ihrem Inneren fürchtete sie sich doch vor den Gefühlen, die er in ihr weckte.

An diesem Abend, als sich die Frauen der Leslies in Judiths und Bens Haus versammelt hatten, um das Neugeborene in ihrer Familie willkommen zu heißen, lag ein Hauch von Erregung über allem. Atemlos redeten alle über Lord de Warenne, seine gutaussehenden jungen Krieger und die dunkelhaarigen walisischen Bogenschützen. Die Jüngeren überspielten ihre Schüchternheit gegenüber den Neuankömmlingen. Dennoch schlugen ihre Herzen höher, da die Männer gefährlich waren und in ihren letzten Schlachten unbesiegt.

»Judith, dir entgeht die ganze neue Situation. Seine Ritter sind so groß, du würdest deinen Augen nicht trauen«, berichtete Kate ihr. »Die walisischen Bogenschützen sind kleiner, doch sie machen das wett durch ihre Kompaktheit!«

Mary, die vor Wichtigkeit beinahe platzte, erklärte: »*Ich* habe heute sein Bett gemacht!«

Die anderen wandten sich ihr neugierig zu. »Das Bett des Lords?«

»Aye. Er war sehr besorgt um ich, weil ich in meinem Zustand noch arbeite.«

Die Mädchen lachten. »Ein Bett zu machen ist doch keine Arbeit!«

Mary sprach weiter, sie hob die Arme. »So nahe hat er vor mir gestanden. Er hätte mich berühren können, wenn er die Hand ausgestreckt hätte.«

»Und, hat er es getan?« fragte Kate anzüglich.

»Nein, Vater war doch dabei.« Mary zwinkerte ihr zu. Die jungen Frauen brüllten vor Lachen.

Als Jane Judiths Kinder ins Bett brachte, lauschte sie dem Geplauder der anderen weiblichen Leslies. Wann immer sie sich trafen, war das Lieblingsthema ihrer Unterhaltungen die Männer – Jane wunderte sich stets, daß sie ihre Furcht vor den Rauhbeinen nicht teilten. Sie behielt es für sich, daß erst an diesem Morgen seine starken Hände ihren Körper berührt hatten, als er sie unter sich gefangenhielt. Es prickelte in ihrem Inneren, als sie wieder an seine wilde Männlichkeit dachte; während sich die Frauen offenbar von ihm angezogen fühlten, hatte Jane Angst vor ihm.

Sie küßte die Kinder und sang sie mit einer beruhigenden Melodie in den Schlummer. Hoffentlich würde sich der Luchs nicht wieder in ihre Träume schleichen, wenn sie an diesem Abend einschlief.

Lynx de Warenne lag im Hauptturm und ließ den Tag gedanklich noch einmal an sich vorüberziehen. Alles war äußerst gutgegangen, weit besser als erwartet – was er entschieden der Kompetenz des Verwalters von Dumfries zu verdanken hatte, Jock Leslie.

Momentan brauchte er vor allem Geld, um den Besitz aufblühen zu lassen und für neue Herden; die Schatullen der Warennes waren zum Glück gut gefüllt. Er betrachtete es nicht als Verschwendung, sein eigenes Geld einzusetzen, obwohl Dumfries der Krone gehörte. Lynx hatte eine vage Ahnung, sein Ausflug nach Schottland könnte länger dauern.

Auch wenn die Unterwerfung von Wales bereits mehr als fünfzehn Jahre zurücklag, so hielten Edward Plantagenet und seine Berater es noch immer für nötig, all die letzten zehn Jahre hindurch Burgen entlang der Grenze zu bauen, um die ungebärdigen Ureinwohner zu beaufsichtigen. Lynx bezweifelte, daß die Schotten leichter kontrollierbar wären.

In Gedanken beschäftigte er sich mit den dringendsten Bedürfnissen von Dumfries. Einige Jagden würden ihnen genügend Rehe, Wildschweine und anderes Fleisch einbringen; dazu gab es einen Überfluß an Fisch aus dem Fluß Nith und der Solway Firth Bucht. Wenn er in der Stadt Dumfries einen Markt einrichtete, so kämen Korn und Lebensmittel aus einem weiten Umkreis in die Stadt, vielleicht sogar aus England. Und er würde Schiffe ermuntern, Waren aus Wales und Irland hierher zu transportieren.

Anschließend nahm er sich vor, morgen dem Franziskanerkloster einen Besuch abzustatten – hoffentlich taten sie dort auch noch etwas Nützlicheres, als nur zu beten. Zum wiederholten Mal schob er eine Idee beiseite, die immer wieder durch seinen Kopf geisterte.

Als Lynx die Ereignisse des Tages noch einmal überdacht und seinen Plan für den morgigen Tag fertig hatte, ging er abermals diese Idee gründlich durch. Jock Leslie hatte eine Tochter, die bisher keinem Mann versprochen war. Konnte dies Vorsehung sein?

War das seine Chance, einen Erben zu bekommen? Kinder schienen die Leslies sozusagen aus dem Ärmel zu schütteln.

Einen Augenblick lang beherrschte ihn Unsicherheit. Lag der Fehler bei ihm selbst? Die de Warennes waren nicht gerade als fruchtbare Erzeuger bekannt, weder er noch Jory hatten einen Nachkommen. Dennoch war ja sein Vater nicht nur mit einem, sondern sogar zwei Kindern gesegnet. Wenn er sich mit einer Frau der Leslies zusammentat, könnte sich etwas zu seinen Gunsten ergeben!

Lynx stellte sich vor, wie es den Adel wohl schockieren würde, wenn er eine Bürgerliche heiratete. John de Warenne mißbilligte eine solche Verbindung zweifellos, doch das ließe Lynx nicht gelten. Er war ein Mann, der seine eigenen Entscheidungen traf, wenn es um sein Privatleben ging. Der König wäre auch nicht erfreut – aber hatte nicht Prinzessin Joanna gerade erst den Knappen ihres Mannes geheiratet?

Seine Gedanken gingen zu der Jüngsten der Leslies zurück. Ihre äußere Erscheinung, ihr Alter oder Temperament zählten für Lynx de Warenne nicht. Wenn sie ihm ein Kind schenkte, wäre der Rest uninteressant. Nur auf ihre Bereitwilligkeit kam es an. Die übliche Sitte der Probezeit machte ihm das Ganze noch plausibler. Wenn nach einem Jahr und einem Tag aus dieser Verbindung kein Kind hervorginge, könnte die Verbindung wieder gelöst werden. Auf der anderen Seite würde er sie im Falle einer Schwangerschaft sofort heiraten.

Seine Gedanken verschwammen, als er sich wieder an den Schmerz beim Tode seiner Frau Sylvia erinnerte. Er hatte ihr nicht genügend Zeit gewidmet, deshalb war er voller Schuldgefühl gewesen. Bei einem Mädchen aus niedrigerem Stand wäre das weniger kompliziert. Es würde keinerlei romantische Beziehung zwischen ihnen geben, für sie beide nicht. Sie sollte nichts weiter als die Mutter seines Kindes werden. Und dafür würde sie den Respekt und die Ehre genießen, die seiner Gemahlin gebührte.

Auch bei strengster Untersuchung konnte er kaum eine Hürde bei dieser Idee entdecken. Alicia würde ihren gewohnten Anfall bekommen; doch wenn er ihr erklärte, daß ihre Beziehung unvermindert bestehen bleibe, was konnte sie dann schon für Einwände haben? Außerdem war Alicia schließlich für die nächsten Monate meilenweit fern, in Carlisle.

Lynx dachte wieder an Jock Leslie. Sein Verwalter trug den Schlüssel zu einem Plan in der Hand. Morgen früh würde er gleich mit ihm reden. Und falls er und Jock zu einer Übereinkunft in dieser Sache gelangten, so war das alles, was er benötigte.

Jetzt, als er sich entschlossen hatte, diese Probezeit einzugehen, fühlte Lynx sich so gelassen wie schon lange nicht mehr. Er schlief ein mit der Vorstellung, seinen neugeborenen Sohn in den Armen zu halten. Und als sein Traum dann begann, wimmelte es um ihn von Kindern, die alle so aussahen wie er.

## *8*

Am folgenden Morgen entschied sich der Lord, nach Lochmaben zu reiten, um Vieh zu kaufen. Die Bruces gewannen einen großen Teil ihres Reichtums aus ihren Vieh- und Schafherden, die über ganz Annandale verstreut waren. Lynx bat Ben und Sim Leslie, ihn zu begleiten, da sie wesentlich mehr Ahnung von Schafen hatten als er selbst. Dazu lud er auch ihren Vater, Jock Leslie, ein, sie zu begleiten. Der Ritt von sechs oder sieben Meilen das Tal entlang nach Schloß Lochmaben würde Lynx die Gelegenheit verschaffen, dem Verwalter seinen Plan mit der Probezeit darzulegen.

Seine Knappen sollten in Dumfries zurückbleiben; er verließ sich auf ihren gesunden Menschenverstand, mit all dem fertig zu werden, was in seiner Abwesenheit anfallen könnte. Auch wenn sie in ihrem Rang unter den jungen Rittern de Warennes standen, so besaßen Thomas und Taffy doch die Vollmacht ihres Herrn, erforderliche Entscheidungen zu treffen.

An diesem Vormittag blickte Jane überrascht auf, als ihr Bruder James plötzlich ins Haus gerannt kam, seine Arme und sein Gesicht voller Ruß und Schweiß. Jane trat unwillkürlich einen Schritt zurück, als sie sah, daß ein großer, hellhaariger Fremder ihn begleitete.

James wandte sich an Megotta. »Es ist ein Unfall in der Schmiede passiert! Einer der Ritter des Lords hat Verbrennungen. Hol schnell deine Salbe!«

Megottas Gesicht wurde hart. »Meine Salbe heilt nur Schotten, nicht dreckige Engländer!«

James starrte sie mit offenem Mund an. »Bist du noch bei Troste, Frau? Wir brauchen deine Hilfe!«

Taffy trat einen Schritt nach vorn. »Ma'am, ich bin Waliser, kein Engländer. Einige unserer Leute sind Heiler, genau wie Ihr; aber sie kennen die Pflanzen und Kräuter dieser Gegend nicht. Könntet Ihr denn bitte wenigstens unseren Helfern die Wirkungen von einigen der örtlichen Pflanzen verraten?«

»Das könnte ich, aber ich werde es nicht tun.«

Verärgert und zornig wandte sich James von Megotta ab, als er Jane entdeckte. »Wirst du mitkommen?«

Jane warf Taffy einen vorsichtigen Blick zu, dann nickte sie und lief, um ihre Kiste mit den Arzneien zu holen.

Auf dem Weg zur Schmiede richtete Taffy das Wort an sie. »Lord de Warenne wird Euch sehr dankbar sein, Lady.«

Jane sah die Erleichterung im Gesicht des Knappen, und noch etwas anderes entdeckte sie. Der kräftige junge Mann errötete, als er mit ihr sprach, und Jane verursachte es Unbehagen, daß er sie attraktiv zu finden schien.

Als sie ihr Ziel erreichten, hatte sich ein Kreis von Männern um einen jungen Ritter gebildet, der auf einem Stuhl hing. Ein offensichtlich besorgter Freund kniete vor ihm. Sowohl Janes Bruder Alex als auch Lord de Warennes anderer Knappe Thomas standen hilflos daneben, während sich die beiden walisischen Bogenschützen auf Keltisch unterhielten.

Beim Anblick der Männer zögerte Jane, doch James legte ihr eine Hand in den Nacken und schob sie vorwärts. Die Hitze des Feuers erreichte sie, und sofort war ihr klar, daß die heiße Luft die Schmerzen des Jungen noch verstärkte.

Jane winkte ihrem Bruder Alex zu: »Bitte, bring ihn nach draußen, wo es kühler ist, und setze ihn ins Gras.«

Man hatte dem armen Kerl die Tunika ausgezogen, und Jane sah, daß die Verbrennung vom linken Ellbogen den ganzen Arm hinauf bis zu seiner Schulter reichte. Unbestreitbar litt er fürchterlich. Als sie vor ihm kniete, um seine Verletzung zu untersuchen, drängten sich sieben Männer um sie und redeten alle auf einmal.

Ein wütender Thomas erzählte ihr, daß die beiden hirnlosen Raufbolde miteinander gerungen hätten und daß die Hölle los sein würde, wenn Lord de Warenne zurückkomme. Der Freund des Verletzten, Sir Harry, der Herausforderer, erklärte, daß er der Schuldige gewesen sei, und daß man Sir Giles keinen Vorwurf machen dürfe. Die beiden dunkelhaarigen Waliser begannen Jane über den Inhalt ihrer Medizinkiste auszufragen und drängten sie, ihnen zu verraten, welche Kräuter sie bei Verbrennungen auflegte.

Voller Bestürzung über die stürmischen jungen Krieger wandte sich Jane an ihren Bruder. »James, bitte mach, daß sie sich ein Stück entfernen.«

Als er begriff, daß die fremden Männer Jane aus der Fassung brachten, drängte er sie ein wenig beiseite. »Meine Schwester ist schüchtern, wenn sie Fremde sieht. Seid so gut, tretet ein Stück zurück, und haltet Euren Mund.«

»Alex, ich brauche einen Eimer kaltes Wasser«, bat Jane und sah, daß gleich drei Diensteifrige losliefen, um ihren Befehl zu befolgen. Sie nahm ein sauberes Leinentuch aus ihrer Kiste und sah dem Patienten in die Augen. »Sir Giles?« Als er schwach nickte, sprach sie leise weiter. »Das hier wird der Verbrennung die Hitze nehmen.«

Jane sah, daß alles Blut aus seinem Gesicht gewichen war und Tränen in seinen Augen brannten, die er jedoch störrisch zurückdrängte. Sie tauchte das Leinen in das kalte Wasser und wrang es dann aus über die Schulter und den Arm des Mannes, wieder und wieder. Ihre Bewegungen liefen in einem bestimmten Rhythmus ab und schienen auf den verwundeten Ritter eine Art Hypnose auszuüben. Das nasse Tuch kam mit seinen Verbrennungen nicht in Berührung, sondern ergoß sich wie ein feiner Regen über die Wunde.

Als zwei Eimer leer waren, kniete sie vor Sir Giles und wartete geduldig, bis der leichte Wind den Arm und die Schulter getrocknet hatte. Dann holte sie aus ihrer Kiste einen Topf mit aromatischer grüner Salbe und strich sie dick über die ganze Wundfläche, auf der sich mittlerweile Blasen bildeten.

Da nun die Luft nicht mehr seine Haut reizte, schloß Giles die Augen, und eine Träne lief ihm über die Wange. »Ihr habt die sanftesten Hände, die ich je erlebt habe, Demoiselle«, flüsterte er matt.

Sein Freund, Sir Harry Eltham, kam näher. »Braucht Ihr einen Verband, Demoiselle?« fragte er.

Jane blickte erschrocken auf, doch als sie seine Jugend und Besorgnis um den Freund sah, schwand ihre Furcht ein wenig. »Nein, es ist besser, die Wunde offen zu lassen. Die Salbe muß alle paar Stunden erneuert werden.«

Impulsiv griff Sir Harry nach ihrer Hand und zog sie an seine Lippen. »Danke, Demoiselle!«

Verlegen entzog ihm Jane ihre Hand und widmete ihre volle Aufmerksamkeit wieder dem Patienten. Sie wußte, daß sein Körper einen schrecklichen Schock erlitten hatte; eine Verbrennung verursachte eine besonders tiefgehende Störung. Jane wußte, daß sie die Macht hatte, seine Schmerzen zu lindern, sie vielleicht sogar verschwinden zu lassen.

»Legt Euch ganz ruhig hin«, bat sie schüchtern.

Sir Giles gehorchte ihr sofort. Sie war die einzige, die in der Lage gewesen war, ihm zu helfen.

»Ich möchte, daß Ihr Euch von der Wunde abwendet. *Ihr* müßt das schaffen, doch ich werde Euch dabei helfen.« Sie strich Giles mit den Fingern das lange Haar aus dem Nacken und preßte sie dann fest gegen seinen Hinterkopf. Nach ungefähr zwei Minuten fuhr sie mit den Fingerspitzen über seinen Rücken, zu beiden Seiten der Wirbelsäule entlang und wiederholte das etwa ein Dutzend Male.

»Es tut nicht mehr weh!« erklärte Giles plötzlich ungläubig.

Als Sir Harry und Taffy dann neben Giles traten, um ihm aufzuhelfen, hob Jane abwehrend die Hand. »Er muß sich ausruhen«, erklärte sie mit fester Stimme. Sie reichte Sir Harry den Salbentopf und befahl ihm, in einigen Stunden die Wunde erneut einzustreichen.

»Danke, Demoiselle, wir stehen für immer in Eurer Schuld!«

»Ihr seid ein Engel des Erbarmens, Lady«, behauptete Taffy. Der Blick des jungen Mannes grenzte an Anbetung.

Thomas kam näher, zusammen mit zwei Rabenschöpfen. »Lady, dies sind Rhys und Gowan, unsere walisischen Heiler. Würdet Ihr ihnen zeigen, wo sie die Kräuter für diese grüne Salbe finden können? Die hiesigen sind ihnen fremd, und es ist unerläßlich, daß auch unsere Naturkundigen die Wirkungen der Pflanzen kennenlernen, die hier wachsen.«

Jane zögerte. »Meine Großmutter hat mir beigebracht, unser Wissen über die Heilstoffe zu hüten.«

Thomas meinte gewitzt: »Wenn Ihr Euer Wissen nicht an unsere Waliser weitergebt, dann wird Lord de Warenne befehlen, daß Ihr allein Euch um all die Männer kümmert, die krank werden.«

Diese Drohung schüchterte Jane ein – wie Thomas es beabsichtigt hatte. »Ist gut, ich zeige ihnen ein bißchen was«, stimmte Jane zögernd zu. »Aber ich werde nicht mit Euch in den Wald gehen ohne meinen Bruder James.«

Am späten Nachmittag hatten sie etwa ein Dutzend verschiedener Kräuter gesammelt und eine große Tasche gefüllt mit schottischen Disteln, Nieswurz, Zaunrübe und Schierling. Während Jane zuhörte, wie sich die Männer mit James unterhielten, wurde ihr klar, daß die beiden Waliser sich gar nicht so sehr von ihrem Bruder unterschieden. Ihr Englisch war durchsetzt mit keltischen Brocken, und auch in der Erscheinung ähnelten sie ihm mit ihrem dunklen Haar, dem stämmigen Körperbau.

Als Rhys und Gowan ihr Wissen über die heilende Wirkung der Pflanzen begierig aufgriffen, verlor Jane die Furcht vor den Walisern. Während sie alles mögliche pflückten und untersuchten, erkannten die beiden, daß es große Ähnlichkeiten gab zwischen der schottischen und der walisischen Flora.

Jane deutete auf eine Pflanze, die überall wucherte. »Dies ist Melisse, eine von zwei Pflanzen, die man für die grüne Verbrennungssalbe braucht.«

»Und was gehört noch hinein, Lady?« fragte Rhys.

»Schottische Distel, die hier ebenfalls im Übermaß wächst.«

»Disteln sind stachelige Instrumente des Teufels. Wie pflückt Ihr sie?«

»Ah, da gibt es ein Geheimnis. Wenn Ihr sie zögerlich pflückt, ist es für Eure Finger höchst unangenehm; aber wenn Ihr es kühn tut, fest mit der ganzen Hand zupackt, dann brechen die Dornen ab, und sie fühlen sich weich an wie Distelwolle. Hier, ich zeige es Euch.«

Als Rhys nun beherzt hinlangte, stach er sich heftig in die Finger, und Gowan lachte ihn schnöde aus; doch Rhys gab nicht auf, und bei seinem zweiten Versuch hatte er Erfolg.

Später saßen sie auf einer Lichtung, teilten Brot und Käse miteinander, und ihre Unterhaltung wurde lebhaft. Sie waren erstaunt über all die Dinge, die Jane über Kräuter wußte – wahre Neuigkeiten für sie. Sie zog Betony aus ihrer Stofftasche. »Dies hier ist gut fürs Aufstoßen.«

»Um es zu tun oder damit aufzuhören?«

Jane lachte. »Um damit aufzuhören natürlich, wer um alles in der Welt findet Rülpsen wünschenswert?« Sie zog einen Zweig mit Blättern aus ihrer Tasche. »Und dies hier ist Schwarzerle, die vertreibt Läuse.«

Sie hingen an ihren Lippen, und als sie dann nach Dumfries zurückgekehrt waren, folgten ihr die Männer in den Destillierraum des Schlosses, und ihre Bewunderung für die junge Frau war grenzenlos.

Im Inneren von Schloß Dumfries hatte sich mit Windeseile die Neuigkeit verbreitet, daß Jane Leslie dem verbrannten Ritter helfen konnte, und ihre Schwestern wurden gelb vor Neid.

Als Lynx in Lochmaben ankam, erfuhr er zu seiner Überraschung, daß Robert Bruce für ein paar Tage nach Carlisle geritten war. Nigel Bruce brachte de Warenne zu einem ihrer Pächter, der eine Schaffarm bewirtschaftete, und dort entschied sich Lynx für eine Herde von zweihundert schwarzgesichtigen Schafen, die er von seinen Schäfern aussuchen ließ.

Voller Interesse schaute er zu, wie Ben und Sim die Tiere, die sie für die vergrößerte Herde haben wollten, auswählten und sie dann ihren zottigen schwarz-weißen Hunden überließen, die sie in einen Pferch trieben.

»Am besten verseht ihr die Lämmer mit einem Brandzeichen, sobald ihr sie nach Dumfries gebracht habt – denn in diesem Teil des Landes geschehen eine Menge Überfälle«, riet Nigel ihnen.

»Seitens der Engländer?« fragte Lynx.

»Von wegen Engländer! Es sind die verdammten Schotten, die das besorgen«, schimpfte Nigel.

Lynx de Warenne schickte seinen Schafhirten einen eisigen Blick aus seinen grünen Augen. »Ich werde jeden Mann hängen, der beim Schafestehlen erwischt wird, und genau die gleiche Bestrafung erwartet jeden Mann aus Dumfries, der sich solchen Raubzügen anschließt.«

Es tat Lynx leid, daß er Robert nicht antraf. Er hatte gezögert, mit Jock Leslie zu sprechen, ehe er nicht die Reaktion des Freundes auf seinen Plan hörte, eine Probezeit mit der Tochter seines Verwalters einzugehen. Aber als er jetzt noch einmal darüber nachdachte, stand für ihn eigentlich bereits alles fest; deshalb war Robert Bruces Meinung dazu auch nicht mehr so wichtig.

Als Lynx de Warenne und Jock Leslie durch das Tal von Annandale zurückritten und ihnen die beiden Schafhirten in einiger Entfernung mit der neuen Herde folgten, entschied sich Lynx, mit seinem Plan herauszurücken.

»Jock, Eure Tochter, die noch keinem Mann versprochen ist – könntet Ihr Euch damit einverstanden erklären, daß sie mit mir eine Probezeit eingeht?«

»Wie bitte – meint Ihr das wirklich ernst, Mylord?«

»Noch nie in meinem Leben war mir etwas so ernst. Wenn sie schwanger wird, heirate ich sie auf der Stelle.«

»Ihr würdet meine Tochter zu Lady de Warenne machen?« fragte Jock zweifelnd.

»Ich würde es als einen geringen Preis ansehen für einen Sohn.«

»Und wenn das erste Kind ein Mädchen ist?«

»Ein Sohn oder eine Tochter – das macht für mich keinen Unterschied. Ich werde sie ehelichen, sobald sie schwanger ist, und nicht erst nach der Geburt des Kindes.«

»Das klingt ungewöhnlich nobel, Mylord. Seid Ihr nicht der Erbe einer großen Grafschaft?« Jock blieb mißtrauisch.

»Der Grafschaft von Surrey«, bestätigte Lynx.

»Aber wie könnte meine Tochter Gräfin von Surrey werden?« Dieser Gedanke überwältigte Jock offensichtlich.

»Indem sie mir ein Kind schenkt«, antwortete er schlicht.

»Und wann soll die Probezeit beginnen?«

»Sofort. Der König könnte jederzeit nach mir schicken. Seid Ihr einverstanden?«

»Das bin ich, Lord de Warenne!«

»Danke.« Lynx lachte erfreut auf. »Jetzt muß nur noch Eure Tochter zustimmen.«

»Nein, Mylord. Ich habe für sie gesprochen, wie es mein Recht ist. Meine Tochter Jane wird sich über alle Maßen geehrt fühlen. Aber natürlich wollt Ihr sie sicher erst kennenlernen und schauen, ob sie Euch gefällt.«

»Jane?« Lynx ließ den Namen auf der Zunge zergehen. »Sie soll zu nichts gezwungen werden.«

»Gezwungen?« Jock verschluckte sich beinahe. »Gezwungen, in eine adlige Familie einzuheiraten und eines Tages Gräfin zu werden? Ihre Antwort wird ja sein, und sonst gibt es in der Angelegenheit nichts mehr zu sagen.«

Lynx verzog seine Miene. Soweit er sich mit Frauen auskannte, hatte sie wahrscheinlich eine ganze Menge dazu zu sagen!

»Nein! Nein! Nein! Wie konnte Vater nur annehmen, daß ich bei so etwas einwillige?« Die Frauen der Leslies hatten sich wieder einmal in Judiths Haus versammelt.

»Sei doch keine Närrin, Jane! Ich habe deutlich das Wort *Probezeit* gehört. Jeder der Männer von Lord de Warenne könnte dich auch ohne die übliche Probezeit bekommen«, sagte Kate.

»Ich wette, es ist einer der walisischen Bogenschützen, der dich haben will, oder könnte es gar einer der Knappen des Lords sein?« rätselte Mary. Beide Schwestern waren ganz atemlos vor Aufregung über das, was sie erlauscht hatten, als der Vater mit ihrer Großmutter Megotta konferierte.

Taffy kam Jane in den Sinn, und sie erinnerte sich daran, wie er im Gespräch mit ihr errötet war. »Oh, Himmel, ich hoffe und bete, daß es ein Mißverständnis ist. Megotta hat mir versprochen, daß ich niemals zu heiraten brauche«, gab Jane kläglich von sich.

»Das hat mit Megotta nichts zu tun. Nur was Vater zu sagen hat, zählt«, erklärte Mary. »Sie haben sich schrecklich gestritten, und Megotta hat verloren. Vater war wütend auf sie, weil sie sich geweigert hat, den Ritter mit der Brandwunde zu behandeln. Er hat ihr klargemacht, daß de Warenne jetzt Herr auf Dumfries und sein Wort Gesetz ist.«

Jane rang verzweifelt die Hände. »O meine Göttin Brigantia, beschütze mich! Was soll ich denn mit Sir Giles anfangen? Ich habe seine Verbrennung behandelt und ihm seinen Schmerz genommen; vielleicht will er mir das jetzt aus lauter Dankbarkeit vergelten und hält um mich an?«

»Aber Sir Giles ist ein Ritter«, hob Kate hervor. »Sicher würde er nicht so weit unter seinem Stand heiraten.«

Die Jüngere biß sich auf die Lippen. »Natürlich nicht, wie dumm von mir!«

»Trotzdem könnte er von ihr verzaubert sein. Jane besitzt eigenartige Kräfte«, beharrte Mary, und es gelang ihr nicht, die Eifersucht aus ihrer Stimme zu bannen.

Judiths Baby war an ihrer Brust eingeschlafen. Sie legte es in seine Wiege und setzte sich dann zu den anderen Frauen. »Das ist die Gelegenheit deines Lebens, Jane. Wir alle haben uns schon Sorgen gemacht, weil kein Mann etwas von dir wissen wollte.«

»Ich will keinen!« erklärte Jane verzweifelt.

»Aber es geht hier nicht um dich, sondern um das, was Lord de Warenne will. Wenn er dich mit einem seiner Ritter für die Probezeit bindet, dann wirst du Lady Jane werden«, stellte ihr Judith nochmals vor Augen.

Kate und Mary warfen auf die kleine Schwester mißgünstige Blicke. »Wenn der Lord sie sieht, wird er vielleicht seine Meinung wieder ändern«, äußerte Mary voll geheimer Hoffnung und wünschte, sie hätte ihren Vater nicht gedrängt, für Jane einen Gatten zu finden.

»Sollte er nach ihr schicken, dann sorgt dafür, daß ihr Haar ordentlich geflochten ist und ihr nicht ins Gesicht hängt«, riet Kate.

»O nein, so sieht sie viel zu schlicht aus«, protestierte Judith.

Kate und Mary hatten Judith schon bald überstimmt. Sie wollten viel lieber die *schlichte* Jane als eine *Lady*!

Als seine jüngste Tochter heimkam, hatte ihr Vater schon Ausschau nach ihr gehalten. Megottas Gesicht sah aus wie eine Gewitterwolke, und offensichtlich redete sie mit niemandem mehr. Sie verschwand in ihrem Zimmer und ließ demonstrativ die Tür hinter sich zukrachen.

Jock beachtete seine Schwiegermutter nicht, er bat Jane, sich mit ihm vor das Feuer zu setzen. »Das war heute eine gute Tat, Jane, als du die Verbrennungen des Ritters behandelt hast. Lord de Warenne möchte mit dir sprechen.«

»Heute abend noch?« fragte sie erschrocken.

»Ach – i wo!« Jock lachte. »Heute abend ist er damit beschäftigt, seine jungen Ritter auszuschimpfen für ihr unverantwortliches Benehmen in seiner Abwesenheit. Ich habe noch nie zuvor einen Mann mit einem so grimmigen Gesicht gesehen.«

Jane war erleichtert. Wenn der Lord böse war auf seine Ritter, dann würde er sicher nicht auf irgendwelche Bitten um eine Probezeit hören. »Es geht das Gerücht, daß Lord de Warenne mir etwas mitteilen wollte wegen einer Probezeit«, begann Jane vorsichtig.

»Himmel! Die Gerüchte hier sind zielstrebiger als die Zecken auf einem Schaf. Zweifellos haben deine Schwestern gehorcht, als ich mit Megotta darüber sprach.« Eigentlich war er nicht wirklich böse, sondern viel eher aufgeregt. Liebevoll fuhr er Jane durchs Haar. »Das wird Glück für unsere Familie bedeuten. Es ist eine Gelegenheit, die man im Leben nur einmal erhält.« Er wollte ihr die Überraschung nicht verderben. »Geh morgen hinauf ins Schloß. Lord de Warenne möchte dir selbst sagen, was wir beide vereinbart haben.«

Ihr sank das Herz. »Du bist also schon einig mit ihm? Vater, ich möchte keine Probezeit eingehen! Ich möchte mich meinen heilenden Kräften widmen, genauso wie die keltischen Priesterinnen früher.«

»Du klingst wie Megotta! Ich finde es abscheulich, daß sie dir lächerliche Gedanken in den Kopf setzt. Es ist deine Pflicht, mir zu gehorchen und nicht deiner Großmutter. Geh jetzt ins Bett!«

Sie widersprach ihrem Vater nicht weiter. Megotta mußte versucht haben, sich der Probezeit zu widersetzen, und zu was hatte das geführt? Nun mußte sie den Mut aufbringen, sich Lord de Warenne zu stellen, und ihm ihre Weigerung begreiflich machen.

Nachdem sie sich ausgezogen hatte, berührte Jane ihren Talisman mit dem Luchs, der zwischen ihren Brüsten hing. Es wurde ihr ganz heiß bei dem Gedanken, daß sie Lord de Warenne in wenigen Stunden sehen würde. Ein eigenartiges Band verknüpfte ihrer beider Schicksal miteinander, und das erregte und beunruhigte sie maßlos. Sicher war er der mächtigste Mann, den sie überhaupt kannte. Er weckte leidenschaftliche Gefühle in ihr, das dominierende war jedoch die Furcht.

Jane wußte, daß sie all ihren Mut aufbieten müßte, sich ihm zu widersetzen. Sie würde diese Probezeit verweigern und ihm deutlich erklären, daß sie keinen Mann wolle, jetzt nicht und auch sonst niemals! Der Gedanke, ihren Willen gegen den seinen ins Feld zu führen, machte sie ganz schwach. Aber sie würde Lynx de Warenne eine Absage erteilen, und zwar mit Nachdruck!

Doch in der nächsten Früh hatte Jane einiges an Mut verlassen. Sie konnte sich der Angst nicht erwehren, die sie bei dem Gedanken an Lord de Warenne beschlich, weil er bei ihren beiden vorigen Begegnungen böse auf sie gewesen war. Doch dann hatte sie einen Einfall. Um sich als Kandidatin für eine Probezeit mit einem der Männer de Warennes so häßlich wie möglich zu machen, würde sie sich verkleiden und hoffen, daß er sie nicht erkannte.

Mit Megottas Hilfe schnürte sie ihre Brüste so fest, daß sie aussah wie ein Tischlerbrett. »Binde mich noch enger, ich möchte dünn und mager aussehen.«

»Kannst du denn noch atmen, Kind?«

»Ja, es geht mir gut. Ach, was sollen wir nur mit meinem Haar anfangen?«

»Wir werden es zurückkämmen und unter einem leinenen Kopftuch verstecken.«

In dem braunen Wollkleid betrat Jane Schloß Dumfries und wurde von Thomas begrüßt, dem Knappen des Lords. Er sah sie neugierig an, verkniff sich jedoch jegliche Bemerkung über ihr Aussehen. Er führte sie in die Schreibstube neben der großen Halle, in dem Lord de Warenne die Geschäfte der Güter führte. Während sie dort wartete, verschwand er für einen Augenblick und kam dann zurück, um sie zum Eintreten aufzufordern. Jane hob ihr Kinn, sie trat über die Schwelle und hörte, wie die Tür hinter ihr geschlossen wurde.

Mit dem Rücken zum Kamin stand Lynx de Warenne aufrecht da und beobachtete die Tür. Als die junge Frau eintrat, überkam ihn ziemliche Enttäuschung. »Ihr seid Jane Leslie?« fragte er.

»Jawohl, Mylord«, sagte sie leise, überwältigt von seiner Persönlichkeit.

Gütiger Himmel, dachte Lynx, sie war so anders als all die anderen drallen Töchter Jocks. »Wie alt seid Ihr?« fragte er brüsk.

»Achtzehn, Mylord.« Jane senkte den Blick.

»Ich bin beinahe dreißig«, erklärte er offen. Er sah, wie ihre Lider überrascht flatterten. Sie ist zu jung, zu unschuldig und meiner nicht würdig, dachte er. Doch dann schalt er sich aus. Waren dies nicht genau die Eigenschaften, die ein Mann sich für die Mutter seines Kindes wünschte? Sicher waren diese Eigenschaften der Arglist, Heuchelei und Lüsternheit vorzuziehen! Trotzdem hatte er wohl mehr oder weniger erwartet, eine Zuchtstute zu bekommen und kein junges, ungebrochenes Füllen, das wahrscheinlich noch nie zuvor geritten worden war.

Nach Lynx de Warennes Erfahrung verhielten Frauen sich meist berechnend und aufwieglerisch. Hatte dieses Mädchen etwa ein so behütetes Leben geführt, daß sie von all diesen Dingen nichts wußte? Sie schien ihn voller Ehrfurcht anzusehen – vermutlich aufgrund des enormen Rangunterschieds. Solch einen Vorteil sollte er sich zunutze machen, damit sie sich ihm im wesentlichen unterwarf. Später wäre er dann in der Lage, sie mit einem Blick oder einem Wort zurechtzuweisen.

Lynx betrachtete sie von Kopf bis Fuß. Sicher war sie ein schlichtes kleines Ding. Dennoch suchte er nicht nach einer Geliebten oder einem Abenteuer; es ging ihm um eine Gefährtin. Daher kam er gleich zur Sache. »Euer Vater und ich stimmen wegen einer Probezeit für Euch überein.«

Jane nahm all ihren Mut zusammen. »Mylord, habe ich Eure Erlaubnis, offen zu reden?«

»Nur heraus mit der Sprache!«

»Ich weiß nicht, wer mich haben will. Vielleicht ist es einer Eurer walisischen Bogenschützen, weil ich heilende Kräfte besitze, oder möglicherweise auch Euer Knappe Taffy, der mich mit einem Engel der Barmherzigkeit zu verwechseln scheint – am Ende sogar Sir Giles, weil ich ihm die Schmerzen genommen habe und er sich erkenntlich zeigen will. Aber wer auch immer es ist, meine Antwort heißt nein. Ich möchte mit keinem von ihnen eine Probezeit eingehen.« Jane holte tief Luft und versuchte, das Zittern ihrer Knie zu unterbinden. »Mylord, Ihr werdet mich doch nicht zwingen, oder?«

»Jane, Euer Vater hat zugestimmt, daß die Probezeit *Euch und mich* betrifft.«

Vorübergehend verschlug es ihr den Atem. »Euch und mich?« Sie blickte in seine grünen Augen, dann wanderte ihr Blick von seinem lohfarbenen Haar über seine breiten Schultern, seine muskulöse Brust, bis hinunter zu den langen, kräftigen Beinen. Nun richtete sie ihre Augen wieder nach oben, ließ sie einen Moment auf seinem festen, ernsten Mund ruhen, und schließlich sah sie sein luchsgrünes Funkeln.

Janes Hand schloß sich um ihren Talisman. Hatte die Göttin Brigantia sie verlassen? Sie war so erschrocken und erstaunt, daß unversehens all die Furcht vor diesem Mann wieder in ihr aufstieg. Sie rauschte durch ihr Blut, stach in ihr Herz und flammte dann höher, in ihren Hals, bereitete ihr Atemnot. Jane legte eine Hand an die Schläfe, als der Zorn sie überwältigte und ihr ganz schwindlig wurde. Die beherrschende Gestalt von Lynx de Warenne verschwamm vor ihren Augen, dann schwankte sie, als hätte eine unsichtbare Hand des Schicksals ihr jegliches Stehvermögen genommen.

## 9

Lynx fing sie auf, als die Knie ihr den Dienst versagten. Er blickte auf sie hinunter, entsetzt fügte er ›anfällig‹ noch zu der Liste von Janes Mängeln hinzu. Doch dann schaute er noch mal genauer hin. Ihr Gesicht kam ihm bekannt vor. Er zog das Kopftuch nach hinten, und ihr glänzendes langes Haar verriet sie sofort. Gütiger Himmel, es war dieses angriffslustige junge Ding, das ihm bisher nur Schwierigkeiten gemacht hatte! Aber was, zum Teufel, hatte sie nur mit ihren Brüsten gemacht? fragte er sich. Er fuhr mit den Händen darüber, doch anstatt weiches Fleisch unter ihrem Kleid zu spüren, berührte er etwas Hartes, Unnachgiebiges. Voller Bestürzung nahm er an, daß sie ihren herrlichen Busen umwickelt habe, in der Absicht, ihre liebliche Figur zu entstellen.

Er griff in das lose Wollkleid, um sie von den Bandagen zu befreien. Als er die leinenen Stoffstreifen löste, drängte sich eine ihrer üppigen Kugeln aus ihrem Gefängnis; Lynx konnte nicht widerstehen, sie in seine Hand zu nehmen und mit dem Daumen über die rosige Spitze zu reiben, bis sie sich hart aufrichtete. Dann suchte seine Hand nach der anderen Brust, er streichelte sie, bis auch ihre Spitze hart wurde.

In dem Augenblick, als Jane wieder Luft bekam, öffnete sie die Augen und starrte ihn blitzend an. Lynx zog seine Hände aus dem Kleid, es überraschte ihn, daß er dabei zögerte.

»Warum, Allmächtiger, habt Ihr versucht, Euch zu verkleiden?« erkundigte er sich ratlos.

»Ihr besitzt ein schreckliches Temperament, Mylord, und das regt sich immer, wenn Ihr mich seht. Ich habe mein Haar bedeckt und meinen Busen bandagiert, weil ich hoffte, Ihr würdet mich nicht erkennen.« Ihre Brüste hoben und senkten sich heftig vor Furcht.

Sein Blick ruhte anerkennend darauf, sie waren wirklich wunderschön. »Solche Dummheiten werden Euch krank machen!«

»Ich bin nie krank, Mylord«, erklärte Jane stolz. Doch dann erkannte sie ihren Fehler. Hätte sie behauptet, von zarter Gesundheit zu sein, dann würde er sie vielleicht doch nicht wollen.

»Warum habt Ihr mir nicht von Anfang an gesagt, daß Ihr die Tochter meines Verwalters seid? Warum lügt Ihr und behauptet, Ihr heißt Sironi?« Es erstaunte ihn, daß er sich an diesen Namen noch erinnerte.

»Ich habe nicht gelogen, Lord de Warenne, meine keltische Großmutter nennt mich Sironi.«

Er drehte dem Feuer den Rücken zu und starrte sie an. Auf was ließ er sich da um Himmels willen ein? »Jetzt bin ich an der Reihe, deutlich zu werden!« Lynx de Warennes tiefe Stimme riß sie aus ihren Gedanken. »Ich war schon einmal verheiratet, aber aus der Verbindung sind keine Kinder hervorgegangen. Neben beträchtlichen Ländereien werde ich noch eine Grafschaft erben. Da ich einen Erben brauche, wünsche ich diese Probezeit. Wenn Ihr schwanger werdet, werde ich Euch sofort heiraten. Sollte das nicht eintreffen, wird die Probezeit nach einem Jahr und einem Tag beendet sein, und Eurer Vater erhält eine Entschädigung.«

Jetzt mischte sich Zorn in Janes Furcht. »Warum habt Ihr gerade *mich* gewählt, Lord de Warenne?« Das Gefühl, daß ihrer beider Schicksale irgendwie miteinander verbunden waren, unterdrückte sie.

»Euer Vater nennt zehn Kinder sein eigen, und die meisten von ihnen haben sich auch wieder als sehr fruchtbar erwiesen. Die Chancen für Nachwuchs stehen bei den Leslies also gut.« Er sah sie ernst an. »Was sagt Ihr dazu, Jane? Seht Ihr eine Möglichkeit, meinem Wunsch zu entsprechen?« Mit seinen Worten machte er deutlich, daß dies eine rein geschäftliche Abmachung sein würde.

Auch wenn ihre Knie weiterhin zitterten, so hob Jane doch den Kopf, um ihm einen ablehnenden Bescheid zu erteilen. »Es tut mir leid, Lord de Warenne. Die meisten Frauen würden Euer Angebot als eine große Ehre ansehen, aber ich bin nicht so wie die anderen. Ich möchte weder eine Probezeit eingehen noch heiraten. Es liegt mir nicht, Ehefrau zu sein. Mir wurde die Gabe des Heilens geschenkt, und ich wünsche mir nichts anderes, als diesem Ruf zu folgen, genauso, wie es die einstigen keltischen Priesterinnen hielten.«

Lynx war schockiert, daß sie ihn wirklich abwies. Sie war eine einfache Landbewohnerin, wie konnte sie es wagen? »Euer Vater ist mit diesem vorsintflutlichen Hokuspokus gar nicht einverstanden.«

»Aber nur, weil in ihm normannisches Blut fließt. Meine Großmutter Megotta hat mir die uralten Rituale der Kelten beigebracht und die Wirkungen all unserer Kräuter gezeigt. Sie hat mir versprochen, daß ich niemals auf eine Probezeit eingehen müßte.«

Während er sie beobachtete, wurde ihm klar, daß diese junge Frau das genaue Gegenteil seiner hochadeligen verstorbenen Gemahlin war, und dennoch gab es etwas, das ihn besonders herausforderte – Lynx de Warenne hatte die Absicht, diese Herausforderung anzunehmen! Er ging zur Tür und winkte Thomas zu sich. »Hol die alte Frau«, befahl er.

Als er sich wieder zu Jane umwandte, meinte er: »Ich nehme an, Ihr mögt Kinder nicht.«

»Wie könnt Ihr nur so etwas Unerhörtes sagen – ich liebe Kinder. Meine Brüder und Schwestern haben Dutzende von kleinen Wichten, die ich alle liebe und anbete!«

Er schien erleichtert zu sein, lächelte jedoch nicht. Seine Miene blieb unbewegt. Als es an der Tür klopfte, bat er: »Entschuldigt mich! Ich bin gleich zurück.«

Zu Megotta, die seinen Knappen Thomas mit bösem Blick betrachtete, war de Warenne weniger höflich. »Jock Leslie hat zugestimmt, daß seine Tochter mit mir eine Probezeit eingeht – aber Ihr, Madame, seid dabei ein Hinderungsgrund.«

»Meine Enkeltochter ist Keltin. Ich will nicht, daß sie sich mit dem Feind paart!« erklärte sie zornig.

Seine grünen Augen blickten kalt. »Ich bin hier der Herr und verlange, daß man mir Gehorsam leistet. Wenn Ihr Euch gegen diese Verbindung stellt, werde ich Euch in die Highlands verbannen, wo Ihr keinen Kontakt mehr zu Eurer Familie habt.«

Megottas Zorn flammte erst recht auf bei seiner gefühllosen Drohung, sie widersetzte sich ihm hartnäckig. »Ich würde lieber zurück in die Highlands gehen, als unter dem Absatz der Engländer zu leben!«

Er faßte sie streng ins Auge. Wenn sie die Absicht hatte, ihren Willen gegen den seinen zu setzen, würde sie den Kampf verlieren. »Und Ihr wollt Eure Enkelin Jane nie wiedersehen?« forschte er unbarmherzig nach.

Schmerz und Traurigkeit malten sich auf ihren Zügen. Er bedauerte, so hart mit dieser betagten Frau sein zu müssen. »Wenn Ihr allerdings Jane dazu bringen könntet, dieser Probezeit zuzustimmen, werde ich nicht kleinlich sein, weder gegenüber Euch noch gegenüber Eurer Familie. Ich habe bereits das Einverständnis ihres Vaters, also bräuchte ich das Eure nicht; aber Jane würde sich mit Eurem Segen sicher besser fühlen.« Er öffnete die Tür des Zimmers und schob sie hinein.

»Jane, Eure Großmutter möchte mit Euch sprechen. Inzwischen warte ich draußen.«

Als sich die Tür schloß, rief Jane: »Megotta, es ist Lord de Warenne selbst, der mit mir die Probezeit eingehen will. Ich habe mich ihm verweigert, aber natürlich wird Vater schrecklich wütend auf mich sein. Gott sei Dank bist du gekommen, um mich zu unterstützen.«

»Jane, ich habe meine Meinung geändert. Es dient uns mehr,

wenn du Einfluß auf Lynx de Warenne ausübst. Sobald du ihm ein Kind schenkst, wird er dich zu seiner Gräfin machen – dann werden du und das Kind größeren Reichtum besitzen, als du es dir je vorgestellt hast.«

Das Mädchen war außer sich. »Hat er dich bedroht?«

»Nein, nein, Kind, aber dein Vater hat ihm schon zugestimmt, und ihm bist du unterstellt; deshalb mußt du ihm gehorchen und diese Gelegenheit ergreifen, die dir hier geboten wird.«

Die Hoffnung ihrer Enkelin auf sie schmolz wie Schnee im Sommer, als sich die Tür öffnete und de Warenne wieder eintrat. Jane hatte das Gefühl, eine Faust hätte sich in ihre Brust gerammt und ihr das Herz zerquetscht. Sie verschnürte all ihre Gefühle wie ein Paket und versenkte es tief in ihrem Inneren. Wenn nicht einmal ihre Großmutter zu ihr hielt, hatte sie keine andere Wahl. Mit blutleeren Lippen murmelte sie: »Wenn mein Vater und Ihr Euch einig seid, werde ich das respektieren, Mylord.«

Lynx de Warenne fühlte eine tiefe Befriedigung, doch ließ er sich sein Frohlocken nicht anmerken. Er verbeugte sich förmlich. »Ich werde mich um die gesetzlichen Papiere kümmern, die wir dann unterschreiben. Ihr könnt gleich gehen und Eure Sachen holen.«

»Heute noch?« fragte sie erschrocken.

»Jawohl, heute noch. Es gibt keinen Grund, bis morgen zu warten.«

Lynx war stolz darauf, ein Mann zu sein, der den unangenehmen Dingen des Lebens nicht aus dem Weg ging, sondern sie bei den Hörnern packte. Doch als er Jane Leslie nachsah, wurde ihm klar, daß es eine verdammt schwierige Eroberung werden würde.

»Nun?« wollten Janes Schwestern wissen, als sie die Tür öffnete. »Wir warten hier schon eine Ewigkeit!«

»Ich habe *ja* gesagt.« Jane sprach wie in Trance.

»Das wissen wir längst, du störrisches Geschöpf«, warf Kate ungeduldig ein. »Wir wollen wissen, wer er ist!«

»Die Probezeit findet mit Lord de Warenne statt …«

»Ha, und ich werde zur Königin von Schottland gekrönt!« rief Kate.

»Du bist eine Lügnerin!« warf Mary ihr vor.

Megotta betrat den Raum. »Sie sagt die Wahrheit. Ihr Vater überläßt sie dem mächtigen Erben der Grafschaft von Surrey …!«

Tränen traten Jane in die Augen, und sie lief in ihre Kammer, wo niemand sah, daß sie weinte.

»Was sollte er, um alles in der Welt, mit Jane anfangen?« fragte Kate Megotta.

»Sie ist Keltin, obendrein Jungfrau! Begreift ihr nicht, daß er uns alle damit erniedrigen will? Die Engländer knechten uns, sie werden uns unter ihren Stiefeln zertreten und unseren Stolz mit Schmutz bewerfen. Jane besitzt magische Kräfte, und deshalb möchte de Warenne ihr sein eigenes Brandzeichen aufdrücken.«

»Die Gerüchte sind wahr, sie ist wirklich eine Hexe!« schloß Mary, beachtete Megottas Worte gar nicht.

»Bestimmt hat sie ihn verzaubert. Warum sonst würde er sein Lager mit ihr teilen wollen?« rief Kate neidisch.

Ihre Schwestern folgten der Jüngsten in ihr Refugium. Während Jane zwei wollene Kleider und einen Umhang vom Haken an der Wand nahm und sie sorgfältig faltete, fragte Mary: »Jetzt schon? Du ziehst ins Schloß? Beginnt die Probezeit etwa schon heute?«

»Ja, ich muß mich beeilen.«

Mary warf Kate einen Blick zu – ohne ein weiteres Wort verschwanden die beiden und rannten voraus, begierig, an der Zeremonie teilzunehmen.

Während Jane ihre Strümpfe und Schürzen zu dem Wäschestapel legte, kam ihr ein Gedanke. Sie bündelte ihre Sachen, dann suchte sie Megotta. »Ich werde weglaufen.«

Ihre Großmutter sah sie erschrocken an. »Wo willst du denn hin, Kind?«

Darauf wußte Jane keine Antwort. Überall schien es ihr im Augenblick besser zu sein als auf Schloß Dumfries. »Ich werde mich im Wald von Selkirk verstecken. Dort gibt es so viele abgelegene Stellen, die heimatlosen Menschen eine Zuflucht bieten nach einem Streit mit ihrem Oberherrn.«

»Jane, das kannst du nicht ... man gäbe mir dafür die Schuld! De Warenne ist ein harter Mann, er würde mich empfindlich bestrafen.«

Zuerst wollte sie ihre Großmutter einfach mit sich nehmen, doch dann zögerte sie. Wie konnte sie die alternde Megotta bitten, ihre Heimat aufzugeben und in der Wildnis zu leben? In diesem Augenblick klopfte es an der Tür, und als Megotta öffnete, stand Taffy davor. »Ich bin gekommen, um das Gepäck der Lady zu holen.«

»Ihr werdet keinen Fuß in mein Haus setzen!« keifte Megotta und verwehrte dem Knappen den Zugang.

Janes Herz sank. Es war zu spät, um sich wegzustehlen, und sie hatte auch keinen Ort, wo sie später hinflüchten konnte. Sie wußte, daß sie dem Wunsch ihres Vaters gehorchen und die Probezeit eingehen mußte, doch ihr Entschluß stand fest. Nach einem Jahr und einem Tag wäre sie wieder frei. Sie würde keinen Augenblick länger bei de Warenne bleiben. Jane ging zur Tür, ihre Wangen waren gerötet wegen der Grobheit ihrer Großmutter. »Tragt Ihr bitte meine Arzneikiste, Taffy. Den Rest schaffe ich selbst.«

Sie suchte ihre Töpfchen mit Farbe und die Pinsel zusammen. Es war kein Talisman mehr übrig. Sie würde sich welche am Seeufer machen müssen, wo die glatten, eigenartig geformten Steine im Überfluß herumlagen. Vorläufig überreichte sie Taffy ihre Kiste, die er auf seine Schulter hievte.

»Ich kann noch mehr hinüberbringen, Mylady.«

Jane blickte auf die Dinge in ihrem Arm. »Mehr habe ich nicht.«

Taffy erinnerte sich an die vielen Male, als er unter dem Gepäck von Lady Alicia beinahe zusammengebrochen war, und nun verlor er endgültig sein Herz an Lady Jane.

Im Schloß führte Taffy sie zum Hauptturm und kletterte dann die Treppe hinauf zu den ersten beiden Räumen. »Dies werden Eure Gemächer sein, Lady Jane; Lord de Warenne wohnt über Euch.« Er schwang die Kiste von seiner Schulter. »Ich bin gleich wieder da, Mylady.«

Während Jane sich gründlich umsah, schüchterte der Luxus ringsum sie direkt ein. Ihre Füße versanken in dem weichen Teppich, und ihre Augen vermochten gar nicht, alles aufzunehmen. Schon oft war sie in der großen Halle gewesen, und am Morgen hatte sie mit dem Lord in dem kleinen Nebenraum gesprochen; doch heute betrat sie zum ersten Mal einen der Schloßtürme, also den privaten Bereich.

Jane starrte auf die üppigen Wandbehänge, die gepolsterten Möbel, die Musikinstrumente und den Spieltisch mit seinen geschnitzten Figuren auf dem Brett. Schließlich war es der Kamin mit den tanzenden Flammen, der sie anzog. Sie trat näher und fühlte sich getröstet von der Wärme des Feuers. An diese Pracht und Größe würde sie sich wohl nie gewöhnen. Nach einem Blick auf den Rundbogen begriff sie, daß dahinter noch ein weiteres Zimmer lag. Jane nahm all ihren Mut zusammen und trat hindurch.

Beim Anblick des Bettes blieb sie wie angewurzelt stehen. So etwas hatte sie noch nie zuvor gesehen. Ihre eigene Matratze war seit jeher ein schmales Lager auf dem Fußboden gewesen. Das Bett, in dem ihr Bruder Ben mit Judith schlief, bot Platz für zwei, doch es ruhte auch nur auf einem hölzernen Rahmen über dem Boden. Dieses Möbelstück dagegen war so hoch, daß von beiden Seiten hölzerne Stufen hinaufführten. Samtvorhänge hingen von dem hohen Gebälk, die mittels Ringen an Stangen entlangliefen; so konnte man sie zuziehen gegen die Kälte und gegen neugierige Blicke. Ein verbotenes Bild von sich selbst und Lord de Warenne im intimen Inneren dieser Einrichtung ließ Janes Knie weich werden.

Sofort schob sie diese schlimme Phantasie weit von sich und

öffnete den riesigen Schrank. Jetzt erkannte sie, warum es an den Wänden keine Haken gab – denn die Haken befanden sich innerhalb des Möbelstücks. Jane hängte ihren Umhang und die beiden wollenen Kleider hinein, das eine schwarz, das andere grau. Sie legte ihre Hemden und Strümpfe in eine Schublade, die Malutensilien in die andere. Als sie sich umwandte, entdeckte sie ihr Bild in einem Spiegel.

Verwirrt wich sie zurück, weil sie glaubte, jemand sei im Zimmer. Doch als sie begriff, daß es sich nur um einen polierten silbernen Spiegel in einem hölzernen Rahmen handelte, trat sie näher, um ihn zu untersuchen. Verwundert starrte sie die Person an, die ihr aus der blinkenden Fläche entgegensah, und wußte, daß sie das selber war. Jane hatte noch nie zuvor in einen echten Spiegel geblickt – eine beunruhigende Erfahrung. Sie hatte sich in dem klaren Waldsee betrachtet, doch das war nur ein verschwommenes Bild gewesen. Dieser Spiegel zeigte ihr deutlich, wie sie aussah.

Jane stockte der Atem, sie legte die Fingerspitzen auf die polierte Oberfläche und fuhr mit einem Finger den Umrissen ihrer Augenbrauen und ihrer hohen Wangenknochen nach. Voller Verärgerung erkannte sie, daß ihre Augen mandelförmig waren und tiefbraun, genau wie die der Ricke, die sie mit ihrem Kitz gesehen hatte. Ihre Lippen waren zu voll, ihr Haar zu leuchtend! Warum mußte ihr Haar rot sein? Warum konnte sie nicht das gleiche schwarze Haar haben wie ihre Schwestern? Mit sinkendem Mut wandte sie sich ab.

Sie hörte, wie an die äußere Tür geklopft wurde, und lief durch den Bogen, um zu öffnen. Taffy befehligte eine ganze Armee von Dienern. Einer brachte Handtücher, ein anderer frische weiße Leinenlaken; ein Junge trug in einem Eimer Kohle für das Feuer, und zwei männliche Diener brachten eine Damenwanne herein. Ein weiterer Lakai kam mit einem dazu passenden Waschbecken und einem Wasserkrug an; Taffy selbst hielt ein Tablett in der Hand mit verdünntem Wein, Gläsern und Süßigkeiten. Jane sah zu, wie frische Fackeln in die Halterungen an den Wänden gesteckt wurden, und eine riesige viereckige Kerze in einen Messinghalter mitten im Raum.

Nach all diesen Verrichtungen sagte Taffy: »Wenn Ihr noch einen Wunsch habt, Lady, bitte äußert ihn, ohne zu zögern. Es ist meine Aufgabe, für Euer Wohl zu sorgen.«

Noch ehe sie ihm danken konnte, klopfte es schon wieder. Taffy öffnete, und Thomas erschien auf der Schwelle. »Lord de Warenne hat die Papiere bereit ...« Abrupt unterbrach er sich. »So kann sie nicht nach unten gehen!«

Taffy beugte sich zu ihm. »Sie hat kein Kleid, keine Juwelen – überhaupt nichts Passendes«, murmelte er.

Thomas betrachtete Jane von Kopf bis Fuß. »Wartet ein wenig«, wies er sie an.

Der Knappe suchte Lord de Warenne in der kleinen Schreibstube auf. Jock Leslie und sein ältester Sohn Andrew, der zum Verwalter ausgebildet wurde, waren bereits anwesend, um den Beginn der gesetzlichen Probezeit zu bezeugen.

Als Lynx von den Papieren auf seinem Schreibtisch aufblickte, sagte Thomas: »Die Lady hat keine anständige Kleidung, Mylord.«

Jock Leslie sah beleidigt auf. »Bis jetzt hat ihre Ausstattung immer genügt.«

Lynx bat seinen Knappen: »Holt die Lady so, wie sie ist. Ihre Kleidung hat nichts zu bedeuten, nur ihre Unterschrift zählt.«

Jane erschien in ihrem braunen Wollkleid und festen Lederschuhen. Die Knappen des Lords, die als ihre Zeugen auftraten, rahmten sie ein.

Einen Augenblick lang verspürte Lynx Bedenken. Thomas hatte recht, sie sah aus wie ein Bauernmädchen. Er verbeugte sich förmlich vor ihr. »Ihr habt Eure Meinung nicht geändert?«

Sie senkte die Lider, um ihre Furcht und den Zorn, der sie erfüllte, vor ihm zu verbergen. Wie konnte sie ihre Meinung ändern, wenn er ihre Großmutter bedroht hatte? Wie konnte sie die Probezeit verweigern, wenn die zwingenden Blicke ihres Vaters auf ihr ruhten? Die fünf Männer hier, die ihr Gelöbnis hören würden, schüchterten sie zutiefst ein. Sie warf de Warenne einen Blick reinen Hasses zu und schüttelte den Kopf.

Ihr Vater sprach ihr die Worte vor. Sie waren sehr einfach. Lynx de Warenne trat an ihre Seite, nahm ihre Hand und wartete darauf, daß sie zu sprechen begann.

»Ich, Jane Leslie, schwöre Euch meine Treue für eine Probezeit von einem Jahr und einem Tag.« Ihre Worte erklangen klar und deutlich, sie sprach, ohne zu zögern, und war selbst überrascht darüber, doch insgeheim fügte sie noch hinzu: *Und für keinen Augenblick länger!*

»Ich, Lynx de Warenne, schwöre Euch meine Treue für eine Probezeit von einem Jahr und einem Tag.« Seine tiefe, ernste Stimme hüllte sie ein, schwang sich empor und beherrschte die Luft, die sie atmete.

Der ausgesprochene Schwur genügte, um ihre Vereinbarung bindend zu machen; doch Lynx bestand darauf, alles auch noch gesetzlich zu regeln. Er war in der Machtposition, während Jane überhaupt keine Rechte besaß. Wenn sie schwanger würde und ihm noch vor der Hochzeit etwas zustieße, wollte Lynx, daß sein Kind sein gesetzlicher Erbe würde, ohne jede Einschränkung; deshalb bestand er darauf, ihre Vereinbarung schriftlich festzulegen.

Als Lord de Warenne ihr den Federkiel reichte, war Jane froh, daß sie wenigstens ihren Namen schreiben konnte. Als sie fertig war, nahm er ihr die Feder aus der Hand und unterschrieb schwungvoll mit ›Lynx de Warenne‹. Obwohl Jane nicht lesen konnte, so betrachtete sie doch seinen Schriftzug eingehend, um ihn in Zukunft erkennen zu können. Sie wußte nicht, wie sie es geschafft hatte zu unterschreiben, ohne daß ihre Hand zitterte. Nun ist es geschehen! dachte sie, der Luchs besitzt meinen Körper und meine Seele für das ganze nächste Jahr.

Als die Zeugen ihre Signaturen unter das Dokument gesetzt hatten, streute Lynx Sand darüber und rollte es auf. Er wandte sich an Jock. »Wir werden heute abend in der Halle eine kleine Feier ausrichten. Danke, daß Ihr alle gekommen seid.« Lynx reichte ihr förmlich den Arm, und Jane fühlte, wie Panik in ihr aufstieg. Wohin brachte er sie? Was würde er mit ihr anstellen? Es war erst Nachmittag – sicher würde er doch bis zur Nacht warten, um ihre Vereinigung zu vollziehen?

Ihr Herz hämmerte, als sie sich vor Augen hielt, was am Tag der Vereinbarung der Probezeit bei ihren Schwestern geschehen war. Sie vergegenwärtigte sich, daß deren Ehemänner nicht einmal fünf Minuten gewartet hatten, ehe sie hinter der Wand verschwanden! Mit großer Beklommenheit legte Jane ihre Hand auf den Arm von Lord de Warenne. Als er sie zum Hauptturm führte, glichen ihre Gedanken einander. *Es ist geschehen ... jetzt gibt es kein Zurück mehr.*

Thomas und Taffy kamen langsam hinter ihnen her, sie unterhielten sich leise. »Die Halle wird überquellen heute abend. Sicher möchten alle dabeisein«, prophezeite Taffy angespannt.

»Er tut so, als sei ihm ihr Aussehen gleichgültig, aber ich kenne ihn besser«, verriet Thomas ihm. »Lord de Warennes Stolz ist genauso groß wie der von König Edward Plantagenet. Wir müssen uns etwas einfallen lassen; es sind gerade noch zwei Stunden bis zum Abendessen.«

»Ich werde jeden Schrank in Dumfries durchforsten. Vielleicht hängt irgendwo ein Kleid, das eine Frau nicht mehr haben wollte«, bot sich Taffy an.

»Und ich schaue in der Garderobe unseres Herrn nach und auch in meiner eigenen«, meinte Thomas. »Sie sollte unbedingt etwas Festliches tragen.«

Lynx öffnete die Tür zu Janes Räumen und schob sie hinein. Plötzlich wurde ihm klar, daß sie keine Magd hatte, die ihr half, keine weibliche Hilfe, die sie badete und ankleidete. »Möchtest du gern, daß eine deiner Schwestern dir zur Hand geht?« fragte er höflich.

Janes Miene zeigte zwar Erleichterung bei seinen Worten, aber Kate und Mary würden sie niemals bedienen. Sie war die Jüngste und wurde immer herumkommandiert. »Danke! Ja, ich hätte gern ein wenig Gesellschaft – allerdings bin ich daran gewöhnt, alles allein zu erledigen.«

Er runzelte die Stirn. Begriff sie denn nicht, daß ihr Stand jetzt weitaus höher war als der aller Frauen, die je in Schloß Dumfries gelebt hatten? »Hoffentlich wirst du dich hier wohl fühlen. Dieser Turm ist ein gutes Zuhause. Meine Räume liegen oben, diese Treppe hinauf; doch brauche ich dich nicht jedesmal zu stören, wenn ich komme und gehe. Meine Zimmer lassen sich zu den Zinnen öffnen, und von dort führt eine weitere Treppe abwärts. Du hast hier deine Ruhe.« Und ich auch, dachte Lynx insgeheim. Auf keinen Fall würde er erlauben, daß dieses aufsässige Mädchen sein Leben störte.

Als Lynx Thomas an der offenen Tür entdeckte, war er dankbar für die Ablenkung. »Ich werde jetzt mein Bad nehmen, Thomas.«

»Die Diener bringen gerade das heiße Wasser für die Lady, Mylord.«

»Gut, dann nehmen wir unser Bad gleichzeitig.«

Jane erstarrte bei dem Gedanken, daß sie nackt zusammen mit ihm baden sollte. Erleichtert atmete sie auf, als sie sah, wie die beiden Männer nach oben verschwanden – offenbar hatte sie ihren Lord falsch verstanden.

Lynx saß bis zu den Hüften im Wasser, seine langen Beine hatte er angezogen, damit er in die Wanne paßte. Zunächst schrubbte er die rauhen Stellen an seinen Händen und dann seine Nägel mit einem Schwamm.

»Werdet Ihr das grüne Gewand tragen, Mylord?« Thomas holte ein dunkelgrünes Samtwams aus dem Schrank.

Lynx runzelte die Stirn. »Es ist ein wenig schlicht für diese Gelegenheit, findest du nicht?«

»Selbst damit werdet Ihr neben Lady Jane noch wie ein Prinz aussehen.«

»Ah«, murmelte Lynx und rieb sein Haar. »Hat sie denn nicht ein einziges passendes Gewand?«

Thomas legte die grüne Pracht auf das Bett und griff nach dem Eimer mit Wasser, der neben der Wanne stand. Er goß ihn ohne viel Aufhebens Lynx über den Kopf. »Rein gar nichts besitzt sie, keine Nachthemden, keine Juwelen, keine Bänder; sie hat nicht einmal eine Haarbürste. Statt dessen benutzt sie einen Striegel, der aussieht, als käme er direkt aus dem Stall.«

»Dann bring ihr, um Gottes willen, einige meiner Bürsten und Kämme, bis wir die Situation ändern können. Hol Stoff aus dem Laden, und lasse ein paar Gewänder für sie nähen. Es muß doch hier irgendwo eine Näherin geben und wohl auch Frauen, die zu weben verstehen. Frage Jock, der wird es wissen.«

»Aye, Mylord, aber für den heutigen Abend gibt es noch keine Lösung, nicht wahr?«

Das Problem heute abend … Thomas ahnte nicht einmal die Hälfte davon!

Als der Knappe die Türen und Schubladen des Schrankes öffnete, fiel sein Blick auf die Umhänge, die Lord de Warenne über seinem Kettenhemd zu tragen pflegte. Die modischen davon, aus Seide, waren für Turniere gedacht. Thomas überlegte, daß einer davon ein hübsches Nachtgewand abgäbe, das an beiden Seiten offen war. Er fühlte, wie sein Körper sich regte, und erkannte entzückt, daß so ein hübsches Stück seine Dienste erfüllen würde. Er zögerte, als er die Hand nach dem schwarzen Seidenumhang ausstreckte, auf dem ein silberner Luchs prangte – schließlich wählte er einen weitaus passenderen schlichten aus weißer Seide.

In der Zwischenzeit hatte Taffy kein Glück bei seiner Erkundungstour. Frauen waren viel zu habgierig, um ein Kleidungsstück zurückzulassen, wenn sie abreisten. Er beriet sich mit Sir

Giles Bernard, der modischst gekleidete Ritter im Gefolge des Lords. Sir Giles öffnete seine Truhen und auch sein Herz, als er hörte, in welcher Klemme Lady Jane sich befand. Der jugendliche Giles wählte eine Tunika in dunklem Rot, die ihm bis zu den Unterschenkeln reichte. Jane würde sie fast auf die Füße fallen. Großzügig fügte er noch eine silberne Kette hinzu, die sie als Gürtel benutzen konnte.

Weil in ganz Dumfries nicht ein einziges Band aufzutreiben war, ging Taffy hinaus in den Garten und pflückte Blumen für Janes Haar. Er wählte einen blühenden Weißdornzweig, entfernte die Dornen mit seinem Messer und bog ihn zu einer kleinen Krone zurecht. Als er zum Hauptturm zurückkam, sah er mit Genugtuung, daß Janes Schwestern gekommen waren, um sie für das Fest herzurichten.

## *10*

Jane war dankbar dafür, daß ihre liebenswürdige Schwägerin Judith Mary und Kate begleitete, als diese ihre neuen Gemächer betraten. Ihre Schwestern versicherten ihr immer wieder, wie glücklich sie sich schätzen konnte über die Wahl Lord de Warennes; doch als Judith ihr in die Wanne half, sah sie Jane besorgt in die Augen. »Fürchtest du dich?«

Das Mädchen sank in das warme Wasser. Eigentlich wollte sie ihre Beklommenheit abstreiten; doch Judiths sanfte Worte entlockten ihr die Wahrheit. »Ja, ich fürchte mich … ich weiß nicht, was da auf mich zukommt.«

Kate lachte anzüglich. »Erwarte ruhig das Schlimmste!«

»Auf diese Art wirst du wenigstens nicht enttäuscht«, fügte Mary hinzu.

»Jane hat keine Erfahrung mit Männern«, sagte Judith ärgerlich. »Sie braucht euren Rat und keine gemeinen Anspielungen!«

»Halte den Mund geschlossen und die Schenkel geöffnet«, riet Kate ihr. »Männer wollen keine Unterhaltung, sondern genießen.«

»Je größer der Mann, desto größer ist sein Appetit – wenn du weißt, was ich meine«, ergänzte Mary noch und hielt die Hände auseinander, um ihr die Größe gewisser Körperteile zu demonstrieren. »Es heißt nicht umsonst – ellenlang!«

Kate lachte über Marys schlüpfrigen Hinweis.

»Sie necken dich nur, Jane, achte nicht auf sie«, riet Judith ihr.

»Oh, ich weiß, daß sie sich auf meine Kosten einen Spaß genehmigen.«

Kate hörte auf zu lachen. »Also gut, dann gebe ich dir einen wirklichen Rat. Weine nicht, ganz gleich, wie weh es tut. Männer hassen Tränen.«

»Es ist Zeit, daß du dich ankleidest. Komm aus dem Wasser.« Judith hielt ein großes Handtuch hoch.

»Nein, ich werde mich ertränken«, wimmerte Jane, und das war nur zur Hälfte lustig gemeint.

»Hör auf, dir leid zu tun; jede andere Frau in Dumfries würde ihre Seele verkaufen, wenn Lord de Warenne sie erkoren hätte«, sagte Mary energisch.

»Sie hat recht«, gestand Judith ihr zu. »Es ist ein Segen, kein Fluch. Versuche, ihm zu Gefallen zu sein, und gehorche ihm in allen Dingen, dann wird alles gut werden für dich, Jane.«

Nach dem Ankleiden bürstete Judith Janes Haar, bis es ihr glänzend auf die Hüften fiel. Auf der gerade geschnittenen purpurroten Tunika schimmerte es herrlich in einem rot-goldenen Ton.

Als Lynx de Warenne erschien, um sie in die Halle zu führen, starrte er überrascht auf die Verwandlung, die stattgefunden hatte. Statt eines Bauernmädchens entdeckte er eine junge Schönheit. Er war beeindruckt von den Bemühungen seiner Knappen für seine Lady. Die schlichte Blumenkrone auf ihrer Lockenfülle war zauberhafter als die teuersten Juwelen. Sie sah begehrenswerter aus als alle Damen seines Lebens.

Als sie in die lärmende Halle traten, in der sich seine Männer und alle Menschen aus Dumfries versammelt hatten, einschließlich der gesamten Leslie-Familie, klammerte sich Jane so fest an seinen Arm, daß Lynx sofort ihre Angst spürte. Im Gegensatz zu den meisten Frauen schien sie nicht gern im Mittelpunkt der Aufmerksamkeit zu stehen.

»Es tut mir leid, Jane. Die Leute sind neugierig und wollen uns sehen. Wenn sie ihre Neugier einmal befriedigt haben, widmen sie sich wieder ihren eigenen Angelegenheiten.« Ermutigend drückte er ihre Hand. Als sie auf der Empore standen, hob Lynx die Rechte und bat um Ruhe. Seine Rede war kurz und freundlich, aus Achtung vor ihrer Schüchternheit. »Ich stelle Euch Lady Jane vor. Bitte hebt mit mir Eure Gläser, um sie willkommen zu heißen und sie zu ehren!« Lynx gab das Zeichen, und alle im Saal prosteten Jane zu.

Donnernder Jubel, gefolgt von heftigem Applaus, dröhnte durch die Halle. Jane senkte den Blick. Sie wagte nicht, aufzublicken und die vielen Männer vor ihr anzusehen – auch den Augen ihrer Familie wich sie aus. Und Lord de Warenne gönnte sie erst recht keinen Blick; doch war sie sich seiner Anwesenheit neben ihr nur allzu deutlich bewußt. Nachdem sie sich gesetzt hatten, erwies sich sein Stuhl höher als ihrer – gemäß Sitte und Brauch; die beiden Knappen standen hinter ihren Stühlen, um sie zu bedienen.

»Es ist üblich, die Begrüßung zu erwidern.«

Sie hob den Kopf und starrte ihn einen Augenblick lang an, dann nahm sie ihr Weinglas und trank es leer.

Belustigt zog Lynx eine Augenbraue hoch. »Ein einfaches ›Ich danke Euch allen‹ wäre für eine Lady eine passendere Antwort gewesen.«

Der Wein stieg ihr sofort heiß in die Wangen. Es fühlte sich an, als ströme eine helle Röte durch ihre Brust und mache sie ein wenig kühn. »Wenn Ihr eine Lady hättet haben wollen, Mylord, hättet Ihr nicht *mich* wählen sollen.«

»Du willst mich doch sicher nicht absichtlich reizen, liebes Kind?«

Thomas füllte abermals ihr Glas, und Jane betrachtete sinnend den Wein. Als Lynx ihren Blick sah, erinnerte er sich wieder daran, wie sie ihm neulich die heiße Suppe in den Schoß gegossen hatte. Noch ehe sie nach dem Glas greifen konnte, hielt er ihre Hand fest und warf ihr einen warnenden Blick zu.

Jane hatte seine Gedanken gelesen, diesmal war sie an der Reihe, belustigt zu sein. »Keine Angst, der Wein ist viel zu gut, um ihn an Euch zu verschwenden.« Sie entwand ihm ihre Hand, als fände sie seine Berührung lästig.

»Wenn du ungehorsam bist, werde ich deiner bald müde werden«, erklärte er zuckersüß.

»Ich bin erleichtert, daß es dann kein Jahr und Tag dauert.«

Lynx verbarg seine Amüsiertheit. Schlagfertigkeit hatte er nicht erwartet, und insgeheim erfreute sie ihn. Es gefiel ihm, sich mit ihr zu messen. Das war entschieden der Furcht vorzuziehen, die sie bis jetzt vor ihm an den Tag legte.

Normalerweise besaß Jane einen gesunden Appetit, und das Essen, das vor sie gestellt wurde, duftete überaus köstlich. Doch ihre Kehle war wie zugeschnürt, und sie wußte, daß sie keinen Bissen würde hinunterschlucken können, weil alle sie verstohlen musterten.

Lynx sah zu, wie sie das Essen auf ihrem Teller hin und her schob. Es ärgerte ihn. Warum aßen Frauen immer wie Vögelchen, warum hungerten sie aus alberner Eitelkeit? Seine Schwester Jory war die einzige Frau in seinem Umkreis, die ihre Mahlzeiten genoß, und es gab nur sehr wenige Männer, die sie nicht attraktiv fanden.

Walisische Harfenspieler betraten die Halle und machten Musik, während alle aßen. Als die Mahlzeit beinahe vorüber war, trat ein Balladensänger vor und gab eine Liebesgeschichte zum besten. In ihrem ganzen Leben hatte sich Jane noch nie so ungemütlich gefühlt. Ihre Wangen brannten, und ihre Hände zitterten. Ihre Füße froren, denn sie war nur in Strümpfen in die Halle gekommen. Ihre Lederstiefel hatten nicht zu der eleganten Tunika gepaßt, und andere Schuhe besaß sie nicht. Aus den Augenwinkeln sah sie, wie Lord de Warenne Thomas zuwinkte, doch was er ihm zuflüsterte, konnte sie nicht verstehen.

»Himmel, bloß keine rührseligen Liebeslieder mehr! Ruf lieber einen Dudelsackspieler, der für uns einen schottischen Tanz pfeift und fröhlich ist.«

Jedermann schien den Abend zu genießen, bis auf Jane. Sie hatte das Gefühl, alle würden sie immer abschätzender betrachten, je weiter die Festivität fortschritt. An einem langen Tisch unterhalb von ihr saß ihre Familie. Megotta war nicht gekommen, doch ihre Brüder und Schwestern schienen einen herrlichen Abend zu verleben. Jane wünschte, sie könnte bei ihren Brüdern sitzen und nicht hier auf der Empore neben dem kritischen Lynx de Warenne.

Lynx war ihrem Blick gefolgt. »Deine Brüder scheinen sich zu amüsieren.«

Gefällt ihm ihr Benehmen nicht? fragte sie sich gekränkt. Sie hob das Kinn. »Sie lachen gern; sie sind sehr feierfreudig. Ihr scheint nicht sehr viel Humor zu besitzen ... oder Lust am Scherzen. Vielleicht blast Ihr gerne Trübsal?« Jane war entsetzt über ihre Kühnheit.

Seine Brauen zogen sich zusammen. »Es scheint dir Freude zu machen, mich mit deinen Worten zu treffen. Schon bald bin ich es dann, der dich trifft.«

Das junge Mädchen erstarrte vor Angst und stand auf, um wegzulaufen. Seine Hand schloß sich schnell um ihr Handgelenk, und er zwang sie, sich wieder zu setzen. »Du wirst hier nicht in Anwesenheit aller vor mir flüchten! Benimm dich doch bitte wie eine Lady, und sei anmutig – lächle mich an! Wenigstens solltest du so viel Höflichkeit besitzen, ein bißchen Zufriedenheit zu heucheln über diese Probezeit mit mir.«

»Mehr ist es auch wirklich nicht.« Als sich der Druck um ihr

Handgelenk verstärkte, lächelte Jane. Doch zwischen zusammengebissenen Zähnen brachte sie hervor: »Ich hasse Euch, hoffentlich bin ich unfruchtbar!«

Lynx de Warenne erhob sich ungestüm. Er raffte sie mit einer schnellen Bewegung in seine Arme, dann rief er den Leuten in der Halle zu: »Bleibt, wo ihr seid, und macht euch einen fröhlichen Abend. Unser Verwalter wird dafür sorgen, daß der Wein nicht ausgeht.« Lauter Jubel erhob sich, als sie sahen, daß der Lord seine Jungfer aus der Halle trug.

Taffy trat mutig an Lynx de Warenne heran. »Eure Lady ist noch ein Mädchen, Mylord«, murmelte er.

Lynx schnitt eine Grimasse. Dieser junge Teufel hatte doch nicht etwa Angst um sie? Er ignorierte die Bemerkung und eilte von dannen. Seine beiden Knappen folgten ihm, während der Rest der Männer die Würfel hervorholte oder sich in Ringkämpfen maß. Jane klammerte sich an seine Schultern, und er blickte auf sie hinunter. Ihr Gesicht war weißer als die Blüten des Weißdorns in ihrem Haar.

Lynx trug sie die Treppe hinauf bis in die erste Etage des Hauptturms, dort öffnete er die Tür ihres Gemaches. Er mochte es kaum glauben, als er auch Thomas' Stimme vernahm: »Sie ist absolut unschuldig, Mylord.«

Als er Jane schließlich auf die Füße stellte, wandte er sich zu seinen beiden Knappen um. »Allmächtiger, glaubt ihr beiden denn, ihr müßt mich belehren?« Dann schloß er die Tür vor ihren Nasen.

Jetzt, wo Jane allein mit ihm war, hatte alle Courage sie verlassen. »Mylord, es tut mir leid. Ich habe das vorhin nicht so gemeint. Es war nur ein Spiel, um herauszufinden, wem die grausamste Bemerkung einfiele.«

Lynx sah die Furcht in ihren Augen. Die Iris wiesen ein wunderschönes klares Rehbraun auf. Keinesfalls wollte er, daß sie sich in die Enge getrieben fühlte. Seine Miene wurde sanfter, als er sie anschaute. »Glaubst du, wir können noch einmal von vorn beginnen? Es war eine Qual für dich heute abend, wo die Blicke aller Menschen auf dir ruhten. Laß uns beide die Dinge vergessen, womit wir uns gegenseitig beleidigt haben.«

»Ja, das wäre wohl das beste«, murmelte sie.

Lynx stand verlegen vor ihr und fragte sich, wie er es um Himmels willen anstellen sollte, sie zu schwängern. Solch eine ungewöhnliche Situation hatte er noch nie zuvor bewältigen müssen. Wäre die Frau, mit der er zusammen war, eine Dirne, würde sie die Initiative ergreifen. Wäre die Frau, die er verführen wollte, eine Lady, würde sie seine Annäherungsversuche erwarten und begrüßen, da sich inzwischen ja die Tür des Zimmers hinter ihnen geschlossen hatte.

Seine Gedanken gingen zurück zu seiner Hochzeitsnacht, und er suchte dort die Lösung. Die Entjungferung war ziemlich reibungslos verlaufen, erinnerte sich Lynx. Lady Sylvia Bigod hatte sich leidenschaftlich an ihn geklammert, und das war dann fünf Jahre lang so geblieben. Er rief sich ins Gedächtnis, daß diese Situation hier ganz anders lag, und verbannte die Vergangenheit. Lynx entschied, daß er auf jeden Fall höflich sein mußte; es durfte nicht noch einmal zu einem Krieg der Worte kommen. »Hat dir die Musik gefallen, Mylady?« begann er behutsam.

Jane wußte, wie leicht sie sich in der Tonart vergriff, wenn sie nervös war; deshalb beschloß sie, so wenig wie möglich zu sprechen. Zögernd stand sie vor ihm und blickte ins Feuer. »Ja, Mylord.«

Schweigen senkte sich über sie.

Lynx trat einen Schritt vor, er entdeckte eine Laute an der Wand. »Kannst du spielen?«

Jane hob den Blick. Bat er sie, eine Art Liebesspiel mit ihm einzuleiten? Doch als sie sah, daß er zu den Instrumenten an der Wand schaute, antwortete sie: »Nein, Mylord.«

Wieder schwiegen sie.

Lynx tat noch ein paar Schritte in den Raum und stellte fest, daß Jane an der Tür stehengeblieben war, an der gleichen Stelle, wo er sie abgesetzt hatte. Sein Blick fiel auf die geschnitzten Schachfiguren. »Spielst du Schach, Mylady?« Klang seine eigene Stimme etwa nachgerade verzweifelt?

»Nein, Mylord.« Am liebsten hätte sie sich die Zunge abgebissen. Wenn sie wenigstens Schach spielen könnte, dann hätte sie den Vollzug ihrer Vereinigung noch ein wenig hinausschieben können.

Endlich bemerkte er ihre sehnsüchtigen Blicke zum Feuer. »Ist dir kalt?«

»Nein ... ja ... nein, Mylord.«

Lynx lachte und fühlte sich gleich besser. »Also, was denn nun?«

»Meine Füße frieren«, platzte Jane heraus.

Lynx lachte noch einmal. Kalte Füße waren etwas, womit er etwas anzufangen wußte. Er streckte ihr die Hand entgegen. »Komm, ich wärme dich.« Langsam kam sie auf ihn zu, und er schob ihr einen gepolsterten Stuhl ans Feuer. Steif setzte sie sich nieder, faltete die Hände im Schoß und senkte den Blick. Lynx fiel auf die Knie, hob den Saum ihrer Samttunika und entdeckte, daß sie keine Schuhe trug.

Er verkniff sich eine erstaunte Bemerkung, als ihm klarwurde, daß sie wohl keine besaß. Statt dessen nahm er Janes Füße in seine große Hand und begann, sie zu reiben. Sie waren wirklich eiskalt, doch ihre Wangen brannten. Erst massierte er den einen Fuß, dann den anderen und bemerkte, daß ihr Atem schneller ging.

Seine Hände waren unglaublich kräftig und warm. Während er ihre Füße rieb, spürte Jane die Wärme in sich ausbreiten. Es war ein wundervolles Gefühl, doch seine Nähe nahm ihr den Atem. Sie fühlte seine Blicke auf sich, als sich ihre Brüste hoben und senkten. Ihre Knospen wurden plötzlich hart, und sie fürchtete sich davor, schon bald nackt vor ihm zu stehen.

»Hast du Angst vor mir, Mylady?« fragte er und benutzte noch immer die förmliche Anrede.

»Nein ... ja ... nein, Mylord.«

Diesmal bemühte er sich, nicht zu lachen. »Nun, was ist es denn jetzt?«

»Ich weiß es nicht, Mylord«, flüsterte sie und zupfte an dem weichen Samt der Tunika.

Lynx sah ein, daß er zuerst einmal die Reserviertheit zwischen ihnen beseitigen mußte. »Jane!« Absichtlich sprach er sie mit ihrem Namen an. »Wir wollen versuchen, angenehm miteinander umzugehen. All diese Förmlichkeiten führen doch zu nichts.« Er stand auf und machte sich daran, ihnen Wein einzuschenken. Sofort erkannte er an der blassen Farbe, daß er allzu verdünnt war, um das Blut zu wärmen. Lynx ging zu der Wendeltreppe, in seine eigenen Räume hinauf. »Ich hole uns einen besseren Tropfen.«

Während Lynx oben war, nutzte er die Gelegenheit, sich auszukleiden. Er schlüpfte in seine schwarze Samtrobe, die er im Bett trug, dann nahm er eine Karaffe mit Wein. Hoffentlich würde eine Karaffe genügen, gleichzeitig schickte er ein Stoßgebet gen Himmel, daß Jane auch die Gelegenheit genutzt hatte, sich auszuziehen und in ihr Nachtgewand zu schlüpfen; doch als er unten wieder auftauchte, saß sie noch genauso da, wie er sie verlassen hatte.

Während er ihnen beiden nun einen kräftigen Roten eingoß, begriff er, daß sie es ihm nicht leichtmachen würde. Die Bürde lag allein auf seinen Schultern. Vielleicht war sie nicht nur unschuldig, sondern noch dazu bedauerlich unwissend. Er reichte ihr ein Glas. Dann beobachtete er, wie sie vorsichtig einen Schluck nahm. Offensichtlich hatte sie mit Wein genauso wenig Erfahrung wie mit Männern. Wie es schien, würde er ihr sogar Adam und Eva beibringen müssen.

»So geht das. Du nimmst einen Mundvoll und läßt ihn über deine Zunge rollen, damit sich der richtige Geschmack entwickelt.« Er schluckte den Wein hinunter und sah dann, wie sie es ihm nachmachte. Sie wiederholte es und nahm die Sache herzhaft in Angriff, beinahe das halbe Glas trank sie leer. Ihre Augen begannen zu strahlen, als ihr ein Gedanke kam. Er sollte ihr beibringen, wie man Schach spielte. Dann würde sie wieder sein Glas füllen, bis er so viel getrunken hatte, daß er einschlief – wie ihre Brüder immer.

»Jetzt ist mir heiß«, erklärte sie.

Lynx nickte. »Der Wein wärmt dein Blut von innen und das Feuer von außen.«

Sie entfernte sich ein wenig vom Kamin. »Würdet Ihr mir beibringen, wie man Schach spielt, Mylord?«

Lynx war klar, daß sie versuchte, die Intimität zwischen ihnen hinauszuschieben, die doch so unvermeidlich war. Zögernd entschied er, ihr noch etwas Zeit zu lassen. »Du kannst so ein schwieriges Spiel wie Schach nicht an einem Abend lernen, aber laß uns ruhig mit der ersten Lektion beginnen.« Lynx de Warenne unterdrückte seine Ungeduld. Er wollte ihr eine Lektion erteilen, das stimmte – aber nicht auf dem Schachbrett.

Sie setzten sich einander gegenüber an den kleinen Spieltisch. Die Figuren waren groß und wunderschöne Elfenbeinschnitzereien. Eine davon nahm er und reichte sie ihr. Dabei berührten sich ihre Finger, und sie zuckte zurück, als hätte sie sich verbrannt. »Dies ist der König, die wichtigste Figur auf dem Brett. Er besitzt den höchsten Rang.«

Als sie auf den König in ihrer Hand blickte, war Jane klar, daß er damit auch auf seine Stellung hier in Dumfries anspielte.

»Jeder Spieler hat sechzehn Figuren, mit denen er seine Züge macht, acht Hauptfiguren: der König, die Dame, zwei Läufer, zwei Springer und zwei ...«

»Schlösser«, sagte Jane, und fuhr mit dem Finger über die geschnitzten Erker.

»Die Schlösser nennt man Türme. Die anderen acht Figuren sind Bauern.«

*Das ist es, was ich bin, ein Bauer!* Nervös befingerte sie den König in ihrer Hand.

Während Lynx sah, wie sie an der Schachfigur auf und ab fuhr, fühlte er seine Erregung wachsen. Er räusperte sich. »Du gewinnst, wenn du ... äh ... den König deines Gegners *schachmatt* setzt.« Er nahm sein Glas und trank es mit einem großen Schluck leer.

»Laßt mich Euch noch ein wenig Wein nachschenken, Mylord«, bat Jane atemlos.

»Danke!« Lynx reckte sich und nahm ihr den König aus der Hand, ehe sie ihn noch mehr aufstachelte. Als er sie über den Spieltisch hinweg ansah, vergaß er die Lektion, die er ihr erteilen wollte; statt dessen brauchte er ein paar Antworten von ihr, und diese Antworten würden weder förmlich noch höflich ausfallen, sondern unmittelbar und direkt.

»Jane, weißt du, was zwischen einem Mann und einer Frau vor sich geht?«

»Ja. Ich habe die Tiere beobachtet.«

»Tiere?« wiederholte er.

»Ich habe gesehen, wie Tiere sich paarten.«

Ach, du liebe Güte, sprach sie etwa über einen brünstigen Widder oder einen hitzigen Hengst? Es gab Zeiten, das mußte er zugeben, da der Sex zwischen Mann und Frau so sein konnte, wenn man Glück hatte; doch sicher war das nicht für heute abend zu erwarten. Er rieb sich mit der Hand über die Stirn, weil er einen Moment benötigte, um sich zu sammeln. »Geh und zieh dein Nachtgewand an, dann werden wir weiterreden.«

Jane blickte auf sein Glas und wünschte, er würde es noch einmal austrinken. Wieviel Wein bräuchte er wohl, damit er einschliefe? Er war weit weniger förmlich und steif als zu Beginn. Vielleicht hatte sie einen Fehler gemacht, und der Wein veranlaßte ihn, um so früher an ihre Vereinigung zu denken. Schon jetzt konnte man sein Benehmen nicht mehr unbedingt als anständig bezeichnen. Sie mußte dringend ein wenig Abstand zwischen sie bringen, deshalb ging Jane in ihr Schlafzimmer.

Sie schaute auf den weißen Umhang aus Seide, der auf ihrem Kissen lag. Dies war sicher das Gewand, von dem er gesprochen hatte; aber sie wußte nicht, ob sie es wagen sollte, sich in einem solch skandalösen Geflatter sehen zu lassen. Das arme Mädchen versuchte, seine Bestürzung hinunterzuschlucken. Es hatte sich verpflichtet, sich dem Luchs hinzugeben, und wenn es das seidene Gewand als seine Lady tragen mußte, dann hatte es keine Wahl. Ungeduldig ignorierte sie die leise innere Stimme, die ihr sagte, daß sie noch nie zuvor etwas so Feines getragen hatte. Würde es sich genauso herrlich anfühlen, wie es aussah?

Sie nahm die Blütenkrone vom Kopf, löste die schwere silberne Kette und zog die Samttunika aus. Rasch schlüpfte sie in das seidene Etwas, um ihre nackten Brüste und ihr Gesäß zu bedecken. Dann warf sie einen vorsichtigen Blick in den Spiegel. Durch die Schlitze an den Seiten des Umhangs wurden ihre dunklen Wollstrümpfe sichtbar, und das sah schrecklich aus!

Janes Hoffnung sank. Sie wollte nicht schrecklich aussehen in den Augen dieses arroganten Ritters. Verzweifelt wünschte sie sich, attraktiv zu sein. Sie zog die Wollstrümpfe aus, faltete sie zusammen und legte sie auf die Tunika, dann griff sie nach dem Blütenkranz. Die Weißdornblüten welkten bereits, doch Jane setzte sie noch einmal auf ihren Kopf. Eine Weile lang stand sie so da und fürchtete sich davor, das Schlafzimmer zu verlassen, bis ihr Blick auf das hohe, breite Bett fiel. Es war eine solche Bedrohung für sie, daß sie eilig einen so großen Abstand zwischen sich und dieses Bett zu bringen trachtete, wie nur möglich.

Lynx sah ungläubig auf, als die kleine Gestalt unter dem Rundbogen erschien. Was, bei allen Heiligen, trug sie da? Wenn er sich nicht irrte, war es einer seiner eigenen Umhänge. Erst jetzt begriff er, daß sie kein Nachtgewand besaß und daß Thomas großzügig improvisiert hatte.

Sein Mund wurde ganz trocken, als sie durch das Zimmer auf ihn zuschritt. Als sie am Feuer vorbeiging, wurde ihr Körper durch die dünne Seide sichtbar, und er erkannte ihre hübschen Beine und die üppigen Brüste. Lynx griff nach seinem Glas und trank es mit einem Schluck leer, dann reichte er Jane ihr halbleeres Glas und sah zu, wie auch sie daran nippte. Der Himmel sei ihm gnädig; wie würde er sein wildes Verlangen zurückhalten können, das ihn bei ihrem Anblick packte?

Lord de Warenne stand auf und trat vor sie. »Jane, weißt du, wie ein Mann aussieht, wie er gebaut ist?«

»Nein, ich weiß nicht, wie ein nackter Mann aussieht, Mylord.« Unerklärlicherweise war sie plötzlich immens neugierig, es herauszufinden.

Lynx holte tief Luft. »Dann wird es höchste Zeit, daß du es erfährst.« Er setzte sich auf einen Sessel und hob sie auf seinen Schoß.

Jane saß auf seinen Knien, die sein Nachtgewand aus schwarzem Samt bedeckte. Voller Erwartung sah sie ihn an; sie fürchtete sich vor seinem nächsten Schritt und sehnte ihn gleichzeitig herbei. Er nahm ihr die Blütenkrone vom Kopf und fuhr dann mit den Fingern durch ihre langen Locken. Als er eine davon an sein Gesicht hob, um den Duft ihres Haares einzuatmen, keuchte sie leise auf, weil sie erwartet hatte, daß er mit seiner Zunge über sie hinlecken würde, wie der Luchs im Wald es getan hatte. Doch als das nicht geschah, sah sie in seine grünen Augen und dann auf seinen wundervollen Mund. Was sie fühlte, war sicher eher Erleichterung und keine Sehnsucht.

Als Jane bewegungslos sitzen blieb, forderte Lynx sie heraus. »Bist du nicht neugierig?«

»Doch, Mylord«, gestand sie ihm mit unschuldigem Blick.

»Dann würde ich vorschlagen, daß du meinen Körper erkundest.«

Sie schaute ihm in die Augen, um festzustellen, ob seine Bemerkung ernst gemeint war. Langsam hob sie die Hand zu seiner Brust und schob den schwarzen Samt beiseite. Sein Oberkörper war mit einem krausen Vlies bedeckt, in der gleichen Farbe wie sein Schopf. Jane fragte sich, ob er sich wohl bewußt war, wie erstaunlich der Kontrast zwischen dem schwarzen Samt, seiner gebräunten Haut und dem lohfarbenen Haar war. Aber selbstverständlich wußte er es – und hatte dieses Gewand mit Absicht gewählt.

Vorsichtig hob sie ihren Hintern und zog das Nachtgewand unter sich weg. Jetzt war nur noch eine Seite seines Körpers bedeckt, eine Seite mit schwarzem Samt, die andere mit glatter brauner Haut. Hier war er anständig bekleidet, dort unverhohlen nackt. Doch noch erstaunlicher fühlte sich sein nackter Schenkel unter ihrem Gesäß an, nur die dünne Seide trennte ihre Körper voneinander.

Vergebens bemühte sie sich, die Hitze zu unterdrücken, die in ihr aufstieg; doch es gelang ihr nicht, und sie wurde von einer großen Woge davongetragen. Als sie die Hände hob, um auch noch die andere Seite seines Körpers zu entblößen, richtete sich Lynx' Glied hart auf. Mit großen Augen blickte sie auf ihn hinab.

Jane hatte genug Erfahrung mit männlichen Tieren, um zu wissen, daß so etwas geschah, ehe sie die Paarung vollzogen – doch seine Größe erstaunte sie. »Werden alle Männer so groß?« fragte sie verwundert.

Lynx fühlte, wie sich sein Körper anspannte. Über diese Frage hatte er noch nie nachgedacht. »Mehr oder weniger, nehme ich an.«

Der Hauch eines Grübchens erschien neben ihrem Mund, doch dann war er schon wieder verschwunden. »Ich würde sagen, eher *mehr* als *weniger,* Mylord.«

Lynx schob das Nachtgewand von seinen Schultern. »Ist dir jetzt warm genug?«

»O ja, eigentlich sogar schon viel zu heiß«, gestand sie atemlos.

Sein Glied pulsierte, und er beschloß, langsam vorzugehen. Lynx nahm ihre Hand und führte sie zu seinem Unterleib. Nach einem Augenblick legte er ihre Finger um sein Glied und bewegte sie dann langsam auf und ab. »Schnelle Bewegung verursacht Reibung«, erklärte er und schluckte. »Und unsere beiden Körper schaffen eine natürliche Gleitschicht, die mir das Eindringen in deine …« Er schluckte das Wort hinunter, das er benutzen wollte, und sagte statt dessen: »in deinen Körper erleichtert.«

Aufmerksam lauschte sie ihm, und es freute ihn, daß sie weder Abscheu noch Furcht zeigte vor dem körperlichen Akt, zu dem er sie hinführen wollte. Er fragte sich flüchtig, ob sie wirklich noch Jungfrau sei; doch vermied er es, ihr diese Frage zu stellen – es gab eine ganz einfache Art und Weise, das herauszufinden. Einige Frauen schwindelten dabei allerdings gerissen.

Lynx schob eine Hand unter ihren seidenen Umhang und legte sie auf ihre Hüfte, dann schob er sie vorsichtig zwischen ihre Schenkel. Als er den sanften krausen Hügel zwischen ihren Schenkeln spürte, forderte er sie auf: »Öffne dich mir, Jane.«

*Nein! Niemals!* schrie alles in ihr, doch dann gaben ihre Schenkel langsam und von allein seiner forschenden Hand nach.

Er sah, wie sie errötete, als sie sich ihm öffnete, hörte, wie sie leise aufkeuchte, als er einen Finger in sie gleiten ließ. Sie war unglaublich eng, also fraglos noch Jungfrau, und beinahe wünschte Lynx um ihretwillen, es wäre nicht so. Mit der anderen Hand streichelte er ihr wundervolles Haar. »Jane, weißt du, daß es beim ersten Mal weh tun wird?«

»Wenn Ihr mich begattet? Ja!«

Lynx fühlte, wie sein Glied sich regte, dann fühlte er, wie Janes Körper sich um seinen Finger schloß, und sein Glied reagierte erneut. »Ich werde versuchen, dir nicht allzu weh zu tun«, versprach er ihr mit rauher Stimme, »indem ich möglichst sanft eindringe.«

Jane konnte sich nicht daran erinnern, jemals eine sanfte Vereinigung beobachtet zu haben. Das männliche Tier wütete, das weibliche unterwarf sich.

»Fühlst du meinen Finger?«

»Deutlich«, murmelte sie atemlos.

»Tut das weh?«

»Nein, Mylord.«

»Deine Scheide ist sehr eng – sie muß sich dehnen, um mich aufzunehmen. Es wird wesentlich einfacher sein, wenn du dich nicht dagegen wehrst«, riet er ihr. »Bist du bereit, dich mir anzuvertrauen, Jane?«

Sie leckte sich über ihre trockenen Lippen. »Ich werde es versuchen, Mylord«, flüsterte sie.

Er zog den Finger aus ihrer Scheide zurück und schob den Umhang beiseite, so daß sie von der Taille an nackt war. Beim Anblick der rotgoldenen Löckchen zwischen ihren Schenkeln reckte sich sein Glied empor. Lynx legte die Hände um ihre Taille und hob sie hoch. »Setze dich rittlings über mich«, flüsterte er.

Als Jane die Beine spreizte und die Knie zu beiden Seiten seiner Hüften legte, vergaß Lynx völlig, daß diese Probezeit nur eine geschäftliche Vereinbarung hatte sein sollen. Er konnte an nichts anderes mehr denken als daran, sie zu verführen, während sein Verlangen und seine Sehnsucht, ihr die Jungfräulichkeit zu nehmen, übermächtig wurden.

Lynx führte die Spitze seines Gliedes an die Öffnung ihrer rosigen Scheide, dann sah er ihr tief in die Augen und ließ sie behutsam auf sich herunter. Er hielt inne, als er ungefähr zur Hälfte in sie eingedrungen war, damit sie sich an dieses neue Gefühl gewöhnte. Dabei streichelte er ihren Rücken und drängte ihren Körper, sich ihm völlig hinzugeben.

Jane war überrascht, daß sie keinen Schmerz empfand. Sie hatte das Gefühl, daß er sie ausfüllte, soweit es nur möglich war, doch es tat nicht weh. Sie wollte schreien, aber nur vor Erregung über die Dinge, die der Luchs mit ihr anstellte.

»Hol tief Luft, und laß Bauch und Beine einfach locker«, murmelte er.

Sie hatte das Gefühl, in seinen unergründlichen Augen zu ertrinken.

Seine Hände glitten von ihrer Taille zu ihren Hüften. Dann schob er sie mit einer schnellen Bewegung fest auf sich hinunter und hob sich ihr im gleichen Augenblick entgegen, um das Hindernis zu durchdringen, das ihre Unschuld schützte.

Ein Schrei löste sich aus ihrem Mund, noch ehe sie ihn zurückhalten konnte.

Lynx zog sie an sich. »Psst, es ist schon vorbei«, beschwichtigte er sie. Er konnte den Gedanken nicht ertragen, ihr noch mehr Schmerzen zu bereiten, deshalb zog er sich für einen Augenblick aus ihr zurück. Mit seiner großen Hand streichelte er ihr Haar, dann hob er sie sanft von seinem Glied hoch. Auf dem weißen, seidenen Gewand zeigten sich ein paar helle Blutflecken.

Nun ließ er ihr einen Augenblick Zeit, sich zu erholen. »Du warst sehr tapfer. Wie fühlst du dich?«

»Es brennt ... ein wenig. Habt Ihr auch Schmerzen, Mylord?«

»Nein.« Ihre Besorgnis um ihn rührte ihn. »Nun ja, vielleicht doch bißchen ...«

Ihre kleine Hand schloß sich um sein Glied und rieb es sanft, Lynx wäre beinahe explodiert.

»Ich dachte, es würde wesentlich länger dauern«, gestand sie ihm und wünschte, es wäre nicht alles so schnell gegangen.

Er begann zu begreifen, daß sie nicht wirklich im Bilde war. »Wir haben unseren Beischlaf noch nicht beendet.« Der Blick, mit dem sie ihn bedachte, sagte ihm, daß sie nicht verstand, was er meinte. »Ich denke, im Bett wird es wesentlich angenehmer sein«, fügte er hinzu.

Lynx stellte sie auf den Boden, dann griff er nach ihrer Hand und zog sie mit sich. Als sie durch den Bogen traten und das Bett vor ihnen auftauchte, bemerkte er Janes Zögern. Er nahm ihr die Entscheidung ab, hob sie auf seine Arme und trug sie den Rest des Weges.

Jane war insgeheim erfreut, daß er ihr keine andere Wahl ließ. Das hohe, breite Möbelstück hatte sie schon die ganze Zeit erforschen wollen, doch allein das Drum und Dran überwältigte sie. Jetzt würde es geschehen, daß der Luchs die Intimität dieses Bettes mit ihr teilte, daß er nackt neben ihr läge – ihr Körper spannte sich vor Erregung, die sie kaum unter Kontrolle zu halten vermochte. Als er die Decke zurückzog und sie auf das schneeweiße Laken legte, hätte Jane fast aufgeschrien. Ihr Blick glitt über seine herrliche Gestalt, als er vor ihr stand; dann sah sie ihm zu, wie er auf das Bett kletterte und sich neben ihr ausstreckte.

Lynx machte keine Anstalten, sie zuzudecken, er rollte zu Jane herum und stützte sich auf einen Ellbogen. »Tut es noch weh?« fragte er besorgt.

Jane nickte, sprechen konnte sie nicht, weil er ihr so nahe war. Er hatte sie noch nicht berührt; doch wußte sie, daß er das tun würde, und all ihre Sinne pulsierten. Sie hielt den Atem an, als er die Hand ausstreckte und sie unter die dünne Seide des Umhanges schob. Als er sie auf ihren Venushügel legte, lief ein Schauder über sie hinweg. Und dann schloß sich seine große Hand, und er knetete sie sanft. Die Wärme seiner Berührung übertrug sich auf ihren Körper.

»Atme, Jane«, murmelte er, und mit einem leisen Aufkeuchen holte sie tief Luft und stieß sie dann wieder aus, gleichzeitig entspannte sich ihr Körper. Es hatte noch nie eine Berührung ihres Venushügels gegeben, und sie genoß sie jetzt als sinnlich, warm und lebendig. Die Wärme und der Druck seiner kräftigen Hand waren so köstlich, daß sie das Gefühl hatte, innerlich zu vergehen. Jane glaubte, daß nichts auf der Welt herrlicher sein konnte. Doch sie hatte sich geirrt. Als er begann, mit seiner Hand sanft über ihr Schambein zu reiben, schloß sie die Augen und stöhnte leise auf. Als sie ihre Augen wieder öffnete, sah sie, daß Lynx' Erregung im Bruchteil einer Sekunde zurückgekehrt war.

Ihretwegen wollte Lynx das erste Mal nicht zu lange ausdehnen. Es hatte keinen Zweck, seine Erregung zu dämpfen, um das Vorspiel zu verlängern. Seine kundigen Hände bewirkten lediglich, daß Jane sich nicht zu unwohl fühlte; doch das könnte gut möglich sein, wenn er erst einmal fertig war. Er durfte keinesfalls ihren Körper zu lange erregen und sie dann unbefriedigt zurücklassen. Natürlich würde eine Jungfrau nicht gleich beim ersten Mal einen Orgasmus erleben.

Absichtlich ließ er ihre Brüste bedeckt, er spielte mit ihnen durch die dünne, glatte Seide. Dann erhob er sich auf seine Knie, schob sich über sie und führte sein hart aufgerichtetes Glied an ihre Scheide. Die Jungfräulichkeit hatte er ihr gnadenlos genommen; doch diesmal drang er vorsichtiger in sie ein. Sanft und ganz langsam ging er vor, bis sie ihn ganz in sich aufgenommen hatte; nun zwang er sich zur Bewegungslosigkeit, damit sie sich an das Gefühl gewöhnte. Lynx hatte in seinem ganzen Leben noch nie eine Frau besessen, die so eng gebaut und so heiß war. Als er sich zu regen begann, wußte er, daß er den Höhepunkt nicht lange hinausschieben könnte.

Als Lynx sich ihrer bemächtigte, hatte Jane in einer abwehrenden Geste die Hände gegen seine Brust gepreßt; doch sofort wurde ihr klar, daß sie genausogut versuchen könnte, eine Mauer des Schlosses wegzuschieben. Als er in sie eindrang, hielt sie den Atem an, weil sie fürchtete, er würde ihr Inneres sprengen. Doch als er dann innehielt und ganz ruhig blieb, erstaunte es sie, daß sie das Gefühl, ihn in sich zu fühlen, richtig genoß. Jane holte tief Luft, dann gab sie sich ihm ganz hin und empfand seine große Kraft als sehr lustvoll.

Zu wissen, daß es Lord de Warenne war, den sie in sich spürte, erfüllte sie mit großer Verwunderung. Sein breiter Oberkörper rieb über ihre Wange, und sie konnte seinen Herzschlag hören. Dann begann er, sich in ihr zu bewegen, und sein männlicher Duft hüllte sie ein. Jane fühlte sich emporgehoben. Lynx de Warenne war der herrlichste Mann in ihrem jungen Dasein, und er hatte sie zu seiner Gefährtin erwählt. Es gab ihr ein völlig neues Selbstvertrauen. Und dann merkte sie plötzlich, wie er erstarrte – er keuchte auf, sein Körper bog sich ihr entgegen, und er verströmte seinen heißen Samen in sie.

Es war das aufwühlendste Erlebnis, das ihr in ihrem ganzen Leben zugestoßen war, und dennoch sehnte sie sich nach mehr. Hungrig blickte sie auf seinen Mund, sie wollte, daß er über ihre Haut leckte, von ihrem Hals bis zu den Knien. Am liebsten hätte sie ihre Lippen auf seinen Körper gepreßt und an ihm geknabbert. Ihre Brüste, ihr Bauch und ihre Lippen schmerzten, weil sie sich nach seiner Berührung sehnten. Es dauerte lange, bis das Feuer in ihrem Blut verglühte. Wegen des ungewohnten Bettes und weil es neu für sie war, mit einem anderen Menschen zusammen zu schlafen, dauerte es sehr lange, bis Jane zur Ruhe kam. Doch sie befand sich am Rande des Schlummers, wo ihre Gedanken sich mit ihren Wünschen und Träumen vereinten. Eigenartigerweise hatte er sie nicht geküßt. Sie zog ein wenig die Mundwinkel hoch. Vielleicht war es besser so. Denn wenn seine Lippen sie berührt hätten, hätte sie ihn verschlungen.

Lynx lag auf dem Rücken, die Arme über seinem Kopf verschränkt. Jane Leslie war unglaublich begehrenswert. Eine bessere Wahl hätte er gar nicht treffen können, obwohl er sich ausschalt, weil er sich in dieser Nacht der Leidenschaft ergeben hatte. Eigentlich wollte er von Anfang an einen förmlichen Abstand zwischen ihnen einhalten und nicht zulassen, daß seine Gefühle in die Sache mit hineingezogen wurden. Er hatte ihr versprochen, diese Probezeit als rein geschäftliche Vereinbarung zu betrachten; doch gleich beim ersten Mal hatte er sich gehenlassen. Von jetzt an, so schwor er sich, würde er seine Grenzen im Auge behalten.

Als er ihre regelmäßigen Atemzüge vernahm, drückte er ihr einen Kuß aufs Haar, schwang die langen Beine aus dem Bett und ging dann die Treppe hinauf, um sein eigenes Lager aufzusuchen.

## *11*

In Carlisle mußten Jory und Robert Bruce auf die Annehmlichkeit eines Bettes verzichten. Die Liebenden waren bemüht, ihre Verbindung geheimzuhalten, und deshalb hatte ihr Stelldichein woanders stattzufinden. Lange Stunden, in denen sie einander nicht ansehen oder anfassen durften, ließen ihr Verlangen zu einer solchen Intensität ansteigen, daß sie an nichts anderes mehr denken konnten als ihre Umarmung.

Jory hielt ihre Verabredung am späten Nachmittag mit dem

Schneider von Carlisle ein, doch danach kehrte sie nicht sofort in das Schloß zurück. Statt dessen ritt sie zur Stadt hinaus, zu einem vorher abgesprochenen Treffpunkt mit Robert. Es war die geheimnisvolle Zeit des Zwielichtes, als er sie entdeckte, doch er zügelte sein Pferd nicht. Im Gegenteil, er galoppierte mit einem wilden Schrei davon und forderte sie heraus, ihn zu fangen.

Jory liebte es, ihre Kräfte zu messen, und schon bald war sie an seiner Seite. »Wohin reiten wir, du Satansbraten?«

Seine Zähne blitzten auf. »Es gibt da etwas, das ich dir zeigen möchte.«

Das hohe Gras reichte ihren Pferden bis zu den Sprunggelenken, über ihnen zog ein einsamer Turmfalke seine Kreise und suchte nach einem Schlafplatz für die Nacht. Sie ritten über einen Bergkamm, und plötzlich ragte vor ihnen eine Steinmauer auf, etliche Fuß hoch. Robert zügelte sein Pferd, stieg ab und kam zu Jory herüber, um sie aus dem Sattel zu heben.

»Was ist das?«

»Dies wurde vor über tausend Jahren von den Römern zur Beobachtung erbaut.«

Als sie in seine Arme sank, strich ihr wunderschönes goldenes Haar über seine Wangen, und ein Schauder der Begierde rann durch seinen Körper. Er küßte sie leidenschaftlich, kostete ihre Lippen, atmete tief ihren einzigartigen Duft ein und stöhnte leise auf, als sich ihre Brüste gegen ihn drängten und sie mit sinnlicher Lust seinen Kuß erwiderte.

Robert legte besitzergreifend einen Arm um sie und zog sie an sich. Mit der anderen Hand machte er eine ausladende Bewegung. »Das ist der Hadrianswall. Es war die allererste Grenze zwischen England und Schottland.«

»Mit dem Ziel, die zivilisierten Engländer von den schottischen Barbaren zu trennen«, neckte Jory ihn. »Und das war richtig so, ihr seid noch immer Wilde!«

»Nur einige von uns«, schränkte er ein, dann beugte er sich zu ihr und knabberte an ihrem Ohr. »Aber du hast recht, Jory. Sie errichteten diesen Wall, um eine Markierung zu setzen zwischen der zivilisierten Welt und der Dunkelheit, die dahinter begann.«

Ihr Blick ging die Sandsteinmauer entlang zu der Stelle, auf die sein Finger deutete, und sie erkannte den langen Wall, der sich wie ein Drache durch die Natur wand.

»Komm«, drängte er. »Komm mit mir nach Schottland. Ich möchte dich lieben in dem Land, über das ich herrschen werde!« Robert Bruce half Jory, auf die früher einmal mit Plattformen und Zinnen bestückte Mauer zu klettern, und sprang dann auf der anderen Seite hinunter. Er hielt ihr die Arme entgegen, und Jory hüpfte ohne zu zögern hinein. »Sieh dir das hier an«, drängte er sie.

Sie linste in die Dämmerung und erkannte in den Stein gehauene Phallussymbole. »Sie haben ja alle mögliche Formen«, staunte sie.

Robert lachte. »Aberglauben – um den bösen Blick abzuwenden. Du kannst sie dir aussuchen, klein oder groß, gebogen oder gerade; einige haben sogar Flügel, oder kleine Glöckchen sind darangebunden.«

»Du weißt, welchen ich wählen würde«, murmelte Jory und drängte sich spielerisch an ihn.

»Was hast du gesagt?« Er preßte sich an sie, damit sie seine Erregung an ihrem Bauch spürte.

»O ja, bitte«, flüsterte sie heiser.

Sie schlüpften in den Turm, und Robert breitete seinen Umhang auf den uralten Steinen aus, dann riß er sich die Kleider vom Leib. Jory wartete, um sich anschließend von ihm genüßlich ausziehen zu lassen. Als er Zentimeter um Zentimeter ihre nackte Haut enthüllte, folgten seine Lippen seinen Händen. Dann streichelte seine Zunge sie, vom Hals bis zu den Knien, und ihre Schreie trug der Wind über das rauhe Land des wilden Grenzgebietes.

Es dauerte volle zwei Stunden, bis sie wieder in die Wirklichkeit zurückkehrten. Beide wußten, daß sie sich das nehmen mußten, was sie wollten, solange sie noch zusammen waren. Sie hatten nur diese eine Nacht. Als sie ihre Umhänge wieder drapierten und die Pferde losbanden, erfaßte Jory einen Augenblick lang Furcht um ihn.

»Würdest du König Edward hintergehen?«

Er hob das Kinn. »Und du mich betrügen …?«

»Ohne auch nur einen Augenblick zu zögern«, sagte sie leise. »Ich habe Angst um dich, Robert.«

»Du glaubst, ich sei rücksichtslos, doch in dieser Hinsicht bin ich ein schlauer Schotte. Mein Großvater, Robert Bruce, hat alles getan, was in seiner Macht stand, um der rechtmäßige König Schottlands zu werden. Als er starb, ohne sein Ziel erreicht zu haben, war mein Vater an der Reihe. Sein ganzes Leben lang strebte er das gleiche Ziel an, und auch ihm ist es nicht gelungen. Jetzt bin ich dran. Unser Motto heißt: ›Wenn es dir nicht gleich gelingt, dann versuche es wieder und wieder.‹ Jory, ich werde König von Schottland werden, auf die eine oder andere Weise. Vielleicht wird es einfach so sein, daß ich nur länger leben muß als Edward Plantagenet. Er wird langsam alt. Sein Sohn ist ein Schwächling und sicher niemals in der Lage, dieses Land zu halten, selbst wenn sein Vater es für ihn erobert.«

Der Augenblick der Furcht war vorüber. Wenn irgendein Mann siegen konnte, dann Robert Bruce! Ehe sie das Schloß erreichten, küßte er sie zum Abschied. Sie klammerte sich einen Augenblick lang an ihn, dann wünschte sie ihm Gottes Segen bis zu einem Wiedersehen.

Die Damen im Schloß Carlisle hatten sich im Sonnenzimmer von Lady Bruce versammelt, als Jory sich zu ihnen gesellte.

»Du bist noch nie so lange beim Schneider gewesen«, warf Alice Bolton ihr vor.

»Nein, danach habe ich noch dem Astrologen einen Besuch abgestattet und mir meine Zukunft vorhersagen lassen.«

»Und was wirst du sein, wenn du einmal groß bist?« fragte Alicia eisig.

»Hübsch von Angesicht, für die Männer unwiderstehlich und von freundlicher Art.«

»Aber das bist du doch alles schon!« Die vierzehnjährige Elizabeth de Burgh kicherte. Sie war mit ihrem Vater, dem Grafen von Ulster, aus Irland gekommen und unter die Obhut von Lady Marjory Bruce nach Carlisle geschickt worden, zusammen mit ihren beiden irischen Dienerinnen Maggie und Molly, die ihr wie Schatten überallhin folgten. Elizabeth, die die ältere und gebildete Jory unglaublich faszinierend fand, hatte erstens ihr Herz an Robert Bruce verloren, zweitens schreckliches Heimweh nach Irland. Jory bot dem jungen Mädchen sofort ihre Freundschaft an, und beide hatten sich gegen Alicia verbündet, die wenig Geduld für einen Backfisch von vierzehn Jahren aufbrachte.

Lady Bruce goß Jory, die ihre Patentochter war, etwas Wein ein. »Du siehst ja ganz verfroren aus. Komm ans Feuer und wärme dich. Alicia hat uns die Geschichte erzählt, wie sie deinen Bruder kennenlernte.«

»Es ist so romantisch!« Elizabeth de Burgh seufzte, wohingegen Jory blinzelte. Ihr Bruder war der unromantischste Mann der Welt. »Wenn du Rührstücke liebst, dann solltest du dir die Geschichte von Lady Marjory Bruce anhören.«

»Oh, du willst doch nicht, daß ich diese alte Affäre schon wieder erzähle«, wehrte die Lady ab.

»Doch, das wollen wir, laß mich damit anfangen«, drängte Jory. »Sie war die hübsche und sehr junge verwitwete Gräfin von Carrick, als sie dem gutaussehenden Robert Bruce senior begegnete, der auf ihren Ländereien jagte. Prompt hat sie sich in ihn verliebt und ihren Männern befohlen, ihn zu entführen. Man sah sie nicht mehr in der Öffentlichkeit, bis sie Mann und Frau waren!«

»Und jetzt kommt die echte Wahrheit«, erklärte Lady Marjory Bruce und errötete trotz ihres Alters. »Wir haben uns ineinander verliebt, sehr heftig, gebe ich zu – aber ich war das Mündel von König Alexander von Schottland. Robert wußte, daß der König uns nie erlauben würde zu heiraten, denn damit wäre Robert zwangsläufig Graf von Carrick. Also hat er mich entführt und mich überlistet mit der Hochzeit. Um seinen Hals zu retten, gab *ich mich* als seine Entführerin aus.« Die Gräfin blickte zu Jory hinüber. »Die Männer der Bruces waren schon immer ziemliche Draufgänger, man sollte sie nicht unterschätzen.«

Jory begriff, daß sie und der junge Robert den anderen vielleicht etwas vorspielen konnten; doch ihre Patin war viel zu klug, um sich lange hinters Licht führen zu lassen. Es zerriß ihr das Herz, daß Robert abreisen würde – doch derzeit empfahl es sich.

Auch wenn Jory eine unwiderstehliche Verlockung darstellte, so war Robert Bruce doch nicht ausschließlich ihretwegen nach Carlisle gekommen. Er mußte herausfinden, wo seine Feinde sich versteckten, und hatte sich vorgenommen, ihnen eine Falle zu stellen: hierfür benutzte er eine Versorgungslieferung, die er von Carlisle über die Hauptroute der westlichen Regionen nach Ayr und Glasgow ziehen ließ. Galloway hatte schon immer einen Unruheherd dargestellt, man brauchte dort permanent Waffen und Verpflegung – Bruce wollte entdecken, wo auf dieser Route die Wagen und Packpferde überfallen werden würden.

Als Jane Leslie aufwachte, merkte sie, daß sie allein war, und fragte sich, wann Lord de Warenne das Bett verlassen hatte. Sie schob die Hand unter den seidenen Umhang und griff nach ihrem Talisman zwischen ihren Brüsten. Als sie in die grünen Augen blickte, stellte sie zu ihrer Überraschung fest, daß es ihr gefallen hatte, Lynx zu lieben, und sie war enttäuscht über seine Abwesenheit.

Ungeduldig strich sie sich das zerzauste Haar aus dem Gesicht und war zornig auf sich selbst, weil sie sich in ihrer Lage Gefühle erlaubte. Der einzige Grund, aus dem er sie haben wollte, war sein Wunsch nach einem Erben. Außerdem mochte er als Engländer die Kelten nicht. Bilder der letzten Nacht, als ihre Körper sich vereint hatten, kamen ihr wieder in den Sinn. Im kalten Licht des Morgens schämte sie sich, weil sie so lüstern auf ihn reagiert hatte. Energisch rief sie sich ins Gedächtnis, daß sie keinem Mann gehören wollte, schon gar nicht einem Unterdrücker!

Als es leise klopfte, stieg Furcht in ihr auf. Sie kletterte aus dem Bett, entdeckte die roten Flecken auf ihrem Umhang und griff dann nach Lynx' schwarzem Nachtgewand, das über dem Stuhl baumelte. Als sie sich darin einhüllte, stieg ein Duft daraus empor, der sie verärgerte und auch erregte.

Taffy stand vor der Tür mit ihrem Frühstück, und hinter ihm kamen Diener mit dem Badewasser. Sie war zu schüchtern, um sich nach Lynx zu erkundigen; doch der Knappe beantwortete ihre Frage, ohne daß sie sie überhaupt gestellt hatte.

»Mylord hat die Schneiderinnen bestellt, damit sie Euch einige neue Gewänder anfertigen. Sie warten im Sonnenzimmer, Mylady. Lord de Warenne ist bei einem Boten des Königs, der heute morgen eingetroffen ist; er wird heute nicht mit Euch frühstücken können.«

»Danke, Taffy«, murmelte sie; dann blickte sie erschrocken auf angesichts ihrer Schwestern Mary und Kate, die unangemeldet hereinspazierten. Als der Knappe sich zurückzog, warfen ihre Schwestern einander anzügliche Blicke zu. »Wir wollten nur nachsehen, ob du die letzte Nacht überlebt hast«, erklärte Mary.

»Danke, sehr gut«, lautete der einsilbige Bescheid.

»Ich bin überrascht, daß du heute morgen überhaupt noch laufen kannst«, meinte Kate lebhaft.

»Sind seine Fähigkeiten genauso groß wie seine Männlichkeit?« drängte Mary.

Als Jane stumm blieb, spottete Kate: »Auf keinen Fall kann unsere kleine Schwester den Appetit des Lords stillen. Ich wette, er hat sie voller Abscheu in ihrem Bett zurückgelassen, als er nichts weiter erntete als Tränen ...«

Mary nahm eine Handvoll des schwarzen Samtes in die Hand, der um Janes Schultern lag. »Ist das sein Nachtgewand?« Neidisch rieb sie das kostbare Material zwischen ihren Fingern. Als auch Kate die Hand danach ausstreckte, öffnete sich die Robe, und der weiße Seidenumhang mit den hellen Blutflecken wurde sichtbar.

»Nun, nun, es sieht ganz so aus, als hätte er sie doch bekommen«, meinte Mary, und es gelang ihr kaum, ihre Eifersucht zu verbergen.

»Sie wird jetzt zu fein sein, um sich noch mit uns abzugeben«, warf Kate ein.

»Das ist nicht wahr!« widersprach Jane.

»Gut, dann laß uns zusammen frühstücken«, entschied Mary und griff nach den Köstlichkeiten, die Taffy extra für die neue Lady seines Herrn aufgetischt hatte. Kate schloß sich ihr an und begann dann, die Nachteile aufzuzählen, die sich für Jane aus ihrer Verbindung mit de Warenne ergaben. »Dir ist doch klar, daß sich dein Leben von jetzt an komplett ändert? Du wirst nicht mehr die Freiheit haben, durch den Wald zu laufen und mit den Tieren zu spielen. Außerdem wird ein Normanne dir niemals erlauben, dich mit keltischer Hexenkunst abzugeben. Diesen Unsinn stellt er sicher sofort ab!«

Gehässig ergänzte Mary: »Wenn du ihm einen Erben schenkst und er dich heiratet, denk bloß an all die Verpflichtungen, die du dann haben wirst. Die strengen Vorschriften, die die Frau eines so wichtigen Lords einhalten muß, werden deine Freiheiten Tag und Nacht beschneiden. Du tust mir leid, Jane.«

Jane blickte auf das Frühstückstablett und registrierte, daß alles aufgegessen war. »Möchtet ihr mein Bad auch noch haben?« forderte sie die beiden heraus.

»Nein, danke, das Wasser ist sowieso mittlerweile kalt!« erklärte Kate von oben herab; sie und ihre Schwester waren deutlich lange genug geblieben an einem Ort, wo sie eigentlich gar nicht sein sollten.

Als Jane in das lauwarme Wasser sank, weckten die Bemerkungen ihrer Schwestern in ihr den Wunsch, Lynx de Warenne doch wieder loszuwerden. Und dann fielen ihr Taffys Worte ein. Wenn ein Bote des Königs gekommen war, würde Lynx sie vielleicht demnächst verlassen. Sie hob ihren Talisman. Wenn sie es sich nur inständig genug wünschte, würde er abreisen und niemals zurückkehren. Während sie den Talisman fest in ihrer Hand hielt, erstand vor ihr seine kräftige Gestalt. Und plötzlich war sie voller Zuversicht. Lord de Warenne würde bestimmt Dumfries verlassen, schon bald wäre sie wieder frei. Aber wird er zurückkommen? fragte sie sich.

Ungläubig las Lynx de Warenne die Botschaft noch einmal. Wie war es nur möglich, daß in den zwei Wochen seines Fernbleibens ein solches Chaos unter seinen walisischen Bogenschützen ausbrechen konnte? Der Befehl des Königs klang unmißverständlich. Er sollte sofort zurückkommen und seine Männer disziplinieren. Die Waliser drohten wirklich damit, sich auf die Seite der Schotten zu schlagen, und König Edward raste vor Zorn.

Als Lynx die Botschaft seines Onkels, John de Warenne, las, fluchte er unflätig und erkannte, daß er die Leute niemals unter das Kommando seines Cousins, Fitz-Waren, hätte stellen dürfen. Es gab so viele Verluste in ihren Reihen, daß sie sich weigerten, Fitz-Warens Befehlen weiterhin zu gehorchen, und damit drohten, zum Feind überzulaufen!

Lynx beorderte den Verwalter von Dumfries zu sich. »Ich werde an die Front zurückgerufen, Jock, und nur der Himmel oder die Hölle weiß, wie lange der Kampf dauern wird. Hier kann ich leider nur eine kleine Streitmacht zurücklassen, um Dumfries zu verteidigen – aber Ihr seid in der Nähe von Lochmaben und müßt nach Robert Bruce schicken, wenn Gefahr droht.«

»Werdet Ihr hierher zurückkehren, Lord de Warenne?«

»Falls ich nicht in der Schlacht umkomme, schwöre ich es! Doch das wird wahrscheinlich erst geschehen, wenn wir Baliol gefangen haben und die Schotten Edward Plantagenet als König anerkennen.«

»Nun, wir wollen hoffen, daß Ihr Eure Aufgabe bewältigt, ehe der Winter anbricht«, meinte Jock inständig. »Diese Jahreszeit ist so unwirtlich und grausam, daß man dann nicht mehr kämpfen kann.«

»Ihr erhaltet Geld von mir, um mehr Tiere zu kaufen. Ich setze vollkommenes Vertrauen in Euch, Dumfries in meiner Abwesenheit zu verwalten.«

Beim Mittagsmahl in der Halle informierte Lynx seine Männer darüber, daß sie sich mit der Armee in Jedburgh wieder vereinen würden, in einer Entfernung von etwa fünfzig Meilen. »Vier Ritter bleiben hier in Dumfries, zusammen mit einem Dutzend walisischer Bogenschützen.« Sein Blick suchte Sir Giles, dessen Wunden noch nicht verheilt waren. »Bernard und Eltham, Ihr hütet die Burg, zusammen mit Royce und Caverley; der Rest wird seine Sachen packen und noch vor Anbruch des Abends zum Abmarsch bereit sein.« Lynx ahnte, daß Sir Giles und Sir Harry glaubten, sie müßten jetzt den Preis für ihr ungestümes Betragen bezahlen; doch in Wahrheit waren sie seine jüngsten Ritter, und er fühlte sich dafür verantwortlich, ihr jugendliches Leben zu schützen.

Nach der Mahlzeit rückte überraschend Robert Bruce vor den Schloßmauern an – als Anführer eines riesigen Versorgungstrosses.

»Ich prüfe die Route durch die westlichen Marschen. Es ist der sicherste und schnellste Weg zu erkunden, wo Schwierigkeiten auf uns warten.« Robert grinste.

»Und ich werde mich wieder der Armee anschließen«, erklärte Lynx knapp.

»Schwierigkeiten?« wollte Robert wissen.

»Nichts, womit ich nicht fertig würde«, antwortete Lynx grimmig. »Behältst du bitte Dumfries im Auge, wenn ich nicht da bin? Ich würde das Schloß recht gern unversehrt wieder vorfinden.«

Der Bruce grinste. »Wie ich schon sagte, Annandale geht einem ins Blut.«

Lynx' grüne Augen blickten in die seines langjährigen Freundes. »Ich bin mit der Tochter meines Verwalters eine Probezeit eingegangen.«

Das Grinsen des Bruce wurde noch breiter. »Du alter Lüstling! Das ging aber schnell, oder war die Frucht so reif, daß sie dir in die Hand gefallen ist?«

Lynx erwiderte das Grinsen. »Glaube mir, Lust hatte nichts damit zu tun. Sie kommt aus einer sehr fruchtbaren Familie mit sage und schreibe zehn Kindern! Die schlichte Wahrheit ist, daß ich auf einen Erben erpicht bin – aber jetzt wird das wohl warten müssen.«

Robert zwinkerte ihm zu. »Du hast ja immer noch den heutigen Abend.«

Lynx lachte. Die Ankunft des Bruce würde seinen Aufbruch bis morgen verzögern.

Robert Bruce verging vor Neugier, die Frau zu sehen, die die Sympathie Lynx de Warennes geweckt hatte. Da sie nicht von edler Geburt war, glaubte er, sie sei eine Verführerin. Jedoch erst beim Abendessen ergab sich die Gelegenheit, sie kennenzulernen, und er schnappte nach Luft: Es war die Schönheit mit dem herrlich roten Haar, die absichtlich die Suppe über seinen Freund geschüttet hatte – zweifellos eine recht provokante Art, die Aufmerksamkeit von Lynx de Warenne zu erregen ...

Sie hatte erklärt, sie sei Keltin, und Robert begriff, daß sie die Wahrheit gesagt hatte. Ihre mandelförmigen Augen und die hohen Wangenknochen verrieten ihre Herkunft. Sie schien so feingliedrig wie ein Rehkitz, und Robert, der sie schon gnadenlos aufziehen wollte, änderte rasch sein Vorhaben. Jane Leslie kam ihm ähnlich atemberaubend vor wie Jory – vielleicht nicht ganz so unberechenbar wie seine Geliebte, wenigstens noch nicht. Doch wenn er sich nicht irrte, so besaß Jane noch etwas anderes. Es umgab sie ein Geheimnis, das sie von allen Frauen unterschied.

Robert warf Lynx einen Blick zu. Spontan gesehen, schienen die beiden ein unpassendes Paar zu sein, ein Luchs und ein Lamm, das darauf wartete, verschlungen zu werden; doch kannte niemand den genauen Anziehungsgrund, die intime Strömung, die ein Paar wiegte, das sich vereinte. Dem Bruce entging nicht die Schnur um ihren Hals. »Ihr tragt einen keltischen Talisman?«

Jane hob die Augenlider mit den goldenen Wimpern, als Robert seinen Talisman hervorholte. »Der meine ist das keltische Pferd.«

»Das Emblem der Macht und der Oberherrschaft«, sagte Jane leise.

»Darf ich Euer Amulett betrachten?«

Die Schönheit des Luchses blendete ihn förmlich. »Wer hat das gemalt?«

»Ich, Mylord.«

»Welch ungewöhnliches Talent!« Er würde wetten, daß sie noch ganz andere Gaben besaß. Robert war Lynx' Neugier nicht entgangen, auch wenn dieser nichts sagte. Der Bruce hob den Blick, sah seinem Freund in die Augen und lächelte zustimmend.

Als Lynx sah, wie sehr Robert Jane zu mögen schien, stieg in ihm plötzlich der heftige Wunsch auf, sie ein für allemal an sich zu binden. Die beiden teilten ihre keltische Abstammung und hatten sicher auch noch andere Gemeinsamkeiten. Die Leichtigkeit, mit der sie sich unterhielten, gab ihm das Gefühl, ein Außenseiter zu sein.

»Wie ich höre, habt Ihr viele Brüder und Schwestern?« fragte Robert interessiert.

»Ja, wir sind eine große Familie.« Jane wußte, wie sehr ihre Schwestern und die Frauen ihrer Brüder Robert Bruce verehrten. Auch die jungen Frauen würden begeistert sein, ihm zu begegnen. »Kommt, Mylord, ich stelle Euch meine Familie vor. Es wird eine große Ehre für sie sein!«

Robert folgte Jane zu dem Tisch, an dem die Leslies saßen. Er sprach mit den Männern und lächelte den Frauen zu, die alle dunkelhaarig waren, genau wie er. »Lebt Ihr nach den alten keltischen Traditionen?« fragte er voll Interesse.

»Wir kennen die Musik und die Tänze«, antwortete Sim Leslies junge Frau.

»Besitzt Ihr auch herkömmliche Trachten?«

»Nein, Mylord, aber wir tragen alle einen Talisman, und Jane hat einen purpurnen Schleier mit mystischen Symbolen. Möchtet Ihr ihn sehen?« fragte sie eifrig.

»Gern, und ich würde mich freuen, wenn Ihr mir einen echten keltischen Tanz vorführen würdet.«

Die jungen Frauen blickten zu Jock Leslie, der am Kopf ihres Tisches saß. »Zu Ehren des Besuches des Grafen von Carrick ist ein Tanz absolut angemessen.«

Jane war überrascht und begeistert. Normalerweise lehnte ihr Vater die Rituale ihrer Kultur ab. Die jungen Frauen verschwanden, um ihre Talismane anzulegen, und Jane ging ohne die Zustimmung von Lord de Warenne in ihr Gemach wegen des Schleiers. Sie faltete eine ihrer Leinenschürzen auf, die sie benutzte, um das feine Gespinst zu schützen; dann holte sie den Ring aus Kupfer, der auf ihren Kopf paßte und den Schleier hielt. Er war in Form einer Schlange gefertigt – das uralte Symbol der Erdenheilerin Sironi.

Als Jane in die Halle zurückkam, mit dem geweihten Schleier, warteten die anderen jungen Frauen schon auf sie, angetan mit ihrem traditionellen Schmuck. Einige trugen das keltische Kreuz, andere den heiligen Lebensbaum; wieder andere wiesen verschlungene Fische oder Vögel auf. »All diese verschiedenen Symbole stellen die Einheit heiliger und irdischer Mächte dar, genau wie der Tanz, den wir vorführen werden.«

Während Lynx dabeisaß und Jane musterte, fand er, daß sie heute abend ganz besonders bezaubernd aussah. Er war fasziniert von ihr, seine Blicke folgten jeder ihrer Bewegungen, als sie die Arme wie Flügel hob und senkte, die Finger spiralförmig drehte.

Die Anziehungskraft, die ihn gefangenhielt, konnte er nicht leugnen.

»Die alten Kelten feierten die irdischen Mächte«, erklärte Robert Lynx. »Spiralen sind die natürlichen Muster, die man auch im Wind oder in der Wasserströmung findet; es gibt sogar spiralförmige Farnkeimlinge und Muscheln. Sie repräsentieren die Kontinuität des Lebens, ohne Anfang und ohne Ende, und den Weg, der zu den göttlichen Quellen führt.«

Als der Reigen endete, brandete Applaus auf. Lynx de Warenne kam von seiner Empore und zog Jane zur Seite. »Mylady ...« Er hielt inne in dem Bewußtsein, daß er viel zu steif und förmlich klang; deshalb begann er noch einmal von vorn: »Jane, der König hat mir befohlen, zur Armee zurückzukehren. Ich werde in der Morgendämmerung aufbrechen.«

Erleichterung durchflutete sie. Insgeheim hatte sie schon überlegt, der nächsten Nacht mit Lynx auszuweichen, indem sie weitertanzte. Sie nahm an, er würde gleich zu Bett gehen, um sich auszuruhen für die morgigen Strapazen. Jane machte einen Hofknicks. »Ich wünsche Euch eine gute Nacht, Mylord!«

Lynx starrte sie an. Hörte er wohl richtig? »Aber ich nehme dich mit auf mein Lager! Es ist möglich, daß ich monatelang fernbleibe. Nur noch heute können wir alles tun, damit du schwanger wirst.«

Janes Hochstimmung verflog, als er sie bei der Hand nahm und sie zurück zur Empore führte.

Robert stand auf, als sie näher kamen. »Euer Tanz war wunderschön, Mylady. Ich danke Euch von ganzem Herzen.«

»Jane möchte dir eine gute Nacht wünschen, Robert.«

»Gute Nacht, junge Frau! Mein Freund ist der glücklichste Mensch der Welt.« Robert zwinkerte Lynx zu. »Ich denke, ich werde einen Ringkampf vorschlagen, zur Unterhaltung der Männer.« Robert Bruce war ein Meister der Ringkämpfer und noch nie besiegt worden. Auch gegen Lynx hatte er in den vergangenen Jahren oft gekämpft; diese Kämpfe endeten allerdings immer unentschieden. Robert war kräftiger, doch Lynx nutzte seine längeren Gliedmaßen zu seinem Vorteil.

»Ich wäre der erste, der dich herausfordern würde.« Lynx grinste. »Aber heute nacht bin ich auf einem anderen Turnierplatz beschäftigt, guter Mann!«

## *12*

Als sie die Treppe zu ihrem Gemach erklomm, fühlte Jane Lynx' Wärme bis in ihre Fingerspitzen, die auf seinem Arm lagen. Hinter ihnen hörte sie die nachfolgenden Knappen, und sie spürte, wie ihre Wangen brannten, während sie gleichzeitig vor Kälte zitterte. Lynx öffnete ihr die Tür und schob sie vor sich her; dann blieb er auf der Schwelle stehen und sprach mit seinen Knappen.

Lynx betrachtete die beiden Männer, und sein Blick streifte den jüngeren. »Taffy, du leistest hier in Dumfries meiner Lady Gesellschaft. Ich möchte, daß du aufopfernd für sie sorgst und sie auf jede nur erdenkliche Art beschützt.« Der Lord gab selten einen Grund an für seine Entscheidungen, doch diesmal fügte er hinzu: »Es gibt niemanden sonst, dem ich völlig vertrauen kann.« Nun wandte er sich an Thomas. »Sei in der Morgendämmerung bereit.«

Taffy sah voller Unbehagen auf die plötzlich geschlossene Tür. Wie konnte Lord de Warenne ihn einfach zurücklassen? Doch gleichzeitig war ein Teil von ihm glücklich, weil ihm die Aufgabe oblag, dieser unvergleichlichen Lady zu dienen.

Thomas warnte ihn: »Als der Lord gesagt hat, du sollst auf sie achtgeben, hast du hoffentlich verstanden, was er damit meint!«

Taffy runzelte die Stirn. »Ich werde für sie sorgen, als wäre sie meine eigene Frau.«

»Besser nicht, du Hornochse! Sichtlich hast du eine Schwäche für sie – aber du pflanzt besser nicht deinen Samen auf das Feld des Lords.«

»Doch nicht auf diese Art!« protestierte Taffy.

»Du bist ein Mann, es gibt keine andere Art gegenüber Frauen!«

Jane bewegte sich langsam auf das Feuer zu und sah in die Flammen. Eine davon leuchtete blau, und der Aberglaube sagte, das sei der Tanz des Teufels. Ihre Gedanken waren in Aufruhr. Unter keinen Umständen wollte sie so auf ihn reagieren wie in der letzten Nacht; dennoch übte er eine eigenartige Macht auf sie aus, bei der sie hilflos war. Ihre Hände strichen nervös über den weichen grünen Samt ihres neuen Gewandes, das die Schneiderinnen für sie angefertigt hatten. Sie wandte sich zu ihm um, als er das Gemach betrat. Ihre Laune sank ein wenig, da er gar nicht zu bemerken schien, was sie trug.

Warum macht mir das etwas aus? schalt sie sich. Tränen brannten plötzlich in ihren Augen, schnell blinzelte sie, um sie zu vertreiben und ihre Gefühle vor ihm zu kaschieren. Hoffentlich setzte er sich nicht vor das Feuer und zöge sie wieder auf seinen Schoß. Da er keine Anstalten machte, zu dem großen Sessel zu gehen, atmete sie auf. Sie wünschte, er würde nach oben entschwinden und sie in Frieden lassen. Wenn er in der Morgendämmerung abreisen wollte, sollte er sich besser sofort niederlegen; doch offenbar hatte er vor, in ihrem Bett zu nächtigen und nicht in dem seinen. Sie verbeugte sich ein wenig vor ihm. »Entschuldigt mich, Mylord«, sagte sie und huschte in ihr Schlafzimmer.

Jane legte den keltischen Schleier ab; mit einem Anflug von Bedauern zog sie auch das grüne Samtkleid aus und hängte es sorglich in den Schrank. Wie hatte er nur ein so hübsches Gewand übersehen können? Jane schlüpfte in das frische weiße Nachthemd, das die Schneiderinnen für sie angefertigt hatten, und war dankbar, daß es nicht soviel von ihrem Körper enthüllte wie das Gewand der letzten Nacht.

Lynx trat durch den Bogen, mit zwei Gläsern Wein in Händen.

Die Enttäuschung über ihren Anblick ließ ihn innehalten. Der seidene Umhang mit den geschlitzten Seiten, der ihre Beine enthüllte, war wesentlich verführerischer gewesen als das hochgeschlossene Gewand der wackeren Näherinnen.

Als er zu seiner Seite des Bettes ging, hielt ihm Jane sein schwarzes Nachtgewand hin. Er griff danach, obwohl er nicht die Absicht hatte, das verflixte Ding anzuziehen, dann gönnte er sich einen großen Schluck. Jane kroch unter die Decke und lag stocksteif da, als wäre die Pflicht, das Bett mit ihm zu teilen, ein unausweichliches Übel. »Dein Wein«, brummte er grob.

Sie setzte sich auf und griff nach dem Glas, dann ließ sie einige Tropfen über die Zunge rollen, wie er es ihr am gestrigen Abend beigebracht hatte. Würde sie sich auch an die anderen Lektionen so folgsam erinnern? Lynx fühlte seine Erregung, als er an die unerwarteten Freuden der letzten Nacht dachte. Er zog sich aus und stieg nackt ins Bett; dann leerte er sein Glas und genoß das Gefühl, wie der Wein sein Blut erhitzte. Erfreut sah er, daß auch sie ihr Glas ausgetrunken hatte.

Als sie sich zurücklegte, rutschte er näher an sie heran; dann streckte er die Hand aus, um die kleinen Knöpfe ihres Nachtgewandes zu öffnen. Dabei berührten seine Finger ihren Talisman, und er hob ihn hoch, um ihn besser betrachten zu können. »Hast du das wirklich gemalt, Jane?«

»Jawohl, Mylord.«

»Es ist einigermaßen erstaunlich. Wo hast du ein solches Tier gesehen?«

»Am Waldsee«, antwortete sie aufrichtig.

»Weißt du eigentlich, wie gefährlich ein Luchs sein kann?«

Sie sah in seine großen grünen Augen und entdeckte die Belustigung hinter seiner Frage. Ihre Mundwinkel zogen sich hoch. »Ihr meint, er könnte mich verschlingen, wenn er das wollte?«

Lynx fühlte, wie sich bei ihren Worten sein Glied regte – immerhin meinte sie mit ihren Worten vielleicht ihn ... Er sah, wie ihr Blick zu seinem Haar ging und dann zu seiner breiten Brust.

»So ein herrliches Geschöpf hatte ich bis dahin noch nie gesehen.«

Zwar schien sie schüchtern zu sein, doch die Gefahr erregte sie offensichtlich auch. Er begriff, daß ein Mensch sich so fühlen konnte, denn er hatte selber schon oft mit der Gefahr gespielt. Als er eine Hand unter das weite Nachtgewand schob und seine Finger den Quell ihrer Weiblichkeit fanden, erbebte sie von Kopf bis Fuß. Sie war bereit für ihn, also würde ihre Vereinigung ihr heute abend nicht solche Schmerzen bereiten. Deshalb erregte er sie mit seinen Berührungen, und seine rauhen Finger streichelten sie.

Trotz ihres früheren Entschlusses, nicht auf ihn zu reagieren, weckten seine Liebkosungen ein solches Verlangen in ihr, daß sie vor Erregung zu keuchen begann. Sie sehnte sich danach, ihn zu berühren und ihm einiges der herrlichen Freuden zurückzugeben, die er ihr schenkte; doch sie wagte es nicht, weil er sie nicht dazu ermuntert hatte. Sie stöhnte leise, als sie sich nicht länger zurückhalten konnte, und bog ihm ihren Körper entgegen, als er einen Finger in sie hineinschob.

In dem Augenblick, als sich ihr enge Scheide um seinen Finger schloß, begann sein Glied voller Erwartung zu pulsieren. Himmel, wie gern würde er ihr Liebesspiel ausdehnen, wie gern würde er sich eine ganze Stunde lang in ihr bewegen, bis seine sexuelle Energie ihren Höhepunkt erreichte; doch das war leider nicht möglich. Mit eisernem Willen zwang er sich, sanft zu sein, vorsichtig in sie einzudringen und abzuwarten, ob sie ihm entgegenkam. »Schlinge deine Beine um meinen Rücken«, murmelte er.

Jane öffnete ihm ihre Schenkel so weit wie möglich, und er drang noch tiefer in sie ein. Sie liebte es, sein Gewicht auf sich zu fühlen, seinen Duft einzuatmen, und als er dann begann, andeutungsweise in ihr auf und ab zu gleiten, spürte sie, wie etwas in ihr zum Sprung ansetzte – als würde er sie an den Rand eines tiefen Abgrunds führen. Aber es fehlte ihr der Mut, sich über die Klippe zu werfen. Dann hörte sie, wie Lynx aufschrie, und vergaß ihre eigene

Erregung, als er sich in ihr verströmte. Er sank auf ihr zusammen, und sie schlang die Beine noch fester um ihn, um ihn in sich festzuhalten. Als er schließlich von ihr herunterrollte, entspannte sie sich. Sie war glücklich, daß er abreiste; denn sie fürchtete sich vor dem Aufruhr, den er in ihr weckte, wenn sie zusammen waren.

Sollte diese Trennung nun für immer sein? fragte sie sich. Jane hatte sich gewünscht, daß er fortginge, um nie wieder zurückzukehren. Wenn er nun wegen dieses Wunsches dran glauben müßte? Sie wollte frei sein von ihm, doch sicher wünschte sie ihm kein Unglück an den Hals. Sie hätte für ihn einen keltischen Talisman zeichnen sollen, der ihn in der Schlacht bewachte; doch jetzt war keine Zeit mehr dazu. Erschrocken sah sie ihn an.

»Habe ich dir weh getan?« fragte er, weil er ihren Gesichtsausdruck falsch deutete.

»Nein, Mylord, es hat mir keinen Schmerz bereitet.«

Aber auch keine Freude, dachte er und wurde ziemlich niedergeschlagen. Ihr alarmierter Blick mußte damit zu tun haben, daß er ihr seine Rückkehr noch vorenthalten hatte. Wie konnte er nur so gedankenlos sein gegenüber einer bezaubernden Lady wie der seinen? Er stützte sich auf seinen Ellbogen und beugte sich zu ihr. »Jane, es tut mir leid, daß unsere gemeinsame Zeit so kurz war ... Wahrscheinlich werde ich monatelang weg sein, aber ich komme wieder, wenn die Schlacht vorüber ist.«

Falls du nicht im Kampfe fällst, dachte sie verzweifelt. Sie senkte den Blick. Er durfte niemals etwas von ihren Gedanken ahnen, denn das würde ihn verunsichern in seiner Fähigkeit, den Krieg durchzustehen. Er war das mächtige Raubtier – und würde triumphieren!

Als sie sah, daß er schlief, nahm sie die lederne Schnur von ihrem Hals und schob sie vorsichtig über seinen Kopf. Der Geist des Luchses sollte ihn beschützen.

Lynx de Warenne meldete sich bei König Edward, ehe er mit seinen walisischen Bogenschützen sprach; indessen warteten bereits ein Dutzend seiner Ritter mit begründeten Klagen über Fitz-Waren.

»Ich hatte gehofft, Euch in Annandale lassen zu können, damit Ihr die Aktivitäten von Bruce beobachtet – aber diese undisziplinierten Soldaten, die Ihr mir zur Verfügung gestellt habt, sind für unseren Kampf nur eine Bedrohung.« Edwards blaue Augen blitzten auf. »Sorgt dafür, daß Ihr sie unter Kontrolle bekommt, de Warenne, sonst werden Köpfe rollen!«

»Aye, Euer Majestät«, versicherte Lynx ihm barsch; dann ritt er sofort zu dem Lager, wo sich seine Männer aufhielten.

Seine Bogenschützen betrachteten ihn mit scheuen Blicken, und er sah ein, daß er sie nie hätte zurücklassen dürfen. Die Waliser waren reservierte, schweigsame Menschen, wenigstens Außenstehenden gegenüber, die niemals zu ihm kommen würden, um sich zu beklagen. Er sprach mit ihren Anführern, weil er wußte, daß sie den Soldaten von ihrem Gespräch berichten würden.

»Ihr habt schwere Verluste erlitten, und ich übernehme dafür meinen Teil der Verantwortung. Ich hätte euch nicht unter das Kommando eines anderen stellen dürfen – habt hier meinen Schwur, daß das nie wieder geschieht. Ab sofort bleibe ich bei euch. Mein Knappe schlägt im Augenblick mein Zelt auf. Jeder einzelne, der etwas zu sagen hat, wird angehört.«

Nicht viele Waliser betraten sein Zelt, aber alle seine englischen Ritter kamen, um ihm Bericht zu erstatten. Fitz-Waren hatte befohlen, daß ganze Dörfer niedergebrannt, geplündert und alle Bewohner, einschließlich der Kinder, abgeschlachtet wurden. Frauen fielen dem gnadenlosen Blutdurst zum Opfer, der unter Fitz-Warens eigenen Leuten wütete. Die Schotten hatten sich mit nächtlichen Überfällen gerächt, hatten die Zelte seiner Bogenschützen in Brand gesetzt. Lynx de Warenne wurde von Minute zu Minute erbitterter über die Greueltaten, bis sein Zorn ihm das Blut durch die Adern peitschte.

Das Tageslicht verschwand, als Fitz-Waren sich in Begleitung seiner Offiziere der leichten Kavallerie blicken ließ. »Nun, nun, Cousin, ich habe gehört, daß du zurückgekommen bist. Offensichtlich kannst du es doch nicht ertragen, auf den Schlachtenruhm zu verzichten und auch nicht auf die Kriegerehren.«

Lynx ging auf ihn zu, langsam löste er die Brustplatte seiner Rüstung und sein Schwert. Beides reichte er Thomas und wartete dann ruhig, bis Fitz-Waren von seinem Pferd gestiegen war. Im gleichen Augenblick, als Fitz' Füße den Boden berührten, schoß Lynx' machtvolle Faust hervor, traf sein Kinn und brachte ihn zu Fall.

Im nächsten Augenblick schon war Fitz wieder auf den Beinen, blind vor Wut. Lynx schlug ihn noch einmal zu Boden und wartete dann eisigen Blicks, bis er wieder aufgestanden war. Fitz zog sein Messer und sprang wild auf den Angreifer zu. Der Schmerz fuhr ihm in die Schulter, als Lynx ihm absichtlich seinen Schwertarm brach.

Fitz sah sich nach Hilfe von seinen Offizieren um – doch sie wagten es nicht, zu ihm zu eilen, angesichts der unheilverkündenden Mienen der Waliser, die um die beiden Kämpfenden einen Kreis bildeten. Wahnsinnig vor Schmerz, griff Fitz an wie ein rasender Stier. Lynx de Warennes Faust schoß noch einmal hervor und zerschmetterte ihm das Gesicht. Erst als Fitz bewegungslos dalag, unfähig, sich zu erheben, machte Lynx auf dem Absatz kehrt.

Thomas blickte voller Verachtung auf den blutenden Schuft am Boden, dann öffnete er seine Hose und urinierte in die Richtung, wo Fitz-Waren lag – und damit war seine Erniedrigung komplett.

Anfang Mai ergaben sich sowohl Schloß Jedburgh als auch Schloß Roxburgh den Engländern. An der Küste gegenüber nahmen John de Warennes Streitkräfte Dumbarton ein, wenige Meilen von Glasgow entfernt, dann griffen die beiden Armeen von zwei Seiten her Edinburgh an. Die große Stadt konnte nur ein paar Tage ihre Defensive aufrechterhalten, bis auch sie kapitulierte.

Während des ganzen Monats gingen Lynx de Warenne und Fitz-Waren einander aus dem Weg; keiner von beiden wollte den Zorn des Königs auf sich ziehen. Als Lynx seinen Onkel John wiedertraf, erwähnte er nicht den bösen Zwist, der zwischen ihm und Fitz-Waren brodelte; der Oberkommandeur hatte ohnehin schon genug Sorgen.

Von Edinburgh aus zog die Armee nach Norden auf die Festung Stirling zu; doch dort stellte man fest, daß die schottische Garnison das Schloß aufgegeben hatte. Auch der letzte Berater Baliols distanzierte sich von ihm, jetzt, wo alle Hoffnung auf die Erhaltung des Throns geschwunden war. Und dann, Anfang Juli, gab sich Baliol in Brechin dem Vertreter Edward Plantagenets, Anthony Bek, seines Zeichens Bischof von Durham, endgültig geschlagen. Er trat in der schlichten weißen Robe eines Büßers vor den Bischof, legte seinen Amtsstab in dessen Hände und verzichtete offiziell auf alle Ansprüche hinsichtlich des Königreichs von Schottlands.

Sehr zufrieden mit seinem Erfolg, verhielt sich Edward Plantagenet großzügig; er schickte Baliol nach Hertford, wo er nur dem Namen nach ein Gefangener war. Er durfte sich in einem Gebiet von zwanzig Meilen rund um London frei bewegen, und man erlaubte ihm sogar, in den königlichen Wäldern südlich des Trent zu jagen.

Jetzt plante Edward Plantagenet einen triumphalen Zug durch Aberdeen und Banff, bis hinauf nach Elgin. Lynx de Warenne zügelte seine Ungeduld, nach Dumfries zurückzukehren. Die Kämpfe schienen vorüber zu sein, doch König Edward wollte seine Macht demonstrieren, indem er nach Norden ritt und sich von den schottischen Adligen die Treue schwören ließ.

Bald nach seiner Abreise vermutete Jane Leslie, daß sie von Lynx de Warenne ein Kind erwartete, weil ihre Blutungen ausblieben. Sie erzählte niemandem in ihrer Familie etwas davon, sondern behielt ihre Annahme für sich. Es war ein Geheimnis, das sie erst verraten würde, wenn die Zeit gekommen war – doch es würde Lord de Warenne sehr glücklich machen, denn schließlich hatte er nur deshalb diese Probezeit arrangiert …

Ihre erste Reaktion war Traurigkeit. Sollte sie tatsächlich von Lynx de Warenne ein Kind erwarten, wäre sie für immer an einen Mann gebunden, der sie nicht liebte. Er hatte geschworen, sie zu heiraten und sie zu seiner Gräfin zu machen, falls sie schwanger würde – doch das wünschte sie sich mitnichten. Sie würde nie wieder in der Lage sein, ein freies Leben zu führen. Nach einer Weile nahm Jane ihre Schwangerschaft jedoch ergeben hin, denn sie würde niemals irgend jemandem ein Leid zufügen, geschweige denn ihrem eigenen Kind. Und allmählich wuchs mit dem neuen Leben in ihr sogar eine Art Glücksgefühl. Auch wenn sie nicht den Wunsch verspürte, eine Ehefrau oder etwa Gräfin zu sein, so freute sie sich jetzt doch darauf, Mutter zu werden.

Nachdem der Lord abgereist war, nahm Jane wieder ihre alte Tätigkeit auf, kranke Tiere zu heilen, während ihre Schwestern sie behandelten wie eh und je. Doch wenn sie versuchten, sie herumzukommandieren und als die Erfolgreichste auszubeuten, verwies sie sie strikt auf ihre Plätze. Sie blieb ihnen gegenüber jedoch großzügig: manchmal lieh sie ihnen eines der neuen Gewänder, die die Näherinnen für sie angefertigt hatten, und sie erlaubte ihnen, ihre Räume im Turm zu betreten, wann immer sie wollten.

Jane genoß die Reitstunden, die Taffy ihr gab. Seit ihrer Kindheit war sie auf Ponys geritten, hatte jedoch nie den Luxus eines eigenen Pferdes kennengelernt. Lord de Warennes Order lautete, Jane ein erstklassiges Pferd zur Verfügung zu stellen, das einer Lady geziemte. Sofort verliebte sie sich in die wunderschöne Schimmelstute und nahm Taffys Vorschlag gerne an, dem Tier den Namen Blanchette zu geben, die normannische Bezeichnung für »die Weiße«.

Ihr Bruder Keith versorgte Blanchette für sie, und er begleitete sie auch auf ihre langen Ausritte; außerdem ahnte er als erster, daß sie schwanger war, und riet ihr, nicht zu viel zu reiten. »Der

Lord würde schrecklich toben, wenn du aus Leichtsinn sein Kind verlörest.«

»Du hast recht, Keith, aber bitte sage den anderen nichts von meinem Baby. Sie würden mich Tag und Nacht mit ihren gönnerhaften Ratschlägen verfolgen.«

»Natürlich halte ich meinen Mund, Jane – aber wenn der Teig aufgeht, werden sie wissen, daß ein Brot im Ofen ist. Vielleicht kehrt Lord de Warenne auch bald zurück. Baliol ist abgesetzt worden, und alle Adligen Schottlands gehen vor Edward Plantagenet auf die Knie.«

»Ich bin so erleichtert, daß die Kämpfe vorüber sind. Jede Nacht habe ich zu der großen Göttin gebetet, damit Lynx nichts zustößt.«

»Also, ausgestanden ist das Kapitel noch nicht. Es wird eine Pause eintreten, bis sich die Schotten neu formiert haben. Es gibt einen jungen Führer, der sich bereits bemerkbar macht und der das schottische Volk zu erneutem Aufruhr anstiften wird.«

»Nein!« rief Jane. »Ich will nicht, daß alle untereinander verfeindet sind.«

Keith legte ihr beruhigend eine Hand auf die Schulter, er durfte sie in ihrem Zustand nicht in Unruhe versetzen. »Du brauchst keine Angst zu haben. Lord de Warenne wird zurückkehren, und für eine Weile können wir dann sicher aufatmen.«

Als Edward Plantagenet in Scone eintraf, entfernte er den Schicksalsstein, auf dem jeder keltische König gekrönt worden war, und schickte ihn in die Westminster Abtei zu London. Mit dem heiligen Kruzifix, den schottischen Insignien und den offiziellen Dokumenten in Edinburgh verfuhr er gleichermaßen. Der König wollte überaus deutlich machen, daß Schottland jetzt den Engländern unterstand. Er berief ein Parlament auf den zwanzigsten Tag des Augusts 1296 in Berwick ein und befahl jedem schottischen Landbesitzer, dort zu erscheinen und abermals seinen Treueid England gegenüber abzulegen.

Auch Robert Bruce nahm an diesem Ereignis teil. Er strebte unterschriebene und besiegelte Verträge an, die offiziell erklärten, daß Comyn, dem Verwandten von Baliol, ebenfalls die Annandale-Ländereien aberkannt und den Bruces zurückgegeben würden.

In Carlisle entschied sich die Mutter von Robert Bruce, nicht nach Berwick zu gehen. Ihr geliebter Ehemann, Robert Bruce der Ältere, war krank, und sie hatte beschlossen, ihn auf ihren englischen Landbesitz in Essex transportieren zu lassen, noch ehe der Winter begann.

Sie versammelte die Damen in ihrem Sonnenzimmer und trug ihnen ihren Entschluß vor. »Werdet Ihr mit uns nach England zurückkehren, Jory, Alicia?«

Jory antwortete sofort. »Oh, nein, Lady Bruce! Jeder, der etwas ist, entweder in England oder Schottland, wird am Ende des Monats in Berwick sein. Ich würde es nicht missen wollen, nicht einmal für die Kronjuwelen! König Edward hat nur fünf Monate gebraucht, um das zu schaffen, was er sich vorgenommen hatte, und es wird Feiern geben, wie wir sie bisher kaum erlebt haben.«

»*Nur* fünf Monate?« fragte Alice Bolton beißend. »Mir kam es vor wie eine Ewigkeit!«

Die junge Elizabeth de Burgh verlegte sich aufs Bitten. »Oh, Lady Bruce, darf ich mit Lady Marjory nach Berwick reisen?«

»Aber meine Liebe, dein Vater hat dich in meine Obhut gegeben. Der Graf von Ulster ist ein Mann, den ich nicht verärgern möchte.«

»Oh, bitte, Lady Bruce! Die Kämpfe sind vorüber, und ich sehne mich danach, meinen Vater wiederzusehen.« Sie wagte nicht zu äußern, daß sie sich noch viel mehr nach Robert Bruce sehnte, dem Jüngeren.

Jory kam ihr zu Hilfe. »Ich werde Elizabeth unter meine Fittiche nehmen, Patin, aye, und sollte ihr Herr Papa böse werden, werde ich ihn besänftigen.«

»Was ist außerdem mit Lynx de Warenne?« fragte Lady Marjory Bruce und lüftete die Brauen. »Wahrscheinlich schickt er euch alle wieder fort.«

»Ah, dafür haben wir unsere liebste Alicia. Sie ist unsere Geheimwaffe«, erklärte Jory und bemühte sich angestrengt, ihre Stimme nicht sarkastisch klingen zu lassen. »Wie könnte Lynx ihr schon widerstehen?«

Auch wenn Alice solche Schmeicheleien gefielen, so war doch ihr Zorn auf Lynx keineswegs abgeebbt. Er hatte sie überlistet, ihn in den Norden zu begleiten, und war dann einfach davongeritten, ohne noch einmal über seine Schulter zu blicken. Der treulose Geselle frönte unterwegs seinen Vergnügen, wo immer er sie fand, Monat um endlosen Monat – während sie hier in Carlisle verschmachtete. Um es ihm heimzuzahlen, würde sie ihm ebenfalls Hörner aufsetzen; doch leider ignorierten die Brüder Bruce sie, weigerten sich, auf dem Gebiet von Lynx de Warenne zu wildern – ja, sie hatten sich sogar nach Norden auf ihre schottischen Schlösser begeben. Alicia verdammte Schottland und jeden seiner Bewohner.

In den Monaten ihrer Trennung glaubte sie keine Sekunde, daß Lynx de Warenne ihr die Treue hielte. Überall verfolgten die Frauen ihn mit ihren Blicken und luden ihn offen ein. Sie würde es tolerieren, wenn er sich ab und zu den Besuch bei einer Dirne gönnte; aber wenn eine Dame es wagte, ein Auge auf ihn zu werfen, so, entschied Alicia, würde sie schreckliche Rache nehmen. Eine solche Person würde lieber tot sein, als mit ihr die Klingen zu kreuzen!

## *13*

Schloß Berwick quoll über vor schottischen Adligen, die mit Ansprüchen auf Ländereien aus allen Himmelsrichtungen herbeiströmten. Da das Schloß aus allen Nähten platzte, füllte sich auch Berwick mit reichen Männern und Frauen, die Dieben, Bettlern und Dirnen den Platz in der Stadt streitig machten.

Edward Plantagenet erschien einige Tage früher vor Ort; er wies seine Armeen an, so schnell sie konnten nach Süden zu marschieren. John de Warenne begleitete den König; er wußte, daß Percy, Clifford, Ulster und die übrigen Generäle sich um ihre Leute kümmern würden.

Lynx de Warenne bestimmte für seine Bogenschützen ein etwas langsameres Tempo; ein Marsch von zweihundert Meilen zu Fuß war keine Kleinigkeit. Fitz-Waren dagegen trieb seine leichte Kavallerie an und erreichte das Schloß Berwick früh genug, um sich gute Quartiere zu sichern. Der eitle Geck hoffte entgegen aller Wahrscheinlichkeit immer noch auf Jory de Warenne, und wenn sie kam, könnte er ihr eine Unterkunft neben der seinen anbieten.

Die Gier nach Jory, die ihn erfüllte, war seit dem Kampf mit ihrem Bruder noch größer geworden, und bei der nächstbesten Gelegenheit wollte er sie haben! Seine wunderschöne Cousine war ein herausforderndes kleines Luder, das die Männer verrückt machte, und diesmal würde er es ihr zeigen. Er streckte sich auf seiner Matratze aus und stellte sie sich unmittelbar zum Anfassen vor. Seine Stimmung stieg, Jory würde ganz bestimmt auftauchen. Sie liebte es, bei einer so bedeutsamen Parade in der ersten Reihe dabeizusein.

Als Jory mit ihrer Schutzbefohlenen im Schloß Berwick ankam, hielten sie als erstes Ausschau nach Edward de Burgh, dem Grafen von Ulster. Obwohl Elizabeth ihren mächtigen Vater anbetete, war sie doch noch immer jung genug, schreckliche Angst vor seinem Zorn zu haben.

»Elizabeth, Liebes, hör auf zu zittern! Ich werde schon dafür sorgen, daß er dir nichts tut.«

»Du kennst ihn nicht«, winkte Elizabeth matt ab.

»Er ist ein Mann, mehr brauche ich nicht zu wissen«, versicherte Jory und zwinkerte ihr zu.

Alice Bolton folgte ihnen in das Innere des Schlosses und hoffte, die Vierzehnjährige recht bald loszuwerden.

Jorys schneller Blick hatte schon bald einen Mann mit dem Wappen von Ulster auf seiner Brust entdeckt, der ihnen den Weg zu de Burhgs Gemächern zeigte.

»Was, zum Teufel, treibst du hier?« donnerte de Burgh, als er seine Tochter erblickte.

»Sie ist zusammen mit mir gekommen, mein lieber Graf«, zwitscherte Jory und strich sich die Kapuze vom Kopf; dann knickste sie so tief vor dem Mann, der über halb Irland herrschte, daß sein Blick in den Ausschnitt ihres Kleides fiel. Jory streckte ihm die Hand entgegen, und de Burgh half ihr galant, sich wieder aufzurichten – dann küßte er ihr die Hand. »Lady Marjory, darf ich Lady Bruce auch hier willkommen heißen?«

»Leider, Mylord, war die Gesundheit ihres Mannes so schlecht, daß sie ihn zurück nach England bringen mußte, in das mildere Klima dort. Sie wollte Elizabeth unbedingt mitnehmen; aber ich konnte sehen, daß die arme Lady bereits viel zuviel auf ihren Schultern trug … deshalb habe ich ihr versprochen, Eure liebliche Tochter unter meine Fittiche zu nehmen.«

De Burgh rief sich ins Gedächtnis, daß Jory Witwe war. »Danke, Madam, wie freundlich von Euch!«

»Nicht der Rede wert, Mylord. Elizabeth ist ein solcher Schatz!« Als sie sah, daß er nicht wußte, was er mit dem Kind anfangen sollte, bot sie ihm an: »Ich würde mich glücklich schätzen, sie hier in Berwick betreuen zu dürfen – außerdem lassen ihre Dienerinnen sie niemals aus den Augen.«

»Noch einmal danke ich Euch. Glücklicherweise kann ich genügend Gemächer zur Verfügung stellen.«

Jory wußte, daß die Knappen und Diener des Grafen sofort ihre Zimmer würden räumen müssen, doch das stand ihr und Elizabeth zu. Sie bedachte Alicia mit einem fragenden Blick, aber diese antwortete zuversichtlich: »Macht Euch um mich keine Sorgen, ich werde mein Quartier bei Lynx aufschlagen.«

»Aber natürlich. Laß uns gehen und meinen Bruder begrüßen.«

Nach einer langen, ergebnislosen Suche kam Alice Bolton zu dem wütenden Schluß, daß Lynx de Warenne sich nicht in Berwick aufhielt. Am liebsten hätte sie Jory ins Gesicht geschlagen, weil sie sie den ganzen Weg hierhergeschleppt hatte. Sie war von Männern angestarrt und hin und her gestoßen worden; deren übertriebener schottischer Akzent beleidigte obendrein ihre Ohren, und jetzt wünschte sie sich sehnlichst, sie hätte Lady Bruce nach London begleitet. Einer dieser ungehobelten Kerle, der sie mit lüsternem Blick betrachtete, trug wahrhaftig ein Bärenfell, bei dessen Gestank es sie würgte. Das belustigte Aufblitzen in Jorys Augen machte alles noch um vieles schlimmer. »Dafür wird er mir büßen«, brachte sie zwischen zusammengebissenen Zähnen hervor.

»Hallo, Cousine, ich hätte niemals erwartet, dich hier anzutreffen«, meinte Fitz-Waren gedehnt, und sein Blick senkte sich auf Jorys Brüste.

Sie rümpfte die Nase. »Leider kann ich das gleiche nicht von dir behaupten, Fitz.«

»Hallo, Roger, habt Ihr eine Ahnung, wo Lynx sein könnte?« fragte Alice voller Hoffnung.

»Ich bin nicht sein Hüter. Habt Ihr etwa damit gerechnet, daß er für Euch Gemächer besorgt? Mittlerweile wißt Ihr doch sicher, daß seine Männer an erster Stelle rangieren.« Sein Blick ging wieder zu Jory. »Für den kleinen Preis eines Lächelns kannst du das Zimmer neben dem meinen haben.«

»Dieser Preis ist mir leider zu hoch!« Jory zog alle Register. »Der Graf von Ulster hat mir seine Gastfreundschaft angeboten, aber meine Freundin hier braucht dringend ein Zimmer. Lächle bitte, Alicia!«

Als Alicia und Fitz-Waren der davonstolzierenden Marjory de Warenne nachblickten, meinte Lady Bolton: »Ich werde nicht schlau aus ihr – in einer Minute lächelt sie strahlend, in der nächsten ist ihre Zunge so spitz, daß sie Metall zerschneiden könnte.«

»Ach was, ihr fehlt lediglich ein guter Mann im Bett!« Er starrte ihr nach, haßte sie, verlangte nach ihr und haßte sich selbst dafür genauso.

Alicia kicherte. »Daran habe ich noch gar nicht gedacht. Die Witwenschaft muß sehr frustrierend sein.«

Auf einmal trat ein nachdenklicher Blick in Fitz-Warens Augen, als ihm die Gelegenheit bewußt wurde, an die er bis jetzt noch gar nicht gedacht hatte. De Warennes Geliebte mußte wohl auch unter Einsamkeit in der Nacht leiden, und Fitz-Waren weidete sich an der Vorstellung, mit der Dirne seines Cousins zu schlafen.

Alicias aufmerksamen Augen war sein Blick nicht entgangen, auch sie ließ ihre Phantasie spielen. Die Tatsache, daß er Lynx' Cousin war, würde ihre Rache nur versüßen!

Als Jory zu den Gemächern des Grafen von Ulster zurückging, fand sie ihn in einer Unterhaltung mit Robert Bruce vor – die junge Elizabeth saß dabei und lauschte verzückt.

»Lady Marjory, kennt Ihr den Bruce?« fragte Ulster.

Im wahrsten Sinne des Wortes, dachte Jory trocken; doch mit einem unpersönlichen Lächeln antwortete sie: »Aye, Mylord, er ist ein Freund meines Bruders.«

»Und wo steckt Lynx?« fragte Bruce.

»Ich fürchte, er ist noch nicht angekommen.«

»Wenn er eintrifft, kann er mich im Ostturm finden«, erklärte Bruce freundlich.

»Ich werde es nicht vergessen, Mylord«, versicherte Jory ihm. »Die Herren möchten mich bitte entschuldigen; ich muß mich um mein Gepäck kümmern, ehe sich irgendein Schurke damit aus dem Staub macht.«

Elizabeth folgte ihr nur zögernd, als sie den Raum verließen. »Ich wünschte, du hättest Robert Bruce gebeten, mit uns zu speisen«, meinte sie verträumt. »Männer können dir einfach nicht widerstehen, Jory. Selbst mein Vater frißt dir aus der Hand.«

»Dann hoffe ich, daß du genau aufpaßt, wie ich das anstelle«, neckte Jory sie.

»Oh, das tue ich«, bestätigte die junge Elizabeth de Burgh ernsthaft.

Es war schon nach Mitternacht, als Jory in Pagenkleidung zum Ostturm schlich. Roberts Augen strahlten vor Belustigung, als er sie herumwirbelte und sie von allen Seiten betrachtete. »Verflixt noch mal, du bist ein sehr netter Knabe; aber selbst einen Blinden könntest du in dieser Montur nicht hinters Licht führen.«

»Und warum nicht, bitte schön?«

Er zog sie an sich und streichelte ihre Brüste. »Weil Jungen nicht so herrliche Äpfelchen haben wie diese hier.« Seine Hand glitt tiefer. »Und auch nicht einen so wohlgerundeten Sattel.«

Jory hob ihm die Lippen entgegen. »Ich habe dich so schrecklich vermißt, du Grobian – obwohl ich dir das eigentlich gar nicht verraten sollte.«

»Du hast mir auch gefehlt, mein Liebling!« Er zog ihr die Kappe vom Kopf und hob eine Handvoll ihres herrlichen Haars an seine Lippen.

»Robert, ich weiß jetzt, wie wir eine Weile zusammensein könnten. Warum lädst du Lynx nicht ein, dich in deinem großen Schloß in Lochmaben zu besuchen?«

»Du unterschätzt die Intelligenz deines Bruders.«

»Nein, mir ist schon klar, daß ich ihn nicht manipulieren kann.« Jory seufzte.

»Das brauchst du auch nicht«, erklärte Robert und lächelte breit. »Er wird um die Herrschaft über das Gebiet von Dumfries bitten, das nur acht Meilen von Lochmaben entfernt liegt.«

Jorys Augen weiteten sich. »Ich sehe, daß du da deine Hand im Spiel hattest.« Dann wurden ihre Augen noch größer. »Und ich fühle deine Hand auch an mir, du Teufel!«

»Fühl das hier«, forderte er sie kühn heraus.

Jory fügte sich. Sie hatte auch ein paar Forderungen und konnte es kaum abwarten, sie in die Tat umzusetzen.

»Gütiger Himmel, ich habe noch nie zuvor einen Jungen entkleidet. Es hat so etwas Verbotenes«, schwärmte er und zog ihr die enge Pagenhose aus.

Sie hob ihm die Lippen entgegen. »Ich habe gar nicht gewußt, was überhaupt verboten war, bis ich in deine Hände gefallen bin.« Übermütig neckte sie ihn mit der Zungenspitze. »Andersherum ist es auch ein schönes Spiel, Robert. Jetzt will ich dich in meine Hände bekommen … und in meinen Mund.«

»Tu mit mir, was immer du willst, Liebste«, murmelte er, hob sie hoch und trug sie zum Bett.

Jory nahm auf ihm Platz, in dominierender Stellung. »Heute nacht werde *ich dich* lieben … wenigstens beim ersten Mal.« Sie genoß es sehr, seine Kleider zu öffnen; dann begannen ihre Lippen eine heiße, feuchte Spur über seinen Körper zu ziehen, hin zu der Stelle, nach der sie sich sehnte.

Im Zimmer von Fitz-Waren nippte Alice Bolton an ihrem dritten Becher Rotwein, den er ihr eingegossen hatte. Sie liebte den Geschmack, er erinnerte sie an Essig. Ihre Hemmungen beschränkten sich auf ein Mindestmaß, und kurz darauf erlaubte sie Fitz-Waren, ihren schlanken Körper zu entkleiden. Sie erlebte einen Augenblick der Macht; Lynx war nicht das einzige Mitglied der Familie de Warenne, das sie verlocken konnte.

Doch schon bald stellte sie fest, daß Roger keinen Liebhaber abgab wie Lynx. In der Tat waren einige Dinge, die er von ihr verlangte, erniedrigend; doch ihre Befriedigung erhielt sie nicht aus dem Akt, den sie vollzog, sondern aus der Genugtuung, daß sie Lynx mit seinem eigenen Cousin betrog. Wenn der hohe Herr eintraf, so würde sie ihm verzeihen, daß er sie hierhergeschleift hatte, ebenso wie seine Vernachlässigung; doch völlig unentschuldbar war seine Gleichgültigkeit.

Am nächsten Morgen saß Edward Plantagenet in der großen Halle von Berwick und empfing alle Landbesitzer, von Galloway bis Caithness. William Ormsby, ein Justitiar des Hohen Englischen Gerichts, saß zur Rechten des Königs, während ein Dutzend Schreiber die Namen derer notierten, die gekommen waren, um ihre Ländereien bestätigen zu lassen und Edward die Treue zu schwören. Innerhalb der nächsten Monate wäre ihm die Unterwerfung von über zweitausend Männern sicher, einschließlich der gesamten schottischen Geistlichkeit. Die Liste mit den Namen füllte fünfunddreißig Seiten Pergament, und die arroganten englischen Adligen, die zusahen, nannten die aufgerollte lange Liste spöttisch die ›Rolle der armen Schlucker‹.

Während Edward selbstherrlich seinen königlichen Pflichten nachkam, bahnten sich Lynx de Warenne und sein Knappe Thomas einen Weg zum Schloß. Lynx konnte kaum glauben, wie viele Menschen sich in dem Hafen von Berwick drängten. Selbst die Friedhöfe waren besetzt mit Menschen, Grabsteine dienten als Lagerstätten. Er hatte keine andere Wahl, als seinen Männern zu befehlen, ihre Zelte auf den Wiesen außerhalb der Stadt aufzuschlagen.

John de Warenne entdeckte Lynx' lohfarbene Mähne in der Menge der großen Halle, und die beiden Männer umarmten einander herzlich; sie waren froh, unbeschadet die letzten Kämpfe überstanden zu haben. Lynx konnte sehen, daß John überquoll vor Neuigkeiten.

»Ich habe Grund anzunehmen, daß Edward mich zum Gouverneur von Schottland ernennt!«

»Meine Glückwünsche, John! Du hast das Land für ihn gewonnen, also auch das Recht, es für ihn zu verwalten. Persönlich wünsche ich mir die Herrschaft über Dumfries und freue mich, daß du in der Lage sein wirst, sie mir zu übertragen.«

»Möchtest du denn nicht mit Edward nach Frankreich ziehen?«

»Nein, weit davon! Ich bin mit der Tochter des Verwalters von

Dumfries die Probezeit eingegangen. Wenn sie während dieses Jahres schwanger wird, werde ich sie heiraten.«

»Dann sollte ich dir gratulieren – aber, Lynx, du weißt doch sicher, daß du dir eine Frau unter den hochstehenden Damen des Landes hättest aussuchen können?«

»Es ist das Kind, um das es mir geht, John, nicht die Frau; und Jane Leslie kommt aus einer Familie, die sich als sehr fruchtbar erwiesen hat.«

»Ah«, meinte John, als er begriff. »Darin besteht ihre Anziehungskraft!«

»So, wie die Lage hier aussieht, werden wir einen ganzen Monat bleiben. Wenn ich endlich nach Dumfries zurückkehren kann, bin ich sechs Monate unterwegs gewesen – ein halbes Jahr der Probezeit ist dann bereits vorüber.«

John lachte und schlug Lynx auf den Rücken. »So gesehen, wirst du deine Bemühungen verdoppeln müssen, um die verlorene Zeit nachzuholen.«

Thomas kam mit gerunzelter Stirn auf die beiden Warennes zu. »Es ist nicht einmal mehr eine Hundehütte frei, Mylord, sogar die Wanzen sind schon ausquartiert worden.«

»Dann stelle mein Zelt bei unseren Männern auf.«

»Nein, Mylord, ich habe meine Bemühungen noch nicht aufgegeben.« Thomas holte ein paar Würfel aus seinem Wams. »Ihr solltet das Glück der Iren niemals unterschätzen.«

»Es wäre wohl besser, wenn wir in den Speisesaal gehen – sonst bekommen wir auch nichts mehr zu essen«, schlug Lynx vor.

Als sie in der überfüllten Halle ankamen, stand plötzlich Alice Bolton vor ihm. Ungläubig starrte er sie an. »Wie könnt Ihr es wagen, ohne meine Erlaubnis nach Berwick zu kommen, Madam?«

»Mylord ... Lynx ... Lady Bruce ist nach England zurückgekehrt. Wäre es dir lieber gewesen, ich hätte mich ihr angeschlossen?« fragte sie hochmütig.

Lynx wurde plötzlich klar, daß ihm das ganz außerordentlich

gefallen hätte; doch dann schalt er sich einen Feigling. Er wußte, daß er ihrer müde geworden war; doch immerhin hatte sie ihm zwei Jahre ihres Lebens geschenkt und verdiente seine Achtung.

Fitz-Waren kam langsam zu John de Warenne herangeschlendert. »Was für ein Gedränge! Jeder ist mit seiner Dirne hier.«

Alice lief vor Wut rot an, und Lynx bedachte Fitz-Waren mit einem so vernichtenden Blick, daß dieser einen Schritt zurücktrat.

»Entschuldigt uns«, erklärte Lynx knapp und führte dann Alicia beiseite. »Du solltest nicht hier sein. Dieses Parlament ist einberufen worden, um wichtige Angelegenheiten des Königreiches zu klären. Warum hast du nicht gewartet, bis ich nach dir schickte?«

»Es war Jorys Idee, mich mitzunehmen! Sie hat darauf bestanden, in dieser Angelegenheit das Heft in die Hand zu nehmen.«

Lynx' grimmige Miene wurde ein wenig sanfter. »Wenn man vom Teufel spricht«, murmelte er, als Jory und Elizabeth de Burgh in der Menge der Männer auftauchten.

Jory stellte sich auf Zehenspitzen, um ihrem Bruder einen Kuß zu geben. »Sei nicht böse, daß wir gekommen sind, Lynx – aber hier in Berwick wird Geschichte geschrieben, und da mußte ich unbedingt dabeisein!«

Er lachte laut auf. »Als würdest du dich einen Deut um Geschichte scheren. Es war die Siegesfeier, der du nicht widerstehen konntest; du wolltest deine Schönheit vor den schottischen Adligen glänzen lassen und jede Nacht bis zur Morgendämmerung tanzen.« Wenn sich erst einmal herumsprach, daß ihr Onkel zum Gouverneur von Schottland ernannt würde, dann läge ihr auch noch der letzte Ritter zu Füßen, nahm Lynx an.

»Da wir von den schottischen Adligen sprechen: Robert Bruce hat sich nach dir erkundigt. Er logiert im Ostturm.«

Lynx sah, daß Elizabeth de Burgh sanft errötete, als Bruces Name erklang. Sie war kaum mehr als ein Kind, dennoch hatte sie den Kopf bereits voller romantischer Gedanken. Frauen sind doch alle gleich, faßte er resigniert zusammen.

Da seine Würfel gezinkt waren, hatte Thomas keine Schwierigkeiten, noch ein anständiges Zimmer für Lord de Warenne aufzutreiben; schon sehr bald wußte Lynx die Bequemlichkeit einer festen Adresse zu schätzen, anstatt in einem Zelt zu hausen; denn die Beratungen zogen sich zunächst vier und dann sogar fünf Wochen lang hin. Es schien, daß Alicia ihre Lektion gelernt hatte und abwartete, ob Lynx nach ihr schickte. Doch er hatte es nicht eilig, sie wiederzusehen.

Schließlich, als er mit seiner Schwester allein war, erzählte er ihr von der Probezeit, die er eingegangen war.

»Endlich hast du dich verliebt!« jubelte Jory.

»Gütiger Himmel, natürlich habe ich mich nicht verliebt. Jane Leslie und ich kennen einander kaum. Zwei Tage nach der Zeremonie hat der König mich zur Armee zurückgerufen, und wenn ich wieder in Dumfries auftauche, werde ich sechs Monate weg gewesen sein.«

»Du mußt dich aber doch höchst angezogen gefühlt haben von ihr, denn warum sonst solltest du mit der Tochter eines Verwalters anbändeln?«

»Damit sie schwanger wird, natürlich. Denn wenn sie das wird, habe ich die Absicht, sie zu heiraten«, erklärte Lynx.

»Es muß in unserem Blut liegen, daß es uns Spaß macht, uns gegen jede Konvention aufzulehnen«, meinte Jory leichthin.

»Zum Donnerwetter, was hast du denn jetzt schon wieder angestellt?« wollte er wissen.

»Ich? Deinetwegen werden die Leute ihre Stirnen runzeln, wenn du unter deinem Stand heiratest!«

»Als ich es Robert Bruce und John erzählte, sind ihre Stirnen völlig glatt geblieben; und der Rest der Gesellschaft interessiert mich nicht. Schließlich ist es mein Leben.«

»Und was sagt Alicia dazu?«

Die Muskeln in seinem Kiefer spannten sich an. »Es hat überhaupt nichts mit ihr zu tun; immerhin ist sie nur meine Geliebte.«

Marjory schloß für einen Augenblick die Augen. *Ich bitte nur um eines,* betete sie insgeheim. *Laß mich dabeisein, wenn Lady Bolton es erfährt!*

Der Monat September und der halbe Oktober vergingen, ehe auch der letzte Name auf der Rolle der armen Schlucker prangte; es wurde Zeit, daß Edward Plantagenet den Namen desjenigen nannte, der Schottland in seinem Namen verwalten sollte. Schweigen senkte sich über die Menschenmenge in der großen Halle, als der König die drei Hauptoffiziellen nannte, die er ausgewählt hatte. John de Warenne, Graf von Surrey, wurde zum Gouverneur und William Ormsby, der Abgesandte des Hohen Englischen Gerichts zum Obersten Justitiar ernannt.

Das zustimmende Murmeln erstarb abrupt, als der dritte Name laut wurde. Der König machte Hugh de Cressingham zum Schatzmeister. Sowohl die Engländer als auch die Schotten verachteten diesen eigennützigen politischen Emporkömmling. Schon jetzt überschlugen sich die Gerüchte, daß er das Geld, das zum Wiederaufbau von Berwick bestimmt war, für seine eigenen Interessen benutzt hatte.

An diesem Abend tummelten sich in den Gemächern John de Warennes die Gratulanten und Menschen, die sich von ihm eine Gunst erhofften. Fitz-Waren wurde plötzlich kriecherisch umworben, jetzt, wo sein Vater Gouverneur von Schottland war, und seine natürliche Gier regte sich. Er begriff sehr schnell, daß er ungeheuren Reichtum ansammeln konnte. Der Gedanke, stinkreich zu werden, kam seiner Habsucht entgegen, doch mehr noch die Macht, die ihn erwartete. Er rieb sich die Stirn über seinem herunterhängenden Augenlid und überlegte, welchen Posten er von seinem einflußreichen Vater verlangen sollte.

Lynx de Warenne trank ein Glas auf die Ernennung seines Onkels zum Gouverneur und auf die Herrschaft von Robert Bruce über Annandale.

»Himmel, man hätte eine Kakerlake furzen hören, so still war es, als der Name Cressingham ertönte«, meinte Bruce.

»Ihn zum Schatzmeister zu machen war ein großer Fehler. Edward hätte wenigstens einen schottischen Adligen als Vizekönig ernennen sollen. Denk an meine Worte, er wird seine Wahl noch bedauern«, prophezeite Lynx.

»Er glaubt, Schottland sei zerschmettert; aber indem er seine Befehlsgewalt so deutlich zeigt, weckt er im Volk nur neue Aufmüpfigkeit und Rachegelüste.« Robert zwinkerte mit den Augen, um seine Worte ein wenig zu mildern. »Nun ja, mir geht es jedenfalls so.«

»Bei den Weisheitszähnen Gottes, hör endlich auf, vom Kämpfen zu reden. Laß uns in Frieden unsere Schlösser genießen, wenigstens den Winter über.«

»Mal sehen, jetzt ist es Mitte Oktober – noch fünf Monate bis zum Winterende. Ich möchte wetten, daß die Schotten nicht so lange Frieden halten werden!«

»Das glaube ich schon – und zwar deshalb, weil die meisten schottischen Adligen gar nicht im Land sein werden. Edward hat einigen Männern, die in Dunbar gefangengenommen wurden, die Freiheit angeboten, wenn sie bei der Invasion Frankreichs für England kämpfen!«

»Solange er meinen Freund Comyn eingesperrt läßt, bin ich einverstanden.«

Als sich die Gemächer leerten und der Bruce wieder in den Ostturm zurückgekehrt war, trank John de Warenne noch einen Schlummertrunk mit seinem Neffen. »Als Gouverneur überlasse ich dir gern Dumfries, Lynx, aber daran ist eine kleine Bedingung geknüpft. Ich brauche wohl nicht anzuordnen, daß du ein Auge auf die Aktivitäten unseres Freundes Robert wirfst!«

# 14

Als Lynx de Warenne und seine Männer sich Dumfries näherten, besserte sich seine Laune zusehends. Das Land an der schottischen Grenze war im Herbst noch schöner als im Frühling bei seinem Fortgang. Er hatte seinen Rittern und den Walisern freie Wahl gelassen. Einige wollten mit dem König nach Frankreich ziehen, andere entschieden sich für Wales; doch die Mehrheit seiner Ritter und Bogenschützen war an seiner Seite geblieben.

Gut, daß Schloß Dumfries sehr groß war und sein Verwalter, Jock Leslie, so tüchtig! Eine derartige Horde von Männern unterzubringen erforderte schon einiges Geschick; sie den Winter über mit Nahrungsmitteln zu versorgen würde ein echtes Kunststück werden. Lynx' Gedanken wanderten von Jock Leslie zu dessen Tochter. Seine Hand schloß sich um den Talisman von Jane. Als er Dumfries verlassen hatte, war er bereits eine ganze Stunde geritten, ehe er den keltischen Glücksbringer um seinen Hals entdeckte.

Im ersten Augenblick wollte er ihn abnehmen. Er war nicht abergläubisch, das überließ er den unwissenden Massen. Ein Stein, der um den Hals eines Mannes hing, gewährleistete keinen Schutz; nur höchste Gewandtheit im Kampf konnte das. Jane Leslie mußte ihm den Talisman übergestreift haben, als er schlief, weil sie an dessen magische Kräfte glaubte. Er blickte jetzt darauf hinab. Er hatte ihn nicht getragen, weil er von dem jungen Mädchen stammte, sondern weil der Luchs ihm gefiel.

Er verzog das Gesicht. Es war falsch, sie immer noch ›das junge Mädchen‹ zu nennen. Sie hieß *Jane*, die Lady, die ihm hoffentlich ein Kind schenken würde; die Lady, die seine Frau werden würde und die zukünftige Gräfin von Surrey. Lynx schüttelte den Kopf, bei allem Wohlwollen konnte er sich Jane Leslie trotzdem nicht als Gräfin vorstellen. Man hatte ihr erlaubt, wild und frei heranzuwachsen, und sie unterschied sich ganz und gar von anderen Frauen. De Warenne war ein Mann, der nur selten an sich zweifelte. Er bedauerte es nicht, die Probezeit eingegangen zu sein; doch wenn er jetzt zurückblickte, schwankte er doch ein wenig.

Ein weiblicher Schreckensschrei holte ihn aus seinen Träumereien. Er riß sein Pferd herum und ritt den Weg zurück. Sein Freund Robert Bruce, ihm auf den Fersen, tat es ihm gleich. Auf der Stelle hatten beide Jorys Stimme erkannt.

»Mein Pferd lahmt ... es muß sich einen Stein in den Huf getreten haben!«

Lynx stieg ab und half Jory aus dem Sattel. Er hob die Hufe der Stute und untersuchte sie vorsichtig. »Wenn das so war, dann ist der Stein jetzt wieder weg. Es sind nur noch zwei Meilen bis Dumfries, bis dahin wird sie es schon schaffen.«

»Oh, nein, Sheba ist mir zu kostbar, ich darf sie nicht quälen, wenn sie lahmt.«

»Marjory, um alles in der Welt, halte uns jetzt nicht noch mehr auf, wir sind beinahe angekommen«, drängte Alicia ärgerlich.

»Lady Marjory kann bei mir mitreiten«, bot Robert Bruce höflich an.

Lynx warf seinem Freund einen gefährlichen Blick zu, dann hob er seine Schwester in seinen eigenen Sattel und stieg hinter ihr auf. Als Lynx' Knappe Thomas die Zügel von Sheba nahm, schenkte Jory ihm ein dankbares Lächeln.

Robert zwinkerte Lynx zu. »Verzögerungen sind unvermeidlich, wenn man dumm genug ist, mit Frauen zu reisen.«

»*Einige* Damen könnten wirklich einen Heiligen zur Verzweiflung bringen«, erwiderte Lynx, jetzt grinste er wieder.

»Und einige *Männer* sind so sehr von sich überzeugt, daß man sie unbedingt von ihrem hohen Roß herunterholen sollte«, antwortete Jory spitz.

»Sie muß wohl dich meinen«, spottete Robert. »Engländer sind bekannt für ihre Arroganz.«

»Sie kommen gleich hinter den Schotten, die mich immer wieder erstaunen – und alle beide haben eigentlich wenig Grund zum Hochmut!«

Lynx lachte über die Zungenfertigkeit seiner Schwester, dann blickte er zu Alice Bolton hinüber. Am Anfang war sie genauso fröhlich wie wunderschön gewesen, doch in letzter Zeit ließ sie jeglichen Humor vermissen. Zwar hatte er das Gefühl, es wäre herzlos, sie einfach abzuschieben; doch hoffte er, sie kündigte früher oder später ihre Beziehung auf.

Als Dumfries in Sicht kam, galoppierte Lynx an der Reihe der Soldaten entlang. Jory hielt sich die Ohren zu, als ihr Bruder den Leuten seine Befehle zubrüllte. »Versammelt euch im Außenhof des Schlosses. Der Verwalter wird die Männer und die Pferde zählen wollen. Bringt die Wagen mit den Vorräten an das andere Ende, und beginnt sofort mit dem Ausladen. Benutzt den Fluß Nith zum Baden.«

»Muß ich auch mit deinen Männern ins Wasser?« Jorys Augen blitzten schelmisch.

»Du nicht, du kleines Biest, obwohl ich es dir zutrauen würde.«

Robert Bruce lenkte sein Pferd neben das Paar auf dem schwarzen Hengst. »Wir reiten weiter nach Lochmaben, deshalb verabschiede ich mich jetzt. Ich komme euch in ein paar Tagen besuchen, wenn ihr eingerichtet seid.«

»Bring deine Brüder mit«, lud Lynx ihn ein. »Mein Schloß ist auch das deine.«

»Das wird es eines Tages in der Tat, lieber Freund«, meinte der Bruce und lachte, obwohl Lynx wußte, daß er seine Worte todernst meinte. »Lady Alicia, Lady Marjory!« Robert Bruce verbeugte sich vor beiden gleich tief, dann ritt er an der Spitze seiner Krieger weiter das Tal entlang.

Als sie den Außenhof von Schloß Dumfries erreichten, stieg Lynx vom Pferd und hob Jory aus dem Sattel. »Bring deine Stute in den Stall. Ein Junge namens Keith wird sich um sie kümmern.

Du kannst ihn nicht verfehlen, sein Haar ist so rot wie eine Fackel.«

Jane Leslie befand sich gerade in dem Raum über den Ställen und versuchte, die Falken und anderen Jagdvögel zu beruhigen, die schon seit der frühen Morgendämmerung unruhig auf und ab flatterten. Beim Donnern der Hufe lief sie zu der schmalen Öffnung und erkannte die Horde der Kavallerie und die Fußsoldaten. Lynx kam zurück! Das war auch der Grund für die Unruhe der Raubvögel. Sie hatten vor jedem anderen Lebewesen gewittert, daß sich eine große Menge Menschen dem Schloß näherte.

Jane legte die Hände auf ihren Leib. Sie stand wie erstarrt, ihre Füße verweigerten ihr den Dienst, ihr Herz schlug so heftig, daß sie befürchtete, ohnmächtig zu werden. Manchmal hatte sie sich gefragt, wie sie je den Mut aufbrachte, mit diesem Mann die Probezeit einzugehen!

Jetzt, nach einem halben Jahr, tauchte er wieder auf, und sie wußte, daß er nach einer so langen Frist für sie wie ein Fremder sein würde – sie mußte sehr, sehr tapfer sein, ihm erneut entgegenzutreten! Ein Teil von ihr wäre am liebsten gleich zu ihm gelaufen, um ihm die gute Nachricht von ihrem Kind mitzuteilen; doch ihre Schüchternheit machte ihr das vor vierhundert Männern unmöglich.

Ganz plötzlich bewegte sich das Kind unter ihrem Herzen, und sie keuchte erschrocken auf. Jane schlang die Arme um ihren Bauch und sank auf die hölzerne Bank, um wieder zu Atem zu kommen. Sie saß ganz still, vielleicht wollte ihre kostbare Last einen Purzelbaum schlagen; doch das Baby hatte sich wieder beruhigt, und nach etwa fünf Minuten begab sich Jane mit zitternden Knien in den Stall hinunter.

Dort unterhielt sich ihr Bruder Keith soeben angeregt mit der schönsten Frau, die Jane je gesehen hatte. Ihr Haar besaß die Farbe des Mondlichts, und ihre Kleidung war herrlich. Sie trug ein Unterkleid und eine Tunika zum Reiten in einem dunklen Bernsteinton, bestickt mit Goldfäden.

Keith hob den Kopf, als Jane herzutrat. »Meine Schwester wird dem Tier helfen können, Lady. Sie hat heilende Hände.«

Jane fühlte den Blick aus aufmerksamen grünen Augen auf sich, die denen von Lord de Warenne erstaunlich ähnelten. »Vor ungefähr zwei Meilen hat sie zu lahmem begonnen, doch scheint sie sich keinen Stein in den Huf getreten zu haben.« Jane fuhr mit der Hand über die Flanken des Pferdes, und die kleine Stute wieherte, als wolle sie sie begrüßen.

»Sheba mag Euch«, erklärte Jory.

»Alle Tiere reagieren so auf meine Schwester, Mylady. Sie besitzt eine besondere Einfühlungsgabe.«

Jane sah, daß die Dame sie voller Neugier betrachtete und ihr Blick eine Weile auf ihrem gerundeten Leib ruhte. Dann sah sie ihr in die Augen. Die beiden Frauen lächelten einander zu. Jane hockte sich hin und begann mit federleichten Bewegungen das Bein der Stute zu massieren, ganz langsam verstärkte sie den Druck ihrer Finger, bis sie es schließlich knetete. Als sie sich wieder aufrichtete, führte Keith Sheba über den Gang des Stalles, und Jory sah, daß das Pferd wieder aufrecht ging.

»Ihr habt sie geheilt!« rief Jory.

»Nein, Mylady, ich habe ihr nur die Schmerzen genommen. Sie ist zuviel gelaufen … und braucht Ruhe.«

Jory nahm die Hände des Mädchens. »Ich danke Euch von ganzem Herzen!«

»Sie kommt in eine Box ein Stück von den anderen Pferden entfernt«, versprach Keith ihr.

»Vielen Dank, Euch beiden! Später werde ich noch einmal nach ihr sehen.«

Jane starrte auf die überirdische Schöne, die leichtfüßig aus dem Stall schritt. »Sie muß die Schwester des Lords sein. Hast du ihre grünen Augen bemerkt?«

Keith nickte. »Ich konnte sogar ihre Aura erkennen, sie strahlt eine enorme Lebhaftigkeit aus. Vater wird wollen, daß ich Platz für alle Pferde schaffe.« Auf seinem Weg nach draußen blieb er stehen. »Ich habe dir gesagt, er wird zurückkommen, Jane. Warst du schon bei ihm?«

Kopfschüttelnd folgte sie ihrem Bruder hinaus. Ihr Blick fand Lynx de Warenne sofort unter den Hunderten von Männern. Er saß auf seinem rabenschwarzen Hengst, von Kopf bis Fuß schwarz gekleidet, und schrie den Männern seine Befehle zu – bei weitem die überwältigendste Autorität in Janes bisherigem Dasein.

Panik stieg in ihr auf. Immerhin war er so viele Monate weg gewesen, daß sie ihn inzwischen als vollkommen fremd empfand! Sie hob die Hand an ihr geflochtenes Haar, dann blickte sie an sich hinunter. Sie hatte das schlichteste Gewand aus ihrer Garderobe gewählt, um nach den Raubvögeln zu schauen. Und dann fiel ihr ein, daß sie die Bettvorhänge in die Wäscherei hatte bringen lassen zur Reinigung. War es nicht typisch Mann, genau dann heimzukommen, wenn man ihn am wenigsten erwartete? Sie entschied sich, das Schloß durch den Hintereingang zu betreten und die Bettvorhänge zurückzuholen, ehe die Invasion Einzug hielt.

Jory und Alicia wurden von einem strammen, dunklen Schotten begrüßt, der sie in Dumfries willkommen hieß. Jory warf ihm einen fragenden Blick zu und reichte ihm die Hand. Er zog sie nicht an seine Lippen, sondern schüttelte sie herzlich. »Ladies, es ist mir eine Freude, Euch unter unserem Dach zu beherbergen!«

Statt einer anzüglichen Bemerkung äußerte Jory: »Ihr seid aber viel zu jung, um Jock Leslie zu sein.«

»Ich bin sein Sohn Andrew, der zweite Verwalter.«

»Ah, mein Bruder hat mir berichtet, daß die Leslies ihr Gewicht in Gold wert sind.«

»Und Euer Bruder ist …?« Andrew lief rot an vor Stolz.

»Ihr Bruder ist Lynx de Warenne, der Lord dieses Schlosses«, unterbrach Alicia ihn. »Wir hätten gern die besten Zimmer, die Dumfries zu bieten hat.«

Jory biß sich auf die Lippe. Alice Bolton hatte nicht die leiseste Ahnung, daß sie mit dem Bruder jener Dame sprach, mit der Lynx die Probezeit eingegangen war … in der Tat hatte sie überhaupt keine Ahnung, was hier vor sich ging. Auf sie wartet ein ziemlicher Schock, dachte Jory fröhlich. »Wenn Ihr es irgendwie möglich machen könnt, dann hätte ich gern mein Zimmer so abgeschieden wie möglich.« Falls Robert sie besuchte, würde sie diese Abgeschiedenheit brauchen.

»Und *ich* wünsche ein Zimmer in der Nähe meines Lords«, erklärte Alice, ihre Stimme klang gleichzeitig hochmütig und kokett. Die Bedeutung ihrer Worte war unmißverständlich.

Andrew Leslies dunkle Brauen bildeten einen Balken, als er begriff, daß Lord de Warenne seine Dirne mit nach Dumfries gebracht hatte. Herr im Himmel, würde er jetzt gleich mit dieser Neuigkeit zu seiner Schwester rennen? Jory und Alice hatten noch nicht einmal einen Fuß in das Schloß gesetzt, und schon gab es Schwierigkeiten! Sie mußte sich schleunigst von Alice Bolton distanzieren.

»Ich habe die wunderschönen Türme von Dumfries bemerkt, Andrew. Wäre es wohl möglich, daß ich dort ein Zimmer bekommen könnte?« Sie sprach mit ihm, als sei er der wichtigste Mann der Welt, glücklicherweise gelang es ihr damit, ihn abzulenken, wenigstens vorläufig. Er eskortierte sie zu dem Damenturm, und Jory bedankte sich überschwenglich bei ihm. Dann sah sie mit besorgtem Blick, wie er Alicia steif davonführte, um auch sie ›zu beherbergen‹.

Lynx de Warenne fuhr sich mit der Hand durchs Haar und dehnte seine Schultermuskeln. Die Tüchtigkeit seines Verwalters gefiel ihm über die Maßen. In weniger als drei Stunden waren die Wagen mit den Vorräten ausgeladen, das Futter stapelte sich in den Scheunen, ihre Waffen und Rüstungen hingen in der Waffenkammer, die Pferde grasten auf den Weiden, und bis zum letzten Mann hatten alle eine passende Unterkunft gefunden.

»Gut gemacht, Jock! Jetzt steht nur noch offen, ob Ihr uns alle verpflegen könnt.«

»Die Küchen summen vor Aktivität, Mylord, aber wir werden mehr Köche brauchen«, antwortete Jock bescheiden.

»Ihr könnt ruhig meine Waliser dazu rekrutieren. Sie sind es nicht gewöhnt herumzusitzen und haben einen gesunden Appetit. Jeder Mann wird auf die eine oder andere Weise zu seinem eigenen Unterhalt beitragen.« Lynx ging auf den Fluß zu.

»Sicher haben wir nicht genügend heißes Wasser, damit all Eure Männer baden können – aber für Euch wird es reichen, Lord de Warenne.«

Lynx winkte ab. »Ein kurzes Bad im Nith ist mir auch recht, Jock. Meine Schwester hat wahrscheinlich bereits den letzten Tropfen Badewasser in ganz Dumfries aufgebraucht.«

Als Lynx endlich das Schloß betrat, erwartete ihn Alicia mit ihrem ganzen Katalog an Klagen.

»Irgend so ein Idiot mit einem mürrischen Gesicht hat mir die falschen Gemächer gegeben. Und dann hat dein törichter Knappe den Fehler noch verschlimmert, indem er mein Gepäck dorthin bringen ließ anstatt in das Zimmer neben dem deinen, wie ich es wollte! In der Tat ist jeder Befehl, den ich bis jetzt hier in Dumfries ausgesprochen habe, ignoriert worden.«

»Dann solltest du am besten damit aufhören, Befehle zu erteilen«, erklärte Lynx direkt.

»Oh! Es macht dir Freude, mich zu beleidigen!«

Ruhig legte Lynx ihr die Hände um die Hüften und schob sie aus dem Weg. »Alicia, benutze einfach die Räumlichkeiten, die man dir für heute nacht angewiesen hat.«

»Ich will, daß du deinen Dienern hier im Schloß sagst, wer ich bin!« drängte sie.

»Ist dir je der Gedanke gekommen, ein wenig diskret vorzugehen?«

Alice verschlug es die Sprache. Sein Onkel war der Gouverneur von Schottland. Zweifellos kannte Lynx de Warenne die Wichtigkeit seiner Stellung und demgemäß auch die Position seiner Begleiterin?

Lynx hatte seinen Knappen Taffy entdeckt. »Entschuldigt mich, Madam, ich habe im Moment dringende Geschäfte zu erledigen.« Er ließ Alice einfach stehen und murmelte: »Verdammtes Frauenzimmer! Welche Probleme hat Dir dein Schützling während meiner Abwesenheit gemacht?« wollte er dann von Taffy wissen.

»Überhaupt keine, Mylord. Mit Lady Jane gibt es keine Schwierigkeiten. Sie ist die bescheidenste Lady, der ich je gedient habe. Mit einem Pony kam sie immer schon zurecht – aber ich habe für sie eine Stute aus guter Zucht gefunden, wie Euer Auftrag lautete. Bestimmt werdet Ihr erfreut sein über die Art, wie sie mit dem Tier umgeht ... mittlerweile reitet sie besser als ich.«

»Eine bescheidene Frau?« Belustigt verzog er die Mundwinkel. »Das ist einzigartig. Es tut mir leid, daß ich deinem ruhigen Leben ein Ende bereiten muß, aber Jory und Alicia sind hier.«

»Jawohl, Mylord, ich habe ihr Gepäck ins Schloß gebracht.«

»Du armer Kerl, du mußt ja ganz schön erschöpft sein.«

Taffy grinste. »Es freut mich, daß Ihr wieder da seid, Mylord. Sogar Thomas habe ich vermißt.«

Lynx konnte nicht anders, er mußte lachen. »Um Himmels willen, sage ihm das bloß nicht, er ist schon jetzt blasiert genug.«

»Eure Sachen sind ausgepackt, Mylord, und frische Kleidung liegt für Euch bereit.«

»Danke, mein Bad habe ich bereits mit den Männern im Fluß absolviert. Wir sehen uns später in der Halle.« Lynx ging die Treppe zum Hauptturm hinauf. Er betrat eines der Gemächer unter den seinen, wo Jane wohnte. Es war leer, deshalb stieg er hinauf in seine eigenen. Zufrieden sah er sich um, als er seine schmutzige Kleidung auszog. Es war gut, wieder hier zu sein. Definitiv hatte er die richtige Entscheidung getroffen, als er Schottland gewählt hatte und nicht Frankreich.

Die Verantwortung, Frieden zwischen den Schotten und den

Engländern zu halten, erschien ihm nicht allzu schwer. Lynx' Erfahrung nach waren Männer Männer. Wenn man fair mit ihnen umging, reagierten sie auch fair, ob Schotten oder Engländer oder weiß der Teufel, was!

Er zog eine dunkle Tunika und die Hose an, dann schlüpfte er in schwarze, samtweiche Stiefel. Das nasse Haar kämmte er zurück und band es im Nacken zusammen; dann wählte er eine schwere goldene Kette, einen Ring mit einem Cabochon-Smaragd und seinen Lieblingsdolch. Plötzlich wurde ihm klar, daß er vollkommen ausgehungert war. Genüßlich biß er in einen Apfel, den er sich aus einer Schale mit Obst genommen hatte, und ging die Treppe hinunter zu Janes Gemächern. Immer noch keine Spur von ihr! Erwartungsvoll trat er durch den Bogen und blickte in den anderen Raum.

Jane stand mit dem Rücken zu ihm auf einem hohen Stuhl und befestigte die frischen Bettvorhänge. Bei ihrem Anblick hüpfte ihm das Herz im Leib – deshalb trat er leise hinter sie, um sie zu überraschen. Sie stand auf den Zehenspitzen, schob ächzend den schweren Stoff durch die Halteringe, und er gab ein Brummen von sich. »Jetzt habe ich dich!« rief er übermütig und umschlang sie.

Jane schrie auf, dann nahmen seine teuflisch grünen Augen sie gefangen; ihr Blut rauschte durch ihre Adern.

Lynx starrte auf die sanfte Rundung ihres Leibes. »Allmächtige Güte, erwartest du etwa ein Kind?« Er ließ den Apfel fallen, und seine Augen quollen ihm aus dem Kopf. »Ist es wirklich wahr!«

»Jawohl, Mylord.« Jane hielt den Atem an, weil sie nicht wußte, wie er reagieren würde.

»Aber wie wundervoll! Was bist du doch für ein tüchtiges Mädchen.« Lynx lachte wie närrisch, und Jane holte tief Luft, stimmte in sein Gelächter ein. Doch dann wurde er plötzlich wieder ernst. »Bist du verrückt?« Zorn und Freude brachten ihn völlig durcheinander. »Was, zum Teufel, tust du da auf dem Stuhl, du bringst das Baby in Gefahr! In deinem Zustand darfst du solche Sachen nicht mehr tun. Es gibt Diener für so etwas. In der Tat darfst du überhaupt nicht mehr arbeiten, bis das Kind geboren ist.«

Jane fühlte Ärger in sich aufsteigen, als sie begriff, daß ihr jede Freiheit genommen werden sollte. Er war viel zu dominierend – seit dem Augenblick seiner Rückkehr hatte er nichts anderes getan, als Befehle zu erteilen. »Wir befinden uns vorläufig in einer Probezeit und sind nicht verheiratet«, rief sie ihm ins Gedächtnis. »Ihr habt nicht über mich zu bestimmen.«

Unglauben malte sich auf seinen Zügen. »Ich habe jegliche Autorität über dich. Soll ich es dir beweisen – indem ich dir verbiete, das Bett zu verlassen, bis mein Kind geboren ist?«

Janes Ablehnung verwandelte sich in Panik – jetzt galt es unbedingt, ihn erst einmal zu beruhigen und nicht herauszufordern. »Seid nicht böse mit mir, Mylord. Es geht mir wirklich gut und dem Baby auch. Erst in drei Monaten wird es auf die Welt kommen.«

Lynx' augenblicklicher Ärger verwandelte sich in Besorgnis. Sanft setzte er sie in den großen Sessel und brachte ihr dann eine gepolsterte Fußbank. »Leg die Füße hoch«, schlug er vor. »Das Kind, das du in dir trägst, scheint nicht sehr groß zu sein – bist du sicher, daß es wohlauf ist?« Ohne auf ihre Antwort zu warten, kommandierte er: »Du mußt mehr essen.« Ein schrecklicher Gedanke streifte ihn. »Du liebe Zeit, dieser junge Dummkopf Taffy hat dich doch nicht etwa reiten lassen? Dieser verantwortungslose Narr hat ja keine Ahnung von der Gefahr, der er mein Kind aussetzt!«

Lynx lief unruhig hin und her. »Es wird nicht mehr geritten! Ich lasse eine Sänfte für dich anfertigen. Du mußt viel vorsichtiger sein ... diesem Erben darf nichts zustoßen!«

»Lord de Warenne, ich schwöre Euch, dem Baby geht es gut.«

Der Hausherr hielt in seiner Rennerei inne und sah sie beschämt an. »Du mußt glauben, ich sei der größte Dummkopf auf Gottes Erden.«

»Nein, Mylord, ich denke nur, daß Ihr der besorgteste Vater der Welt seid.«

Jetzt lachte er. »Ich werde Vater! Wenn ich das nicht gleich allen erzähle, werde ich platzen. Sofort verkünde ich es in der Halle!«

Sie wollte aufstehen, doch er hielt sie mit der Hand fest. »Du sollst dich nicht überanstrengen. Ich werde dir ein Tablett mit Speisen heraufbringen lassen. Auf keinen Fall darfst du mehr die Treppen hinauf- und hinunterlaufen!«

Jane hatte keine Ahnung gehabt, was Lord de Warenne sagen oder tun würde, wenn er sie wiedersah. Sie hatte diese Begrüßung gefürchtet und sie gleichzeitig kaum erwarten können. Würde er sich über das Kind freuen? Würde er sie in seine Arme nehmen? Aber seine unmittelbare Reaktion auf eine so natürliche Angelegenheit war völlig unangemessen. Sie schluckte. Er verlangte, daß sie mehr aß, daß sie aufhörte zu reiten und daß sie in ihrem Zimmer blieb mit hochgelegten Füßen.

Sie sagte sich, wenn er sich erst einmal an ihre Schwangerschaft gewöhnt hatte, würde er schon einsehen, wie unvernünftig seine Anordnungen waren. Lynx de Warenne hatte sie in den Arm genommen, und zwar ehe er wußte, daß sie ein Kind erwartete. Er war in einer neckischen Laune gewesen, hatte gebrummt wie ein Luchs und sich wie ein Bruder Übermut angeschlichen. Jane seufzte; war sie erleichtert oder enttäuscht, daß dieses Spiel der Verführung so abrupt geendet hatte? Sie schob die Frage von sich und beschloß, in den Stall zu gehen, um sich das verletzte Bein der Stute noch einmal anzusehen.

Während ihre Hände über die Fesseln des Tieres strichen, flüsterte sie den Namen der Stute. Sie war so in Gedanken versunken, daß sie die Dame nicht bemerkte, die sich ihr näherte, bis diese sie ansprach.

»Ich habe mich nicht vorgestellt und auch Euch nicht nach Eurem Namen gefragt – dabei habt Ihr meiner Stute so wunderbar geholfen. Ich bin Marjory de Warenne.«

Jane richtete sich auf und sah, daß Lynx' Schwester ihr die Hand entgegenstreckte. Sie hatte sich umgezogen und trug jetzt ein amethystfarbenes Kleid, in dem sie noch hübscher aussah als zuvor. »Mein Name ist Jane Leslie, Mylady.«

»Jane Leslie?« Jory betrachtete verwundert das schlicht gekleidete Mädchen vor ihr. Zum ersten Mal war sie beinahe sprachlos. Ihr Blick ruhte auf dem gerundeten Leib des Mädchens, dann sah sie ihr ins Gesicht und lächelte liebevoll. »Jane, ich freue mich so, dich kennenzulernen. Weiß mein Bruder schon, daß er Vater wird?«

»Ja, und ich weiß, daß er sich sehr freut, endlich Nachwuchs zu bekommen. Aber seit er es erfahren hat, will er mich am liebsten festbinden. Das Kind bedeutet ihm alles, während ich für ihn nicht mehr als eine Zuchtstute darstelle.«

»Oh, meine Liebe, ich bin sicher, daß Lynx das nicht so sieht. Du bist eine entzückende junge Frau. Ich werde dich neu ausstaffieren, daß er dich so begehrenswert findet, wie es dir zusteht«, versprach Jory ihr. »Aber, Jane, du solltest dich nicht um Pferde kümmern – als Herrin von Dumfries!«

»Nein, ich bin keine Lady, weil ich aus einer einfachen Familie stamme. Außerdem bin ich nicht mit Eurem Bruder verheiratet, es geht nur um eine Probezeit von einem Jahr und einem Tag. Das ist eine schottische Sitte, wobei ein Mann und eine Frau für diese Zeitspanne zusammenleben. Am Ende der Zeit können sie entweder heiraten oder sich wieder trennen.« Jane entschied sich, Jory gegenüber ehrlich zu sein. »Nie im Leben habe ich heiraten wollen. Dies hier ist es, was ich tun möchte. Ich besitze die Gabe, Tiere zu heilen. Eure Sheba hat eine Schwäche in den Beinen, aber mit den richtigen Übungen werde ich ihre Muskeln kräftigen.«

Wieder schwieg Jory einen Augenblick lang verblüfft. »Wie nett und aufmerksam du bist, Jane«, erklärte sie dann impulsiv. »Wollen wir Freundinnen sein?«

Jane nickte. »Das wünsche ich mir sehr.«

Jorys Augen funkelten. »Oh, meine Liebe, ich werde dich zu einer Lady machen. Nein, noch mehr, wenn ich mit dir fertig bin, wirst du *Jane, die First Lady* sein!«

# 15

Die junge Dame de Warenne betrat die Speisehalle in Gesellschaft von Alicia und Elizabeth de Burgh. »Laßt uns hier sitzen und nicht hinauf auf die Empore gehen«, schlug Jory vor, als Lynx' Ritter sie begeistert begrüßten.

Alicia war sofort einverstanden. Nach der Gleichgültigkeit, mit der Lynx sie behandelte, hatte sie sich vorgenommen, ihm die kalte Schulter zu zeigen. Verachtung war vielleicht genau das, was er brauchte, damit er sich wieder nach ihrer Gesellschaft sehnte.

Als de Warenne in die Halle kam, in Gesellschaft von einem Dutzend Rittern und ihren Knappen, lachten sie alle herzhaft und schienen guter Dinge zu sein. Sie füllten die Empore, ohne zu bemerken, daß die Damen sich andere Plätze gesucht hatten.

Dem Fischgang folgten geröstete Lammkeulen, und Lynx stellte mit Befriedigung fest, daß sein Verwalter sich nicht hatte einschüchtern lassen von vierhundert hungrigen Mäulern. Heute abend dünkte es Lynx, es gäbe keinen herrlicheren Ort auf dem Erdenrund als Dumfries. Er zweifelte nicht mehr an seinem Entschluß, mit Janc Leslie die Probezeit eingegangen zu sein, da sie doch so problemlos fruchtbar war.

Ein köstliches Wohlgefühl hüllte ihn ein und breitete sich in der ganzen Halle aus. Endlich würde er einen Erben bekommen, und das Kind würde hier auf Dumfries geboren werden. Er holte tief Luft, momentan fühlte er sich so stark, daß er alles bewältigen könnte. Lynx stand auf, hob die Hand und bat um Ruhe.

Als Jory voller Zuneigung zu ihm aufsah, fragte sie sich, warum, um alles in der Welt, Jane nicht an seiner Seite war.

Alicia stockte der Atem beim Blick auf ihren Geliebten. Er war der beeindruckendste Mann, den sie je gesehen hatte, und jetzt, wo sein Onkel Gouverneur von Schottland war, wurde er noch interessanter. Sofort änderte sie ihre Absicht, ihn mit Verachtung zu strafen.

»Hebt Eure Becher, und trinkt mit mir auf Dumfries!« Hunderte von Humpen hoben sich. »Bald werde ich Vater sein!«

Die Hölle brach los. Die Männer jubelten, pfiffen und schlugen mit dem Degenknauf auf die Tische.

Jory sah in die perplexen Gesichter ihrer Begleiterinnen. »Alice, deine Zähne werden Spuren auf dem Becher hinterlassen«, murmelte sie.

Alicia stellte den Becher so heftig auf den Tisch zurück, daß der Wein über den Rand schwappte. »Wo ist diese Schlampe? Ich werde ihren Spielchen auf der Stelle ein Ende bereiten!«

Lynx war von der Empore heruntergekommen und zu der Familie Leslie getreten, die heute abend beisammen saß. Seine Getreuen prosteten mit ihm der Familie zu, dann hob Jock Leslie seinen Becher und brachte einen Toast auf Lynx de Warenne aus.

»Wer sind diese Leute?« zischte Alicia, und ihre Augen wurden schmale Schlitze, als sie die Frauen am Tisch der Leslies betrachtete.

»Jock Leslie ist der Verwalter von Dumfries und Jane seine Tochter«, erklärte Jory.

»Er hat mit der Tochter seines Verwalters geschäkert? Dann ist sie ja nicht mehr als eine Bedienstete«, meinte Alicia abfällig.

»Er hat nicht mit ihr geschäkert. Lynx und Jane sind eine Probezeit eingegangen.«

»Eine Probezeit? Was soll denn das schon wieder heißen?«

»Es handelt sich um eine ehrenwerte schottische Sitte, nach der ein Mann und eine Frau einander Treue schwören für ein Jahr und einen Tag. Wenn sie danach immer noch übereinstimmen, heiraten sie.«

»Von wegen ehrenwerte Sitte! Das kommt doch nur wieder den Männern zupaß, um eine Frau in ihr Bett zu kriegen! Als würde Lord de Warenne eine Dirne heiraten!«

»Aber Alice, du hast doch auch erwartet, daß Lynx dich heiratet«, erklärte Jory mit unschuldigem Augenaufschlag.

»Gemeines Biest! Findest du das etwa lustig? Du hast davon

gewußt und nicht einmal den Anstand besessen, mich einzuweihen. Welche von den Gänsen ist sie?«

»Oh, Jane ist nicht hier. Man hat ihr ein Tablett mit Essen nach oben gebracht. Sie und Lynx wohnen zusammen im Hauptturm.«

Die Ritter an ihrem Tisch lauschten gebannt Alicias nun folgendem Wutausbruch. Als sie merkte, welche Aufmerksamkeit sie erregte, verstummte sie sofort und begann schweigend, sich einen Plan zurechtzulegen.

Augenscheinlich kam jeder einzelne seiner Männer zu Lord de Warenne, um ihm zu gratulieren und mit ihm auf seine Gesundheit und die seines ungeborenen Erben anzustoßen. Als die Stimmung in der Halle immer ausgelassener wurde, brachten die Dienerinnen Elizabeth de Burgh in ihre Kammer. Auch Jory zog sich kurz darauf zurück, doch Alicia blieb und wartete auf den richtigen Zeitpunkt.

Sie entschied, Jory de Warennes Beispiel zu folgen und nett und umgänglich zu sein. Es hieß, man fange mit Honig mehr Fliegen als mit Essig, und Alicia war bereit, das zu versuchen. Eigentlich war sie so gut wie zu allem bereit. Sie wartete, bis Lynx ein Würfelspiel beendet hatte, sah ihn aufstehen und erwartete, daß er schwankte, weil er soviel getrunken hatte. Dann ging sie auf ihn zu. Bei ihrem Anblick schien er zu erstarren, doch sie lächelte süß und sagte leise: »Meinen Glückwunsch, Lynx, ich freue mich so sehr für dich!«

Nun verengten sich seine Augen. »Du *freust* dich, Alicia?«

Sie legte ihm eine Hand auf den Arm. »Ich weiß doch, wie lange du dir schon ein Kind wünschst. Du mußt heute abend so glücklich sein ... und wenn du glücklich bist, dann bin ich es auch.«

»Danke, Alicia, das ist sehr verständnisvoll von dir.«

»Nun, wir kennen einander doch, nicht wahr?« Sie sah, daß der wachsame Blick aus seinen Augen verschwunden war.

»Ich dachte, du würdest ...«

»Eifersüchtig sein?« tat sie wegwerfend. »Deine Beziehung zu der Mutter deines Kindes hat doch nun wirklich nichts mit mir ... mit uns zu tun.«

»Das ist wahr.«

Alicia hätte am liebsten seinen Degen gezogen und ihn ihm in sein kaltes Herz gestoßen; doch statt dessen wurde ihr Lächeln immer strahlender. Ihre Finger streichelten seinen muskulösen Arm. »Ich bin für dich da, Lynx.« Kokett fügte sie hinzu: »Warum sonst befände ich mich in diesem barbarischen Land?« Sie bat ihn, zurück zu seinen Männern zu gehen, um sich zu amüsieren, und als sie dann auf dem Absatz kehrtmachte, wandte sie sich noch einmal um – warf einen Blick über die Schulter, um sicherzugehen, daß ihre Einladung deutlich genug war.

In ihrem Zimmer versuchte Jane, all das aufzuessen, was Taffy ihr gebracht hatte – doch vergebens. Sie schob das Tablett beiseite, holte ihre Steine und Farben hervor, um einen Talisman anzufertigen und sich so zu beruhigen. Als sie hörte, wie es an der Tür ihres Zimmers klopfte, begann ihr Puls zu rasen. Unsicher stakste sie zur Tür und wünschte, er wäre nicht schon so früh gekommen.

Doch als sie hinausspähte und Marjory entdeckte, fiel ihr ein Stein vom Herzen. »Oh, kommt doch herein, Mylady!«

»Jane, wenn wir beide Freundinnen sein wollen, mußt du mich Jory nennen.«

»Du hast grüne Augen, genau wie Lynx ...«

»Katzenaugen. Deine sind viel schöner, du hast Rehaugen.«

Jane bekam so wenige Komplimente, daß sie nicht überzeugt war.

»Lynx hat die wundervolle Nachricht heute abend in der Halle verkündet. Warum, um alles in der Welt, warst du nicht an seiner Seite?«

»All diese Männer ... außerdem glaube ich nicht, daß Mylord mich dort haben wollte.«

»Unsinn, er hätte dich vorgezeigt wie eine Trophäe, du weißt doch, wie die Männer sind!« Jory schaute Jane ins Gesicht. »Nein, du weißt nicht, wie sie sind ... das wird vielleicht ein Spaß, es dir beizubringen!«

»Mylord hat gesagt, ich dürfe mich nicht anstrengen, und hat mir das Essen hier servieren lassen. Er findet unser Baby nicht groß genug und hat mir befohlen, mehr zu essen – doch ich konnte nicht alles schaffen.«

Jory blickte auf die Schüsseln, die noch auf dem Tablett standen. »Himmel, wenn du das aufgegessen hättest, würdest du aussehen wie ein Schwein voller Feigen! Du solltest nicht alles ernst nehmen, was Lynx sagt – er hat doch keine Ahnung!«

»Aber ich muß ihm gehorchen«, erklärte Jane unwirsch.

Jory begann zu lachen und konnte kaum aufhören. »Wie drollig du doch bist! Jemine, ich werde mir in die Hose machen! Jane, wie kommst du bloß darauf, daß du ihm gehorchen mußt?« fragte Jory und wischte sich die Tränen aus den Augen.

»Er ist der Herr hier – und übermächtig.«

»Das stimmt, aber du bist die *Herrin*; seine Macht gehört auch dir. Du mußt ihn um den Finger wickeln. Männer mögen keine schüchternen und unterwürfigen Frauen, richtige Männer wenigstens nicht. Sie bewundern Frauen, die widerspenstig sind und ein wenig lüstern.«

»Ich habe nicht das Gefühl, Einfluß auf ihn zu haben, Jory.«

»Aber nur, weil du ihn nicht ausübst. Mal sehen: könntest du einen Hengst dazu bringen, sich zu beruhigen und dir aus der Hand zu fressen?«

»Mit Leichtigkeit!«

»Dann solltest du Lynx als Hengst betrachten.«

Jane lachte. »Das fällt mir nicht schwer.«

»Und macht auch großen Spaß! Du solltest das Ganze als ein Spiel sehen«, schlug Jory vor.

»Ich weiß nicht, wie so ein Spiel geht.«

»Dann werde ich es dir beibringen! Männer lieben Spiele – sie spielen ständig, sowohl im wörtlichen als auch im übertragenen Sinne. Sie würfeln, spielen Schach. Nimm doch nur den König ... er leistet sich Kriegsspiele, sein Schachbrett sind Länder. Die Schachfiguren meines Onkels John de Warenne sind seine Generäle.«

»Ich dachte, Spielen macht Spaß.«

»Das tut es doch auch, Jane. Männer finden das unterhaltsam. Es ist eine Angelegenheit von Liebe und Haß. Sie lieben es zu gewinnen, sie hassen es zu verlieren. Das *Risiko,* die Herausforderung lockt sie.«

Jane sah deutlich, daß Jory selbst für jeden Mann eine Verlockung war. »Du hast so wunderschöne Kleider.«

»Du denn nicht?«

Spontan nahm Jane ihre Hand. »Komm, ich zeige sie dir.« Sie gingen in das Schlafzimmer, und Jane öffnete ihren Schrank. Sie zeigte Jory zwei Wollkleider. »Das habe ich vorher getragen. Ehe Lynx abgereist ist, hat er den Schneiderinnen aufgetragen, mir einige neue Sachen zu nähen.«

Jory betrachtete Janes Gewand. Das Material war zwar sehr fein, doch die Farbe und der Schnitt ließen einiges zu wünschen übrig. »Ich entwerfe meine Kleider selbst und wähle meine eigenen Farben, das mußt du auch tun.«

»So etwas könnte ich nicht.«

Jory legte Jane den Finger auf die Lippen. »Sprich mir nach: *Ich will, und ich werde!*«

»Ich will, und ich werde«, flüsterte Jane argwöhnisch.

»Und jetzt stützt du die Hände in die Hüften und sagst es, als würdest du es auch meinen.«

*»Ich will, und ich werde!«* wiederholte Jane, dann brach sie in lautes Lachen aus.

»Großartig! Also, welche Farben magst du?«

»Ich mag das, was du trägst.«

»Amethyst? Ja, diese Farbe würde wunderbar zu deinem rotgoldenen Haar passen. Jane, du kannst Farben tragen, die mir nicht stehen, zum Beispiel Gelb. Ich sehe am besten in Pastelltönen aus, aber du wirkst sicher phantastisch in strahlender Juwelenpracht. Stell dir doch nur vor, wie gut dir Saphirblau stehen würde.«

»Das glaube ich nicht.«

Jorys Augen blitzten warnend.

»Ich will, und ich werde«, erklärte Jane mit einem Lächeln, das ihre Grübchen zeigte. »Oh, ich wünschte, mein Haar wäre so schön wie deines.«

»Vielleicht ist es das ja – aber das werden wir wohl nie erfahren, wenn du es in so strenge Zöpfe flichst. Du solltest es offen tragen. Ist es so lang wie meines?«

»Länger, aber ich kann nicht ... ich will, und ich werde«, korrigierte Jane sich eilig. »Jory, das ist alles so einfach zu sagen, aber es auch zu tun, wird viel schwerer sein.«

»Ach was, keineswegs! Wir werden dich über Nacht verwandeln. Du bist Jane, wenn du ins Bett gehst, und am nächsten Morgen erwachst du als Lady Jane!«

Jane hörte auf zu lachen. »Ja, ins Bett sollte ich«, murmelte sie. »Wie spät ist es?«

Marjory wußte, daß der Gedanke an Lynx alles andere aus Janes Kopf vertrieben hatte. »Wenn Lynx heute nacht kommt«, warnte Jory sie, »dann wird er mehr als nur ein wenig beschwipst sein. Du weißt doch, wie Männer sind, wenn sie zu viel getrunken haben.« Sie sah in Janes ratloses Gesicht. »Nein, das weißt du nicht«, korrigierte sie sich. »Zwar sind sie dann äußerst liebebedürftig, aber leider unfähig.«

Als Jane ihr einen unsicheren Blick zuwarf, erklärte Jory: »Das einzige, was bei ihnen dann noch anschwillt, ist ihr schnarchender Rachen!«

Es war Ehrensache, daß Lynx länger auf den Beinen blieb als seine Ritter und seine Soldaten. Und natürlich versuchten die Engländer, die Schotten unter den Tisch zu trinken – ein hoffnungsloses

Unterfangen. Es war schon lange nach Mitternacht, als Lynx sich auf den Weg zum Hauptturm machte. Doch mittendrin wurde ihm klar, daß er Jane stören würde. Ruhe brauchte eine werdende Mutter mehr als alles andere. Was war er doch für ein rücksichtsloser Rüpel!

Lynx drehte sich auf der Stelle um, wenn auch sehr zögernd. Dann versuchte er sich daran zu erinnern, wo Alicias Zimmer war. »Natürlich im Westflügel«, murmelte er und strich sich mit der Hand über die Stirn. »Wie konnte ich das vergessen, sie hat sich doch so sehr darüber beklagt.«

»Lynx«, begrüßte Alicia ihn leise. Sie hatte die Zuversicht schon beinahe aufgegeben, doch jetzt fühlte sie sich wieder obenauf.

»Alicia ...«

»Komm herein, mein Schatz. Ich habe dich so sehr vermißt.« Er schien irgendwie stehen bleiben zu wollen, deshalb zog sie ihn über die Schwelle und schloß die Tür hinter ihm. Lynx lehnte sich dagegen, um nicht zu fallen, als sie sich in seine Arme schmiegte. Verlangen stieg in ihm auf, er schob ihr das Gewand von den Schultern und preßte seinen Mund auf ihren Hals.

»Mir ist warm.«

»Nun, du weißt doch, wie man das ändert.« Alicia löste seinen Degen, dann griff sie nach seiner Hand und führte ihn zu einem Stuhl. »Ich werde dir die Stiefel ausziehen.«

»Du bist sehr großzügig, Alisha.« Er sprach ihren Namen undeutlich aus und griff nach ihren Brüsten.

»Großzügiger als die kleine Mutter?« fragte sie neckend und schob ihn spielerisch auf den Stuhl.

»Wir werden nicht von Jane sprechen«, erklärte er förmlich.

Alicia hätte ihm am liebsten die Augen ausgekratzt. Sie wirbelte herum und starrte in das Feuer, während sie ihren Zorn niederrang und ihre spitze Zunge verfluchte. Dann holte sie tief Luft, zog das Gewand aus und ließ es achtlos zu Boden fallen. Sie wußte, daß das Licht des Feuers ihrer Haut einen goldenen Schein verleihen würde.

Bei dem plötzlichen Geräusch hinter ihr wandte sie sich ruckartig vom Feuer ab. Voller Entsetzen starrte sie Lynx an. Sein Kopf war zurückgesackt, und lautes Schnarchen erfüllte den Raum.

Auch wenn Lynx vor dem ersten Hahnenschrei bereits wieder verschwunden war, so wußten doch alle Diener in Dumfries, daß Lord de Warenne die Nacht bei seiner Geliebten verbracht hatte. Alicia selbst sorgte dafür, daß Marjory erfuhr, in welchem Schlafzimmer ihr Bruder genächtigt hatte.

»Du überraschst mich, Alicia. Nach allem, was er getrunken hatte, hast du ihn noch zu dir eingelassen?«

»Er hat darauf bestanden und war höchst liebesbedürftig.«

»Das kann ich mir vorstellen«, meinte Jory freundlich und ganz ohne Sarkasmus. Jory wußte, daß sie mit Jane sprechen mußte, ehe böse Zungen unnötigen Schaden anrichteten. Sie war zum Frühstück nach unten gegangen, doch jetzt entschuldigte sie sich bei Alicia und kehrte in ihr Turmzimmer zurück. Jory öffnete ihren Schrank, suchte ein halbes Dutzend Gewänder heraus und schleppte sie zum Hauptturm.

Gerade wollte Taffy mit einem Frühstückstablett das Zimmer betreten. Jory seufzte theatralisch auf. »Du hast deine Zuneigung einer anderen geschenkt.«

»Jawohl, Mylady.« Taffy errötete. »Ich meine, nein, Mylady.«

»Dir sei verziehen – sie hat auch mein Herz erobert.«

Jory klopfte an, und schon war sie drinnen. »Guten Morgen, Lady Jane, ich habe dir einige meiner Kleider mitgebracht, bis du dir neue machen lassen kannst.«

Jane stockte der Atem beim Anblick der hübschen Roben. Beispielsweise gab es ein Unterkleid aus blassem Lavendel mit einer dazugehörigen Tunika in einer lebhaften Magentafarbe sowie ein anderes Gewand in Türkis. »Ich kann doch nicht deine Roben anziehen«, wehrte Jane ab, warf aber begehrliche Blicke darauf.

»Natürlich kannst du das. Ich werde sie in deinen Schrank hängen«, erklärte Jory entschlossen und marschierte durch den Bogengang.

Anschließend betraten Janes Schwestern ohne anzuklopfen die Suite. Mary machte sich über das Frühstück her, während Kate listig fragte: »Wie war denn seine Heimkehr? Hat er dich die ganze Nacht über wach gehalten?«

»Mylord ist nicht gekommen«, gestand Jane bedrückt.

»Weil er die Nacht bei seiner *Geliebten* verbracht hat!« berichtete ihr Kate.

Jory schoß aus dem Nebenzimmer, vor Zorn glitzerten ihre Augen wie grünes Eis.

»Mylady!« Kate verbeugte sich vor ihr. Mary schluckte hastig einen Mundvoll Kuchen hinunter, dann folgte sie dem Vorbild ihrer Schwester. »Guten Morgen, Mylady.«

»Das sind meine Schwestern Kate und Mary.«

»Guten Morgen«, begrüßte Jory die beiden kühl. »Warum beugt ihr vor mir das Knie?«

Mary warf Kate einen schnellen Blick zu. »Aus Respekt, Mylady.«

»Und warum respektiert ihr mich?« erkundigte sich Jory nun säuselnd.

Wieder warfen die beiden einander einen Blick zu. »Weil Ihr Lord de Warennes Schwester seid.«

»Ich werde euch jetzt etwas erklären. *Dies hier* ist Lord de Warennes *Lady* Jane – die zukünftige Gräfin von Surrey! Vor ihr solltet ihr euer Knie beugen. Habt ihr eigentlich eine Ahnung, wie einflußreich sie für euch und eure Familie sein kann? Denkt nur ein einziges Mal an die Zukunft eurer Kinder. Sie wird in der Lage sein, Stellungen bei Hofe für eure Söhne und gute Ehen für eure Töchter zu arrangieren. Erweist Lady Jane euren Respekt! Kate, du kannst damit beginnen, indem du anklopfst und darauf wartest, bis du ihre Erlaubnis zum Eintreten hast. Und du, Mary, geh doch in die Küche oder in die Halle, wenn du frühstücken willst. Aber Janes Essen wirst du nicht noch einmal anrühren!«

Marjory lächelte. »Das ist alles. Oh, übrigens, Lady Jane hat meinem Bruder gestern abend den Aufenthalt bei ihr verwehrt, weil er betrunken war. Er hat anderswo seinen Kater ausgeschlafen, weil ihm nichts anderes übrigblieb.«

Kate und Mary verschwanden stillschweigend.

»Oh, Jory, hat er eine Geliebte hier im Schloß?«

»Jane, alle Männer haben Geliebte ... Alicia ist für ihn nicht mehr als eine Gewohnheit, der er seit Jahren nachgeht.«

»Alicia ...«, wiederholte Jane.

»So heißt sie nicht einmal richtig ... sondern Alice Bolton. Sie bedeutet ihm gar nichts. Lynx hat *dich* zur Mutter seines Kindes gewählt und nicht seine Mätresse.«

Jane sank in einen Sessel, sie dachte wieder an Lynx de Warennes Worte. *Ich brauche einen Erben, deshalb wünsche ich diese Probezeit.* Er hatte es deutlich genug gemacht, und es stand von Anfang an fest, daß dies eine geschäftliche Vereinbarung war. Selbst als sie das Bett miteinander geteilt hatten und ihre Körper, war weder von Liebe geschweige denn von Zuneigung die Rede gewesen. Und Treue und Ergebenheit hatte er erst recht nicht erwähnt.

»Ich bin dumm«, gestand Jane. »Diesen Teil seines Lebens durchschaue ich nicht.«

Sie klang so verloren, daß Marjory das Herz weh tat. »Du machst dir viel aus ihm, nicht wahr?«

»Ja, so ist es.« Jane schloß die Augen und sah sein Bild vor sich.

»Oh, meine Liebe, verrate ihm niemals das Geheimnis deines Herzens. Du mußt so tun, als sei er dir ziemlich gleichgültig. Kein lebendiger Mann kann das Desinteresse einer Frau ertragen. Schon bald wird dir dieser Hengst aus der Hand fressen.«

# 16

Auf der kleinen Koppel hinter den Ställen stellte Jane ein Hindernis auf, ungefähr zehn Zentimeter über dem Boden. Mit Sheba an einer Leine, die sie an ihrem Zaumzeug befestigt hatte, ließ Jane die Stute über die niedrige Barriere springen.

»Diese Übung wird die schwachen Muskeln in ihren Beinen kräftigen«, erklärte die junge Lehrmeisterin.

»Jetzt weiß ich, was ihr helfen wird, und kann auch allein weitermachen«, entschied Jory.

»Ich sollte wirklich nicht deine kostbaren Kleider tragen, wenn ich mit den Tieren arbeite. Sie werden ruiniert werden.«

»Unsinn, laß dir dann einfach neue anfertigen. Nichts ist wichtiger für eine Frau, als zu allen Zeiten hübsch auszusehen.«

Zum ersten Mal in ihrem Leben fühlte Jane sich hübsch. Sie hatte ihr rotgoldenes Haar gebürstet und dann ihre Locken mit einem passenden pfirsichfarbenen Band zusammengebunden. »Aber es ist entsetzlich unpraktisch.«

»Du wirst eine Zofe brauchen, die sich um deine Garderobe kümmert. Die junge Elizabeth de Burgh hat gleich zwei Dienerinnen. Außerdem möchte ich auch eine, jetzt, wo ich mich entschieden habe, länger als fünf Minuten an einem Ort zu bleiben.«

Eine hohe Gestalt kam aus den Ställen auf sie zu. »Was, zum Teufel, tut Ihr hier?« wollte Lord de Warenne wissen und trat mit drohendem Gesicht vor Jane.

»G-guten Tag, Mylord. Ich arbeite mit Jorys Stute, um die schwachen Muskeln in ihren Beinen zu kräftigen.«

Entgeistert starrte er sie an. »Bist du verrückt geworden? Du erwartest ein Kind – in deinem empfindlichen Zustand kannst du dich doch nicht wie ein Stallbursche betätigen.«

Jorys erste Regung war, Jane zu Hilfe zu kommen und sie zu verteidigen – es fiel ihr schwer, sich zurückzuhalten.

»Ich befinde mich in keiner Gefahr, Mylord.«

»Es geht um mein Kind.«

Seine Worte verletzten sie. »Euer Kind ist auch in Sicherheit. Schon mein ganzes Leben lang kümmere ich mich um Tiere.«

»Nun, Mylady, damit ist nun aber Schluß«, teilte er ihr ungerührt mit.

Mit einem schnellen Blick zu Jory hob Jane ihr Kinn und sagte: »Aber ich will und ich werde ... es tun.«

Jory keuchte auf.

Ohne ein Wort streckte Lynx die Arme aus und hob Jane hoch. Mit grimmiger Miene sah er seine Schwester an. »Sie ist schon aufsässig genug, auch ohne dein Zutun und deine Aufwiegelei!« Er verließ die Koppel, durchquerte die Ställe und blieb erst wieder stehen, als er mit Jane im Hauptturm angekommen war.

Das Gefühl, in seinen Armen zu liegen, weckte eine eigenartige Erregung in Jane. Auch wenn sein Gesicht sich vor Zorn verdunkelt hatte, so wußte sie doch, daß sie mit jener kostbaren Last in ihrem Inneren nicht in Gefahr war. Trotzdem machte sie ihm Vorwürfe. »Warum seid Ihr so zornig auf mich? Euer Zorn ist schädlicher für mich als Jorys kleine Stute.«

»Du glaubst doch nicht etwa im Ernst, daß ich meinem Kind Schaden zufügen würde?«

Jane legte den Kopf ein wenig schief und stützte die Hände in die Hüften. »Und nehmt Ihr etwa an, daß ich *mein* Kind gefährden würde?«

Lynx' Verstimmung geriet ins Wanken. Sie war noch störrischer als sonst. Ihm kam ein plötzlicher Gedanke. »Du bist böse auf mich, weil du dummen Klatsch gehört hast!«

»Lord de Warenne, ich bin nicht böse auf Euch ... Ihr weckt keinerlei Gefühle in mir.«

Jetzt glotzte der hohe Herr aber! Sein Blick ging zu dem wohlgerundeten Leib unter der pfirsichfarbenen Seide. Konnte das wahr sein? fragte er sich. »Und dir ist nichts zu Ohren gekommen?«

Jane verzog den Mund. »O doch, durchaus, mein Gebieter,

aber es interessiert mich herzlich wenig, was Ihr mit Euren Mätressen treibt.« Ihr Lachen weckte seine Wut.

Seine Stirn umwölkte sich. »Eines der Dinge, die ich von meiner Frau verlange, ist Gehorsam!«

»Wir sind noch nicht verheiratet, Mylord.«

Lynx bemühte sich, seinen Zorn unter Kontrolle zu halten. Jedes Weibsbild wollte, verdammt noch mal, das letzte Wort haben. Doch diesmal würde er es sich nicht gefallen lassen. Seine grünen Augen sprühten. »Und das werden wir auch wohl nie sein, Mistress Leslie!«

Er machte auf dem Absatz kehrt und schlug die Tür hinter sich zu.

Einen Augenblick später tauchte Jory auf. »Das hast du großartig gemacht, Jane.«

»Aber ich fühle mich ganz elend. Er war so kalt zu mir, Jory.«

»Das mag den Anschein gehabt haben, aber eher lodert es in ihm wie Feuer, denn sonst hätte er die Tür nicht so malträtiert.«

»Jetzt will er mich überhaupt niemals heiraten.«

»Aber natürlich wird er das. Die Probezeit mag vielleicht eine ehrenhafte Sitte bei den Schotten sein, für die Engländer gilt das aber nicht. Lynx wünscht sich mehr als alles auf der Welt einen gesetzmäßigen Erben. Leider wirst du ihn abweisen müssen, wenn er dich offiziell um deine Hand bittet.«

Jane wischte sich eine Träne von der Wange. »Warum?«

»Männer wollen immer das haben, was sich ihnen versperrt. Möchtest du, daß Lynx dich nur des Kindes wegen ehelicht, oder möchtest du um deiner selbst willen geheiratet werden?«

»Jory, du kennst die Antwort.«

»Dann mußt du für ihn zu einer Herausforderung werden. Verweigere dich ihm, und er wird Himmel und Erde in Bewegung setzen, um dich zu gewinnen.«

»Findest du, ich sollte meine Sachen packen und zurückkehren zu meiner Familie?«

»Nein, nein! Diese Trumpfkarte mußt du dir für später in dem

Spiel aufheben, und da wir gerade von Spielen sprechen: ich bringe dir Dame und Schach bei. Du mußt Expertin in beidem werden, damit du ihn gewinnen lassen kannst.«

Abermals erschienen Janes Grübchen. »Aber das macht doch gar keinen Sinn.«

»Meine Liebe, sogar einen ganz deutlichen: denn es kommen Zeiten, da wird es unabdingbar, daß er verliert. Alles hängt davon ab, welcher Einsatz dir vorschwebt.« Jory griff nach der Laute an der Wand. »Ich werde dich auch die Musik lehren. Du mußt lernen, einen Mann an einem langen Winterabend zu unterhalten.«

Jane erinnerte sich daran, daß Lynx am ersten Tag, als er sie hierher gebracht hatte, wissen wollte, ob sie Schach spiele oder ein Musikinstrument. »Oh, wie nett von dir, Jory! Lynx hat mir bereits die Namen der Figuren erklärt; aber wenn du dir die Zeit nimmst, mir dieses Spiel richtig beizubringen, bin ich dir wirklich dankbar!«

Lynx begutachtete die neuen Herden von Schafen und Rindern, seiner Ansicht nach sollten es eigentlich noch mehr sein; doch als er erfuhr, daß Ben und Sim Leslie den Hauptteil der Tiere auf die Weiden der Uplands getrieben hatten, war er mit der Anzahl zufrieden. Er verbrachte zwei Stunden mit David Leslie im Lagerhaus und machte eine Inventur von allen Vorräten in Dumfries und dem, was fehlte. Keith Leslie erhielt den Auftrag, die Pferde auszusondern, die neu beschlagen werden mußten, und sie zur Schmiede zu bringen.

Thomas war bereits an der Arbeit, er säuberte und reparierte die Rüstungen und Waffen de Warennes. Jedes einzelne Stück in der Waffenkammer mußte geprüft werden; bei einer Armee von etwa vierhundert Mann bedeutete das allerhand zu tun. Lynx erklärte ein aus Stein erbautes Gebäude zum Schlachthaus und überließ seinen Walisern die Aufsicht darüber. Sie wußten, wie man die Haut eines jeden Tieres, das zur Nahrung getötet wurde, trocknete, um aus dem Leder Stiefel, Harnische und ein Dutzend anderer Ausrüstungsgegenstände herzustellen.

Als Lynx badete und sich vor dem Essen umzog, befand er sich bei ausgezeichneter Laune. Sein Zorn auf Jane war schon bald wieder verraucht. Wie konnte er nur böse sein auf die junge Frau, die ihm das geschenkt hatte, was er sich zutiefst in seinem Herzen wünschte? Heute abend sollte sie im Speisesaal neben ihm sitzen, womit er alle Gerüchte zerstreuen wollte. Lynx öffnete die Tür, um sie zu rufen, doch dann überlegte er es sich und stieg die Treppe zu ihren Gemächern hinunter.

Sofort ging sein Blick zu ihrem Bauch, ehe er in ihr Gesicht sah. »Bist du wohlauf?«

»Jawohl, Mylord.«

»Ich habe gehört, daß einer Frau während der Schwangerschaft sehr oft übel ist ...«

Jane war froh, daß er sie nicht in den ersten Monaten erlebt hatte, als allein der Geruch von Essen ihr schon Brechreiz verursacht hatte. Sicherlich wäre sie die ganze Zeit über ins Bett gesteckt worden. »Mir fehlt wirklich nichts«, beteuerte sie eifrig.

»Gut, dann wirst du heute abend in der Halle mit mir speisen.«

Ein Anflug von Furcht huschte über ihre Züge, der Lynx nicht entging. »Jane, wir haben ein ganzes Schloß voller Männer – du mußt dich einfach an uns gewöhnen.«

»Das sagt Eure Schwester Marjory auch.«

»Manchmal habe ich einiges auszusetzen an Jory, weil sie so impulsiv ist, aber als Vorbild für dich taugt sie trotzdem. Sie kennt sich aus in allen weiblichen Künsten und bewegt sich in Gesellschaft trotzdem ganz natürlich.«

Jane senkte den Blick, um ihre Belustigung zu verbergen. Wenn er nur die Hälfte der Dinge wüßte, die Jory ihr zu tun geraten hatte, würde er seine Schwester aus Dumfries verbannen!

In der Halle zog Lynx ihr den Stuhl zu seiner Linken zurecht und teilte alle Gänge mit ihr. Er schnitt das Fleisch mit seinem Messer und wählte die besten Stücke für sie.

Jane fühlte sich geschmeichelt, bis sie begriff, daß er es nicht für sie tat, sondern damit sein Kind bestens genährt würde. Sie lächelte über ihren Irrtum und langte dennoch kräftig zu. Auch sie wollte alles Menschenmögliche für ihr Baby tun.

Lynx drängte sie, von allen Speisen zu versuchen, und sie sträubte sich nicht. Er schien sich den Kopf zu zerbrechen über Gesprächsstoff; doch schon bald stellte Jane fest, daß jedes Thema, das er anschlug, unweigerlich zu dem Baby führte, ihrer einzigen Gemeinsamkeit.

Als Lynx von der Empore aus über die volle Halle blickte, war sich Jane darüber klar, daß die meisten Blicke auf ihm und ihr ruhten. Indem er ihr den Ehrenplatz an seiner Seite angewiesen hatte und sie mit großem Respekt behandelte, würde jeder Mann im Raum es ihm gleichtun. Aus diesem Grund konnte er auch heute abend nach der Mahlzeit nicht länger in der Halle bleiben. Er hatte keine andere Wahl, als Jane zu ihrem Zimmer zu begleiten.

Ihr Herz schlug schneller, als sich die Tür hinter ihnen schloß und er ihr auf den Fersen folgte. Jane holte tief Luft und versuchte, sich an alle Ratschläge von Jory zu erinnern. Ihr Blick fiel auf den Spieltisch. »Hättet Ihr Lust zu einem Spiel, Mylord?«

»Schach?« fragte Lynx hoffnungsvoll.

»Du liebe Güte, so weit bin ich noch lange nicht; aber wir könnten eine Partie Fuchs und Gänse versuchen, wenn Ihr Geduld mit mir habt.« Jory hatte gesagt, Männer liebten es, um Hilfe gebeten zu werden. Sie hatte noch hinzugefügt, daß die Männer am liebsten die Rolle des Fuchses übernahmen, nur mit einem Spielstein, und daß sie am liebsten ihren Verstand an den vielen Gänsen des Gegenspielers maßen.

Jane hielt ihm den Fuchs hin: »Ich wähle die Gänse.«

Lynx hatte schon zwei der Gänse geschlagen, ehe sie ihn um seinen Rat bat. Er zeigte ihr, daß zwei weitere ihrer Steine in Gefahr waren, und sie verhinderte es, daß er sie schlug. Doch langsam überlistete der schlaue Fuchs die dummen Gänse, und er hatte mehr davon als sie. Wie Jory es ihr geraten hatte, war es Zeit, einen der Spielsteine auf den Teppich fallen zu lassen.

Als Jane sich vorbeugte, um ihn wieder aufzuheben, gingen Lynx' Blicke zu ihren Brüsten. Sie bückte sich noch tiefer, damit er einen noch besseren Einblick bekam. Es dauerte nur eine Minute, bis sie merkte, daß er einen Spielstein über den Rand des Brettes schob. »Ich hebe ihn schon auf, Mylord«, zeigte sie sich großzügig, bückte sich und bot ihm genau das, was er sehen wollte.

Da er Janes Brüste lange nicht mehr gesehen hatte, fiel ihm auf, daß sie jetzt größer geworden waren, ja sogar üppig. Und als er sich ein genaueres Bild davon ausmalte, prickelte es ihm in den Händen, so gern hätte er sie berührt.

Jane rückte mit einer ihrer Gänse vor und schlug seinen Fuchs. »Ihr wart sehr freundlich zu mir, Lord de Warenne, daß Ihr mich habt gewinnen lassen.« Sie legte die Finger auf seinen Arm. »Ihr solltet es mir nicht so leichtmachen, seid besser etwas *härter.*«

Sein Glied begann sich zu regen. Lynx rutschte unruhig auf seinem Stuhl hin und her. *Sie hat keine Ahnung, daß sie etwas gesagt hat, das sexuell einigermaßen herausfordert.*

Natürlich wußte Jane ganz genau, was sie gesagt hatte, auch wenn sie nicht ahnte, wie ihre Worte auf ihn wirkten. Bei der Revanche gelang es Lynx, die Kontrolle über das Spiel und auch wieder über seinen Körper zu erlangen. Ein Augenblick der Lust würde ihn nicht dazu bringen, seinem Kind zu schaden. Seine Gelüste konnte er auch anderswo befriedigen.

Marjory hatte Jane gezeigt, wie sie den Tisch anstoßen konnte, damit alle Spielfiguren umfielen, für den Fall, daß sie verlor – doch Jane hatte gar nichts dagegen, gegen Lynx zu verlieren. Plötzlich holte sie tief Luft, als das Baby in ihr sich bewegte.

»Was ist los? Hast du Schmerzen?« wollte Lynx wissen.

»Nein ... nein, bitte, Ihr braucht Euch keine Sorgen zu machen. Das Baby hat sich nur bewegt – was mich immer wieder überrascht.«

»Ist das normal?« Sein Blick war alarmiert.

»Vollkommen normal, bestätigte mir meine Großmutter. Je mehr es sich bewegt, desto gesünder ist es.«

Lynx hob den Spieltisch an, der zwischen ihnen stand, und schob ihn beiseite. Er streckte ihr die Hand entgegen. »Komm.«

Jane blickte fragend auf.

»Komm zu mir!« Er spreizte die Beine, und sie trat zögernd dazwischen. Besitzergreifend legte er eine Hand auf ihren Bauch und wartete. Nichts geschah.

Er sah sie auffordernd an, und Jane wurde über und über rot. Glaubte er etwa, daß sie absichtlich etwas tun konnte, damit sich das Kind rührte? Dann spürte sie eine leichte Bewegung, und an seinem Gesichtsausdruck erkannte sie, daß auch er es bemerkt hatte. Plötzlich strampelte das Baby wieder, und Lynx begann aufrichtig zu strahlen. »Er hat mich getreten!« Das Wunder, sein Kind wirklich fühlen zu können, erfüllte ihn mit Ehrfurcht. Andächtig fragte er: »Was glaubst du, wird es ein Junge oder ein Mädchen?«

»Ich habe keine Ahnung, Mylord. Obwohl es etwa ein Dutzend verschiedene Theorien gibt, das vorherzusagen – so ist doch keine davon zuverlässig.«

»Welche Theorien?« Er schien fasziniert zu sein.

»Nun, einige Frauen behaupten, wenn einem ständig übel ist und das Kind immer strampelt, dann wird es ein Junge; umgekehrt ist es ein Mädchen, wenn es überhaupt keine Schwierigkeiten macht.«

»Frauen sagen solche Sachen, weil sie voreingenommen sind gegenüber Männern.«

»Eine andere Theorie schlägt vor, einen kleinen Talisman über das Kind zu halten. Wenn er vor und zurück schwingt, ist es ein Junge, die Kreisbewegung indessen weist auf ein Mädchen hin.«

»Abergläubischer Hokuspokus«, schalt er.

»Habt Ihr noch immer den Luchs, den ich Euch damals gab?« Nickend griff er mit der freien Hand in seine Tunika.

»Er hat Euch beschützt.«

Lynx öffnete den Mund, um zu widersprechen, und Jane, die damit gerechnet hatte, legte ihm einen Finger auf die Lippen. »Der Luchs bedeutet für mich etwas ganz Besonderes.«

Daher schluckte Lynx seinen Protest hinunter, er nahm sich den Talisman vom Hals und streifte ihn ihr über den Kopf. Der Luchs ruhte zwischen ihren üppigen Brüsten, und wieder stieg Verlangen nach ihr in ihm auf. Lynx zog seine Hand von ihr zurück, als hätte er sich verbrannt. Er stand auf und verbeugte sich förmlich, sein Benehmen war genauso starr wie sein Körper.

»Du brauchst jetzt Ruhe. Danke für einen äußerst angenehmen Abend. Gute Nacht, Mylady.«

»Gute Nacht, Mylord.«

Noch lange nachdem er nach oben gegangen war, spürte Jane noch immer die Wärme seiner Hand auf ihrem Bauch. Sie hob den Talisman und sah dem Luchs in seine grünen Augen. »Danke«, flüsterte sie. Sie stellte sich vor, daß der Stein noch immer seine Körperwärme ausstrahlte, als sie ihn an ihre Wange legte. Mit einem Seufzer der Sehnsucht ging sie zu ihrem Schrank und holte sein Nachtgewand aus schwarzem Samt hervor; wenn sie ihn schon nicht bei sich im Bett haben konnte, so war das besser als gar nichts.

In dem Augenblick, als Jane einschlief, begann ihr Traum. Sie lief durch den Wald, der Luchs sprang neben ihr her. Keiner von ihnen hielt inne, bis sie den Waldsee erreicht hatten. Zusammen blieben sie stehen, und Janes Hand ruhte leicht auf der buschigen lohfarbenen Mähne des Tieres. Zusammen tauchten sie in das Wasser, schwammen Seite an Seite, verbunden durch eine unsichtbare, geheimnisvolle Kraft. Und dann kam die magische Verwandlung. Ihr Luchs wurde zu einem Mann, der sie in seine Arme nahm und an Land trug. Der Mann war Lord de Warenne. Sein Kuß brannte leidenschaftlich, so glühend wie seine Liebe …

Oben in seinem breiten Bett verharrte Lynx regungslos, erfüllt von Gedanken an sein Kind. Er versuchte, sich einen Jungen vorzustellen und dann ein Mädchen – doch es war unmöglich, sich ein wahres Bild zu machen. Alles, was jetzt zählte, war ein gesundes Baby. Lynx war begeistert, daß er seine Bewegungen wahrgenommen hatte. Schade, daß er Jane nicht entkleidet hatte, um ihren nackten Bauch abzutasten. Dann überkam ihn der Wunsch, das Bett mit ihr zu teilen, so daß er die ganze Nacht neben seinem Kind liegen könnte.

Lynx warf die Decke zurück und stand auf. Er würde jetzt nach unten gehen. Doch dann zögerte er. Es wäre sehr selbstsüchtig, Janes Schlaf zu stören. Was, zum Teufel, war nur los mit ihm? Das Beste, was er für das Wohlergehen seines Erben tun konnte, war, seine Mutter zu heiraten. Gleich morgen würde er die Vorbereitungen dazu einleiten. Als er diese Entscheidung erst einmal getroffen hatte, tappte er zurück und schlief ein.

Zum Frühstück ging Jane auf Jorys Veranlassung hin in die Halle. »Ich sollte nicht auf der Empore sitzen, ohne daß Lord de Warenne mich dorthin mitnimmt.«

»Wieder falsch, Jane! Es ist dein rechtmäßiger Platz«, erklärte Jory und führte sie zur Galerie.

»Setz dich neben mich«, bat Jane. Sie setzte sich und sah, wie Lynx mit ihrem Vater die Halle betrat. Eine Frau folgte ihm und legte besitzergreifend eine Hand auf seinen Arm.

Jane umklammerte Marjorys Rechte. »Oh, nein«, murmelte sie niedergeschmettert. »Ist das Alicia mit meinem Lord?«

»Aye, normalerweise steht sie nicht so früh auf«, meinte Jory.

»Ich hatte keine Ahnung, daß sie so schlank und so schön ist.«

»Sie ist nicht schlank, sondern knochig und hat keine Brüste, die es wert sind, erwähnt zu werden; und von Schönheit kann erst recht keine Rede sein.«

»Ihr Haar ist blond«, meinte Jane düster in der Überzeugung, daß Lynx das besonders anziehend fand.

»Von Natur aus hat sie nicht blondes, sondern mausbraunes Haar«, wehrte Jory ab.

»Trotzdem sieht sie bezaubernd aus«, widersprach Jane.

Alice Bolton sah, daß Lynx zur Empore strebte. Dort nahm er als erstes die Hand von Jane Leslie, um sie zur Begrüßung zu küssen.

Alicia kniff ihre Augen zusammen, während sie das Mädchen abschätzend musterte. Sie war klein und hatte rotes Haar, beides nicht sehr begehrenswert an einer Frau. Doch ihre Jugend erschreckte Alicia. Ihr Blick wanderte zu ihrem gerundeten Leib, und es schauderte sie. Das Mädchen war zwar noch nicht aufgedunsen, doch innerhalb der nächsten Monate würde sie entsetzlich dick werden. Nichts stieß Alicia mehr ab, als schwanger zu werden. Besser sie als ich, dachte sie boshaft. In diesem Augenblick schwor Alicia sich, daß dieses Mädchen niemals eine Bedrohung für sie werden dürfe. Sie würde aufpassen und ihre Ohren spitzen; früher oder später täte sich ein Weg auf, sie zu zerstören. So etwas hatte sie auch sonst schon geschafft, und das mit erfahrenen Kurtisanen. Diese kleine Provinzlerin war kein Gegner für sie.

»Ich hoffe, du hattest eine angenehme Nacht, Jane.«

»Ja, danke.« Sie fühlte, wie sich ihre Wangen röteten. Die Träume in dieser Nacht waren herrlich gewesen; aber jetzt, angesichts Lady Alicias, bezweifelte sie, ob ihre nächtlichen Phantasien je Wirklichkeit werden würden.

Lynx häufte Essen auf ihren Teller. »Du mußt soviel zu dir nehmen, wie du kannst. Wir wollen doch, daß das Kind stark und gesund wird.«

*Alles, was er sieht, wenn er mich betrachtet, ist das Kind.*

»Ich habe mit deinem Vater über die Hochzeit gesprochen. Vorher findet eine zweitägige Jagd statt, damit die Festivitäten nicht alle unsere Vorräte für den Winter verschlingen – danach können wir heiraten.«

Janes Puls ging schneller. »Jawohl, Mylord.« Jory versetzte ihr unter dem Tisch einen Tritt. »Nein, Mylord.« Sie hörte auf zu essen und faltete die Hände im Schoß.

Lynx lächelte höflich: »Was meint die Lady?«

»Gewährt mir bitte ein Gespräch unter vier Augen, Lord de Warenne.«

Immer noch lächelte er höflich. »Du wirst lernen müssen, mich Lynx zu nennen.«

»Jawohl, Mylord«, murmelte sie.

»Hast du etwas auf dem Herzen, Jane?«

»Nein, Mylord, ich nicht«, korrigierte sie leise, und um ihre Lippen zuckte es. »Aber es wäre möglich, daß Euch etwas beschäftigen wird.«

## *17*

»Was hast du gesagt?« Lynx sprach gedämpft, beinahe seidenweich; doch sein sanfter Ton erschien ihr weitaus bedrohlicher als ein kräftiges Gebrüll.

Jane stand vor ihm in ihrem Turmzimmer und wünschte, sie wäre tausend Meilen weit weg. »Ich werde Euch nicht heiraten ...« Die schreckliche Stille dehnte sich aus, bis sie so eingeschüchtert war, daß sie eilig hinzufügte: »Noch nicht.«

De Warennes Züge schienen wie aus Stein gemeißelt. Er ging um sie herum und betrachtete sie von allen Seiten. »Ist das mein Kind oder etwa nicht – das du da in dir trägst?« fragte er überdeutlich.

»In der Tat, Mylord.«

»Bin ich mit dir die Probezeit eingegangen unter der Bedingung, daß ich dich heiraten würde, wenn du schwanger wirst?«

»Ganz genau, Mylord.«

»Ich bin davon überzeugt, daß du eine vorzügliche Mutter sein wirst.«

»Danke, Mylord.«

»Auch wirst du eine angemessene Ehefrau sein.«

Das Wort ›angemessen‹ schmerzte Jane.

»Ist mir vielleicht etwas entgangen?« erkundigte er sich förmlich.

»Jawohl, Mylord.« Sie mußte den Kopf in den Nacken legen, um zu ihm aufzusehen. »Eine Probezeit gilt für ein Jahr und einen Tag. Eine Heirat kann stattfinden, ehe dieser Zeitraum vorüber ist, aber nur, wenn *beide* Teile zustimmen.«

»Du bist nicht davon überzeugt, daß ich ein angemessener Ehemann für dich sein werde?« Er klang irgendwie fassungslos.

»O doch, doch, durchaus, Mylord.«

»Aber dann, um Gottes willen, was hast du für einen Grund, nein zu sagen?«

Jane schluckte. Seine Geduld war wohl nicht mehr allzu lange strapazierbar. »*Angemessen* reicht Euch vielleicht, Lord de Warenne, aber mir nicht ...«

Er starrte sie an, als hätte sie ein obszönes Schimpfwort benutzt. Einen Augenblick verblüffte ihn ihre Antwort derartig, daß es ihm die Sprache verschlug.

Jane war innerlich nur noch ein Nervenbündel. Wenigstens sieht er jetzt endlich einmal dich und nicht das Kind, sagte sie sich.

»Ich stamme aus dem Hochadel, besitze Reichtum und Ländereien, bin der Erbe einer Grafschaft und habe angeboten, dich zu meiner legitimen Gemahlin zu machen – dennoch findest du mich höchstens *angemessen*?« Sein Gesichtsausdruck wies auf eine tiefe Kränkung hin. »Was verlangst du denn noch von einem Ehemann?«

Jane hob das Kinn und sah ihm in die Augen. »Ich wünsche mir einen fürsorglichen, liebevollen, respektvollen Mann, der sein Leben mit mir teilt.«

Lynx der Warenne wunderte sich gewaltig. Sie besaß mehr Stolz als jede Aristokratin und sehr deutliche Vorstellungen.

Jane senkte den Blick. Leise fügte sie hinzu: »Im Moment kann ich Euch noch nicht heiraten. Ich wünsche mir mehr Zeit, Mylord.«

»Zum Kreuzdonnerwetter, Lady Jane, nimm dir alle Zeit, die du brauchst!« Er verbeugte sich spöttisch vor ihr.

Lynx rauschte davon Richtung Halle. Jock hatte ihm einige geringfügige Streitigkeiten gemeldet, die während seiner Abwesenheit zwischen seinen englischen Rittern und den Schotten in Dumfries ausgebrochen waren; daher wollte er eine Gerichtsverhandlung einberufen und sich die Klagen anhören. Die junge Dame hatte ihn über alle Maßen irritiert. Ihre Weigerung, ihn sofort zu heiraten, hatte ihn getroffen. Die meisten Frauen wären außer sich gewesen vor Glück über dieses Angebot. Doch offensichtlich war Jane so weltfremd, daß ihr Reichtum und Titel nichts bedeuteten. Sie schien der Tatsache keine Wichtigkeit beizumessen, daß eine Ehe mit ihm sie aus der Klasse der Dienerschaft in die Ränge der Herrschenden erheben würde. Zweifellos ängstigte sie das, und das war der Grund, warum sie ihn um mehr Zeit gebeten hatte, versuchte er sich einzureden.

Doch tief in seinem Herzen wußte Lynx, daß das nicht stimmte. Von Einschüchterung konnte keine Rede sein – im Gegenteil, ihre Erklärung klang sogar ziemlich hochmütig, daß *angemessen* für sie nicht genug war. Zögernd mußte Lynx sich eingestehen, daß er genau wußte, was sie wollte. Sie sehnte sich nach einem wahren Ehemann und verständnisvollen Freund, der sie von Herzen liebte.

Als er in der Schreibstube neben der großen Halle ankam, standen dort die Kläger Schlange, und die meisten von ihnen waren Schotten. Vornehmlich ging es um nichtige Dinge. Ein Schäfer behauptete, daß de Warennes Ritter ständig durch seine Weiden ritten und die Schafe so auseinandertrieben. Der Stallknecht Brian beklagte sich, daß die Ritter die Burschen so arrogant behandelten, als seien diese Sklaven. Mindestens ein halbes Dutzend Männer erklärte, daß seine Gefolgsleute mit ihren Frauen geschlafen hätten. Als de Warenne nachforschte, ob diese Frauen gezwungen worden oder willig gewesen waren, wurden die Schotten einsilbig und fanden, daß das nicht zur Debatte stehe. »Verdammte Weiber!« grollte einer von ihnen.

Lord de Warenne stand auf. »Danke, daß ihr offen mit mir gesprochen habt. Ich versichere euch, daß ich mich sofort um eure Beschwerden kümmere: Meine Ritter werden in Zukunft kontrolliert; und ich schlage vor, daß ihr euerseits eure Frauen in den Griff bekommt. Guten Tag!«

Er befahl Thomas, seine Herren in der Halle zusammenzurufen. Als sie sich versammelt hatten, kanzelte er sie schonungslos ab. Seine Methode, über die Leute zu herrschen, war einfach: Er erwartete vorbildliches Verhalten und duldete von seinen Männern keinerlei Übergriffe.

»Einige von den Klagen, die ich heute gehört habe, sind kleinlich und deshalb unter dem Standard der De-Warenne-Ritter. Ihr werdet damit aufhören, die Herden auseinanderzutreiben, wenn Ihr ausreitet.«

»Aber die Schafe sind einfach überall, Mylord«, beklagte sich Montgomery.

»Es werden bald noch eine ganze Menge mehr sein, wenn die Hauptherden aus den Uplands zurückkommen. Schafe bedeuten in diesem Grenzland Wohlstand, und Ihr werdet verdammt froh sein, wenn Ihr mitten im Winter eine Hammelkeule serviert kriegt!« Er wechselte das Thema. »Ich habe auch Beschwerden von den Stallburschen vernommen.« Grimmig sah er jedem der anwesenden Ritter ins Gesicht. »Wenn einer der hier Anwesenden sein Pferd nicht selbst versorgt, scheidet er aus unseren Reihen aus.« Eine bedeutungsvolle Pause sollte seinen Worten Nachdruck verleihen.

»Und jetzt kommen wir zu dem Punkt, der die Schotten am meisten verärgert. Sie beklagen sich, daß Ihr mit ihren Frauen schlaft.« Einer seiner Mundwinkel zuckte. »Ich werde nicht verlangen, daß die Missetäter die Hand heben.«

Die Ritter lachten über seinen bissigen Humor.

»Selbstverständlich haltet Ihr Euch für unwiderstehliche Teufel, und ich weiß auch, daß die frechen Röcke sich an Euch ranmachen; aber beschränkt Euch bitte auf die unverheirateten Frauen und die Witwen – oder bemüht Euch um Diskretion!«

Lynx winkte Thomas herbei. »Am besten erläutere ich auch dem Fußvolk die Regeln noch einmal. Sie sollen sich im Schloßhof einfinden.«

Als er die nächste Ansprache zu seiner Zufriedenheit erledigt hatte, befahl Lynx seinen Männern, sich auf die Jagd vorzubereiten. Auch wenn es keine Hochzeitsfeier geben sollte, mußten sie trotzdem ihre Vorräte aufstocken. Und die Hirsche und Wildschweine würden nach den Sommermonaten besonders fett sein, versprachen also eine gute Ausbeute.

Sobald Marjory von der Jagd erfuhr und bat, mitreiten zu dürfen, lehnte Lynx rundweg ab. »Jory, ich würde es lieber sehen, wenn du in der Zeit Jane auseinandersetzt, welche Zukunft ihr winkt. Vielleicht entwickelt sie dann das nötige Selbstvertrauen, das ihr noch fehlt. Wahrscheinlich ist sie überwältigt von dem Gedanken, Lady de Warenne zu werden.«

»Ich werde mich bemühen, sie in jeder Hinsicht aufzuklären«, versprach Jory mit Unschuldsmiene. »Wie schmeichelhaft, daß sie so werden soll wie …«

»Gütiger Himmel, übertreiben wir doch nicht gleich«, bremste Lynx sie.

Jane steckte gerade mitten in der Anprobe neuer Gewänder. Ihr Zimmer war ein Durcheinander von bunten Stoffen in lebhaften Farben, die auf jedem Stuhl und jedem Sessel lagen. Als Marjory das Zimmer betrat, hatte Jane soeben eine smaragdfarbene Tunika über ein blaßgrünes Unterkleid gestreift. »Was für eine Verschwendung! In einem Monat wird die Tunika zu eng sein.«

»Warum läßt du nicht zwei Reihen von Knöpfen an beiden Seiten anbringen, damit du sie weitermachen kannst?« schlug Jory vor. »Jane, Knöpfe sind eine herrliche Erfindung. Sie bewirken, daß meine Kleidung viel enger meinen Körper umschließt – aber in deinem Fall erlauben sie vorübergehend mehr Bewegungsfreiheit.«

»Aber Knöpfe sind so teuer«, erklärte die schottische Näherin und preßte die Lippen zusammen.

»Wenn sie das nicht wären, würden wir sie gar nicht wollen«, äußerte Jory leichthin. »Lady Jane soll nur das Beste haben, Lord de Warenne besteht darauf!«

Jane beendete die Anprobe, und die Näherin suchte alle Teile zusammen, um sie mitzunehmen.

»Lady Jane möchte, daß die Sachen morgen fertig sind«, rief Marjory der Person noch nach.

»Jory, du bist so unverfroren.«

»Diese verdammte Dienstmagd würde dich in Sackleinen kleiden, wenn sie das könnte. Du mußt lernen, mit den Dienstleuten bestimmt umzugehen, Jane. Mein Bruder möchte, daß du wie eine Lady auftrittst, und die erste Lektion lautet Hochmut, angefangen bei Lynx selbst.«

»Er ist schrecklich wütend auf mich.«

»Dann machst du alles richtig. Deinen Gebieter herauszufordern ist nicht nur eine Freude, sondern eine Pflicht!«

»Jory, du Biest!«

»Genau. Wenn sie morgen auf die Jagd gehen, könnten wir doch mit den Falken ausreiten.«

»Das würde ich gern tun, aber diesen Sport betreiben nur Männer«, wehrte Jane sofort ab.

»Nicht mehr. In England haben die Damen die Falkenjagd entdeckt und eine solche Vorliebe dafür entwickelt, daß die Herrlichkeiten sich beklagen, wir würden diesen Sport lächerlich machen. Mit unseren kleineren Händen können wir nämlich die Wurfriemen viel besser fassen als Männer.«

»Dein Bruder hat mir verboten zu reiten.«

»Oho, du zitterst ja vor Ehrfurcht!«

»Jory, du kennst sein Temperament.«

»Meine Liebe, er kann dich nicht bestrafen und erst recht nicht verprügeln.«

»Aber meinen Stolz wird er übel zurichten.«

»Ja, darauf versteht er sich«, gab Jory zu. »Aber bei Lichte besehen hast du mit deiner Weigerung, ihn zu heiraten, auch seinem Stolz ganz schön zugesetzt.«

»Die Vögel müssen wirklich einmal fliegen.« Jane schwankte. »Und ich bin es gewöhnt, mit ihnen umzugehen, obwohl sie sehr angriffslustig sein können.«

»... eben weil sie weiblich sind«, bestätigte Jory.

»Die wildesten Raubtiere *sind* in der Tat weiblich; ich habe noch nie darüber nachgedacht.«

»Lynx zieht am liebsten mit einem Falkenweibchen los, und je wilder es ist, desto mehr bewundert er es.«

Jane lachte. »In erster Linie bringst du mir bei, schlimm zu sein.«

Die eifersüchtige und völlig verunsicherte Alicia hatte den heißen Wunsch, sich zu rächen; sie stellte Kate Leslie als Zofe ein. Diener blieben nie sehr lange bei Alicia, denn sie besaß den Charakter einer Schlange, verspritzte ihr Gift, wann immer das eigentliche Ziel ihres Zorns für sie unerreichbar war. Als sie jedoch Kate auswählte, tat sie das aus einem anderen Grund und behandelte sie deshalb gut. Da Lynx sich weigerte, mit ihr über Jane Leslie zu reden, hatte Alicia sich an ihre Schwester herangemacht, und erfreulicherweise war das Mädchen eine ergiebige Informationsquelle.

»Ihr habt wunderschöne Gewänder, Lady Alicia. Meine Schwester Jane wird jetzt auch mit einer ganz neuen Garderobe ausgestattet.«

»Wirklich? Das halte ich für einen unnötigen Aufwand – denn ihr Bauch wird doch jeden Tag dicker.«

»Nun, schließlich ist er aus diesem Grund mit ihr die Probezeit eingegangen; sie soll ein Kind von ihm bekommen.« Kate konnte ihren Neid kaum unterdrücken.

»Weißt du, ob die beiden bereits Pläne für die Hochzeit schmieden?«

»Nein, noch keine – aber Mylord hat versprochen, sie zu heiraten, wenn sie schwanger wird.«

Das ist der Haupttrumpf, mit dem dieses Luder ihn beeinflußt, dachte Alicia. Wenn du es schaffst, das Kind auszuschalten, wird es keine Hochzeit geben!

Kurz nach Sonnenaufgang verließen ungefähr zweihundert Männer das Schloß zu einer zweitägigen Jagd. Jane sah vom Fenster ihres Turmzimmers aus zu und fragte sich, ob sie mit ihrer Weigerung einen Fehler begangen hatte. Er war in der letzten Nacht nicht zu ihr gekommen, und auch wenn er in der Halle neben ihr gesessen hatte, reichte es nicht zu mehr als höflicher Distanz. Wenn er in der Stimmung war, konnte Lynx de Warenne kalt und verletzend sein. Sie hatte die Wärme der vorigen Wochen vermißt.

Nach dem Frühstück brachte die Näherin all die Pracht, die sie für Jane angefertigt hatte. Als sie mehr Lob dafür erhielt als je zuvor in ihrem Leben, war die Frau plötzlich beschwichtigt über all diese Extravaganz.

»Danke, ich hätte mir niemals träumen lassen, daß ich einmal so hübsch auftreten würde.«

»Warum sollte ein schottisches Mädchen nicht genauso reizend gekleidet sein wie ein englisches?«

Als Jane allein war, drängte es sie, alles anzuprobieren. Bis vor kurzem hatten schöne Gewänder ihr nichts bedeutet. Doch jetzt merkte sie, daß sie ihr enorme Freude bereiteten. Als sie sich in dem weißen Seidenkleid sah, war sie bezaubert von ihrem Bild. Keiner von ihren bisherigen groben Kitteln hatte einen solch beachtlichen Kontrast zu ihrem langen rotgoldenen Haar gebildet. Weiß war zwar furchtbar unpraktisch, doch in dem Kleid fühlte sie sich wie eine Göttin.

Jane war so versunken in ihren neuen Reichtum, daß sie Robert Bruces Erscheinen im Schloßhof gar nicht mitbekam. Schließlich riß sie sich von dem Spiegel los und hängte ihre Schätze in den Schrank. Jane konnte der Versuchung nicht widerstehen, Jory ihr schönes weißes Seidenkleid zu zeigen; deshalb beschloß sie, Marjory die Gewänder zurückzubringen, die diese ihr ausgeliehen hatte.

Als Jane in Jorys Räumlichkeiten anlangte, war diese nicht dort. Jane erinnerte sich plötzlich wieder daran, daß sie ja vorgehabt hatte, mit den Falken auszureiten – vermutlich befand sie sich noch in den Ställen. Gerade als sie die Gewänder in Jorys Schrank hängen wollte, vernahm sie die tiefe Stimme eines Mannes und erkannte sofort Robert Bruce. Sie hörte auch Jorys herausforderndes Lachen.

»Ich werde dich nicht loslassen, bis Lynx zurückkommt«, erklärte Robert inbrünstig.

Mit offenem Mund starrte Jane zur Tür. Flugs kletterte sie in den Schrank und zog die Tür halb hinter sich zu. Das Paar spiegelte sich deutlich in der Innentür des Schrankes, als die beiden eintraten. Jane schloß die Augen und hoffte, daß sie sich bald wieder entfernten. Ihre Ohren konnte sie jedoch nicht verschließen.

»Wo bleibt denn Euer Ehrgefühl, Sir, wie könnt Ihr in der Abwesenheit meines Bruders über mich herfallen?« schnurrte Jory.

»Da ich in diesem Fall auf mein Ehrgefühl verzichte, verstärkt das all meine anderen Sinne«, warnte Robert.

Sie verstummte, doch Jane hörte das Rascheln von Stoff. Als sie die Augen öffnete, stellte sie erschrocken fest, daß die beiden nackt waren. Wie gebannt sah sie zu, wie Robert Jory hochhob und sie dann an seinem Körper hinuntergleiten ließ. Nun übermannte die beiden die Leidenschaft.

Die Dinge, die der Bruce mit Jory anstellte, erregten diese so sehr, daß sie schließlich heftig atmete, ihn kratzte und biß. Jory sank zu Boden, und Robert schob sich über sie, er ließ all seiner sexuellen Energie freien Lauf, die sich in ihm angestaut hatte seit ihrer letzten Begegnung.

Jane beobachtete schockiert und fasziniert, wie sich sein Körper bog und er sich in Jory ergoß. Doch als könne er nicht genug bekommen von ihrer elfengleichen Schönheit, sank er auf die Knie, schob seinen Kopf zwischen ihre Schenkel und liebte sie mit dem Mund. Es war unglaublich – Jane hatte das schwindelerregende Gefühl, daß das, was sie dort sah, ein besessener Traum sein mußte.

Marjory begann sich unter ihm zu bewegen, sie jauchzte vor Lust und wurde so hemmungslos, daß sie ihren Venushügel seinem fordernden Mund entgegenhob; dabei vergrub sie die Hände in seinem Haar und preßte ihn noch näher an sich. Lieber Himmel, hören sie denn nie wieder auf? fragte sich Jane verzweifelt. Zu guter Letzt schrie Jory auf, sie klammerte sich an ihn, als würde sie vergehen. Danach lagen beide still da und rangen nach Atem, tief sahen sie einander in die Augen.

Jane seufzte erleichtert, als Robert sich schließlich erhob; doch dann sah sie mit offenem Mund zu, wie er Jory in seine Arme nahm und zum Bett trug. Sie flüsterten miteinander und murmelten Liebesworte, die auf eine höchst vertraute Intimität hindeuteten. Sie liebten sich so zärtlich, es erschien Jane ein Sakrileg, überhaupt dabeizusein. Eine Vereinigung wie die ihre verlangte nach Zweisamkeit.

Jane hockte in dem Schrank, ihre Gefühle waren so in Aufruhr, daß sie zu zittern begann. Marjory legte ein Laken um sich, während sie zuschaute, wie ihr Geliebter sich ankleidete. Ehe er verschwand, küßte er sie noch einmal. »Ich werde über Nacht bleiben«, flüsterte er ihr zu.

Mittlerweile hatte Jane einen Krampf im Rücken und konnte nicht mehr stillsitzen. Als sie die Hand hob, um ihren Rücken zu massieren, stieß sie mit dem Ellbogen gegen die Schrankwand. Jory kam angerannt und riß mit einem wütenden Schrei die Tür auf. »Jemine, was tust du dort drinnen?«

»Ich wollte euch nicht belauschen, Jory, bloß die Kleider zurückbringen, die du mir geliehen hast! Dann habe ich die Stimme des Bruce gehört, als er sagte, er würde dich lieben ... und vor lauter Schreck bin ich in den Schrank geflüchtet.« Blaß und aufgeregt kletterte Jane heraus.

»Oh, Jane, Janie ... verzeih mir, kleine Freundin!«

Marjory führte das zitternde Mädchen zum Bett. Ihre Gedanken wirbelten durch ihren Kopf, während sie versuchte, sich daran zu erinnern, was sie und Robert alles gesagt und getan hatten. Jane war so weltfremd und unschuldig, sie mußte wahnsinnig erschrocken sein über ihren Sinnenrausch. »Es tut mir leid, Jane, bitte, reg dich nicht auf. Ich weiß, die Dinge, die wir getan haben, müssen in deinen Augen schlimm ausgesehen haben, aber weißt du, sie gehören nun mal dazu zur Liebe.«

»Oh, Jory«, flüsterte Jane rauh. »Was du mit Robert teilst ... das möchte ich auch mit Lynx ...«

Jorys Knie wurden weich, sie sank auf einen Stuhl. »Ach, wenn du wüßtest – wir lieben einander so sehr.«

»Wie schön«, sagte Jane verträumt.

»Eine Leidenschaft wie die unsere gibt es nur selten. Ich hatte sie in meiner Ehe nicht, obwohl ich meinen Mann gern hatte«, versuchte Jory zu erklären.

»Lynx müßte mich auch lieben!« Jane klang wehmütig.

»Er war noch nie verliebt, das hat er mir selbst gesagt.«

»Aber er hatte doch eine Gemahlin.«

»Eine Ehe ist keine Garantie für Liebe, Jane. Eigentlich versetzt sie der Leidenschaft oft den Todesstoß. Verheiratete Paare tolerieren einander meistens nur noch.«

Jane dachte an die Ehen ihrer Brüder und Schwestern – Marjory sprach die Wahrheit. »Ich zeige es nicht, aber in meinem Inneren hege ich genauso große Leidenschaften wie du.« Während sie sprach, streichelte sie liebevoll das Baby in ihrem Bauch.

»Nun, es besteht sicher Hoffnung. Lynx liebt sein Kind bereits, und er hat einen mächtigen Beschützerinstinkt entwickelt.«

»Sobald ich das Kleine erst einmal zur Welt gebracht habe, wird er mich nicht mehr beachten.«

Jory begriff plötzlich, daß sie ihre Anstrengungen verdoppeln mußte, Jane so begehrenswert zu machen, daß Lynx ihr ein für allemal verfiele. »Schau, daß du die Aufmerksamkeit deines Mannes erregst. Laß ihn ein wenig von der Leidenschaft spüren, die du in deinem Inneren verbirgst. Laß dich nicht einfach ignorieren. Betrachte dich als die Herrin von Dumfries. Kümmere dich um alles hier. Lynx muß erkennen, daß du bei allem deine Hand im Spiel hast.«

Jane lächelte. »Ich werde das Schloß stürmen.«

»Eigentlich ist das keine schlechte Idee. Sieh es als einen militärischen Feldzug. Du willst nicht nur das Schloß, sondern auch den Oberherrn. Mit weniger als seiner bedingungslosen Hingabe solltest du dich nicht zufriedengeben! Du brauchst Männer, bei denen du das üben kannst, und wer wäre dafür besser geeignet als die Bruces?«

»Sind sie alle hier?« Jane wurde über und über rot.

»Robert hat seine beiden Brüder mitgebracht. Wir werden sie in unsere Bemühungen einspannen.«

»Jory!« protestierte Jane.

»Robert wird es gefallen, Lynx eifersüchtig zu machen, und alle Aufmerksamkeit wendet sich von unserem Verhältnis ab. Dieses Geheimnis kennst du nur allein, Jane.«

»Ich werde dich nicht verraten, das verspreche ich hoch und heilig.«

»Jetzt ziehe ich mich an, später treffen wir uns unten. Auch morgen solltest du das wundervolle weiße Gebilde tragen, wenn Lynx von der Jagd zurückkehrt.

»Vater!«

Jock war auf dem Weg zur Küche. Er betrachtete seine Tochter in ihrem strahlend türkisfarbenen Kleid mit Wohlgefallen. »Du siehst großartig aus, Mädchen.«

»Ich brauche deine Hilfe. Da ich Schloßherrin von Dumfries werden möchte, soll alles ganz genau stimmen und nicht nur angemessen. Wie soll ich dich anreden? Einfach Jock finde ich unmöglich.«

»Du kannst mich ›Kastellan‹ nennen, und ich sage ›Lady Jane‹ zu dir.«

»Sehr gut! Da wir Besuch von den Bruces haben, möchte ich gern den Speiseplan erfahren.«

Blinzelnd zählte er ihr alle Speisen auf; doch er sprach in vollendeter Förmlichkeit.

Jane dachte nach, dann machte sie einige eigene Vorschläge, gleichsam zur Übung.

»Das klingt ausgezeichnet, Lady Jane.« Er verbeugte sich und wollte abtreten, als sie ergänzte: »Und, Kastellan, niemand hat mir berichtet, daß die Bruces angekommen sind, wie es doch korrekt gewesen wäre.«

»Ein Versehen meinerseits, Lady Jane.«

»Bitte sorgt dafür, daß so etwas nicht noch einmal geschieht.« Sie sah ihn ernst an. »War das richtig so?«

»Aye! Du solltest mit den Dienern immer in einem reservierten Ton sprechen.«

»Lady Marjory hat also recht …«

Als nächstes suchte Jane ihren Bruder Andrew auf. Sie erklärte ihm kurz ihre Stellung als Schloßherrin und bat auch ihn um seine Hilfe. »Der Graf von Carrick und seine Brüder sind unsere Gäste; aber in Dumfries gibt es keinerlei Kurzweil zur Unterhaltung. Besorge uns einen Dudelsackspieler, und sieh zu, daß du einige Jongleure oder Akrobaten auftreibst. Elizabeth de Burgh hat mir erzählt, daß ihr Vater in seinem Schloß reisende Minnesänger beherbergt und Schauspieler, die für die Anwesenden Stücke aufführen.«

»Dem Grafen von Ulster gehört ja auch halb Irland. Er lebt wie ein König in seinem Reich!«

»Sicher kann man auch auf einem kleineren Schloß für Abwechslung sorgen. Wenigstens kultiviert sollten wir uns zeigen.«

Völlig perplex starrte Andrew seine Schwester an. Er hatte es bis jetzt noch nicht bemerkt, aber Jane besaß mehr Autorität, als man auf den ersten Blick vermutete!

Als Jane dem Bruce begegnete, stieg unter seiner Musterung heiße Röte in ihre Wangen.

»Lady Jane, Ihr seid richtig aufgeblüht.« Er hob ihre Finger in einer galanten Geste an seine Lippen. »Es sieht ganz nach einer baldigen Hochzeit aus.«

»Vielleicht nicht so bald, wie Mylord es gern möchte«, widersprach Jane schüchtern.

»Ihr habt seinen Antrag abgelehnt?« fragte Robert ungläubig.

»Ich habe um etwas Bedenkzeit gebeten.«

Robert warf den Kopf zurück und lachte laut auf. »Lady Jane, darf ich Euch meine Brüder vorstellen: Nigel und Alexander!«

»Es ist mir eine Ehre, Euch kennenzulernen. Wie schade, daß Lord de Warenne sich auf die Jagd begeben hat.«

»Er muß nicht ganz richtig im Kopf sein, eine so wunderschöne Dame allein zu lassen«, erklärte Alexander.

»Keine Angst!« Nigel griff nach ihrem Arm. »Während der Abwesenheit von Lynx kümmere ich mich um Euch!«

## *18*

Auf der Empore forderte Marjory Jane auf, Lynx' Platz einzunehmen, und sie wies Robert Bruce an, sich auf ihre andere Seite zu setzen. Als das Essen serviert wurde, beugte Jory sich vor und sagte: »Jane weiß Bescheid über uns.«

Diese schloß entsetzt die Augen.

Robert verneigte sich und sah die beiden Frauen mit ausdrucksloser Miene an. »Oh, du hast ihr erzählt, daß wir schon seit unserer Kindheit Freunde sind!«

»Jane weiß alles«, murmelte Marjory.

Der Bruce blickte weiterhin stur geradeaus. »Du meinst, daß meine Mutter deine Patin ist?« fragte er höflich.

»Hör zu: Jane hat heute nachmittag in meinem Schrank gesessen.«

»Aha«, antwortete Robert und begriff, daß Leugnen keinen Zweck hatte. Dann griff er nach Janes Hand und drückte sie. Er sah ihr lächelnd in die Augen. »Kelten sind immer loyal.«

Alexander, der neben ihm saß, mischte sich ein. »Sie sind es, verdammt noch mal, selten!«

»Wer, zum Teufel, interessiert sich für deine Meinung?« fragte Robert.

Alexander grinste. »Lady Jane ist ... frag sie doch mal ...«

Nigel Bruce, der auf der anderen Seite von Marjory saß, meldete sich zu Wort. »Wenn ihr beiden ungehobelten Dreckskerle nicht damit aufhört, Lady Jane so verlegen zu machen, daß sie ständig errötet, werde ich mit euch den Boden aufwischen.«

In übermütigem Entzücken erklärte Jory: »Das macht ja so viel Spaß. Es ist genau wieder so wie damals, als ich noch vierzehn war.«

Robert neckte sie. »Der Unterschied besteht darin, daß wir damals alle in dich verliebt waren. Jetzt schlagen unsere Herzen für Jane!«

Am frühen Nachmittag des nächsten Tages kehrten die ersten der Jäger zurück. Jane und Jory standen auf der Wiese hinter den Ställen, wo die Gebrüder Bruce ihnen Ratschläge erteilten für die Raubvogeljagd.

Lynx winkte Robert Bruce vom Sattel aus zu, als er über die Wiese herangaloppierte. Jane reichte den Hühnerhabicht, den sie auf der Faust hielt, Robert, damit sie Lynx begrüßen konnte; doch Robert legte beschützend einen Arm um ihre Schultern und hielt sie zurück. »Tretet ihm nicht zu nahe, Jane, er ist voller Blut.«

Lynx betrachtete Janes rosafarbenes Samtkleid und ihre geröteten Wangen – wieder einmal dachte er, wie schön sie doch war. Ihr Haar erinnerte ihn an einen Schleier aus Feuer. Keine andere Frau, die er je gekannt hatte, besaß so herrliche Locken, und ihre Figur war so perfekt gerundet, daß ihn allein bei ihrem Anblick heiße Erregung durchfuhr.

»Wir sind früher wieder da, weil wir mehr Wild erlegt haben, als wir tragen können. Hätte ich gewußt, daß du kommen würdest, Robert, hättest du uns begleiten können.«

»Deine Lady hat uns in deiner Abwesenheit königlich unterhalten.« Robert grinste. »Ich kann dir wohl gratulieren. Du bist wahrhaftig ein Glückspilz.« Sowohl Alexander als auch Nigel schlugen Lynx auf den Rücken und schüttelten ihm die Hand.

»Soll ich ein Bad für Euch zubereiten lassen, Mylord?« bot Jane freundlich an.

Taffy, der die Nasenflügel blähte, als er sah, daß der Bruce einen Arm um Jane legte, beeilte sich zu versichern: »Das werde ich übernehmen, Mylady, es ist nicht nötig, daß Ihr Euch die Mühe macht.«

»Ich übe mich gerade in den Aufgaben einer Schloßherrin«, erklärte Jane.

Lynx, dem Janes Aufmerksamkeit gefallen hatte, bis Taffy sich einmischte, wehrte ab. »Ich komme allein zurecht. Robert, hast du Neuigkeiten für mich?«

Der Bruce reichte den Vogel weiter an Nigel und ging mit Lynx auf das Schloß zu.

»Taffy«, wandte sich Marjory an den Knappen, sie bedachte ihn mit ihrem verführerischsten Lächeln. »Lady Jane braucht deine Hilfe. Sie muß ihre gesellschaftlichen Fähigkeiten am anderen Geschlecht ausprobieren. Könntest du versuchen so zu tun, als seist du ihr äußerst ergeben?«

Taffy errötete. »Das *bin* ich, meiner Treu, Lady Marjory!«

Jory verdrehte dramatisch die Augen. »Sie stiehlt mir alle meine Bewunderer.«

»Sollen wir mit unseren Vögeln in den Wald gehen?« fragte Nigel und gab das Tier vorsichtig an Jane weiter.

»Lady Jane darf im Augenblick nicht reiten«, erhob Taffy Einspruch.

Nigel sah Alexander an. »Sollen wir uns etwa von einem Waliser Vorschriften machen lassen?«

»Den Teufel werden wir tun«, antwortete Alex fröhlich, die beiden Männer schnappten sich Taffy und warfen ihn in den Pferdetrog vor den Ställen.

»Du liebe Zeit, das ist alles meine Schuld!« rief Jane erschrocken.

»Kümmere dich nicht darum. Auf diese Art amüsieren sie sich«, zerstreute Jory ihre Skrupel. »Ganz besonders sehr große Männer – es hilft ihnen, all ihre entsetzliche Energie loszuwerden.«

Lynx mied das allgemeine Badehaus; statt dessen hockte er in einer hölzernen Wanne in seinen Gemächern, wo er und Robert Bruce sich allein unterhalten konnten.

»Laß deine Waffen nicht rosten. Ich rechne damit, daß es jeden Tag Schwierigkeiten geben kann«, meinte Bruce.

»Ich bekomme regelmäßige Berichte vom Gouverneur. Er scheint sich keiner Bedrohung bewußt zu sein.«

»Die Unruhen werden in den Highlands beginnen. Auf dieser Seite des Clyde und des Firth of Forth herrscht noch Frieden, wenigstens für den Augenblick.«

»Der Grund dafür ist wohl *deine* Anwesenheit hier«, ließ Lynx verlauten. »Es ist äußerst wichtig, daß die Bruces Edward treu bleiben, da durch Annandale die lebenswichtige westliche Verbindung zwischen England und Schottland führt.«

»Meine Spione haben mir erzählt, daß Andrew de Moray aus Chester geflohen ist, wo ihn der König gefangenhielt. Den Morays gehört Bothwell, und sie herrschen über ein Riesengebiet bis in den Süden nach Lanarkshire.«

»Edward hat eine starke Garnison in Schloß Bothwell einquartiert«, rief Lynx ihm ins Gedächtnis.

»Aye, aber sie halten weitere Stützpunkte in Moray, Banff, Inverness und Ross.«

»Ohne Hilfe von hochrangigen Stellen hätte Moray nicht entkommen können.«

Robert nahm einen Eimer Wasser und schüttete ihn über Lynx. »Genau!«

Während Lynx sich ankleidete, betrachtete er Robert eingehend. Robert wußte, daß er diese Information so schnell wie möglich an John de Warenne weiterleiten würde. Aber Lynx fragte sich, was Robert ihm verschwieg. Die de Warennes hatten auch ihre Spione dort draußen; offensichtlich waren sie leider nicht so gut unterrichtet wie die der Bruces.

In der Halle beim Abendessen bemerkte Lynx sofort, daß Musik das Abendessen begleitete. Reisende Musikanten spielten Dudelsack, Harfe und Tamburin. Zwischen den einzelnen Gängen gingen Pagen herum und reichten Schüsseln zum Händewaschen und Tücher zum Abtrocknen.

»Ich sehe die feine Hand meiner Schwester bei all den Neuerungen hier«, wandte sich Lynx an Jane.

»Nein, Mylord, Ihr seht *meine* feine Hand. Ich habe dem Verwalter auch befohlen, silberne Gabeln zu bestellen. Wie ich hörte, hat die verstorbene Königin sie in England eingeführt; darum soll es solche in Schottland ebenfalls geben.«

Obwohl Lynx erstaunt die Brauen runzelte, gelang es ihm kaum, seine Belustigung zu verbergen. Lady Jane hatte begonnen, ihre Stellung ernst zu nehmen. Hinter ihnen wetteiferten Thomas und Taffy, ihr jeden Wunsch zu erfüllen; zur Belohnung erhielten die beiden dann ein strahlendes Lächeln. Auch wenn Lynx nichts sagte, so fiel ihm doch der Konkurrenzkampf um Janes Gunst auf. Sicher betrachteten alle sie bereits als erste Lady – deshalb entschied er sich, nichts dagegen zu unternehmen.

Wieder und wieder zog Jane seine Blicke auf sich. In dem feinen weißen Seidenkleid und mit dem bezaubernden roten Haar, das ihr bis auf die Hüften fiel, war sie genauso attraktiv wie all jene Damen, die er vom Hofe her kannte. Nach dem Essen beobachtete er unter gesenkten Augenbrauen, wie die Männer sich um sie scharten. Und es waren nicht nur die Bruces; auch zwei seiner Ritter, Sir Giles und Sir Harry, buhlten um ihre Aufmerksamkeit.

Als Jane allen eine gute Nacht wünschte, war Lynx hin- und hergerissen. Er wollte mit den Bruces reden, sich aber auch mit Jane zurückziehen. Daher beschloß er, beides zu tun. Lynx erklärte Robert, daß er ihn nochmals aufsuchen werde, dann legte er eine Hand unter Janes Ellbogen. »Ich bringe dich nach oben«, murmelte er.

Als sie die Treppe erklommen, blickte er auf sie hinunter. »Ich hatte einen angenehmen Empfang bei meiner Heimkehr.«

»Das freut mich, Mylord.«

Lynx empfand ihre Stimme als kühl und höflich. Er konnte nicht sagen, was sie dachte, und plötzlich wünschte er sich, er wüßte es. Manchmal umgab Jane etwas Geheimnisvolles. Wahrscheinlich lag es an ihrem keltischen Blut.

Als sie in ihren Gemächern anlangten, meinte er: »Als du heute mit den Jagdvögeln draußen warst, hat es mich gefreut, daß du nicht geritten bist, Jane. Mein Reitverbot mag vielleicht in deinen Ohren willkürlich geklungen haben. Ich möchte dich nicht einschränken; aber ich mache mir Sorgen um dein Wohlbefinden und das des Babys.«

»Jawohl, das verstehe ich. Also, ich werde nicht absichtlich Eure Befehle mißachten.«

Neckt sie mich? fragte er sich. Als sich ihr Mund zu einem bezaubernden Lächeln verzog, kam Lynx plötzlich zu Bewußtsein, daß er sie noch nie geküßt hatte. Er nahm ihre beiden Hände und zog sie an sich. Nun senkte er den Kopf zu einem Gutenachtkuß. Eigentlich hatte er es auf ihre Lippen abgesehen; doch sie bewegte den Kopf ein wenig, und sein Mund berührte ihre Wange.

»Gute Nacht, Mylord!«

»Gute Nacht, Jane«, sagte er einigermaßen verwirrt. Aber dann dachte er, ja, sie neckt mich wirklich!

Jane war nicht mehr am Waldsee gewesen seit Lynx' Rückkehr aus der Schlacht; deshalb zog sie sich am nächsten Tag, nachdem ihr Besuch wieder abgereist war, warm an, nahm ihr Kräutermesser und machte sich bereit, ihren Lieblingsort aufzusuchen. Lynx hatte ihr versichert, daß er sie nicht gängeln wolle, und darüber war sie erleichtert. Sie war schon immer gern allein unterwegs gewesen und schätzte ihre Freiheit.

Als Jane sich dem Teich näherte, sträubten sich die Härchen in ihrem Nacken, und es beschlich sie eine ungute Vorahnung. Wie angewurzelt blieb sie stehen, sah sich um, lauschte und sog prüfend die Luft ein. Da vernahm sie ein schwaches, aber gequältes Atmen. Es führte sie zu einem belaubten, niedrig hängenden Ast. Sie bückte sich, um den Ast beiseite zu schieben, und starrte in die grünen Augen des Luchses!

Erschrocken ließ sie den Zweig los, hatte jedoch bereits bemerkt, daß das herrliche Geschöpf verwundet war. Mit laut klopfendem Herzen umklammerte sie ihren Talisman und schickte ein Stoßgebet zur Göttin Brigantia. Nun schob sie den Ast erneut beiseite. Ein Pfeil steckte tief im Vorderbein des Tieres.

Jane sah dem Tier tief in die grünen Augen und begann leise zu sprechen. »Pst, ich werde dir helfen. Sei ganz ruhig, bald werde ich dir den Schmerz nehmen.« Sanft strich sie mit den Fingerspitzen über das Fell, beeinflußte seine Blutzirkulation. Als die Augen des Luchses glasig wurden, wußte sie, daß das Tier keine Schmerzen mehr litt.

Jetzt verließ sie ihn, um weiße Weidenblätter von einem Baum auf der anderen Seite des Sees zu pflücken. Sie kannte nichts Besseres zur Stillung einer blutenden Wunde. Dann pflückte sie einige großer Ampferblätter und holte eine Handvoll Lehm vom Rand des Wasser; schließlich riß sie einen Streifen von ihrem Unterkleid ab, tauchte ihn ins Wasser und brachte alles zu dem verwundeten Tier.

Behutsam zog sie die Pfeilspitze aus dem Bein und sah dann aufmerksam zu, wie das Blut zu fließen begann. Die ganze Zeit über gab sie beruhigende Töne von sich, säuberte die Wunde, bedeckte sie mit den weißen Weidenblättern, strich den Lehm darüber und zurrte dann den Stoffstreifen drum herum fest.

Morgen würde sie ihm Fleisch bringen, leicht mit Mohn eingerieben, damit ihr Schützling schlafen konnte. Sie würde ihn einige Tage füttern müssen, bis die Wunde so weit verheilt war, daß er wieder jagen konnte. Sie schob den Ast mit dem herrlich bunten Laub wieder an seinen Platz und wusch sich die Hände im See. Zorn auf die Jäger erfüllte sie. Dies war der Pfeil eines der walisischen Bogenschützen gewesen! Leider durfte sie sich nicht lauthals beschweren. Das Leben des Luchses hing davon ab, daß sie ihn mit dem Mantel der Verschwiegenheit bedeckte.

Ehe sie wieder umdrehte, nahm Jane ihr Kräutermesser und zog einen magischen Kreis um sein Versteck. Sie stellte sich eine silber-blaue Flamme vor, die aus der Spitze ihres Messers loderte, als sie das feurige Rund um das Tier beschrieb – niemand würde diesen Kreis durchdringen können.

Lynx de Warenne schickte eine versiegelte Botschaft an den Gouverneur, der sein Hauptquartier in Edinburgh aufgeschlagen hatte. Sein Leutnant, Montgomery, war ein gewiefter Reiter, der seinen Onkel schon morgen erreichen würde. Vom Stall aus war der Wald hinter der Wiese deutlich zu erkennen, und Lynx sah, wie Jane zwischen den Bäumen verschwand.

Im ersten Augenblick wollte er Taffy hinter ihr herschicken, doch der Knappe war nirgendwo aufzutreiben. Als Lynx Janes Bruder Keith entdeckte, deutete er auf die Bäume und teilte ihm mit, daß Jane allein durch den Wald spaziere.

»Sie ist zum See gegangen, Mylord, das tut sie seit ihrer Kindheit.«

»Ja, wir sind uns dort zum ersten Mal begegnet – aber ich fühle mich besser, wenn du auf sie aufpaßt!«

Keith, der de Warenne mochte, versprach ihm das.

Innerhalb der nächsten Stunde kam ein Kurier, der Lynx Anlaß zur Besorgnis gab. Ihm gefiel weder die Botschaft noch der Überbringer. John de Warenne informierte ihn darüber, daß Fitz-Waren die Herrschaft über Schloß Torthwald ausübte, und diese Neuigkeit überbrachte einer von Fitz' Offizieren der leichten Kavallerie.

Lynx verbarg die Feindseligkeit, die ihn diesem Offizier gegenüber erfüllte. Torthwald war nicht viel weiter weg als die Festung Lochmaben der Bruces, für Lynx' Seelenfrieden also viel zu nahe. Er hatte den deutlichen Eindruck, daß man einen Wachhund in ihre Mitte geschickt hatte. Diese Einsetzung zeigte deutlich das Mißtrauen des Königs. Es war eine übliche Maßnahme von Edward Plantagenet, einen gegen den anderen aufzuwiegeln.

Fitz-Warens Botschafter brachte auch persönliche Einladungen mit, eine für Lynx, die anderen für Marjory und Alicia, ihn auf Schloß Torthwald zu besuchen. Lynx nahm alle Pergamente an sich und erklärte dem Kurier, daß er selbst den Damen die Nachricht zukommen lasse. Dann machte er dem Mann unmißverständlich klar, daß er nicht auf eine Antwort zu warten brauche, und übergab ihn seinem Verwalter zur Beköstigung. Lynx hatte freilich die Absicht, Torthwald zu besuchen; doch das würde er heimlich tun, ohne daß Fitz-Waren davon erführe.

Als Keith Leslie sich entschied, nach Jane zu suchen, war sie bereits auf dem Rückweg. Sie sollte nicht erfahren, daß Lynx ihn gebeten hatte, auf sie aufzupassen, und er spielte seine Rolle so gut, daß Jane überhaupt nicht mißtrauisch wurde. Gleichzeitig antwortete ihm Jane aber so geschickt auf seine Fragen nach ihrem Treiben im Wald, daß auch Keith keinerlei Mißtrauen hegte.

Jane ging in die Küche des Schlosses und kam zurück mit einer kleinen Hammelkeule. Sie wußte, daß sie nicht um rohes Fleisch bitten konnte, ohne Fragen zu provozieren; doch als sie dem Koch erklärte, daß sie in ihrem Zustand schrecklich hungrig sei, zu den unmöglichsten Zeiten, erwies er sich als höchst entgegenkommend.

Am nächsten Morgen zog sie früh los, mit dem Fleisch, das sie mit Mohn eingerieben hatte, und mit einem Topf Salbe aus gelbem Pfennigkraut, die Wunden rasch verschloß und sie sauber heilen ließ. Diesmal sorgte sie dafür, daß Keith nicht ihren Weg kreuzte.

Mit laut klopfendem Herzen schob sie den belaubten Ast beiseite und fand den Luchs dort, wo sie ihn gestern verlassen hatte. Sie warf ihm das Fleisch hin und ging dann ein Stück beiseite, um ihn in Ruhe fressen zu lassen. Tiere waren unberechenbar, wenn sie fraßen. Als sie zum See hinunterging, hörte sie ihn grollend brummen, während er fraß.

Jane hob ein paar neugierige Igel hoch, die wie echte Ordnungshüter gekommen waren, und trug sie an einen sicheren Platz auf der anderen Seite des Wassers. Sie verscheuchte auch ein Reh und eine Schar Tauben. Als sie zu dem Luchs zurückkehrte, dämmerte er dahin von dem Opiat, mit dem sie das Fleisch bearbeitet hatte.

Schnell säuberte sie die Wunde von dem getrockneten Blut und dem Lehm, dann bedeckte sie sie mit einer dicken Lage der Heilsalbe. Zuletzt kam der Stoffstreifen wieder drüber, damit das Tier die Salbe nicht ablecken konnte.

Zurück im Schloß, begab sich Jane zur Küche und zuckte erschrocken zusammen, als plötzlich Lynx' Stimme hinter ihr laut wurde.

»Ich bin auf dem Weg nach Lochmaben. Vielleicht komme ich erst morgen zurück.« In Wirklichkeit wollte er nach Torthwald, doch das sollte selbst sein Knappe nicht wissen. »Wenn du etwas brauchst ...«

»Thomas und Taffy werden schon für mich sorgen«, beendete sie den Satz für ihn.

Lynx betrachtete sie belustigt, und auf einmal fühlte sie sich verpflichtet, ihm Rechenschaft abzulegen. »Ich bin unterwegs in die Küche. Eine gute Schloßherrin sollte immer wissen, was der Koch vorbereitet«, log sie.

Sie sah so bezaubernd aus, daß Lynx plötzlich den Wunsch verspürte, sie zu berühren. Er legte einen Finger unter ihr Kinn und hob ihr Gesicht, so daß ihre Blicke sich trafen. »Du wirst einem Mann eine mustergültige Gefährtin sein.« Seine grünen Augen blitzten schelmisch auf.

Janes Herz begann zu rasen. Zum ersten Mal lächelte er sie offen an. Sie senkte die Lider mit den dunklen Wimpern. »Mylord, Ihr flirtet mit mir«, murmelte sie.

Lynx lachte. »Das ist erlaubt«, wisperte er zurück und legte seine Lippen auf ihre. Doch sehr schnell stellte er fest, daß ihm das nicht genügte. Er blickte auf ihren Mund und sehnte sich nach mehr. Die Zärtlichkeit wollte ihn schier überwältigen. Also umfing er sie mit seinen starken Armen und zog ihren sanften Körper an sich. Mit der Zungenspitze drängte er ihre Lippen auseinander, dann schob sich seine Zunge tief und hungrig in ihren Mund.

Sein heißer, besitzergreifender Kuß schickte einen Schauer durch Janes Körper. Sein Duft benebelte ihre Sinne, und sie gab sich ganz seiner Liebkosung hin. Er sog ihre sinnliche Unterlippe in seinen Mund, als sei es eine reife Kirsche, dabei preßte er sie so fest an sich, daß ihre Brüste sich gegen die harten Muskeln seines Oberkörpers drängten. Noch ehe der Kuß endete, hatte er ein unstillbares Verlangen in ihrem Inneren geweckt.

Jane war ganz schwach vor Sehnsucht, als er sie verließ, und das Wissen, daß er endlich auf sie reagierte, erregte sie. Trotzdem kam ihr seine Abwesenheit für einige Tage sehr gelegen, denn so konnte sie heimlich ihren Luchs versorgen. Jane wußte, wenn Lord de Warenne erführe, welches Risiko sie einging, würde er furchtbar lostoben. Er würde es nie begreifen und ihr auch nie verzeihen. Für die restliche Zeit ihrer Schwangerschaft würde er sie einsperren und den Schlüssel wegwerfen!

Im Schutze der Dunkelheit band Lynx de Warenne sein Pferd an einen Stamm und ging die kurze Entfernung zum Schloß Torthwald zu Fuß. Trotz eifrigen Fahndens fand er keinen Weg in die Festung, ohne entdeckt zu werden. Fitz-Waren ließ die Mauern so schwer bewachen, daß er nicht einmal den Schloßgraben unbemerkt hätte durchschwimmen können.

Am nächsten Tag ritt er die umliegenden Täler ab und sprach mit den Schäfern und Viehhirten. Die Gerüchte über Greueltaten im Schloß schienen so übertrieben, daß Lynx die meisten davon bezweifelte – doch sicher konnte er nicht sein. Der Haß auf die englischen Eroberer breitete sich aus wie eine Seuche.

Den Nachmittag verbrachte er im Dorf Beattock; doch die Menschen dort waren so wortkarg und mißtrauisch, daß er niemanden fand, der seine Fragen beantwortete. Lynx begriff, daß er besser daran getan hätte, Jock Leslie mitzunehmen oder einen seiner Söhne. Am Abend ritt er zum Dorf Torthwald. Die Menschen dort waren mürrisch und fürchteten sich. Und als er dann die Galgen entdeckte mit ihrer gräßlichen Last, erkannte er den Grund.

Während Lynx de Warenne zurück nach Dumfries ritt, drückte die grimmige Erkenntnis, was es bedeutete, ein Volk zu erobern, auf seine Laune. Er dachte an all die Burgen und Schlösser in Schottland, in denen englische Truppen einquartiert waren, und fragte sich, wie viele davon wohl mit eiserner Faust regiert wurden und nicht im Zeichen der Versöhnung. Waren die Engländer wirklich zu blind, um zu begreifen, daß solche Brutalität den Widerstand der Schotten nur verstärken würde?

Lynx glaubte, daß John de Warenne ein maßvoller Gouverneur war, auch wenn die anderen Vertreter des Königs, Ormsby und Cressingham, solch eine Haltung nicht vertraten. Er wußte, daß es seine erste Aufgabe sein mußte, Fitz-Waren aus Torthwald zu vertreiben. Auf dem Ritt nach Hause öffnete sich der Himmel, und kalter Regen fiel hernieder. Das herrliche Wetter hatte bis zum November angehalten, doch jetzt drohte der Winter. Als er sein Pferd schließlich in den Stall von Dumfries führte, fühlte sich Lynx richtig elend. Er wünschte sich, daß seine Erben dieses Schloß in Frieden und Wohlstand erhielten. Möglicherweise war nur das Wetter daran schuld, daß sein Optimismus ihn verlassen und in eine solch düstere Stimmung versetzt hatte.

Wegen des strömenden Regens benutzte er nicht die äußere Treppe zu seinen Gemächern im Hauptturm. Als er an Janes Tür angekommen war, hielt er inne, in der Hoffnung, daß sie ihn hören und zu sich rufen würde. Lange blieb er schweigend stehen und fühlte sich eigenartig leer. Dann trat er ein und begann sich leise auszuziehen.

»Jane, bist du wach?« fragte er, als er zum Bett ging. Er glaubte zu hören, wie sie scharf die Luft einzog. »Keine Angst, ich bin es nur – Lynx.« Er schlüpfte in das warme Bett und rutschte zu ihr hinüber, bis er ihren Rücken spürte.

»Mylord«, keuchte sie und wollte sich aufrichten.

Er legte seine starken Arme um sie und zog sie auf die Lagerstatt zurück. Sanft streichelte er ihr Haar. »Psst, Jane, schlaf weiter!«

Ihr Atem war das einzige Geräusch in der Stille. Als Jane so neben ihm lag und ihre Körper sich berührten, hinderte er sie jedoch am Einschlafen. Still lag sie da und wärmte ihren großen, starken Probemann. Nach einer Weile fühlte sie, wie er eine Hand auf ihren Bauch legte. Sie lächelte in der Dunkelheit und fühlte sich eigenartig zufrieden.

# 19

Am Morgen erwachte Jane allein in ihrem Bett. Sie hatte nicht gehört, als Lynx gegangen war. Hatte sie vielleicht nur geträumt, daß er neben ihr ruhte? Nein, sein Körper hatte einen Abdruck auf der Matratze hinterlassen. Sie legte eine Hand auf das leinene Laken und bildete sich ein, seine Wärme noch zu spüren. Sie fragte sich, warum er wohl zu ihr gekommen war. Bedrückte ihn etwas? Er hatte nicht mit ihr gesprochen und sie auch nicht im geringsten körperlich berührt. Es gab nur eine Antwort: ihr ungeborenes Kind hatte ihn angelockt.

Jane wünschte sich von ganzem Herzen noch einen anderen Grund – doch sie beschloß, nicht den ganzen Tag zu vergeuden mit unmöglichen Wünschen. Nachdem sie sich angekleidet hatte, suchte sie wieder den Koch auf, sicherte sich eine Hammelkeule für den Luchs und wickelte sie in ein Tuch. Seine Wunde war nahezu verheilt, und sicherlich würde er nach einer weiteren Woche wieder selbst jagen können.

Um Keith auszuweichen, nahm sie nicht den Weg über die Ställe, der kürzeste zum Waldsee – statt dessen lief sie an der Wäscherei vorbei auf die Bäume zu.

Aus seinen Fenstern im Hauptturm sah Lynx Jane sich Richtung Wald entfernen. Wohin, zum Teufel, wollte sie, und was trug sie bei sich? Er hatte ihren Bruder Keith gebeten, auf sie aufzupassen; doch es sah so aus, als wollte sie ihm absichtlich ein Schnippchen schlagen. Während Lynx sie beobachtete, merkte er, daß sie nicht nur einen Morgenspaziergang machte, sondern sich auffallend zielstrebig verhielt.

Er hatte darüber nachgedacht, ob er dem Gouverneur in Edinburgh einen Brief schreiben oder selbst hinreiten sollte; doch jetzt hielt Jane ihn auf Trab, und keinesfalls würde er Ruhe finden, bevor er nicht Bescheid wußte. Lynx ging zur Wäscherei, dann überquerte er die Lichtung und trat an der gleichen Stelle in den Wald wie sie. Er kümmerte sich nicht um knackende Zweige, schritt zügig voran und wußte instinktiv, welche Richtung er einschlagen mußte. Es dauerte nicht lange, bis er sie in einiger Entfernung vor sich entdeckte. Erschrocken wandte sie sich zu ihm um und wollte dann weglaufen.

»Jane, halt!« kommandierte er. Sie blieb wie angewurzelt stehen, während er auf sie zustapfte. Ihr Blick verriet ihm sofort, daß sie ein schlechtes Gewissen hatte und ihn im Augenblick Tausende von Meilen weit weg wünschte.

»Was tust du?« fragte er geradeheraus.

»Wie bitte, Mylord?«

»Das ist doch eine ganz einfache Frage. Was tust du?«

»Nichts.« Ihre Brust hob und senkte sich heftig.

»Offensichtlich bist du aus einem bestimmten Grund hierhergekommen.«

»Jaha ... um Kräuter zu sammeln.« Sie deutete auf ihren Beutel und hielt ihn so fest, als wolle sie den Inhalt vor ihm verbergen.

Lynx hob die Hand und nahm ihr den Beutel ab. Er wußte nicht, was er darin finden würde – doch alles andere eher als eine Hammelkeule und einen Topf mit Salbe. Er hielt das Fleisch hoch. »Hast du das mitgenommen für den Fall, daß du hungrig wirst beim Kräutersammeln?« Angesichts ihres geringen Appetits war die Vorstellung, daß sie sich eine ganze Hammelkeule zu Gemüte führte, wirklich absurd.

Sie öffnete den Mund, um etwas zu sagen.

»Lüg mich nicht an, Jane.« Sein Gesicht war grimmig verzogen, und seine Stimme klang hart. Spontan verdächtigte er sie, einem Ausgestoßenen oder einem Flüchtling zu helfen, der sich im Wald versteckt hielt. Er hatte sie in die Enge getrieben und stellte nun zu seiner Überraschung fest, wie sich ihre Furcht in Zorn verwandelte und sie zum Angriff überging.

»Es liegt nur an Euch«, fuhr sie ihn an, »an Euch und *Euren* sorglosen Jägern! Ich versorge nämlich ein Tier, das ich, von einem Pfeil getroffen, gefunden habe.«

Vorübergehend wurde es Lynx regelrecht übel. Er wußte, was für ein weiches Herz sie Tieren gegenüber hatte. »Jane, so etwas passiert bei einer Jagd. Wir versuchen, die Tiere zu töten, aber manchmal schießen wir daneben. Wo ist das arme Ding?«

»Das sage ich nicht«, bockte sie.

Er sah ihr in die Augen. »Das brauchst du auch nicht. Es befindet sich in der Nähe des Waldsees. Ich werde mitkommen.«

»Nein! Nein!« rief sie leidenschaftlich. »Geht weg, laßt mich allein! Ihr habt meinen Bruder angestiftet, mir nachzuspionieren, und jetzt folgt Ihr mir auch noch selbst.«

Ihre Reaktion war so heftig, daß sie offensichtlich ihr Geheimnis um jeden Preis vor ihm bewahren wollte. Was, bei allen guten Geistern, war das für ein Geschöpf, das eine ganze Hammelkeule verspeiste? »Welches Ungeheuer fütterst du?«

Er sah, wie sie die Lippen zusammenpreßte und trotzig das Kinn hob; gleichzeitig legten sich ihre Finger schützend um den Talisman. Seine Augen weiteten sich ungläubig. »Gütiger Himmel, ist es etwa der Luchs, von dem du mir erzählt hast?« Mit langen Schritten stürmte er in Richtung Waldsee davon.

Sie rannte hinter ihm her, weil sie wußte, was er vorhatte. »Nein, nein, bitte bringt ihn nicht um!« Doch er hatte bereits den Degen gezogen. Ihre Sorge galt nur noch dem Luchs und dem Zorn, den de Warenne an ihrem Patienten auszulassen drohte. Sie dachte nicht an seinen Zorn auf sie …

Am Rande des Sees blieb er stehen und sah sich forschend nach einer Stelle um, wo sich eine solche Kreatur verstecken könnte. Und dann ging sein Blick zu den niedrig hängenden Zweigen mit dem bunten Herbstlaub – ohne zu zögern, marschierte er darauf zu.

»Nein!« schluchzte Jane, sie lief vor ihm her und warf sich dorthin, wo der Luchs bisher untergeschlüpft war.

Seine große Hand schloß sich um ihr Handgelenk, dann hob er sie vom Waldboden auf, als sei sie nur eine Wildblume, und schob sie hinter sich. Er riß die Zweige beiseite, den Degen bereit in der

Hand; dann fluchte er lästerlich, als er in das leere Versteck schaute. Lynx' Blick fiel anklagend auf Jane, und sie begriff, wie groß das Risiko, das sie eingegangen war, in seinen Augen erscheinen mußte.

»Euch liegt an nichts anderem als nur an dem Kind! Ihr seid besessen!« fuhr sie ihn an, um sogleich ihre Verteidigung aufzunehmen.

»Es ist verdammt nötig, daß wenigstens einer sich darum kümmert.« Seine Stimme und sein Blick waren eisig. Da er sie nicht schütteln wollte, fuhr er sich mit der Hand durch sein lohfarbenes Haar. »Du hast absichtlich mein Kind in Gefahr gebracht, du hast sein Leben riskiert, ohne einen Gedanken in deinem hohlen Kopf. Bedeutet dir denn deine eigene Leibesfrucht gar nichts?«

Der grausame und ungerechte Vorwurf machte Jane wütend. »Ich liebe mein Kind sehr, niemals würde ich etwas tun, das ihm schadet! Bitte versucht doch zu verstehen, daß es von dem Luchs nichts zu befürchten hatte. Da ich die Fähigkeit besitze, mich mit den Tieren zu verständigen, kann ich sie heilen, wenn sie verletzt sind. Es wird allmählich Zeit, daß Ihr mich kennenlernt und meine besonderen Gaben auch.«

»Kein Wort mehr!« brachte Lynx zwischen zusammengebissenen Zähnen heraus. Sein Arm wies zum Schloß hin. »Macht Euch auf den Weg, Mylady.«

Während Jane auf dem Pfad vor ihm herging, hüllte sein unheilvolles Schweigen sie ein. Er sprach nicht mehr, bis sie den Innenhof erreichten. »Du wirst das Schloß nicht mehr verlassen«, erklärte er knapp.

Alice Bolton kam zusammen mit Kate Leslie von ihrem Besuch in der Destillierkammer zurück, wo sie eine neue Mischung hergestellt hatten, um das Haar zu bleichen. Alice und ihre Zofe sahen, wie Jane, fast in Tränen aufgelöst, sich vorwärtsschleppte mit Lynx de Warenne hinter ihr. Die Haltung des Paares sagte allen

Zeugen deutlich, daß sie sich gestritten hatten, noch ehe bekannt wurde, daß Jane das Schloß nicht mehr verlassen durfte.

Hinterlistig kräuselte Alice ihren Mund, als sie sah, wie sich Jane an ihr vorbei zur Treppe schleppte. »Deine Schwester hat sich aufgeregt. Bring ihr etwas von meinem ganz besonderen Wein, und finde heraus, welche Schwierigkeiten es gibt«, befahl sie Kate. »Mein Haar können wir auch später noch behandeln.« Alicia wußte, daß diese junge Frau ihr gegenüber im Vorteil war, und sie hoffte, den Streit jetzt zu ihren Gunsten nutzen zu können. Solange Lynx wütend auf dieses Mädchen war, würde sie versuchen, ihn wieder in ihr Bett zu locken. Heute abend in der Halle würde sie ihr Haar unbedeckt lassen und eines von Lynx' Lieblingsgewändern anziehen.

Kurz darauf kam Kate zurück, offensichtlich hatte sie sich über ihre Schwester geärgert. »Sie hat kaum mit mir geredet, Mylady. In letzter Zeit gibt sie sich recht hochnäsig und tut, als sei sie etwas Besseres.«

»Hast du sie zu dem Wein überredet?«

»Sie hat ihn zu all den anderen Flaschen gestellt, die ich ihr gebracht habe. War etwas darin?« fragte Kate mißtrauisch.

»Natürlich nicht«, log Alicia. »Wein löst die Zunge. Ich dachte, sie würde sich dir danach anvertrauen. Konntest du nicht den Grund ihres Streites herausfinden?«

Kate, die der spitzen Zunge von Alicia entgehen wollte, rückte schnell heraus: »Es muß etwas mit dem Kind zu tun haben, Lord de Warenne hegt keine persönlichen Gefühle für meine Schwester.«

Alicia preßte die Lippen zusammen. »Natürlich. Er hat ihr verboten zu reiten, und jetzt darf sie das Schloß nicht mehr verlassen. Die Fürsorge und Aufmerksamkeit, die er dem Kind schenkt, macht sie wahrscheinlich schrecklich eifersüchtig, und dabei ist dieses Balg noch nicht einmal auf der Welt.« *Und wenn dieses kleine Luder den Wein trinken würde, würde sie eine Fehlgeburt haben!*

Lady Bolton löste ihren Schleier. »Wir wollen uns nun meinem Haar widmen. Heute abend muß ich ganz besonders schön aussehen.«

Die verschiedensten Pläne gingen Alicia durch den Kopf, während Kate sich um ihre gebleichten Locken kümmerte. Offensichtlich gelang es ihrer Zofe nicht mehr, Jane zum Reden zu bringen; doch sie war auch ohne dies nützlich. Sie hatte freien Zugang zu den Gemächern ihrer Schwester im Hauptturm, und das war die Voraussetzung für den Plan, den Alicia sich ausgedacht hatte. »Möchtest du mal ein Kleid von mir anprobieren, Kate? Es überrascht mich, daß deine Schwester dir gegenüber nicht etwas großzügiger ist.« Alicias Erfahrung nach wirkte Bestechung Wunder.

Ehe sie an diesem Abend zum Essen in die Halle ging, bürstete Alicia ihr Haar und legte die Saphire an, die Lynx ihr vor langer Zeit geschenkt hatte. Er behandelte sie in letzter Zeit höchst gleichgültig, und sie mußte diese Gelegenheit nutzen, das zu ändern. Erregung ergriff von ihr Besitz. Sie hatte Lynx' Zorn erlebt, den er mühsam unter Kontrolle zu halten vermochte – da gefiel er ihr immer besonders. Ein Schauer rann durch ihren Körper, als sie sich an die Narben aus den Schlachten auf seiner nackten Gestalt erinnerte. Sie waren der sichtbare Beweis der Gefahren, denen er sich auszusetzen pflegte.

Als Lynx sich in die Halle begab, wußte er, daß Jane nicht dort sein würde. Nach einem Streit blieben die Frauen immer für sich, als seien sie diejenigen, die ungerecht behandelt worden waren. Nun, es würde lange dauern, bis er sie bäte, sich wieder neben ihn auf den Ehrenplatz zu setzen. Sie konnte in ihrem Zimmer essen und über ihr unverantwortliches Benehmen nachdenken.

Er entdeckte Thomas und sah, daß Alicia ihn in eine Unterhaltung verwickelt hatte. Lynx war verärgert, denn einer Begegnung mit ihr könnte er jetzt nicht mehr entrinnen. Beim Näherkommen erkannte er zynisch, daß sie eines seiner Lieblingskleider trug, saphirblau, und dazu die Juwelen seiner einstigen Ergebenheit.

»Guten Abend, Lynx.« Ihre Stimme war sanft, ein untrügliches Zeichen dafür, daß sie etwas von ihm wollte.

»Mylord, würdet Ihr mir erlauben, heute abend mit Euch zu speisen?«

Ein deutliches Nein wäre zu mürrisch gewesen, selbst bei seiner Verstimmung. Eilig suchte er nach einer Ausrede, doch im Grunde störte sie ja nicht weiter. »Meinetwegen!« gab er sich lässig, wählte einen Platz unterhalb der Empore und zog Alicia einen Stuhl heran.

Als Thomas ihnen Wein eingoß, nahm Alicia ihren Becher und trank einen großen Schluck. »Lynx, ich möchte mich bei dir entschuldigen.«

»Wofür?« fragte er offen, weil er die berechnende, betörende Art dieser Frau kannte.

»Ich habe dich deshalb ignoriert, weil ich so böse war auf dich – habe dich dafür bestraft, daß du mich hierher in den Norden verbannt hast. Aber eigentlich bin ich nur schrecklich verwöhnt und habe mir selbst leid getan.«

Als er sie ansah, fand er sie so dünn, daß sie schon fast abgemagert wirkte. Sofort verglich er sie mit Janes weichem, üppigem Körper.

»Jetzt ist mir erst klar, daß ich nicht dich bestraft habe, Lynx, sondern mich selbst. Ich vermisse deine Gesellschaft sehr, mein liebster Lord, und bitte dich inständig um deine Freundschaft.«

Während Lynx sie betrachtete und ihr zuhörte, merkte er, daß das Verlangen nach seiner alten Geliebten der Vergangenheit angehörte. Und plötzlich tat sie ihm leid. Wie einsam mußte sie sich fühlen! Es war unfair Alice gegenüber, sie hier an der Grenze einzusperren. »Ich werde in Kürze nach Edinburgh reisen ...«

Noch ehe er den Satz beendet hatte, begann sie ihn anzuflehen. »Oh, Lynx, bitte nimm mich mit. Du wirst es garantiert nicht bereuen!«

Sein aufmerksamer Blick lag auf ihrem Gesicht. »Eine Frau wie du ist nicht dazu geschaffen, auf dem Lande zu versauern ... wahrscheinlich haßt du Dumfries? Zweifellos wirst du in Edinburgh glücklicher sein.« Er legte seine Hand auf ihre, um ihr seinen Vorschlag möglichst schmackhaft zu machen. Hier ergab sich eine Gelegenheit, sie für immer aus seinem Umkreis verschwinden zu lassen. »Im Schloß Edinburgh residiert der Gouverneur beinahe so wie bei Hofe. Es werden ständig sowohl englische als auch schottische Adlige empfangen, die mit Gefolge anreisen, um ihre Treue zu schwören. Warum läßt du dich nicht dort nieder und kaufst dir in der Nähe ein kleines Haus?«

»Was für eine wundervolle Idee! Wir können dann immer zusammen sein, wenn du in die Stadt kommst, und ich hoffe, das wird oft der Fall sein. Ich danke dir so sehr, mein Liebster!«

Lynx zog seine Hand wieder zurück und griff nach seinem Besteck. »Dich hierzubehalten wäre dir gegenüber einfach unfair.« *Und auch Jane gegenüber!* Auf einmal begriff er, daß Jane Leslie seinen Heiratsantrag vermutlich deshalb abgelehnt hatte, weil er sich neben ihr einc Geliebte hielt. Alicia war kein wesentlicher Teil seines Lebens mehr, aber das konnte Jane nicht wissen.

Als das Mahl vorüber war, entschuldigte Lynx sich. Er lächelte Alicia zu und war froh, daß sie ihm keine Schwierigkeiten machen würde. Jetzt konnte er es sich leisten, ihr gegenüber freundlich zu sein, wo sie endlich zu begreifen schien, daß sie nur noch Freundschaft verband. »Ich gebe dir später noch Bescheid, wann wir aufbrechen.«

Alicia erwiderte seine Wärme. »Ja, später.«

Lynx sprach über seine bevorstehende Reise nach Edinburgh mit seinen Rittern und bestimmte, wer ihn begleiten und wer zurückbleiben sollte. Danach suchte er seinen Verwalter auf und schließlich die Knappen.

Thomas rieb sich die Nase. »Ich bin nicht sicher, ob Ihr Taffy damit betrauen solltet, sich um Lady Jane zu kümmern, Mylord. Er vermag einer Lady gegenüber nicht die nötige Festigkeit aufzubringen und ihr die Regeln klarzumachen, wenigstens nicht bei dieser speziellen Dame.«

»Und warum nicht?« fragte Lynx mit gerunzelter Stirn.

Thomas lachte leise. »Weil der Junge verliebt ist in sie.«

Die Falten auf Lynx' Stirn wurden tiefer. Thomas fand das vielleicht lustig, aber Lynx keineswegs. »Dann fällt dir diese Aufgabe zu«, erklärte er Thomas. »Zu ihrem eigenen Schutz darf sie das Schloß nicht verlassen!« Der Gedanke, zurückbleiben zu müssen, verscheuchte das Lächeln von Thomas' Miene im Handumdrehen.

De Warenne zog sich in seine Gemächer zurück, um eine Nachricht an Robert Bruce zu verfassen. Während er in Edinburgh war, würde er sich beruhigter fühlen, wenn der Bruce ein Auge auf Dumfries hätte. Lynx bestreute das Pergament mit Sand und drückte dann sein Wachssiegel darauf. Als er gerade sein Wams ausziehen wollte, klopfte es. Da er Thomas an der Tür wähnte, bat er ihn unbesehen herein. »Ich habe eine Botschaft für ...« Er hielt inne, als Alicia auf der Schwelle erschien. *Gott gebe mir Geduld!* »Alicia, warum bist du hier?«

»Du hast mich doch eingeladen.«

»Dich eingeladen?« Vor lauter Überraschung sprach er so laut, daß es bis in die Räumlichkeiten unter ihnen drang.

»Oh, nicht mit Worten ... aber mit deinen Blicken!«

Er starrte sie ungläubig an, als sie begann, ihr Nachtgewand auszuziehen.

Unten hatte Jane die Stimme einer Frau gehört, obwohl sie die Worte, die gesprochen wurden, nicht verstehen konnte. Da sie blanke Neugier packte, ging sie auf Zehenspitzen die Treppe hinauf und lauschte an Lord de Warennes Tür.

»Heute abend konnte ich deutlich sehen, daß du mich genauso begehrtest wie ich dich. So, wie du mich angesehen hast, wie du mich mit dem Blick deiner leidenschaftlichen Augen entkleidet hast! Deshalb habe ich auch dein Lieblingsgewand angezogen und die Saphire von dir ...«

Ein Gefühl der Schuld ergriff Lynx, da sein Verlangen nach dieser Frau seit langer Zeit erloschen war. Leider bildete sie sich das alles nur ein. Wie konnte er sie bloß wieder loswerden, ohne sie allzutief zu verletzen? In dem Augenblick, in dem er sie abwiese, würde sie zu schreien beginnen. »Alicia«, begann er mit entschiedener Stimme und hielt mit der Hand ihr Nachtgewand zu. »Ich möchte, daß du dich wieder zurückziehst. Wir sind schon lange genug zusammen, und du weißt, daß ich derjenige sein möchte, der den ersten Schritt tut. Wenn ich dich haben will, werde ich auf dich zukommen!«

»Ich verstehe, mein Liebster; die Wände haben Ohren.«

Mit fester Hand führte er sie zur Tür und öffnete sie, entschlossen, sie loszuwerden.

Jane stand etwas entfernt in einer Nische und starrte blind in die Dunkelheit. Fang nur nicht an zu weinen! zankte sie sich aus. Es macht nichts, daß sie sein Lieblingskleid getragen oder er ihr Juwelen gekauft hat, redete sie sich ein. Statt des Kummers fühlte sie plötzlich einen so großen Zorn, daß sie das Gefühl hatte, zu explodieren. Er bringt sie nach Edinburgh, dachte sie empört. Du machst dir mehr aus deiner Geliebten als aus mir. Ich wünsche dich ins Höllenfeuer, Lynx de Warenne!

Jane schlich nach ihnen die Treppe hinunter. Mit zitternden Händen zündete sie eine Kerze an, dann fiel ihr Blick auf die Karaffe mit Wein. Sie griff nach einem Becher.

Erfüllt mit neuem Selbstvertrauen, ließ Alicia alle ihre Wachslichter aufflammen und schüttelte die Kissen auf. Sie wußte, daß Lynx es nicht mochte, wenn sie ihn in seinem eigenen Bereich aufsuchte, es war dumm gewesen, so etwas zu tun. Aber heute abend hatte sie einfach nicht anders gekonnt. Da er sich schon seit so langer Zeit nicht mehr bei ihr blicken ließ, war er ihrer möglicherweise müde geworden …

Alicia genehmigte sich ein Glas Wein und lief dann unruhig auf und ab. Warum sehnte er sich nicht nach ihrer Gesellschaft? Daran war sicher nur das Biest schuld, mit dem er diese Probezeit eingegangen war. Weil er seinen Samen in ihren Bauch gepflanzt hatte, stellte sie für ihn mir nichts, dir nichts die Hauptsache seines Lebens dar. Das Pennyroyal, das Alicia in jene Flasche geschüttet hatte, konnte natürlich nicht wirken, wenn dieses dumme Ding sie nicht trank!

Nachdem noch eine Stunde vergangen war, begriff Alicia, daß Lynx de Warenne nicht kommen würde. Aber warum lehnte ein Mann ihr so freizügiges Angebot ab? Das ergab doch keinen Sinn. Sie hatte all ihren Stolz hinuntergeschluckt und war zu ihm gegangen – zum Dank dafür erniedrigte er sie! Hastig eilte sie zum Spiegel. Sie öffnete ihr Nachtgewand, um sich bestätigen zu lassen, daß sie so schlank und attraktiv war wie seit jeher. Ihr Bauch war flach, nicht geschwollen und entstellt wie der von Jane Leslie. Aber dann begriff sie blitzartig, daß sie es nicht mit dem Mädchen aufzunehmen hatte – sondern mit dem Kind!

Nun, alles würde gut werden, Lynx brachte sie nach Edinburgh! Alicia klammerte sich an diesen Gedanken wie eine Ertrinkende an einen Strohhalm. Jedoch zeigte ihr die Wahrheit ihr häßliches Gesicht. Er brachte sie nach Edinburgh, um sie loszuwerden. Das war der Grund, warum die beiden heute gestritten hatten! Jane Leslie verlangte, daß Lynx seine Geliebte aus Dumfries entfernte!

Alicia warf mit dem Becher nach dem Spiegel, er hinterließ eine Beule auf der polierten Oberfläche. Umgehend mußte sie ihren Plan ändern. Den Samen des Mißtrauens zu säen wäre vielleicht genauso wirksam, wie das Kind abzutreiben. Sie hatte schon viel zuviel Zeit vergeudet. *Jemand, der zögert, ist verloren!*

## 20

Jane legte sich nicht nieder. Sie saß in einem Stuhl vor dem erlöschenden Feuer, einen Becher Wein neben sich, und kämpfte mit ihrer Traurigkeit. Sollte sie einfach ihren Stolz hinunterschlucken und das Beste aus dieser bitteren Situation machen? Sollte sie Lord de Warenne gegenübertreten und ihm gestehen, was sie empfand? Oder sollte sie Alicia die Augen auskratzen?

Jory de Warenne hatte behauptet, daß die Männer unterwürfigen Frauen herausfordernde, eigenwillige Gefährtinnen vorzögen. Also würde Jane sich gegen seine Autorität auflehnen und in den Schoß ihrer Familie zurückkehren. Sie wußte, daß ihr Vater häufig die Nächte im Schloß verbrachte, würde daher nur Megotta zu Hause antreffen. Jane packte ihre Sachen nicht, sie kam auch ohne seine Ausstaffierung zurecht. Tief in ihrem Inneren hoffte sie jedoch auf sein Einlenken und daß alles zwischen ihnen beiden wieder ins Lot geriete.

Der Tag war noch nicht angebrochen, als Jane durch das Tor schlüpfte und sich auf den Weg nach Hause machte. Als sie ankam, brannten die Kerzen, und sie war überrascht, Sim und Ben am Herd vorzufinden, die sich angeregt mit Megotta unterhielten. Jane hatte nicht einmal gewußt, daß sie jetzt erst von den Weiden in den Uplands zurückgekehrt waren. Angeblich aufgrund des milden Herbstwetters waren sie einen Monat länger dort oben geblieben als üblich.

Als sie die Küche betrat, hörten die drei so plötzlich auf zu schwatzen, als wären sie bei Klatsch und Tratsch erwischt worden. Heimlichtuerei lag in der Luft, und Jane vergaß sofort ihre eigenen Probleme, weil sie spürte, daß es hier noch gewichtigere Schwierigkeiten gab. Ihre Großmutter wandte sich um und sprach mit jemandem, den Jane nicht sehen konnte.

»Hast du Jane etwas gesagt?« wollte Megotta wissen.

Keith trat aus dem Schatten. »Nein, noch nicht.«

Jane sprang auf ihren Bruder zu. »Was ist los? Was ist geschehen?«

»Sie hat das zweite Gesicht, genau wie Keith. Es ist unmöglich, etwas vor ihr geheimzuhalten«, flüsterte Megotta.

»Als wir in den Uplands waren, erfuhren wir von einem neuen Führer, der schottische Rebellen um sich versammelt. Männer aus allen Ständen stoßen dazu. Zweite und dritte Söhne, die nichts zu verlieren haben, bilden eine Armee, um gegen die englischen Unterdrücker zu kämpfen. Sein Name ist William Wallace und sein Ziel – die Freiheit. Zahllose Menschen unterstützen ihn heimlich, weil sie nicht in Sklaverei leben wollen«, erklärte Ben.

Und Sim ergänzte: »Er ist ein Kelte wie wir. Wir haben ihn gesehen, ihm zugehört. Er gibt uns unseren schottischen Stolz zurück, den die Engländer uns austreiben wollen. Die Hälfte der Schafhirten an der Grenze haben sich Wallace angeschlossen.«

Entsetzt starrte Jane ihre Brüder an. »Allmächtiger, ihr habt euch bereits verpflichtet. Deshalb seid ihr bis zum November weggeblieben, weil ihr insgeheim seiner Revolte zustimmt!«

»Wir sind Kelten!«

»Ihr seid tote Männer, wenn de Warenne davon Wind bekommt«, warnte Keith die beiden.

»Niemand außerhalb dieses Hauses darf etwas erfahren«, drängte Jane heftig, »und ihr müßt es unbedingt vor Vater geheimhalten. Wenn ihr damit weitermacht, wird das über uns alle das Todesurteil fällen!«

»Seid ihr so blind, daß ihr nicht seht, warum sich de Warenne hier in Dumfries aufhält?« wollte Keith von ihnen wissen. »Er ist hier, um jeden Funken von Rebellion zu ersticken – mit seinem Onkel als Gouverneur von Schottland im Rücken! Sogar Robert Bruce hält zu den Engländern. Sie haben überall ihre Spione.«

Sim und Ben warfen einander einen ängstlichen Blick zu. Zwar hatten sie bis jetzt den Anführern lediglich einige ihrer Schafe überlassen – doch das genügte bereits, sie an den Galgen zu bringen.

Als ihre Schwester Kate vorbeischaute, frühstückten sie gerade alle. »Ich habe gehört, daß ihr nach Hause gekommen seid«, wandte sie sich an Sim und Ben, »und wollte euch nur begrüßen.« Kates Augen weiteten sich, als sie Jane am Tisch entdeckte. »Was tust du denn hier?«

Die Jüngere warf den Kopf zurück. Kate interessierte sich stets nur für Klatsch, und Jane hoffte verzweifelt, ihn von sich fernzuhalten. »Du weißt, daß Lord de Warenne und ich uns gestritten haben. Ich habe mich entschieden, wieder nach Hause zurückzukehren.«

Als Kate gegangen war, warnte Jane die anderen. »Ihr dürft ihr nicht vertrauen. Sie ist ein Herz und eine Seele mit de Warennes Geliebter.« Geflissentlich übersah sie die mitleidigen Blicke ihrer Angehörigen.

»Dein Vater hätte dich nicht mit ihm verkuppeln dürfen!« fuhr Megotta auf.

»Du weißt, daß ich keine andere Wahl hatte, als der Probezeit zuzustimmen.« Jane wünschte, sie wäre nicht nach Hause gekommen und hätte nichts von Bens und Sims unvernünftigem Handeln erfahren. Jetzt war ihre Loyalität hoffnungslos gespalten, und sie hatte das Gefühl, zerrissen zu werden.

»Meine Schwester Jane ist zu unserer Großmutter zurückgekehrt«, berichtete Kate Alicia. »Sie hat sich den Befehlen von Lord de Warenne widersetzt!«

»Ich interessiere mich nur am Rande für deine Schwester. Lord de Warenne nimmt mich mit nach Edinburgh. Geh und hol mir mein Frühstückstablett, anschließend kannst du mir beim Packen helfen.« Alicia vermochte immer noch nicht zu fassen, daß ihr das Schicksal einen so passenden Ausweg bot.

In dem Augenblick, als Kate gegangen war, nahm Alicia ihren Vorrat an Pennyroyal von dem Regal, wo sie es versteckt hatte, und machte sich auf den Weg in den Hauptturm. Sie schlüpfte in Janes Zimmer und legte die Kräuter neben den Wein. Das Ganze hatte nicht einmal eine Minute gedauert. Jetzt mußte sie nur noch Lynx erzählen, was das Mädchen vorhatte. Die dumme Gans hatte sich ihr Pech selbst eingebrockt.

Als Lynx zusammen mit seiner Schwester Jory die Halle verließ, begegneten sie Alicia. Es sah so aus, als habe sie auf ihn gewartet, und er zwang sich zur Geduld, obwohl ihm gar nicht danach zumute war.

»Mylord, ich muß unbedingt mit dir allein sprechen.«

»Was ist, Alicia?« Er sah, daß sie Marjory einen Blick zuwarf.

»Sicher möchtest du nicht, daß jemand anderes hört, was ich dir sagen muß.«

Lynx war am Ende mit seiner Nachsicht; doch da er bald nicht mehr mit ihr zusammen sein müßte, zog er sie in die Schreibstube neben der Halle.

»Jane Leslie versucht, dein Kind abzutreiben.«

Lynx packte sie an den Schultern. »Du verlogenes Luder!«

»Aber es ist wahr!« rief sie. »Ihre Schwester hat das Zeug in ihrem Zimmer gefunden. Sie hat Wein mit Pennyroyal getrunken, aber es klappte nicht; und deshalb ist sie jetzt zu ihrer Großmutter gerannt, damit die es richtig macht. Die alte Hexe Megotta macht alle Abtreibungen in Dumfries! Du kannst fragen, wen du willst!«

Lynx schob Alicia beiseite und raste zum Hauptturm hinüber, dabei machte er meterlange Schritte. Er hatte Jane verboten, das Schloß zu verlassen; sie würde es nicht wagen, sich seinem Befehl zu widersetzen. Aber die ganze Zeit über flüsterte ihm eine Stimme in seinem Inneren zu, daß Jane sehr wohl dazu in der Lage sei. Na gut, Auflehnung ging ja noch, aber sicher würde sie niemals ihr Kind umbringen!

Als Lynx in ihren leeren Gemächern eintraf, sagte er sich, daß sie bestimmt irgendwo im Schloß unterwegs sei. Er öffnete ihren Schrank und fühlte sich schon besser, als er dort all ihre Kleider entdeckte. Doch als sein Blick dann auf das Pennyroyal fiel und Janes Kräutermesser, wurde ihm übel. Er nahm den Becher hoch und roch daran. Sein Magen hob sich, und ihn überrollte eine Welle von Furcht. Dann begann Lynx de Warenne zu laufen.

Erschrocken sprang Jane auf, als die Haustür aufgerissen wurde und Lynx de Warenne wie ein Todesengel hereinstürzte. Beinahe wäre sie ohnmächtig geworden, vor Angst um ihre Brüder. Wie hatte er so schnell erfahren, daß sie sich mit William Wallace eingelassen hatten? Er schlug ihr ein Glas mit Milch aus der Hand und schrie: »Wage es nicht, dieses schmutzige Zeug zu trinken!«

Jane sank auf einen Stuhl, ihre Beine zitterten, als sie erleichtert begriff, daß sein Zorn sich nicht gegen ihre Brüder richtete, sondern auf sie. Sie sah, wie er mit dem Finger auf Megotta deutete: »Alte Frau, wenn du irgend etwas getan hast, um mein Kind umzubringen, dann bereite dich auf deinen Tod vor!«

»Lord de Warenne, was sagt Ihr da? Was unterstellt Ihr uns für Greueltaten?« rief Jane.

»Du versuchst, das Baby abzutreiben!«

»Um Himmels willen, ich schwöre bei meiner Ehre – wie könnt Ihr es wagen ...«

»Frauen haben keine Ehre«, donnerte er.

Jane trat zu ihm und umfaßte seinen Arm. In dem Augenblick, als sie ihn berührte, spürte sie seine Angst, begriff seinen Schmerz und den Zorn, der ihn erfaßt hatte. Heftig grub sie die Fingernägel in sein Fleisch, um ihn zur Besinnung zu bringen. »Lynx, ich schwöre dir bei meiner Seele, ich habe nichts getan!« Sie griff nach seiner Hand und zog sie an ihren Bauch. »Fühlt doch, fühlt! Das Baby lebt ... es wächst und gedeiht.«

Ein Teil der Wut verschwand aus seinen grünen Augen, und er richtete seine Aufmerksamkeit auf ihren Leib, wo sich die Bauchdecke spannte. Jane streckte die Hand aus und legte die Finger an seine Wange. »Mylord, ich weiß, wie sehr Ihr dieses Kind liebt. Bitte, versteht doch, daß auch ich es liebe, von ganzem Herzen und mit aller Kraft!«

»Warum bist du dann hierhergekommen?« brüllte er uneinsichtig.

»Ich mag keine Nebensache sein! Letzte Nacht war Eure Geliebte in Eurem Zimmer, und das machte mich eifersüchtig – aber wer erhebt eine solche ungeheuerliche Anklage gegen mich?«

»Alicia und deine Schwester Kate. Ich habe mit eigenen Augen gesehen, daß bei dir Kräuter herumliegen, die eine Abtreibung bewirken.«

»Ich werde jetzt mit Euch kommen und den Menschen gegenübertreten, die mir so etwas vorwerfen.«

Schweigend wanderte Jane neben ihm her zum Schloß. Ihr Gesicht war blaß, ihre Hände zitterten, doch sie schritt aufrecht dahin. Langsam stieg sie die Treppe zum Hauptturm hinauf, das Kind war mittlerweile so sehr gewachsen, daß sie sich ein wenig unbeholfen bewegte.

Jetzt erst kam ihr das Pennyroyal zu Bewußtsein – sie hob den Blick und sah Lynx in die Augen. »Ich schwöre Euch, ich habe diese Pflanzen nicht gesammelt.«

»Der Wein ist mit dem gemeinen Zeug versetzt.«

»Kate hat mir den Wein gebracht ... Gott sei Dank habe ich nur daran genippt«, murmelte sie. Wieder blickte sie auf. »Ihr müßt entscheiden, wem Ihr glauben wollt.«

Jory hüpfte durch die offene Tür herein. »Ihr beiden seht ja schrecklich aus – hat Alicia schon wieder Unheil gestiftet?«

Jane spürte einen so dicken Kloß in ihrem Hals, daß sie beinahe daran erstickte. »Sie hat Mylord eingeflüstert, daß ich das Baby abtreiben wollte.«

»Allmächtiger, sie wird aufhören mit ihren bösen Intrigen. Lynx, ich muß dir etwas sagen, etwas, das schon vor langer Zeit fällig gewesen wäre.«

Marjory führte Jane zu einem Stuhl. »Setz dich, ehe du noch umfällst«, sagte sie leise, dann zog sie ihren Bruder nach nebenan.

»Als Alicia und ich in Wigton waren, habe ich sie eines Tages blutend angetroffen, weil sie an sich selbst eine Abtreibung vorgenommen hatte. Irgendwie hegte ich schreckliche Angst um sie, aber sie versicherte mir, es werde alles gutgehen und das sei nicht das erste Mal. Sie bat mich, sie nicht zu verraten; dummerweise gab ich ihr mein Wort ...«

»Verdammt, Jory, warum hast du es mir nicht trotzdem gesagt?«

»Weil mir Alicia zu jenem Zeitpunkt leid tat und ich deinen Jähzorn fürchtete, wenn du die Wahrheit erfahren würdest! Aber ihre Lügen hinsichtlich Jane befreien mich von meinem Schweigegelöbnis.«

Lord de Warenne knirschte mit den Zähnen. »Gibt es überhaupt eine Frau auf dieser Welt, der man vertrauen kann?«

Jory erschauerte, als er aus dem Zimmer stürmte – ihr Bruder sah aus, als sei er bereit zu einem Mord.

Kate hatte beinahe alle Kleider Alicias gepackt, als de Warenne hereinrauschte. »Laß uns allein!« Sein Ton war so grimmig, seine Augen blickten so drohend, daß Kate den Umhang fallen ließ, den sie gerade zusammenfaltete, und aus dem Zimmer floh.

De Warenne kam ohne Umschweife zum Thema. »Warst du während unserer gemeinsamen Zeit einmal schwanger?«

Alicia starrte ihn an und sah die Ausweglosigkeit ihrer Lage – ganz gleich, wie ihre Antwort ausfiele.

»*Warst* du?«

Sie zuckte zurück, als hätte er sie geschlagen. »Ja, Lynx, aber ich hatte eine Fehlgeburt. Ich wollte es dir nicht sagen, weil ich wußte, wie sehr du dir ein Kind gewünscht hast.«

»Dann ist es also wahr.« Das grüne Feuer in seinen Augen verwandelte sich zu Eis.

»Die Verräterin Marjory de Warenne gehört ins Höllenfeuer!« fluchte Alicia.

»Madam, Ihr seid hier die Verdammte!« Er sah zu ihren Truhen die überquollen von den Sachen, die er ihr geschenkt hatte. »Sputet Euch – sicheres Geleit nach Edinburgh oder nach England, oder wo immer Ihr auch hinreisen möchtet, sei Euch gewährt!«

Alicia starrte auf die Tür, die sich hinter ihm geschlossen hatte, zwei hochrote Flecken der Demütigung brannten auf ihren Wangen. Also war ihre Beziehung beendet! Wie konnte er es wagen zu glauben, daß sie das einfach so hinnähme? Sie würde ihm seine

Arroganz, die sie einmal so anziehend gefunden hatte, heimzahlen. Vielleicht glaubte er, ihre Beziehung sei zu Ende; doch das träfe erst dann zu, wenn sie ihre Rache genommen hätte. Weder nach Edinburgh noch nach England würde sie gehen, sondern statt dessen zu Fitz-Waren nach Torthwald. »Ich zwinge dich schon noch in die Knie«, schwor Alicia. »Und ich werde dazu deinen eigenen Cousin benutzen!«

Marjory drängte Jane, sich hinzulegen. »Du hattest einen so aufregenden Morgen, ich denke, du solltest dich ins Bett begeben.«

»Aber ich bin nicht krank!«

»Trotzdem solltest du dich ausruhen. Du bist weiß wie die Wand. Ich werde bei dir bleiben, wenn du das möchtest«, bot Jory an.

Jane gab nach. »Ich werde meine Füße hochlegen und vielleicht einen Talisman malen ... das beruhigt mich immer.«

»Oh, wirst du einen für mich machen? Robert trägt auch einen Talisman. Glaubst du wirklich, daß sie magische Kräfte besitzen?«

»Sein Symbol ist ein keltisches Pferd, das steht für Herrschaft. Ich glaube, der Talisman hat die Macht, seinen Träger zu beschützen – aber Roberts Schicksal liegt in ihm selbst.«

Jory sah Jane eindringlich an. »Kennst du sein Schicksal?« Schnell legte sie einen Finger an Janes Lippen. »Nein, sag es mir nicht – ich möchte, daß alles so bleibt, wie es ist.«

»Das Rad des Lebens dreht sich, Jory. Alles verändert sich. Würde es dir gefallen, wenn ich für dich ein göttliches Paar zeichne, das die heilige Vereinigung der männlichen und weiblichen Energie darstellt? Das unterstreicht das Verlangen eines jeden Partners sowohl nach Unabhängigkeit als auch nach Kooperation, um die Reise des Lebens zu bereichern.«

»Das klingt perfekt. Seit Anbeginn der Zeiten haben Menschen an die mystische Kraft der Symbole geglaubt. Ich will dir von den römischen phallischen Symbolen auf dem Hadrianswall erzählen, die Robert mir zeigte.«

Als die beiden sich mit dem Entwurf des Talismans beschäftigten, bemühten sie sich besonders, nicht von Lynx de Warenne und der unangenehmen Konfrontation zu sprechen, die stattgefunden hatte. Erst Stunden später klopfte es an der Tür. Jory öffnete und suchte rasch das Weite, damit Jane und Jorys Bruder sich allein unterhalten konnten.

»Fühlst du dich nicht wohl?« fragte Lynx.

»Doch ... Jory fand jedoch, daß ich mich ausruhen sollte. Ich habe ihr einen Talisman gemacht.«

Lynx tat ruhelos einige Schritte, dann kam er zu ihr zurück. Offensichtlich bereitete ihm das, was er ihr sagen wollte, Unbehagen. Er schob die Daumen unter sein Wams. »Du brauchst dir keine Sorgen mehr wegen Alice Bolton zu machen. Sie ist weg.«

Jane wußte, daß das alles war, was er über die Frau sagen würde, eine genauere Erklärung durfte sie von ihm nicht erwarten. »Danke, daß Ihr mir geglaubt habt.« Jane wußte, daß er ihr nicht völlig vertraute, doch in diesem Zweifelsfall hatte er zu ihren Gunsten entschieden: seine Wahl zwischen ihr und Alicia fiel auf sie – doch in ihrem Herzen wußte sie, daß Lynx de Warenne jede Frau beargwöhnte.

»Heute morgen habe ich ein wenig zu voreilig gehandelt.« Jane wußte, daß dies einer Entschuldigung am nächsten kam. Er ging zum Fenster, dann wieder zurück. »Ich bin ein Mann des Militärs und für eine eigene Armee verantwortlich. Meinen Befehlen gehorcht man, ohne Fragen zu stellen.«

Wollte er damit sein Verhalten erklären oder ihr nur sagen, wo er stand? »Und ich bin an völlige Freiheit gewöhnt«, hielt sie leise dagegen.

Der Abgrund zwischen ihnen beiden war breit. Sollte er nicht noch breiter werden, mußten sie in letzter Minute einen Kompromiß finden. Janes Blick fiel auf das göttliche Paar, das sie gerade malte, und sie war erstaunt, wie ähnlich es ihrer eigenen Vereinigung kam. Ihrer beider Bedürfnis nach Unabhängigkeit war übergroß. Sie mußten lernen, zu kooperieren und beginnen, einander zu vertrauen, ehe sie auf der Reise ihres Lebens das Glück finden konnten.

»Es wäre mir lieber, wenn du im Schloß bleibst und nicht wieder zu deiner Familie gehst.«

Jane war dankbar, daß er es ihr schonend beigebracht hatte – was von seiner Seite aus sicher ein großes Zugeständnis war. »Ich werde bleiben, Mylord, und verspreche, nichts Unvorsichtiges zu tun, das dem Baby schaden könnte.« Sie waren verlegen und fühlten sich gegenwärtig beide nicht recht wohl; doch wenigstens stritten sie nicht mehr miteinander.

»Ich werde nach Edinburgh ziehen, um den Gouverneur zu treffen. Die Trennung schafft vorübergehend ein wenig Abstand. Niemals wollte ich, daß du dich wie eine Gefangene fühlst, Mylady.«

Jetzt gingen sie wieder förmlich und reserviert miteinander um. Wenn er zurückkehrte, mußten sie abermals ganz von vorn beginnen.

»Lebt wohl und eine gute Reise, Lord de Warenne!«

Als Lynx mit seinen Rittern im Hauptquartier Edinburgh des Gouverneurs ankam, war er überrascht zu erfahren, daß sich Robert Bruce bereits in einer Unterredung mit seinem Onkel befand. Als man seine Ankunft gemeldet hatte, erlaubte man Lynx, sich zu ihnen zu gesellen. Ein Blick in Bruces grimmige Miene sagte ihm, daß sein Freund über irgend etwas furchtbar ungehalten war.

Erschöpft hob John de Warenne beide Hände. »Ich habe schon genug Schwierigkeiten, Lynx. Wenn du gekommen bist, um mir noch mehr zu bescheren, könnte ich unter Umständen in Versuchung geraten, so einem Unglücksboten den Kragen umzudrehen.«

»Der König hat Comyn freigelassen«, brummte Bruce.

John de Warenne erläuterte Lynx die Einzelheiten. »Als ich deine Nachricht von Andrew Morays Flucht erhielt, hatte er bereits eine Rebellion im Norden angezettelt. Edward ließ Comyn unter der Bedingung frei, daß er die Rebellion niederschlägt und nördlich des Firth den Frieden sichert.«

»Moray ist ein *Verwandter* von Comyn, um Himmels willen!« fluchte Bruce.

»Genau deshalb hat Edward diesen auserwählt«, versuchte John ihm zu erklären.

Doch der Bruce protestierte noch immer. »Sie werden Hand in Hand arbeiten. Comyn liebäugelt nach wie vor mit dem Thron von Schottland!«

»Da ist er nicht der einzige.« John de Warenne warf einen anzüglichen Blick auf Bruce.

Lynx rieb sich das Kinn. »Ich denke, Comyn hat Edward davon überzeugt, daß es nicht sicher ist, dem Bruce in Schottland freie Hand zu lassen. Sehr wahrscheinlich hat er darauf hingewiesen, daß deine Macht wachsen wird, es sei denn, Comyn liefert ein Gegengewicht. Es ist ein Lieblingszeitvertreib des Königs, die Edelleute gegeneinander auszuspielen; es hält Edward vorteilhaft den Rücken frei, damit er nach Flandern segeln kann.«

»Ich verbiete dir diese Respektlosigkeiten. Die Dinge, die du über den König sagst, grenzen schon an Hochverrat«, warnte John. »Was auch immer du von mir erwartest – ich kann und will die Befehle des Königs nicht außer Kraft setzen«, erklärte er dann Robert Bruce.

»Wenigstens sollte dem König ein förmlicher Antrag zugesandt werden, daß Comyn im Norden keine freie Hand haben darf. Die Grafen von Atholl und Fife könnten als Aufseher fungieren.«

»Dein Vorschlag hat einiges für sich; ich werde ihn an Edward weiterleiten«, stimmte John zögernd zu.

»Gibt es irgendwo Schwierigkeiten?« wandte sich Lynx an John.

»Kennt einer von euch beiden den Namen William Wallace?«

Die beiden Männer schüttelten den Kopf.

»Henry Percy schickte mir einen Bericht, daß dieser Wallace

und eine Bande von Gesetzlosen Percys Verwalter auf dem Marktplatz von Ayr angegriffen und getötet haben. Percy hat einen Haftbefehl ausgestellt, aber der Kerl ist nicht auffindbar.« John de Warenne hielt den Bericht eines Aufsehers aus einem anderen Bezirk hoch. »Sie konnten Wallace nicht finden, weil er einen Schutzturm in Lanark belagerte!«

»Wer ist er?« fragte Lynx.

»Ein Niemand! Keine Ländereien! Keine Titel!«

»Ich hasse es, auf eine so simple Logik hinzuweisen«, meinte Lynx. »Aber ein Mann, der nichts zu verlieren hat, ist ein gefährlicher Feind.«

John de Warenne schien verblüfft. »Als der König abreiste, da hatten die meisten der schottischen Anführer ihm die Treue geschworen; die Armeen waren aufgelöst worden und alle größeren Festungen von den Engländern besetzt. Ich hielt die Lage der Schotten für besiegelt.«

»Du solltest niemals einen Schotten unterschätzen«, schnarrte Robert Bruce.

Lynx de Warenne spürte die Warnung hinter den Worten seines Freundes.

»In meinem Vorzimmer drängeln sich die Bittsteller, und ich ertrinke in Arbeit. Können wir die Unterhaltung später fortsetzen?« bat de Warenne.

Lynx machte sich Sorgen um seinen Onkel. Eindeutig eignete John de Warenne sich besser für das Schlachtfeld als für die Verwaltung.

Sie verließen den Raum durch eine Seitentür, und im gleichen Augenblick, als sie allein waren, meinte Robert Bruce: »Wir sehen zu, daß wir etwas zu essen bekommen, und dann erzähle ich dir alles über William Wallace.«

Lynx stemmte die Fäuste in die Hüften. »Du hast doch gerade erst behauptet, noch nie etwas von ihm gehört zu haben.«

»Das war gelogen. Ich weiß schon eine ganze Weile Bescheid über den Feind des Königs.«

# 21

Robert Bruce trank seinen Humpen Bier aus und wischte sich über den Mund. »Es lag auf der Hand, daß es in irgendeinem Bezirk Schwierigkeiten geben würde, deshalb habe ich eine Falle aufgestellt. Als ich den Verpflegungstroß von Carlisle entlang der westlichen Route führte, habe ich mit einem Überfall gerechnet, noch ehe wir Glasgow erreichten. Also war ich nicht überrascht, obwohl der Ärger schon ein ganzes Stück vor Glasgow begann. Nämlich die Packpferde wurden uns in Ayr abgeknöpft, von einem rücksichtslosen Kerl namens William Wallace.«

»Du hast ihn nicht gefangen, nicht einen Kopf kürzer gemacht? Was hast du überhaupt getan?« fragte Lynx geradeheraus. Ganz nüchtern betrachtet, würde Robert Bruce immer nur das tun, was für ihn vorteilhaft war und nicht für die Krone.

»Ich habe ihn angehört, sogar verhört – und beurteilt.«

»Zu welchem Schluß bist du gekommen?«

»Wallace ist eine Galionsfigur, ein junger Riese. Du bist schon ein ziemlich großer Kerl, aber Wallace mißt mindestens einen Meter fünfundneunzig. Er hat zottige weizenblonde Augenbrauen und helle Augen, in denen der Ehrgeiz flammt. Unbestreitbar wirkt er wild und blutrünstig und rücksichtslos – fast wie ein Wahnsinniger. Sein doppelschneidiges schottisches Breitschwert schwingt er, als sei es die Verlängerung seines Arms.«

Bruce rief nach mehr Bier. »Auf der anderen Seite glaube ich nicht, daß er Erfolg haben wird. Er mag zwar Bauern, Schafhirten, Ausgestoßene und die Hinterwäldler von Schottland anführen; doch die Adligen und Clanoberhäupter werden seine Autorität niemals anerkennen. Sie genießen ihre absolute Macht und werden kämpfen, wann und wo sie es wollen – ohne sich von irgend jemandem Befehle erteilen zu lassen.«

»Du hast mit diesem William Wallace über ein Bündnis geredet!« spekulierte Lynx.

Robert lachte. »Du bist ein schlauer Halunke! Ich werde das bis zu meinem Tode abstreiten, aber wir haben in der Tat über einige ... Möglichkeiten gesprochen. Wallace ist dafür, Baliol zurück auf den Thron zu bringen, was meinen Interessen zuwiderläuft; deshalb tun wir uns auch nicht zusammen.«

»Vielleicht reicht es nicht zu einem Bündnis, aber ich wette, du hast mit diesem Bastard einen Handel vereinbart«, warf Lynx ihm vor.

»Es ist eher ein gegenseitiges Übereinkommen. Er wird auf keinen Fall mehr die Nachschublieferungen der Bruces überfallen.«

»Aber er hat Percys Verwalter angegriffen!«

Der Bruce zuckte mit den Schultern. »Ich war einmal der Aufseher von Ayr, aber der König in seiner Weisheit hat den Posten Percy übertragen.« Er zog eine Augenbraue hoch, dann beugte er sich zu Lynx vor. »Es kümmert mich einen Dreck, was Wallace Percy antut, solange er mir und den Meinen einen vernünftigen Spielraum läßt.«

»Schon seit Jahren geht das Gerücht, daß du ein geheimes Bündnis mit sieben Grafen eingegangen bist – die dich auf den Thron bringen wollen, wenn die Zeit dafür reif ist.«

»Das waren mein Großvater und mein Vater früher. Die Grafen haben die Seiten öfter gewechselt als ihre Unterhosen. Ich setze mehr Vertrauen in dich, mein Freund, als in alle Grafen Schottlands.«

Am folgenden Tag kehrte Robert Bruce nach Annandale zurück, doch Lynx blieb in Edinburgh, weil John de Warenne ihn darum gebeten hatte. Obwohl sein Onkel hundert Angestellte und Schreiber besaß, war es offenkundig, daß der Gouverneur Lynx' Hilfe brauchte. Ehe er jedoch irgend etwas übernahm, mußte er erst einiges klarstellen. »Hast du Fitz-Waren nach Torthwald geschickt, um den Bruce und mich zu kontrollieren?«

John sah ihn erstaunt an. »Nein, wie kommst du denn auf so eine Idee? Das letzte, was ich will, ist böses Blut zwischen euch!«

In Wirklichkeit hatte John versucht, Torthwald als eine Art Verlockung für Fitz-Waren darzustellen, um ihn loszuwerden. Der junge Schurke war durch Edinburgh gestreunt und hatte sich die Taschen gefüllt – ständig gingen bei John Beschwerden über ihn ein. »Da ich dir Dumfries überließ, dachte ich, es sei nur fair, wenn Fitz Torthwald bekommt.«

»Natürlich ist es nichts als ein Haufen Steine verglichen mit Dumfries, aber darum geht es nicht.« Lynx wollte John von den Grausamkeiten im Dorf von Torthwald erzählen; doch Fitz würde die Todesurteile damit rechtfertigen, daß er versuchte, Aufrührer aus dem Weg zu räumen. Wenn er Fitz-Waren etwas vorwarf, würde John ihn blind verteidigen. So war es in der Vergangenheit auch immer gewesen. Dennoch stellte Lynx ihm eine Frage. »Warum hast du einen seiner Offiziere als Kurier gewählt, um mir eine Nachricht nach Dumfries zu schicken?«

»Fitz sagte, daß er einige Briefe nach Dumfries zu transportieren habe.«

»Ich möchte nicht, daß er Einblick in meine Angelegenheiten bekommt. Rufe doch lieber meine eigenen Kuriere!« meinte Lynx unwirsch.

»Verdammt, warum muß zwischen euch immer diese kleinliche Eifersucht herrschen? Es ist doch verständlich, daß Fitz neidisch ist, weil du die Grafschaft erben wirst – aber von dir erwarte ich etwas anderes. Ich weiß, daß er seine Fehler hat, aber ich würde dich bitten, sie zu übersehen und deine Streitigkeiten mit ihm beizulegen, um meinetwillen!«

Du hast ja keine Ahnung, was er für ein Mensch ist, John, argumentierte Lynx insgeheim. Du glaubst, er sei nur schwach und eifersüchtig; aber ich erkenne das Böse, wenn ich es sehe. Johns Schultern schienen unter seiner neuen Verantwortung gesunken zu sein, deshalb hielt Lynx den Mund.

Der Onkel seufzte schwer. »Hier liegen Nachrichten aus ganz Schottland, die ich noch nicht einmal geöffnet habe; in den meisten davon werden zweifellos Schwierigkeiten aufgetischt.«

»Ich werde sie durchsehen und dir dann die Orte nennen, wo es kriselt«, bot Lynx sich an. »Aber ich habe auch gute Nachrichten für dich, John. Bald werde ich endlich Vater.«

»Meine Glückwünsche, Lynx! Das macht mich genauso glücklich wie dich. Bist du schon verheiratet?«

»Noch nicht. Vielleicht wird es eine Hochzeit zu Weihnachten geben.«

Doch als Weihnachten näher rückte, hatte Lynx de Warenne alle Hoffnung aufgegeben, rechtzeitig zum Fest in Dumfries zu sein. So viele Klagen kamen aus Scone, die William Ormsby, den neuen Justitiar, betrafen, daß Lynx sich dorthin begab, um die Probleme vor Ort zu untersuchen. Der Justitiar hatte seinen Gerichtshof in Scone eröffnet, und die meisten Berichte warfen ihm vor, daß er sich an seiner Stellung nur bereicherte.

Lynx stellte sehr schnell fest, daß die Klagen berechtigt waren. Ormsby erpreßte abenteuerliche Summen, indem er jeden Schotten im Umkreis von hundert Meilen mit Strafgeldern belegte. Wenn ein Mann diese Buße nicht bezahlte, wurde er geächtet. Mit nur einer Handvoll Ritter konnte Lynx nichts ausrichten; also legte er diese Tatsachen dem Gouverneur dar.

In der Zwischenzeit wiegelte William Wallace die Leute auf, wo immer er es vermochte, und jeden Tag schlossen sich ihm mehr Männer an. In Lanark wurde der Aufseher William Heselrig, der mit eiserner Hand jeden Widerstand unterdrückte, von Wallace umgebracht und die englische Garnison zerstört.

Lynx sandte seinen Leutnant Montgomery nach Dumfries, um mehr von seinen Männern zu holen. Er schickte auch seiner Schwester Marjory, Jane und seinem Verwalter Briefe, in denen er ihnen mitteilte, daß er Weihnachten nicht nach Hause kommen konnte; doch er versprach, daß sie die Festivitäten zum neuen Jahr abhalten würden, was auch den schottischen Sitten entsprach.

Der werdende Vater war hin- und hergerissen; er wollte in

Dumfries sein und war voller Angst wegen der bevorstehenden Geburt seines Kindes; doch selbstverständlich hatte die Erfüllung seiner Pflichten Vorrang vor dem Privatleben. Als er den Brief an Jane noch einmal durchlas, merkte er, daß dieser nur so strotzte von Warnungen und Befehlen, denen sie folgen sollte. Er zerriß ihn und begann noch einmal von vorn, zwei- oder dreimal. Schließlich schrieb er ihr nur, daß er hoffe, es gehe ihr gut und sie von sich aus den Wald von Selkirk meide, weil sich dort die Ausgestoßenen versteckten.

Seine Suche nach Wallace blieb ergebnislos. Der ehrgeizige junge Geächtete wurde zum Liebling des gemeinen Mannes, und das ganze Landvolk ließ ihn bei sich unterschlüpfen. Ganz besonders brutal verfuhr Wallace mit den englischen Priestern und Nonnen; er verjagte sie mit Feuer und Schwert aus den Kirchen, und diejenigen, die nicht fliehen konnten, brachte er um. Deswegen begann Lynx de Warenne, die Kirche von Schottland mit Mißtrauen zu betrachten.

Das Geld, das diesen Emporkömmling in den Sattel hievte, mußte aus irgendeiner Quelle kommen, und niemand war so reich wie die Kirche. Außerdem verfügte der schottische Klerus über einen Nachrichtendienst zwischen allen Diözesen des Landes. Jeder Bischof hatte dem König die Treue geschworen; doch Lynx de Warenne schloß zynisch, daß unter ihren langen Röcken auch die Bischöfe in erster Linie Schotten waren.

Ganz plötzlich brach mit überraschender Heftigkeit der Winter herein. Schnee bedeckte alles, und die Temperaturen sanken auf den Nullpunkt. Daraufhin wurden alle Angriffe und Feindseligkeiten eingestellt. Sowohl John de Warenne als auch Lynx wußten, daß dies nur eine vorübergehende Atempause war; die Revolten würden aufs neue beginnen, sobald das Wetter es zuließ.

Lynx bereitete ausführliche Berichte für den Gouverneur vor über William Ormsby, den Justitiar, und über die Lage in Scone. Dann beschäftigte er sich mit den Klagen gegen William Wallace und dokumentierte viele seiner verräterischen Taten. Er teilte

John auch seine Vermutung mit, daß die Kirche von Schottland möglicherweise darin verwickelt war. »Wirst du das an den König weiterleiten?«

»Ganz sicher die Berichte über William Wallace«, erklärte John entschlossen.

»Und was geschieht mit dem Justitiar?«

John schüttelte den Kopf, Sorgenfalten furchten seine Stirn. »Ich weiß, wie die Antwort des Königs lautet. Er wird mir vorhalten, er habe mich nicht hierhergeschickt, um englischen Amtsinhabern nachzuspionieren, sondern um für Ordnung zu sorgen! Edward Plantagenet will nur hören, daß diejenigen, die er ernannt hat, das Land für ihn verwalten. Die Methoden stellt er dabei nicht zur Diskussion.«

Dann unterbreitete Lynx John, daß er zum neuen Jahr nach Dumfries reiten wolle, während die Feindseligkeiten ruhten. Er schwor, mit genügend Soldaten zurückzukehren, um allen Widerstand zu brechen und Frieden in den gesamten Lowlands zu stiften. »Ich werde Robert Bruce bitten, uns zu helfen. Dazu brauche ich wahrscheinlich einige Überredungskunst – du solltest mir also etwa zwei Wochen Zeit gönnen.«

Es war das schlimmste Weihnachtsfest, daß Alice Bolton je erlebt hatte. Die heiligen Tage erkoren Fitz-Waren und seine Ritter dazu aus, pausenlose Sauforgien zu feiern. Die Fackeln in der Halle brannten Tag und Nacht, während die Männer ihre Späße trieben, die von kindischen Albernheiten bis hin zur Verderbtheit reichten.

Sie brachten ausgewachsene Widder in die Halle für ein Rennen; dann wetteten sie, wer am längsten auf ihnen reiten konnte. Als sie dessen müde wurden, wandten sie ihre Aufmerksamkeit den weiblichen Dienerinnen von Schloß Torthwald und den Mädchen aus dem Dorf zu – die sie als leichte Beute ansahen, um ihre sexuellen Gelüste zu befriedigen, ob diese nun willig waren oder nicht.

Es dauerte nicht lange, und jeder Mann im Schloß hatte ein nacktes Frauenzimmer auf dem Schoß. Und als die Fleischeslust ihren Blutdurst weckte, wurden Schafe in die Halle getrieben zu einem Schlachtfest; bis die Dämmerung hereinbrach, schwamm der Steinboden der Halle von Blut.

In der Pause, als Fitz-Waren Anzeichen einer gewissen Ernüchterung erkennen ließ, lockte Alicia ihn in ihr Bett und hielt ihn dort drei Tage fest. Sie fachte Fitz-Warens Haß auf Lynx de Warenne mit ihrem eigenen Haß an und nährte ihn, bis er grell aufflackerte. Während sie seine kranke Gier befriedigte, säte sie die Saat des Neids.

»Fitz, dein Vater ist Gouverneur von Schottland. Wo bleibt denn dein Stolz? Du solltest nicht zulassen, daß er dich hier in der Wildnis versteckt, in diesem kahlen Steinhaufen bei den Bauern. Deine Fähigkeiten sind hier verschwendet. Ein Mann mit deinen Talenten gehört in die Verwaltung dieses Landes. Denk doch nur an den Reichtum, den du dort erringen könntest!«

»Ich habe mein ganzes Leben lang versucht, in den Augen meines Vaters gut dazustehen; aber mit diesem verdammten Lynx de Warenne in der Nähe nimmt der elende Alte meine Existenz kaum wahr!«

»Es ist nicht richtig, daß Lynx de Warenne der Erbe deines Vaters wird – und es steht ihm auch nicht zu! Warum machst du dem Herrn Gouverneur nicht begreiflich, daß Lynx zusammen mit Robert Bruce einen Verrat gegen die Krone plant?«

Fitz' Hand schloß sich fester um Alicias Gesäß, und er drückte brutal zu. »Ist das wahr – hat er wirklich etwas in der Hinterhand, zusammen mit Bruce?«

»Was tut das schon zur Sache, ob es wahr ist oder nicht – solange John de Warenne dir glaubt?«

»Das alte Schwein glaubt mir kein Wort, wenn ich etwas gegen den heiligen Lynx vorbringe.« Seine Augen begannen zu flackern. »Aber der König könnte mir sein Ohr leihen.«

Alicia fütterte seine Eitelkeit emsig. »Was für eine großartige

Idee, Fitz! Offensichtlich hast du noch mehr zu bieten als ein übergroßes Glied«, schnurrte sie. »Wenn du Lynx de Warenne in Mißkredit bringst, wird dein Vater dich zu seinem Erben machen!«

»Mein Vater wird mich niemals zu seinem Erben machen, solange Lynx de Warenne lebt und atmet.«

Lächelnd streichelte Alicia seine Männlichkeit. »Ich bin sicher, ein Mann, der so gut ausgestattet ist, verstünde es, einen tragischen Unfall zu arrangieren. Wirklich, Fitz, ich kann es nicht begreifen, daß du ihn überhaupt so lange am Leben gelassen hast. Lynx haßt dich ebenfalls – ich bin sicher, er würde dich ausschalten, wenn er die Möglichkeit dazu erhielte.«

Ein Mord war für Fitz-Waren nichts Neues, und Alicias Saat fiel auf fruchtbaren Boden. Er täte gut daran, unverzüglich seinen Vater in Edinburgh aufzusuchen. Der Gouverneur mußte ab und zu Berichte an den König schicken. Es wäre ganz einfach, ein paar Hinweise auf Lynx de Warenne hinzuzufügen, der vorhatte, die schottische Krone seinem Freund Robert Bruce zu sichern. Ein solcher Hinweis würde beim König nicht auf taube Ohren stoßen – ganz besonders dann nicht, wenn Fitz-Waren Edward ins Gedächtnis riefe, daß Lynx' walisische Bogenschützen schon damals zu den Schotten überlaufen wollten, als er sie kommandiert hatte.

»Pack deine Sachen, Alicia, wir werden diesen stinkenden Misthaufen morgen verlassen.«

Weihnachten in Dumfries war recht still gewesen. Ein leichter Pulverschnee hüllte die hohen Berge über den Tälern in ein zartes Weiß und trug dazu bei, daß die Kinder an den heiligen Tagen ihre Freude hatten. Marjory de Warenne und Elizabeth de Burgh hatten eine Einladung der Bruces angenommen, die Feierlichkeiten dort dauerten tagelang; doch Jane war in Dumfries geblieben, sie wollte die Fahrt mit der Kutsche nach Lochmaben nicht riskieren.

Eine Woche nach ihrer Rückkehr saßen die Frauen zusammen mit Jane vor einem warmen Feuer in ihren Gemächern. Jane hatte viel Gesellschaft, weil die Zeit der Geburt näher rückte. Die Frau ihres Bruders, Judith, und zwei Näherinnen halfen ihr dabei, Windeln für das Baby anzufertigen. Jory und Elizabeth versuchten sich auch mit der Nadel, das Ergebnis ihrer Arbeit löste allerdings viel Gelächter und Fröhlichkeit unter den Frauen aus.

Ab und zu stand Jane auf und legte eine Hand in den Rücken, um den dumpfen Schmerz zu lindern, der sie plagte, wenn sie zu lange saß. Als sie an einem der großen Fenster vorüberging, blieb sie stehen und schrie leise auf.

Jory sprang auf, um ihr zu helfen. »Ist es soweit?«

»Nein, nein.« Jane deutete aus dem Fenster auf die dunklen Reiter, die in der weißen Landschaft auftauchten. »Lynx kommt heim!«

»Woher willst du das wissen? Sie sind noch viel zu weit weg.«

»Vielleicht ist es die Art, wie er auf seinem Pferd sitzt; ich würde ihn niemals mit einem anderen Mann verwechseln.«

»Nun, es ist aber auch Zeit, daß dieser Schnödian zurückkehrt. Ich werde ihm gehörig die Leviten lesen!«

Jane lächelte Jory zu. »Warst nicht du es, die mich aufklärte, ein Mann brauche ein warmes Willkommen? Warst nicht du es, die behauptet hat, Männer verabscheuten Weiber, die sich immer über alles beklagen?«

»Du hast dir also meine Lektionen zu Herzen genommen?« neckte Jory sie.

»Und ich schreibe alles in mein Tagebuch«, fügte die junge Elizabeth de Burgh ernsthaft hinzu.

Jane hatte noch genügend Zeit, in die Halle zu gelangen. Sie wußte, daß Lynx de Warenne und seine Ritter zuerst einmal ihre Pferde versorgen würden, ehe sie sich der Geborgenheit des Schlosses überließen.

Die Männer kamen alle zusammen herein, sie stampften mit den Füßen und wischten sich den Schnee von den Schultern. Die

Frauen warteten ungeduldig auf sie. »Willkommen zu Hause«, riefen sie und wurden belohnt mit dankbarem Strahlen.

Lynx blickte von Jory zu Jane. »Es tut mir leid, daß ich Weihnachten nicht hier sein konnte und nicht einmal, um das neue Jahr zu begrüßen.«

Jory öffnete den Mund, und die anderen hielten den Atem an. »Ach, mach dir deshalb keine Sorgen, wenigstens bist du früh genug da, um alle möglichen Nächte zu feiern.« Die Damen holten Luft und begannen zu lachen.

»Ich kann daran nichts Lustiges erkennen – aber es ist ein verdammt gutes Gefühl, lachend empfangen zu werden.« Lynx nahm Janes Hände in seine und musterte sie von Kopf bis Fuß. »Steht alles zum besten?«

»Durchaus, danke, Mylord.«

»Ein glückliches neues Jahr, Jane! Ich habe eine Wiege aus Edinburgh mitgebracht, mit geschnitzten Rosen und Disteln. Warte nur, bis du sie siehst!«

»Wir haben die Packpferde begutachtet, da ist sicher allerhand für uns dabei«, erklärte Jory gnädig. »Deshalb haben wir uns entschieden, dir zu verzeihen.«

»Die Geschenke sind alle für Jane ... tut mir leid, Schwesterherz«, zog er sie auf und wußte doch, daß er ihr keinen Augenblick etwas vormachen konnte. Als er so vor ihnen stand, erfüllte Lynx ein überwältigendes Gefühl der Erwartung – und gleichzeitig vermochte er eine düstere Ahnung nicht zu vertreiben. Jetzt, wo er Jane sah und wußte, daß sein Kind bald auf die Welt käme, waren seine Vorgefühle noch alarmierender.

Wieder einmal schwankte er zwischen den beiden Wünschen, den Abend in der Halle mit seinen Männern zu verbringen, um sich ihnen zu widmen, oder bei Jane und seinem Kind zu sein. »Willst du nicht mit mir in die Halle kommen, Mylady?«

Jane errötete und schüttelte den Kopf. »In meinem fortgeschrittenen Zustand würde ich die Blicke aller auf mich ziehen. Mir gefällt es besser in meinen Gemächern.«

»Vor allen Dingen möchte ich, daß du dich wohl fühlst. Darf ich zu dir kommen, wenn mit meinen Männern alles besprochen ist?« erkundigte er sich höflich. Lynx wollte ihr Hunderte von Fragen stellen. Er ballte die Hände zu Fäusten, um dem Wunsch zu widerstehen, sie auf ihren Leib zu legen und sie und auch sein Kind zu halten. Aber er wußte, Jane war viel zu schüchtern und zurückhaltend, als daß sie ihn so etwas tun ließe in Gegenwart anderer.

»Kommt, wann immer Ihr es wünscht, Mylord«, murmelte sie liebevoll, dann ging sie zur Treppe.

Ganz plötzlich waren Lynx die Zuschauer vollkommen gleichgültig. Er hob sie in seine Arme und trug sie hinauf in ihren Hauptturm. Dort setzte er sie vor das Feuer, zog einen Hocker heran, damit sie die Füße hochlegen konnte, und stopfte ihr ein Kissen in den Rücken. Als er sicher war, daß sie bequem saß, drückte er ihr einen Kuß aufs Haar. »Ich komme zurück, sobald es geht«, versprach er ihr.

Lynx de Warenne stand auf der Empore in der stattlichen Halle und sprach zu seinen Männern, während sie aßen und ihm aufmerksam zuhörten: der Gouverneur benötige ihre Hilfe und er fordere sie auf, jederzeit zum Abmarsch bereit zu sein.

Anschließend erklärte er ihnen, daß das Nachlassen der Feindseligkeiten nur auf das Wetter zurückzuführen sei und daß sie nach Edinburgh reiten würden, sobald es neuen Aufruhr gäbe. Er könne zu einem heftigen Krieg eskalieren, falls die Feindseligkeiten nicht im Keim erstickt und die Rebellen daran gehindert würden, sich weiterhin zusammenzurotten.

Der Burgherr wollte, daß seine Männer sich auf das, was vor ihnen lag, einstellten. Er befahl ihnen, ihre Pferde, Rüstung und Waffen bereitzuhalten. Jeder sollte selbst für seine Verpflegung sorgen, und er listete auf, was sie in ihrem Troß mit sich zu führen hätten.

Dann rief er ihnen ins Gedächtnis, wie gefährlich der Winter in Schottland sein konnte, und wies darauf hin, daß sie besonders warme Kleidung und Decken mitnehmen mußten. Die meisten seiner Soldaten waren Veteranen, viele von ihnen hatten schon in Wales gekämpft und wußten, daß die Schneestürme in den Bergen den Tod durch Erfrieren oder Verhungern bedeuten konnten.

Als er fertig war mit seiner eindringlichen Ansprache, hob er seinen Bierhumpen und sagte: »In der Zwischenzeit werden wir ein verspätetes Weihnachtsfest und Neujahr feiern. Wie ich hörte, hat das Fest der Bruces drei Tage gedauert. Das können wir doch sicher überbieten, wie? Hat irgend jemand etwas dagegen, wenn wir eine Woche lang feiern?«

Zur Antwort brüllten und trampelten die Männer ohrenbetäubend.

## 22

Als Lynx im Türrahmen erschien, reckte Jane sich und legte das winzige Nachthemd beiseite, an dem sie soeben nähte. Sie wollte aufstehen, doch Lynx hob abwehrend die Hand. »Nein, meinetwegen brauchst du dich nicht zu bemühen.«

Freundlich stellte sie richtig: »Nicht deinetwegen – sondern ich bewege mich, um die Schmerzen in meinem Rücken ein wenig zu lindern.«

»Laß mich dir helfen!« Sofort war er neben ihr.

»Ihr braucht mir nur die Hand zu reichen, daran kann ich mich hochziehen.« So geschah es, und Jane erhob sich. »Oh, so geht es viel einfacher, als wenn ich das allein tun muß. Danke.«

Sie versanken in ein verlegenes Schweigen, der gleiche Abgrund trennte sie wie damals bei seinem Abschied. Lynx wünschte sich verzweifelt, die Leere zu füllen, die zwischen ihnen hing. Zunächst einmal sehnte er sich danach, sein Kind zu berühren, dann wollte er im gleichen Bett schlafen wie sie, falls sie ihn brauchte. Sie hatten sich angewöhnt, über die Maßen förmlich miteinander umzugehen – zum Kuckuck, wie sollte er bloß die Reserviertheit zwischen ihnen abstellen?

Lynx fragte sich, wie sie wohl reagieren würde, wenn er ihr verriete, was ihm durch den Kopf schwirrte. *Ich möchte dich nackt sehen.* Plötzlich gähnte Jane, und er sah, wie sich ihre Augen schlossen. Das war für ihn das Signal, die Kluft zu überspringen. »Du kannst dich ja kaum mehr auf den Beinen halten, komm, ich ziehe dich aus.«

Janes Augen öffneten sich rasch wieder, dann senkte sie den Blick, weil sie seine Absichten erriet.

Ihr lieber Lord streckte ihr die Hand entgegen, und sie legte ihre Hand in seine, erlaubte es ihm, sie an sich zu ziehen. Er setzte sich vor das Feuer und spreizte die Beine, damit sie sich zwischen seine Schenkel stellen konnte, dann öffnete er die Knöpfe auf beiden Seiten ihres Kittels und zog ihn ihr über den Kopf. Ihr dünnes Baumwollhemd schmiegte sich an ihren Körper und zeigte deutlich seine Formen. Seinem kritischen Blick nach lag das Kind jetzt viel tiefer als beim letzten Mal, als er sie gesehen hatte.

Als er ihr nun auch das Hemd abstreifen wollte, wandte Jane ihm verlegen den Rücken. Er griff nach ihrem Haar, um ihren dicken Zopf zu lösen, und das Haar fiel flammengleich über ihre Schultern. »Dreh dich zu mir um, Jane«, bat er mit rauher Stimme.

Sehr langsam entsprach Jane seiner Bitte. Lynx sog scharf die Luft ein. Zum ersten Mal sah er eine nackte Frau, die ein Kind unter dem Herzen trug, und er betrachtete sie gebannt. Die Rundung ihres Leibes war beträchtlich und dennoch wunderschön. Ihre Brüste wölbten sich fest und üppig vor. Die Haut ihres Leibes erschien ihm makellos, sie sah aus wie cremig-zarte Seide.

Das Feuer warf einen Schein auf ihren Körper und ließ ihn golden leuchten, ihr Haar ringelte sich. Die vorstehende kostbare Last beschattete ihren Venushügel und ließ ihn noch geheimnisvoller erscheinen.

»Du bist so wunderschön, daß mir der Atem stockt«, hauchte er.

Vorsichtig strich er mit den Fingerspitzen über ihre Haut; doch als er merkte, wie fest und warm sie war, wurde er kühner und liebkoste sie mit liebevollen Händen. »Ich will heute nacht bei dir schlafen.«

Sie lehnte sich gegen ihn, genoß es, seine Hände auf ihrem Leib zu spüren. »Ich schlafe nicht sehr gut in letzter Zeit, es fällt mir schwer, mich bequem hinzulegen. Nur mit einem Polster unter der Hüfte gelingt es mir, auf der Seite zu liegen.«

»Laß mich dein Polster sein, heute nacht stütze ich dich.«

Schüchtern nickte sie, und ehe er sie in das Bett trug, preßte Lynx seine Lippen auf ihren Leib und bedeckte ihn mit Küssen. Dann zog auch er sich aus und kletterte zu ihr unter die Decke, bereit, ihr so gut, wie er es vermochte, Bequemlichkeit zu verschaffen.

»Ich brauche Euren Rücken«, flüsterte Jane.

Gehorsam wendete er sich und streckte ihr seinen breiten Rücken hin. Jane schmiegte sich an ihn, ihren linken Arm legte sie über seine Brust, dann schob sie das linke Bein zwischen seine Schenkel, so daß das Baby gleichsam huckepack an ihm lag. Sie fühlte sich so sicher in dem warmen Nest, daß sie schon bald die Augen schloß und einschlummerte.

Lynx spürte sein Kind zwischen den beiden Menschen, die es geschaffen hatten und die es liebten – es überkam ihn eine tiefe Zufriedenheit. Als er merkte, daß Jane endlich eingeschlafen war, gab auch er sich der Ruhe hin; dabei fühlte er, wie das Baby ab und zu hinter ihm strampelte.

Nach einer Weile wachte Lynx mit einem Ruck auf, er wußte nicht, wie lange er geschlafen hatte. Neben ihm versuchte Jane sich aufzusetzen, dabei gelang es ihr nicht, ein leises Aufstöhnen zu unterdrücken. In dem Zimmer war es stockdunkel, deshalb sprang Lynx aus dem Bett und suchte auf dem Nachttisch nach Kerzen.

»Fängt es an? Bleib ganz ruhig, ich hole Hilfe.« Fast war er schon an der Tür, als er begriff, was sie gesagt hatte.

»Nein, bitte, du sollst das Schloß nicht aufwecken, Lynx.«

Er kam zurück zum Bett und fuhr sich mit der Hand durchs Haar. »Ich dachte, die Wehen hätten begonnen.«

Jane legte ihm die Hand auf den Arm. »Reg dich nicht auf, es wird noch Stunden dauern! Jetzt ist es gerade Mitternacht, ich denke, das Baby kommt erst, wenn bereits heller Tag ist.«

Lynx blickte sie erschrocken an. »Soll ich die Hebamme holen oder eine der anderen Frauen? Sag mir, was du möchtest.«

»Im Augenblick will ich nur dich.«

Lynx holte tief Luft. Was auch immer Jane in diesem Augenblick wollte, sie sollte es bekommen. »Mein allerliebster Schatz, was soll ich tun?«

»Bitte, bleib einfach bei mir, sprich mit mir und halte mich – weißt du, die Nacht ist so schrecklich dunkel.«

Er griff nach ihrem Morgenmantel, der aus weicher Lammwolle gesponnen war, und legte ihn ihr um die Schultern, dann half er ihr aus dem Bett. Nachdem er das Feuer wieder angefacht hatte, zog er den großen Sessel herbei und nahm sie auf seinen Schoß. Zärtlich strich er ihr eine Locke aus der Stirn. »Hast du Angst?«

Wenn sie ihm jetzt tatsächlich ihre Bangnis gestand, würde er in Panik geraten. Sie fürchtete nicht nur um sich selbst, sondern vor allem um das Kind. Doch unter gar keinen Umständen durfte Jane ihre Sorge auf Lynx übertragen. In ihrer weiblichen Weisheit wußte sie, daß jetzt die Zeit gekommen war, wo sie einander Kraft spenden mußten.

Ihre Mundwinkel zogen sich ein wenig hoch. »Wie sollte ich Angst haben, wenn du mich in deinen Armen hältst?«

Er zog ihren Kopf an seine Schulter und streichelte ihr Haar. Ihr Körper erstarrte, als der Schmerz sie durchfuhr. Als es vorüber war, flüsterte sie: »Erzähl mir etwas.«

Er sagte das erste, was ihm in den Sinn kam. »Hast du den Brief gelesen, den ich dir geschickt habe?« Da sie in dieser Stunde ehrlich zueinander sein mußten, gestand er: »Meine ersten drei Entwürfe habe ich zerrissen ... sie waren voller Befehle.«

Jane wünschte sich auch, daß es zwischen ihnen keine Geheimnisse mehr gab. »Ich kann gar nicht lesen«, flüsterte sie. »Aber Jory hat versprochen, es mir beizubringen. Jetzt wartet dein Brief unter meinem Kopfkissen.«

Lynx lachte und erinnerte sich wieder an die Mühe, die ihm dieses Schreiben bereitet hatte. »Und ich habe erst lesen gelernt, als ich neun Jahre alt war. Meine Lehrer mußten es mir einprügeln. Alles, was mich interessierte, waren Pferde und Schwerter und Schlachtenaufmärsche. John de Warenne hat mir dann Bescheid gesagt: ich würde nicht sein Knappe, wenn ich nicht lesen könnte. Danach habe ich es sehr schnell gelernt.«

Er sprach stundenlang mit ihr; sie diskutierten über alles, von der Religion bis hin zu den Gefühlen, mit denen er in den Kampf ritt. Immer wenn Jane eine schmerzhafte Wehe überrollte, redete Lynx doppelt so schnell, bis sie vorüber war; er verhehlte ihr seine eigene Angst, um sie nicht damit anzustecken. Stündlich massierte er ihr den Rücken, rieb ihre Füße und brachte ihr zahllose Becher Wasser.

Und die ganze Zeit parlierte er wie ein Wasserfall. An einem gewissen Punkt verspürte er sogar den Wunsch, ihr von seiner ersten Ehe zu erzählen und von den Schwierigkeiten, denen er damals begegnet war; doch dann sah er ein, daß jetzt weder die richtige Zeit noch der richtige Ort dafür war. Statt dessen fragte er sie nach dem Namen für das Baby. Wenn es ein Mädchen würde, wollte Jane sie Jory nennen, und ein Junge sollte Lincoln heißen, nach seinem verstorbenen Vater und ihm selbst.

Gegen Morgen kamen die Wehen in kürzeren Abständen, und Lynx war erleichtert, als Taffy mit dem Frühstück auftauchte. Sein junger Knappe erkannte auf den ersten Blick die Situation, und er rannte los, um Lady Marjory zu benachrichtigen. Schon bald versammelte sich eine Handvoll Frauen. Die Hebamme des

Schlosses traf ein, und Elizabeth de Burgh brachte Molly und Maggie mit, die beide erfahrene Geburtshelferinnen waren. Judith Leslie erschien, und ihr auf dem Fuße folgte Janes Schwester Mary. Beide hatten in den letzten Monaten einem Kind das Leben geschenkt.

Janes Stöhnen ging Lynx durch Mark und Bein. Dann begann sie heftig zu atmen, und ihr wunderschönes Haar wurde feucht vor Schweiß. »Könnt ihr denn nichts für sie tun?« herrschte er die Frauen an.

Molly, eine aufgeschlossene Irin, war nicht gerade begeistert von der Anwesenheit eines Mannes. »Jane ist schmal gebaut und Euer Baby riesig. Die erste Geburt tut immer weh!«

Bittend wandte sich Lynx an Judith. »Bitte, warum lindert Ihr nicht Janes Schmerzen?«

Hilflos schüttelte diese den Kopf. »Nur Megotta weiß, welche Kräuter man dafür benutzt.«

Er sah, wie Jane Jory etwas zuflüsterte, dann ging Jory zum Schrank und brachte eine Tunika aus schwarzem Samt. Jane drückte sie an sich und schloß die Augen. »Aber das ist doch mein Nachtgewand«, stammelte Lynx verwirrt.

Jane öffnete die Augen. »Es tröstet mich«, murmelte sie.

Ein dicker Kloß steckte plötzlich in seinem Hals, er war ein Schuft und schuld an all ihrem Elend! Nun griff Jane nach seiner Hand, und er bemerkte, daß sie ihm etwas sagen wollte. Er sank auf die Knie und hielt den Kopf ganz nahe an ihre blutleeren Lippen.

»Lynx«, flüsterte sie. »Bitte, geh jetzt ... ich kann nicht schreien, solange du hier bist.«

Er nahm ihre beiden Hände in seine und küßte sie, dann stand er auf und verließ sie mit hängenden Schultern. Erst vor Megottas Haus blieb er stehen.

Als sie ihm endlich öffnete, nachdem er wie ein Gejagter dagegen gehämmert hatte, blaffte Megotta: »Was wollt Ihr?«

Lynx suchte nach Worten, die ihr Herz erweichen würden.

»Ich möchte, daß wir uns wieder versöhnen, damit wir miteinander reden können.«

»Wir werden uns nie versöhnen können!«

»Ihr und ich, wir haben soviel gemeinsam. Beide besitzen wir einen unbändigen Stolz, der unser Leben beherrscht, beide sorgen wir uns sehr um Jane ... Helft ihr, ihre Schmerzen zu lindern, Megotta!«

»Sie bringt einen Normannen zur Welt und hat es verdient zu leiden!«

Das alte Weib war so borniert, daß Lynx sie am liebsten geschlagen hätte. Trotz ihrer harten Worte erkannte er jedoch an ihrem Gesicht, daß auch sie sich um Jane grämte. Er beschloß, ihre Unruhe zu nutzen, um sie zu manipulieren. Daher tat er jetzt so, als wolle er gehen. »Wir haben zwei irische Hebammen, die sich um sie kümmern – ich denke, Jane wird auch ohne Euch zurechtkommen.«

Das Wort ›irisch‹ war der Auslöser. »Irisch? Sie werden alles verderben!« Megotta griff nach ihrem Medizinkasten und humpelte an ihm vorbei zum Schloß, so schnell sie konnte.

Wegen der bevorstehenden Geburt verschob der Verwalter von Dumfries das geplante Fest, und da noch einige Zeit vergehen würde mit Janes Niederkunft, schickte er die jungen Dienerinnen und Pagen aus, um Stechpalmen, Efeu und immergrüne Zweige zu holen, mit denen die Halle geschmückt werden sollte. Außerdem hatte Jock Leslie Mitleid mit Lynx und dachte sich allerlei Beschäftigungen für ihn während der nächsten Stunden aus.

Mit David Leslies Hilfe, der für die Lagerhaltung verantwortlich war, erstellten sie eine Liste der Nahrungsmittel, die ihnen noch zur Verfügung standen; sie kalkulierten, was Lynx' Männer in ihrem Troß mit sich führen würden, und schrieben auf, was übrigbliebe. Genauso gingen sie mit dem Futter für die Tiere vor. Auch wenn die Vorräte zu genügen schienen, war Lynx doch darauf bedacht, eine ausreichende Menge in Reserve zu behalten –

für den Notfall. Er wählte ein halbes Dutzend Männer aus, die in Carlisle zusätzliche Vorräte einkaufen sollten.

Lynx war klar, daß die Zeit leichter vergehen würde, wenn er sich auf die naheliegenden Aufgaben konzentrierte; doch es fiel ihm schwer, seine Gedanken von dem abzulenken, was gerade im Hauptturm vor sich ging. Als er auf die Waffenschmiede zusteuerte, glaubte Lynx das Weinen eines Babys zu hören – in Dumfries allerdings ein so alltägliches Geräusch, daß er sich zwang, sich statt dessen die Notlage des obersten Waffenschmieds anzuhören.

Offensichtlich fehlte einiges. Der Waffenmeister hatte angenommen, die Schwerter seien in der Schmiede zur Reparatur oder würden gesäubert; doch als sie dann noch einmal nachzählten, kamen sie in der Tat einem empfindlichen Verlust auf die Spur. Lynx nahm sich vor, seine Ritter danach zu fragen; dann ging er in die Grobschmiede, um mit James und Alex Leslie zu reden. Sie behaupteten, von irgendwelchen abhanden gekommenen Waffen nichts zu wissen; deshalb entschied Lynx, sie vorläufig nicht weiter auszufragen. Doch er mißtraute ihnen ein wenig – immerhin hatten Waffen keine Beine, und sie verschwanden nicht von selbst.

Im Schloß wanderte er ziellos umher und folgte schließlich dem Duft in die Küche, wo Fleisch geröstet und Kuchen gebacken wurde. Ochsen und ganze Hirsche steckten an Spießen, und man drehte sie über den gewaltigen Feuerstellen, die sich an den Wänden aneinanderreihten. In der äußeren Küche arbeiteten seine Waliser, sie rupften Wildvögel und enthäuteten Hasen für das bevorstehende Fest.

Plötzlich hatte Lynx das Gefühl, als würden ihn die Mauern erdrücken. Die Hitze der Küche erstickte ihn schier, und es dürstete ihn nach frischer Luft. Er eilte in den Stall, sattelte sein Lieblingspferd und ritt drauflos. Der Fluß Nith geleitete ihn bis zu seiner Mündung, dann ritt er am steinigen Ufer des Solway Firth entlang ans Meer. Das Wetter war zu stürmisch, heute ankerten keine Schiffe in dem kleinen Hafen.

Der Wind pfiff bitterkalt, doch er atmete tief die salzige Luft ein, als sei es ein Lebenselixier. Auf den Felsen und den Muscheln am Strand lag Rauhreif, deshalb trabte er nicht rücksichtslos, sondern langsam vorwärts, genoß das Geräusch der Wellen am Strand und das schrille Kreischen der Möwen. Lynx wollte nicht denken, sondern nur fühlen. Indem er eins wurde mit dem Wind, dem grauen Himmel und dem tosenden Meer, dessen Unruhe noch größer war als seine eigene, überließ er sich einer gewissen inneren Ergebenheit.

Als er nach Dumfries zurückgaloppierte, schwand das Licht des Nachmittags langsam. Er rieb sein Pferd kräftig ab und gab ihm eine extragroße Portion Hafer, dann ging er zum Schloß. Sicherlich würde der erste Mann, der ihm begegnete, ihm die ersehnte und gleichzeitig auch gefürchtete Mitteilung machen; doch obwohl die Männer in der Halle ihn respektvoll grüßten, so blieb dennoch eine Nachricht aus.

Lynx wußte, daß er zu Jane gehen und sich dem stellen mußte, was hinter den geschlossenen Türen ihrer Gemächer auf ihn wartete. Allmächtiger Gott, woher sollte er den Mut dazu nehmen? Er blickte auf seine Hände und merkte, daß er nach Stall stank. Während er die äußere Treppe zum Hauptturm hinauf nahm, überlegte er, ob seine Entscheidung, zuerst ein Bad zu nehmen, wohl Feigheit war.

Als er seine Räumlichkeiten betrat, warteten dort sowohl Thomas als auch Taffy auf ihn. Also stand ihm das Schlimmste bevor, und er wappnete sich.

»Wo, zum Teufel, seid Ihr gewesen?« fragte Thomas.

»Ihr wurdet schon vor zwei Stunden gesucht«, fügte Taffy hinzu und goß heißes Wasser aus den Kannen in den Badezuber.

»Das Kind?« fragte Lynx.

»Verdammte Weiber!« fluchte Thomas. »Meint Ihr, sie würden den Männern irgend etwas sagen? Sie sind alle wie die Hexen am Werk, führen ihre Riten durch und behalten ihre Geheimnisse für sich. Sie schlagen alle Unbefugten in die Flucht, wenn es um eine

Geburt geht, und das wißt Ihr sehr gut! Bei diesem Anlaß schließen sie die Reihen, pressen die Lippen zusammen und blicken hochmütig auf die männliche Rasse hinunter.«

Als Lynx ihn voller Entsetzen ansah, versicherte ihm Taffy: »Schon vor Stunden hat ein Baby gekräht!«

Lynx zog seine Kleidung aus und stieg bebend in den Zuber; endlich war das Kind geboren, doch er machte sich schreckliche Sorgen über den Verlauf der Niederkunft. Mit Thomas' Hilfe zog er sich dann geschwinde an, steckte eine Börse mit Goldmünzen in sein Wams und öffnete gramerfüllt die Tür, die zu Janes Gemächern führte.

Im Vorraum wimmelte es von Frauen, und alle blickten sehr selbstgefällig drein.

»Unsere Glückwünsche, Mylord, Ihr habt einen prächtigen, großen Sohn.«

»Der größte Kerl, den ich seit Jahren gesehen habe!«

Lynx' ängstlicher Blick suchte seine Schwester. Jory sah aus, als würde sie jeden Moment platzen vor Aufregung. »Beeil dich, sie wartet schon ewig auf dich.«

Lynx war völlig benommen. Irgendwie gelang es ihm trotzdem, sich vorwärts zu bewegen. Jane saß im Bett und strahlte. Aus ihren Augen strömte reine Liebe. Sie leuchtete förmlich vor Glück. Lynx blieb der Mund offen. Als er an ihr Bett trat, knurrte er: »Als ich dich verließ, habe ich geglaubt, du würdest sterben.«

»Ich mußte nur schreien, danach fühlte ich mich schon viel besser. Danke, daß du Megotta geholt hast – sie konnte mich von den größten Schmerzen befreien.« Jane zog das eine Ende des Schals zur Seite, den sie über das Baby gebreitet hatte. »Dies ist Euer Sohn, Mylord!«

Ungläubig blickte Lynx auf das Neugeborene. »Sie haben mir gesagt, er sei groß, aber er ist ja das winzigste Wesen der Welt!«

»Er ist groß ... und wunderschön und perfekt. Begrüßt jetzt Lincoln de Warenne den Dritten!«

Er zog den Schal ganz zur Seite, um den Winzling betrachten

zu können; dann schüttelte er verwundert den Kopf, als das Kind unwillkürlich sein Mündchen verzog. Die großen Augen zeigten schon jetzt einen Anflug von Grün, und ein leichter Flaum aus lohfarbenem Haar bedeckte seinen Kopf. »Sein Name mag ja vielleicht Lincoln der Dritte sein, aber ich finde, er sieht aus wie ein Luchsjunges.«

»Danke, daß du ihn mir die ersten Stunden allein überlassen hast. Ich habe einen solchen Drang verspürt, ihn zu beschützen, daß ich ihn mit niemand anderem teilen wollte. Aber jetzt, wo du hier bist, ist es anders. Nimm ihn!« Vorsichtig hob Jane das kleine Bündel hoch und reichte es seinem Vater.

Lynx griff ängstlich danach und fürchtete, daß seine Ungeschicklichkeit dem Kind vielleicht schaden könnte; doch als er ihn erst einmal sicher in seinen Armen hielt, wußte er instinktiv, was er zu tun hatte, und schwor bei allen Heiligen, daß diesem Wesen kein Leid zustoßen sollte, solange er lebte.

»Du kannst es sicher kaum erwarten, ihn herumzuzeigen. Trage ihn getrost in die Halle, und zeige ihn deinen Männern!« forderte Jane ihn stolz auf.

Auf einmal verstand Lynx, was Jane vorher damit meinte, es habe sie gedrängt, ihn zu beschützen und zunächst mit niemandem zu teilen. Er begriff auch, daß die Frauen im Vorraum die Kräfte zusammenhalten wollten. Nur für eine Weile, nur für heute nacht, wollte auch er seinen Sohn nicht mit den anderen Bewohnern teilen. Lynx' ganze Welt drehte sich heute allein um diese Kammer, und er wollte hier bleiben, mit diesem Kind und seiner Mutter, wo sie allein sein konnten, die restliche Welt sie nicht störte.

Lynx reichte Jane das Baby zurück. »Morgen ist es noch früh genug.« Er ging hinaus und bedankte sich bei all den Frauen für ihre Hilfe. Jeder präsentierte er ein Goldstück. »Wir möchten jetzt allein sein«, erklärte er. »Aber meinen Männern möchte ich es gern selbst sagen, liebe Damen!«

Die Frauen trollten sich, mehr als glücklich, daß sie das Geschlecht des Kindes vor den neugierigen Männern von Dumfries, die sonst immer vorneweg waren, geheimhalten durften.

Als Lynx zu Jane zurückkehrte, nahm er der Mutter den Kleinen nicht aus den Armen, er ging neben dem Bett auf die Knie und strich mit den Fingern sanft über den lohfarbenen Flaum. »Jane, ich möchte dir von ganzem Herzen danken, daß du mir Lincoln geschenkt hast.«

Fröhlich verzog sie die Mundwinkel. »Nein, ich möchte *dir* danken für unseren Sohn. Ich hätte das nicht ohne dich geschafft«, scherzte sie.

Ihre Worte ließen ihn daran denken, wie ihr Kind entstanden war, und er fühlte sich zutiefst demütig. Jane hatte ihm dieses Kind geschenkt aus schlichter Pflicht ihrem Herrn gegenüber, und er würde auf immer in ihrer Schuld stehen. »Du kannst dir nicht vorstellen, wie dankbar ich dir bin. Ich möchte dich belohnen. Bitte mich um irgend etwas, und wenn es in meiner Macht steht, werde ich deinen Wunsch erfüllen.«

Sie wollte nur eines von Lynx de Warenne, und zwar seine Liebe. Plötzlich glaubte sie doch an diese Möglichkeit. Der Abgrund, der sich zwischen ihnen aufgetan hatte, war in den Stunden der Geburt kleiner geworden. Er hatte sie mit liebender Hand versorgt, und ganz sicher war dies der erste Schritt zu Gefühlen für sie. Auch wenn er sie aus Dankbarkeit heiratete, wollte sie geduldig auf mehr warten.

Jane wußte, daß er davon überwältigt war, Vater zu sein, und in seiner Freude über dieses Kind würde er noch weitere Kinder haben wollen. Seine nächsten Worte drehten sich bestimmt um ihre Hochzeit, weil er es für seine Pflicht hielt, sie zu seiner Frau zu machen. Schnell begann sie zu sprechen. »Es gibt nur eines, was ich mir wünsche – wenn du mir diese Bitte gewähren könntest …«

Kurz dachte er an ein kostbares Schmuckstück oder etwas Ähnliches. »Nur heraus damit!«

»Ich weiß, daß du wieder von unserer Hochzeit sprechen

wirst ... würdest du es mir überlassen, den Zeitpunkt dafür zu wählen?«

Wie vor den Kopf gestoßen, starrte er sie an. Er hatte die Absicht gehabt, gleich morgen nach dem Priester zu schicken und all ihre Einwände beiseite zu schieben. Aber offensichtlich hatte sie das vorhergesehen und ließ ihn nun zappeln. Seine grünen Augen drückten ziemliche Verärgerung aus. Das kleine Biest hatte die Absicht, ihren Willen gegen den seinen auszuspielen!

Sein Sohn öffnete den Mund und begann zu greinen. Er sah zu, wie Jane ihn liebevoll beruhigte und das Kind an ihre Brust hob. Gebannt war Lynx Zeuge, wie der kleine Mund sich um ihre Brustspitze schloß und die Fäustchen seines Sohnes sich an ihrer Brust öffneten und schlossen, als er sie in Besitz nahm.

Lynx besänftigte sich auf der Stelle, dieses intime Bild rührte an sein Herz. Er lächelte zerknirscht und murmelte: »Rein gar nichts könnte ich dir derzeit abschlagen ...«

## 23

Nicht nur im Schloß, im gesamten Dorf Dumfries wurde die Geburt des Erben von Lynx de Warenne gefeiert. Am nächsten Tag verbreitete sich die Neuigkeit durch die freundlichen Gassen der Stadt, bis hin zu dem Franziskanerkloster am nördlichen Ufer des Nith. Alle Glocken läuteten und hörten vierundzwanzig Stunden nicht mehr damit auf.

Ein Kurier auf einem schnellen Pferd wurde zum Bruce in Lochmaben geschickt, mit der Bitte, die Patenschaft für Lincoln de Warenne dem Dritten zu übernehmen; noch ehe es Abend wurde, ritten Robert, Nigel und Alexander zusammen mit ihrem Bruder Thomas, der aus seinem Schloß in Caerlaverock gekommen war, durch das Tal von Annandale nach Dumfries, mit Packpferden voller Geschenke.

Jane hatte das Wochenbett schon wieder verlassen, sie strahlte vor Glück und Gesundheit und fühlte sich so leicht wie Distelwolle. Sie weigerte sich, ihr Baby aus den Augen zu lassen; doch die Damen bestanden darauf, daß sie es nicht selbst tragen sollte, bis sie ein wenig kräftiger war. Alle wetteiferten darum, sich um das Kind kümmern zu dürfen.

Gegen Jory und Elizabeth, ganz zu schweigen von Molly und Maggie, die ständig seinen Sohn umhegten, kam Lynx kaum an mit seinem Wunsch, ihn einmal selbst herumzutragen. Also suchte er nach Jock Leslie und bat ihn, eine fähige Kinderfrau aufzutreiben, die Jane helfen und sich um alles kümmern sollte.

»Ich würde eine ältere Frau einem jungen Mädchen vorziehen, eine mit Erfahrung, die sich durchsetzen kann, wenn es nötig ist.«

»Dann wird Grace Murray die Beste sein, Mylord. Sie führt die Oberaufsicht über die Dienerinnen und weiß, ihnen die Köpfe zu waschen, wenn sie sich nicht benehmen.«

»Schickt mir diese Grace Murray, ich möchte mich mit ihr unterhalten – sie könnte das Ideale sein«, entschied Lynx.

Jock räusperte sich, weil er noch etwas zu sagen hatte. Lord de Warenne war immer ehrlich und offen zu ihm gewesen, und jetzt nahm Jock all seinen Mut zusammen, um dieses heikle Thema anzusprechen. »Mylord, vermutlich plant Ihr, für Brüder und Schwestern Eures Sohnes zu sorgen?«

Lynx grinste. »Auf keinen Fall werde ich jetzt aufhören, nachdem ich so ein Prachtstück gezeugt habe.«

»Als Ihr mit Jane die Probezeit eingegangen seid, habt Ihr versprochen, sie zu heiraten …«

Das Wort hing zwischen ihnen in der Luft, und Lynx' eindringlicher Blick traf denjenigen seines Verwalters. »Ich umwerbe Eure Tochter seit dem Tag, als ich vor drei Monaten zurückkehrte und sah, wie mein Kind in ihrem Bauch heranwuchs. Bei meiner Ehre, es ist Jane, die bis jetzt zögert – nicht ich!«

Jock war schrecklich wütend. »Ich werde diesem Unsinn sofort ein Ende bereiten, Mylord, Ihr solltet Euch inzwischen um den Priester kümmern!«

»Nein, Jock, auf keinen Fall soll sie gezwungen werden. Ich habe Jane mein Wort gegeben, daß sie den Zeitpunkt der Hochzeit wählen darf.«

Jock sah Lynx an, als hätte er den Verstand verloren. »Entschuldigt, Mylord, aber seid Ihr etwa in die Falle getappt, daß Ihr einer Frau ihren eigenen Kopf erlaubt?«

»Sie läßt mir keine andere Wahl und hat mich schon mehrmals rundweg abgelehnt.«

»Und Ihr habt sie nicht gezüchtigt?« wollte Jock wissen.

Ein lächerliches Bild von einem Mann von einem Meter achtzig, der ein Mädchen schlug, das nicht einmal hundert Pfund wog, stieg vor Lynx' innerem Auge auf. »Aber wie käme ich dazu ...«

»Das ist ein Fehler! Eine feste Hand am Abend auf den Hintern wird Euch den absoluten Gehorsam bescheren, das garantiere ich euch, Mylord!«

»Danke für Euren Rat, Jock«, erklärte Lynx ernst. Er wunderte sich über die Ignoranz der meisten Männer, wenn es um Frauen ging. Eine allabendliche Tracht Prügel würde überhaupt keinen Gehorsam bringen, sondern viel wahrscheinlicher Untreue nach sich ziehen oder einen Becher mit Schierlingssaft.

Lynx unterhielt sich mit Grace Murray, und da sie ihm gefiel, ernannte er sie zur Kinderfrau seines Sohnes, vom morgigen Tag an, wenn die Festlichkeiten begannen. Dann ging er zu Jane, um sie über seinen Entschluß ins Bild zu setzen, und ahnte, daß er bei ihr auf Gegenwehr stoßen würde.

Jane stillte gerade den Kleinen, während Jory sich um die richtige Temperatur des Badewassers für das Kind kümmerte, und Elizabeth de Burgh die hübsche Wiege mit weißblauen Schleifen schmückte.

Beinahe hätte er den Frauen grob befohlen zu verschwinden, doch dann kam ihm ein Gedanke. »Meine Damen, ich brauche eure Hilfe. Die Bruces sind gerade alle angekommen, und niemand begrüßt sie in der Halle. Würdet ihr so freundlich sein?« Lynx sah, daß Elizabeth sanft errötete, und wußte, daß er ihr die größte Verlockung mit seinem Vorschlag bot. Das plötzliche Aufleuchten in Jorys grünen Augen war ihm entgangen – doch erfreulicherweise folgte sie Elizabeth und huschte hinaus.

Lynx schloß die Türen, damit niemand sie stören konnte, dann kam er zurück zu Jane. Er konnte seinen Blick nicht von dem bezaubernden Bild losreißen, wie sein Sohn an der Brust seiner Mutter saugte. »Bist du erschöpft?«

»Nein, nein, ich bin viel zu glücklich, da gibt es keine Erschöpfung.«

Wenn sie doch nur ihre Müdigkeit zugeben würde, dann wäre das, was er jetzt loswerden wollte, viel einfacher. »Ich habe Grace Murray zur Kinderfrau für das Baby ernannt. Sie hat viel Erfahrung und läßt dir alle Hilfe angedeihen, die du brauchst.«

Janes strahlende Miene verschattete sich, und sie drückte ihren Sohn fester an sich. »Ich brauche keine Hilfe, lieber kümmere ich mich selbst um ihn!«

Er streckte die Hand aus und griff nach einer ihrer seidigen Locken. »Meine liebste Jane, du *willst* vielleicht keine Hilfe, aber du *brauchst* sie. Der kleine Kerl hat dich die ganze Nacht über wach gehalten. Wie lange wirst du das wohl durchhalten? Selbstverständlich triffst du selbst alle Anordnungen. Grace wird ihre Befehle von dir erhalten. Wenn du dich den ganzen Tag um ihn gekümmert hast, dann ist es doch sinnvoll, daß Grace dich in der Nacht ablöst. Sie kann im gleichen Zimmer mit ihm schlafen.«

»Aber er muß in der Nacht auch gestillt werden«, erklärte Jane.

»Dann werden wir uns eine Amme besorgen. Gütiger Himmel, du kannst ihn nicht Tag und Nacht füttern.«

Jane reckte sich herausfordernd. »Ich kann es und werde es tun!«

Ungläubig sah er sie an, dennoch stieg so etwas wie Bewunderung in ihm auf. »Du schreist mir diese verdammten Worte ins

Gesicht, als handle es sich um einen Schlachtruf. Lady, bist du nicht bereit, einen Kompromiß einzugehen?«

Eine ganze Minute lang starrten sie einander an, doch diesmal weigerte sich Jane, den Blick zu senken. Dann zogen sich ihre Mundwinkel ein wenig hoch. »Ihr gebt in der Tat zu einem beachtlichen Teil nach, Lord de Warenne, wenn Ihr einer Frau einen Kompromiß anbietet. Ich bin damit einverstanden, Grace als Kindermädchen für unseren Sohn einzustellen; außerdem darf sie im gleichen Zimmer mit ihm schlafen – aber sei es nun Tag oder Nacht, er wird zu mir gebracht, um von mir gestillt zu werden und von niemand anderem!«

Da er einen Teilerfolg erreicht hatte, fügte Lynx sich ihrem Wunsch. »Es soll so geschehen, wie du es möchtest.« Seine Augen blitzten auf, als er ihr eine Locke ihres rotgoldenen Haares aus der Stirn strich. »Dieser störrische Eigensinn, den du dir angewöhnt hast, ist verdammt attraktiv. Nichts macht mir mehr Spaß als eine Herausforderung!«

Sie fuhr sich mit der Zungenspitze über ihre rosigen Lippen. »Ihr habt geglaubt, das harmlose Kätzchen, mit dem Ihr die Probezeit eingegangen seid, hätte keine Krallen.«

Als er ihre Zungenspitze sah, spürte Mylord, daß sein Körper reagierte. Die Augen seines Sohnes schlossen sich zufrieden, und die Brustspitze glitt aus seinem Mund. Lynx wurde es ungemütlich heiß.

»Aber statt einer harmlosen Katze bin ich die Mutter eines Luchsjungen. Ich spucke und kratze nicht nur, sondern kann auch beißen!«

Ein feuriges Verlangen brannte in seinem Körper, so heftig, daß er vom Hals bis zu den Fußsohlen in Flammen stand. Seine Leisten spannten sich bis kurz vor dem Platzen. Zum ersten Mal wurde sich Lynx seiner unbezähmbaren Lust nach dieser Frau bewußt. Nach *meiner* Frau, verbesserte er sich. Sie war doppelt begehrenswert, weil er sich ihr vorläufig noch nicht nähern konnte.

Mit eisernem Willen versuchte er, die Gier zu unterdrücken, die in seinem Körper wütete, doch er schaffte es kaum. Es gelang ihm nur, das Feuer in seinem Blut so weit zu beherrschen, daß er nicht endgültig die Kontrolle verlor. Wenn er seine Lust nur zwei oder drei Nächte zügeln könnte, käme es danach vielleicht in Frage, sie zu befriedigen. Er riß seinen Blick los von ihren üppigen Brüsten und zwang die erotischen Wünsche aus seinem Kopf.

»Natürlich ist es schon spät – aber würdest du vielleicht darüber nachdenken, ob du nicht ein spätes Abendessen mit den Bruces zusammen einnehmen könntest, damit sie einen Blick auf Lincoln werfen können, ehe du dich zurückziehst?«

Janes Grübchen zeigten sich. »Ich kann es kaum erwarten, Robert meinen wunderschönen Schatz zu zeigen.«

Wieder regte sich Lynx' Glied, als ihre Worte lustvolle Gedanken in ihm weckten. Erst als sie ihm sein schlafendes Söhnchen reichte, begann sein Blut sich abzukühlen.

»Sobald ich meine Brüste gebadet und mein Gewand gewechselt habe, komme ich nach.«

Sein Blut begann erneut zu brodeln, als er daran dachte, ihr dabei zuzuschauen. »Ich werde auf dich warten, dann können wir zusammen nach unten gehen«, sagte er heiser.

Jane war überrascht, daß Lynx nicht sofort mit dem Erben loszog, um ihn wie eine Trophäe Robert und seinen Brüdern unter die Augen zu halten. Offenbar zog er es vor, bei ihr zu bleiben.

War es nur Höflichkeit von ihm, auf sie zu warten, oder fand er endlich Geschmack an ihr? Sollte das der Fall sein, so mußte sie Jory dafür danken. Ihr Rat war unbezahlbar gewesen. *Männer mögen keine schüchternen und unterwürfigen Frauen, richtige Männer wenigstens nicht. Sie bewundern Frauen, die widerspenstig sind und ein wenig lüstern.*

An noch mehr von Jorys Worten erinnerte sie sich. *Du mußt für ihn zu einer Herausforderung werden.* Jane lächelte; hatte Lynx nicht zugegeben, daß ihm nichts besser gefiel als eine Herausforderung und daß er ihre Widerspenstigkeit verdammt attraktiv fand? Sie nagte an ihrer Lippe. Wenn sie sich nicht geirrt hatte, so klang Lynx' Stimme eben ganz rauh vor möglicher Lust. *Männer wollen das haben, was sie nicht haben können.* Da ihre Widerspenstigkeit ihr geholfen hatte, war es nun nicht an der Zeit, auch ein wenig Lüsternheit zu zeigen?

Janes Gewand öffnete sich vorn und erlaubte ihr so, das Baby zu stillen. Absichtlich ließ sie es offen und nestelte an dem hinteren Verschluß. Sie tat so, als fiele es ihr schwer, und lächelte insgeheim, als Lynx seinen Sohn in die Wiege legte und zu ihrer Hilfe herbeieilte. Obwohl sie ihm den Rücken zuwandte, wußte sie sehr wohl, daß er über ihre Schulter einen ungehinderten Einblick in ihren Ausschnitt hatte.

Sie keuchte ein wenig, als sie seine Finger auf ihrer nackten Haut spürte, und ließ es ihn hören. Sofort erfolgte die Belohnung, indem er ihr Haar beiseite schob und ihr einen Kuß in den Nacken drückte. War es Dankbarkeit oder war es Lust? Jane beschloß, es herauszufinden.

Sie lehnte sich gegen ihn und nahm unmittelbar seine Erregung wahr. Doch sie tat, als habe sie nichts bemerkt, bog sich hin und her, um aus ihrem Gewand zu schlüpfen und dann in die Waschschüssel Rosenwasser zu gießen. Lynx folgte ihr, als sei sie ein Magnet. Sie fühlte seine Hände auf ihren Schultern, nun schob er ihr Hemd hinunter, so daß sie bis zu den Hüften nackt war. Als er den Mund auf ihre Haut preßte, lief ein wohliger Schauder über ihren Rücken. Sie wandte den Kopf, um ein Auge auf ihn zu werfen, und ihre Blicke trafen sich.

Sie sah das grüne Feuer in seinen Augen, als er mit einer Hand ihr Haar hochhob. Er rieb die seidigen Strähnen gegen seine Wange, dann schnupperte er an ihnen. »Ich möchte mich in dein Haar hüllen. Das Gefühl raubt mir meine Sinne«, flüsterte er rauh.

Langsam drehte sie sich um und sah, wie sein Blick an ihren hohen Brüsten hängenblieb. Verführerisch wedelnd reichte sie ihm den Schwamm, mit einer unmißverständlichen Aufforderung. Lynx übernahm voller Wonne das Waschen, ließ das Rosenwasser mit sanften, liebevollen Händen über ihre herrlichen Brüste rinnen.

Jane keuchte auf, weil seine Berührung tief in ihrem Inneren wundervolle Gefühle weckte. Sein Tasten war wie eine seidige Qual, er neckte und erregte sie, bis ihr vor Verlangen schwindlig wurde. Als er sie dann mit dem Handtuch abtrocknete, schrie sie auf vor Lust, weil der weiche Stoff sie streichelte, und sie fühlte, wie sich ihre Brustspitzen aufrichteten und hart wurden. Zögernd griff Jane nach einem kleinen Tiegel und öffnete ihn.

»Was ist das?« fragte Lynx interessiert.

»Ein wenig Öl ... ich gebe auf jede Brust einen Tropfen, damit sie weich bleiben.« Sie sah, wie sich seine dunklen Pupillen zusammenzogen.

»Laß mich das tun«, bat er mit belegter Stimme.

»Wenn es dir Freude macht ...« Jedenfalls würde es ihr ganz sicher Freude machen. Die leiseste Berührung von ihm ließ sie vor Verlangen ganz schwach werden.

Als er mit den Fingerspitzen ihre Knospe berührte, schien er beinahe die Fassung zu verlieren – doch mit der Wirkung, die seine Berührung auf sie haben würde, hatte sie nicht gerechnet. Als er auch die andere Seite mit einem Tropfen Öl einrieb, fühlte sie, wie sie zwischen den Schenkeln feucht wurde und sich der Quell ihrer Weiblichkeit zusammenzog. Erbebend nahm sie wahr, wie er den Blick hob und auf ihren Mund schaute; nun würde er sie gleich in seine Arme ziehen und küssen.

Obwohl sich Jane nichts auf der Welt sehnlicher wünschte, dachte sie an Jorys unfehlbaren Rat. *Verweigere dich ihm, dann wird er Himmel und Erde in Bewegung setzen, um dich zu bekommen.* Sie sehnte sich verzweifelt nach einem Kuß und entschied, ihm nur einen Kuß zu erlauben, um ihm Appetit auf mehr zu machen. Als sich sein Mund auf den ihren legte, öffnete sie ihm willig die Lippen. Doch erst in dem Augenblick, als sich seine Zunge in ihren Mund schob, wurde ihr klar, daß er die Situation kontrollierte und nicht sie.

Lynx gab ihre Lippen erst wieder frei, als ihrer beider Beherrschung ins Wanken geriet. Mit einem kleinen Schrei riß sich Jane von ihm los und wählte aus ihrem Schrank ein frisches Gewand. »Wir müssen uns beeilen, Mylord, es ist sehr unhöflich, Gäste so lange warten zu lassen.«

Als Lynx mit seinem Sohn auf dem rechten Arm und Jane an seiner Linken die Treppe herunterkam, empfingen die Gebrüder Bruce, die schon ungeduldig warteten, sie mit Jubel und Applaus.

Jane fühlte plötzlich, wie der Boden unter ihren Füßen nachgab, als Robert sie auffing und ihr einen Kuß auf den Mund gab. »Gut gemacht, Jane!« Dann nahm er Lynx das Kind aus dem Arm, löste den Schal und untersuchte es von Kopf bis Fuß. »Ich finde, er sieht aus wie ein Raubtierbaby ... du begreifst doch sicherlich, daß er ein Schotte ist?«

Bis zu diesem Augenblick hatte Lynx darüber noch gar nicht nachgedacht; doch ihm war klar, daß man ihn gnadenlos aufziehen würde mit diesem kleinen Schottenjungen – daher war es am besten, gute Miene zu diesem Spielchen zu machen.

»Ich habe ihm eine bildschöne Wiege mitgebracht, unter der Bedingung, daß du ihn nach mir nennst«, erklärte Robert.

Lynx nahm ihm seinen Sohn wieder ab. »Er hat bereits eine Wiege, die ich den ganzen Weg von Edinburgh hierher geschleppt habe, und sein Name lautet Lincoln de Warenne der Dritte.«

Jane schob sich zwischen die beiden Rivalen. »Mein Schätzchen kann ruhig zwei Wiegen haben, eine oben in seinem Kinderzimmer und eine hier unten in der Halle. Und ich habe entschieden, daß er Lincoln Robert de Warenne heißen soll.«

Robert schlug seinem Freund auf den Rücken. »Ho! Wie ich sehe, hat das Mädchen hier die Führung übernommen.«

Nigel und Bruce grölten los. »Bringe sie lieber rechtzeitig unter deine Kontrolle, denn sonst zieht sie dir noch einen Ring durch die Nase und führt dich auf den Markt wie einen Preisbullen!«

»Wir wollen jetzt endlich die Füße unter den Tisch bekommen, um unsere Trinksprüche auszubringen. Her mit dem Whisky!« verlangte Thomas Bruce.

Marjory wandte sich an Jane. »Oder wir stoßen mit Met an! Er ist köstlich würzig, du wirst ihn lieben.«

»Ist Malzwhisky nicht gut genug für dich, Jory?« hänselte Thomas sie.

»Ich habe eine Vorliebe für einige schottische Spezialitäten entwickelt, aber Whisky gehört nicht dazu.«

Lynx legte das Baby in die Wiege und genoß ein gemütliches Abendessen in Gesellschaft der Bruces. Der Erbe der de Warennes schlummerte selig während all der Trinksprüche und des lauten Gelächters. Als jedermann ordentlich zugelangt hatte, brachte Taffy einen ganzen Arm voller Geschenke herein, die von St. Nikolaus aus der Bescherungsnacht stammten.

Jedes Geschenk trug den Namen einer Person am Tisch. Die meisten der Männer fanden einen Degen oder einen Dolch, als sie ihr Paket auspackten; doch Robert Bruce war einen Augenblick lang verwirrt, als er sein Paket öffnete und ein buntes Band entdeckte, auf das zwei Weihnachtsglocken genäht waren. Er drehte das Stück Flitterkram in seinen Händen hin und her und überlegte, wo er schon einmal etwas Ähnliches gesehen hatte. Dann fiel es ihm wieder ein, und flugs versteckte er es in seinem Wams, während ihm Lachtränen über das Gesicht rannen. Natürlich war Jory begeistert über seine Reaktion, obwohl er aus Gründen der Diskretion nicht zu ihr hinüberschaute.

Alle Augen richteten sich auf Jane, als sie ihr Geschenk auspackte. Marjory hatte die Schneiderinnen des Schlosses seit Tagen angetrieben, ein Gewand zu nähen, das Janes schlanke Figur betonte. Er war aus fuchsienfarbenem Samt mit langen weiten Ärmeln und einem Besatz aus weißem Satin. Den tiefen Ausschnitt und den Saum schmückte ein breites Band von Perlen und Tropfen aus Kristall.

Jane keuchte auf, dann liefen ihr Freudentränen über die Wangen. »Oh, Jory, das ist das herrlichste Gewand, das ich je gesehen habe, wie kann ich dir nur danken?«

»Indem du es morgen trägst und deinen rechtmäßigen Platz als Herrin von Dumfries einnimmst!«

Die Bruces stimmten Jory alle zu und erklärten ihr, sie sei die hübscheste Mutter von ganz Schottland.

»Danke, daß ihr zu unserem Fest gekommen seid«, meinte Lynx herzlich. »Wir hatten es für Neujahr geplant, aber der kleine Luchs hat uns auf Trab gehalten, und morgen werden dann wohl schon die Rauhnächte anfangen.«

»Ich bin der König der Rauhnächte«, erklärte Nigel Bruce. »Und wir lassen uns von den alten Männern hier unseren Spaß nicht verderben.«

Marjory zwinkerte Robert anzüglich zu. »Da wir morgen soviel zu feiern haben, würde ich vorschlagen, daß wir heute früh schlafen gehen.«

Ohne Jory anzusehen, blinzelte Jane zu Robert hinüber und erklärte: »Nun, ich bin auch nachgerade ziemlich müde.«

Jane wußte, daß Robert und Jory einander Botschaften schickten, direkt unter der Nase aller Anwesenden; deshalb klang ihr Lachen hell wie silberne Glocken. Lynx runzelte die Stirn. Warum nur fand Jane alles, was Robert sagte, so verdammt lustig?

Als Jane aufstand und zur Wiege ging, um ihren Sohn herauszunehmen, schauten die Männer ihr zu. Alle vier Bruce-Brüder beneideten Lynx de Warenne an diesem Abend um seine neue Familie. Als Jane zur Treppe ging, zog Lynx seine Schwester beiseite. »Jane war entzückt von dem Gewand. Ich möchte ihr auch etwas schenken, aber habe nur Sachen für das Baby mitgebracht.«

»Es ist nur gut, daß ich weiß, was für ein gedankenloser Egoist du bist. Deshalb habe ich noch ein anderes Gewand machen lassen und es in deinem Schrank versteckt. Da sie noch nie etwas Schönes besessen hat, verlangt es sie natürlich nach hübschen Dingen. Kannst du dir vorstellen, wie dankbar sie wäre, wenn du ihr Pelze oder Juwelen schenken würdest?«

Lynx fühlte, wie sein Körper reagierte, und er fluchte vor sich hin. »Du bist eine fatale Mischung zwischen einem Luder und einem Engel.«

»Und ich habe Jane alles beigebracht, was ich weiß, du glücklicher Halunke!«

Als Lynx die Tür zu Janes Gemächern öffnete, riß der junge Erdenbürger seinen Mund auf und begann zu schreien. »Heiliger Strohsack, wird er uns wieder die ganze Nacht wach halten?« Verärgert raufte Lynx sich das Haar. »Was, zum Teufel, sollen wir nur machen?«

Jane lächelte. »Ich werde ihn stillen, und dann kannst du ihn herumtragen. Beides nacheinander wirkt Wunder.«

Eine halbe Stunde später, während Lynx auf und ab wandelte, war sein Sohn in seinen Armen eingeschlafen, und er schickte ein Dankgebet zum Himmel für das kostbare Geschenk, das er erhalten hatte. Um die Wahrheit zu sagen, gab es keinen Ort auf der ganzen Welt, an dem er im Augenblick lieber gewesen wäre als hier, um seinen Erstgeborenen zu wiegen. Er war ein Produkt der Liebe und die Geburt seine erste bewußte Erfahrung mit diesem Gefühl. Lynx drückte ihn an sich und trug ihn noch eine Weile hin und her; dann legte er ihn behutsam neben seine schlafende Mutter und kletterte die Treppe zu seinen eigenen Gemächern hinauf, damit die beiden sich der Ruhe hingeben konnten.

In dem anderen Turm von Dumfries schlüpfte Robert Bruce heimlich durch die Tür eines Zimmers und verriegelte sie sicher hinter sich. Jory wartete schon auf ihn, außer einem einladenden Lächeln trug sie nichts. »Es hat ein paar Minuten gedauert, bis du die Phallussymbole des Hadrianswalles erkannt hast?«

Robert grinste. »Ich wußte, daß ich das Band und diese Formen schon einmal irgendwo gesehen hatte.« Er begann zu lachen, als er den betreffenden Gegenstand aus seinem Wams zog. »Du hast doch nicht ernsthaft geglaubt, ich würde ihn tragen, oder etwa doch, du Frauenzimmer?«

»Natürlich nicht, Mylord, Graf Bruce! Ich persönlich werde ihn dir umlegen. Sieh zu, daß du die Kleider vom Leib bekommst!«

Hoch oben im Turm von Dumfries konnte man das fröhliche Klingeln von zwei Glöckchen hören, immer wieder, die ganze Nacht hindurch.

## 24

Als der erste Tag der Festlichkeiten anbrach, kümmerte sich Grace Murray um Janes Sohn, gleich nachdem diese ihn gestillt hatte.

»Macht Euch keine Sorgen um den kleinen Lord, Lady Jane. Ich werde ihn unter meine Fittiche nehmen wie eine alte Bruthenne, damit Ihr auch etwas Spaß habt.«

»Der Bruce hat eine wunderschöne Wiege mitgebracht, die jetzt in der Halle steht. Da wir Weihnachten, das neue Jahr und Lincoln Roberts Taufe gleichzeitig feiern, möchte ich, daß er so viel Zeit wie möglich mit uns zusammen verbringt. Heute ist das Fest nur für die Bewohner des Schlosses und die Soldaten de Warennes – aber morgen wird sich der ganze Ort Dumfries hier versammeln. Hunderte von Menschen werden ihn in den nächsten Tagen betrachten wollen.«

»Aye, und betrachten ist alles, was ich ihnen erlaube! Niemand wird den kleinen Lord anfassen oder ihn etwa hochheben und schütteln, bis die ganze Milch wieder herauskommt!«

»Gütiger Himmel, daran habe ich überhaupt nicht gedacht. Glaubt Ihr, so etwas kommt vor?«

»Wenn ich nicht daneben stehen und aufpassen würde, würden sie ihn mit ihren schmutzigen Händen packen und ihn herumreichen wie einen Teller voll Kuchen!«

Plötzlich war Jane froh, daß Grace Murray aussah wie ein alter Drachen. »Bringt ihn nach oben, bevor das Mittagessen serviert wird; dann stille ich ihn und danach dann wieder vor dem Abendessen.«

Marjory und Elizabeth kamen in Janes Zimmer, es gelang ihnen kaum, ihre Aufregung zu unterdrücken. »Du liebe Zeit, bist du denn noch nicht gebadet und angezogen?« wollte Jory wissen.

»Ich bin gebadet und muß nur noch das wunderschöne Gewand anziehen, das du mir gestern abend geschenkt hast.«

»Ich nehme an, es gibt noch mehr Überraschungen für dich, liebe erste Lady!«

»Jory, du bist so nett zu mir!«

»Verdammt, ich bin *sehr* nett; aber für die nächsten Tage darf ich ein bißchen schlimm sein – und wenn du auch nur einen Hauch Verstand besitzt, nützt du ebenfalls diese herrlichen Tage. Wir haben ein Schloß voller Männer, und die lassen wir nach unserer Pfeife tanzen! Zum ersten Mal seit neun Monaten darfst du wieder an dich denken. Du bist schlank und wunderschön, also sollst du Spaß haben und lachen – damit du den dunklen, kalten Winter überstehst.«

Jory lenkte ihre Aufmerksamkeit auf Elizabeth de Burgh. »Wir müssen dafür sorgen, daß auch Elizabeth eine glückliche Zeit verlebt. Sie ist weit weg von Irland, fern von ihrer Heimat, und sie sieht ihren Vater nur sehr selten. Sie hatte so sehr gehofft, ihn an Weihnachten zu treffen, doch der Graf von Ulster hat sich verpflichtet, Edward Plantagenet bei seinem Frankreichfeldzug zu unterstützen.«

»Hm, mit de Burgh an seiner Seite kann der König gar nicht verlieren«, bemerkte Lynx de Warenne, der in diesem Augenblick die Treppe herunterstieg. Sein Blick fiel auf Jane in ihrem dünnen Unterrock aus Baumwolle. »Ich bin gekommen, um Jane beim Ankleiden zu helfen, wenn ihr beide so freundlich sein und uns ein wenig Privatsphäre gönnen würdet.«

»Träume woanders, Bruder! Jetzt ist nicht die Zeit für eine Tändelei. Komm in einer Woche wieder, wenn du willst, daß Jane auf deinem Schwanz nach Banbury Cross reitet!«

Elizabeths Wangen liefen rot an, und sie begann zu kichern. Gerade erst gewöhnte sie sich an die groben sexuellen Anspielungen, die Jory sich gestattete.

»Du solltest dich schämen, vor dem Kind so zu reden«, schalt Lynx sie. »Ich denke, du hast einen miserablen Einfluß, sowohl auf Jane als auch auf Elizabeth.«

»Und du wirst den Nutzen davon haben, wenn ich Jane aus ihrem Unschuldsschlaf hole – aber das ist noch nicht sehr weit gediehen. Du wirst schon selbst in die Tiefe vordringen müssen, wenn du meine Arbeit beenden willst!«

Ganz plötzlich öffnete der Lord der Rauhnächte die Zimmertür. »Wo verstecken sich bloß all die wunderschönen Hexen?« wollte Nigel Bruce wissen. »Ihr werdet mir jede einzeln einen Kuß als Entschädigung entrichten müssen, weil ihr uns so lange warten laßt!«

Elizabeth bestand darauf, die erste zu sein, dann zahlte Jory ihre Entschädigung, die sich sowohl lange als auch sehr lustvoll hinzog. Als Nigel Jane in ihrem Unterrock in den Arm nahm, protestierte Lynx: »Ich glaube nicht, daß Jane hierbei mitspielen möchte.«

Nigel warf ihm einen mitleidigen Blick zu, dann blickte er wieder auf Jane und meinte anzüglich: »Lynx ist zu alt, um sich daran zu erinnern, wie man Spaß hat!«

Als die lustige Gruppe endlich unten ankam, war die Halle so überfüllt wie noch nie in der Geschichte des Schlosses. Die Tische bogen sich unter der Last der Speisen, süße Delikatessen standen an den Wänden, desgleichen Tische und Bänke; in der Mitte der Halle drängte sich die Gästeschar.

Die einzigen Stühle befanden sich auf der Empore, daneben stand die wundervolle Wiege von Bruce. Lynx de Warenne bahnte sich einen Weg durch die Gratulanten, um auf die Galerie zu gelangen. Er legte Lincoln Robert in die Wiege, und Grace Murray, die von den beiden Knappen von Lynx begleitet wurde, setzte sich daneben, um den neuesten Schatz von Dumfries zu hüten. Sofort bildete sich eine Reihe, die auf die Empore steigen wollte, um das Kind in Augenschein zu nehmen.

Die festlichen Bräuche dieser Nächte bildeten eine Mischung aus englischen, schottischen und walisischen Überlieferungen. Über hundert der kräftigsten Männer trugen einen Julbock aus einem Kiefernstamm, über fünfzig Fuß lang und mit einem Durchmesser von drei Fuß, herein. Weihnachtswünsche wurden ausgetauscht, indem man sich aus Bechern mit Kräuterlikör, Krügen mit Whisky und Karaffen voll honigsüßen Mets zuprostete. Jedes Fenster war mit Stechpalmen und Efeu geschmückt, und über jeder Tür im Schloß hing ein Büschel Mistelzweige mit weißen Beeren.

Alle möglichen Instrumente erschallten. Schottische Dudelsackspieler wanderten umher, mischten sich mit walisischen Harfenspielern und englischen Trommlern. Andere Musikanten spielten auf Flöten, Tamburinen und mit Handglocken; doch alle heiteren Melodien zusammen konnten nicht das Lachen der Feiernden übertönen, die sich bei Scherz und Trank vergnügten. Der Herr der Rauhnächte war überall: er regte zum Unsinn an, verlangte Pfänder und führte die Menge an bei übermütigen Spielen, während seine Brüder Alexander und Thomas ihn tatkräftig unterstützten.

Um elf Uhr wurde die Halle geräumt und die Kinder von Dumfries herbeigeholt. Ihre Aufregung war ansteckend. Marjory und die junge Elizabeth kletterten mit ihnen über Tische und Bänke, veranstalteten Wettrennen, alle sangen und tanzten. Jane stand neben ihrem Vater, als die Preise und Geschenke ausgeteilt wurden. Für jedes Kind gab es ein Spielzeug und ein Kleidungsstück, und sie durften sich nach Herzenslust von den Süßigkeiten bedienen. Riesige Tabletts mit Butterkaramellen, Siruptoffees und hübschen Tieren aus Marzipan lagen neben einem Berg von Äpfeln und Nüssen.

Während Lynx zusah, wie Jane mit den Kindern spielte, erkannte er, wie jung sie noch war. Gleichwohl hatte sie zusammen mit ihrem Vater den größten Teil der Festlichkeiten organisiert, und es erfüllte ihn großer Stolz auf sie. Während er in Edinburgh gewesen war, mußten alle in Dumfries bienenfleißg gewesen sein, um dieses Fest vorzubereiten.

Nach dem Schmaus wurden die Speisen von den Tischen geräumt und dann die Geschenke für die Erwachsenen aufgetürmt. Nun verteilte Jane mit Hilfe von Jock und ihrem Bruder Andrew, dem stellvertretenden Verwalter, die Geschenke an alle Dienerinnen und Diener. Jede der Frauen der Leslies bekam einen hübschen warmen Umhang, und allen ihren Brüdern schenkte sie einen neuen Wams. Für Megotta gab es einen kunstvoll geschnitzten Medizinkasten.

Schließlich suchte Jane Lynx' Blick, und sie winkte ihn zu sich. Sie hob die Hände, bis der Lärm in der Halle sich gelegt hatte, und mit Tränen in den Augen begann sie zu sprechen. »Diese großzügigen Geschenke verdanken wir der unerschöpflichen Freigebigkeit von Lord de Warenne.« Sie stellte sich auf die Zehenspitzen, um ihm einen Kuß auf die Wangen zu geben, und die Menge jubelte und schrie so laut, daß das Schloß erbebte.

Während Lynx' Blicke sie umfingen, meinte er bei sich, daß es eigentlich ihre Freigebigkeit war. Jane hatte all ihre Mittel verbraucht, die Jock für ihre persönlichen Bedürfnisse verwaltete.

Lynx verbrachte den größten Teil des Nachmittags bei seinen Soldaten und den walisischen Bogenschützen. Sie waren fern ihrer Heimat, und er sprach mit jedem einzelnen Mann seines Gefolges und wünschte ihm Glück für das kommende Jahr. In der Zwischenzeit machten seine Ritter, die Bruces und die Damen Spiele, die der Lord der Rauhnächte anführte und auch dafür sorgte, daß sich bei seinen Foppereien alle gründlich blamierten.

Bei Lynx' Rückkehr in die Halle entdeckte er, daß Jane eine Binde vor den Augen trug und sich ein Kreis Männer um sie geschart hatte zu einer Runde Blindekuh. Da er mitspielen wollte, marschierte er direkt auf sie zu und hob sie hoch.

Jane wußte sofort, daß es Lynx war, der sie in seinen Armen hielt, denn er war der größte Mann von Dumfries. Doch ihr Übermut war geweckt, und sie konnte dem Wunsch nicht widerstehen, ihn zu necken. »Robert«, quietschte sie, »du hast heute schon genug Küsse bekommen!«

Sie fühlte, wie Lynx erstarrte, als er sie wieder auf den Boden stellte und ihr die seidene Binde von den Augen riß. »Robert hat dich geküßt?« fragte er bissig.

Da packte sie das Mitleid. »Lynx, ich mache doch nur Spaß ... ich wußte, daß du es warst!« Ihre Grübchen in den Wangen zeigten sich. »Aber Robert ist ein Schwerenöter, wenn es um Damen geht, er hat sogar Megotta unter den Mistelzweig gezerrt!«

Lynx nahm ihre Hand und führte sie zu einem Stuhl auf der Empore. »Komm und ruh dich ein wenig aus, du bist ja völlig aufgelöst.«

»Aber nur für einen Augenblick«, gab sie gnädig nach. »Einige deiner Waliser wollen eine Zaubervorstellung geben, und sie haben mir versprochen, mir ein paar Geheimnisse zu verraten.« Sie bewegte sich quirlig wie Quecksilber, und inzwischen wuchs sein Verlangen nach ihr von Minute zu Minute.

In dem strahlenden fuchsienfarbenen Samt mit dem rotgoldenen Haar, das sie wie ein Feuerschein einhüllte, war sie wunderschön, doch nicht allein ihre Erscheinung zog ihn an und auch all die anderen Männer, die sich schon den ganzen Tag um sie geschart hatten. Ein Hauch von Glück und Freude umgab sie, und sie nahm aus vollen Zügen an den Aktivitäten des Festes teil, entschlossen, sich nichts von den Vergnügungen entgehen zu lassen.

Erst nachdem das Abendessen vorüber war und der Tanz begonnen hatte, dämmerte es Lynx, was ihre Anziehungskraft ausmachte. Seit über einer Stunde schon konnte er seinen Blick nicht von ihr losreißen, in der einer nach dem anderen sich darum riß, ihr Tanzpartner zu sein und mit ihr zu flirten, nur um dafür ihr strahlendes Lächeln zu ernten oder eine kurze Vertiefung ihrer bezaubernden Grübchen. Ganz plötzlich begriff er, was es war, das sein immer größer werdendes Verlangen nach ihr zu wilder Lust steigerte.

... ihre Unschuld!

Sie war ein junges Mädchen, das noch nie Juwelen getragen und in ihrem ganzen Leben noch nie ihr Gesicht geschminkt hatte. Bis vor kurzem besaß sie nicht einmal ein hübsches Gewand. In ihrer Unschuld war sie trotz ihrer Mutterschaft immer noch nicht zur Frau erblüht! Ihre weibliche Sinnlichkeit lag noch in ihr verborgen. Er hatte sich mit ihr vereinigt in dem einzigen Wunsch, sie zu schwängern – doch sie wußte noch nicht, daß Sex auch Freude machen konnte.

All das lag noch vor ihr! Und jeder Mann in der Halle schien es zu spüren, jeder wollte derjenige sein, der sie in dieses Glück einführte. Und ihre Reife und Bereitschaft dafür machte diese Aussicht um so verlockender. Jane war kokett und anzüglich, begehrenswert und verführerisch, exotisch und verlockend. Sie benahm sich genauso reizend und provokativ wie Jory de Warenne; doch dazu kam eben ihre Unschuld, und das machte sie sowohl herausfordernd als auch absolut unwiderstehlich.

Jane zu beobachten erregte ihn so sehr, daß er nicht tanzen konnte, ja nicht einmal mehr gehen. Also blieb Lynx still sitzen und schaute zu, bis der Tanz vorüber und es Zeit war, die letzten Geschenke zu öffnen.

Lynx sah, daß Janes Gesicht entzückt aufleuchtete, als sie die zahllosen Päckchen für das Baby öffnete. Seine Ritter hatten sich selbst übertroffen, indem sie seinem Sohn silberne Rasseln und gravierte silberne Becher darbrachten. Es gab goldene Medaillons zur Erinnerung an seine Geburt und winzige Schwerter und Schilde mit dem Wappen der de Warennes. Die walisischen Bogenschützen, die sehr fingerfertig waren, hatten Spielzeug für das Kind geschnitzt, einschließlich eines großen hölzernen Schaukelpferdes und einer ganzen Armee von Spielzeugsoldaten, die eine hölzerne Burg bewachten. Sogar Spielzeugtiere hatten sie mit Wolle ausgestopft und mit Otterfell umhüllt.

Das Oberhaupt hielt sein Geschenk bis zum Schluß zurück. Er wollte sehen, wie ihr wunderschönes Gesicht strahlte, sobald sie das herrliche Gewand erblickte. Jetzt begannen ihre Finger zu zittern, als ihr klarwurde, daß sein Paket nicht für das Baby war, sondern für sie selbst. Das Gewand aus raschelndem Taft, in einem schimmernden frischen Grün gemischt mit Blau, wechselte die Farbe je nach Licht. Es hatte einen hohen Kragen im Rücken und war vorn tief ausgeschnitten. Um ihre Brüste zu unterstreichen, reihten sich auf dem Mieder smaragd- und türkisfarbene Perlen aneinander.

Lynx warf Jory einen dankbaren Blick zu, doch dann wurden seine Augen unwillkürlich zu Jane hinübergelenkt, die vor Entzücken beinahe überschnappte.

Sie umklammerte das Gewand und sank vor ihm auf die Knie. »Mein allerliebster Lord, habt Ihr das wirklich für mich ausgesucht?«

Lynx sah die Tränen in ihren Augen, und er wünschte sich von ganzem Herzen, das entspräche der Wahrheit. Er nahm ihre Hände und zog sie an sich hoch. »Jane, du sollst niemals vor mir niederknien, da du doch den Thron meines Herzens einnimmst.« In diesem Augenblick war er entschlossen, morgen ganz Dumfries nach einem Geschenk zu durchforsten, das ihr noch mehr gebührte.

Eine lange Prozession kletterte schließlich die Treppe zum Hauptturm hinauf, angeführt von Grace Murray, die das Baby trug, und seinen Knappen und den Dienern mit Armen voller Geschenken. Lynx folgte Jane, es gelang ihm kaum, sein brennendes Verlangen zu unterdrücken, und er sehnte sich danach, mit ihr allein zu sein. Er sah zu, wie sie das kostbare neue Gewand liebevoll in ihren Schrank hängte; dann half er ihr, sich des fuchsienfarbenen Samtes zu entledigen, in dem sie heute so bezaubernd ausgesehen hatte. Besitzergreifend legte er seine Hände auf ihre nackten Schultern und wartete mit kaum verhüllter Ungeduld, bis auch die letzte der Dienerinnen sich empfahl.

Lynx hatte ganz vergessen, daß Jane ihren Sohn noch stillen mußte. Er setzte sich auf das Bett und registrierte zufrieden, wie sie das Baby mit Liebe und Aufmerksamkeit überschüttete. Schließlich, als sie ihn gefüttert und versorgt hatte, legte sie ihn neben seinen Vater und kletterte in das breite Bett.

»Endlich habe ich dich für mich allein«, murmelte sie. Sie strich dem Baby über sein lohfarbenes Haar und fuhr dann mit den Fingerspitzen über seine Wangen. »Wer ist der wunderschönste Junge in der ganzen Welt?« flüsterte sie vollkommen hingerissen.

Als der Kleine gurgelte und mit seinen winzigen Fäusten wedelte, begriff Lynx, daß Jane nur Augen für das Kind hatte und all sein Warten vergebens gewesen war. Resigniert gab er ihr einen Kuß auf das Haar und küßte dann seinen Sohn. »Ruh dich aus, Jane. Morgen geht das Fest weiter.«

Der Jubel, die Heiterkeit und die Fröhlichkeit dauerten noch drei Tage an. Die gute Laune der Menschen im Schloß und in der Stadt ließ nicht nach. Schließlich war es Zeit, das Baby zu taufen, und als die Gäste sich in der Kapelle des Schlosses versammelten, schlug die Stimmung hohe Wellen. Lynx de Warenne trug seinen Erstgeborenen auf dem Arm, Lady Jane war an seiner Seite, und er fühlte sich wie ein Sieger.

Robert Bruce war der Pate des Kindes und Jory seine Patin. Der Priester ließ die beiden das Kind für einen ganz besonderen Taufsegen halten, ehe dann sein Name Lincoln Robert de Warenne gesegnet wurde. Der stolze Pate führte mit dem Kleinen die Prozession durch das Schloß in die Halle.

Lynx bemerkte, wie seine Schwester Jory sich heimlich eine Träne aus dem Auge wischte, und legte beschützend seinen Arm um sie. Er sah in ihre grünen Augen, die den seinen so ähnlich waren, und murmelte: »Ich danke dir, ich weiß, wie schwer das für dich sein muß.«

Weitere Tränen quollen hervor. »Warum schwierig?« fragte sie und versteifte sich.

»Weil ich weiß, daß du alles darum geben würdest, von ihm ein Kind zu empfangen.«

Jory schloß die Augen. »Wir sind so vorsichtig gewesen, woher weißt du es?« flüsterte sie.

»Es gibt nur sehr wenig vom Bruce, das ich nicht weiß, Jory!« Er drückte sie an sich, dann legte er ihr einen Finger unter das Kinn und hob ihr Gesicht, um ihr in die Augen zu blicken. »Er wird dich nicht heiraten, Jory. Sein Ehrgeiz, König von Schottland zu werden, steht ihm im Weg. Die Menschen würden niemals eine Engländerin als Königin akzeptieren.«

»Das weiß ich, Lynx. Ich lebe nur für das Heute und bin nicht so vermessen, auch das Morgen haben zu wollen.«

An diesem Abend schlug ein walisischer Minnesänger sie alle in Bann mit seinem epischen Märchen über Beowulf. Lynx beobachtete Janes Freude, als sie gebannt den alten Sagen lauschte, die der Troubadour mit der Harfe begleitete. Lynx bemerkte, daß er nicht der einzige Mann war, der sie beobachtete. Sein Knappe Taffy bildete sich ein, in sie verliebt zu sein, und mindestens zwei seiner jüngeren Ritter huldigten ihr ganz unverhohlen. Während der letzten Tage hatte er feststellen müssen, daß viele seiner walisischen Bogenschützen sie mit offener Begehrlichkeit und Leidenschaft betrachteten.

Zusammen mit seinem Verlangen nach ihr wuchs der Drang in ihm, seinen Besitzanspruch auf sie geltend zu machen. Dieses Gefühl war Lynx neu. Auch wenn er keine Neigung dazu besaß, sich selbst zu analysieren, so mußte er doch zugeben, daß seine Empfindungen sowohl auf Eifersucht als auch Sehnsucht basierten. Beinahe ärgerte er sich darüber, wenn Jane ihr süßes Lächeln einem anderen schenkte oder mit jemandem plauderte und ihn ausschloß.

Während der letzten Woche hatte er ihr auch die unschuldigen Küsse übelgenommen, die sie unter dem Mistelzweig bekam und die eigentlich ihm zuständen. Lynx wußte, daß er seiner Erregung nicht mehr sehr lange Herr werden konnte. Es würden die Pferde mit ihm durchgehen, wenn noch irgend jemand sie auch nur ansah. Heute abend würde er ihr seinen Stempel aufdrücken, und von dieser Nacht an gehörte sie dann nur ihm allein!

Er weidete sich an ihrem Bild, als sie auf ihn zukam. Sie trug ein rosafarbenes Gewand aus weicher Lammwolle, das jede einzelne Rundung ihres Körpers hervorhob. Die silberne Kette, die Jory ihr geschenkt hatte, hatte sie so geschickt um ihre Hüften geschlungen, daß der große Rubin, der daran hing, genau auf ihrem Venushügel ruhte und den Blick eines jeden Mannes herausforderte. Diese verflixte Jory, sie hatte Jane viel zu viele Tricks beigebracht! Es war an der Zeit, daß er die Stelle ihres Lehrers einnahm, der ihr die Dinge beibrachte, die ihre schlafende Sinnlichkeit weckten und sie als Frau befriedigen würden. Schließlich gebührte ihm der Hauptanspruch auf sie!

Jane hielt ihm ein kleines Päckchen hin, ein schüchternes Lächeln spielte um ihren Mund. »Ich habe gezögert, dir das hier zu geben, weil unser Glaube ein anderer ist. Aber es ist ein Geschenk aus meinem Herzen. Du hast mich so großzügig verwöhnt, Mylord; aber ich kann mich nur hiermit revanchieren.«

»Jane, du hast mir einen Sohn geschenkt ... meine Erbfolge gesichert. Ich bin es, der dich überhäufen sollte mit Gaben.« Er zog ein großes Bündel unter einem geschnitzten Stuhl hervor, und sie tauschten ihre Geschenke aus. Lynx zog einen keltischen Talisman aus seiner ledernen Hülle und blickte voller Freude auf das Bild des neuen Luchses, das sie für ihn gemalt hatte. Es handelte sich um ein Tier mitten im Sprung, bereit, auf sein Opfer loszugehen – wie er selbst so oft!

»Danke, Jane, ich werde ihn liebendgern und stolz tragen!« Gespannt betrachtete er ihre Miene, als sie das Geschenk auspackte, das er extra für sie hatte anfertigen lassen. Heute wollte er ihr mehr Freude schenken, als sie je verspürt hatte.

Sie keuchte auf und hielt den smaragdfarbenen Umhang aus Samt hoch, der mit einem Silberfuchsfell besetzt war. »Oh, Lynx, er ist herrlich!« Sie straffte die Schultern. »Hilf mir, ihn umzulegen.«

»Nein!« Er zog sie an sich und senkte den Kopf, bis sich seine Lippen auf ihr Ohr legten. »Wenn du deinen ersten Pelz anprobierst, möchte ich, daß du nackt bist, damit du das weiche, sinnliche Material auf deiner Haut spürst.«

Überrascht hob Jane den Blick. Wieder einmal zeigten sich ihre Grübchen. »Bekommst du oft deine Wünsche erfüllt, Mylord?«

»Immer!« In seinen grünen Augen loderten wilde Versprechen auf, die ihren ganzen Körper kribbeln ließen.

## 25

Lynx de Warenne winkte Grace Murray zu, damit sie seinen Sohn nach oben trug; demgemäß würde auch Jane sich sofort zurückziehen. Er wünschte den anderen eine gute Nacht und bemitleidete die armen Teufel, die sich die nächsten Stunden mit Würfeln begnügen mußten; dann machte er sich seinerseits auf den Weg.

Er blieb nur so lange in Janes Gemächern, um sich mit seinem schwarzen Nachthemd zu präsentieren, doch das merkte sie nicht einmal. Wie immer hatte Jane nur Augen für ihren Sohn, wenn sie ihn stillte. In seinem eigenen Zimmer zog Lynx sich aus, badete und zog die Samttunika über – er gönnte Jane genügend Zeit mit ihrem Schätzchen. Danach öffnete er die Tür oben am Treppenabsatz und stand dann ganz ruhig dort, um gemächlich hinunterzuspähen.

Grace stand dabei mit einem dümmlichen Gesichtsausdruck, während Jane das Baby liebkoste, es küßte und leise mit ihm sprach; sie war viel zu versunken in ihrem mütterlichen Glück, um den Mann zu bemerken, der sie mit seinen Blicken verschlang. Als er dann sprach, erschreckte seine tiefe Stimme sie.

»Dieser kleine Kerl belegt dich jeden Augenblick deiner Zeit mit Beschlag. Du schenkst ihm deine ganze Aufmerksamkeit. Sein Vater würde auch gern ein wenig von dir geherzt werden. Grace wird heute nacht bei ihm bleiben, und du kommst hier herauf, denn da gehörst du hin!« Nachdem er seine Forderung verkündet hatte, zog Lynx sich in seine vier Wände zurück.

Jane reichte Grace das Baby, dann ging sie zögernd zur Treppe. Sie blickte nach oben in die Dunkelheit und dachte über das nach, was sie gerade gehört hatte. Ihr Herz schlug schneller vor Erregung. Also war es doch keine Einbildung. Während der letzten Wochen hatte Lynx sie kaum aus den Augen gelassen, während sie ungeheuer mit allen Männern flirtete, die sich verbündeten, um sie mit Aufmerksamkeiten zu überschütten. Sie war genau Jorys Rat gefolgt, und jetzt machte er sich endlich bezahlt. Zum ersten Mal sah Lynx de Warenne sie nicht nur als Mutter seines Kindes, sondern als Frau ... und zwar eine begehrenswerte, dem Verlangen nach zu urteilen, das aus seiner Stimme sprach.

Grace Murray fing einen fragenden Blick von ihr auf. Die Kinderfrau winkte sie vehement die Treppe hoch. »Geht, geht!«

Mit laut klopfendem Herzen erklomm Jane zögernd die ersten Stufen. Dann lief sie noch einmal rasch zurück und griff nach dem Pelzumhang. Mit sicherem Schritt stieg sie nun in das Obergeschoß, um dem Befehl ihres Lords Folge zu leisten.

Jane schloß die Tür hinter sich und wandte sich zu ihm um, sie mußte erst ein wenig verschnaufen. Als sie ihn schließlich in dem schwarzen Nachtgewand vor sich stehen sah, stockte ihr der Atem. Er lächelte zustimmend, als er den Pelz in ihrer Hand sah, und streckte ihr die Arme entgegen. »Komm zu mir! Es ist Zeit, daß wir einander kennenlernen ... endlich richtig.«

Seine Stimme war genauso samtweich wie seine Ausstaffierung, Janes Herz flog ihm entgegen. Wie lange hatte sie auf diesen Augenblick gewartet? Ein ganzes Leben? Eine Ewigkeit? Es schien ihr endlos gewesen zu sein, doch es hatte sich gelohnt.

»Hast du die Woche der Feierlichkeiten genossen, Jane?«

»O ja, es war die glücklichste Zeit meines Lebens!«

Er nahm ihr den Umhang ab und legte ihn beiseite. Dann griff er nach ihren Händen und zog sie eine nach der anderen an seine Lippen. »Für mich auch, und nur dir habe ich all das Vergnügen zu verdanken. Dafür möchte ich mich gerne erkenntlich zeigen. Die heutige Nacht gehört nur dir allein.« Sein Blick ruhte auf ihren Lippen, ihren Brüsten und dann auf dem Rubin. »Hast du eigentlich die leiseste Ahnung, wie verlockend du aussiehst?«

Jane glaubte das durchaus, bis er sie vor den Spiegel zog und ihr beschrieb, wie sie ihm erschien. »Sieh dein Gesicht an! Deine Augen erinnern mich an braune Stiefmütterchen, und deine hohen Wangenknochen geben dir das Aussehen einer Zauberin bei ihrer Arbeit. Wenn du mir einen Blick zuwirfst, von der Seite oder über deine Schulter hinweg, möchte ich dir ins Paradies folgen.« Lynx machte eine vielsagende Pause.

»Wenn du glücklich bist oder mich neckst, dann ziehen sich deine Mundwinkel hoch, und ich halte den Atem an, weil ich hoffe, daß deine Grübchen erscheinen. Die Form deiner Lippen ist wundervoll sinnlich.« Er fuhr mit dem Daumen über ihre volle Unterlippe. »Dein Mund verzieht sich ein wenig schmollend, wenn du abwartest, was ich sage, und dann frage ich mich immer, ob du mich anspucken oder küssen möchtest.«

In Janes Wangen stieg ein rosiger Schimmer auf. Sie hatte gewußt, daß er sie beobachtete; doch offensichtlich war seinem Blick auch nicht das geringste Detail entgangen.

»Das Haar einer Frau ist eines der Dinge, die einen Mann anziehen und ihn gefangenhalten. Seine lange, seidige Fülle hüllt dich ein, sie flüstert in dein Ohr, hängt über deine Schultern, manchmal liebkost sie deine Brust oder lockt sich um deine Taille, und immer streichelt und liebkost sie deinen Rücken. Dein Haar weckt den Wunsch in mir, damit zu spielen. Es läßt meine Finger prickeln, weil ich dich berühren möchte, so nah bei mir haben, wie dein Haar dich berührt. Es ruft mir zu, mich neben dich zu legen und mich in ihm zu verfangen.« Lynx fuhr mit den Fingern durch ihre Locken, hob sie hoch und ließ sie dann wie einen Wasserfall über ihren Rücken schwingen.

»Dieses Gewand aus sanfter Wolle schmiegt sich so herrlich an deine Brüste, daß es mich mehr erregt, als würdest du nackt herumlaufen.« Er trat hinter sie, um mit seinen Händen ihren Busen zu bedecken. Fasziniert beobachtete Jane, wie ihre Brustspitzen sich aufrichteten und hart wurden. Sie keuchte leise, als er mit den Daumen über die empfindsamen Knospen strich.

»Und jetzt kommen wir zum Herz des Ganzen. Dein weibliches Geheimnis ist von einem Rubin bedeckt! Er blinzelt mir zu, treibt seinen Schabernack mit mir und bringt mich schon den ganzen Tag fast um den Verstand. Selbst in der Kapelle, oder sollte ich sagen, *gerade* in der Kapelle ... am liebsten wollte ich dich auf den Altar legen und mich dir opfern.«

Seine kühnen Hände wagten sich zu ihren Rippen vor und strichen dann über ihren Bauch, bis sie auf ihren Hüften liegenblieben. Dann zog er sie an sich, um ihr zu beweisen, wie sie auf ihn wirkte. »Ich habe jetzt über zwölf Stunden gewartet, um dir dieses provozierende Kleid auszuziehen. Wer behauptet, daß ich kein geduldiger Mann bin?«

Während seine Finger die winzigen Knöpfe im Rücken öffneten, preßte er die Lippen auf die seidige Haut, die sich seinen Blicken bot. Wieder und wieder liefen Schauder durch Janes Körper, als sein Mund immer tiefer glitt. In einem Augenblick brannte ihre Haut, im nächsten war sie eiskalt. Es war eine berauschende Wirkung, und sie liebte seine Zärtlichkeiten. *Bitte, lieber Gott, laß ihn nicht aufhören!*

Lynx hatte keineswegs die Absicht aufzuhören, das war doch erst der Anfang. Als er ihr das Gewand und auch die silberne Kette auszog, legte er beides feierlich beiseite. »Wir müssen aufpassen, daß dieser hübschen Robe und dem magischen Juwel nichts passiert.«

Jane stand wie benommen da und betrachtete ihrer beider Bild im Spiegel. Ihr feines Baumwollhemd bot einen erstaunlichen

Kontrast zu dem schwarzgekleideten Riesen hinter ihr. Sie sah, wie seine Hände ganz langsam das Hemd höher schoben und ihre cremig-zarten Schenkel enthüllten. »Ein einziges Mal sah ich dich vollkommen nackt, als du hochschwanger warst mit meinem Kind. Ich fand dich unwiderstehlich in jener Nacht; also kannst du dir vorstellen, wie dein schlanker Körper jetzt auf mich wirkt?«

Sie blickte ihn über die Schulter hinweg an, und Lynx stöhnte leise auf, weil dieser Blick seine Erregung immer mehr anstachelte. Auch wenn sie eine erfahrene Kurtisane gewesen wäre, hätte sie nicht verführerischer sein können. Das Hemd lag schließlich neben dem Kleid, und Jane hielt ganz still, während er sie betrachtete. Sie wußte, wenn er ihre nackte Haut berührte, würde sie vor Lust aufschreien, doch das tat er nicht. Er starrte nur verlangend auf ihr Bild und verschlang sie mit seinen Blicken.

Als er nach dem smaragdfarbenen Umhang griff, hielt sie den Atem an. Sobald der Pelz ihre nackte Haut berührte, keuchte Jane leise auf, dann stöhnte sie, weil die seidige Berührung so herrlich war. All ihre Nervenenden schienen durch diese Bedeckung noch empfindlicher. Unter dem Pelz fühlte sich ihre Haut wonnevoll an, und sie begann zu zittern.

Lynx griff nach ihrer Hand. »Komm«, drängte er.

Erstaunt stellte Jane fest, daß er sie nach draußen dirigierte, auf die Zinnen des Turmes, in dieser kalten Winternacht. Sie folgte ihm, weil sie bereit war, Lynx zu geben, was immer er von ihr verlangte. Ihr Körper und ihr Wille gehörten ihm.

Er führte sie über die Brüstung zu der mit Zinnen versehenen Mauer, dann hob er sie hoch, so daß sie zum Sitzen kam. Seine Hand glitt unter den Pelz, und er murmelte: »Deine gestohlenen Augenblicke unter dem Mistelzweig lassen dich vielleicht glauben, daß du nun etwas von Küssen weißt. Aber du täuschst dich. Ich habe vor, dir alles über das Küssen beizubringen, was es gibt.«

Weil sie ein wenig höher saß als er, waren ihre Lippen auf der gleichen Höhe. Als er seinen Mund auf ihren preßte zur ersten vollen Berührung, konnten sie beide nicht genug bekommen davon. Sein Kuß wurde leidenschaftlicher, und gleichzeitig erforschte er mit den Händen die Geheimnisse ihres Körpers unter dem weichen Fuchsfell. Was er mit ihr anstellte, schockierte und entzückte sie mehr als alles bisher Dagewesene. Seine heiße Zunge und drängenden Hände spielten zusammen, so daß es ihr vorkam, über aller Welt zu schweben.

Jane schob ihre Hände unter sein Nachtgewand und spürte die Hitze seines Körpers. Ohne es recht zu bemerken, öffnete sie ihre Schenkel seinen fordernden Griffen und bog sich dann seinen Berührungen entgegen, da seine Erfahrenheit ungeahnte Gefühle in ihr weckte. Sie riß ihre Lippen von ihm los, schob sein Gewand auseinander und preßte ihren Mund an seinen Hals. Anschließend glitt ihre Zunge über seine muskulöse Brust, bis hin zu den kleinen, harten Brustwarzen.

Sie hatten ein unstillbares Verlangen nach einander, und die Nacht um sie herum explodierte ununterbrochen. Was als kleine sinnliche Schauder begonnen hatte, wurde schon bald zu einem übermächtigen Beben. Lynx fuhr mit der Zungenspitze die Umrisse ihres Mundes nach. »Ich denke, das war genug kalte Luft – bist du jetzt bereit, mir zurück in den Turm zu folgen und dich von mir wärmen zu lassen?«

»Mir ist schon ziemlich heiß«, ächzte Jane und drängte sich gegen ihn.

»Das bist du wirklich, und dafür danke ich dem Himmel!« Er hob sie von der Mauer, doch stellte er ihre nackten Füße nicht auf die kalten Steine. Statt dessen preßte er sie an sein Herz und trug sie hinein. Er stellte sie nur lange genug ab, um ihr den Pelz von den Schultern zu streifen, dann befreite auch er sich von seinen Hüllen und hob sie wieder in seine Arme.

Er trug sie vor das Feuer, und nach der Kälte draußen war die Wärme der Flammen herrlich auf ihrer überempfindlichen Haut. »Dieser Sessel hat uns schon in der Vergangenheit gute Dienste geleistet«, murmelte er. Er setzte sich und zog sie rittlings auf seinen Schoß. Sie brauchte keine lange Aufforderung, ihre Schenkel um ihn zu schlingen.

Jane blickte auf sein langes, hartes Glied hinunter, das sich zwischen ihnen erhob. Sie konnte dem Wunsch nicht widerstehen, es zu berühren, und er legte seine Hand auf ihre, genau wie in jener ersten gemeinsamen Nacht. Lynx war sehr kräftig gebaut, und seine Größe erschreckte sie, weil sie an den Schmerz dachte, der sie damals durchschnitten hatte. Doch schon bald überwog ihr Verlangen all ihre Furcht, und die Erinnerung daran verschwand für immer.

Lynx schob seine Hände unter ihr Gesäß und hob sie auf sein emporgerichtetes Glied. Dann zog er sie langsam herab, bis die Spitze in sie eingedrungen war. »Ich möchte nicht, daß du schon gleich wieder schwanger wirst. Das ist noch zu früh. Und weh tun möchte ich dir auch nicht. Heute will ich dich nur glücklich machen.«

Jane glaubte, bei noch mehr Glück würde sie sicher vergehen.

Sehr sanft hoben seine Hände sie hoch und senkten sie wieder auf sein Glied, bis sie seinen Rhythmus aufnahm, sich selbst zu bewegen begann und ihn ritt wie einen großen Hengst. Als sie die Führung übernahm, zog er seine rechte Hand unter ihrem Hintern hervor und rieb mit seiner rauhen Fingerspitze über die kleine Knospe am Quell ihrer Weiblichkeit, bis sie zu pulsieren anfing.

Die Gefühle, die er in ihr weckte, waren so herrlich, daß sie ihren Körper zurückbog und ihm so einen ungehinderten Blick auf die Stelle bot, an der ihre Körper sich vereinigten. Ihre leisen Schreie des Entzückens wurden lauter, je mehr ihre Leidenschaft sich steigerte. Und dann begann tief in ihrem Inneren etwas zu zucken – sie schien zu zerbersten, gleichzeitig zog sie ihn tief in sich hinein, als wolle sie ihn verschlingen. Sie bewegte sich so schnell auf und ab, bis er endgültig in sie eingedrungen war.

Mit äußerster Entschlossenheit hielt er sich zurück, während ihr heißer, leidenschaftlicher Körper ihn sich einverleibte. Er war so weit in ihr, daß er seinen gesamten Willen aufbringen mußte, sich aus ihr zurückzuziehen, ohne sich in ihr zu verströmen.

»Lynx, Lynx«, keuchte sie, und ihre erste Erfahrung mit einem Orgasmus überwältigte sie. Sie löste ihre Beine von seinem Körper und sank vor ihm auf die Knie, zwischen seinen Schenkeln. Und dann küßte sie das Objekt ihrer Bewunderung, das ihr ein so ungeahntes Glück verschafft hatte, streichelte es mit ihrer Zunge.

»Jane, meine süße Jane, das brauchst du nicht ...!«

Mitten in der Bewegung hielt sie inne und sah zu ihm auf. »Aber ich muß ...«

Er stöhnte auf und gab nach. Sie öffnete den Mund und nahm ihn in sich auf.

Nach ihren wilden Ausschweifungen hielt er sie fest in seinen Armen, bis sie sich wieder abgekühlt hatte. Doch eigenartigerweise kühlte sich sein Verlangen nach ihr nicht ab, und umgehend verspürte er den Wunsch, sie noch einmal glücklich zu machen. Weil sie ihn geschmeckt hatte, sehnte er sich jetzt danach, auch sie zu schmecken. Doch er wollte, daß sie das alles direkt miterlebte; deshalb trug er sie noch einmal zu dem Spiegel und setzte sie davor ab.

Er nahm ihre Finger in seine und hob sie an ihre Wange. Dann senkte er den Kopf und biß zärtlich in ihr Ohrläppchen. »Ich möchte dir zeigen, wie du dich auch allein berühren kannst«, flüsterte er in ihr Ohr. »Wenn ich nicht bei dir bin und die Nacht lang ist, sollst du wissen, wie du mit dir selbst Freude hast.«

Er streichelte ihre Wange mit ihren eigenen Fingern und zog sie dann an seine Lippen. Als er sah, daß sich ihre Mundwinkel hoben, fuhr er mit ihren Fingerspitzen über ihren Hals, ihr Schlüsselbein und über die Rundung ihrer Brust. Dann führte er ihre Finger über den üppigen, vollen Busen, umfuhr die Brustspitze, bis sie leise aufstöhnte. Als er mit der Zungenspitze die Umrisse ihres Ohres nachzeichnete, zog er ihre Hand über ihren Bauch und hörte, wie sie scharf Luft holte. Er fühlte, wie ihre Hand erstarrte, als er sich ihrem Venushügel näherte.

»Lynx, das kann ich nicht«, flüsterte sie, und zum ersten Mal in diesem Liebesrausch schien sie erschrocken.

Er küßte ihren Hals. »Sprich mir nach, ich will, und ich werde!«

Janes Widerstand löste sich in leisem Lachen auf. »Ich bin so schlimm!«

»Nein, du bist unschuldig, und deine Unschuld macht mich glücklicher als alles, was ich je mit einer Frau bisher erlebt habe.«

Fest verschränkt legte er nun ihre Fingerspitze auf den Eingang ihrer Scheide. »Genau hier ist eine winzige Rosenknospe, die aufblüht bei der leisesten Stimulation. Ich werde es dir beweisen.« Er senkte den Kopf und preßte seine Lippen auf ihre.

Sie fühlte, wie ihre Scham sich zu öffnen begann. Dann zwangen seine Lippen sie, ihren Mund zu öffnen, und seine Zunge schob sich in ihren Mund. Jane fühlte ihre Weiblichkeit pulsieren, und heißes Verlangen stieg in ihr auf. Lynx nahm einen ihrer Finger und schob ihn in ihre Scheide.

»Also, ist das wirklich schlimm?«

»Nein, es fühlt sich gut an – aber Lynx, ich will mehr, ich brauche dich!«

Er zog den Finger wieder zurück und küßte ihre Augenlider. »Vertrau mir, ich weiß genau, was du brauchst.« Unmittelbar vor ihr sank er auf die Knie, und sie beobachtete ihn atemlos im Spiegel, wie er die weichen Falten auseinanderschob und sie mit dem Mund liebte.

Jane vergrub die Finger in seinem Haar, um seinen Kopf festzuhalten. Dieser Liebesdienst war so vollkommen, daß Lynx damit all die Mauern einriß, die sie zu ihrer Verteidigung um sich herum aufgebaut hatte. Sie war kein schüchternes Mädchen mehr, sondern eine Frau, die sehr schnell die Macht ihrer Sinnlichkeit kennenlernte.

Diesmal war ihr Höhepunkt vollkommen anders. Ein Dutzend kleinere Schauder vereinten sich und stoben doch auch wieder in verschiedene Körperteile. Sie war schwach und wohlig schläfrig, als Lynx sie aufhob und zum Bett trug. Sie wunderte sich, daß er genau wußte, was er zu tun hatte.

Lynx legte sich nieder und zog sie an sich. Jane kam er vor wie eine feste Mauer aus Muskeln. Er war der kräftigste Mann weit und breit – und sie fühlte sich vollkommen sicher und beschützt, zum ersten Mal in ihrem Leben.

Seine Finger schlossen sich sanft um ihre wohlgerundete Brust, er hob sie ein wenig hoch, so daß der blasse Hügel sich aus seiner Hand erhob. Mit der anderen streichelte er ihren Rücken, immer ein wenig tiefer, bis seine Finger auf ihren Gesäßbacken lagen. Wieder erbebte sie, und ihre Haut schien zu brennen. Die letzten Hindernisse, die zwischen ihnen aufgeragt hatten, räumte diese Nacht aus. Nie zuvor in ihrem Leben hatte sie sich einem anderen Menschen so nahe gefühlt. Sie hatte das Gefühl, ein Teil von ihm geworden zu sein. Sie wußte, sein Duft hatte sich mit dem ihren vermischt und würde immer bei ihr bleiben.

Jane liebte ihn von ganzem Herzen und sehnte sich danach, es ihm zu sagen. Sie öffnete den Mund, um innige Worte auszusprechen, doch dann kam ihr Jorys Lektion wieder in den Sinn. *Sag einem Mann niemals, daß du ihn liebst, ehe er nicht dir seine unsterbliche Liebe erklärt hat!* Jane hielt sich also zurück und schenkte ihm statt dessen ihren Körper, rieb sich an seiner herrlich harten Erregung.

Lynx preßte sie an sich, und sie fühlte, wie sich die Hitze seines Körpers auf sie übertrug – wo immer sie sich berührten, flammten ihre Empfindungen auf. Jane begriff, daß es so zwischen einem Mann und einer Frau sein sollte. Wenn sie ihre Körper miteinander teilten, wurde der Mann stark und mächtig, die Frau indessen hingebungsvoll vor Liebe.

Sie akzeptierte seinen Wunsch, rauh mit ihr umzugehen, als er sich über sie schob und die dominante Position einnahm. Ganz plötzlich zeigte er ihr die Wildheit eines Raubtiers, und sie genoß das aufschäumende Verlangen, als er die Kontrolle über seinen Körper verlor und die Lust ihn durchjagte.

Während Jane immer wieder einschlummerte, war sie sich nur vage bewußt, daß sie auf diesem herrlichen Geliebten lag. Ihre Wange ruhte auf dem kitzeligen krausen Brusthaar, und der stete Schlag seines Herzens ließ sie immer wieder einschlafen. Sie war selig, drückte einen Kuß auf sein Herz und seufzte zufrieden.

Jane wußte, daß Lynx de Warenne ein brennendes Verlangen nach ihr fühlte, und instinktiv begriff sie, daß dies der Liebe wohl so nahekam, wie der Krieger Lynx es je zulassen würde. War sie dumm, weil sie noch immer zögerte, ihn zu heiraten, wo er sie doch fast darum angefleht hatte? Der Gedanke, daß Lynx ihr Ehemann würde, ließ sie vor Freude ganz schwach werden. Nein, sie war nicht dumm, sondern ganz besonders klug und genoß jeden Augenblick, in dem er sie umwarb. Jane entschied sich, dieses leidenschaftliche Werben noch eine Weile zu verlängern. Ein Lächeln reinen Glücks lag auf ihren Zügen, auch noch, als sie längst in einen tiefen, traumlosen Schlaf gesunken war.

## 26

Als die Tür zu den Zinnen sich mit einem dumpfen Geräusch öffnete, wachte Jane mit einem Ruck auf und setzte sich im Bett auf. Ein Paar kraftvolle Arme schlossen sich um sie, und sie merkte, daß Lynx sie beschützte.

»Potzblitz, willst du sie den ganzen Tag im Bett behalten?« erkundigte Robert sich mit möglichst unbeteiligter Miene.

»Du grober Halunke, sie wird niemals aufhören zu erröten«, meinte Lynx und zwinkerte seinem Freund zu.

»Ha! Ich war es nicht, der sie zum Erröten gebracht hat. Ich weiß, was du unter dieser Decke dort versteckst!«

Jane keuchte auf, und ihre Wangen dunkelten noch nach, als der

Beweis dessen, was sich wirklich dort befand, ein Eigenleben entwickelte. Zu ihrem Entsetzen öffnete sich auch noch die andere Tür, und Grace Murray trat ein, mit ihrem Sohn auf dem Arm. Die Kinderfrau warf de Warenne einen strengen Blick zu, dann erklärte sie: »Der kleine Lord mag nicht mehr warten. Er findet, daß Ihr sie lange genug für Euch beansprucht habt – jetzt ist er dran!«

»Ich erkenne eine schottische Konspiration gegen meine Person«, erklärte Lynx resigniert, dann trennte er sich von Jane und schob die Füße unter der Decke hervor.

Jane errötete bis hin zu ihren Brustspitzen, sie hob die Arme und drückte den Kleinen an ihr Herz. Grace Murray zuckte nicht mit den Wimpern, als Lynx nackt aus dem Bett stieg und gemächlich in seine Kleider schlüpfte.

»Ich habe ganz vergessen, daß du heute auf dem Abmarsch bist«, wandte sich Lynx an Robert.

»Dieses Mädchen läßt einen Mann tatsächlich seinen Namen vergessen«, meinte Robert mit unverhülltem Neid.

Ehe er ging, streichelte Lynx seinem Sohn über die Wangen und küßte Jane auf den Mund. »Danke, meine süße Lady!« Seine grünen Augen versprachen ihr, daß er zurückkehren würde, um seinem Dank einigen Nachdruck zu verleihen.

Lynx verabschiedete sich von den Bruces, mit seiner Schwester Jory an der Seite. Er hatte kein festes Versprechen von Robert erhalten, die Aufstände in den Lowlands zu unterdrücken, falls sie wieder ausbrechen sollten. Lynx erkannte deutlich, daß die Loyalitäten von Lord Bruce geteilt waren. Es machte ihm keine Freude, sein eigenes Volk zu knechten, weil die englische Krone das anordnete. Robert Bruce versprach, nur das zu tun, wozu er sich ausdrücklich verpflichtet hatte, und das war, die westlichen Marschen offenzuhalten.

Es dauerte nicht einmal eine volle Stunde, da verfluchte Lynx sich dafür, daß er leichtfertig eine ganze Woche lang mit den Bruces gefeiert hatte, statt wachsam zu sein. Von den sechs Männern, die er nach Carlisle geschickt hatte, um die merkwürdig geschrumpften Vorräte wieder zu ergänzen, kamen nur vier lebend zurück, zwei der Packpferde trugen Leichen anstelle von Lebensmitteln.

Als seine Ritter ihm berichteten, daß sie in der Nähe, am Eingang des Tales von Annandale, in einen Hinterhalt geraten waren, lag es auf der Hand, daß die Heckenschützen über die Situation im Bilde gewesen sein mußten.

In Gedanken stellte Lynx sofort eine Verbindung her zwischen den verschwundenen Lebensmitteln und den fehlenden Waffen – sein Mißtrauen richtete sich auf die Gebrüder Leslie. Ohne zu zögern, ließ er Jock rufen und befahl ihm, sofort alle seine sieben Söhne zusammenzutrommeln.

In der Schreibstube neben der Halle, wo Lynx seine Geschäfte abwickelte, mehrten sich die Ausflüchte, als Jocks Söhne sich verteidigten. Lynx hielt mit Mühe sein Temperament im Zaum, als er sie wieder und wieder verhörte, Fragen nach den fehlenden Waffen und den gestohlenen Lebensmitteln stellte.

Der einzige Mann im Raum, dem Lynx de Warenne völlig vertraute, war Jock Leslie. Der Verwalter stand grimmig neben seiner Brut, er versuchte nicht, sie in Schutz zu nehmen. Nach zwei endlosen Stunden bat Jock um die Erlaubnis, mit den Burschen sprechen zu dürfen.

»Aber gern«, forderte ihn Lynx in beängstigend ruhigem Ton auf.

»Solltet ihr mit Worten oder Taten in diese Sache verwickelt sein, dann erleichtert jetzt euer Gewissen. Seine Lordschaft hat zwei tote Ritter im Schloßhof, und ich weiß, daß er dieser Sache auf den Grund gehen wird – ganz gleich, was es ihn oder Dumfries kostet.«

Lynx de Warenne lief inzwischen unruhig auf und ab. Gelegentlich blieb er vor einem der Brüder stehen und sah ihm forschend in die Augen, dann ging er zum nächsten. Abrupt blieb er vor David Leslie stehen, dem die Verwaltung der Vorräte unterstand. Dieser junge Mann hatte am meisten zu verlieren, wenn etwas mit den Nahrungsmitteln nicht stimmte. »Gibt es Leichensäcke in Eurem Lager?«

David schluckte und fragte sich, ob er wohl in einem von ihnen liegen würde. »Sehr wohl, Mylord.«

Lynx wandte sich an Jock. »Würdet Ihr und David dafür sorgen, daß meine Ritter für ein anständiges Begräbnis vorbereitet werden?«

»Aye, Mylord«, antwortete Jock und seufzte erleichtert auf, daß nun auch dieser Sohn in de Warennes Augen entlastet war.

Nach einer weiteren Stunde, in der Lynx weitere Fragen stellte, entließ er Andrew Leslie, der zum Verwalter ausgebildet wurde. Jock erzog ihn nach seinem eigenen Vorbild, und Lynx bezweifelte, daß Andrew an seinem Vater oder Dumfries Verrat beginge.

Die Mittagsstunde kam und ging vorüber, ohne daß Essen oder Trinken für die Männer in dem kleinen Raum serviert wurde. Nach einer weiteren Stunde von Fragen und ablehnenden Antworten wandte de Warenne sich an den Rotschopf Keith. »Bestimmt hast du nichts mit alldem zu tun, aber du weißt davon.« Dann wandte er sich an die anderen vier. »Ich könnte ihn foltern lassen, doch der junge Dummkopf würde wahrscheinlich eher sterben, als einen von euch hinzuhängen.« Lynx deutete mit dem Kopf zur Tür. »Verschwinde!« forderte er Keith Leslie auf.

Die vier Übriggebliebenen warfen einander schnelle Blicke zu. James und Alex, die beiden Schmiede, fragten sich, ob de Warenne wohl die Unschuldigen zusammen mit den Schuldigen bestrafen würde. Ben und Sim, die Schäfer, hüllten sich in trotziges Schweigen. Sie waren Kelten, auf keinen Fall würden sie sich unterdrücken lassen und diesem siegreichen Normannen ihr Verhältnis zu den Rebellen gestehen.

Ein Klopfen an der Tür unterbrach das Verhör. Als Lynx öffnete, stand Thomas davor, zusammen mit einem Boten von John de Warenne. Lynx verließ die Schreibstube, nahm von dem Kurier die Botschaft entgegen und brach das Siegel auf. Die Botschaft lautete knapp: *Kehre sofort nach Edinburgh zurück, mit deiner ganzen Gefolgschaft.*

Lynx runzelte die Stirn und unterdrückte einen Fluch. Johns Aufforderung kam ihm völlig ungelegen. Außer der Sache mit den Brüdern Leslie, die seine Aufmerksamkeit erforderte, waren da immerhin Jane und Lincoln. Er wollte hierbleiben, um sein Kind zu genießen, aye – und auch seine hinreißende Gefährtin, jetzt, wo sie endlich Liebende geworden waren. Also, Edinburgh paßte ihm gegenwärtig überhaupt nicht ins Konzept.

Verärgert fuhr sich Lynx mit der Hand durch seinen Schopf. Ein Unglück, so wurde behauptet, kam selten allein, aber wie viele waren es eigentlich? Er warf noch einen Blick auf die Botschaft, und die Formulierung sagte ihm, daß er sie nicht ignorieren durfte. Sein Knappe nahm folgende Anweisung entgegen: »Laß unsere Ritter wissen, daß wir in Edinburgh gebraucht werden, und sag auch den walisischen Leutnants Bescheid, damit wir morgen aufbrechen können. Sieh zu, daß der Kurier verköstigt wird.«

»Ihr habt heute auch noch nichts gegessen, Mylord«, rief ihm Thomas ins Gedächtnis.

Lynx winkte ab. »Mein Instinkt funktioniert bei leerem Magen besser. Ich muß zu einem Ende kommen. Bereite einen der Kerker des Schlosses vor, denn bald werden einige der Leslies eingesperrt!«

Lynx kehrte zu seiner schweren Aufgabe zurück, lief einmal von einer Seite zur anderen und begann dann, laut nachzudenken. »Die Stimmung hier ist so angespannt, daß man förmlich die Funken spürt … woraus ich entnehme, daß nur ein Zweigespann von euch schuldig ist, denn sonst würdet ihr einander nicht mit so bösen Blicken bedenken. Das verdächtigste Paar sind die beiden Schmiede, da einige der Waffen fehlen – aber ich habe gelernt, auch hinter das Naheliegende zu blicken. So frage ich mich, wer hatte wohl am ehesten die Möglichkeit, sich mit den Rebellen zusammenzutun? Nur die Schäfer, fürchte ich. Nur diese beiden verlassen Dumfries jeden Tag, um durch die Täler zu ziehen. Die gleichen Schäfer, die einen ganzen Monat zu spät aus den Uplands zurückgekehrt sind.«

Lynx' bohrender Blick fiel auf James und Alex, und als er mit dem Kopf zur Tür deutete, verschwanden sie in Windeseile. Jetzt widmete er Ben und Sim seine ungeteilte Aufmerksamkeit. Er betrachtete sie eine volle Minute, ehe er zu sprechen begann. »Ich habe euch einmal mitgeteilt, daß ich jeden hängen würde, der Schafe von Dumfries stiehlt. Habt ihr mir etwa nicht geglaubt?« wollte Lynx wissen. »Habt ihr nicht begriffen, daß es auch ein tödliches Verbrechen ist, wenn Waffen und Lebensmittel gestohlen werden?« Als die Mienen der beiden versteinerten, ging Lynx hinaus. »Wache!« rief er. Montgomery war in weniger als einer Minute zur Stelle. »Verhaftet diese Männer!«

In keiner Weise ahnte Jane etwas von dem Drama, das sich innerhalb dieser Mauern abspielte; sie verbrachte den Morgen in einer Art Euphorie. Nachdem sie ihr Baby gestillt und gebadet hatte, trug sie es in ihre Gemächer nach unten und schaukelte es in der wunderschönen Wiege, die Lynx aus Edinburgh mitgebracht hatte, in den Schlaf.

Als sie noch einmal all die Geschenke ansah, die die Bewohner von Dumfries für ihren Sohn gebracht hatten, empfand sie reine Glückseligkeit. Sie reichte Grace eine silberne Rassel und sagte ihr, daß sie sich in den oberen Räumen aufhielte, wenn jemand sie suchte.

Jane lehnte sich mit dem Rücken gegen die schwere Eichentür und sah sich in Lynx' privatem Reich um. Letzte Nacht hatte sie die Treppe erklommen als ein junges Mädchen voller Hoffnungen und Träume, die nun erfüllt waren, mehr noch: bei weitem übertroffen! Heute abend würde sie die gleichen Stufen als eine Frau hinaufsteigen.

Jane legte frische Laken auf das Bett, in Erwartung der kommenden Nacht. Sie hob Lynx' Kissen hoch und drückte es an sich. In den vergangenen Liebesstunden waren alle Schranken zwischen ihnen gefallen, und sie schickte ein inniges Dankgebet zur keltischen Göttin Brigantia.

Während Jane das Zimmer aufräumte, wurden ihre Wangen rosig vor Freude, als sie den pelzbesetzten Umhang aufhob, den Lynx extra für sie hatte anfertigen lassen. Sie rieb den weichen Fuchspelz an ihrer Wange und vergegenwärtigte sich wieder die herrlichen Dinge, die mit ihr dort draußen auf den Zinnen geschehen waren.

Als sie dann sein schwarzes Nachtgewand entdeckte, barg sie ihr Gesicht in dem Samt und atmete tief seinen Duft ein, der ihm entströmte. Mit liebevollen Händen trug sie seine Kleidungsstücke zum Schrank und hängte sie hinein. Das gleiche machte sie mit ihrem rosafarbenen Gewand aus Lammwolle und wunderte sich darüber, daß ein Stück Stoff einen so erotischen Effekt auf einen Mann haben konnte.

Jane sehnte sich danach, diese Wirkung gleich wieder auszuprobieren, wenn er zu ihr kam; in Gedanken ging sie alle Gewänder durch, die sie besaß. Und plötzlich kam ihr eine Idee. Sie würde einen seiner seidenen Umhänge tragen, wie in ihrer ersten gemeinsamen Nacht. In seiner Truhe entdeckte sie zu ihrer Freude den schwarzen Seidenumhang mit dem silbernen Luchs darauf. Er war absolut perfekt!

Ihre Mundwinkel hoben sich vor Entzücken. *Er* war absolut perfekt; sie liebte ihn von ganzem Herzen und mit all ihrer Seele. Diese Nacht mußte etwas ganz Besonderes werden. Sie würde das Baby stillen und schon früh am Abend ihr Bad nehmen. Anschließend ließe sie das Essen hierherbringen. Heute abend würde sie nicht hinunter in die Halle gehen, und sie konnte sich sehr gut vorstellen, daß Lynx liebend gern auf ihre Wünsche einginge.

Ohne Unterlaß sang sie vor sich hin. Sie wünschte, es wäre

Frühling, um alles mit Blumen vollzustellen. Am Nachmittag ruhte sie sich auf dem breiten Bett aus und rief sich jedes einzelne Wort wieder ins Gedächtnis, das Lynx gestern abend zu ihr gesagt hatte. Ganz besonders froh war sie darüber, daß sie nicht schon jetzt gleich wieder schwanger werden mußte. Das bedeutete, daß er sie für sich selbst haben wollte, ihre Liebe auskosten. Eindeutig wünschte auch er sich Zeit, ihre neugefundene Intimität zu genießen.

Jane schloß die Augen und stellte sich vor, was er sagen und tun würde, wenn sie ihm ihr Einverständnis zur Hochzeit gab. Sie berührte ihre Lippen und spürte immer noch die Köstlichkeit seiner Lippen auf den ihren. Nicht einmal in einer Million Jahren wäre sie draufgekommen, wie viele verschiedene Arten zu küssen es gab, oder auf wie vielen verschiedenen Wege der Mund eines Mannes einer Frau solche Lust bereiten konnte.

Sie zitterte, als sie sich dem Gefühl seiner unrasierten Wangen auf der zarten Haut ihrer Brust oder ihres Bauches hingab. Es erregte sie, an ihn zu denken; und sie hoffte und betete, daß seine Gedanken auch bei ihr waren und sie in ihm die gleichen Empfindungen weckte.

Einige Zeit später tauchte Taffy auf und war überrascht, Jane hier vorzufinden. »Es tut mir leid, Mylady, ich kann es auch später erledigen.«

»Nein, nein, komm nur herein, wenn du etwas zu tun hast.«

Taffy zögerte. Er mußte die Sachen seines Herrn für Edinburgh packen und seine Kriegstruhe holen; doch Jane wußte ja noch gar nichts davon, daß sie schon morgen abreisen würden. Sie strahlte vor Glück, und Taffy wollte es nicht trüben.

»Oh, ich sollte Lincoln Robert stillen. Seine Kinderfrau wird denken, ich sei vom Erdboden verschluckt worden. Entschuldige mich, Taffy.«

Als er ihr nachsah, war sein Herz schwer. Lady Jane hatte nicht die leiseste Idee, wie nahe ihre Brüder davorstanden, wegen

Hochverrates gehängt zu werden. Der Knappe wünschte von ganzem Herzen, ihr den Schmerz und die Qual ersparen zu können hinsichtlich dessen, was ihren Brüdern bevorstand.

Lynx hatte Hunderte von Dingen zu regeln vor dem morgigen Aufbruch. Er besaß die Fähigkeit, Prioritäten zu erkennen; deshalb schob er das Problem mit den Brüdern Leslie für den Augenblick beiseite und konzentrierte sich auf die vordringlichsten Aufgaben. Am Abend waren die Wagen mit Vorräten beladen, und das Gepäck, bestehend aus Waffen, Rüstungen und Kriegstruhen stand bereit, um im letzten Augenblick auf die Pferde verfrachtet zu werden. Seine Ritter und die walisischen Leutnants waren gut ausgebildete und erfahrene Krieger; Lynx wußte, daß er sich auf jeden einzelnen Mann verlassen konnte, daher hatte er Zeit für seine eigene Ausrüstung, seine persönlichen Bedürfnisse und sein Schlachtroß.

In den Ställen untersuchte Lynx seinen schwarzen Hengst und fand Keith Leslie dort vor, der den Rittern half, die Pferde zu füttern und zu tränken, nach ihren Fesseln zu sehen und ihren Hufeisen. Keith half aus Zuneigung zu den Gäulen mit, der Junge erinnerte ihn an Jane. Sie teilten ihre Tierliebe und waren dadurch einander eng verbunden. Und ganz plötzlich wünschte Lynx, Janes wegen, daß Keith nicht in den Hochverrat verwickelt wäre, den seine Brüder vermutlich begangen hatten.

»Du kannst sehr gut mit Pferden umgehen, ich würde dich gern in Edinburgh dabeihaben.«

»Um zu kämpfen, Mylord?«

»Nein, das würde ich nicht von dir verlangen. Das Wohlergehen der Tiere zu beaufsichtigen wäre eine Aufgabe, die all deine Zeit in Anspruch nähme. Wenn du dich entscheidest mitzukommen, dann sorge für feste Stiefel und einen warmen Umhang.« Lynx wollte Thomas darum bitten, sich um den Jungen zu kümmern.

Als auch die letzte Einzelheit geregelt war, dachte Lynx wieder an Jane. Sein Körper reagierte sofort. Er hatte vorgehabt, eine oder zwei Stunden am heutigen Tag mit ihr allein zu verbringen; doch die besonderen Umstände hatten das verhindert. Lynx nahm an, daß er sich mit ihrem Zorn und ihren Tränen auseinandersetzen müßte. Es wäre nicht so einfach, sie davon zu überzeugen, daß die Sache mit Ben und Sim nichts mit ihrer eigenen Beziehung zu tun hatte und auf keinen Fall ihre Gefühle füreinander beeinflussen durfte.

Er wußte, wie Frauen sich verhielten. Entweder ließen sie enorme Wutausbrüche vom Stapel, oder sie schwiegen schmollend, um den Partner zu zermürben. Wenn diese Taktiken auf Unverständnis stießen, griffen sie zu Tränen als Druckmittel. O weh, sein böser Zynismus ging mit ihm durch. Jane war anders als sonstige Frauen! Sie hegte keine Hintergedanken.

Lynx kletterte die Stufen zum Hauptturm hinauf und betrat Janes Räumlichkeiten. Sie war nicht da, was Lynx bedauerte. Es wäre ihm lieber gewesen, wenn sie ihren Ärger offen zeigte, als ihm zur Strafe ihre Gesellschaft zu verweigern.

Der Anblick seines Sohnes lenkte ihn ab. Er beugte sich über die Wiege und streckte die Arme nach ihm aus.

»Er ist gerade gefüttert worden, Mylord. Jetzt täte es ihm nicht gut, hin und her geschaukelt zu werden.«

Belustigt lüftete Lynx eine Braue. »Ihr seid wirklich ein eifriger Drache, Grace Murray, aber mich könnt Ihr nicht einschüchtern!« Er hob den Kleinen heraus und wiegte ihn zärtlich.

Grace betrachtete die beiden, die einander so ähnlich sahen. »Dann will ich es mit einer milderen Überredung versuchen. Lady Jane hat ihn absichtlich schon so früh gestillt, damit sie mit Euch oben allein sein kann.«

Lynx fühlte, wie sein Blut zu rauschen und sein Herz schneller zu schlagen begann. Mit einem schelmischen Grinsen überreichte er seinen Sohn der Kinderfrau. »Ich verneige mich vor Eurem höheren Wissen, Grace! Jetzt ist wirklich keine Zeit, ihn hin und her zu schaukeln.«

Lynx stürmte die Treppe hinauf, erleichtert, daß Jane ihm nicht absichtlich aus dem Weg ging. Als er die Tür öffnete, ließ ihm der Duft nach Essen das Wasser im Mund zusammenlaufen, und er stellte fest, daß er in der Tat ausgehungert war.

Janes Lächeln erhellte den Raum. Sie trug ein Nachtgewand aus weicher Lammwolle, bei dessen Anblick sich seine Lenden zusammenzogen und er sie am liebsten an sich gerissen hätte, damit sie seine Erregung spürte. Verlangen nach ihr flammte in ihm auf, als er durch den Raum auf sie zuging und sah, wie sie ihren Mund zu einem Kuß spitzte. Ist es möglich, daß sie noch nichts weiß? fragte sich Lynx zweifelnd.

Ihre Lippen lagen noch immer auf seinen, als sie fragte: »Bist du hungrig?«

Er küßte ihre Wangen, bis hin zu ihrem Ohr. »Ich verschmachte«, neckte er sie und leckte mit der Zungenspitze über ihr Ohrläppchen. Entweder hat Jane wirklich keine Ahnung, oder sie ist außergewöhnlich weise, sagte er sich. Es empfahl sich, zuerst einmal ihr Essen zu genießen, ehe die unangenehmen Dinge begannen.

Jane stellte einen kleinen Tisch vor das Feuer, dann warf sie ihm einen schnellen Seitenblick zu, ehe sie Kissen und Bettzeug vor dem Feuer arrangierte. Lust stieg in ihm auf, und er war in Versuchung, zuerst seinen sexuellen Hunger zu stillen, ehe er seinem Appetit auf Essen nachgab; doch Jane öffnete bereits die Schüsseln und bot an, ihm zu servieren. Sie genoß selber das Mahl und achtete gleichzeitig darauf, ob er etwas brauchte; eifrig füllte sie seinen Teller nach und befahl ihm, alles aufzuessen, was sie ihm reichte.

Lynx konnte den Blick nicht von ihr wenden, er sah, wie ihre jüngst gewonnene Macht über ihn sie begeisterte. Er beobachtete sie dabei, wie sie eine der neuen silbernen Gabeln beiseite legte und ein Birnentörtchen mit den Fingern nahm. Schwelgend kaute sie das klebrig-süße Gebäck und leckte sich dann herausfordernd jeden einzelnen Finger ab.

Lynx griff nach ihrer Hand und hob sie an seine Lippen. Wieder einmal erschienen ihre Grübchen, als er ihr die Finger ableckte und dann spielerisch hineinbiß. Als wolle sie ihn noch mehr provozieren, entzog sie ihm die Hand und stand hüftenschwingend auf.

»Ich weiß, was du möchtest«, murmelte sie vielsagend und ging durch das Zimmer zu dem Tisch, auf dem der Wein wartete.

»Das glaube ich dir gern.« Seine Stimme war rauh vor Begierde, als alles andere außer dieser Verführerin aus seinem Bewußtsein schwand. Er sah ihr zu, wie sie den Wein eingoß und ihn herbrachte. Seine Augen folgten den Bewegungen ihrer Hände, als sie den Morgenmantel öffnete und ihn zu Boden gleiten ließ.

Darunter trug sie – er wollte seinen Blicken kaum trauen – den schwarzen Seidenumhang mit dem silbernen Luchs darauf. Der Umhang, der an beiden Seiten geschlitzt war, enthüllte ihm ihre cremig-zarten Beine. Sie verführt mich, warnte ihn eine innere Stimme. Wie ein Blitz traf ihn auf einmal die Erkenntnis: *Allmächtiger, sie weiß doch von ihren Brüdern!*

Als sie langsam auf ihn zukam, mit dem Becher Wein in der Hand, rief alles in ihm: *Tu es nicht, Jane!* Doch natürlich würde sie jetzt nicht aufhören. Dies war ganz offensichtlich geplant, und wenn er die Reaktion seines Körpers beurteilte, ging ihre Kalkulation auch auf.

Lynx schalt sich selbst wegen seiner Dummheit. Er hatte geglaubt, Jane sei anders als die übrigen Frauen, doch jetzt wußte er Bescheid. Mit abschätzigem Blick sah er sie auf sich zukommen und vor ihm auf die Knie sinken: sie bot sich ihm an, genau wie den Wein.

*Jane, bitte, laß das! Nur eine Dirne schachert mit ihrem Körper!* Er fühlte, wie sein Hals trocken wurde, als jene innere Stimme vorschlug, schau doch, wie weit sie gehen wird!

Lynx nahm ihr die Becher ab und stellte sie auf den Teppich, dann zog er sie in seine Arme. Er würde nehmen, was er bekam, ehe sie mit ihm zu verhandeln begann. Als er sie küßte, stieg ihre Erregung, und sie schob die Hände unter sein Wams, um seine nackte Haut zu streicheln. Zynisch fragte er sich, ob ihre Erregung wohl auch Teil der Vorstellung war, die sie zweifellos im Sinne hatte.

»Hilf mir, Lynx«, bettelte sie und schien nicht zu wissen, wie sie ihn entkleiden sollte. Er zog sich aus und fragte sich, ob sie ihn wohl verletzlicher fand, wenn er nackt war. Seine langen Beine ragten ans Feuer, er stützte sich auf einen Ellbogen und wartete auf ihren nächsten Zug. Lange dauerte es nicht ... Jane drückte ihn in die Kissen und schob sich dann über ihn, in die dominierende Position.

Trotz des Spielchens, das sie mit ihm trieb, fand Lynx sie bezaubernd. Sie war eine kleine Hexe und unwiderstehlicher als alle Damen, die er je gekannt hatte. Wie konnte er sich bis jetzt nur immer zu knochigen Blondinen hingezogen fühlen? Ihre weichen Schenkel rieben sich an seinem Unterleib, und sein Glied regte sich.

Er sah, wie sich ihr Mund glücklich verzog, als sie sich ihrer Wirkung auf ihn bewußt wurde. Auch Lynx lächelte und entschied sich, diese Partie zu genießen. Ganz langsam und vorsichtig stieg Jane über ihn, bis der heiße Eingang ihrer Weiblichkeit sich an ihn drängte. Und dann, als säße eine Königin auf ihrem Thron, griff sie nach dem Becher mit Wein und nahm einen Schluck davon. Sie rollte ihn über ihre Zunge und brummte tief in ihrer Kehle.

Sein Blick ruhte auf ihren Brüsten unter der schwarzen Seide, und die Wildkatze auf dem Umhang schien zum Sprung anzusetzen. Nun schüttelte sie den Kopf, bis ihr flammendrotes Haar auf seine nackte Brust fiel, und fuhr mit den Fingernägeln über seinen flachen Bauch.

»Hattest du es je mit einem weiblichen Luchs zu tun?«

Bei ihrer Frage begann sich sein Glied zu regen. Langsam, ganz langsam schob sie sich auf ihn hinunter, sie schnupperte, streckte dann ihre rosige Zungenspitze heraus und leckte über seine Wange. Als sie hörte, wie er aufstöhnte, küßte sie seinen Hals, und ihre Zunge streichelte sein Schlüsselbein. Weiter glitt sie über seine Brust und umfuhr seine kleinen, harten Warzen. Sanft knabberte sie daran, und er stöhnte genußvoll auf.

Kühn geworden, wagte sie sich vorwärts und streichelte mit ihrer rauhen Zunge seinen Bauch. Als sie endlich an ihrem Ziel angekommen war, hob sie den Kopf und murmelte: »Ein weiblicher Luchs spielt mit seiner Beute, ehe er sie verschlingt.« Dann machte sie sich daran, ihr Versprechen wahr zu machen.

Lynx brannte vor Lust. Sein Verlangen nach ihr war so groß, daß er es stillen mußte. Mit seinen kräftigen Händen riß er den Umhang entzwei, bis sich ihre nackte Haut seinen Lippen darbot. Die Nacht um ihn herum schien zu bersten, als er seiner Begierde freien Lauf ließ.

Jane erfüllte all seine Wünsche, sie war stolz, daß ihre Sexualität der seinen standzuhalten vermochte. Als die letzte Woge der Erfüllung abebbte und ihre Wildheit langsam nachließ, blickte Jane mit verschleierten Augen auf ihn hinunter. Er befand sich immer noch tief in ihr, und ihre Muskeln zogen sich zusammen, um ihn festzuhalten.

»Unsere Probezeit ist beinahe beendet. Schon bald wird der Frühling kommen, und ich muß mich entscheiden, ob ich dich heiraten will«, säuselte sie. Ihre Mundwinkel wurden breit. »Eine so schwere Entscheidung. Glaubst du, du kannst ein Argument finden, mich zu überzeugen?« Sie griff nach ihrem Becher Wein, tauchte einen Finger hinein, steckte ihn in den Mund und schwelgte in den Geschmäckern, die alle auf ihrer Zunge lagen.

## *27*

Jane zuckte zusammen, als Lynx ihr den Becher aus der Hand schlug. Sie sah, daß sich das Verlangen in seinem Blick plötzlich in glühenden Zorn gewandelt hatte.

»Du Schlange, Jane!«

Sie starrte ihn entsetzt an. »W-was ist denn?«

Lynx packte ihre Handgelenke und rollte sie herum, bis er sich auf sie geschoben hatte und sie unter ihm gefangen war. »Was ist?« fuhr er sie an. »Wie oft habe ich dich gebeten, mich zu heiraten? Deine Antwort war immer: ›Oh, Lynx, ich bin noch nicht soweit.‹«, höhnte er. »Und jetzt bist du es auf einmal! Nur um ihre elende Haut zu retten, bietest du mir die Ehe an. Was für ein edles Opfer!«

Sie sah zu ihm auf, als hätte er sich in einen Unbekannten verwandelt. Eindeutig hatten ihre Worte ihn wütend gemacht, irgendwie schien er verletzt – aber Jane hatte keine Ahnung, was geschehen war. »Was habe ich denn getan, um dich so zornig zu machen?«

»Hör auf, mir etwas vorzuspielen! Du weißt verdammt gut, daß ich Ben und Sim habe einsperren lassen. Ganz Dumfries spricht darüber!«

Jane wurde plötzlich eisig kalt, und sie begann zu zittern. »Laß mich los«, wisperte sie. Jetzt glich er dem Raubtier, das mit seiner Beute spielte. Er hockte sich auf die Fersen und gab ihr die Gelegenheit, ihm zu entkommen; trotzdem behielt er die Kontrolle über die Situation. Rasch erhob sie sich. »Du glaubst, ich hätte dich verführt, damit du die beiden freiläßt?«

»Genau das!«

»Du irrst. Der heutige Abend sollte etwas anderes sein – es ging dabei um Liebe!« Ihre Augen wurden naß.

»Spar dir deine Tränen, Lady, sie sind an mich nur verschwendet.«

»Du bist hart, und ich verstehe das. Du mußt über eine ganze Armee von Männern herrschen und Kriege führen – das schafft man nur mit Eisenhärte und ohne Gefühle – aber ich glaubte, daß du mir gegenüber ein wenig Zärtlichkeit empfändest.« Eine einzelne Träne rann über ihre Wange. »Das mit meinen Brüdern habe ich nicht gewußt. Allerdings hast du recht, ich liebe sie, und anscheinend liegt gegen sie etwas vor; aber ich bitte dich offen um Milde, ganz ohne List.«

Jane sah, daß er an ihren Worten zweifelte. »Nicht alle Frauen sind betrügerisch, Mylord.« Sie senkte die Lider, als er begann, sich anzukleiden. Als er fertig war, sah er in ihr Gesicht. »Als Taffy kam, um meine Kriegstruhe zu holen, willst du da behaupten, er hätte dir nichts von deinen Brüdern erzählt?«

»Taffy würde nie etwas sagen, das mir weh tut.«

»Du hast nicht gewußt, daß wir morgen nach Edinburgh ziehen?« fragte er, und jede einzelne Linie seiner finsteren Miene drückte seinen Unglauben aus.

Jane schüttelte den Kopf, sprechen konnte sie nicht, denn ihr Hals war wie zugeschnürt. Sie hatte das Gefühl, ihr Herz würde in lauter Stücke zerbrechen. Wie konnte er sie einfach so verlassen? In der letzten Nacht, als er ihr seinen Körper geschenkt und ihr gezeigt hatte, wie sehr er nach ihr verlangte, hatte sie sich unermeßlich reich gefühlt. Doch heute abend begriff sie, daß sie nichts besaß, wenn er ihr nicht sein Vertrauen schenkte.

Argwöhnisch, wie ein ungezähmtes Tier, kam er auf sie zu. Er mißtraute ihr, weil sie eine Frau war. In diesem Augenblick entschied Jane sich. Zwischen ihnen war alles ungewiß, bis er fähig sein würde, ihr zu vertrauen.

»Rühre mich nicht an«, warnte sie.

Seine grünen Augen verschatteten sich. »Forderst du mich heraus?«

»In deiner männlichen Arroganz glaubst du, ich sei kein ebenbürtiger Partner für dich – aber da täuschst du dich, Lord de Warenne! Ich bin es durchaus wert, daß man sich um mich bemüht.« Jane reckte sich zu ihrer vollen Größe auf und stolzierte hinaus.

Als Lynx auf die Tür starrte, die sie hinter sich geschlossen hatte, fragte er sich, wie, zum Teufel, es ihm nur gelungen war, seine letzte Nacht zu Hause mit Jane in ein solches Debakel zu verwandeln. Himmel, wenn sie nun die Wahrheit gesagt hatte und zwar den ganzen Tag über in dem Hauptturm geblieben war zusammen mit ihrem Baby, um sich auszuruhen von seiner nächtlichen Leidenschaft? Wenn sie sich tatsächlich in süßer Unterwerfung entschieden hatte, seine Frau zu werden?

Lynx haßte sich dafür, wie häßlich er zu ihr gewesen war. Er hatte ihr Angebot rundweg abgelehnt! In seiner männlichen Arroganz nahm er an, alles über Frauen zu wissen – was möglicherweise doch ein Irrtum war. Er trat hinaus auf die Zinnen und atmete tief die kalte Luft ein; dann polterte er hinunter in den Schloßhof, wo die letzten Vorbereitungen für die morgige Abreise getroffen wurden.

Nur mit seinen trüben Gedanken als Begleiter ging Lynx zu den Ställen und suchte seinen Knappen. »Taffy, hast du Jane gesagt, daß es nach Edinburgh geht?«

»Nein, Mylord. Sie war heute nachmittag so glücklich, ich wollte nicht das Lächeln aus ihren Zügen vertreiben. Ich weiß, wie bekümmert sie gewesen wäre, wenn sie das mit ihren Brüdern erfahren hätte.«

Lynx sah Thomas an. »Zeig mir, wo du die Leslies untergebracht hast.«

Sie zwängten sich durch einen unterirdischen Gang in das Innere des Schlosses. Lynx nahm Thomas die Fackel ab und zündete damit eine andere an, die in einer Halterung vor dem Kerker hing. Obwohl das Licht nur glimmte, konnte Lynx doch deutlich durch das Gitter erkennen, daß der verächtliche Blick von den Mienen der Schäfer gewichen war.

»Um Janes willen werde ich euch freilassen. Wenn ihr entschlossen seid, zu William Wallace überzulaufen, kann ich euch nicht aufhalten. Aber ich warne euch, wir werden ihn fangen. Seid versichert, daß wir ihn finden und ihn umbringen werden. Wenn ihr jedoch bei meiner Rückkehr hier seid, weiß ich, daß ihr Dumfries die Treue geschworen habt. Es ist eure Wahl!« Lynx drehte den Schlüssel im Schloß und öffnete den Verschlag. Sein Motiv dabei war reine Selbstsucht: ein Kniefall vor Jane, mit dem er sie um Vergebung bat.

»John, ich habe einen Sohn! Du darfst dich ruhig wundern, aber es ist die Wahrheit. Ich kann es selbst kaum fassen.«

»Das ist die beste Nachricht, die ich seit Jahren bekommen habe! Meinen Glückwunsch, Lynx. Hoffentlich ist es nur der erste von vielen. Ich kenne deine Frau nicht. Ist sie wohlauf?«

»Ja, Jane geht es gut.« Lynx verriet John nicht, daß er immer noch nicht verheiratet war. »Wir haben ihn nach meinem Vater genannt, Lincoln … Lincoln Robert de Warenne.« Als John bei diesem Namen die Stirn runzelte, nahm Lynx an, daß es neuen Ärger mit Robert Bruce gab. »Deine Botschaft klang so geheimnisvoll. Ich bin sofort gekommen, als ich sie erhielt, obwohl ich gern länger in Dumfries geblieben wäre.«

»Der König hat mir befohlen, Truppen auszuheben. Er möchte, daß wir durch die Lowlands ziehen, von der Grenze hinauf zum Firth of Forth. Die Order lautet, diese Rebellion im Keime zu ersticken, und er will Wallace haben.« John zögerte weiterzusprechen, und Lynx witterte Unangenehmes.

»Heraus damit, John!«

»Es ist gut, daß du nicht in Dumfries geblieben bist. Der König hat ganz besonders dich und Robert Bruce genannt für diesen Vorstoß – damit ihr eure Treue zu ihm beweisen könnt.«

»Meine Loyalität der Krone gegenüber wird in Frage gestellt?« entgegnete Lynx leise.

»Robert Bruce steht im Zwielicht, und wegen deiner engen Verbindung zu ihm wirst du im gleichen Atemzug genannt. Die Gerüchte werden verstummen, jetzt, wo du dem Ruf zu den Waffen folgst.«

»Und wenn Robert sich weigert?«

»Dann werden seine englischen Ländereien eingezogen.«

»Grundgütiger Himmel!« Lynx' Miene umwölkte sich. »Irgend jemand hat Edward mit Lügen gefüttert!« Eine Stimme in seinem Inneren machte Lynx darauf aufmerksam, daß Robert sich mit den Rebellen eingelassen haben könnte. »Laß mich mit dem Kurier reden, den du zum König geschickt hast.«

John sah man seine Verlegenheit an. »Es war Fitz-Waren.« Der Name hing zwischen ihnen in dem plötzlich lautlosen Raum. Johns Stimme durchbrach die Stille. »Fitz kam hier an, einen Tag nachdem du nach Dumfries abgereist warst. Als mein Bericht fertig war, hat er großzügigerweise angeboten, als Kurier zu fungieren. Er erreichte Edward noch, ehe er von York nach Cinque Ports aufbrach.«

»Verstehe«, antwortete Lynx angespannt und biß die Zähne zusammen, um John nicht mit Vorwürfen zu überhäufen.

»Schatzmeister Cressingham verfügt über eine große Streitmacht in Berwick. Und ich habe auch Percy und Clifford zu den Waffen gerufen – Fitz-Warens leichte Kavallerie ist bereits hier. Wenn der Bruce meinem Ruf zu den Waffen folgt, dann wird ihn das von jedem Verdacht befreien, wenigstens für den Moment.« John de Warenne rieb sich die müden Augen, die blutunterlaufen waren von viel zuviel Arbeit am Schreibtisch. »Lynx, ich möchte nicht, daß es zwischen dir und Fitz Schwierigkeiten gibt.«

»Wie kommst du denn darauf?«

»Alicia ist bei ihm.«

Lynx begann zu lachen, doch es klang nicht fröhlich. *Dieser Hundesohn hat die Ohren des Königs mit Gift gefüllt, und du glaubst, unsere Schwierigkeiten drehten sich um eine Frau?* »Keine Sorge, John, ich interessiere mich nicht mehr für Alice Bolton.«

Als Thomas die Kerzen in dem engen Raum anzündete, den Lynx und seine Knappen in Schloß Edinburgh bewohnten, ging Montgomery noch einmal die Botschaft durch, die an Robert Bruce gerichtet war.

»Du darfst mit keinem anderen darüber sprechen, und Robert muß begreifen, daß sie von mir kommt. Sag ihm, daß Johns Ruf zu den Waffen ein Test seiner Loyalität sein soll. Und sag ihm, daß Edward Plantagenet erwägt, seine Ländereien in Essex einzuziehen.«

Lynx wandte sich an seinen Knappen. »Thomas, meine Ritter

werden mittlerweile wissen, daß Fitz-Warens Kavallerieoffiziere auch hier sind. Streitigkeiten werden unvermeidlich sein, aber sag ihnen, daß ich keine Messerstechereien dulde – ganz gleich, wie sehr die Gegenseite sie auch herausfordert. Oh, und behalte bitte Keith Leslie für mich im Auge. Sieh zu, daß er Fitz-Warens Männern aus dem Weg geht!«

»Er hat einen klugen Kopf, Mylord, und sieht vielleicht aus wie jeder andere Junge; aber unter seinem roten Haarschopf ist er tausend Jahre alt!«

Als Taffy ihnen etwas zu essen holen ging, war Lynx zum erstenmal an diesem Tag allein. Er lief in dem kleinen Zimmer auf und ab wie ein gefangenes Raubtier. Es ärgerte ihn, daß Fitz-Waren sehr wahrscheinlich alle seine Berichte über William Ormsby gelesen hatte; natürlich wußte er jetzt auch, daß Lynx die Kirche von Schottland mit Argwohn betrachtete. Fitz-Waren konnte eine solche Information verkaufen oder sie für eine Erpressung benutzen …

Warum, in drei Teufels Namen, hat dieser Schuft sich angeboten, den ganzen Weg nach York zu reiten, noch dazu mitten im Winter? fragte sich Lynx. Was kommt für ihn dabei heraus, wenn er mich beim König anschwärzt? Er muß noch ein anderes Motiv haben außer Gewinn und Macht, entschied Lynx, wahrscheinlich war es Rache!

Lynx seufzte erleichtert auf, als Robert Bruce dem Ruf der Waffen folgte und fünfhundert Männer mitbrachte, außerdem noch tausend aus Carrick ankündigte. Es war schon nach Mitternacht, als Lynx den Freund im Schloß Edinburgh begrüßte.

»Ich war entschlossen, den Aufruf zu ignorieren, und das hätte ich auch getan, wenn du nicht Montgomery geschickt hättest.«

De Warenne nickte grimmig. »Auch meine Loyalität wird in Frage gestellt. Es überrascht mich nicht, daß irgend jemand die Ohren des Königs mit Lügen füllt – aber ich bin verdammt wütend, daß Edward ihm Glauben schenkt!«

»Es ist mein Feind – Comyn! Der König war ein Dummkopf, ihn loszulassen auf Morays Rebellion. Comyn wird in seinen Botschaften an den König behaupten, daß nördlich des Forth alles ruhig ist. Aber ganz eindeutig hat Comyn sich mit Moray verbündet, und es wird nicht mehr lange dauern, bis sich Comyn auch mit Wallace zusammentut. Sie versuchen alle nur, Zeit zu gewinnen, bis Edward Plantagenet nach Frankreich segelt.«

»Was du sagst, klingt logisch. Ich dachte, es sei mein Cousin Fitz-Waren gewesen, der versucht hat, uns beim König schlechtzumachen, als er die Berichte Johns nach York brachte.«

»Wir könnten beide recht haben; Comyn ist mein Feind, Fitz-Waren der deine. Früher oder später werden wir mit ihnen abrechnen müssen, das steht fest!«

Lynx schob den Gedanken weit von sich. Es sollte nicht das Blut seines Cousins an seinen Händen kleben.

Während der Monate Februar und März begann eine Armee von dreißigtausend Mann, angeführt von de Warenne, Bruce, Percy, Clifford und Cressingham, von Berwick durch die gesamte Grenzregion zu marschieren: Lothian, Dumfries, Annandale und Galloway. Als sie auf keinen bewaffneten Widerstand stießen, erklärte der Schatzmeister Cressingham dies alles für eine absurde Verschwendung des Geldes der Krone. Er kehrte nach Berwick zurück und schickte dem König glühende Berichte, daß das Rückgrat des schottischen Widerstands gebrochen sei und es keine Aufstände in den Lowlands mehr gebe.

Daraufhin segelte König Edward Plantagenet im April nach Frankreich und ließ die Regierung von Schottland in den Händen von John de Warenne, dem Grafen von Surrey.

In diesem Jahr hielt der schottische Frühling über Nacht Einzug. Lynx de Warenne und Robert Bruce atmeten die köstliche Luft ein, und es keimten Vorahnungen in ihnen auf. Sie wußten, daß es Schwierigkeiten geben würde, aber nicht, wo. Und als es dann soweit war, kamen sie aus einer ganz unerwarteten Ecke.

William Douglas, der die Garnison in Berwick kommandierte und seine Freilassung erreicht hatte, indem er einen Treueid geschworen hatte, war in seine Heimat Lanark zurückgekehrt. Dort verbündete er sich sofort mit William Wallace, und sie marschierten mit ihrer Armee nach Scone, wo der Justitiar Ormsby sich unerhört bereicherte, indem er auf alles Geldstrafen verhängt hatte. Ormsby floh, und die gemeinsamen Streitkräfte von Wallace und Douglas trafen auf keinerlei Widerstand. Die Menschen von Schottland jubelten, weil ihr geheiligtes Scone, die Stadt ihrer Könige, nicht mehr von Engländern unterdrückt wurde.

John de Warenne rief seine Generäle zu einer Notbesprechung zusammen; er verfluchte Cressingham, daß er nach Berwick zurückgekehrt und die Hälfte der Armee mit ihm gezogen war. »Wir haben keine andere Wahl, als nach Scone vorzurücken«, erklärte John de Warenne.

»Wir sollten darauf warten, ob Cressinghams Kräfte zurückkehren«, drängte Percy.

»Das können wir nicht«, erklärte Lynx. »Jeder Tag ist für uns verloren, an dem immer mehr schottische Adlige zu ihnen stoßen.«

»Lynx, ich hätte auf deinen Rat hören und den König aufklären sollen, daß Justitiar Ormsby stiehlt.«

»Dafür ist es jetzt zu spät, und der wackere Mann wird alle belastenden Beweise vernichtet haben.«

»Bei allem Respekt, der Justitiar ist nicht unser Feind«, wandte Percy ein. »Jetzt halten Wallace und Douglas Scone besetzt.«

»Im Namen des Königs konfisziere ich hiermit alle englischen Besitztümer von Sir William Douglas, bis er sich uns ergibt«, erklärte der Gouverneur.

Robert Bruce schnaufte verächtlich. »Das wird ihn nicht in die Knie zwingen. Die Ländereien gehören seiner englischen Frau.«

John de Warenne warf dem Bruce einen feindseligen Blick zu. »Dann beauftrage ich *Euch* damit, Douglas zu unterwerfen.«

Bruce zuckte mit den Schultern. »Das dürfte nicht allzu schwierig sein.«

Lynx ergriff eilig das Wort, ehe die Feindseligkeit zwischen seinem Freund und seinem Onkel noch größer wurde. »Ich schlage vor, wir brechen sofort nach Scone auf.«

John de Warenne blickte in die Runde, ob sie zustimmten. Einer nach dem anderen nickte.

Am folgenden Morgen, als sich die Truppen anschickten, Edinburgh zu verlassen, fragte Lynx Robert, was er mit Douglas vorhabe.

»Ich werde ganz einfach nach Lanark reiten, seine Frau samt Kindern gefangennehmen und sie auf Lochmaben internieren.«

Lynx de Warenne war schockiert. Ein Bild von Jane und seinem eigenen kleinen Prinzen erstand vor ihm; ohne nachzudenken, würde er jeden Preis zahlen, um sie in Sicherheit zu wissen.

»Würdest du mit mir nach Lanark reiten, oder sollen wir uns in Scone treffen?« fragte der Bruce und grinste breit.

Lynx schüttelte den Kopf. »Ich habe nicht die Absicht, Krieg gegen Frauen und Kinder zu führen. Wir treffen uns in Scone.«

Die englische Armee traf in Irvine, direkt außerhalb von Scone, auf die Streitkräfte, die die Schotten zusammengezogen hatten. Da eine Schlacht unausweichlich war, stellten sich die englischen Streitkräfte unter ein Oberkommando.

John de Warenne glaubte nicht, daß die schottische Armee schwer zu besiegen wäre. Er meinte, daß die schwere Kavallerie, gefolgt von den walisischen Bogenschützen, genügen würde, das Blatt zu wenden. Seine leichte Kavallerie wäre verschwendet in diesem Konflikt, und die ganze Kriegsmaschinerie erübrigte sich. Er würde beim ersten Morgenlicht angreifen und dem Gegner schweren Schaden zufügen. De Warenne schätzte, daß eine Schlacht genügen würde, um die Schotten zur Kapitulation zu zwingen.

Die Nacht vor einem Kampf wurde zum Ausruhen und Beten

genutzt; doch Lynx de Warenne war weder das eine noch das andere jemals möglich gewesen. Er stapfte von Zelt zu Zelt und sprach lange mit seinen Rittern; dann ging er zwischen den Lagerfeuern seiner walisischen Bogenschützen umher, die im Freien schliefen.

Lynx wußte, daß sich die Leute seinen Mut zum Vorbild nahmen, und wenn er offen Vertrauen ausstrahlte, würden seine Männer auch zuversichtlich sein. Sie folgten seinem Beispiel und würden, die Gefahr verachtend, mit Entschlossenheit und Bestimmtheit kämpfen, um siegreich aus der Schlacht hervorzugehen.

Als das erste Tageslicht anbrach, lag ein dichter Nebel über dem Land. Lynx' Ritter saßen alle auf ihren Pferden und waren durch ihre Rüstungen geschützt. Zusätzlich zu Lanzen und Schwertern trugen sie Streitäxte, Hippen und eiserne Kugeln mit Ketten an ihren Gürteln. Jeder Mann wußte, daß Lynx de Warenne die Attacke führen würde, wie er es immer tat, flankiert von Thomas zu seiner Rechten und Taffy zu seiner Linken.

Der Anführer zurrte seinen Helm auf dem Kopf fest; dann hob er die geballte Faust und machte vor seinen Knappen das Siegeszeichen, gleichzeitig mit dem Befehl zum Vorrücken. Jeder Mann sah geradeaus und nicht mehr nach rechts und links, als sie ihre Pferde antrieben, um dem Feind zu begegnen.

Der Aufprall der Lanzen, Schwerter und mit Eisen beschlagenen Hufen auf menschliches Fleisch war enorm. Die einen flogen aus den Sätteln, die anderen wurden zu Tode getrampelt. Das Wiehern der Pferde über dem Klirren von Metall und dem Kriegsgeschrei gellte in allen Ohren. In dem Getümmel wurde Thomas von Lynx getrennt. Plötzlich erhielt er von hinten mit einer eisernen Kugel einen Schlag auf den Kopf und fiel wie ein Stein zu Boden. Ein anderer Mann sprang in den verwaisten Sattel, um sich einen Weg an die Seite von Lynx de Warenne zu erkämpfen.

Taffy blickte wild um sich, als Thomas verschwunden war, bis er ihn endlich wieder entdeckte, und zwar unerschütterlich an der rechten Seite von Lord de Warenne. Erleichtert stürzte er sich wieder in die Menge der Feinde.

Lynx konzentrierte sich auf jeden Gegner, der ihm in die Quere kam. Er schlug mit seiner Lanze ein halbes Dutzend Männer von ihren Pferden, ehe sie am Brustpanzer eines Feindes zerbrach. Den gesplitterten Schaft warf er von sich und griff nach seiner Streitaxt, das Pferd lenkte er allein mit seinen Schenkeln. Thomas suchte er vergebens; doch es war die Pflicht seiner Knappen, ihm den Rücken zu schützen, und Lynx nahm an, daß er sich hinter ihm befand. Plötzlich spürte Lynx einen vernichtenden Schlag auf den Kopf, dann wurde alles um ihn herum schwarz.

## *28*

Keith Leslie war die ganze Nacht auf den Beinen, um die Schlachtrösser herzurichten. Er hatte die Gebißstangen, das Zaumzeug und die Zügel von all den Pferden überprüft, die de Warenne-Rittern gehörten; und zwei Stunden vor der Morgendämmerung hatte er damit begonnen, den schnaufenden, unruhigen Tieren die Rüstungen anzulegen, die ihre breiten Schultern und Flanken schützten. Lord de Warennes Hengst und die Tiere seiner Knappen hatte er zuletzt versorgt, vor allem im Hinblick darauf, daß die Sättel fest saßen und die Steigbügel genau die richtige Länge hatten.

Es war eine sehr anstrengende Arbeit, und als er sie beendet hatte, legte Keith sich müde in das Stroh. Zwei Stunden lang bewegte er sich am Rande des Schlummers; doch er war viel zu aufgeregt, um wirklich schlafen zu können, und Schlachtenszenen wirbelten ihm durch den Kopf.

Ganz plötzlich fuhr er hoch, und seine Augen weiteten sich voller Entsetzen. Keith wußte sofort, daß er eine Vision hatte; denn das, was er sah, spielte sich so langsam ab, daß er alles bis in die kleinsten, schauerlichsten Einzelheiten erkennen konnte. Er sah, wie Thomas das Opfer eines Verrats wurde, als einer der eigenen Männer seine Kugel mit der Kette hob und den Knappen mit einem einzigen Schlag niederstreckte. Keith sah hilflos zu, wie der Verräter sich auf Thomas' Pferd schwang und es gnadenlos antrieb, bis er hinter Lord de Warenne war. Wieder wurde die Kugel an der Kette quälend langsam geschwungen.

»Neiiin!« schrie Keith, doch seine Warnung verhallte ungehört. Lynx de Warennes schlaffer Körper fiel zu Boden und blieb im Schlamm liegen. Keith sah voller Grauen, wie der Schurke seinen Degen zog und den Bewußtlosen, der mehr tot als lebendig dalag, erstach. Keith konnte nur die Augen des Mannes erkennen, erfüllt von Haß, Blutdurst und dann Triumph. Diese Augen würde er niemals vergessen, würde sie vor sich sehen, solange er lebte.

Der junge Rotschopf kam auf die Knie und begann dann zu seiner Schmach, sich in das Stroh zu übergeben. Als er seinen ganzen Mageninhalt ausgespuckt hatte, sprang er auf und raste los. Die Erde unter seinen Füßen war weich und federte vom Tau des Frühlings. Er rannte an den Wagen des Verpflegungstrosses vorüber und hielt hinter einer Gruppe Soldaten inne, die mit frischen Pferden und Waffen warteten.

Ihre Stimmung war ausgelassen. Offensichtlich hatte sich William Douglas auf die Seite von Robert Bruce geschlagen, und die anderen schottischen Aufrührer verließen, einer nach dem anderen, das Feld ihrer Niederlage. Es sah so aus, als trügen in der Schlacht von Irvine die Engländer einen unzweifelhaften Sieg davon. Keith Leslie stand abseits, stumm und voller Verzweiflung.

Am Nachmittag waren nur noch die Toten und die Sterbenden am Ort des Geschehens. Dichter Nebel zog vom Meer herauf, als wolle er die Greueltaten, die die Menschen an diesem Tag begangen hatten, verhüllen.

Taffy wußte, daß er kurz davor war, den Verstand zu verlieren. Wieder und wieder ging er in Gedanken jede einzelne Szene der

Schlacht durch und fragte sich, was er falsch gemacht hatte. Er hatte die Feinde besiegt, so leicht, wie ein Messer durch Butter schneidet. Doch als er auf der anderen Seite des Kampfgebietes anlangte und sein Pferd erneut zum Angriff trieb, waren Lord de Warenne und Thomas nirgendwo in Sicht.

Taffy zügelte das Tier und blickte sich suchend um, doch er entdeckte sie nicht. Sein Schlachtroß tänzelte aufgeregt, biß nervös auf die Gebißstange und stürzte sich dann wieder in das Getümmel. Taffy hatte keine Zeit, in Panik zu geraten. Im Kampf wurde man sehr schnell getrennt, obwohl ihm das noch nie zuvor passiert war. Er hatte keine Ahnung, wie lange die Auseinandersetzungen gedauert hatten, denn die Zeit schien immer zu fliegen und alles spulte sich verschwommen ab – was einem nur wie Minuten vorkam, waren in Wirklichkeit Stunden.

Schließlich lichteten sich die Reihen der Kämpfenden, und wesentlich mehr Männer und Pferde lagen gefallen darnieder, als noch Unverletzte übrig waren. Taffy erkannte Montgomery und ritt an seine Seite. Beide Männer begriffen, daß das Sieg bedeutete.

»Ihr seid getrennt worden?« fragte Montgomery.

»Schon sehr früh. Zuerst ist Thomas zurückgefallen, aber schon bald wieder zu uns gestoßen. Als nächstes vermißte ich beide – deshalb habe ich allein weitergekämpft. Ich hatte gar keine Wahl!«

»Du bist unbeschadet davongekommen, das allein zählt.«

Aber Taffy wußte, daß er beharrlich an der linken Flanke seines Lords hätte bleiben müssen – ganz gleich, was geschah. Langsam versammelten sich die meisten der Ritter de Warennes, aber niemand hatte Lynx gesehen seit dem ersten Angriff. Angst kam auf, und Taffy versank darin bis zum Hals. Der dichte Nebel deckte einfach alles zu. »Himmel, in diesem Nebel werden wir ihn niemals finden!«

Montgomery stieß ihn mit einem klebrigen Handschuh an. »Du solltest solche bösen Gedanken aus deinem Kopf verbannen. Er wird irgendwo zusammen mit dem Bruce und dem Gouverneur den Sieg feiern!«

Aber Taffy wußte, daß Lord de Warenne nicht feierte, bevor er nicht seine Männer kontrolliert hatte. Er trieb sein Pferd an, ritt von Gruppe zu Gruppe, und in seinem Inneren rang die Hoffnung mit der Furcht. Auch die Soldaten des Bruce befragte er und wurde schließlich Roberts ansichtig, der nach seinem Bruder Ausschau hielt. »Wir werden ihn schon finden, keine Angst.«

Nigel Bruce entdeckten sie in dem Verletzenlager, wo er wegen einer Fleischwunde an seinem Schwertarm behandelt wurde. Doch Lynx de Warenne und Thomas konnten sie nirgendwo ausmachen. Robert sah, daß Taffy mittlerweile in Panik geriet. »Zweifellos sucht auch Lynx nach dir, und er kann dich in diesem Nebel nicht erkennen. Geh zurück zum Lager, und melde dich dort.«

Als der Abend hereinbrach, waren schließlich Lynx' Ritter alle wieder beisammen. Viele von ihnen hatten Fleischwunden davongetragen oder gebrochene Knochen, die die walisischen Heiler mittlerweile behandelt hatten; aber niemand wußte etwas von Lord de Warenne. Taffys Angst verbreitete sich sehr bald auch unter den Rittern und den walisischen Bogenschützen, die in das Lager zurückgekehrt waren. Umgehend organisierten sie eine Suchmannschaft und machten sich an ihr bitteres Werk.

Verzweifelt durchstreifte Keith Leslie das Kampfgebiet nach Taffy. Er hatte keine Ahnung, ob Lord de Warenne und Thomas überhaupt noch lebten; doch wußte er, daß sie auf dem Schlachtfeld zu Boden gesunken waren. Einen bestimmten Soldaten unter zwanzigtausend zu finden war keine leichte Aufgabe, stellte Keith schon sehr bald fest, und schließlich entschied er sich, zum Lager zurückzukehren. Der junge Harry Eltham, der einen gebrochenen Arm und ein gebrochenes Schlüsselbein davongetragen hatte, biß die Zähne zusammen und erklärte Keith, daß alle halbwegs gesunden Männer auf der Suche nach Lord de Warenne waren.

Es dauerte noch zwei lange Stunden, ehe die Männer einzeln

wieder erschienen. In der Zeit beschäftigte Keith sich damit, die Wunden der Pferde zu behandeln, was ihn furchtbar mitnahm. In der Dunkelheit hörte man aus allen Richtungen lärmende Siegesfeiern, doch im Lager de Warennes waren die Gesichter grimmig verzogen.

Als er Taffy erschöpft aus dem Sattel gleiten sah, lief Keith zu ihm und klammerte sich an sein blutverschmiertes Wams. »Ich habe gesehen, wie er gefallen ist ... zuerst Thomas, dann Lord de Warenne ... auch den Täter kenne ich ... es war einer seiner eigenen Männer!«

»Du hast an der Schlacht teilgenommen?« fragte Taffy skeptisch.

»Nein, ich hatte eine Vision!« Keith schrie jetzt, damit Taffy es ihm endlich abnahm. Eine Gruppe der walisischen Bogenschützen kam näher und lauschte der Geschichte des Jungen. Sie glaubten an solche Dinge und wußten aus eigener Erfahrung, daß manche auserwählte Kelten das Zweite Gesicht hatten. »Ich kann euch zu ihm führen ... wir werden ihn finden!«

»Aber wir suchen seit Stunden nach ihm«, erklärte Taffy hoffnungslos. »Dieser verfluchte Nebel bedeckt alles. Wir werden wieder von vorn beginnen, wenn sich der Nebel gelichtet hat.«

Jetzt meldete sich Montgomery. »Lynx de Warenne würde mich zum Beispiel nicht aufgeben, wenn man mich irgendwie vermißte.«

Taffy stimmte dem absolut zu, doch er fürchtete sich schrecklich, nur noch eine Leiche zu finden. Der dicke Kloß in seinem Hals wollte ihn schier ersticken. Wenn doch nur Thomas an seiner Seite wäre und bei der Suche dabei! »Weißt du wirklich, wo er liegt?« bohrte Taffy also nach.

»Nein, aber ich habe gelernt, meinem unfehlbaren Instinkt zu vertrauen.«

»Wer kommt mit uns?« rief der Knappe kurz entschlossen.

Jeder Mann, der ihn hörte, zog noch einmal los auf das Schlachtfeld. Binnen einer Stunde hatten sie Lord de Warenne in einem Chaos von Körpern gefunden. Der Boden, auf dem er lag, war von Blut getränkt. Lynx' Männer stellten sich auf und beteten um sein Leben.

Taffy, der erste, der ihn berührte, zog entsetzt seine Hand zurück, als er fühlte, daß Lord de Warennes Körper so kalt war wie eine Leiche. Sie untersuchten ihn gründlicher und entdeckten eine abscheuliche Bauchwunde. Montgomery schob eine Hand unter ihn und sah, daß er in seinem eigenen Blut lag. »Aber er lebt ... steif ist er noch nicht!«

Zwei Dutzend Hände hoben ihn behutsam hoch und trugen ihren Herrn so langsam und vorsichtig, wie sie konnten, davon. Taffy folgte ihnen, er hatte Lord de Warennes großes Schwert an sich genommen. Sie legten ihn auf den Boden seines eigenen Zeltes und sahen dann schweigend zu, wie Taffy und Keith Leslie ihm Helm, Rüstung, Kettenhemd und die lederne Hose auszogen.

Zuletzt traten die walisischen Heiler vor, um die Wunde zu untersuchen. Lynx' lohfarbenes Haar klebte an seinem Kopf, durchtränkt von Blut und Schweiß. Trotz einer großen Beule am Kopf konzentrierten sie sich erst mal auf die Bauchwunde. Es war eine unbestrittene Tatsache, daß mehr Männer am Wundbrand starben als auf dem Schlachtfeld.

Einer nach dem anderen schüttelte sorgenvoll den Kopf. Normalerweise endeten Verletzungen des Bauchraums auf dem Schlachtfeld tödlich. Alle wußten, daß Lord de Warennes Schicksal im Grunde besiegelt war. Sein Leben hing nur noch an einem seidenen Faden, und nicht wenige seiner Männer wünschten ihm einen friedlichen Tod, ohne daß er das Bewußtsein noch einmal erlangte.

»Jemand muß John de Warenne benachrichtigen«, befand Montgomery. Da nun er den höchsten Rang innehatte, fiel ihm diese Aufgabe zu. Als er das Zelt des Gouverneurs erreichte, tummelten sich dort so viele Menschen, daß es aussah wie auf einem Jahrmarkt. Benommen erkannte Montgomery, daß der Gouverneur die Bedingungen mit den schottischen Anführern aushandelte, die so rasch kapituliert hatten. Er bahnte sich einen Weg durch die Menge.

In dem Moment blickte John de Warenne auf und entdeckte ihn. »Sagt meinem Neffen, daß wir das Lager abbrechen und nach Scone ziehen. Wir sind erfolgreich gewesen, die Lowlands gehören uns!«

»Mylord, Graf John«, stammelte Montgomery, »Lynx ist in der Schlacht verwundet worden!«

»Das ist nicht möglich – wir haben gewonnen, sie geben sich geschlagen!«

»Mylord, seine Wunden sind so schwer, daß wir um sein Leben fürchten.«

»Grundgütiger Himmel!« Johns Stimme brach, er hatte den ganzen Tag Befehle gebrüllt. »Percy! Übernehmt hier! Ich muß die Ärzte holen ...«

Flankiert von Ärzten, betrat ein verhärmter Graf von Surrey das Zelt seines Neffen. Jemand zog eine Decke zur Seite, damit sie ihn untersuchen konnten. Als sie die Verletzung erblickten, wollte keiner der Ärzte ihn anrühren. Sie fürchteten, alles nur noch schlimmer zu machen und dann die Verantwortung dafür zu tragen.

John de Warenne, der harte Oberkommandeur aller englischen Armeen, brach zusammen und weinte. »Bringt ihn zu seiner Frau und seinem Kind«, befahl er Montgomery schluchzend. »Vielleicht wird er die Reise nicht überleben, aber ich weiß, daß er zu ihnen nach Hause möchte.« John sprach abgehackt auf Taffy ein, der vor Kummer wie gelähmt schien. »Sag Lady Jane, daß ich so bald komme, wie ich kann. Ich werde Lynx' Sohn als meinen Erben einsetzen und für ihn einen gesetzlichen Vormund suchen.«

Roger Fitz-Waren und seine leichte Kavallerie streiften durch Scone, angeblich, um die Stadt für den Gouverneur von Schottland zu sichern; John de Warenne sollte bald den Ort übernehmen und seine Friedensverhandlungen abschließen. In Wirklichkeit wußte Fitz-Waren von den kostbaren Schätzen, die der geflohene Oberste Richter William Ormsby in seiner Eile, seine Haut zu retten, zurückgelassen hatte.

Fitz befahl seinen Männern, die reiche Beute einzusammeln und alles nach Torthwald zu schicken; er versprach ihnen, mit ihnen zu teilen, wenn sie den Mund hielten. Im Anschluß nahm er selbst zwei Wagenladungen der Beute mit nach Edinburgh und wartete dort auf die Rückkehr seines Vaters. Dieser Verräter wußte, daß der Tod von Lynx de Warenne John in tiefe Verzweiflung stürzen, vielleicht sogar dessen eigenes Ableben beschleunigen würde. Wenn John nach Edinburgh zurückkehrte, wäre Fitz da, um ihn zu trösten, bereit und gewillt, sein neuer Erbe zu werden.

Das einzige Wirkkraut, das die walisischen Heiler bei sich trugen, um Blut zu stillen, war zu Puder zerstoßene Schafgarbe. Einer der Männer zog Lynx die Wundränder auseinander, während ein anderer das gelbe Pulver in die Verletzung streute. Der Patient stöhnte auf, erwachte aber nicht aus seiner Ohnmacht.

Taffy, den die Tatkraft seiner Landsleute auf die Beine brachte, holte Wasser und begann, das Blut und den Schmutz von Lord de Warennes Körper zu waschen.

Keith Leslie kniete neben Taffy – es fiel ihm leicht, dessen Gedanken zu erraten, weil sie die seinen widerspiegelten. Wie sollten sie nur Jane gegenübertreten? »Thomas ist noch dort draußen«, murmelte Keith.

»Er lebt nicht mehr«, flüsterte Taffy abwesend. »Der Bursche hat Glück gehabt.«

»Aber er hat sich die ganze Zeit um mich gekümmert ... ich werde ihn finden«, beharrte Keith.

»Nimm dir ein Pferd ... er wird schwer sein.« Taffy unterdrückte ein Aufschluchzen.

In Dumfries, wie überall im schottischen Grenzland, war der Frühling in diesem Jahr also sehr früh gekommen, und Jane schien es, als wolle die Natur sich selbst übertreffen. Es gab mehr Sonnenschein, mehr Blumen, mehr Vögel und Schmetterlinge als je zuvor. Selbst die Schafe warfen in diesem Jahr besonders viele Lämmer.

Jane half Sim und Ben mit den neugeborenen Tieren, die Schwierigkeiten hatten; sie war dankbar, daß ihre Brüder in Dumfries geblieben waren und das taten, was sie am besten konnten – nämlich sich mit den Schafherden beschäftigen statt mit Rebellen. Die beiden Hirten arbeiteten Tag und Nacht; sie schoren die dicke Winterwolle und verkauften sie dann, mit Hilfe ihres Vaters, zum bestmöglichen Preis, um die Truhen von Dumfries zu füllen. Jane zweifelte nicht daran, daß Lynx die Brüder nur ihretwegen begnadigt hatte, und dafür würde sie ihm ewig dankbar sein.

Lynx und seine Soldaten weilten jetzt drei Monate in der Ferne, und Jane vermißte ihn sehr. Lincoln Robert war ein großes, gesundes Baby mit Pausbacken. Unentwegt lachte und strampelte er, weinte nur selten. Wenn ihm jedoch irgend etwas nicht gefiel, konnte er das ganze Schloß zusammenbrüllen. In den Nächten schlief er mittlerweile durch und erkannte seine geliebte Mutter. Wenn sie ihn spazierentrug, packte er mit den Fäustchen ihr langes Haar und krähte vergnügt. Jane konnte es kaum erwarten, daß Lynx seinen niedlichen Sohn wiedersah.

Marjory de Warenne brachte Jane das Lesen bei und unterrichtete sie auch im Reiten. Jetzt, wo der Frühling schon fast in den Sommer überging, ritten die drei Damen, Jane, Jory und Elizabeth, jeden Tag aus. Jane nahm sie mit zum Waldsee, wo sie ihre Röcke hochbanden und am Rand durch das Wasser platschten; dann erstaunte sie ihre Freundinnen mit ihrer außergewöhnlichen Gabe, ungezähmte Tiere anzulocken, die kamen, um ihnen zuzusehen. Sie erzählte den anderen von ihrer Begegnung mit dem Luchs und bedauerte, ihn aus den Augen verloren zu haben.

Das Leben ohne die Männer war recht ruhig, doch die drei jungen Frauen träumten ständig von ihrer Rückkehr. Jory und Elizabeth verzehrten sich nach Robert Bruce, während Jane sich nach Lynx de Warenne sehnte, dem Herrn und Meister von Dumfries – dem Herrn und Meister ihres Herzens. Sie vermißte ihren Bruder Keith ebenso wie Taffy und Thomas, doch machte sie sich keine großen Sorgen um ihr Wohlergehen. Bei Lynx waren sie in bester Obhut.

An einem wunderschönen, warmen Tag, als die drei Damen nach Lochmaben ritten, erfuhren sie, daß die beiden Armeen sich außerhalb von Scone, an einem Ort mit dem Namen Irvine, ein Gefecht geliefert hatten. Aus dieser Schlacht waren die Engländer wieder einmal als Sieger hervorgegangen. Ihre Herzen schlugen in der Gewißheit, daß ihre großartigen Helden bald zurückkehren würden. Sie brachten die Neuigkeit mit nach Dumfries, und alle Menschen im Schloß und Dorf waren erleichtert über das Ende der Feindseligkeiten. Es gab viele Schotten, die die Engländer leidenschaftlich haßten; aber die Menschen in Dumfries, überhaupt im Gebiet von Annandale, wußten, daß es ihnen unter dem Bruce und Lynx de Warenne wesentlich besserging.

Als Jane mit ihrem Baby Lincoln zum täglichen Spaziergang in den Schloßhof ging und ihm die Hennen, Gänse und Tauben zeigte, die herumstolzierten, schob sich eine dunkle Wolke vor die Sonne. Aus heiterem Himmel wurde der Talisman, den sie um ihren Hals trug, eisig kalt, und ihr Sohn begann zu schreien.

Ein böses Gefühl beschlich sie, und sie rang nach Luft. Ihr Bruder Keith kam ihr in den Sinn, und die Angst um sein Befinden drohte sie zu überwältigen. Gemäß den Auskünften von Lochmaben war der Kampf schon vor zehn Tagen beendet gewesen, und Jane wurde schlagartig klar, daß inzwischen schon längst einige der Männer hätten zurück sein müssen. Wenigstens wäre Zeit genug gewesen für eine Nachricht …

Sie rannte los. *Etwas stimmte da nicht! Es sieht nicht gut aus!* Als sie Jory begegnete, die gerade ihre Reithandschuhe anzog, hörte das Baby auf zu schreien, und Jane konnte sich nicht überwinden, ihre Angst in Worte zu fassen. Sie lehnte Jorys Einladung zu einem Ausritt ab, reichte Grace Murray ihren Sohn und hastete hinauf auf die Zinnen.

Jane schaute blicklos über die grünen Täler. »Keith, sag mir, was geschehen ist!« Der Wind trug ihren Ruf über die Hügel, über die Wälder, zu den Bergen der südlichen Uplands. Aufmerksam lauschte sie, weil sie hoffte, seine Stimme wahrzunehmen. Doch sie hörte nichts anderes als ihren eigenen Herzschlag, der in ihren Ohren dröhnte – oder waren es galoppierende Hufe und marschierende Männer?

Unruhig schloß sie die Augen und schob alle Gedanken weit von sich. Wieder wurde ihr Talisman eisig kalt auf ihrer Haut. »Lieber Gott, es ist Lynx!« schrie sie nun. Ganz plötzlich spürte sie den Drang, ihre Fähigkeiten einzusetzen. Zeit war lebenswichtig!

Die kundige Jane nahm ihre große Stofftasche sowie das scharfe Messer und machte sich daran, Kräuter zu sammeln. Der Weißdorn stand in Blüte, und sie pflückte die Blüten, um sie aufzukochen. Sie sammelte Wegerich, Melisse und Wiesenknöterich. Dann zog sie einige Krappwurzeln aus der Erde und stach eine große Menge Schierling. Als sie aus dem Wald zurückkam, ging sie zu Megotta und bat um einige Köpfe des weißen Mohns aus dem Garten ihrer Großmutter. Schließlich brachte sie all die Kostbarkeiten in den Destillierraum und begann zu arbeiten.

Für die fünfzig Meilen von Scone nach Dumfries hätte Lynx de Warennes Troß unter normalen Umständen nur wenige Tage gebraucht; doch diese Reise glich beinahe einer Pilgerfahrt. Seine Ritter und Soldaten hatten geschworen, beieinander zu bleiben; ihr gemeinsames Ziel war es, ihren Anführer lebendig nach Hause zu bringen, oder auch tot. An manchen Tagen gelang es ihnen, fünf Meilen zurückzulegen, aber an anderen kamen sie Dumfries höchstens eine Meile oder zwei näher.

Lynx de Warenne lebte noch, doch alle Begleiter wußten, daß er im Sterben lag. Wann immer er erwachte, gaben sie ihm Wasser oder einen Mund voll Brühe oder einen Schluck Wein – doch er behielt nichts bei sich. Er begann abzumagern, als würde er dahinschmelzen. In nur zehn Tagen zehrte er aus, die Knochen standen ihm aus dem schlotternden Körper.

Taffy und Keith wechselten sich ab in der Versorgung ihres Lords. Keith hatte Thomas gefunden, als er über das Schlachtfeld stolperte; er erinnerte sich an nichts mehr. Doch als Thomas Lynx de Warenne erblickte, brach er unter Selbstvorwürfen zusammen und gab sich seiner Verzweiflung hin.

Am dreizehnten Tag nach der Schlacht führte Montgomery die deprimierten Truppen nach Dumfries, zusammen mit ihrem schwerverwundeten Oberhaupt. Die Leute im Schloß begannen zu jubeln, doch verstummten sogleich, als sie die niederschmetternde Nachricht erfuhren. Taffy und Keith fürchteten sich vor der Unausweichlichkeit, Jane gegenüberzutreten. Vielleicht wäre es das beste, wenn sie sie gar nicht in die Nähe von Lynx ließen. Beide wünschten sich inständig, ihr diesen Kummer und Schmerz zu ersparen; sie kamen überein, ihren Lord zu versorgen bis zu seinem letzten Atemzug.

Marjory de Warenne lief in den Schloßhof, noch ehe jemand sie zurückhalten konnte. Als sie ihren Bruder auf der Bahre sah, schossen ihr die Tränen in die Augen. Ihr Weinen wurde zu einem unkontrollierten Schluchzen, und die ebenfalls erschütterte Elizabeth de Burgh führte sie zurück ins Schloß.

Jane sah von den Zinnen aus, wie die Männer zögernd anrückten. Fast die ganzen letzten sechsunddreißig Stunden hatte sie abwechselnd auf dem Turm und in ihrer Kräuterküche verbracht. Endlich waren sie da, und das Warten hatte ein Ende. Eine eigenartige Ruhe überkam sie, inzwischen war sie auf alles gefaßt. Abwehrend hob sie die Hände, als Taffy und ihr Bruder versuchten, sie aufzuhalten.

Jane blickte ohne zurückzuweichen auf Lynx, und das, was sie sah, übertraf selbst ihre schrecklichsten Vorstellungen. Als er die Augen öffnete, sah sie an deren Glühen, daß er Fieber hatte. Sie schenkte ihm ihr bezauberndstes Lächeln und übernahm souverän die Pflichten der Schloßherrin von Dumfries.

»Tragt ihn bitte in seine Gemächer im Hauptturm.« Jane wandte sich an ihren Vater, der voller Entsetzen die Schultern hängen ließ. »Hol den Priester, schnell!«

Es dauerte furchtbar lange, bis die Männer Lord de Warenne auf seiner Bahre langsam durch die Gänge balanciert hatten. Unter Janes Anweisung legten sie den Lord auf seine Bettstatt. Der eilig herbeigerufene Priester stand mit seinem Gebetbuch samt Rosenkranz daneben und wartete geduldig, bis er an die Reihe kam.

Jane legte ihre Hand in die von Lynx und nickte dem Priester zu. »Beeilt Euch«, drängte sie leise.

Der Priester machte das Kreuzeszeichen und begann dann, für Lynx de Warenne die letzten Gebete zu sprechen.

## *29*

»Was, in Gottes Namen, soll das heißen?« fuhr Jane ihn an.

»Ich erteile ihm die Sterbesakramente, Mylady!«

»Wie könnt Ihr es wagen?« Jane war schrecklich aufgebracht. »Ich habe nach Euch geschickt, damit Ihr uns traut. Beeilt Euch, seht Ihr denn nicht, daß er furchtbar leidet?«

Der Priester war einen Moment lang verwirrt, doch ein Blick in Janes Miene erstickte jeden Zweifel.

»Wir haben uns hier versammelt, im Angesicht Gottes, um diesen Mann und diese Frau in dem heiligen Stand der Ehe zu vereinen.« Besorgt schaute er auf Lord de Warenne, sprach aber gleich weiter.

»Du, Lincoln de Warenne, und du, Jane Leslie, Gott hat Euch einander anvertraut. Wollt Ihr als Eheleute einander lieben und ehren und die Ehe nach Gottes Gebot und Verheißung führen, in guten und in bösen Tagen, bis der Tod Euch scheidet, so antwortet: Ja, mit Gottes Hilfe.«

Lynx' grüne Augen blitzten, und alle, die dabei waren, bezeugten sein Nicken.

»Er hat zugestimmt«, erklärte Jock Leslie mit fester Stimme.

Der Priester wiederholte den Eheschwur für Jane und ergänzte noch: »Willst du ihm gehorchen und ihm dienen?«

»Ja, mit Gottes Hilfe«, bestätigte sie feierlich.

Dann ergriff Jock das Wort. »Ich übergebe meine Tochter diesem Mann zur Ehe.«

Jory trat ins Zimmer. Der bittersüße Augenblick war so ergreifend, daß ihr die Tränen übers Gesicht rannen. Sie legte ihre Hand auf die von Jane, die wiederum Lynx' Hand hielt. »Ich verkünde an Stelle meines Bruders das Eheversprechen«, murmelte sie heiser. »Ich, Lincoln, nehme dich, Jane, als meine Ehefrau aus Gottes Hand. Ich will dich lieben und achten, dir vertrauen und treu sein. Ich will dir helfen und für dich sorgen, will dir vergeben, wie Gott uns vergibt. Ich will zusammen mit dir Gott und den Menschen dienen, so lange wir leben. Dazu helfe mir Gott!« Nach einem kurzen Aufschluchzen sprach sie weiter: »Und das gelobe ich!«

Janes klare Stimme erfüllte den Raum, sie sprach den Eheschwur, so schnell sie konnte. »Ich, Jane, nehme dich, Lincoln, als meinen Ehemann aus Gottes Hand. Ich will dich lieben und achten, dir vertrauen und treu sein. Ich will dir helfen und für dich sorgen, will dir vergeben, wie Gott uns vergibt. Ich will zusammen mit dir Gott und den Menschen dienen, so lange wir leben. Dazu helfe mir Gott!«

Jory zog den Ring mit dem Rubin von ihrem Finger und schob ihn auf den dritten Finger von Janes linker Hand. Sie holte tief Luft und wiederholte dann die Worte des Priesters. »Mit diesem Ring besiegele ich mein Versprechen, mit meinem Körper werde ich dich ehren und mit dir mein ganzes Leben teilen.«

Der Priester ließ den Psalm aus, die Epistel, die Lesung aus dem Evangelium und den Segen. »Hiermit erkläre ich Euch zu Mann und Frau. Im Namen des Vaters, des Sohnes und des Heiligen Geistes. Amen.«

Jane wandte sich sofort an den Geistlichen. »Danke, Vater, das ist alles! Wenn ich Euch brauche, werde ich nach Euch schicken.« Nun umarmte sie Jory, die vergebens versuchte, ihr Schluchzen zu unterdrücken. »Ich weiß nicht, ob ich ihn heilen kann – aber ich verspreche dir, ich werde ihn lieben.« Jane sah zu den Rittern, die sich ringsum versammelt hatten. »Danke, daß ihr ihn nach Hause gebracht habt. Ich werde mich jetzt um ihn kümmern. Thomas, Taffy, kommt gleich in den Destillierraum, ich brauche eure Hilfe!« Ihre Blicke suchten Keith. »Ruf die walisischen Heiler im Nebenraum zusammen.«

Als die Knappen sich beeilten, mit ihr Schritt zu halten, versicherten sie ihr, daß sie sich des Lords annehmen wollten – seine Wunde sei zu schrecklich und nicht geeignet für die Behandlung durch eine Frau.

»Ich danke euch beiden und benötige auch eure Hilfe; aber um die Wunde kümmere ich mich selbst. Lord de Warenne hat so viel Stolz, es würde ihn außerordentlich erniedrigen, vor seinen Männern solche Schwäche zu zeigen.«

Gemeinsam trugen sie die Sude, die zu Puder gestoßenen Kräuter, die Destillationen und die Salben, Mischungen aus Arzneistoffen und Pflanzenpasten hinauf in den Turm. »Ich werde ständig frisches Leinen brauchen.« Die Knappen liefen davon, um ihren Befehlen nachzukommen; eigentlich waren sie sehr erleichtert, daß ihnen jemand sagte, was sie zu tun hatten.

Endlich allein mit ihrem Mann, zog Jane seine heiße Hand an ihre Lippen und sprach beruhigend auf ihn ein; dann schlug sie die Decke auf, die man über seinen Körper gebreitet hatte. Der Gestank, der von der Wunde aufstieg, benahm ihr den Atem. »Ich weiß, wie du leidest, Lynx«, murmelte sie sanft. »Gib dich mir hin … leg dich ganz in meine Hände … überlaß mir deinen Willen, so kann ich dir besser deine Schmerzen nehmen.«

Sie sah, wie er blinzelte, um ihr zu signalisieren, daß er sie verstanden hatte; doch Jane wußte, daß es Lynx auch in der größten Not unmöglich sein würde, sich vollständig einem anderen Menschen auszuliefern. Sie lächelte ihn an, dann versenkte sie die Hände in seinem Haar, so daß ihre Finger den Schädelknochen berührten. Jane konzentrierte sich auf das, was sie erreichen wollte; für den Augenblick ignorierte sie seinen Schmutz und die üblen Ausdünstungen.

Zusammen mit dem ständigen Druck ihrer Fingerspitzen, flüsterte Jane ihm beruhigende Worte zu; sie sagte ihm, wie er sich selbst von dem Schmerz lösen mußte. »Ich liebe dich so sehr, mein Held, gib mir deinen Schmerz ... laß ihn los, fürchte dich nicht ... ich bin bei dir ... laß den Schmerz los, immer ein wenig mehr.« Jane wußte, daß ein wichtiger Teil des Heilens die Berührung war. Ihre Hände bewegten sich in immer größeren Kreisen über seinen Kopf, und ihre Stimme nahm den gleichen, besänftigenden Rhythmus an wie ihre Finger.

In ihrem Inneren herrschte das genaue Gegenteil ihrer äußerlichen Ruhe. Panik, Furcht, Liebe, Hoffnung und Verzweiflung drohten sie zu überwältigen. Sie wollte alles auf einmal behandeln, sein Fieber, seinen Schmutz, seine Wunde; doch ihr Instinkt riet ihr, in erster Linie sein schreckliches Leiden zu lindern. Sie mußte alles tun, um seine Verkrampfung zu lösen; deshalb versuchte sie, ihn zu bestechen. »Wenn du jetzt schläfst, bringe ich dir später deinen Sohn ... schlaf bitte, laß den Schmerz gehen, schiebe ihn von dir.«

Das Herz tat ihr weh, wenn sie daran dachte, daß dieser starke Krieger, der noch nie in seinem Leben einer Frau vertraut hatte, jetzt keine andere Wahl hatte. Es dauerte beinahe eine ganze Stunde, ehe Lynx die Augen schloß und einschlief; doch für Jane gab es so etwas wie Zeit nicht mehr, die Tage und Nächte, Vergangenheit und Zukunft verschwammen zugunsten des jeweiligen Augenblicks.

Als sie ganz sicher war, daß er sich wirklich der Ruhe hingab, schloß sie erschüttert die Augen. Sein Leben hing an einem seidenen Faden, so dünn wie Spinnweben. Es grenzte an ein Wunder, daß er die Reise nach Hause überlebt hatte. Ganz tief in ihrem Inneren meinte Jane zu wissen, daß er starb; doch sie schwor sich, es nicht zuzulassen. Trotz der fest zusammengepreßten Augenlider rannen Tränen über ihre Wangen und fielen auf ihre Hände, die sie im Schoße rang.

Im Zimmer nebenan wartete Keith mit den walisischen Heilern auf Jane. Als sie zu ihnen trat, kam sie gleich zur Sache. »Ich will nicht hören, wie das geschehen konnte, dafür ist später noch Zeit genug. Zuerst will ich wissen, was ihr ihm gegeben habt; dann möchte ich, daß ihr mir das Ausmaß der Verwundung beschreibt und mir ratet, was wir für ihn tun sollen.«

Nach der Unterredung mit den Walisern wandte Jane sich an ihren Bruder. »Keith, du mußt für mich zum Kloster gehen. Die Franziskaner machen alchimistische Versuche mit Mineralien.

Ich möchte einige heilende Salze und Pottasche, vielleicht auch Schwefel, wenn sie so freundlich sein würden. Bitte spute dich!« Als Keith protestieren wollte, fiel sie ihm ins Wort: »Sage mir nicht noch einmal, daß mein Mann stirbt. Jetzt ist er am Leben, und das Jetzt ist alles, was wir haben.«

Als Jane in das Schlafzimmer zurückkam, war Lynx wieder wach. Seine Knappen brachten einen Stapel frischer Laken und Handtücher, und Jane erteilte jedem sofort eine Aufgabe. »Thomas, ich möchte rasch heißes Wasser, und sag in der Küche Bescheid, daß sie von jetzt an immer einen genügenden Vorrat davon haben. Taffy, bitte die Leute, für Lynx Gerstenaufguß zuzubereiten.«

Als die beiden gegangen waren, nahm Jane einen der Sude, die sie aus dem milchigen Saft der weißen Mohnblüte hergestellt und dann mit Honig und Wasser gemischt hatte, um ihm den bitteren Geschmack zu nehmen. Sie goß etwas davon in einen Becher; es war ratsam, einem Kranken davon nicht mehr als eine halbe Unze zu verabreichen.

Jane hatte keine Ahnung, ob Lynx sie hörte oder verstand; doch sie sprach mit ihm innerlich. »Ich möchte, daß du versuchst, das zu trinken, mein Liebster. Es könnte sein, daß du dich danach übergeben mußt; aber etwas davon wirst du bei dir behalten – es ist gut gegen Schmerzen und schläfert dich ein.« Sie hielt ihm den Becher an die Lippen, und Lynx schluckte ein wenig von der bitteren weißen Flüssigkeit. Unmittelbar danach begann er zu würgen und sich zu übergeben. Jane war entsetzt, als sie sah, welche Qualen er litt; trotzdem mußte sie hart mit ihm sein, um ihm zu helfen.

Thomas kam mit dem heißen Wasser, und zusammen säuberten sie Lynx und legten frische Laken auf das Bett. Dann erfüllte Jane ihr Versprechen. Sie lief hinunter in die Kinderstube und holte ihren Sohn. »Siehst du, das ist Daddy«, erzählte sie ihm und trug ihn ganz nah an das Bett. Es brach ihr fast das Herz, wie Lynx sich ein Lächeln abrang. Sie betete zu jedem Heiligen und jeder Göttin, von der sie je gehört hatte, daß der Mohn Lynx Erleichterung verschaffen möge.

In dem Augenblick, als sich seine Augen schlossen, setzte sie sich neben ihn und stillte ihr hungriges Baby. Als sie es dann wieder Grace Murray übergab, sagte sie: »Ich werde nicht viel Zeit haben für den kleinen Lord, Grace. Ich denke, wir sollten ihm eine Amme besorgen – weil es vorkommen wird, daß ich ihn nicht stillen kann. Bittet Judith her – vielleicht ist sie so freundlich, in eine Kammer hier unten zu ziehen und ihren Säugling mitzubringen.«

Sie ergriff Lynx' fiebrige Hand, flüsterte ihm magische Worte zu von Liebe und Hoffnung; wie ein sanfter Regen hüllte sie ihn damit ein. Ihre Augen liebkosten sein Gesicht, seine hervorstehenden Wangenknochen und das stoppelige Kinn. Jane war viel zu aufgewühlt, um schlafen zu können; doch bei Gelegenheit ruhte sie immer wieder mit geschlossenen Augen.

Während sie nun neben ihm lag, festigte sich in ihr die Überzeugung, daß sie beide ein unsichtbares Band verknüpfte, das niemals zerreißen würde. Von Anfang an hatte es sie zueinander gezogen. Es war äußerst fein gewesen, bis sie zusammen ein Kind schufen, und jetzt umgab dieses magische Band sie alle drei. Es war sehr gefährdet im Moment, würde jedoch stärker werden, erst eine Schnur, und schließlich, mit Liebe und Vertrauen, sogar ein Seil.

Jane weigerte sich, irgendeinen negativen Gedanken zuzulassen, der ihr die Kraft nähme und sie unfähig machen könnte für das, was vor ihr lag. Dies war eine schwere, elende und verheerende Zeit, die sie durchstehen mußten – nicht unbedingt mit Anmut und Würde, sondern einfach irgendwie. Sie mußten das Schlimme ertragen, damit sie das Gute erfahren konnten. Eine alte Volksweisheit lautete: »Wenn ich einen grünen Ast in meinem Herzen wachsen lasse, kommt ein Vogel herbei und singt.« Daran klammerte sich Jane tief in ihrer Seele. Wenn ihr Lynx nur keinen Augenblick aus dem Sinn ginge, dann würde es ihr gelingen, ihn zu retten.

In ihren luxuriösen Gemächern in Schloß Edinburgh vermochte Alice Bolton kaum zu glauben, daß Fitz-Waren wirklich sein Ziel erreicht hatte. Meine Rache ist komplett! sagte sie sich immer wieder. Lynx de Warenne hat den Tod verdient für seine Gemeinheit. Ich habe meinen Eid erfüllt und ihn vernichtet ... habe sogar seinen eigenen Cousin dazu benutzt!

Alicia hatte schreckliche Angst vor der Zukunft gehabt, doch jetzt fühlte sie sich großartig. Die ganze Zeit, in der sie mit Lynx de Warenne zusammen gewesen war, hatte sie es nie geschafft, ihn zu beherrschen oder zu beeinflussen. Fitz-Waren war da ganz anders. Ihn konnte man so leicht manipulieren wie eine Marionette – sofern man an der richtigen Schnur zog.

»Fitz, wenn dein Vater kommt und dir erzählt, daß Lynx tot ist, mußt du Überraschung und Erschrecken mimen. Wir sollten mit ihm trauern und ihm Verständnis entgegenbringen für den Verlust seines geliebten Neffen.«

»Das alte Schwein wird außer mir niemanden haben, an den es sich wenden kann.«

»Ich sorge jetzt dafür, daß seine Gemächer in Ordnung sind. Es gibt nichts Besseres als die Hand einer Frau, um einem trauernden Herzen Trost zu spenden.«

Fitz starrte sie leidenschaftslos an. Diese Heuchlerin erkannte nicht einmal die Ironie in ihren Worten. Sie war die kaltblütigste Frau, die er je angetroffen hatte. Voller Wehmut dachte er an Jory de Warenne und ihren warmherzigen Charakter. Erstaunlicherweise sah er die Ironie in seinen eigenen Gedanken auch nicht.

Als John de Warenne aus Scone im Schloß Edinburgh ankam, war er sowohl körperlich erschöpft als auch seelisch ausgelaugt. Zwar schickte er sehr gerne dem König in Frankreich die Nachricht über den Sieg der Engländer bei Irvine; doch eine persönliche Zufriedenheit über diesen Triumph war ihm unmöglich, weil er der Tatsache von Lynx' Sterben ins Auge sehen mußte.

Der Gouverneur war mit seiner persönlichen Eskorte von zwölf Männern zurückgekommen, zwei davon seine Knappen, die direkt neben ihm ihre Quartiere hatten. Die Knappen zündeten sofort das Feuer an, bereiteten sein Bad vor und kümmerten sich um das Essen, obwohl er nicht viel Appetit hatte.

John setzte sich vor den Kamin und blickte in die Flammen. Er schien Fitz und Alicia, die eingetreten waren, gar nicht zu bemerken, bis Fitz-Waren zu sprechen begann.

»Vater, du siehst krank aus!«

John hob den Kopf, der ihm auf die Brust gesunken war, und starrte den Eindringling an. Ganz plötzlich schien er sich bewußt, wo er war und was ihn bedrückte. »Ich bin krank in meinem Herzen. Was nützt es, Schottland zu gewinnen, wenn ich dabei Lynx de Warenne verliere? Der Preis ist zu hoch.«

»Er ist in der Schlacht gefallen, im Kampf gegen den Feind, wie es sich jeder edle Krieger wünschen würde«, erklärte Fitz mit fester Stimme.

Da sprach dieser Fitz so, als sei Lynx bereits tot, und wahrscheinlich war er das mittlerweile auch, Gott sei seiner Seele gnädig! »Gottes Wege sind wunderbar … er hat ihm einen Sohn und Erben geschenkt, im letzten Augenblick.«

»Lynx hat einen Sohn!« murmelte Alicia bei sich, doch dann trat sie entschlossen einen Schritt vor. »Mylord John, das Kind ist ein Bastard. Lynx de Warenne war nicht mit dem Dienstmädchen verheiratet, das behauptet, von ihm ein Kind zu haben.«

Der Blick des Grafen richtete sich auf Alicia, erst jetzt schien er ihre Anwesenheit zu bemerken. »Ihr irrt Euch«, erklärte er ruhig. »Lynx ist nach Weihnachten aus dem einzigen Grund heimgekehrt, um Lady Jane zu heiraten und sein Kind zu legitimieren.«

»Woher wollen wir wissen, daß das der Wahrheit entspricht?« begehrte Fitz auf.

John betrachtete ihn stirnrunzelnd. »In der Tat, wie kann ein Mann wissen, ob sein Sohn auch aus seinen Lenden hervorgegangen ist?«

Fitz' Augen verengten sich haßerfüllt. Der Drang, einen Mord zu begehen, wurde beinahe übermächtig, und nur die Anwesenheit der Knappen hielt ihn zurück.

»Ich habe die Absicht, Lynx' Sohn als meinen Erben für meine Grafschaft in Surrey einzusetzen, sobald ich die offizielle Nachricht vom Tode meines Neffen in Händen halte.«

»Lynx de Warenne lebt?« fragte Alice betroffen.

»Als ich ihn zum letzten Mal sah, lebte er, obwohl er die Reise nach Dumfries vielleicht nicht überstanden hat; seine Verletzung war grausig.« Tränen rannen über Johns Gesicht, es war ihm gleichgültig, daß die beiden zuschauten.

In dem Augenblick, als Fitz-Waren die Tür zu seiner Suite hinter sich schloß, ging Alicia auf ihn los wie eine Furie. »Du nutzloser Bastard, bringst du denn überhaupt nichts richtig zuwege? Lynx de Warenne lebt!«

Fitz-Waren schlug ihr mit dem Handrücken auf den Mund,

und sie stolperte durch das ganze Zimmer. »Das ist das letzte Mal, daß du mich Bastard nennst«, zischte er und stürzte hinter ihr her. »Alles, was ich je bekommen habe, sind Brosamen von de Warennes Tisch. Auch du bist nur das, was Lynx de Warenne übriggelassen hat!«

Die entsetzte Alicia begriff, daß sie die falschen Fäden gezogen hatte. Sie sah seine Absicht und begann zu schreien. Seine Faust schoß hervor, um sie zum Schweigen zu bringen. Als Alicia kippte, schlug sie mit dem Kopf gegen das Kamingitter aus solidem Messing und schwieg für immer.

## 30

Lynx stöhnte leise. Jane, die neben ihm lag, hörte es und war sofort hellwach. Sie kletterte aus dem Bett und zündete die Kerzen an, um die Dunkelheit zu vertreiben; dann entfachte sie das Feuer, um die Atmosphäre noch angenehmer zu gestalten.

Janes Brüste waren voll und schmerzten, deshalb badete sie und zog Lynx' Nachtgewand aus Samt über. Sie wollte gerade nach unten gehen und die Kinderfrau bitten, ihr ihren Sohn zu bringen. Doch auf dem Weg zur Tür blieb Jane plötzlich stehen und sah zu ihrem Gemahl hinüber. *Muttermilch! Ich werde es damit versuchen.* Hoffnung erwachte in ihr. Langsam ging sie auf das Bett zu und legte sich vorsichtig neben ihn. Sie wandte Lynx' Kopf auf dem Kissen zu sich und sprach dann leise mit ihm. »Liebster, ich möchte, daß du meine Milch trinkst; sie könnte dir Kraft geben ...«

Lynx starrte sie an, während Jane sich fragte, ob er sie wohl verstanden hatte. Dann sprach er die ersten Worte seit seiner Rückkehr. »Für ... Baby!«

»Nein, Lynx. Er ist so fett wie ein kleines Schweinchen und braucht meine Milch nicht. Aber du brauchst sie! Ich möchte dich stillen … laß mich das für dich tun … widersetze dich nicht, Lynx; bitte besiege deinen Willen, und überlaß dich ganz mir.«

Jane wartete darauf, daß er zustimmte. »Wenn du es nicht für mich tun willst, dann tue es für deinen Sohn … er braucht dich, du mußt leben!« Jetzt ergriff sie die Initiative. Sie legte eine Hand unter seine Wange und zog seinen Kopf an ihre Brust. Mit sanfter Hand schob sie ihre Brustspitze in seinen heißen, trockenen Mund. Jane hielt den Atem an und flehte insgeheim, er möge ihr Angebot nicht ausschlagen. Es war das einzige, was sie momentan für ihn tun konnte. Erst nach einer Ewigkeit stieß Jane die angehaltene Luft mit einem hoffnungsvollen Seufzer wieder aus, weil sie seine Zunge an ihrem Busen spürte.

Aber er war von Janes Vorschlag entsetzt. Er wußte, daß er starb, und verfluchte Himmel und Hölle, daß sie ihn nicht auf dem Schlachtfeld ausgelöscht hatten. Jane war so klein, so schutzbedürftig – warum mußte sie diese entsetzliche Wunde sehen und den schrecklichen Gestank mitbekommen? Es war falsch, daß sie sich seinetwegen aufopferte – um zum Dank dafür nur seinen Tod zu erleben.

Er fühlte ihre Brustspitze in seinem Mund. Daß sie sich überhaupt berühren lassen mochte, erfüllte ihn mit Ehrfurcht. Sie hatte ihm befohlen, hatte ihn angefleht, und jetzt verführte sie ihn auch noch, seinen Willen dem ihren zu unterwerfen. Wenn er dieses letzte Geschenk nicht annahm, das sie ihm reichte, würde sie von seiner Ablehnung tief verletzt sein. Lynx glaubte, sein Ende nahe und schon bald würde er aufhören zu atmen. In diesem Augenblick gestand er sich ein, daß Jane stärker war als er und er sich ihrem Diktat beugen sollte. Der Augenblick war gekommen, wo er ihr die Kontrolle überlassen mußte. Beinahe hatte er nicht mehr genug Kraft, um zu saugen. Er schloß die Lippen um ihre hart aufgerichtete Knospe und fügte sich.

Wie durch ein Wunder lehnte Lynx' hungernder Körper die Nahrung, die aus Janes Körper floß, nicht ab. Später fühlte sich

Lynx, obwohl er immer noch fieberte und Schmerzen hatte, irgendwie wohl neben seiner schlafenden Gemahlin. Ihre Nähe brachte ihm einen inneren Frieden, den er noch nie kennengelernt hatte. Es war, als würden seine Gedanken über seinem Körper schweben. Kristallklar und befreit zogen sie durch die Lüfte. Gelassen fragte sich Lynx, ob sich auf diese Weise der Tod ankündigte.

Er blickte in Janes Gesicht und sah sofort ihre Erschöpfung. Was war sie doch für eine außergewöhnliche Person! Die Eigenschaften, die sie besaß, fand man eigentlich bei Frauen nie: Selbstlosigkeit und Wagemut. Sie gab, ohne zu nehmen – hatte ihm seinen Herzenswunsch erfüllt, obwohl er schon nicht mehr auf einen Sohn zu hoffen wagte. Aber jetzt könnte er ohne Bedauern sterben, denn Lincoln Robert übernähme seinen Nachlaß. Was konnte sich ein Mann sonst noch wünschen?

Er wußte, daß Jane ihm vollkommen ergeben war. Sie hatte ihm von Anfang an großzügig ihren Körper geschenkt, hatte ihm vertraut trotz ihrer Schüchternheit und ihren Hemmungen. Und jetzt schenkte sie ihm ihren Körper abermals, auf die absurdeste Weise. Doch diesmal nicht, um ihn glücklich zu machen, sondern um ihm das Leben zu retten.

*Darum geht es, wenn man liebt!* Jane liebte ihn, und Lynx sah plötzlich glasklar, daß auch er sie liebte. Es war eine eigenartige, wundervolle Erkenntnis. Doch dann stieg Panik in ihm auf. Er hatte es Jane noch nie mit Worten gesagt. Wenn er nun heute nacht stürbe, ohne sie wissen zu lassen, daß er sie liebte? Der Blick seiner fiebrigen Augen glitt langsam über ihre reizende Figur. Sie war todmüde – er durfte sie nicht aufwecken, um ihr seine Liebe zu gestehen, es wäre reiner Egoismus. Und nicht zum ersten Mal würde er so handeln … schweigend begann Lynx, um sein Leben zu beten, bis Jane aufwachte.

Thomas und Taffy hielten den Atem an, als sie sahen, wie Jane tapfer Lynx de Warennes Herzschlag prüfte. Sie spürte, wie Tränen in ihre Augen stiegen, als sie das erstaunlich kräftige Pochen spürte. »Er lebt ganz ohne Zweifel«, erklärte sie und lächelte feuchten Blicks. »Und schläft!«

Lynx öffnete die Augen. »Er *hat* geschlafen«, korrigierte sie sich, und die Gesichter der beiden Knappen hellten sich auf. »Mein Liebster«, murmelte Jane und beugte sich zärtlich über ihn. »Ich muß mir deine Wunde ansehen ... hoffentlich tut es nicht allzu weh.« Als würde sie ein Stück kostbares Porzellan berühren, schob Jane die Decke beiseite und blickte in die Bauchöffnung. Sie sog scharf den Atem ein. »Es tut sich etwas! Seht nur ... seht beide her!« Sie trat zur Seite und ließ Thomas Lynx mit eigenen Augen betrachten.

»Der unangenehme Geruch ist verschwunden!« rief er glücklich.

Als Taffy sich über ihn beugte, murmelte Lynx ihm etwas zu.

Auch der gute Taffy begann zu strahlen. »Er muß ein wenig Flüssigkeit bei sich behalten haben ... seine Blase drückt ihn! Was war es, das er bei sich behalten hat, Mylady?«

Einen Augenblick lang wußte Jane nicht, was sie sagen sollte. »Ich glaube, es war dein Gerstenaufguß, Taffy«, log sie dann hurtig, um ihr intimes Geheimnis zu bewahren.

»Ich werde mehr davon holen!« erklärte Taffy und verließ das Zimmer im Fluge.

Jane reichte Thomas einen Eimer, damit er Lynx helfen konnte, sich zu entleeren. »Danach spüle ich die Wunde noch einmal und lasse sie dann offen, so daß sie weiter austrocknet. Wenn sie sich bis morgen zusätzlich bessert, werde ich sie mit Schwefel auspudern, zunähen und richtig verbinden. Was meinst du, Thomas?«

»Ich denke, daß Ihr die wahre Gabe des Heilens besitzt, Lady de Warenne!«

Jane lächelte Lynx zu und legte ihm die Hand auf die Stirn. »Dein Fieber ist zurückgegangen, mein Gebieter!« Der Ausdruck, den sie auf seinem Gesicht sah, war weder Erleichterung noch Dankbarkeit – sondern lauterste Liebe. Eine Träne rann über ihre Wange, mit zitternden Fingern wischte sie sie weg. »Wenn du mir jetzt stirbst, Lynx de Warenne, werde ich dich eigenhändig umbringen!«

Nachdem Thomas ihr geholfen hatte, die Laken auf dem Bett zu wechseln, und Taffy noch einen großen Krug Gerstenbrühe angeschleppt hatte, bedankte sie sich freundlich bei ihnen, schickte sie aber nachdrücklich hinaus. Im gleichen Augenblick, als sie beide allein waren, entkleidete sich Jane und legte sich neben Lynx. »Weigere dich ja nicht! Ich habe jetzt hier auf Dumfries zu sagen. Wenn du wieder kräftig genug bist, wirst du mich ohnehin wie eh und je überstimmen; aber bis dahin, Mylord Ehemann, wirst du tun, was ich anordne.«

Lynx hob die Hand und strich mit den Fingerspitzen sanft über die seidenweiche Haut ihrer üppigen Brust. Als sein Mund nahe genug war, küßte er sie. »Ich liebe dich, Jane«, hauchte er.

Janes Herz flog ihm entgegen. Das war wirklich ein Tag voller Wunder! Sie streichelte seine Schläfen, als er zuerst aus einer Brust trank und dann aus der anderen. »Weißt du, am besten trinke ich Taffys Gerstenbrühe. Es wird mir helfen, viel Milch zu produzieren, für dich, Mylord!«

Drei Tage später war Lynx de Warennes klaffende Wunde vernäht und er von den Rippen bis zu den Hüften in einen Verband gehüllt.

»Und den Rest säubern wir jetzt so richtig!« verkündete Jane und stemmte die Hände in ihre Hüften. Auch wenn ihre Haltung keinen Widerspruch zuließ, so waren doch ihre Hände unglaublich sanft, als sie ihn feucht abrieb.

Sie hatte die Absicht gehabt, sein zerzaustes Haar zu waschen, doch das war eindeutig zuviel auf einmal. »Helft mir, die Bettwäsche zu wechseln«, bat sie Taffy und Thomas, »dann lassen wir ihn für eine Weile in Ruhe.«

Nach Mitternacht kam der Schüttelfrost und wollte lange nicht weichen. Jane wußte, daß Lynx noch sehr krank war. Sie hatten es geschafft, ihn über den kritischsten Punkt hinwegzubringen;

doch er hatte keine Kraftreserven mehr für allzu heftige Krisen. Natürlich zehrten auch die Schmerzen immer noch an ihm – sie sah, wie er die Knie anzog und die Zähne zusammenbiß. Jane hielt es für ein gutes Zeichen, daß Lynx dagegen ankämpfte, statt sich passiv zermürben zu lassen. Sie beschloß, die Dosis Mohn zu halbieren und durch gleichsam hingehauchte Massagen seine Schmerzen zu vertreiben.

An einem Nachmittag bat Taffy Jane in den Nebenraum. »Mylady, ich habe es Euch nicht früher mitgeteilt, weil ich Euch nicht aufregen wollte. Lord de Warennes Onkel John, der Graf von Surrey, hat seinen Besuch angemeldet, sobald es ihm möglich ist. Er bat mich, Euch zu sagen, daß wenn ... äh ... ich meine, *falls* es mit Mylord zu Ende ginge, würde er Lincoln Robert als Erben einsetzen. Ich sollte Euch ausrichten, daß er einen gesetzlichen Vormund für Euren Sohn ernennen will, bis dieser volljährig ist.«

Jans Hand flog an ihren Hals. Von Gesetzen wußte sie nichts – aber das Wort ›Vormund‹ bedeutete sicherlich, daß man ihr ihren Sohn nehmen würde. »Wir müssen ihm sofort eine Botschaft schicken, daß Lord de Warenne überleben wird!«

»Zu spät, Mylady, der Gouverneur ist soeben durch das Tor geritten.«

Janes Befehle überstürzten sich. »Lauf und sag Jory Bescheid! Ich muß mich umziehen. Bitte meinen Vater, zu mir zu kommen ... Nein, nein, der Verwalter von Dumfries braucht keine Anweisungen von mir, selbst dann nicht, wenn unser Besucher ein englischer Graf ist, beziehungsweise der Gouverneur von Schottland! Schick statt dessen meinen Bruder Andrew zu mir.« Sie band sich ihre Schürze ab. »Wo ist Thomas? Er soll bei Lynx bleiben, während ich John de Warenne begrüße und wenigstens meine Ergebenheit demonstriere.«

»Thomas ist verschwunden, Mylady. Er schämt sich gräßlich wegen dem, was meinem Lord in Irvine zugestoßen ist; zweifellos wird der Gouverneur Antworten verlangen auf einige sehr unangenehme Fragen.«

»Lieber Himmel, warum muß dieser Statthalter auch gerade jetzt erscheinen?«

»Ich werde bei Lord de Warenne bleiben, Mylady«, bot sich Taffy an, obwohl Jane deutlich erkannte, daß auch er sich fürchtete, John de Warenne gegenüberzutreten.

Jane lief nach unten in ihre Gemächer, und während sie ein passendes Kleid für sich suchte, bat sie Grace Murray, den kleinen Lord auf einen Besuch mit dem hochkarätigen Besucher vorzubereiten. Lincoln Robert begann zu krähen und zu gurgeln, als er seine Mutter entdeckte. Er war jetzt fünf Monate alt und beinahe doppelt so groß wie andere Kinder seines Alters. Jane drückte ihn an sich und küßte ihn, während sie ihren Zopf öffnete. In dem Augenblick, als sie ihr Haar aufgelöst hatte, griff ihr Schätzchen mit beiden Händen hinein.

Als Andrew kam, bat Jane: »Schließ mir die Knöpfe!« Sie drehte ihm den Rücken zu, damit er ihre Garderobe vollendete. »Wie viele Leute hat der Gouverneur mitgebracht?« wollte sie dann wissen.

»Seine Eskorte besteht aus einem Dutzend Männern.«

»Sorg dafür, daß sie die besten Zimmer bekommen und daß wir genügend zu essen haben. Die Gabeln! Vergiß nicht die Gabeln und Schüsseln mit Rosenwasser und Handtücher nach dem Essen … und ein Harfenspieler soll auftreten!« Jane hob den Blick gen Himmel. »Oh, heilige Jungfrau, bitte, gib mir Kraft … wie unterhalte ich bloß einen verdammten Königsvertreter?«

Es war das erste Mal, daß Andrew seine Schwester fluchen hörte. »Beruhige dich, Jane, ich bleibe an deiner Seite. Vater serviert ihnen gerade einen Begrüßungstrunk.«

»Der verflixte Kerl! Ich sollte bei Lynx bleiben und habe keine Zeit, mich um irgendwelche Lordkanzler zu kümmern!« Jane nahm all ihren Mut zusammen und reckte sich kerzengerade auf. Gleichzeitig beschloß sie, den Grafen von Surrey nicht zu mögen. Als Jane schließlich unten ankam, war erfreulicherweise Jory schon dort, gekleidet in ein kostbares pfirsichfarbenes Gewand, mit dunklerer Aprikosenfarbe abgesetzt. Als Jory sich aus der Umarmung ihres Onkels löste, warf Jane den ersten Blick auf John de Warenne. Der Mann sah so verhärmt aus, daß ihr Herz ihm sofort zuflog.

»Das ist Lynx' Frau, Jane! Sie kann Wunder vollbringen, und wir lieben sie alle von Herzen«, stellte Jory sie vor.

Jane versank in einen tiefen Hofknicks, doch davon wollte John nichts wissen. Er hob sie hoch und nahm sie freundlich in die Arme. »Mein liebes Kind, wie kann ich dir je danken?« Johns Augen waren tränenfeucht.

»Mylord Graf de Warenne, willkommen in Dumfries!«

»Mein Name ist *John* – was würdest du wohl davon halten, wenn ich dich ständig mit Lady de Warenne anspräche?«

Wider Erwarten mochte Jane ihn; doch sie warf Jory einen besorgten Blick zu, wegen des Gesundheitszustandes des Grafen. Sie war kein schüchternes Mädchen mehr, und die Schloßherrin in ihr, verstärkt durch einen ausgeprägten mütterlichen Instinkt, meldete sich. »John, Ihr seid vor Müdigkeit ganz grau ... Ihr braucht etwas zu essen, Ruhe und ein wenig Fürsorge ... Gott sei Dank seid Ihr dafür an den richtigen Ort gekommen!«

John blickte fragend auf. »Ich weiß nicht, wie mein Neffe den Transport nach Hause überstanden hat. Bring mich zu ihm, damit ich mich mit eigenen Augen von seinem Wohlbefinden überzeugen kann.« Mit Jane an einem Arm und Jory an dem anderen kletterte John de Warenne die Stufen zum Hauptturm hinauf.

»Lynx, mein Junge, ich bedaure all dieses Ungemach zutiefst. Die Sache wird geklärt werden, das darfst du glauben!« John blickte zu Jane hinüber. »Es heißt, deine Frau sei eine wundervolle Krankenschwester – aber ich vermute, sie ist ein Engel.«

Jane nahm die Hand ihres Mannes in ihre und drückte sie zärtlich. Wie durch ein Wunder fühlte sie, daß er den Druck erwiderte. »Er hat noch nicht genügend Kraft, um viel zu reden, aber Ihr könnt sehen, daß er sich über Euren Besuch freut, John.«

»Unser Sohn«, brachte Lynx heraus.

Jane ließ von Taffy den gepolsterten Stuhl vom Kamin neben das Bett stellen. »Setzt Euch, John, dann hole ich Lincoln Robert.«

Als Jane den Wonneproppen brachte, der vor Gesundheit nur so strotzte, wandte John sich von dem schweigenden, abgezehrten Mann in dem Bett ab und streckte die Arme aus. »Gütiger Himmel, er ist das wahre Abbild seines Vaters!«

Jane wußte, daß er meinte, das Baby sehe aus wie sein Vater früher einmal. Als John das Goldstück aus dem Arm seiner Mutter nahm, verzog sich Lincoln Roberts Mäulchen, als wolle er anfangen zu schreien; doch dann schien er plötzlich seine Meinung zu ändern. Er öffnete weit seine grünen Augen, grapschte nach einem Ohr des Grafen und krähte vergnügt.

John riß den Blick von dem entzückenden Kind los und blickte die junge Frau an, die es auf die Welt gebracht hatte. Sie war klein und bildhübsch; gleichzeitig umgab sie ein gütiger Schein, der so deutlich war, daß er meinte, ihn mit der Hand greifen zu können.

Jory lächelte ihrem Onkel zu. »Und obendrein besitzt sie auch noch die Gabe des Heilens. Wir sind mit Jane wirklich gesegnet.«

»Nein, ich bin die Gesegnete«, wehrte Jane ab. »Ich fühle mich hoch geehrt, eine de Warenne zu sein. Und Ihr alle akzeptiert mich so, wie ich bin.«

John blinzelte Jory zu und schüttelte dann verwundert den Kopf. »Sie hat nicht die leiseste Ahnung, was sie wert ist, diese Kleine … mehr als eine Prinzessin!«

Jane errötete vor Freude und winkte Grace Murray, damit sie Lincoln, dieses kaum zu bändigende Energiebündel, übernahm. »Dumfries hat einen Verwalter, der seinerseits Gold wert ist. Zufällig ist er auch noch mein geliebter Vater und wird sich um Euer Wohlergehen kümmern, Mylord. Dann haben wir noch meinen Bruder Andrew als zweiten Verwalter hier. Er wird Euch Eure Räume zeigen, Euer Bad bereiten und sich um all Eure Wünsche kümmern. Wir sehen uns zum Essen in der Halle, Mylord.«

»John!« rief er ihr ins Gedächtnis.

Nach ein paar Tagen in Dumfries sah John de Warenne schon nicht mehr so müde und eingefallen aus. Erleichterung über Lynx' Zustand, zusammen mit dem Abstand von seinen Pflichten in Edinburgh, trug viel dazu bei, seine Befindlichkeit zu verbessern. Außerdem verschrieb ihm Jane einen Balsam, das heißt eine Mischung von Gänserich und Melisse, mit Eiern und Honig, der auf den alternden Grafen wie ein Lebenselixier wirkte.

Nach dieser Schonfrist jedoch begann der Gouverneur mit einer informellen Untersuchung dessen, was auf dem Schlachtfeld in Irvine geschehen war. Als Taffy Jane erzählte, daß John de Warenne um ein Treffen mit Thomas und ihm gebeten habe, fragten Jane und Jory den Grafen, ob sie bei dieser Erörterung dabeisein dürften. Da er Jory nie einen Wunsch abschlagen konnte, um den sie ihn bat, stimmte John zu.

Sie versammelten sich in der üblichen Schreibstube. Zunächst befragte John Thomas, da er der ältere von Lynx de Warennes Knappen war.

»Mein Gedächtnis läßt mich leider im Stich, Mylord. Ich folgte Lord de Warenne in die Schlacht, an seiner rechten Seite, wie immer. Und dann verschwimmt alles! Auf einmal war es Nacht, und ich stolperte zwischen den Toten auf dem Schlachtfeld herum, mit dem Gefühl, daß mir jemand den Schädel traktiert hatte. Ich wußte nicht, wo oder wer ich war, bis der Bruder von Lady Jane mich fand und ins Lager zurückbrachte.«

Jane biß sich auf die Lippen. *Wie tapfer sich Keith verhalten hatte!*

John de Warenne richtete seine Aufmerksamkeit auf Taffy. »Nun möchte ich deine Version der Geschichte hören.«

»Wir drei ritten in die Schlacht – ich zur Linken meines Lords und Thomas zu seiner Rechten. Irgendwann habe ich mich umgesehen und gemerkt, daß Thomas nicht mehr da war. Ich befürchtete, er sei im Gefecht gefallen. Kurze Zeit später sah ich, daß er wieder da war, und fühlte mich sehr erleichtert. Ohne größere Schwierigkeiten habe ich mich durch die Mauer der Feinde gekämpft; aber als ich dann mein Roß herumlenkte, konnte ich weder Thomas noch Lord de Warenne mehr ausmachen. Ich war gezwungen, mich allein durchzuschlagen. Keinen von beiden traf ich während der Schlacht wieder.«

John mißbilligte das Ganze ungemein, er rief Montgomery herein, der auch nichts Nützliches vorbrachte. Er erzählte dem Gouverneur, daß er die Ritter de Warennes verhört und niemand eine Ahnung habe, wie es zu der Verwundung ihres Lords gekommen sei – die sich immer noch als tödlich herausstellen könnte.

Taffy zögerte, dann raffte er sich doch auf zu sprechen. »Mylord, der junge Keith Leslie hatte eine Vision. Er sagte, einer unserer eigenen Leute habe Lord de Warenne angegriffen und verwundet.«

»Ich will Tatsachen, keinen Hokuspokus!« brauste der Gouverneur auf.

»Mylord«, unterbrach Jane ihn. »Keith Leslie ist mein Bruder. Als jüngster Sohn hat er das Zweite Gesicht. Manchmal nimmt er Dinge wahr, die geschehen, ohne daß er wirklich dabei ist.«

Jetzt meldete sich auch Montgomery. »Der Junge hat uns genau zu der Stelle geführt, wo Lord de Warenne lag. Vorher hatten wir stundenlang vergeblich in dem dichten Nebel nach ihm gesucht.«

Taffy fügte noch hinzu: »Er half uns auch, Thomas zu finden.«

Marjory erhob sich. »Ich werde Keith holen, damit er uns mit eigenen Worten schildert, was geschehen ist. Er besitzt besondere Fähigkeiten, genau wie Jane.«

Als Keith zusammen mit Jory das Zimmer betrat, erkannte Jane, daß er ein Mann geworden war und nicht mehr wie ein Junge aussah. Der Krieg war schuld – er stahl den Männern viel zu früh ihre Jugend. Der Graf von Surrey sah alt aus, viel älter, als er seinen Lebensjahren nach war, und sie konnte kaum den Gedanken daran ertragen, was der Krieg Lynx zugefügt hatte. »Keith, du hast mir nichts von deiner Vision erzählt. Wahrscheinlich dachtest du, daß ich für nichts anderes Zeit hätte als nur für Lynx. Aber ich möchte, daß du uns jetzt allen ganz genau schilderst, was sich zugetragen hat.«

In Keith Leslies Augen trat ein versonnener Blick. »Es war eine ganz deutliche Vision, nicht so vage wie sonst oftmals. Ich hatte die Pferde für die Schlacht vorbereitet und mich dann hingelegt, um mich auszuruhen; doch ich war zu aufgeregt, um schlafen zu können. Plötzlich sah ich deutlich vor mir, wie einer unserer Ritter Thomas mit der Eisenkugel an der Kette von seinem Pferd schlug. Der Ritter sprang eilig ab und in Thomas' leeren Sattel. Er trieb das Pferd an wie ein Verrückter, bis er bei Lord de Warenne angekommen war. Tückisch ritt er hinter ihn und hob die Eisenkugel ein zweites Mal. Als der leblose Körper meines Lords auf den Boden fiel, stieg der Ritter von seinem Pferd, nahm sein Schwert aus der Scheide und rammte es ihm in den Leib.«

»Ein Ritter de Warennes?« fragte John ungläubig.

»Mylord, ich habe mir jedes Gesicht aller seiner Getreuen angesehen seit jenem Unglück – aber habe ihn noch nicht gefunden.«

»Du hast sein Gesicht gesehen?« hakte John de Warenne nach.

»Nur seine Augen, Mylord, aber ich werde sie nie vergessen, solange ich lebe. Sie waren voller Haß und Blutdurst, und nach der Mordtat mit dem Schwert waren sie voller Triumph! Seine Augen unterschieden sich von denen anderer – das linke Lid hing deutlich herunter.«

Alle Farbe wich aus John de Warennes Zügen. Auch Jory war blaß geworden. John und seine Nichte warfen einander einen bedeutungsvollen Blick zu. Keith Leslie hatte gerade jemanden beschrieben, den sie beide nur zu gut kannten!

Thomas, Taffy und Montgomery mieden einander jedenfalls in Gegenwart des Gouverneurs von Schottland. Doch alle Zweifel, die sie bis jetzt Keith Leslie entgegenbrachten, waren mit einem Schlag ausgeräumt. Jeder von ihnen begriff jetzt, daß Lady Janes jüngerer Bruder die wahrhaftige Vision eines versuchten Mordes gehabt hatte.

# 31

Jane war ganz benommen. Sie hatte angenommen, daß Lynx diese entsetzliche Wunde im Kampf beigebracht worden war. Doch nun hieß es, einer seiner eigenen Männer habe versucht, ihn umzubringen! *Wer? Warum?* schrie alles in ihr auf. Unter allen Umständen mußte sie diese alarmierende Neuigkeit von Lynx fernhalten. Er war nicht stark genug, mit der Wahrheit fertig zu werden; sie würde ihn erschüttern, ihn zuletzt wirklich umbringen!

Freilich war Lynx de Warenne ein harter Mann; oft machte er ein grimmiges Gesicht und gab sich kompromißlos; er besaß einen ausgeprägten Stolz, doch war er der geborene Führer seiner Männer, und sie respektierten ihn. Fairneß rangierte bei ihm ganz weit oben, und niemals würde er etwas von einem seiner Männer verlangen, das er nicht auch selbst übernähme. Er setzte außergewöhnlich hohe Maßstäbe, doch diente er seinen Männer immer als Vorbild. *Sie lieben ihn, und doch muß einer unter ihnen sein, der seinen Tod wünscht!*

Plötzlich dachte sie daran, daß sie ihn im Hauptturm allein gelassen hatte. »Bitte, entschuldigt mich«, murmelte sie und zitterte bei dem Gedanken, wie hilflos er im Augenblick war.

Sie schlich sich zu ihm und versuchte, ihn nicht aufzuwecken; doch als sie an das Bett trat, öffnete Lynx die Augen, als spüre er ihre Anwesenheit. Jane verschränkte ihre Finger mit seinen und lächelte liebevoll. Ihr Entschluß festigte sich. Sie würde ihn beschützen, bis er wieder bei Kräften war! Aber wenn er nun nie wieder der alte würde, für immer schwach bliebe und ein Krüppel? überlegte sie voller Entsetzen. Dann wird er mich dafür verantwortlich machen, daß ich ihm nicht erlaubt habe zu sterben! Hör auf, hör auf damit, schalt sie sich selbst. Ich habe die Macht … und muß mit ihr umgehen. Er hat genau das getan, was ich von ihm verlangte: nämlich sich vollständig in meine Hände zu geben!

Jetzt, wo er mir endlich sein Vertrauen schenkt, darf ich ihn nicht enttäuschen, ich muß stark sein für uns beide!

»Deine Genesung geht gut voran, mein Herz, dein Körper wird jeden Tag kräftiger. Aber ich weiß, daß du noch immer unter Schmerzen leidest. Gib sie mir, laß mich dir die Pein nehmen, Lynx.«

Sein Blick ruhte auf ihrem Gesicht, als sich ihre Hände über seinen Körper tasteten. Sie begann an seinen Schultern, strich beruhigend und ständig über seine abgemagerten Arme, hinunter zu seiner Brust, über die hervorstehenden Rippen. Da ihre Berührungen Wirkung zeigten, glitten ihre Hände tiefer; selbstverständlich ließ sie seinen Bauch aus, statt dessen strich sie über seine Hüften und die Beine hinunter, die einmal so muskulös gewesen waren und jetzt nur noch aus Haut und Knochen bestanden.

Sie erleichterte ihm seine Qualen so sehr, daß es ihm gelang, seine Mundwinkel zu verziehen. »Ich möchte heute nacht neben dir schlafen«, flüsterte sie, »möchte dich berühren, dich in meinen Armen halten und dich die ganze Nacht liebhaben. Glaubst du, du könntest es ertragen, für mich?«

Lynx hob eine Hand und legte sie an ihre Wange. »Janie«, murmelte er. Die zärtliche Anrede brachte sie beinahe um ihre Fassung; doch sie drängte die Tränen zurück, die in ihre Augen treten wollten. Tränen würden sie beide nur schwächen. Von jetzt an galt es, Stärke zu beweisen.

An diesem Abend in der Halle bemerkte Jane, daß Marjory ihren Platz an der Seite ihres Onkels nicht verließ. Sie hatte das Gefühl, daß die beiden leise über die bösen Mordabsichten sprachen. Vielleicht verdächtigten sie insgeheim jemanden, doch Jane wollte sie nicht stören. *Möglicherweise will ich die Wahrheit gar nicht wissen; am Ende kann ich sie nicht ertragen.*

Als das Mahl vorüber war, kam John de Warenne zu Jane, die mit Elizabeth de Burgh zusammensaß. »Jane, ich werde morgen früh abreisen. Leider kann ich nicht über meine eigene Zeit bestimmen, und meine Pflichten rufen mich zurück nach Edinburgh. Ich habe noch keinen Vormund für deinen Sohn bestimmt und werde auch vorläufig damit warten – hoffentlich wird es mir erspart bleiben.«

Spontan griff Jane nach seiner Hand. »Danke, Mylord, Graf John. Ich schwöre, ich werde Lynx heilen, wenn das in meinen Kräften steht.«

»Aber sicher, mein liebes Kind. Lynx kann sich glücklich schätzen, eine Frau gefunden zu haben, die ihm so ergeben ist wie du; aber ich denke, das weiß er. Gott schütze dich, du gute Lady! Ich schwöre dir, daß ich der Sache auf den Grund gehen und herausfinden werde, wer ihm dieses Leid angetan hat.«

Er weiß, wer es gewesen ist! wurde Jane plötzlich klar. Doch John de Warenne war ein besonnener Mann, und sie vertraute ihm vollkommen. »Lebt wohl, und danke für Euer Wohlwollen!«

Jane kleidete sich im Schein der Kerzen aus. Sie wußte, wieviel Freude es Lynx machte, ihr dabei zuzuschauen, und nur Freude zählte. Behutsam deckte sie das schneeweiße Laken auf und schlüpfte nackt zu ihm ins Bett. Lynx hatte genügend Kraft, den Kopf auf dem Kissen zu wenden, und sie sprach leise mit ihm.

»Der Gouverneur bricht morgen auf. Er würde nicht zurück nach Edinburgh reisen, wenn er in Sorge um dich wäre. Ich mag John de Warenne.« Sie zeigte ihm ihre Grübchen. »Ob du es nun glaubst oder nicht – aber ich denke, er ist mit mir einverstanden.«

Jane schmiegte sich an Lynx und bot ihm ihren Busen. Als seine heißen Lippen sich um ihre Brustspitzen schlossen, hörte sie ihn dankbar aufseufzen. Sie wischte ihm den Schweiß der Erschöpfung von der Stirn, dann fuhr sie mit den Fingern durch sein nun sauberes Haar und preßte seinen Kopf an sich.

Das Band zwischen ihnen wurde mit jedem Tag und jeder Nacht stärker. Sie war alles für ihn: Frau, Geliebte, Freundin, Krankenschwester und jetzt auch Mutter. So verbunden fühlte sich Jane, daß sie ein Teil von ihm war, sein Atem, sein Blut, seine Knochen, sein Puls, sein Herzschlag, sein Schmerz, sein Leben. Jane lächelte im Schein der Kerzen, sie fühlte sich übermächtig. Indem er ihr sein völliges Vertrauen geschenkt hatte, verlieh Lynx de Warenne ihr Flügel – zum ersten Mal seit seiner Heimkehr, als sein Leben nur noch an einem seidenen Faden gehangen hatte, kam ihr die Gewißheit, daß ihr geliebter Lynx überleben würde.

Noch zwei Wochen lang ernährte Jane ihn mit Muttermilch; dann versuchte sie es auch mit anderer Nahrung, und wundersamerweise lehnte sein Körper diese nicht ab. Danach nahmen Lynx' Kräfte sehr schnell zu, bald konnte er sich im Bett auf die Seite drehen und schließlich sogar aufsetzen. Auch sprechen konnte er wieder, ohne sich völlig zu verausgaben, und Jane brachte ihm täglich seinen Sohn. Zuerst präsentierte sie ihm stets einen schlafenden kleinen Engel und legte ihn neben seinen Vater; doch als Lynx kräftiger wurde, ließ sie das Kerlchen auf Vaters Bett spielen oder auf dem Boden, wo Lynx ihn beobachten konnte.

Wenn Jane jeden Abend neben Lynx kletterte, trat eine Veränderung ein. Wenn sie ihn zuvor gestützt hatte, hielten sie inzwischen einander in den Armen und ließen sich erst wieder los, wenn die Dunkelheit wich und der Morgen anbrach. Es dauerte auch nicht mehr lange, bis Lynx wieder begann, Ansprüche zu stellen. »Ich möchte frische Luft«, erklärte er eines Morgens im Juni. Jane öffnete die Tür, die auf die Zinnen hinaus führte. »Nein, ich will nach draußen gehen. Thomas!«

Jane befahl Taffy, einen Sessel hinaus auf die Brüstung in den Sonnenschein zu stellen. »Würdet ihr beide Lynx hinaustragen?«

»Helft mir nur auf, ich möchte selbst gehen«, bestimmte Lynx, womit er Janes Vorschlag vom Tisch fegte. Einen Augenblick lang stieg Panik in ihr auf, daß Lynx sie nicht mehr brauchte – doch dann begann sie fröhlich zu lachen. Sie dankte der Sonne, dem Mond und den Sternen am Himmel, daß er den ersten Schritt auf seinem Weg zur Genesung tat. Im Grunde lebte Lynx nur für den

Tag, an dem er niemanden mehr brauchte. Er hungerte und dürstete nach der Welt und danach, daß alle darin auf *ihn* warteten.

Als Thomas ihm in den Sessel half, blickte Lynx zurück zu Jane, die auf der Schwelle stand. »Ist sie nicht wundervoll?«

»In der Tat, Mylord ... sie ist eine Zauberin!«

Marjory und Elizabeth kamen zu ihnen heraus. »Oh, Lynx, es geht dir schon viel besser. Du siehst zwar noch immer mitgenommen aus, aber deine Kräfte regen sich endlich wieder.«

Lynx schien sie gar nicht zu bemerken. Seine Blicke hingen immer noch an Jane. Als sie schließlich in den Sonnenschein hinaustrat, meinte er ehrfürchtig: »Ist sie nicht wunderschön?«

Jory warf die Arme hoch, als gäbe es eine Offenbarung. »Allmächtiger, du bist verliebt!«

Lynx grinste schelmisch. »Wage nicht, es ihr zu sagen.«

Jory rollte mit den Augen und blinzelte dann Elizabeth zu. »Oh, ich schwöre es, meine Lippen sind versiegelt!«

»Das ist auch besser so – vergiß nicht, daß ich auch dein Geheimnis hüte«, versuchte Lynx sie zu erpressen. Als Jane näher kam, streckte er ihr die Hand hin. Sie trat neben ihn und überließ ihm ihre Rechte. Sofort zog er sie an sich, um sie zu küssen. »Dein Duft ist herrlich, er raubt mir die Sinne.«

Seine Schwester lachte Lynx aus. »Keine Sorge, Bruder«, versicherte sie ihm. »Niemand wird dein Geheimnis erraten, nicht in einer Million Jahren!«

»Geheimnis?« fragte Jane unschuldig.

»Oh, hat er dir nichts erzählt? Lynx hat den Schwur der Keuschheit abgelegt, als Sühne für all seine Sünden.«

Jane lachte und erwiderte den Kuß ihres Mannes. »Ich weiß es besser«, flüsterte sie ihm zu.

»Da wir gerade von Sündern sprechen, hier kommt noch einer!« rief Jory, die Robert Bruce entdeckt hatte, der in haarsträubendem Galopp daherpreschte. Marjory hob die Röcke und hüpfte die Stufen außen am Turn hinunter, Elizabeth de Burgh folgte ihr.

»Bitte«, rief Jane ihnen nach, »würdet ihr mir erlauben, Robert als erste zu begrüßen?«

Jory blieb stehen und sah fragend hoch. »Aber natürlich«, gab sie dann liebenswürdig nach. »Wir werden hier inzwischen auf euch warten.«

Jane lief Robert Bruce entgegen, als er die Eingangshalle von Dumfries betrat. Er streckte seine starken Arme aus und zog sie an sich. »Ich konnte nicht früher kommen, liebes Mädchen. Es hat mir beinahe das Herz zerrissen; ich dachte, Lynx wäre zu schwer verletzt und hätte die Grenze zum Tode bereits überschritten. Wie hast du ihn gerettet?«

»Ich glaube, er war dieser Grenze sehr nahe, aber ich besitze heilende Kräfte. Robert, er ist noch lange nicht gesund! Vor lauter Magerkeit hat er auch keine Reserven. Er wird dir seine Schmerzen nicht eingestehen, aber manchmal leidet er immer noch Höllenqualen.«

»Das glaube ich! Und wie geht es dir, meine Schönheit?«

Jane zeigte ihm einen Augenblick lang ihre Grübchen. »Ich bin jetzt Lady de Warenne. Das Eheversprechen meines Mannes hat mir Kräfte verliehen, die mir völlig neu sind.«

»Die du aber immer besessen hast, Jane!«

»Robert, wer ist der Ritter, dessen Augenlid herunterhängt?«

Der Bruce warf ihr einen vorsichtigen Blick zu. »Der Dämon der Rache – sein Todfeind.«

»Um Himmels willen, rück heraus mit der Sprache, wenn ich etwas noch nicht weiß!«

»Es ist Fitz-Waren, John de Warennes Bastard.«

Janes Hand fuhr an ihre Kehle. »Oh, der Allmächtige helfe uns!«

»Soll das heißen, daß Fitz-Waren im Verdacht steht …«

»Ja, aber Lynx hat keine Ahnung. Jory weiß es und John auch. Sie haben nicht mit mir darüber geredet; aber als das herunterhängende Augenlid erwähnt wurde, warfen sie sich auffällig wissende Blicke zu.« Jane legte Robert beide Hände an die Schultern. »Wenn Lynx davon erfährt, wird er sich an ihm rächen wollen, und dazu ist er noch nicht kräftig genug. In der Tat vermute ich, daß das Kriegshandwerk für Lynx Vergangenheit ist.«

Der Bruce faßte unter Janes Kinn und hob es hoch, so daß sie ihn ansehen mußte. »Wünschst du dir das?«

»Oh, nein! Ich möchte, daß er wieder der eiserne Recke wird, der er einmal war. Alles andere wäre für ihn unerträglich.«

»Jane, hör mir zu. Lynx mag im Augenblick körperlich schwach sein, aber mit seinem Verstand ist sicher alles in Ordnung. Glaube mir, er besitzt ein grundsätzliches Recht auf die Wahrheit.«

Als die beiden Männer sich auf den Zinnen umarmten, kämpften alle drei Frauen mit den Tränen.

»Verdammt, ich komme her, um eine Witwe zu trösten, und stelle fest, daß du immer noch im Wege bist«, erklärte Robert.

Lynx grinste. »Ich werde mit dir um sie kämpfen.«

»Unsinn! Deine Tage der Herausforderung sind vorüber.«

»Noch lange nicht!«

Hier unterbrach Jane die beiden. »Wir werden euch einen Augenblick allein lassen. Ich erkenne einen Hahnenkampf, wenn ich einen sehe!«

Marjory ging mit Jane und Elizabeth wieder hinein, doch sie grollte. »Robert tut so, als sei mit Lynx alles in Ordnung!«

»Mein erster Impuls war es auch, Lynx vor Roberts scharfer Zunge zu schützen – aber ich glaube, seine Scherze rütteln ihn ein wenig auf. Ich weiß tief in meinem Herzen, daß der Bruce niemals etwas tun würde, das Lynx schadet, und euch ist das auch klar.«

Lynx sah zu, wie Robert sich hochzog und auf die Mauerbrüstung zwischen zwei Zinnen setzte. »Weil du die Familie von William Douglas als Geiseln genommen hat, konnten wir die Schlacht von Irvine gewinnen. Hast du die ganze Zeit über gewußt, daß du dadurch Douglas auf unsere Seite bringen würdest?«

»Es war meine Hoffnung. Ich komme gerade aus Edinburgh. Der Gouverneur hat mich zum Kommandeur von Lanark ernannt; er möchte sichergehen, daß in dieser Ecke des Landes keine neuen Unruhen mehr entstehen.«

»Wieviel Zeit haben wir gewonnen durch den Sieg von Irvine?«

»Vielleicht ein paar Monate.«

»Gut. Ich werde nämlich den Sommer über brauchen, um mich zu erholen und wieder zu Kräften zu kommen.«

»John de Warenne hat Fitz-Waren und seine Kavallerie nach Norden geschickt, damit er Comyn unterstützt. Den Gerüchten nach hatten die beiden einen schrecklichen Streit, und der Gouverneur soll angedroht haben, ihm seinen Rang abzuerkennen. Gut, daß er weg ist, dachte ich neulich – bis ich nach Hause kam und eine Nachricht meines Bruders Edward aus Carlisle vorfand. Ormsby, der Justitiar, ist nach Carlisle geflohen. Offensichtlich hat Fitz-Waren vor der Schlacht einen seiner Kavallerieoffiziere zu ihm geschickt, um ihn vor Wallaces bevorstehendem Angriff zu warnen.«

»Dieser Judas, der Verräter teilt sich mit Ormsby sein zu Unrecht erworbenes Vermögen und ist wohl gleichzeitig verbündet mit Wallace – wenn er wußte, daß Scone angegriffen werden sollte!«

»Genau, und jetzt hat der Gouverneur, um sich weitere Zwistigkeiten vom Hals zu halten, den Bastard nach Norden geschickt, direkt in das Lager von Wallace.«

»Glaubst du noch immer, daß Comyn und Wallace heimliche Verbündete sind?«

»Was heißt da glauben? Es ist eine Tatsache!«

Lynx runzelte die Stirn. »Du und Comyn und Edward Plantagenet, ihr seid wie drei Hunde, die um den gleichen verdammten Knochen kämpfen.«

»Wenn Schottland blutet, dann blute ich auch. Nur deshalb bin ich geduldig.« Er warf Lynx einen zweifelnden Blick zu. »Ich habe dich erschöpft, du siehst aus wie eine elende Leiche. Komm schon!« Robert half ihm in sein Bett. Jane wartete bereits auf ihn und kümmerte sich um das weitere. »Was, zum Teufel, siehst du eigentlich in diesem Mann? Er ist zu nichts nutze und ist nicht einmal mehr schön!« brummte der Bruce, um seine Besorgnis zu kaschieren.

Jane lächelte. »Vielleicht sieht er im Augenblick nicht besonders gut aus, aber er macht wunderschöne Kinder.«

In der Nacht, nachdem sich die Menschen in Dumfries zur Ruhe begeben hatten, löste Jane den Verband von Lynx' Bauch. Das Narbengebiet war nach wie vor empfindlich. »Ich werde alles offenlassen und dich nicht mehr verbinden. Leider heilt die Wunde nicht so schnell, wie ich es gern hätte; aber das kommt daher, daß dein Körper so erschöpft und ausgelaugt ist. Jetzt dreh dich um, aber ganz vorsichtig«, bat sie ihn.

Jane begann, über seinen Rücken zu streichen, dann schob sie ihm das Haar aus dem Nacken und preßte ihre Fingerspitzen auf seinen Schädel. Danach glitten ihre Hände mit federleichten Berührungen beidseits der Wirbelsäule entlang.

»Lynx, ich habe den ganzen Tag überlegt, ob ich dir etwas enthüllen soll. Du bist bei weitem körperlich noch nicht wieder auf der Höhe – aber Robert hat mir erklärt, daß mit deinem Verstand alles in Ordnung ist. Also werde ich trotz meines Wunsches, dich zu schützen, dir etwas mitteilen – am Ende würdest du mir nie wieder vertrauen, wenn ich es dir vorenthielte.«

»Mein Schatz, du mußtest so hart ringen um mein Vertrauen.« Er griff nach ihrer Hand und hielt sie fest, während sie versuchte, ihm seine Schmerzen zu nehmen. »Wenn es um Fitz-Waren geht, das weiß ich bereits.«

Janes Hals wurde ganz trocken vor Beklommenheit. »Woher?« flüsterte sie.

»Sobald ich einen vernünftigen Satz sprechen konnte, habe ich Thomas und Taffy ausgefragt.«

»Oh, Lynx, bitte versprich mir, daß du nicht ...«

Eilig legte er ihr einen Finger auf die Lippen. »Pst, Liebste! Das einzige, auf das ich mich diesen Sommer über konzentrieren werde, ist meine Wiederherstellung. Und heute werde ich damit anfangen. Sosehr ich deine Massagen auch genieße, so ist dies doch der letzte Tag, an dem du mich damit verwöhnst. Ich will den Schmerz fühlen, muß dagegen ankämpfen. Es wird mich stärker machen.«

»Aber Lynx ...«

»Nein, Jane!« Er zog sie zu sich auf das Bett. »Wenn du etwas streicheln möchtest, dann nimm das hier«, erklärte er schelmisch und führte ihre Hand an seinen Unterleib. Lynx schloß die Augen. »Ach, du große Güte, du bringst mich zum Wahnsinn!«

»Ich möchte dich nicht schwächen«, flüsterte sie.

»Es wird mich mehr stärken und meiner Männlichkeit mehr schmeicheln als alles andere, was du für mich tust«, gestand er ihr.

Jane zog ihr Nachtgewand aus und schlüpfte nackt neben ihn; sie war begeistert, daß Lynx eine Erektion zustande brachte.

»Ich will verdammt sein, wenn dieser Schuft von Bruce mir etwas voraus hat – denn ganz ohne Zweifel fällt er jetzt auch über sie her.«

»Lynx!« schalt Jane und keuchte leise auf. »Sie werden sich lieben.«

Ihr Gemahl dachte einen Augenblick darüber nach, dann antwortete er: »Nein, sie fallen übereinander her ... und dann lieben sie sich.«

Jane fuhr mit der Zungenspitze die Umrisse seines Mundes nach, dann küßte sie ihn. »Du bist schlimm.«

»Hmm, in ein paar Tagen, wenn ich etwas kräftiger bin, werde ich dir den Unterschied zeigen. Es wird sooo schlimm sein, und dann sooo gut!«

Lynx de Warenne wurde zu einem Mann mit einem Hauptziel. Während des restlichen Monats Juni und den ganzen Juli hindurch konzentrierte er sich darauf, seine Kräfte zurückzuerlangen und verlorene Muskeln aufzubauen. Er begann, an den praktischen Aufgaben teilzunehmen, die in Dumfries erledigt werden mußten. Der Lord half Keith Leslie in den Ställen; zuerst fütterte und putzte er die Pferde, später mistete er die Boxen aus. Auf den Wiesen mähte er und türmte das Heu auf. Zwei ganze Wochen verbrachte Lynx in der Schmiede, um alte Waffen zu reparieren und neue zu schmieden. Er lernte allerhand, vom Härten einer Schwertklinge bis zum Beschlagen eines Pferdes.

Lynx schaute zu, wie man Malzbier braute, danach half er, die Fässer zu füllen und aufzustapeln. In der Mühle mahlte er Korn zu Mehl, lud es in Säcke und nähte sie zu. Langsam besserte sich sein Gesundheitszustand, ein Teil seiner Kraft kehrte zurück, und allmählich näherte sich auch sein Gewicht wieder dem früheren, als sich die schwere Arbeit in Muskeln verwandelte.

Lynx wollte sich nie weit von Jane entfernen. Immer wieder unterbrach er seine Arbeit, damit er eine Stunde mit ihr verbringen konnte. Und Jane kam zu ihm, wenn er sich auf den Feldern, in der Schmiede oder in den Ställen betätigte.

Es war für alle in Dumfries deutlich zu sehen, daß Lynx und Jane einander liebten und mit jedem neuen Tag inniger aneinander hingen. Den Krieger mit dem grimmigen Gesicht, der viel älter war als seine Jahre, gab es nicht mehr. In diesem strahlenden Sommer schien es, als wolle er nie aufhören zu lachen, und seine Knappen begannen zu begreifen, daß er ein junger Mann von kaum dreißig Jahren war.

Jane bezauberte ihn. Ihr Bild stand unentwegt vor ihm, Tag und Nacht; wenn sie auch nur mal kurz getrennt waren, verfolgte es ihn. Er entwickelte ein unstillbares Verlangen nach ihr. Wenn er sie in einem Raum entdeckte, mußte er in ihrer Nähe sein. Wenn sie bei ihm war, drängte es ihn, sie zu berühren. Ihre Stimme entzückte ihn, ihr Lachen steckte an.

Lynx war erfüllt von dem Bedürfnis, sie zu beobachten, anzufassen, an ihr zu schnuppern. Er war von Kopf bis Fuß verliebt, zum erstenmal im Leben, und die ganze Welt sollte es erfahren. Ständig stahl er ihr Küsse, neckte sie, kitzelte sie, hob sie hoch und trug sie herum aus reiner Freude, sie in seinen Armen zu halten. Er konnte nicht widerstehen, ihren Hintern zu streicheln oder sie in eine der Boxen des Stalles zu ziehen, um sie zu küssen und zu liebkosen. Sein Werben war wild und unaufhörlich, jeder einzelne Augenblick ein Genuß.

Schließlich, gegen Ende Juli, begann er, seine Fähigkeiten im Kampf zu trainieren, zusammen mit seinen Rittern und den walisischen Bogenschützen. Als er wieder einen sechs Fuß langen Bogen spannen und seine Pfeile mit tödlicher Genauigkeit ins Ziel bringen konnte, befriedigten ihn seine Fortschritte zutiefst. Er ritt mit Jane aus, manchmal entlang der Kiesstrände am Meer, wo sie Steine für ihre Talismane suchte; doch noch öfter durchstreiften sie die Täler mit ihren atemberaubenden Aussichten. Jane führte ihn zu ihrem Waldsee, wo sie zusammen schwammen und sich dann in dem hohen, duftenden Gras liebten.

Jeden Abend verbrachten sie ein paar Stunden mit Lincoln Robert, ehe sie ihn schlafen legten. Sie badeten ihren Sohn und fütterten ihn, spielten mit ihm, gaben sich ganz der Rolle liebevoller Eltern hin. Und später, in dem riesigen Bett mit den dichten Vorhängen, erforschten sie eingehend das geheimnisvolle, bezwingende Band, das sich um Liebende schlingt seit Anbeginn der Welt.

»Ich liebe dich, Jane. Es ist wichtig, daß ich das ausspreche, und noch viel wichtiger, daß du es direkt aus meinem Munde hörst und weißt, daß ich es auch von ganzem Herzen meine.« Die letzten Worte, die er allabendlich wiederholte, waren schon zu einem Ritual geworden. »Jane, wirst du mich immer so lieben wie heute?«

»Ich will, und ich werde!« bestätigte sie aus tiefster Seele.

# 32

An einem Julinachmittag am Waldsee drängte Lynx Jane, ihre Kleidung ganz auszuziehen. Sie hielt ihr Hemd fest und erklärte ihm, daß sie noch nie völlig entblößt geschwommen sei. Jane genoß Lynx' herrliches Werben um sie, und sie gab ihm auch permanent Gelegenheit dazu. Jetzt tat sie so, als zögere sie, und erlaubte ihm dann doch, ihr das Hemd abzustreifen – nun waren beide wie Adam und Eva. Jane lief ins Wasser, Lynx folgte ihr und schwamm schnell hinter ihr her, bis er sie eingeholt hatte.

»Erinnerst du dich an den Luchs, mit dem ich mich angefreundet hatte? Ich habe immer davon geträumt, mich eines Tages mit ihm zusammen hier im See zu tummeln.«

»Du hast mehr Mut als Verstand. Ich will dir zeigen, wie gefährlich es ist, mit einem Luchs zu schwimmen.« Um ihr zu beweisen, wovon er sprach, zog er sie unter die Oberfläche.

Als Jane wieder hochkam, spuckte sie nicht, sondern lächelte nur geheimnisvoll. »Ich weiß, wie gefährlich und wild ein Luchs sein kann«, neckte sie ihn. »Aber ich hatte gehofft, ihn zu zähmen.«

Lynx warf den Kopf zurück und prustete los. »Was, zum Teufel, willst du denn mit einem gezähmten Luchs anfangen?«

»Gar nichts«, stimmte sie ihm zu. »Ich will dich genauso haben, wie du bist, für immer.«

Der hohe Herr zog sie in seine Arme und küßte ihre nassen Augenlider. Dann hob er sie hoch und trug sie aus dem Wasser.

»Du sollst mich nicht tragen. Ich bin viel zu schwer für dich.«

Wieder lachte Lynx. »Du wiegst nicht einmal hundert Pfund, selbst wenn du naß bist, und außerdem ist es für mich ein gutes Training.«

»Ich weiß, an was für ein Training du denkst«, meinte sie anzüglich. »Und ich glaube kaum, daß es dir hilft, Muskeln aufzubauen.«

»Aber natürlich tut es das, fühl doch mal!«

Als er sie in das Gras stellte, schmiegte sie sich an ihn. »Mann aus Eisen«, flüsterte sie an seinen Lippen.

Lynx streckte sich in dem hohen Gras aus und zog sie auf sich. »Laß die Sonne deine Haut trocknen, dann wird sich etwas regen ...«

Jane rieb ihr Gesicht an dem krausen Haar auf seiner Brust und atmete tief seinen Duft ein. »Hm, ich liebe den Geruch von sonnenheißer Haut.«

»Während meiner Bettlägerigkeit war dein Duft immer so rein und frisch in meiner Nase, ich konnte nie genug davon bekommen. Wie ich deinen Duft mag, Jane!« Mit der Zungenspitze leckte er über ihren Hals und dann hinunter bis zu ihren Brüsten, ihre Brustspitzen reckten sich ihm verlockend entgegen. »Ich liebe auch deinen Geschmack, Lady Jane, du machst mich süchtig.«

»Jane, die erste Lady, Mylord.«

»Wie buchstabiert man das, Jane, die Meine?«

»Du bist ganz schön eingebildet, Lynx de Warenne. Ich beginne zu zittern vor der Zukunft, wenn deine ganze Kraft zurückgekehrt ist.«

»Ich werde dich schon erobern!« Lynx rollte sich herum und schob sich über sie, um seine Ankündigung wahr zu machen. Nach seiner erzwungenen Abstinenz war sein Liebesspiel wild und drängend. Lynx merkte deutlich die Heftigkeit seiner Gefühle, als er sie schnell nahm und sie beide zu einem überwältigenden Höhepunkt führte. Er war erstaunt über ihre Reaktion auf seinen maßlosen sexuellen Appetit. Sie flüsterte seinen Namen und legte die Fingerspitzen an seinen Mund, sanft fuhr sie die Umrisse seiner Lippen nach, als könne sie nicht genug von ihm bekommen.

Ihre Berührung erregte ihn aufs neue, sofort, und er drehte sie unter sich herum, so daß sie mit dem Gesicht in dem duftenden Gras lag. Er schob seinen mächtigen Körper über sie und legte die

Hände um ihre herrlichen Brüste. Jane bog ihm den Rücken entgegen, sie hob das Gesäß, und er drang von hinten in sie ein. Bei seinen harten Stößen schrie sie auf, wieder und wieder, bis sich seine Schreie mit ihren mischten und sie einander bebend in den Armen hielten.

Als sie befriedigt waren, schlummerten sie im warmen Sonnenschein ein, die Bienen summten dazu, und ein leichter Wind kühlte sie. Als sich Lynx schließlich wieder bewegte, flüsterte er: »Ich wünschte, unser Sommer würde ewig dauern. Ich hatte keine Ahnung, daß es so aufregend ist, wenn man sich verliebt.«

Jane hob ihren Mund an seinen. »Verliebt?« tat sie ahnungslos.

»Ich habe mich verliebt, das steht fest. Und es wird noch toller ... hoffentlich hört es niemals auf.«

Als sich die große Halle in Dumfries mit Hungrigen füllte, trat Montgomery zu Lynx und warf Jane einen entschuldigenden Blick zu. »Mylord, ich habe eine große Menge Reiter gesehen, die sich von Süden nähert, und bin zum Nachschauen hinausgeritten. Es ist Justitiar Ormsby – er sagt, der Gouverneur habe ihn zu sich bestellt.«

»Das fette Schwein! John muß ihm befohlen haben, sich in Edinburgh gegen die Vorwürfe zu rechtfertigen, die man gegen ihn erhebt.« Lynx verließ die Empore, um mit Jock zu sprechen. »Bereitet Euch auf Gesellschaft vor. Dieser Feigling Ormsby reist zweifellos mit großer Eskorte. Bringt sie unter, so gut Ihr könnt, unsere Männer müssen halt ein wenig zusammenrücken.«

Montgomery mischte sich in die Unterhaltung ein. »Er wird begleitet von einem enormen Troß mit Gepäck und vielen Fußsoldaten.«

»Zum Kreuzdonnerwetter! Sicher steckt John wieder in Schwierigkeiten, die er absichtlich vor mir geheimhält. Jock, wenn sie kommen, laßt die Wagen in den Schloßhof fahren.« Lynx wandte sich an Montgomery. »Die Fußsoldaten werden ihre Zelte auf dem südlichen Grund aufschlagen müssen; aber zuerst schickt bitte eine Botschaft an Robert Bruce.« Lynx kehrte zu Jane und Marjory auf die Empore zurück. »Ihr werdet die Köche anweisen müssen, Berge von Essen vorzubereiten. Ormsby denkt genauso intensiv an seinen unersättlichen Bauch wie an seine unersättliche Börse.«

Jane sprang auf. »Wahrscheinlich möchte er auch ein Bad.«

Lynx faßte sie am Arm und zwang sie sanft, sich wieder hinzusetzen. »Du wirst diese widerliche Ratte nicht baden.«

Jory begann zu lachen. »Oh, bitte, erlaube mir, ihm behilflich zu sein. Ich sterbe vor Neugier, wie er wohl ganz in Natur aussieht.«

»Jory, du hast einen verdammt perversen Sinn für Humor«, zischte ihr Bruder giftig.

Als Ormsby von Lynx de Warenne begrüßt wurde, zeigte er seine Überraschung. »Die Gerüchte sagen, Ihr wärt auf dem Schlachtfeld von Irvine gefallen!«

»Das bin ich auch, aber ich habe mich von dem Fall wieder erholt!«

»Ich schulde den Lords von Warenne sehr viel. Wenn der Gouverneur nicht Fitz-Waren zu mir geschickt hätte, um mich vor dem bevorstehenden Angriff auf Scone zu warnen, wäre ich nicht mit dem Leben davongekommen.«

»Sorgt dafür, daß Ihr dem Gouverneur Eure Dankbarkeit zeigt, William. Ich bin sicher, er wird es Fitz-Waren hoch anrechnen«, meinte Lynx trocken. »Mein Verwalter, Jock Leslie, hat Zimmer für Euch vorbereitet, und nach Eurem Bad warten dampfende Schüsseln in der Halle von Dumfries auf Euch.«

Als Ormsby und seine Ritter zum Essen antraten, war auch Robert Bruce die acht Meilen von Lochmaben herbeigeeilt. Der Justitiar wurde zornig, als er den Bruce sah. »Seid Ihr nicht auch vom Gouverneur gerufen worden?«

»Nein, noch nicht. Aber er weiß, daß meine Männer unterwegs sind und bis zum Forth hinauf für Frieden sorgen.«

»Der Gouverneur hat Bruce zum Kommandeur von Lanark ernannt«, erklärte Lynx.

»Es wird nördlich des Forth Unruhe erwartet«, meinte Bruce.

»Warum denn?« fragte Ormsby mißtrauisch.

»Benutzt den Verstand, den Gott Euch gegeben hat, Mann! Als Andrew de Moray die Revolte in den Highlands anzettelte, hat der König Comyn geschickt, um ihn in Schach zu halten. Comyn ist, bei allen Heiligen, eine größere Bedrohung als de Moray. Obendrein haben sich die beiden nun auch noch verbündet, und fraglos werden sie zu Wallace stoßen.«

»Wallace ist ein Monster! Er hat versucht, mich in Scone gefangenzunehmen. Der würde alles tun, um mich oder den Gouverneur in seine Klauen zu bekommen, so daß er mit dem König einen Handel abschließen kann.«

Eine plötzliche Woge der Angst um John de Warenne hüllte Lynx ein. »Alle Schotten, die in Irvine ihre Clanführer verloren haben, werden zu Wallace stoßen. Ich begleite Euch«, erklärte er Ormsby.

»Der Gouverneur wird auch ohne Euch genug Männer haben. Cressingham ist aus Berwick abberufen worden und Percy aus Roxburgh«, gab Ormsby ihm zu verstehen.

»Du bist noch nicht wieder tauglich für Gefechte«, fügte Robert hinzu.

»Es stimmt, daß meine Kräfte etwas zu wünschen übriglassen, aber ich werde es schon schaffen; und meine Männer sind gut in Form.« Lynx winkte Thomas, Taffy und Montgomery heran und erteilte ihnen seine Anweisungen.

Lynx wartete, bis sie sich zurückgezogen hatten, ehe er Jane verriet, daß er seine Männer nach Edinburgh führen würde. Jane war entsetzt, doch liebte sie ihn viel zu sehr, um ihn auf seinen schwachen Zustand hinzuweisen. Lynx hatte so hart gearbeitet, um seine alte Kraft wiederzuerlangen und seine Muskeln aufzubauen, und hatte auch viel erreicht. Doch war er noch immer zu dünn und keineswegs der unbesiegbare Mann aus Eisen wie vor seiner Begegnung mit dem Tod.

Als Jane nicht protestierte, wußte Lynx, daß sie seinen Stolz schonen wollte, und dafür liebte er sie um so mehr. »Ich möchte nicht, daß du dir unnötige Sorgen machst, meine Liebste. Keine Macht der Welt wird mich davon abhalten, zu dir zurückzukehren.« Sie besaß wirklich magische Eigenschaften. »Du hältst mich in deinem Bann.« Bei ihrer Sinnlichkeit und gleichzeitigen Unschuld war es, als erklänge aus ihr der Gesang der Sirenen, der ihm sagte, was er zu tun habe, und dem gehorchte er blindlings.

Lynx strich ihr die rotgoldenen Löckchen von der Schläfe, dann fuhr er mit der Fingerspitze die Umrisse ihrer Augenbrauen und ihrer Wangenknochen nach. Alles an ihr faszinierte und bezauberte ihn. Dann zog er sie in seine Arme und überschüttete sie mit Küssen.

»Ich führe die Armee nach Stirling, und du kehrst nach Dumfries zurück. Das ist ein Befehl«, erklärte John de Warenne.

»Willst du behaupten, ich wäre nicht in der Lage, in den Kampf zu ziehen?« forderte Lynx ihn zornig heraus.

»Das ist genau das, was ich behaupten will. Schluck deinen übermächtigen Stolz hinunter, und geh nach Hause!«

»Du glaubst, fähiger zu sein als ich? Immerhin bist du bald in den Sechzigern, um Himmels willen«, schrie Lynx seinen Onkel besorgt an.

»Ich kämpfe nicht mehr selbst, sondern gebe Befehle – und dir befehle ich, nach Dumfries zurückzukehren.« John sah, daß Lynx störrisch das Kinn vorschob. »Mein Junge, sehr wahrscheinlich wird es nicht einmal zu einer Auseinandersetzung kommen. Ich werde ihnen meine Bedingungen nennen und sie dazu überreden, sich zu ergeben. Meine Streitmacht besteht aus vierzigtausend Mann. Den besten Dienst kannst du mir erweisen, indem du wieder deine volle Kampfkraft erwirbst. Vielleicht brauche ich sie in nicht allzu ferner Zukunft.«

Zögernd kapitulierte Lynx. Es wäre mehr, als er ertragen könnte, wenn er für seine Männer in der Schlacht eine Last würde. Das Bild von Jane stieg vor seinem inneren Auge auf, und schon jetzt sah er ihre Erleichterung, wenn er mit seiner Truppe in den Schloßhof von Dumfries ritt. Ehe er Edinburgh verließ, ging Lynx zu einem Goldschmied und kaufte ihr einen Ehering. Er wählte ein breites keltisches Bandmuster, das die Ewigkeit des Lebens und der Liebe darstellte – ohne Anfang und ohne Ende.

In dieser Nacht, als er allein auf seiner Bettstatt lag, war es ihm beinahe unmöglich, ohne sie einzuschlafen. Stundenlang warf er sich ruhelos hin und her, bis ihm aus irgendeiner geheimnisvollen Sphäre eine Idee zuflog. Wenn er zurückkehrte, würde er mit ihr in die Kapelle gehen und sie noch einmal heiraten. Diesmal würde er selbst den Eheschwur aussprechen. Als er diesen Entschluß gefaßt hatte, fiel Lynx in einen tiefen, von Glück erfüllten Schlaf.

Daheim erwartete ihn hingegen ein Alptraum. In dem Moment, als Lynx den Stall betrat und die Miene von Keith Leslie erblickte, bereitete er sich auf schlechte Nachrichten vor.

»Die heilige Jungfrau in ihrer Güte muß Euch zurückgeschickt haben, Mylord!«

»Was ist geschehen?« fragte Lynx.

»Kommt mit mir zu meinem Vater. Er hat eine Botschaft für Euch.«

Lynx folgte ihm ins Schloß, ungeduldig, weil der Junge beharrlich schwieg. Als er die Halle betrat, lief ihm Jory in die Arme.

»Gott sei gelobt!« rief sie. »Ich war beinahe schon auf dem Weg nach Edinburgh, um dich zu suchen. Der Bruce ist nach Lanark aufgebrochen, und ich wußte nicht, an wen ich mich wenden sollte.«

»Wird mir endlich jemand mitteilen, was los ist?« verlangte Lynx. Er hob den Blick zur Treppe, auf der Grace Murray stand und seinen Sohn wiegte, während ihr Tränen über die Wangen rannen. »Allmächtiger – Jane!« brüllte er. »Wo ist sie?«

»Das wissen wir nicht!« antwortete Jory hilflos.

Jock erschien mit einem Brief in der Hand. Wie erschlagen folgten Lynx und seine Knappen dem Verwalter in die Schreibstube, wohin Marjory und Keith Leslie sie begleiteten. Lynx streckte die Hand aus und nahm dem bleichen Jock das Pergament ab.

*Übergebt John de Warenne an William Wallace, und Ihr erhaltet Eure Frau unversehrt zurück.*

»Himmel!« murmelte Lynx und fuhr sich durchs Haar, alles Blut war aus seinen Wangen gewichen. »Laß meinen Sohn bewachen«, befahl er Thomas. »Wer hat diese Botschaft überbracht?«

Verzweifelt schüttelte Jock den Kopf. »Es können nur die Hirten gewesen sein, die Ben und Sim kennen.«

Lynx schlug mit der Faust auf den Tisch. »Ich hätte sie hängen sollen! Montgomery! Sucht Ben und Sim Leslie ... sie werden sofort eingesperrt!«

»Ich habe sie bereits im Kerker, Mylord«, meldete Jock knapp.

»Holt sie rauf«, forderte Lynx grimmig. »Jory, du gehst jetzt!«

Marjory öffnete den Mund, um zu protestieren; doch dann überlegte sie es sich. Ganz sicher würde Lynx gewalttätig werden, wenn er keine Antworten bekam.

Als die Brüder Leslie den Raum betraten, bedachte Lynx sie mit einem eisigen Blick aus seinen grünen Augen, dann zog er den Kettenhandschuh aus seinem Waffengürtel und warf ihn auf den Tisch. »Ihr habt mir etwas zu sagen!« Das war keine Frage.

Beide Brüder sprachen gleichzeitig, dann blickten sie verschämt auf. Ben sagte: »Wir fangen am besten ganz von vorn an.«

»Das will ich euch auch raten«, polterte Lynx.

»In den Uplands im Herbst haben wir William Wallaces Aufrufe gehört. Er sprach für die Freiheit von Schottland und hat uns alle beschimpft, daß wir englischen Herren dienen. Seinen Worten nach lebten wir in Sklaverei, und auch wenn wir nicht schlecht behandelt würden, erginge es doch anderen so. Die meisten Engländer sind nicht gerade für großzügige Güte bekannt.«

Sim übernahm das Wort. »Viele sind zu Wallace und seinen Rebellen übergelaufen. Wir nicht, doch wir standen seiner Sache mit Sympathie gegenüber und haben ihm ein paar Schafe gelassen, damit er und seine Männer nicht verhungerten. Später, als die Waffen aus der Schmiede vermißt wurden, wußten wir, wer sie genommen hatte. Eine Gruppe von Schäfern und Rebellen, die schlecht behandelt worden waren, hatte sich zusammengeschlossen, um Wallace zu unterstützen. Im Schutz der Dunkelheit stahlen sie Nahrungsmittel, Waffen – alles, was nicht niet- und nagelfest war. Wir haben unsere Augen vor den Diebstählen verschlossen und so getan, als gingen sie uns nichts an.«

Lynx' Züge verhärteten sich. »Der Nachschubtroß aus Carlisle, der überfallen wurde?«

»Ich schwöre, davon wußten wir nichts«, versicherte Ben. »Erst jetzt ist uns klargeworden, daß wir mit den anderen Schäfern in den Tälern nicht über Dumfries hätten sprechen dürfen.«

»Kommt endlich zur Sache, um Himmels willen!«

Sims Stimme war rauh vor unterdrückter Angst, als er Bericht erstattete. »Zwei Schafhirten, die wir kannten, suchten eine Zuflucht vor ihrem englischen Herrn. Sie schworen uns, daß sie nur knapp dem Tod durch Erhängen entgangen waren. Wir haben sie in meinem Haus versteckt, weil Bens Frau krank ist und Jane sie verarztete. Am nächsten Morgen war Jane verschwunden, und diese Botschaft hing am Burgtor.«

»Das ist alles, was ihr wißt? Woher kamen diese Schafhirten?«

»Aus Torthwald, Mylord.«

Lynx schloß die Augen, um die Gedanken an Fitz-Waren zu vertreiben; doch die bedrohliche Visage seines Cousins stand, ohne zu wanken, vor seinem inneren Auge. »Sperrt sie wieder ein«, befahl Lynx Montgomery. »Und wenn Jane nur ein Haar gekrümmt wird, dann werdet ihr wünschen, ich hätte euch rechtzeitig gehängt.«

Mit dreißig Rittern eilte Lynx in fliegender Hast nach Torthwald. Als man sie nicht sofort einließ, stürmten sie das Schloß und knüpften die Wache am Tor auf.

Es war nur eine kleine Anzahl von Fitz-Warens Männern im Schloß; er hatte sie zurückgelassen zur Bewachung der Schätze, die er aus dem Palast von Scone gestohlen hatte. Lord de Warenne brauchte nicht lange, um die Männer zum Reden zu bringen. Sie gestanden, daß eine rothaarige junge Frau von zwei Schäfern zum Schloß gebracht worden war, doch daß Fitz-Waren sie vor zwei Tagen wegtransportierte. Sie schworen, mit der Entführung nichts zu tun gehabt zu haben. Als Offiziere der Kavallerie seien sie John de Warenne treu ergeben und würden dem Gouverneur niemals in den Rücken fallen. Keine Folter hatte ans Tageslicht befördern können, wo Fitz-Waren steckte.

Der Schmerz, den sie erdulden mußten, war nichts, verglichen mit den Qualen, die Lynx de Warenne durchlitt. Fitz-Waren war der Teufel in Person, und Lynx graute davor, was er Jane antun könnte. Seine einzige Hoffnung lag darin, daß ihm nur eine lebendige Geisel nützte.

De Warenne wollte nicht unter Fitz-Warens Dach bleiben; deshalb schlugen er und seine Männer außerhalb des Schlosses ihre Zelte auf, und sie zündeten ein Lagerfeuer an, um eine Mahlzeit zu kochen. Die Pferde mußten sich ausruhen, ehe die Ritter sich wieder auf die Suche nach William Wallace machen konnten.

Während Lynx am Feuer saß und in die Flammen starrte, rührte er sein Essen kaum an und versuchte, die Teile des Verwirrspiels zu einem Ganzen zusammenzufügen. Er hatte nicht die leiseste Ahnung, wo sich dieser Wallace versteckte. Sein Aufenthaltsort war das bestgehütete Geheimnis der Bevölkerung. Er würde einen Vermittler benötigen, doch niemand fiel ihm ein.

Lynx' einzige Möglichkeit schien es zu sein, wieder zu John de Warennes Armee zu stoßen und sich die Spione des Gouverneurs vorzuknöpfen. Als er seinen Männern eben befehlen wollte, das Lager wieder abzubrechen, kam ihm plötzlich ein Gedanke. Er hatte schon immer vermutet, daß die Kirche von Schottland hinter William Wallace stand. Lynx würde seinen Schwertarm darauf verwetten, daß Robert Wishart, der Bischof von Glasgow, keine Schwierigkeiten haben würde, Verbindung mit Wallace aufzunehmen.

Am Palast des Bischofs ließ de Warenne seine Männer im Hof warten, während er nur mit seinen Knappen um Einlaß bat. Nachdem man ihn eine halbe Stunde hatte warten lassen, packte Lynx einen der Geistlichen an seinem Talar. »Sagt Wishart, daß Lynx de Warenne eine Audienz verlangt. Wenn er nicht sofort hier erscheint, brenne ich ihm das Dach überm Kopf nieder!«

Es dauerte nur wenige Minuten, bis Robert Wishart sich blicken ließ. De Warenne wußte, daß ein Mann, der den Mut hatte, sich Edward Plantagenet zu widersetzen und den Feind des Königs zu unterstützen, sich nicht vor einer Drohung fürchtete. Ohne ein Wort zu sagen, reichte de Warenne dem Bischof das Pergament.

Wishart las die Botschaft. »Ich nehme an, Ihr seid der Erbe des Grafen von Surrey?«

»Der bin ich, und die Dame, die Wallace als Geisel genommen hat, ist meine Frau.«

»Und Ihr wollt, daß die Kirche ihre Herausgabe erbittet, Mylord?«

De Warenne schlug mit der Faust in dem Kettenhandschuh so nachdrücklich auf den geschnitzten Tisch, daß für immer eine Delle in der Platte bleiben würde. »Ich will, daß die Kirche endlich mit der Heuchelei aufhört!«

»Ich habe dem Frieden König Edwards meinen Treueid geschworen. Daher kann ich mich nicht für euch bei William Wallace verwenden«, erklärte Wishart ablehnend.

»Aber Ihr kennt jemanden, der es kann«, entgegnete de Warenne unnachgiebig.

Der Bischof von Glasgow hob nur die Hand. »Kommt morgen wieder, nach Einbruch der Dunkelheit.«

Als Lynx de Warenne am nächsten Abend auf dem Weg zum Palast des Bischofs von Glasgow war, wunderte er sich, daß er die letzten vierundzwanzig Stunden überstanden hatte, ohne Blut zu vergießen. Seine Laune war auf dem Tiefpunkt, ein Felsen der Angst um Jane drückte ihn nieder, und seine Geduld drohte zu reißen.

Mit der Hand am Degen folgte de Warenne einem schwarzgekleideten Priester durch ein Gewirr von Korridoren und betrat schließlich einen nur schwach von einigen Votivkerzen erhellten Raum. Der Priester verschwand, und de Warenne starrte in die Schatten. Eine kräftige Gestalt trat daraus hervor in den Kerzenschein, und er stand von Angesicht zu Angesicht dem Bruce gegenüber.

## 33

Ein unflätiger Fluch entrang sich de Warennes Lippen. »Ich verwünsche dich, Robert. Aber bei deiner Infamie überrascht es mich nicht, daß du dich mit beiden Seiten verbündet hast!«

»Hm – im übrigen offenbare ich meine Position nur wegen Jane.«

»Bring mich noch heute abend zu Wallace. Wenn dieser Schuft ihr irgend etwas angetan hat, ist er ein toter Mann!«

»Ich werde zu ihm gehen und Jane zurückholen. Da du nicht John de Warenne gegen sie eintauschst, bin ich es, der das Lösegeld für sie zahlen muß.«

»O nein, ich entrichte diesen verdammten Preis selbst, und es wird mehr sein, als er je erwartet hat! Bring mich zu ihm!«

»Du bist viel zu aufgebracht. Ein unnötiges Gemetzel wäre das einzige, was dabei herauskommt, wenn du persönlich bei ihm auftauchst.«

»Aber ich komme mit«, beharrte Lynx unnachgiebig.

»Es würde Jane in Gefahr bringen.«

»Das ist sie bereits – es war Fitz-Waren, der sie an Wallace verschachert hat!«

»Dann solltest du dir deine Rache für ihn aufheben«, beschwor der Bruce ihn. »Lynx, ich weiß, du bist ein gewandter Unterhändler – aber in diesem Fall schaffst du es nicht.« Der Bruce wußte, daß mehr als Geld nötig wäre, um Jane freizubekommen, und er wollte nicht, daß Lynx sich in eine moralische Zwickmühle begab.

»Dann werde ich wenigstens als einer deiner Männer auftreten; wenn ich mich unauffällig unter sie mische, erkennt mich niemand.« Als Robert Bruce noch immer nicht überzeugt schien, fügte Lynx hinzu: »Ich schwöre, ich werde stillhalten!«

Der Bruce lachte donnernd auf. »Lügner! Bei der geringsten Provokation würdest du ihm das Messer an die Kehle setzen.«

»Dann wäre es wohl besser, mich nicht zu provozieren.«

»Also gut«, gab Robert, entgegen seiner Überzeugung, nach. »Trage Leder, eine Rüstung und einen Helm. Keine Farben oder Wappen, wir können nicht unter einem Banner daherkommen. In zwei Stunden treffen wir uns an der Great Western Road.«

»So leicht wirst du mich nicht los – ich werde bei dir bleiben.«

Die nächsten beiden Stunden verbrachten sie damit, heimlich eine Wagenladung Silberbarren aus einer der Festungen der Bruces in Glasgow in den Palast des Bischofs zu schaffen. Wishart unterschrieb dem Bruce dafür eine Empfangsbestätigung.

Der Trupp von zehn Männern ritt sechs Meilen entlang des Flusses nach Clydebank, wo sie angehalten und nach der Parole gefragt wurden. Als Robert Bruce die Männer von Wallace beruhigt hatte, daß sie keine Bedrohung darstellten, erlaubte man ihnen, nach Dumbarton weiterzureiten. Lynx war erstaunt, denn der Bezirk von Dumbarton wurde vom Grafen Montieth regiert, der ebenfalls König Edward die Treue geschworen hatte.

Wieder wurden sie angehalten und mußten in der Dunkelheit warten. Als der neue Tag heraufdämmerte, kam ein einzelner Reiter über ein offenes Feld auf sie zugaloppiert, und dem Bruce wurde erlaubt, ihm unbewaffnet gegenüberzutreten.

»Ich habe Euch erwartet«, begann Wallace.

»Ist die Dame unverletzt?«

»Bekommen wir John de Warenne?«

»Das ist unmöglich. Selbst wenn Lynx de Warenne das wollte, könnte er Euch nicht den Gouverneur von Schottland ausliefern. Er wird viel zu gut bewacht.«

»Da ich nun seine Frau gefangenhalte, wird er schon einen Weg finden«, bemerkte Wallace von oben herab.

»Wenn es überhaupt eine Möglichkeit gäbe, den Gouverneur zu fangen, glaubt Ihr dann nicht, daß Fitz-Waren sie längst gefunden hätte – anstatt eine hilflose Frau zu rauben?«

»Wenn Ihr mir den Gouverneur nicht ausliefern wollt, warum seid Ihr dann gekommen?«

»Um einen Preis auszuhandeln ... sobald ich festgestellt habe, daß der Lady nichts zugestoßen ist.« Der Bruce wollte Wallace keinesfalls wittern lassen, daß Jane einen besonderen Platz in seinem Herzen einnahm.

»Was für einen Preis?«

»Fünftausend Sterlinge.« Das war eine gewaltige Summe – genug, um Waffen für eine kleine Armee zu kaufen.

»Hier wird nicht gespaßt, Mann«, wehrte Wallace grimmig ab.

»Ich habe Informationen und auch das Geld! Aber erst müßt Ihr die Lady bringen, damit ich sehe, ob sie unverletzt ist.«

Blasse Augen starrten in dunkle, und der Bruce wußte, daß er nicht der erste sein durfte, der den Blick senkte. Er kam zu dem Schluß, daß vielleicht eine Drohung angebracht wäre. »Sollte Jane de Warenne etwas zugestoßen sein, dann ist es nicht Edward Plantagenet, vor dem Ihr Euch fürchten müßt.«

William Wallace drehte sich im Sattel um, blickte zum Schloß hin und hob einen Arm. »Ich werde sie herausbringen lassen, damit Ihr Euch selbst davon überzeugen könnt – aber dann wird sie wieder zurückgehen.«

Der Bruce wartete schweigend, er war viel besorgter um das, was der Mann hinter ihm anstellen könnte, als wegen dem vor ihm. Kurz darauf brachte eine berittene Wache ein Mädchen auf einem zottigen Pony. Ihr feuerrotes Haar wehte hinter ihr in der frühen Morgenluft. Robert ergriff tiefer Stolz, als er sah, wie sie ihren keltischen Kopf hoch erhoben hielt. Ihr Rücken war kerzengerade. Jane zeigte keine Überraschung; sie mußte wohl ahnen, daß er der geeignetere Unterhändler war als ihr Mann. Dann sah er, daß ihr Blick zu der Gruppe seiner Männer ging, die auf ihn warteten.

Jane hatte ihn sofort entdeckt. Kein anderer saß auf seinem Pferd wie Lynx de Warenne. Ihr innerer Aufruhr, der so gar nicht zu ihrer äußeren Ruhe passen wollte, umwirbelte sie wie ein Strudel. Sie wollte ihn gleichzeitig in ihrer Nähe haben und doch weit weg von diesem schrecklichen Ort sein. Jane fühlte sich hilflos, als sie spürte, wie sein Blick auf ihr ruhte, und sie wußte, er war kurz davor, auf sie zuzurasen. Wenn sie nicht auf der Stelle die Blicke von ihm losriß, würde sie die Kontrolle über sich verlieren.

Also schaute sie hinüber zu Robert, gerade in dem Augenblick, als die Morgensonne emporstieg und sich in seinem Helm spiegelte. Ihr wurde plötzlich schwindlig, und ein eigenartiges Gefühl ergriff sie. Blinzelnd sah sie, daß Robert Bruce eine goldene Krone trug. Beinahe sofort war Jane klar, daß sie eine Vision hatte. Während sie ihn noch anstarrte, stellte sie fest, daß er nicht nur eine Krone trug, sondern zusätzlich eine herrliche Krönungsrobe. Robert Bruce war ein König! Und neben ihm sah Jane eine gekrönte junge Frau – offensichtlich seine Königin. Janes Hand ging zu ihrem Kopf, als wolle sie das Schwindelgefühl beseitigen; im nächsten Moment führte die berittene Wache sie zurück zum Schloß Dumbarton.

Als Lynx de Warenne die kleine, stolze Gestalt seiner Frau auf dem Pony sah, zitterte er vor Erleichterung. Er wollte ihr ein Zeichen geben, doch es gelang ihm gerade noch, sich zurückzuhalten. Der Schweiß rann ihm über den Rücken, so sehr bemühte er sich, ruhig zu bleiben. Während er ihr nachschaute, erfaßte ihn ein Gefühl der Hilflosigkeit, das ihn beinahe überwältigte. Und als er dann sah, wie sie die Hand an ihren Kopf hob, als fühle sie sich nicht wohl, stellte er sich startbereit in seine Steigbügel. Gleich darauf wurde ihm das Herz schwer, als er mit ansehen mußte, daß man sie zurückbrachte, also der Handel noch nicht abgeschlossen war.

William Wallace wartete, bis er seine Geisel wieder in Verwahrung hatte, dann wandte er sich erneut an den Bruce. »Was für Informationen habt Ihr?«

»Das Neueste über John de Warenne! Informationen, die Euch erlauben werden, ihn selbst zu packen, wenn Ihr klug genug seid«, forderte Bruce ihn heraus. »Gilt der Handel?«

»Vielleicht«, meinte Wallace und nickte.

Bruce wußte, daß er nicht weiterkommen würde, wenn er nicht alles riskierte. »Der Gouverneur ist auf seinem Weg nach Stirling. Er kommandiert eine Streitmacht von vierzigtausend Mann.« Bruce sah, daß Wallace den Kopf hob und seine blassen Augen vor Überraschung weit aufriß. »Wenn Ihr zuerst dort seid, könnt Ihr bestimmen, wo die Konfrontation stattfindet. Und noch etwas: es sollte ein leichtes sein, Percys Nachschubtroß zu überfallen – er stößt in Roxburgh zu Cressingham. Das ist alles, was ich biete – außer den fünftausend Sterlingen.«

»Gebt mir zehntausend, und Ihr bekommt die Geisel ... wenn das Geld abgeliefert ist.«

»Das ist es bereits!« Bruce zeigte ihm die Empfangsbestätigung, die von Wishart, dem Bischof von Glasgow, unterschrieben war. Sie lautete auf zehntausend Sterlingen.

»Auch den kennt Ihr also.« Wallace verzog angewidert seine Miene, dann hob er erneut die Hand.

Diesmal sah Robert Bruce, daß Jane allein aus dem Schloß geritten kam. Er reichte William Wallace die Empfangsbestätigung. »Ich werde Euch noch einen Rat gratis geben. Ihr solltet Comyn nicht zu sehr vertrauen. Ihr seid ein Idealist, der aus Vasallen freie

Männer machen will. Comyn verfügt über riesigen Landbesitz – das Ende des Feudalsystems liegt nicht in seinem Interesse.« Robert Bruce nahm die Zügel von Jane, und die beiden trotteten langsam über das Feld auf seine Männer zu.

»Danke, Mylord«, murmelte Jane.

»Mir braucht Ihr nicht zu danken. Es ist Euer Ehemann, der Euch loskaufen mußte; aber Ihr solltet so tun, als würdet Ihr ihn nicht erkennen, bis wir Glasgow erreicht haben; wenn sich herumspricht, daß de Warenne hier ist, haben sie gleich noch eine Geisel.«

Die Ritter de Warennes, die in dem Glasgower Gasthof King's Crag gewartet hatten, jubelten laut, als die Männer in Leder zusammen mit Lady Jane anrückten. Taffy schoß auf Jane zu, um ihr aus dem Sattel zu helfen, und er wurde mit einem zitterigen Lächeln belohnt.

Lynx war komplett überwältigt von seinen Gefühlen, als er auf seine geliebte Frau zuging. Die Zärtlichkeit, die ihn bei ihrem Anblick erfüllte, schnürte ihm den Hals zu, und er konnte nichts sagen. Er drückte ihr einen innigen Kuß auf die Stirn und nahm sie bebend in seine Arme. Von diesem Tag an würde er sie mit Leib und Leben schützen, mit Herz und Seele umsorgen, ohne sie mehr aus den Augen zu lassen.

Lynx bat Taffy, sie nach oben zu bringen, dann umarmte er dankbar Robert Bruce. »Du wirst das Geld sofort zurückbekommen.«

Robert grinste, als er in den Sattel stieg. »Ich dachte, es wäre nicht nötig, knauserig zu sein, da du ja zahlst. Gehabt euch wohl!« Der Bruce wirbelte sein Pferd herum und verschwand im Dunkel.

Lynx de Warenne sprach leise mit Montgomery. »Kommt rein, ich möchte, daß Ihr dem Gouverneur einen Brief überbringt. Er könnte inzwischen schon den halben Weg nach Stirling hinter sich haben.« Lynx schrieb, was geschehen war:

*Fitz-Waren hat meine Frau Jane entführt und sie an William Wallace ausgeliefert, der anbot, sie freizulassen, im Austausch gegen Dich. Ich habe sie zurückbekommen, indem ich ein Lösegeld für sie bezahlte. Aber ich flehe Dich an, Fitz-Waren gegenüber auf der Hut zu sein, der für alle de Warennes eine ständige Bedrohung ist – ganz besonders für Dich. Wallace verfügt über eine Streitmacht von ungefähr zehntausend Mann, die zwischen Clydebank und Dumbarton lagern – demzufolge muß er sich mit Montieth sowie mit de Moray und Comyn verbündet haben.*

Nun kaute er am Ende des Federkiels, als er darüber nachdachte, ob Robert Bruce irgendwelche Informationen über die Pläne des Gouverneurs verraten haben könnte. Er entschied sich, ihn zu warnen:

*Achte auf einen Hinterhalt in Stirling.*

In einer Dachkammer des King's Crag badeten Lynx und Jane zusammen. Der hölzerne Zuber war kaum groß genug für Lynx' lange Beine, doch sie konnten es nicht ertragen, noch einen Augenblick länger getrennt zu sein. Er bildete mit seinen Schenkeln einen Stuhl für sie, und sie lehnte sich gegen seine Brust. »Schmerzt denn deine Wunde nicht mehr?«

»Nein, sogar die Narbe wird schon kleiner.« Lynx wußte, daß Jane jetzt, wo sie in Sicherheit war, ihm die Ereignisse genau schildern würde.

»Die Schafhirten von Torthwald haben mir keine Angst eingejagt, selbst dann nicht, als sie mich fesselten und mir einen Knebel in den Mund steckten. Fitz-Waren war da schon schlimmer. Ich erkannte ihn sofort, als ich ihn erblickte. Am liebsten hätte ich ihn umgebracht für das, was er dir angetan hat; aber ich fürchtete mich vor ihm. Er hat mich nicht angerührt«, versicherte sie ihm schnell. »Statt dessen hat er mir gesagt, er habe Alicia umgebracht, und er würde das gleiche mit mir tun, wenn ich mich gegen ihn wehrte. Doch als er mich dann Wallace übergab, fühlte ich mich einigermaßen sicher.«

*Dieser Bastard hat Alicia umgebracht?* Fitz-Waren war ihm eine stattliche Menge Erklärungen schuldig; doch Lynx brachte das Gespräch jetzt nicht auf Rache, weil Jane das bestimmt aufregen würde. »Gott sei Dank hat John mir befohlen, nach Hause zurückzukehren. Wer weiß, was geschehen wäre ohne mein Erscheinen dort!«

»Du hat doch Sim und Ben nicht aufgehängt, nicht wahr?« fragte Jane bedrückt.

»Ist dir vielleicht bereits eine List eingefallen, mit der du mich dazu bringen könntest, sie zu verschonen?« meinte er provokativ.

Jane kicherte erleichtert und glitt tiefer in das warme Wasser.

Lynx drückte einen Kuß auf ihre Schulter. »Du bist wirklich überaus reizend, wenn du dich zurücklehnst«, flüsterte er – ihre üppigen Brüste, die sich im Wasser bewegten, faszinierten ihn.

Mit unschuldiger Miene griff sie nach unten. »Wo ist denn eigentlich der Schwamm?«

»Das ist er nicht, du kleines Luder!«

Sie genossen das kurze erotische Geplänkel, doch schon bald wurde Lynx wieder nüchtern, als er sich seine Gefühle für diese Frau klarmachte. Erst jetzt, wo er sie beinahe verloren hätte, begriff er zur Gänze, wieviel sie ihm bedeutete. Er trocknete sie vorsichtig ab und trug sie dann zum Bett. »Ich habe etwas für dich, mein Schatz.«

»Oooh, ich liebe Überraschungen«, schnurrte sie, doch als Lynx ihr dann den Ehering reichte, begann Jane zu weinen.

Er zog sie in seine Arme. »Schsch, meine Liebste, unsere glücklichste Zeit liegt noch vor uns.« Er nahm ihr Gesicht in beide Hände und küßte ihr die Tränen von den Wimpern. »Du bist so wunderschön, daß es mir den Atem nimmt.« Er sah sie eindringlich an, und seine Blicke begannen sie zu streicheln. Nie zuvor hatte sie sich so feminin und attraktiv gefühlt.

»Ich liebe dich, Jane. Willst du mich noch einmal heiraten, damit ich den Eheschwur selbst leisten kann?«

»Lynx, das klingt wirklich romantisch!«

»Du weckst soviel in mir. Es gefällt mir, dein Ehemann zu sein – aber ich möchte auch dein Geliebter bleiben.«

Sie hob ihm den Mund entgegen und flüsterte an seinen Lippen, wie glücklich er sie mache.

Nach den ersten Küssen konnte er plötzlich nicht mehr aufhören. Das Liebesspiel seiner Lippen weckte ein Verlangen in ihm, das wie ein Feuersturm durch seine Adern tobte. Er streichelte ihren Körper, ihr Haar, strich über ihren Rücken, liebkoste ihre Brüste und ihren Bauch. Dann schlossen sich seine Hände um ihr Gesäß. »Weißt du eigentlich, daß dein wunderschöner Hintern herzförmig ist?« murmelte er.

Tief erregt, konnte Jane nur noch lächeln. »Ich hatte keine Ahnung, daß dir so etwas überhaupt auffällt.«

»Du liebe Güte, an dir fällt mir alles auf!«

Sie strich mit den Fingerspitzen über seine Brust. »Sag es mir!«

»Deine Wimpern haben goldene Spitzen.« Er küßte ihre Augenlider. »Manchmal, wenn du mich anlächelst und deine Grübchen erscheinen, dann fließt mein Herz über vor Entzücken.« Er nahm eine ihrer Brüste in die Hand und strich mit dem Daumen über die rosige Spitze. »Wenn du merkst, daß ich deinen Busen ansehe, richten sich deine Brustwarzen auf und werden hart wie kleine Rubine.«

Jane keuchte vor Lust, als sie unter seiner Berührung anschwollen.

»Und dein Venushügel!« Seine Hand glitt über ihren Bauch. »Er wird gekrönt von rotgoldenen Löckchen, die sogar den Teufel selbst in Versuchung führen könnten.« Er fuhr mit den Fingern durch die Löckchen, und Janes Erregung steigerte sich ins Unerträgliche.

Sie reagierte so leidenschaftlich auf die anbetenden Worte ihres Mannes, daß ihr Liebesspiel weiter und weiter ging. Sie lösten sich nicht voneinander, selbst dann nicht, als ihre Befriedigung sie erschöpft hatte. Eng umschlungen lagen sie da, Lynx hielt sie schützend in seinen Armen, küßte sie noch immer und hüllte sie mit seiner Liebe ein. Ihr Bedürfnis, eins zu sein, überwältigte sie beide, und Lynx liebte sie zärtlich; er zeigte ihr, wie kostbar sie für ihn war, ehrte sie mit seinem Körper, bis Jane das Gefühl hatte, von Kopf bis Fuß unwiderstehlich zu sein. Es war der glücklichste Augenblick ihres Lebens, und sie bekam die Gewißheit, daß er sie ewig lieben würde.

Später, als sie in Lynx' Armen ruhte, erzählte sie ihm von ihrer Vision. »Ich hatte immer das Gefühl, daß Robert eines Tages König werden wird; aber jetzt bin ich überzeugt davon.«

»Von mir aus kann Robert seinen Anspruch auf den Thron von Schottland getrost geltend machen, wenn die Zeit dafür reif ist – aber er wird mehr brauchen als nur meine Unterstützung.«

»Der einzige Teil meiner Vision, den ich nicht verstehe, ist die Frau an seiner Seite. Es war nicht Jory, sondern die junge Elizabeth de Burgh!«

Lynx lachte und zog Jane an sich. »Bei deiner heiligen Brigantia, wenn Robert die Macht des Grafen von Ulster hinter sich hat, wird er schon sehr bald die Krone von Schottland tragen.«

Noch lange, nachdem Lynx eingeschlafen war, lag Jane in seinen Armen und drehte ihren wunderschönen neuen Ehering an ihrem Finger; dabei dachte sie über das nach, was er gesagt hatte.

John de Warenne führte seine Armee in langsamen Etappen nach Stirling, und Montgomery brachte ihm Lynx' Brief, kurz bevor sie den Antonine Wall überquerten – das Tor zu den Highlands. John las den Brief dreimal, ehe er vollkommen das Ausmaß der Verworfenheit begriff, in der Fitz-Waren versunken war. Sofort erteilte er den Befehl, ihn zu verhaften; er verfluchte sich selbst dafür, seinen Bastard in Wallaces Arme geschickt zu haben. Längst wußte er, was für einen Charakter der Kerl besaß, doch hatte er nie den Mut gehabt, sich das wirklich einzugestehen.

Der Gouverneur nahm noch einmal die Botschaft von Lynx zur Hand, in der dieser ihm mitteilte, daß Wallace eine Streitmacht von zehntausend Mann in Clydebank hinter sich hatte. »Vor wie vielen Tagen ist er Wallace begegnet?« fragte John Montgomery.

»Vor zwei Tagen, Mylord.«

John fluchte. Es würde etwas dauern, bis er mit seinen Truppen in Stirling anlangte. Der Forth wand sich durch das ganze Gebiet und machte den Boden feucht und sumpfig durch die Gezeiten, die in den Fluß strömten. Eine kleine Streitmacht, die nicht von einer schweren Kavallerie oder den Bagagewagen behindert wurde, konnte Stirling leicht vor ihm erreichen. Außerdem setzte Wallace sicher die Rebellen ins Bild, die Moray im Norden anführte. John de Warenne entschied sich, das Tempo zu erhöhen.

In Abbey Ford gelangte der Gouverneur mit seiner Armee über den Forth und schlug sein Lager in der Nähe der Cambuskenneth Abtei auf. Das war bei weitem nicht das letzte Mal, daß er den gewundenen Fluß überqueren mußte, der Stirling und sein altertümliches Schloß schützte; deshalb schickte John seine Kundschafter aus, die herausfinden sollten, wo sich der Feind aufhielt.

Wie befürchtet, war Wallace vor ihm eingetroffen; seine Krieger lagerten am Fuße des Ochil, einer steilen Hügelkette nördlich des Forth. Trotzdem glaubte der erfahrene Diplomat John de Warenne, daß er die Schotten dazu überreden könnte, sich angesichts der enormen englischen Übermacht zu ergeben. Er wußte, daß die Schotten tapfer waren, aber keine gut ausgebildeten Soldaten, und sie besaßen nur unzulängliche Waffen. De Warennes Armee war die beste Truppe der Welt, und sie wurde mit einem ständigen Nachschub an Waffen und Lebensmitteln versorgt – etwas, das Wallaces Armee fehlte.

Als der Gouverneur seinen Unterhändler ausschickte, um mit Wallace zu verhandeln, erhielt er von diesem eine herausfordernde Antwort: *Wir sind nicht hergekommen, um Frieden zu schließen, sondern um zu kämpfen und unser Land zu befreien!* John war ein geduldiger Mann, der sich entschied, langsam vorzugehen und es noch einmal zu versuchen. Cressingham, der Schatzmeister, widersetzte sich seiner Besonnenheit. Er war für schnelle Maßnahmen.

De Warenne erklärte, daß es unmöglich sei, die Anzahl ihrer Feinde zu schätzen, die sich im Dickicht der Ausläufer der Ochil verbargen. Außerdem würde er, um zu ihnen zu gelangen, die Armee über die Stirling-Brücke führen müssen; diese sei so schmal, daß es einen ganzen Tag dauern würde hinüberzugelangen. John mußte immer wieder an Lynx de Warennes Warnung denken: *Achte auf einen Hinterhalt in Stirling!*

Der Gouverneur fragte sich, warum die Brücke noch immer stand. Wallace war zuerst dagewesen, er hätte sie eigentlich zerstören müssen. Oder hatte er sie als Falle unversehrt gelassen? Als de Warenne vorschlug, Kundschafter eine bessere Stelle zur Überquerung des angeschwollenen Flusses suchen zu lassen, warf ihm Cressingham Feigheit vor. »Es hat keinen Zweck, Sir, die Sache noch länger hinauszuschieben und die Mittel des Königs umsonst zu vergeuden. Laßt uns vorrücken und unsere Pflicht erfüllen, wie unsere Order lautet.«

Seine anmaßende Haltung entzweite die Armee. Gegen John de Warennes ausdrückliche Order befahl Cressingham seinen Männern, die Stirling-Brücke zu überqueren. Nach seinen Reitern kamen seine Fußsoldaten und walisische Bogenschützen. Es gab keine Spur von Schotten, und am Vormittag hatte beinahe die halbe englische Armee die Brücke hinter sich.

Plötzlich zerrissen wilde Schlachtrufe von Wallaces Rebellen und den Highlandern de Morays die Luft. Sie kamen von allen Seiten, mit Speeren und Krummäxten, scheinbar nicht zählbare Scharen; sie kämpften barfuß, damit der sumpfige Boden sie nicht aufhielt.

Am anderen Ufer sah de Warenne dem Abschlachten hilflos zu,

als Cressinghams Männer niedergemäht wurden. Der Anführer selbst wurde gleich in den ersten Kampfhandlungen von seinem Pferd geworfen und in dem Getümmel zu Tode getrampelt. Es dauerte nur Minuten, und schon war beinahe die halbe Armee den fanatischen Feinden zum Opfer gefallen. Als de Warenne begriff, daß es nichts mehr zu gewinnen gab, befahl er, die Stirling-Brücke in Brand zu setzen, und zog sich dann mit seinen Leuten zurück.

Nach diesem unglaublichen Sieg jubelte die Bevölkerung von Schottland vor Begeisterung. William Wallace wurde zum Ritter ernannt und zum Hüter des Königreiches. Seine Armee überrannte die Festungen von Stirling und Dundee, eroberte die Schlösser und schwächte die Städte. Die Adligen von Schottland jedoch hielten sich fern von diesem gemeinen Volk, das eine Bedrohung war für ihre ererbte Macht und ihre Privilegien.

## 34

Als Edward Plantagenet von der Niederlage an der Stirling-Brücke und vom Tod seines Schatzmeisters, Hugh de Cressingham, erfuhr, kehrte er sofort aus Frankreich zurück und machte sich daran, sein Heer für eine Wiedereroberung Schottlands zu organisieren.

Robert Bruce stattete Dumfries einen Besuch ab, um Informationen auszutauschen. Er wußte, daß die de Warennes über die Pläne des Königs unterrichtet waren, und wollte ihnen die Nachricht bringen, daß die Streitmacht von Wallace systematisch Ernten zerstörte und Vieh wegtrieb, wo es nur möglich war.

»Edward ist unterwegs, um in Edinburgh mit dem Gouverneur zusammenzutreffen. Er hat die Soldaten vieler Grafen zur Verfügung – Bigod, Bohun und natürlich auch die Iren des Grafen von Ulster«, berichtete Lynx Robert.

»Wenn die riesige Armee erst einmal nördlich von Edinburgh anlangt, werden sie nichts finden als leere Felder und abgebrannte Bauernhöfe. Die Horden von Wallace schicken sogar die Einwohner nach Norden, damit Edwards Soldaten weder Nahrungsmittel noch Hilfe von irgendwelcher Seite bekommen. Sie dringen auch schon in unser Gebiet ein, nur unsere nächtliche Wachsamkeit hält sie noch in Schach.«

Lynx war schockiert über das Ausmaß der Verwüstung. »Wir werden zusammen mit dir zu nächtlichen Wachrunden ausreiten, und ich gebe dem Gouverneur sofort Bescheid. Sind noch andere Adlige zu Wallace übergelaufen?«

Der Bruce schüttelte den Kopf. »Wenigstens nicht offen; nur de Moray, Montieth und Comyn haben sich mit ihm verbündet.«

»Diesmal sind ihre Chancen nicht so groß.«

»Mein Land wird zerrissen, sowohl von den Engländern als auch von den Schotten«, beschwerte Robert Bruce sich. »Nie zuvor in der Geschichte hat es eine Epoche gegeben mit soviel Betrug, Verrat und Lügen, Stolz und Habgier! Das Resultat ist gedankenlose Vernichtung. Ich wünschte, es wäre anders. Unser gemeinsames Ziel sollte die Vereinigung sein.«

Die Damen, die gekommen waren, um den Bruce zu begrüßen, bekamen gerade noch seinen letzten Satz mit. Nie zuvor hatte soviel Bitterkeit in seinen Worten gelegen. »Armer Robert«, meinte Jory mit aufrichtigem Verständnis. »Du wünschst dir, daß die Engländer alle aus deinem Land verschwinden, nicht wahr?«

»Das tue ich wirklich, Anwesende natürlich ausgenommen.«

»Und wie steht es mit den Iren?« fragte Elizabeth de Burgh.

Robert zauste ihre dunklen Locken. »Die Schotten hassen nur die Engländer, nicht die Iren; wahrscheinlich aus dem Grund, weil das gleiche keltische Blut in unseren Adern fließt.«

»Elizabeth ist aufgeregt, weil ihr Vater den König begleitet«, berichtete ihm Jory.

»Ich hoffe, er wird nicht vor lauter Arbeit wieder einen Besuch vergessen«, meinte Elizabeth sehnsüchtig.

»Wir werden ihn einladen, in Dumfries zu wohnen«, schlug Jane vor und blickte fragend zu Lynx. »Der König wird zu viele Menschen mitbringen, als daß John sie alle in Edinburgh unterbringen könnte.«

»Auch ich muß Edward die Gastfreundschaft von Lochmaben und Caerlaverock anbieten, wenn ich Wert darauf lege, die beiden Schlösser zu behalten«, überlegte Robert.

»John wird froh sein, daß er sich auf deine Loyalität verlassen kann.«

»Hat er Fitz-Waren bereits verhaftet?« wollte Robert wissen.

Lynx schüttelte den Kopf. »Zwei meiner Ritter überwachen Torthwald; aber es scheint so, als wäre dieser Bastard von der Erdoberfläche verschwunden.«

»Laßt uns nicht von ihm sprechen!« bat Jane. »Lynx hat sich mittlerweile vollständig erholt; das ist alles, was jetzt zählt, wenigstens für mich.«

»Wenn du es so sagst, hast du ihn meiner Ansicht nach viel zu gut gefüttert, Jane. Er wird fett.«

»Das sind alles harte Muskeln!« widersprach Lynx. »Du brauchst deswegen nicht gleich neidisch zu sein, Robert.«

Janes Grübchen zeigten sich. »Wirst du die Nacht über hierbleiben, Mylord?«

»Na schön, überredet!« Bruce zwinkerte ihr zu, die ganze Bitterkeit war aus seiner Stimme verschwunden.

»Komm mit in die Waffenkammer, ich möchte dir ein Panzerhemd zeigen, an dem wir arbeiten. Anstatt schwerer Eisenringe haben wir ein gewobenes Metallgemisch erfunden, das beinahe unmöglich zu durchdringen ist.«

Im gleichen Augenblick, als die Männer gegangen waren, rannten Elizabeth und Jory los, um sich ihre hübschesten Kleider anzuziehen. Jane folgte Marjory in ihre Gemächer im Turm und setzte sich auf das Bett, während Jory ihre umfangreiche Garderobe inspizierte. »Ich kann den Gedanken nicht ertragen, daß Lynx wieder in die Schlacht zieht ... es macht mir angst!«

»Meine Liebe, du darfst ihm nie zeigen, wieviel Angst du wirklich um ihn hast. Laß ihn glauben, daß er unbesiegbar ist.«

»Ich liebe ihn so sehr! Warum führen sie nur permanent Krieg?«

»Jane, Kriege werden geführt, um sie zu gewinnen, und ohne Gewalt geht das nicht.«

»Jory, liebst du Robert?«

»Natürlich liebe ich ihn – aber eines Tages wird er den Anspruch auf die schottische Krone erheben. Das macht mir schreckliche Sorgen; aber ich würde nicht im Traum daran denken, ihn aufzuhalten. Robert glaubt an sein Schicksal – so bleibt mir auch nichts anderes übrig!«

Jane dachte an ihre Vision, deshalb fragte sie vorsichtig: »Möchtest du seine Königin sein?«

Jory legte das Kleid, das sie ausgesucht hatte, über eine Stuhllehne und setzte sich dann neben Jane. »Ich weiß, daß das nie möglich sein kann. Die Schotten würden unter gar keinen Umständen eine englische Königin akzeptieren.«

»Und trotzdem möchtest du, daß er König wird?«

»Jawohl! Ich würde ihm in jeder Weise helfen, sein Ziel zu erreichen.«

»Liebst du ihn denn genug für ein so großes Opfer?« fragte Jane leise.

»Ich liebe ihn mehr als mein Leben!« erklärte Jory leidenschaftlich.

»Ich weiß, daß Robert Bruce das geheime Einverständnis einiger schottischer Grafen besitzt; aber wenn er auch noch die Macht Edward de Burghs, des Grafen von Ulster, hinter sich hätte, könnte er die Krone erringen.«

»Du hast recht, Jane. Oh, wäre das nicht wundervoll? Wenn doch nur der Graf von Ulster dazu gebracht werden könnte, Robert zu unterstützen!«

Jane zögerte einen Augenblick, ehe sie weitersprach. »Wenn Robert eine Verlobung anbieten würde und verspräche, de Burghs

Tochter Elizabeth zu seiner Königin zu machen, würde sicher ganz Ulster seine Thronansprüche befürworten.«

Jorys Augen weiteten sich, alles Blut wich aus ihrem Gesicht, und sie war so weiß wie das Laken, auf dem sie saß.

An diesem Abend wurde in der Halle nur vom Krieg geredet. »Edward hat dem Gouverneur gesagt, daß es sein oberstes Ziel ist, Wallace auszuschalten. Er bietet eine Belohnung in Geld und Land jedem Adligen, der ihn dabei unterstützt, den Flüchtigen zu fangen.«

»Der König ist ein bösartiges Genie, wenn es darum geht, erst zu geben und dann zu nehmen. Am allerliebsten kämpft er mittels Bestechung, entweder durch Landgeschenke oder durch das Erlassen von Schulden«, erläuterte Robert. »Ich weiß es ... auch bei mir hat er es schließlich oft genug versucht.«

Um die Männer abzulenken, brachte Jane Lincoln Robert in die Halle. Sie fütterte ihn mit Pudding, und die Zuschauer wunderten sich über den Appetit des Kindes.

»Er braucht etwas Kräftigeres als Breinahrung«, entschied Lynx und reichte seinem Sohn eine Brotkruste. Als Lincoln Robert entzückt darauf herumzukauen begann und sich über und über mit feuchten Krümeln bedeckte, schmunzelten die Männer vergnügt.

Jane war es nicht entgangen, daß Jory sich während des ganzen Mahls ungewöhnlich still verhielt. Im Schein der Kerzen war ihr schmales Gesicht überschattet, dunkle Ringe lagen unter ihren wunderschönen Augen; voller Mitleid schaute Jane auf ihre liebste Freundin. Dann wurde Janes Blick von ihrem Mann angezogen, der seiner Schwester in Haar- und Augenfarbe so ähnelte. Doch hier endete auch schon die Ähnlichkeit. Lynx' Körper drückte Kraft und Stärke aus. Er war zwar noch nicht so robust wie zuvor, trotzdem dankte Jane Gott inbrünstig für seine Genesung.

Sie sah liebevoll zu, wie Lynx sein Baby auf seine Schultern setzte und mit ihm zur Treppe galoppierte, während Lincoln Robert die Fäuste im Haar seines Vaters vergrub und vor Begeisterung gluckste. Jory hat recht, wie immer, entschied Jane. Sie mußte ihre Angst für sich behalten und so tun, als sei Lynx absolut Herr der Lage.

Stunden später lag der Bruce erschöpft im Damenturm von Dumfries und hielt Jory, die auf ihm lag, in seinen Armen. »Du warst so wild wie eine Tigerin heute abend, mein Schatz. Gibt es einen Grund für solche Leidenschaft?«

»Wirst du dem Ruf zu den Waffen folgen?«

»Der Gedanke, mich zu verlieren, macht dich unersättlich?«

»So ungefähr«, gestand sie und biß ihn in die Schulter.

»Man braucht mich, um Galloway, Annandale und Lanark zu bewachen, denn sonst werden Wallaces Räuber bei ihren Überfällen auch noch die Lowlands niederbrennen. Sehr wahrscheinlich werde ich gar nicht in die Schlacht ziehen müssen.«

»Ich rede nicht davon, dich in der Schlacht zu verlieren.«

»Aber wie solltest du mich denn sonst verlieren?« fragte er und strich eine Strähne ihres weißblonden Haares von seinem Arm.

»Du weißt genau wie ich, daß unsere Trennung unvermeidlich ist.«

Er legte einen seiner kräftigen Finger unter ihr Kinn und zwang sie, ihm in die Augen zu sehen. »Du hattest bisher nie Schwierigkeiten, die Zukunft von dir zu schieben und die Gegenwart zu genießen.«

»Robert, es gibt eine Möglichkeit, deinen Anspruch auf die Krone zu untermauern«, erklärte ihm Jory gepreßt. »Wenn der Graf von Ulster dich unterstützen würde ...«

»Liebling, de Burgh besitzt halb Irland, wenn es nach seinen Absichten und Zielen geht, ist er selbst ein König. Was könnte ich ihm möglicherweise bieten, was er nicht schon hat?«

»Dich als Schwiegersohn«, flüsterte sie. »Das ist ein Angebot, das kein Vater ablehnen würde.«

»Elizabeth ist noch ein Kind!«

»Wenn du für einen Augenblick aufhören würdest, nur mich anzusehen, mein Schatz, würdest du feststellen, daß Elizabeth an der Schwelle steht, eine Frau zu werden, und daß sie schon jetzt schrecklich in dich verliebt ist.«

»Das reicht«, sagte er und erstickte ihre weiteren Worte in einem langen, drängenden Kuß.

»Versprich mir, daß du darüber nachdenken wirst.«

»Jory, meine große Liebe, du weißt selbstverständlich, daß mir das jetzt kaum noch aus dem Kopf geht.«

Im Turm gegenüber hatte Jane zwei Gläser Wein getrunken, um sich Mut zu machen; jetzt war sie in einer lustigen Stimmung, wo sie fast über jedes Wort von Lynx lachen konnte.

»Du bist heute abend sehr fröhlich, und ich hatte Tränen erwartet bei dem Gedanken, daß ich wieder in den Krieg ziehen könnte.«

»Ach was, um dich braucht man keine Angst zu haben.« Sie stieß ihn auf das Bett und fuhr mit den Händen über seine nackten Beine. »Du hast Muskeln aus Eisen, ich würde wetten, du könntest mit deinen Schenkeln eine Walnuß knacken. Du liebe Zeit, allein die Vorstellung macht mich vor Verlangen ganz schwach.«

»Du warst viel zu lange in Jorys Nähe. Du wirst noch zu einem oberflächlichen, selbstsüchtigen kleinen Biest, das an nichts anderes denkt als an sein Vergnügen«, tadelte er sie blinzelnd.

Jane hockte sich hin, ihre Augen waren so rund wie die einer Eule. »Du irrst dich, Lynx … wirst schon sehen … Jory ist zu völliger Selbstlosigkeit fähig. Sie war immer so großzügig mir gegenüber, und ich bete sie an.« Eine Träne rann über ihre Wange.

»Und ich bete dich an«, schwor Lynx; ihm wurde klar, daß sich unter Janes Lachen Traurigkeit verbarg. »Ich weiß, was du brauchst, um diese dummen Tränen zu vertreiben.«

»Was denn?«

»Ein verdammt gutes Liebesspiel.«

Der Wein hatte seine Wirkung doch nicht verfehlt, und Jane begann zu kichern.

»Was ist denn daran wieder komisch?«

»Ich denke an unsere erste gemeinsame Nacht, gleich nachdem wir die Probezeit eingegangen waren – und an meine entsetzliche Unerfahrenheit. Du warst auch so förmlich und steif!«

»So steif nun wieder nicht«, behauptete er und zog ihre Hand an seinen Unterleib. Ihre Finger machten schlimme Dinge mit ihm, und auch wenn er sich Mühe gab – er konnte nicht verstehen, wie er je zu leben vermocht hatte ohne diese kleine Hexe.

»Laß uns Hengst und Stute spielen«, forderte sie ihn auf, verwuschelte sein Haar und knabberte genüßlich an seinem Ohrläppchen. Ihr Liebesspiel dauerte Stunden, in denen es Lynx de Warenne wirklich gelang, alle Tränen seiner Frau zu vertreiben.

In Edinburgh hielt Edward Plantagenet Kriegsrat mit seinen Generälen über die Strategie. Genau wie John de Warenne ging auch der König bereits auf die Sechziger zu, und die Jahre forderten ihren Tribut.

»Die Anzahl der Soldaten des Gegners ist nicht so wichtig wie ihre Waffen. Wie gut ausgerüstet sind sie?«

»Als ich das letzte Mal gegen die Schotten kämpfte, waren sie Wilde mit nackten Hintern«, berichtete Bigod.

»Seitdem ist es ihnen gelungen, sich bessere Ausrüstungen zu beschaffen, und die meisten davon gehören uns«, ergänzte John de Warenne.

»Wie?« fragte Edward.

»Sire, sie plündern die Schlachtfelder wie die Raben, rauben den Toten Rüstungen und Waffen; sie überfallen auch Waffenlager, und Wallace ist der Schrecken unserer Nachschublieferungen.«

»Bei wem denn genau?« verlangte Edward zu wissen, und der Blick aus seinen eindringlich blauen Augen suchte im Raum nach Schuldigen.

Percy blickte verlegen vor sich hin; er hatte bereits drei Lieferungen verloren. Rasch schaltete sich John de Warenne wieder ein. »Sire, ihre Hauptwaffe ist der zwölf Fuß lange Speer, der unsere Ritter tödlich trifft.«

Lynx de Warenne war der Meinung, daß der König sich zu sehr auf seine Kavallerie verließ, wenn es doch so viele nützliche Alternativen gab. Aber da er eine große Kompanie der schweren Kavallerie befehligte, würde er wie ein Feigling klingen, wenn er andere Einheiten vorschlug. Trotzdem meldete er sich zu Wort. »Sire, ich habe festgestellt, daß meine walisischen Bogenschützen wesentlich effektiver sind gegen die Schotten. Sie erleiden weniger Verluste, weil sie aus größerer Entfernung kämpfen können. Ihre Langbogen können die Pfeile dreimal schneller abschießen als die normale Armbrust – eine sehr wirksame Waffe gegen einen Feind, dessen Soldaten Werg unter ihr Wams stopfen, um sich zu schützen.«

Der König, der für seine Sturheit bekannt war, widersprach. »Ich habe mich immer auf meine Kavallerie verlassen. Es ist das stärkste Kontingent, um einen Krieg zu gewinnen.«

»In Frankreich sicher, aber in Schottland, wo sich Sumpf und Moos meilenweit erstrecken, kann eine schwere Kavallerie bis zu den Knien im Boden einsinken und sich als zu unbeweglich erweisen.«

»Wir werden einige der Waliser in die vorderen Reihen stellen, vor die Kavallerie«, meinte Edward.

»Nein, Sir«, widersprach Lynx de Warenne. »Die Kavallerie würde sie niedertrampeln.« De Warenne wußte, daß der englische König nichts dagegen hätte, seine englischen Truppen zu opfern, wenn er damit gleichzeitig auch die Schotten vernichtete. »Die Waliser müssen eine eigene Flanke haben.«

Edward starrte ihn an. »Ich habe Gerüchte gehört, daß Ihr in der Schlacht umgekommen seid.«

»Das war übertrieben, Sire!«

»Habt Ihr den Bericht des Bruce gelesen, daß das Land im

Norden niedergebrannt ist, Euer Majestät?« lenkte John de Warenne rasch ab.

»Wir können nur hoffen, daß auch diese Berichte übertrieben sind. Ich habe befohlen, daß auf jeden Fall Nachschub aus Carlisle geschickt wird; deshalb sehe ich keinen Grund, warum wir nicht vorwärts drängen sollten.«

Als der König eine Botschaft des Grafen Angus erhielt, daß Wallaces Armee in der Nähe von Falkirk ihr Lager aufgeschlagen habe, gab Edward Plantagenet den Befehl zum Abmarsch. Edward und seine Generäle stellten sehr schnell fest, daß die Berichte des Bruce der Wahrheit entsprachen. Die Engländer sahen auf ihrem Weg nichts anderes als niedergebrannte Felder und zerstörte Städte.

Als sie Linlithgow erreichten, ein paar Meilen vor Falkirk, war das Futter für die Pferde aufgebraucht. Die Engländer errichteten in der Dunkelheit ihr Lager, rollten sich in ihre Decken und legten sich überall dort zum Schlaf nieder, wo sie ein trockenes Plätzchen fanden.

Edward Plantagenet tat es seinen Kriegern gleich, er war zu stolz, um sein Zelt aufschlagen zu lassen, wenn seine Generäle auf dem Erdboden schliefen. Mitten in der Nacht trat Edwards unruhiges Kriegsroß auf ihn und brach ihm eine Rippe. Besorgnis entstand unter seinen Führern. Einige schlugen sogar vor, sie sollten ihre Pläne ändern und nach Edinburgh zurückkehren.

Der König weigerte sich störrisch. Seine Ärzte verbanden ihn, dann stieg er in seine Rüstung und setzte sich auf sein Pferd. Wie ein Stock saß er im Sattel, John de Warenne war an seiner Seite. Er rief noch vor Tagesanbruch den Marschbefehl aus, und die Armee bewegte sich im Schneckentempo vorwärts.

Als der Morgen heraufdämmerte, entdeckten sie Wallaces Armee vor sich auf einem hohen Bergrücken. Der schottische Anführer hatte seine Männer in kreisförmigen Gruppen aufgestellt, die Speerträger standen außen, und innerhalb der Kreise standen weitere Fußsoldaten, um die Plätze derer einzunehmen, die gefallen waren. Zwischen diesen Gruppen hatten sich schottische Bogenschützen postiert, die mit veralteten Bogen und Pfeilen ausgerüstet waren. Die Kavallerie, angeführt von John Comyn, wurde in Wartestellung gehalten.

Der König von England saß schmerzgeplagt auf seinem Roß; er haßte Wallace ingrimmig, weil er die Abhänge besetzt hielt, und demzufolge seine eigenen Streitkräfte bergauf kämpfen mußten. Und alles noch viel schlimmer machten Lynx de Warennes beinahe prophetische Worte – ein weites, dunkles Sumpfgebiet erstreckte sich vor ihnen. Die englische Armee mußte sich teilen und es rechts und links umrunden – doch die walisischen Bogenschützen bewiesen ihre Stärke. Ihre mächtigen Langbogen ließen die Pfeile den Berg hinauffliegen, und sie gingen über die Gruppen der Krieger nieder wie Hagelschauer.

Als die Schotten zu wanken begannen, floh Comyns Kavallerie vom Schlachtfeld. Der König von England, der mittlerweile vor Schmerzen ganz grau im Gesicht war, befahl seiner eigenen Reiterei, das Sumpfgebiet weit zu umgehen und die Soldaten von hinten anzugreifen.

Die geschlagenen Schotten flohen über die bewaldeten Hügel hinter Falkirk – doch erst, als bereits zehntausend von ihnen als Leichen das Schlachtfeld bedeckten. Dann erhielt Edward die Nachricht, daß William Wallace nicht unter den Toten sei, und er schwor, ihn zu verfolgen, bis er seinen Feind dingfest gemacht hätte; doch wo die englische Armee auch hinmarschierte, sie fand nichts als verwüstetes Land.

Edward Plantagenet, dessen Gesundheitszustand jetzt sehr zu wünschen übrigließ und der eine hungernde Armee befehligte, beschloß, sich nach Carlisle auf die englische Seite der Grenze zurückzuziehen. Wallace wurde zum Geächteten erklärt und weitere Haftbefehle verließen schon sehr bald Carlisle trotz des herrscherlichen Siechtums. Montieth und Comyn gehörten zu den Männern, derer der König unbedingt habhaft werden wollte.

Es dauerte nicht lange, bis Comyn Edward versöhnliche Botschaften zukommen ließ, in denen er die Rolle beschönigte, die er beim englischen Sieg über Wallace gespielt hatte. Nach sorgfältiger Überlegung begnadigte der taktisch geschickte Edward Comyn, weil er, wenn er diesen erst einmal gefangennähme und köpfte, damit für Robert Bruce den Weg zum Thron von Schottland frei machen würde.

Der Graf von Montieth hatte nicht damit gerechnet, auf der Seite der Verlierer zu stehen. Er tauchte unter und war erstaunt über die Anzahl der schottischen Adligen, die zuvor gegen den englischen König gewesen waren und nun darin wetteiferten, William Wallaces Namen und seine Führungsqualitäten schlechtzumachen. Montieth verfolgte jeden Schritt Comyns, als dieser sich anbot, Edward Plantagenet bei sich aufzunehmen, zum Ausgleich für seine Begnadigung.

Der listige Graf von Montieth folgte dem Beispiel Comyns und trat in Geheimverhandlungen mit Edward Plantagenet. Als Gegenleistung für seinen Straferlaß und seine Wiedereinsetzung als Gouverneur von Dumbarton und der Grafschaft von Lennox versprach der Graf von Montieth, dem König William Wallace auszuliefern.

## 35

»Stimmt es wirklich, daß der König stirbt?« fragte Lynx de Warenne Robert Bruce, der gerade vom Schloß Carlisle zurückkehrte.

»Das Glück werden wir wohl nicht haben«, meinte Robert sarkastisch.

»Aber hat er nicht nach Prinz Edward geschickt?«

»Ja, der König hatte einen Schlaganfall, und sein Sohn ist sofort gekommen. Ich habe in meinem ganzen Leben noch nie einen so verdammt jämmerlichen Prinzen gesehen!« höhnte Robert weiterhin respektlos.

»Der junge Edward war schon immer verwöhnt und verweichlicht; aber ich bin ihm seit ein paar Jahren nicht mehr begegnet. Man hoffte, er würde sich bessern mit dem Alter.«

»Er hat nicht das Zeug dazu, König zu werden – ein unreifer Stutzer, der sich mit männlichen Liebhabern umgibt. Edward müßte eigentlich verrückt werden, wenn er sich seinen Erben anschaut.«

»Ein so schwächlicher Herrscher würde die Dinge für dich wesentlich erleichtern«, meinte Lynx ruhig.

»Aye, ich würde mich mehr vor dem Skelett des toten Vaters fürchten als vor dem lebendigen Sohn!«

»Der Gouverneur liegt oben im Bett mit Schüttelfrost, er hustet sich die Lunge aus dem Leib. Gestern kam er mit der Nachricht an, es gehe das Gerücht, Wallace wäre gefangen worden.«

Auf Robert Bruces Zügen malte sich Bestürzung. »Das ist es also, was Plantagenets schnelle Genesung verursacht hat! Dem König geht es plötzlich gut genug für die Rückkehr nach London.«

»Wenn es stimmt, dann wird Wallace vor Gericht gestellt und zum Tode verurteilt. Für den Feind des Königs wird es keine Begnadigung geben«, vermutete Lynx.

»Welch ein Jammer, daß ein so tapferer und mutiger Krieger verurteilt wird, während falsche Verräter wie Comyn es sich gutgehen lassen und ihren Reichtum vermehren«, meinte Bruce bitter.

»Vielleicht liegt es an unserer gegenwärtigen Situation«, lautete Lynx' ruhige Antwort.

Bruce zog seine dunklen Augenbrauen zusammen und dachte über die Worte seines Freundes nach.

»Die Schotten werden niemals die englische Herrschaft akzeptieren, und auch die Kirche von Schottland wird sich nicht unterwerfen. Irgend jemand wird kommen und den Platz von Wallace übernehmen – die Schlachten werden weitergehen, bis Edward tot ist. Und dann verliert sein Sohn all das, was der Vater gewonnen hat, und das Kämpfen und Töten ist völlig umsonst gewesen. Ich bin es müde, Krieg zu führen«, fuhr Lynx bitter fort.

»Wenn ich gegen den König zu den Waffen greifen würde«, fragte Robert leise, »würdest du dich dann gegen mich stellen?«

Lynx schüttelte den Kopf. »Am liebsten möchte ich auf meinen Landsitz in England zurückkehren.«

Bruce blickte zur Treppe, die nach oben führte. »Und der Gouverneur?«

»Seine Gesundheit macht ihm zu schaffen. Ich denke, ich könnte ihn dazu überreden, sein Amt hier aufzugeben und sich nach England zurückzuziehen.«

Jory, die ihrem Onkel vorgelesen hatte, kam nach unten zu den beiden Männern. Sie blickte in Roberts Gesicht und fragte sich, ob er schon eine Entscheidung getroffen hatte in der Angelegenheit, die sie besprochen hatten. Seine Miene war düster und verschlossen, verriet ihr nichts von seinen Gefühlen.

Robert griff nach seinen Reithandschuhen. »Ich kann nicht bleiben. Würdest du mich ein Stück begleiten, Jory?«

»Aber gern, Mylord.« Sie begann zu strahlen und tat so, als sei alles eitel Sonnenschein.

Im Stall zäumte Bruce Jorys Pferd auf und hob sie in den Sattel. Ohne ein Wort galoppierten sie dann schnell davon, bis sie hinter den dichten Bäumen verschwunden waren. Dort zogen sie die Zügel an, sprangen ab und fielen einander in die Arme. Er küßte sie, bis ihre Lippen brannten. Schließlich zog sich Jory ein wenig von ihm zurück.

»Hast du mit de Burgh gesprochen?«

Er schaute sie tieftraurig an. »Meine Liebste, warum drängst du mich zu einer Trennung, wo du doch eine so große Zuneigung für mich hegst?«

»Weil ich möchte, daß du dein Schicksal erfüllst! Laß mich dieses edelmütige Opfer bringen. Hast du mit de Burgh gesprochen?«

»Ja. Ich habe diese Angelegenheit allerdings nicht erwähnt, ihn jedoch nach Lochmaben eingeladen.«

Jory stellte sich auf Zehenspitzen, um ihn noch einmal zu küssen. »Ich liebe dich so sehr; du tust das Richtige, Robert.«

Er schlang die Arme um sie und hielt sie lange fest. »Du riechst immer nach Sommerblumen«, murmelte er.

»Sommerblumen passen auch zu mir.«

Sein Gesicht war bekümmert, als er in sein Wams griff. »Wirst du diesen Brief Elizabeth geben? Er ist von ihrem Vater, der sie bittet, zu ihm nach Lochmaben zu kommen.«

Jory nahm den Brief und lächelte ihn holdselig an. Das war besser, als den Schrei auszustoßen, der sich aus ihrem Hals lösen wollte.

Jane nahm den kalten Ziegelstein von de Warennes Füßen und ersetzte ihn durch einen heißen. Dann gab sie ihm eine großzügige Dosis des Sirups, den sie aus Ehrenpreis und Angelika gemacht hatte, um seinen Husten zu lindern.

»Du bist ein Engel der Barmherzigkeit, meine Liebe, ich habe ein solches Glück, hier in Dumfries bei meiner Familie zu sein. Es schaudert mich, wenn ich daran denke, was aus mir geworden wäre, wenn ich in Edinburgh geblieben wäre.«

Marjory gesellte sich zu ihnen und sprach das aus, was Jane insgeheim gedacht hatte. »Du solltest nicht nach Edinburgh zurückkehren. Dein ganzes Leben lang hast du dem König gedient, bis zum Ruin deiner Gesundheit. Deine schweren Pflichten sollten einem anderen übergeben werden.«

»Meine liebe Jory, ich habe mich in Falkirk lange mit dem König unterhalten, wir spüren beide unser Alter. Er beabsichtigt, schon bald eine Kommission von Männern zu ernennen, die Schottland regieren. Einer allein kann das nicht bewältigen.«

»Das ist ja eine großartige Neuigkeit, Mylord, und jetzt solltet Ihr Euch ein wenig ausruhen«, bat Jane.

Jory folgte Jane, als sie das Zimmer verließ. »Ich habe einen

Brief für Elizabeth von ihrem Vater. Bringen wir ihn ihr zusammen?«

Jane betrachtete Jory nachdenklich. Der Ton ihrer Stimme machte klar, daß sie ein wenig Unterstützung benötigte. »Aber gerne komme ich mit.«

Elizabeth war außer sich vor Freude über den Brief ihres Vaters Edward de Burgh, des Grafen von Ulster. Über den Inhalt klatschte sie begeistert in die Hände. »Oh, mein Vater besucht die Bruces in Lochmaben nächste Woche, und er möchte, daß ich ihn dort treffe!«

Jane sah, wie Elizabeths Wangen sich anmutig röteten. »Dafür werde ich ein neues Kleid brauchen«, tat Elizabeth dann atemlos kund.

»Nicht nur eines, Elizabeth, du mußt ein Dutzend neue Gewänder haben«, bestimmte Jory. »Vergiß nicht, daß Robert Bruce der begehrteste Junggeselle von ganz Schottland ist.«

Elizabeth de Burghs Gesicht wurde immer röter, sie schnappte über vor Aufregung. »Ich muß es Maggie und Molly sagen, sie geraten sicher ganz aus dem Häuschen. Jory, begleitest du mich nach Lochmaben?«

»Was für ein Unsinn! Ich habe dir beigebracht, allein zurechtzukommen. Habe ich nicht auch Jane beigebracht, eine erste Lady zu werden? Und jetzt ist es an der Zeit, daß du deine Fähigkeiten unter Beweis stellst, Elizabeth.«

Als das junge Mädchen davonlief, um ihre Zofen zu suchen, blickte Jane mit aufrichtiger Bewunderung zu Marjory hinüber. »Oh, Jory, wie selbstlos und großzügig du doch bist! Ich glaube nicht, daß ich die Kraft hätte, auf mein Glück zu verzichten.«

»Jetzt redest *du* Unsinn. Was glaubst du wohl, wo ich das gelernt habe, Jane, wenn nicht von deinem leuchtenden Vorbild?«

Zu London, in der großen Halle von Westminster, stand William Wallace vor Gericht, es gab eine endlose Liste von Anklagen: Er wurde der Aufwiegelung und des Totschlags beschuldigt, der Tötung alter und junger Männer, von Frauen und Witwen, Kindern und Säuglingen, Priestern und Nonnen.

Da König Edward ihn zu einem Geächteten erklärt hatte, war es Wallace nicht erlaubt, sich zu verteidigen. Das sofortige Urteil lautete Folter und Hängen.

Als Augenzeugenberichte von William Wallaces Hinrichtung Schottland erreichten, schäumten sowohl die Engländer als auch die Schotten vor Wut über solch unaussprechliche Grausamkeiten. Wallaces Körper war auf ein Gestell gespannt und von Pferden durch die ganze Stadt geschleppt worden, von Westminster bis hin zu den Galgen in Smithfield. Dort wurde er mit einer Schlinge um den Hals am Galgen hochgezogen, doch bereits heruntergelassen, als er noch halb am Leben war. Als nächstes wurden ihm die Genitalien abgeschnitten, die Gedärme herausgerissen und in einem Feuer verbrannt, während Wallace noch immer lebte. Das Ende war Köpfen und Vierteilen.

Sein Kopf wurde auf der London Bridge aufgespießt, sein rechtes Bein nach Berwick geschickt, das linke nach Perth, sein rechter Arm nach Newcastle und der linke nach Stirling.

Der Haß auf Edward Plantagenet wurde noch größer nach diesem barbarischen Abschlachten eines tapferen Kriegers, ganz besonders weil der König vielen anderen schottischen Rebellen ihren Verrat verziehen hatte.

Die Kunde des Volkszorns im allgemeinen und der Bruces und Warennes im besonderen mußte Edward erreicht haben – denn ganz unvermutet standen sie nicht mehr in seiner Gunst. Der König schickte John de Warenne eine offizielle Botschaft, in der er vom Posten des Gouverneurs von Schottland abgesetzt wurde; außerdem verlangte Edward von ihm Rechenschaft über die Gelder, die er zu seiner Verfügung gehabt hatte. An seiner Stelle ernannte der König vier neue Hüter der Macht; doch Robert Bruce, der oberste Graf Schottlands, gehörte nicht zu ihnen. Um die Beleidigungen noch schmerzhafter zu machen, setzte König Edward einen neuen Obersten Wächter von Lanark ein und verlangte vom Bruce, Schulden zurückzuzahlen, die sein Großvater vor zwei Jahrzehnten gemacht hatte.

Robert Bruce biß die Zähne zusammen und fragte sich, ob vielleicht irgendwelche Dokumente bei Wallaces Verhaftung ihn belastet haben könnten. Er wußte, daß solche etwaigen Hinweise ein geheimes Bündnis mit dem irischen Grafen von Ulster verhindert hätten. Als dann de Burgh zu seinem versprochenen Besuch in Lochmaben dennoch eintraf, seufzte der Bruce erleichtert auf.

Mit Genugtuung vernahm er, daß der irische Herrscher Edward Plantagenets Behandlung von Wallace verachtenswert und unter aller Würde fand. Der Bruce verlor keine Zeit und schlug seine Verlobung mit Elizabeth de Burgh vor, als Gegenleistung für Ulsters Unterstützung bei seinem Anspruch auf den schottischen Thron.

»Baliol hat das Zeitliche gesegnet, und wir wissen beide, daß die Tage von König Edward gezählt sind. Sein Nachfolger ist für niemanden außer für sich selbst eine Bedrohung«, drängte Robert ihn.

»Ihr werdet gegen Comyn kämpfen müssen. Am Ende bleibt nur noch Ihr beide übrig. Wußtet Ihr, daß er allen Besitz von Baliol einziehen will, weil er mit ihm verwandt ist?«

Der Bruce lachte böse auf. »Ich kann mir nicht vorstellen, daß Edward Plantagenet einer solchen Forderung wohlwollend gegenübersteht.«

Ulster bestätigte das. »Nein, im Augenblick ist auch Comyn in der Gunst des Königs gesunken.«

Als die beiden Männer noch bis in die Nacht hinein konferierten, sah de Burgh, der ein Auge für die Zukunft hatte, daß die Vorteile von Bruces Angebot wesentlich größer waren als die Risiken. Bruce benötigte nicht viel Überredungskunst, um dem mächtigen irischen Grafen eine heimliche Verlobung abzuschwatzen.

Die Dokumente wurden aufgesetzt, und Elizabeth de Burgh fiel bei der mitternächtlichen Zeremonie beinahe in Ohnmacht, als Robert Bruce ihr unter den aufmerksamen Augen ihres Vaters die Ehe versprach.

Am Ende der Woche, als der hohe Gast abreiste, wurde Elizabeth zurück nach Dumfries gebracht, ehe Ulster sie mit nach Hause nähme zu einem Kurzbesuch in ihr geliebtes Irland. Die junge Elizabeth war vollkommen euphorisch, auch wenn Robert eigentlich noch gar nicht begonnen hatte, um sie zu werben.

In Dumfries unterhielten sich Lynx und Robert leise, nachdem die Bewohner des Schlosses sich zur Ruhe begeben hatten. »John sieht aus, als hätte er sich gut erholt; aber nach allem, was er beim Essen gesagt hat, ist er empört über die schäbige Behandlung durch Edward.«

»Zweifellos hat sich einer jener ewigen Intriganten beim König eingeschmeichelt«, schimpfte Lynx, »sicherlich Fitz-Waren – es könnte gut sein, daß er in England ist. Sollte das zutreffen, werde ich ihn finden und umbringen! John und ich haben beschlossen, auf unsere englischen Landsitze zurückzukehren. Wenn Edward uns dann befehlen will, eine Rebellion von dir zu unterdrücken, werden wir weit weg sein von Schottland und können den Ruf zu den Waffen ungehört verhallen lassen.«

»Für mich ist die Zeit reif. Wenn ich jetzt nicht aufbegehre, wird es zu spät sein. Noch nie zuvor war ich bei Edward so schlecht angeschrieben, und zum ersten Mal geht es meinem Feind Comyn ähnlich«, meinte Robert Bruce mit einer gewissen Belustigung.

»Aber warum?«

»Wie gesagt, Comyn beansprucht den ganzen Besitz Baliols.«

Lynx pfiff leise durch die Zähne. »Himmel, das ist eine große Menge an Ländereien und sonstiger Habe – genaugenommen fast die Hälfte von Schottland. Zu schade, daß ihr beide euch nicht gegen Edward verbünden könnt.«

Der Bruce lächelte.

Lynx füllte den Becher seines Freundes noch einmal nach. »Du hinterhältiger Fuchs, was für einen Plan brütest du aus?«

»Comyn hält sich in der Nähe auf, in seinem Schloß in Dalswinton. Ich werde ihm einen Vorschlag zukommen lassen. Jeder von uns beiden wird den anderen unterstützen bei seinem Anspruch auf die Krone. Der Verlierer erhält das Land des Gewinners und seine Schlösser. Was hältst du davon?«

»Das ist brillant! So ein Angebot kann er nicht ablehnen – auf diese Weise gibt es im Grunde keinen Verlierer.«

»Es wird Zeit, daß ich an meine eigenen Interessen denke.«

Lynx grinste und fragte sich, wann, zum Teufel, Robert je etwas anderes getan hatte.

»Leider besteht kein Vertrauen zwischen mir und Comyn. Ich mag mich nicht nach Dalswinton begeben, und er wird nicht nach Lochmaben kommen. Wir brauchen einen neutralen Treffpunkt.«

»Ich lade euch ein, Dumfries zu wählen«, bot Lynx an.

Der Bruce schüttelte den Kopf. »Ich möchte dich nicht in die Sache hineinziehen. Du sollst sicher auf dem Weg nach England sein, wenn wir unsere Vereinbarung unterzeichnen.«

»Und wie steht es mit dem Franziskanerkloster? Ihr beide würdet an dieser frommen Stätte gut aufgehoben sein.«

»Der Vorschlag gefällt mir!« Robert nickte. »Es ist traurig, daß du Dumfries verlassen mußt; aber wenn ich König bin und unsere beiden Länder in Frieden miteinander leben, kommst du vielleicht zurück …«

»Meine Frau und mein Sohn sind Schotten. Keine Angst, eines Tages werden wir wieder hier sein.«

»Ist Jane unglücklich?« fragte Robert betroffen.

»Nein, Gott segne sie, sie folgt mir überallhin – auch wenn der Gedanke an England ihr ein wenig angst macht.«

»Sie hat keine Ahnung, wie prächtig die Besitzungen der de Warennes in England sind?«

»Natürlich nicht, glaubst du etwa, sie hätte mich meines Reichtums wegen geheiratet?«

»Warum sonst hätte sie wohl einen so häßlichen Kerl wie dich nehmen sollen?«

Unbemerkt machte sich Robert Bruce auf den Weg zum Frauenturm und klopfte leise. Als Jory ihm die Tür öffnete, schlüpfte er in ihr Zimmer. »Mein liebes Herz, ich bin gekommen, um mich von dir zu verabschieden.«

Jory sank in seine Arme, fest entschlossen, keine Tränen zu vergießen. Sie wollte, daß er sich immer an ihr strahlendes Lächeln erinnerte. »Robert, mein Liebster, du wirst für immer ein Teil von mir bleiben!«

Es war keine Kleinigkeit, Warennes Ritter aus Dumfries abzuziehen und nach England zurückzukehren. Obendrein hatte John de Warenne seine eigene Truppe nach Surrey zu befördern. Man entschied sich, in Etappen abzuziehen, John und seine persönliche Garde sollten zuerst aufbrechen; ein paar Tage später würden ihm die walisischen Fußsoldaten folgen, und zum Schluß käme Lynx de Warenne, begleitet von seinen Getreuen, Knappen und seiner Familie, an die Reihe.

Jede Armee besaß ihren eigenen Troß mit Pferden, Rüstungen, Waffen und Nahrungsmittelvorräten, der in Teilstrecken von Dumfries zu ihrem Schloß Wigton in der Nähe von Carlisle zog, von dort aus nach Lancaster und Chester, an der walisischen Grenze entlang und weiter zu den gewaltigen Ländereien der de Warennes in Englands Süden.

Lynx schätzte die Dienste seines Verwalters so hoch, daß er Jock Leslie anbot, ihn und seine Familie mitzunehmen. Doch Jock schüttelte den Kopf. »Wir sind Schloßverwalter, Mylord, und werden Dumfries für Euch in Ordnung halten, bis Ihr zurückkehrt.«

»Hört mir zu, das könnte ein ganzes Jahr dauern«, drängte ihn Lynx. »Und Jane wird Euch bitter vermissen.«

»Innerhalb der Familie sind wir übereingekommen hierzubleiben, bis auf Keith. Er kann es nicht ertragen, sich von den Pferden zu trennen!«

»Jane ist begeistert, daß Keith mit uns kommen will; und sie redet schon davon, einige ihrer älteren Neffen und Nichten mitzunehmen zur Ausbildung in England …«

Da schmunzelte Jock. »Das würde ohne Zweifel nur über Megottas Leiche möglich sein!«

Jory de Warennes persönlicher Besitz füllte einen ganzen Wagen, und Jane war vom Morgen bis zum Abend damit beschäftigt, Haushaltsgegenstände, ihre Kleidung und Lincoln Roberts Kindersachen einzupacken. Soeben überredete sie Grace Murray, sich ihnen anzuschließen. Die Kinderfrau fürchtete sich vor England und den Engländern – doch sie hatte den kleinen Lord so fest in ihr Herz geschlossen, daß ihr Leben ohne ihn öd und leer wäre.

Drei Tage nach John de Warenne machten sich Lynx' walisische Bogenschützen auf ihren langen Marsch, und wiederum drei Tage später würden seine Ritter und seine Familie folgen. In der Tat eilte es: der Bruce ließ Lynx wissen, daß er sich mit Comyn getroffen hatte und daß ihr gemeinsames Abkommen unterschrieben war.

Als Jane an diesem Abend das Baby gebadet hatte, half Lynx ihr dabei, das Kind ins Bett zu bringen. »Wir müssen beide Wiegen mitnehmen und seine Badewanne, oh, und erinnere mich daran, daß ich Thomas bitte, einen Platz für unseren eigenen Zuber zu finden.«

Lynx stöhnte auf. »Wenn du noch mehr Gepäck aufladst, werden wir im ersten Moor versinken, das wir überqueren müssen. Glaubst du etwa, daß es in England keine Badewannen gibt?«

Jane stellte sich auf die Zehenspitzen und schlang ihre Arme um seinen Hals. »Die Badewannen sind es ja auch nicht – ich werde meinen Waldsee vermissen. Begleitest du mich morgen noch ein letztes Mal dorthin?«

Lynx liebte sie viel zu sehr, um ihr irgendeinen Wunsch abzuschlagen.

# 36

Nach Falkirk begann Fitz-Warens Glück sich zu wenden. Montieth mied ihn, und deshalb verkroch er sich in einem Versteck, um von dort aus Wallace zu verraten. Der Befehl zu Fitz-Warens Verhaftung, den sein Vater ausgestellt hatte, hinderte ihn daran, zurück zur Armee zu gehen; zusätzlich bewirkte er, daß sich seine eigenen Offiziere gegen ihn stellten. Um ihre Hälse zu retten, waren sie bereit, ihn dem Gouverneur auszuliefern und all seine Machenschaften zu verraten.

Da auch seine finanziellen Mittel schwanden, kochte der Haß auf die de Warennes in seinem Blut. Er besaß große Schätze in Torthwald, doch als er sich dorthin begab, fand er die Ritter von Lynx de Warenne vor dem Tor. Unverzüglich reiste er nach Edinburgh zurück, versteckte sich in der Stadt und änderte sein Quartier ständig, bis ihm das Geld ausging; dann schlich er verloren im Schutze der Nacht um das Schloß, schließlich stahl er Nahrung aus der Küche und schlief im Stall.

Die Wachen seines Vaters machten es Fitz-Waren unmöglich, sich ihm zu nähern, und als er von Johns angeschlagener Gesundheit erfuhr, wünschte er inbrünstig, das alte Schwein würde endlich abkratzen. Fitz-Waren hörte auch, wie die Diener des Schlosses von den immer mehr nachlassenden Kräften des Königs sprachen – also waren die Tage Edward Plantagenets ebenfalls gezählt. Ein Hoffnungsfunke erwachte in seinem kranken Gehirn. Fitz-Waren beschloß, sich auf die Zukunft zu konzentrieren. Es dürfte nicht allzu schwer sein, die Freundschaft des Prinzen von Wales zu erringen. Wenn er bei dem jungen Edward in der Gunst stand, könnte es durchaus geschehen, daß ihm der neue König die Grafschaft Surrey übertrug. Vorausgesetzt natürlich, daß John und Lynx de Warenne nicht mehr existierten …

Als John de Warenne nach Dumfries reiste, folgte Fitz-Waren ihm und fand einen Unterschlupf in der Nähe, im Wald von Selkirk. Die Sommernächte waren warm, und es gab so viel Wild, daß er nicht mehr brauchte als sein Messer und einen Jagdbogen, den er sich aus dem Ast einer Lärche geschnitzt hatte. Fitz-Waren hielt die Augen offen und wartete ab – er war besessen von dem Gedanken an Mord.

Lynx hob Jane vor sich in den Sattel, und sie ritten zusammen hinaus, um sich von dem wunderschönen Zuhause zu verabschieden. Als sie langsam am Ufer des Flusses Nith entlangtrabten, deutete Jane auf ein Paar wendiger Otter, die durch das Wasser glitten, und Lynx zog die Zügel an, damit sie sie beobachten konnten, wie sie aus dem Wasser kamen und sich durch das hohe Ufergras schlängelten.

Jane lehnte sich gegen seine breite Brust und genoß das Gefühl seiner Muskeln, die wieder eisenhart waren. Lynx schlang die Arme um ihre Taille, dann wendete er das Pferd und lenkte es auf den Wald zu. Ein aufgeschrecktes Reh jagte pfeilschnell zwischen den Bäumen hindurch. »Dein Pferd hat ihm angst gemacht, wir hätten zu Fuß gehen sollen«, meinte Jane.

»Dann wäre mir aber das Vergnügen entgangen, mit dir zwischen meinen Schenkeln zu reiten.«

Jane warf einen Blick über die Schulter. »Normalerweise machen wir es aber andersherum.«

Lynx, der bereits erregt war, fühlte, wie sein Körper auf ihre Worte reagierte.

Jane konnte nicht widerstehen, ihn zu necken. »Wenn du heiß und verschwitzt bist, Mylord, wird es dir sicher guttun, ein wenig zu schwimmen.«

»Ach, verzichten wir doch heute auf das Schwimmen!« bettelte er, als sie an ihrem Ziel anlangten.

»Aber mein liebster Lord, wenn du nicht schwimmen möchtest, gibt es auch keinen Grund, sich zu entkleiden«, zierte sie sich.

Lynx stieg ab, dann hob er sie aus dem Sattel und ließ sie ganz langsam an seinem Körper entlanggleiten. »Gibt es den wirklich nicht, meine Liebste?«

Ihre Grübchen zeigten sich. »Es sei denn, du findest einen ...«

Lynx entkleidete sie Stück für Stück, dabei genoß er das sich steigernde Verlangen nach ihr. Er küßte jeden Teil ihres Körpers, den er entblößte und dem warmen Sonnenschein darbot; dann machte Jane das gleiche mit ihm, als er sich seiner Kleider entledigte. Ihre Leidenschaft flammte auf, angefacht von der Seligkeit, sich draußen unter freiem Himmel zu lieben, in ihrem ganz privaten Paradies.

Lynx streckte sich im hohen Gras aus, zwischen duftenden Wildblumen; er zog sie zu sich herab, so daß sie fast verborgen waren in dem duftenden Grün, das am Ufer des Waldsees so üppig wuchs und sie im leichten Sommerwind umwehte.

»Ich liebe dich«, versicherte er ihr zwischen seinen Küssen.

»Wann hast du entdeckt, daß du mich liebst?« flüsterte Jane, weil sie es immer und immer wieder hören wollte.

»Ich habe dich schon immer geliebt«, beteuerte er.

»Lügner«, erhielt er zur Antwort. »Du hast mich nicht einmal bemerkt, bis ich von Jory lernte, wie ich dich eifersüchtig machen konnte. Gestehe die Wahrheit, es war erst die vollendete erste Lady, in die du dich verliebt hast.«

Lynx küßte sie voller Leidenschaft, dann hielt er ihren Blick gefangen. »Möchtest du wirklich die Wahrheit wissen? All die weiblichen Tricks, die Jory dir beigebracht hat, haben mein *Verlangen* nach dir geweckt, meine *Lust*; aber es war dein süßes Wesen, das die Liebe in mir wachrief. Als ich todkrank und hilflos war, hast du mir alles gegeben ... nichts für dich selbst behalten. Das war der Augenblick, als ich mich hoffnungslos, endgültig in dich verliebte.«

Janes Herz floß über. »Hm, Liebe und Lust, was für eine herrliche Kombination«, murmelte sie und schmiegte sich an ihn, bot ihm ihre Lippen, so daß Worte nicht mehr nötig beziehungsweise möglich waren.

Versteckt hinter einer dichten Wand aus Blättern, beobachtete Fitz-Waren die Liebenden mit bösem Blick. Der Haß, den er auf Lynx de Warenne hegte, floß wie Gift durch seine Adern. Hier lag die Wurzel all seines Elends, wegen diesem Blender lehnte sein Vater ihn ab, hatte er die Gunst der anderen verloren; der elende Verwandte war schuld an seinen Qualen! Fitz-Waren verfluchte das Pech, daß sein verhaßter Cousin seinem wagemutigen Angriff entkommen war und überlebt hatte. Nicht nur lebte er noch, der Sohn einer Dirne gedieh obendrein und genoß das Leben in vollen Zügen!

Das hohe Gras behinderte Fitz-Warens Blick, aber er hörte jedes Wort, Rascheln, leidenschaftliches Stöhnen. Er beherrschte seine Ungeduld, diesmal durfte er nicht versagen! Deshalb umfaßte er den Bogen und den Pfeil fester, rückte sich zurecht und wartete.

Lynx schüttelte die herrliche Mattigkeit ab, die ihn in der warmen Nachmittagssonne ganz benommen machte. »Bist du wach, meine Liebste?«

»Hm, ich beobachte hier etwas im Gras, das ich noch nie zuvor gesehen habe.«

»Und was ist das?« fragte er und konnte dem Wunsch nicht widerstehen, mit der Hand über ihren nackten Hintern zu fahren und sie dann darauf liegen zu lassen.

»Es ist ein Paar wunderschöner Schlangen, die sich paaren, und es sieht absolut faszinierend aus.«

Die Schlangen berührten einander, umklammerten und liebkosten sich, bewegten sich langsam in einem sinnlichen Tanz von Nähe, Umarmung, Streicheln und Liebkosen.

»So möchte ich dich auch lieben«, flüsterte Lynx.

»Das tust du ja«, entgegnete Jane.

»Bin ich wirklich so gründlich?«

»Ich denke schon … immerhin hast du mir wieder ein Baby gemacht.«

Lynx sah sie benommen an. »Janie ... du solltest nicht nackt im Wald herumsitzen.«

Sie stand auf und warf ihre zerzausten Locken zurück. »Ich will und ich werde«, schwor sie lachend. »Und wage es nicht, mir wieder das Reiten oder Schwimmen zu verbieten!« Anmutig glitt sie ins Wasser und blickte über ihre Schulter zurück, weil sie wußte, daß er ihr folgen würde. Sie war bis zur Brust im Teich, als sie hörte, wie er laut aufjubelte; übermütig wollte sie winken.

Plötzlich sah sie, wie ein Mann hinter den Büschen hervorkam und einen Langbogen spannte. »Lynx!« Der warnende Schrei drang über ihre Lippen, und ihre Augen weiteten sich entsetzt.

Lynx wirbelte im selben Augenblick herum, als der tödliche Pfeil an ihm vorüberflog und ihn nur knapp verfehlte. Er wußte, daß der Pfeil ein anderes Ziel gefunden hatte, als er Janes Schmerzensschrei vernahm. Er erkannte den fliehenden Wurm Fitz-Waren – doch Jane machte es ihm unmöglich, ihn sofort zu verfolgen. Lynx' Magen verkrampfte sich vor Grauen, als Jane unter die Wasseroberfläche sank.

Lynx sprang ihr nach und tauchte dort unter, wo sich das Wasser kräuselte. Panik ließ sein Herz schneller schlagen, und seine Furcht wollte ihn überwältigen, als er sie in dem trüben Wasser nicht finden konnte. Er kam an die Oberfläche, um Luft zu holen, dann tauchte er abermals ab. Endlich entdeckte er ihren leblosen Körper in den Schlingpflanzen und näherte sich ihr.

Seine kräftigen Arme schlossen sich um sie, und er stieg mit ihr an die Oberfläche. Als sie sich aus dem Wasser erhoben, sah er, daß der lange Pfeil in ihrer Schulter steckte. Lynx wußte, daß eine solche Wunde nicht tödlich war, doch Jane atmete nicht mehr. Hastig trug er sie ans Ufer, brach den Schaft des Pfeiles ab und legte sie vorsichtig ins Gras. Er bückte sich zu ihr und hauchte ihr seinen Atem ein.

Jane begann zu husten und Wasser zu spucken, dann öffnete sie die Augen. In dem Moment, als sie das Bewußtsein wiedererlangte, verspürte sie einen solchen Schmerz, daß sie aufschrie.

»Gott sei Dank, Gott sei Dank«, murmelte Lynx. »Jane, du mußt tapfer sein, während ich dich zurück ins Schloß bringe. Ich weiß, es tut weh, aber es wird alles wieder gut, meine Allerliebste!« Er schlüpfte in seine Hosen und wickelte sie dann in ihr Gewand. Sein Hengst stampfte mit den Hufen, schnaubte und rollte seine Augäpfel; doch Lynx ergriff mit fester Hand die Zügel und sprach leise auf ihn ein. Das unruhige Tier tänzelte weg von ihm, doch es gelang ihm, es zu beruhigen; dann stieg er auf und schlang einen Arm um seine kostbare Last.

Fitz-Waren war nicht der einzige Beobachter am Waldsee. Grüne Augen blickten durch das dichte Laub und lauerten unbewegt dem Mann auf, der hinter einem Baum hockte. Es war ein Meister der List, reglos, mit aller Zeit der Welt. Der Luchs starrte den Menschen an, ohne die Wimpern zu bewegen, als sei er hypnotisiert. Er leckte sich die Lefzen, sein Appetit war geweckt auf das Fleisch, das seinen nagenden Hunger stillen würde. Er ließ die Augen nicht von seinem Opfer, verlagerte sein Gewicht, während er sich zum Sprung duckte.

Als Fitz-Waren seinen Pfeil abschoß und das falsche Ziel traf, lähmte ihn sein Fehler vorübergehend. Er sah, daß Lynx de Warenne ihn erkannt hatte – demgemäß war ein Entkommen unmöglich, falls dieser Dummkopf sich nicht entschied, zunächst einmal seiner Frau zu helfen. Fitz-Waren floh in Panik, doch als er den Waldweg entlangraste, konnte er hören, daß ihm jemand durch die Büsche folgte. Er rannte schneller, verzweifelt merkte er, daß sein Verfolger immer näher kam.

Fitz-Waren hatte das Gefühl, als würden seine Lungen in Flammen stehen, und sein Herz wollte schier bersten. Nun hatte er keine andere Wahl mehr, als um sein Leben zu kämpfen. Er zog sein Messer aus der Scheide und wandte sich kampfbereit um. Was er sah, ließ ihm die Augen aus dem Kopf treten. Es war nicht Lynx, den er erwartet hatte, aber dennoch ein Luchs! Die Wildkatze befand sich in vollem Lauf, und als er sich vor ihr beinahe wie in Hypnose aufrichtete, sprang sie auf ihr Opfer los.

Bei dem Aufprall entglitt Fitz-Waren das Messer, und ihm blieb der Atem stehen, als er zu Boden stürzte. Fitz-Waren fürchtete, den Verstand zu verlieren, als die Krallen des Luchses seine Kleidung zerrissen und die großen Zähne sich in seinen Hals gruben. Er schrie, Blut floß aus den Wunden, die die Zähne gerissen hatten, und er sah voller Entsetzen, wie der Luchs das Blut genüßlich aufleckte. Die unheimliche Ähnlichkeit der grünen Augen und des lohfarbenen Fells jagten Fitz-Waren einen eisigen Schauer über den Rücken – nun erkannte er, daß die Wildkatze mit ihm spielen würde, ehe sie zum Todesbiß ansetzte.

»Hol Megotta«, schrie Lynx Keith zu, als der Junge ihm das Pferd abnehmen wollte. Taffy flog über den Hof und öffnete weit die Tore. Als Lynx Jane in das Schloß trug, befahl er: »Nehmt alle Ritter, reitet in den Wald und ergreift Fitz-Waren!«

Als Marjory die beiden erblickte, die voller Blut waren, schrie sie entsetzt auf.

»Sie wird es überleben, Jory. Es ist nur ein Pfeil – hol heißes Wasser und den Arzneikasten.« Lynx trug Jane nach oben und bettete sie behutsam, damit er die Wunde untersuchen konnte. Der Pfeil war tief in die Schulter eingedrungen; doch erleichtert stellte er fest, daß er keine metallene Spitze hatte.

Janes Gesicht war kreidebleich, sie biß sich auf die Lippen, um ihr Stöhnen zu unterdrücken. »Du mußt jetzt sehr tapfer sein, meine Kleine, während ich den Rest herausziehe.«

Sie nickte, sie vertraute diesem Mann mehr als allen anderen – er würde es schaffen.

Lynx zog sein Messer aus der Scheide und kniete sich neben sie. Wenn sich der Pfeil nicht bewegte, würde er ihn herausschneiden müssen. »Schrei ruhig, Jane, du brauchst es nicht zurückzuhalten!« Er mußte grausam sein, um ihr zu helfen. Die Schmerzen taten ihm selbst bitter weh; doch er war sicher, daß sie die Verletzung überleben würde. Trotzdem machte sich Lynx Sorgen, daß sie durch den Schock ihr Baby verlieren könnte.

Mit sicherer Hand und kräftigen Fingern packte er das Geschoß und zog daran. Es war glatt vom Blut, und Lynx fühlte, wie seine Finger abrutschten. Er packte fester zu und zog noch vehementer. Mit einem saugenden Geräusch glitt der Pfeil heraus, und das Loch füllte sich sofort mit Blut. Er sah Tränen über Janes Gesicht rinnen; doch hatte er sich so sehr auf seine Aufgabe konzentriert, daß ihr Schreien ihm völlig entgangen war.

Jory stand mit heißem Wasser neben ihm, und Lynx badete Janes Schulter; vorsichtig streute er zu Puder gestoßene Schafgarbe in die Wunde und verband sie dann. »Ich habe nach Megotta geschickt, sie wird dir Mohn geben gegen den Schmerz.«

Erschrocken zuckte Jane zusammen. »Nein! Es könnte dem Baby schaden.«

Lynx strich zärtlich mit dem Finger über ihre Wange – ihre Fürsorglichkeit überraschte ihn nicht. »Ich liebe dich, Janie.« Er drückte ihr einen Kuß auf den Scheitel; dann winkte er Jory zu, ihm aus dem Zimmer zu folgen.

»Ist Jane wieder schwanger?«

»Ja, und paß bitte gut auf sie auf. Ich habe noch etwas zu erledigen.«

Thomas wartete mit einem frischen Pferd im Schloßhof. Lynx zog das Wams über, das sein Knappe ihm reichte, dann führte er die Männer in den Wald, in Richtung Waldsee. Es dauerte nicht lange, bis sie die grausige Entdeckung machten. Fitz-Warens Hals war aufgerissen, ein riesiges Stück Fleisch fehlte. Lynx bückte sich nach dem Leichnam.

»Ich werde ihn übernehmen, Mylord«, bot sich Thomas an.

»Nein, das ist meine Aufgabe.« Lynx' Miene war ganz und gar versteinert. »Keinesfalls wird er in der Nähe von Janes Waldsee begraben.«

De Warenne und seine Ritter wollten ursprünglich am nächsten Tag losreiten, doch jetzt verzögerte sich dieses Vorhaben. Jane versicherte ihm, daß es ihr gut genug gehe, um zu reisen; doch Lynx verordnete ihr ein paar Tage Ruhe – es bestände kein Grund zur Eile. Dann geschahen jedoch schicksalhafte Ereignisse, die zeigten, daß Lynx de Warenne sich geirrt hatte.

Robert Bruce ritt mit zwei Begleitern wie der Teufel in den Schloßhof von Dumfries. Lynx, der sah, daß sein Freund grau im Gesicht war und aufgeregt, argwöhnte Böses. Der Bruce weigerte sich, einzutreten, ja weigerte sich sogar, vom Pferd zu steigen. »Ich habe keine Zeit! Warum, um alles in der Welt, bist du noch hier?« bellte er.

»Jane war nicht in der Lage zu reisen«, erklärte Lynx knapp. »Was ist geschehen?«

»Comyn hat mich betrogen. Er hat unseren Bündnisvertrag an Edward Plantagenet geschickt. Wir konnten seinen Botschafter mit den belastenden Dokumenten abfangen!«

»Himmel, er muß sich jetzt wohl selbst den Tod wünschen!«

»Sein Wunsch ist bereits erfüllt! Soeben habe ich ihn am Hochaltar im Kloster erstochen.«

»Dieser Judas – was hast du jetzt vor?«

»Ich reite sofort nach Scone, um mich krönen zu lassen. Es gibt keine Alternative, sie werden mich sonst wegen Hochverrats köpfen.«

»Du hast Comyn auf geheiligtem Boden getötet – du brauchst Absolution!« erklärte Lynx heftig.

»Die Kirche steht auf meiner Seite. Mach dir um mich keine Sorgen, mein Freund, kümmere dich um deine eigene Sicherheit. Du mußt Schottland noch heute verlassen!« Er wirbelte sein Pferd herum und galoppierte davon. Lynx stand wie angewurzelt da und starrte ihm nach. Irgendwie war ihrer beider Schicksal auf eigenartige Weise miteinander verknüpft. Ihrer beider Feinde hatten nur wenige Stunden nacheinander den Tod gefunden.

»Es gibt nun eine kleine Änderung unserer Pläne«, teilte Lynx Jane und seiner Schwester mit. »Wir reisen noch heute ab; aber ich denke, der Ritt ist zu beschwerlich für dich und Lincoln Robert. Ich schicke dich mit dem Schiff von Solway die Küste hinunter nach Chester. In einer Woche werden wir uns dort wieder vereinen.«

Sowohl seine Frau als auch seine Schwester protestierten, doch Lynx blieb unerbittlich. Er nahm Jory zur Seite und erklärte ihr alles, weil er auf ihr Verständnis hoffte. »Ich weiß, daß du reiten und mit meinen Rittern mithalten kannst; aber Jane kann das nicht, und dann haben wir schließlich auch noch Grace Murray und das Baby. Ich möchte, daß du dich ihnen anschließt und für mich auf Jane aufpaßt.«

»Du hast recht. Es wird wirklich weniger anstrengend sein per Schiff. Mach dir um Jane keine Sorgen. Ich bin ein perfekter Matrose und werde gut für sie sorgen.«

Als Lynx zu ihr zurückkam, legte Jane ihm eine Hand auf den Arm. »Lynx, irgend etwas stimmt doch nicht. Erst gestern hast du mir versichert, daß wir uns nicht sputen müssen.«

Er sah ihr in die Augen und begriff, daß sie ein Recht auf die Wahrheit hatte. »Es ist der Bruce – er reitet gerade nach Scone, um sich die Krone zu holen. Wenn wir in Schottland bleiben, können wir in einen Hochverratsprozeß verwickelt werden.« Er strich über ihre Hand. »Was auch immer geschieht, sag nichts davon Jory. Du kennst ihre Spontaneität – der Himmel allein weiß, was ihr einfiele – zumindest würde sie sich so große Sorgen machen, daß sie krank wird.«

»Jory kann damit umgehen; sie ist sehr stark.«

»Störrisch«, korrigierte er.

Jane stellte sich auf die Zehenspitzen, um ihn zu küssen. »Das liegt in der Familie.«

Besitzergreifend legte er den Arm um sie, jedoch bedacht, ihre Schulter zu schonen. »Sobald du an Bord bist, solltest du dich ins Bett legen. Ich mache mir solche Sorgen – wegen allem! Verflixt und zugenäht, du solltest jetzt nicht unterwegs sein.«

»Wir werden es alle schaffen, das verspreche ich dir.«
»Ich sollte wirklich bei euch sein«, murrte er.
»Nein, Lynx, du weißt, daß du zu deinen Männern gehörst. In nur einer Woche treffen wir bereits in Chester ein.«
»Dann werde ich wenigstens dafür sorgen, daß Thomas und Taffy mit euch segeln.«
»Oje, da werden sie ganz schön fluchen!«

Zwei Stunden später, als sie die Segel gesetzt hatten, hing Jory schon über der Reling und erbrach alles, was sie an diesem Tag zu sich genommen hatte. Jane geleitete sie hinunter in ihre Kabine und wusch ihre Hände und ihr Gesicht mit Rosenwasser. »Ich möchte, daß du dich hinlegst, und dann verabreiche ich dir ein wenig Wiesenknöterich – er wirkt Wunder, wenn einem übel ist.«
Jory stöhnte auf. »Dabei soll doch ich auf dich aufpassen!«
»Das wirst du auch. Der Wiesenknöterich wird deinen Magen sofort beruhigen.«
Nach einer halben Stunde war Jory nicht mehr grün im Gesicht. Jane schloß ihren Medizinkasten und setzte sich ihr gegenüber. »Also, was habe ich dir prophezeit?«
»Jane, warum ist dir denn nicht übel geworden? Bist du wirklich sicher wegen der neuen Schwangerschaft?«
»Absolut ... meine monatliche Blutung hat aufgehört, meine Brüste sind außergewöhnlich empfindlich, und ich muß alle fünf Minuten Wasser lassen.«
»Ah«, meinte Jory, und ihre Mundwinkel hoben sich zu einem zufriedenen Lächeln.
Jane betrachtete einen Augenblick ihre verzückte Miene. »Jory ... du bist doch nicht etwa ...?«
»... auch in guter Hoffnung«, flüsterte Jory glücklich.
»Oh, meine Liebe, Lynx hatte wirklich recht, du bist unberechenbar.«
»Wage es nicht, ihm etwas davon zu verraten. Ich möchte mein

Geheimnis so lange wie möglich für mich behalten, ehe all das Schimpfen und Toben anfängt.«

»Weiß Robert Bescheid?«

»Natürlich nicht. Sein Schicksal liegt auf dem einen Weg, das meine auf einem anderen; aber jetzt wird ein Teil von ihm mich immer begleiten.«

Eine Woche später, als Lynx de Warenne mit seiner Truppe in Chester anlangte, lief Jane, die schon eifrig Ausschau nach ihm gehalten hatte, zur Begrüßung hinaus.

Mit besorgtem Blick betrachtete er die kleine Gestalt von Kopf bis Fuß, und an ihrem strahlenden Gesicht sah er sofort, daß mit ihrer Schwangerschaft alles in Ordnung war. Er glitt aus dem Sattel und zog sie in die Arme. »Wie geht es deiner Schulter, Liebes?«

»Sie heilt gut, aber es tut noch ein bißchen weh, verflixt! Ich wollte mich in deine Arme werfen, damit du siehst, wie sehr ich dich vermißt habe!«

Er preßte seine Lippen auf ihre und war beglückt über ihre sinnliche Reaktion. »Hm, ich sollte dich wohl öfter verlassen, wenn mich danach ein solches Willkommen erwartet.«

»Du Halunke – jetzt mußt du aber unsere Gemächer besichtigen. Ich hatte keine Ahnung, daß das Schloß so herrlich ist.«

»Warte, bis du erst die hiesige Kathedrale siehst. Dort werde ich nämlich heute mit dir hingehen. Ich habe meinen Eheschwur ja noch nicht selber abgelegt.«

Jane, die das Gewand aus rosafarbener Lammwolle trug, das Lynx so gern an ihr sah, stand vor dem Hochalter, während ihr geliebter Gatte seinen Eheschwur leistete. Bevor sie die Kathedrale wieder verließen, sah Jane sich verwundert um. »Das ist wirklich ein prachtvolles Bauwerk!«

»Fühlst du dich jetzt richtig verheiratet mit mir?«

Andächtig blickte sie zu ihm auf. »Ja, jetzt bin ich endgültig Lady Jane de Warenne.«

Lynx konnte dem Wunsch nicht widerstehen, sie ein bißchen aufzuziehen. »Jetzt, wo du in England bist, wirst du dich leider immer wie eine Lady benehmen müssen. Hier schwimmen Damen nicht völlig entblößt und rennen auch nicht ohne Kleider durch den Wald … dies ist ein zivilisiertes Land.«

Jane verbarg ihr Lächeln vor ihm. Dieses Spielchen fand sie sehr nett.

Lynx de Warennes Ritter und diejenigen des Grafen von Chester genossen ein Hochzeitsessen in Chesters gewölbter Speisehalle. Das jungverheiratete Paar durfte sich bald in seine Gemächer zurückziehen – aber Jane schien zu zögern, ihr gefielen offensichtlich der Wein und die Musik. Sie verbarg ihre Belustigung, als Lynx' Hinweise, endlich mit ihr hinaufzugehen, von Minute zu Minute drängender wurden. Nachdem sie ihn eine Stunde hatte zappeln lassen, beschloß sie, ihn von seiner Qual zu befreien.

»Sollen wir die Männer ihrem Würfelspiel überlassen?« schlug sie mit umflortem Blick vor, worauf Lynx vor Erleichterung zu strahlen begann. Jane lächelte wie eine Sphinx, sie war noch nicht fertig mit ihm!

Als sich die Tür zu ihren Gemächern hinter ihnen geschlossen hatte, schmiegte sich Jane in seine Arme. »Lynx, mein Geliebter, danke, daß du Blanchette mitgebracht hast! Ich habe meine wunderschöne weiße Stute ganz besonders gern, aber natürlich weiß ich, wie strikt deine Vorschriften sind, wenn ich schwanger bin.« Sie löste sich aus seinen Armen und trat ein paar Schritte zurück. »Hiermit verspreche ich dir, jede einzelne von ihnen zu beachten: ich werde nicht reiten, nicht mit dir schlafen und mich in keiner Weise überanstrengen.«

*Nicht mit dir schlafen?* Lynx sah sie mißtrauisch an, um zu prüfen, ob sie das ernst meinte. Es schien so …

»Jetzt, wo ich Lady de Warenne bin, sollst du auch stolz auf mich sein können. Ich habe gelernt, die Laute zu spielen, und kann Schach, um dich an einem langen Winterabend zu unterhalten. Laß mich es dir zeigen«, bat sie eifrig.

»Aber es ist doch nicht Winter«, wehrte er unglücklich ab.

»Bitte, spiel mit mir«, flehte sie herzergreifend.

Ihre Worte verwirrten ihn. Lynx setzte sich zögernd hin und rückte den engen Stoff seiner Hose zurecht. Dabei ließ er seine hinreißende Gemahlin nicht aus den Augen; er blickte kaum auf das Spielbrett, während er unaufmerksam die Figuren hin und her rückte.

»Lynx, langweile ich dich etwa?« fragte sie nach einer Weile mit unschuldigem Augenaufschlag.

»Nein, mein Schatz, aber warum machen wir das Spiel nicht ein wenig interessanter und spielen um Pfänder?«

»Ganz, wie du möchtest, Liebster!«

Es dauerte nur Sekunden, da hatte er die erste ihrer Figuren erobert – Jane zog einen seidenen Schuh aus und reichte ihn hinüber.

»Ah, nein, meine Süße; ich darf das Pfand selbst wählen.« Seine grünen Augen blitzten. »Ich möchte dein Gewand haben, es ist mein Lieblingskleid.«

Sehr zögernd und bedächtig öffnete Jane die Knöpfe und zog das rosafarbene Gebilde aus. Ihre Bewegungen waren so herausfordernd und verlockend, daß Lynx Verdacht schöpfte. Dieses kleine Biest erlaubte sich ein gewagtes Spiel, wenn er sich nicht irrte! Absichtlich machte er einen falschen Zug mit einem seiner Springer und schaute unbewegt zu, wie sie ihn eroberte.

»Ich habe verloren«, erklärte er resigniert. »Nimm dein Kleid zurück!«

Jane starrte ihn entsetzt an. »Aber das will ich doch gar nicht«, platzte es aus ihr heraus.

»Englische Ladys spielen nicht Schach im Evaskostüm«, näselte er.

»Das ist ja kein Evaskostüm, immerhin habe ich noch mein Hemd an.«

»Aber nicht mehr lange!« Er versuchte sie zu packen, doch sie entwich ihm und tänzelte durch den Raum.

Als er begann, sie zu verfolgen, zog er sein Wams aus und dann den Rest seiner Kleidung, warf alles beiseite und rückte ihr auf den Leib. Und gerade als Jane glaubte, sie sei ihm entkommen, sprang er herzu und zog sie auf den dicken Teppich. Dann schob er sich über sie und hielt sie unter sich gefangen; er streifte ihr das Hemd ab und rieb sein hart aufgerichtetes Glied über ihre Brüste und ihren Bauch.

»Lord de Warenne, wißt Ihr denn gar nichts von Selbstbeherrschung?«

»Lady de Warenne, wenn es um Euch geht, vergesse ich sie!«

Jane bog den Rücken durch, sie hob ihm ihren Körper entgegen, unfähig, noch eine Sekunde länger auf seine Liebe zu warten. Und als er dann tief in sie eingedrungen war, leckte er jeden Zentimeter ihrer Haut ab, bis sie sich unter ihm wand. Ihre Körper waren so perfekt aufeinander eingestimmt, daß sie zusammen den Höhepunkt erreichten, und Jane schrie auf vor Leidenschaft, als er sich in sie ergoß. Sie klammerte sich an ihn, liebte es, sein Gewicht zu spüren, seinen Duft einzuatmen und diesen kräftigen, sonst so disziplinierten Krieger zu umarmen.

»Was für eine Schande, dieses wunderschöne Himmelbett zu mißachten«, flüsterte sie träumerisch.

»Ich habe nicht die Absicht, es zu mißachten; denn nun kommen Dinge an die Reihe, bei denen man die Intimität von Bettvorhängen braucht«, stellte er in Aussicht.

Später, als sie auf der großen Bettstatt lagen, berührten sich die Liebenden zärtlich, küßten einander und flüsterten sich heiße Schwüre zu. Lynx nahm den Talisman in die Hand, der zwischen Janes Brüsten hing, und blickte darauf. »Vielleicht schützt dich der auf magische Weise?«

»Ich habe mich schon oft gefragt, ob du und mein Luchs nicht ein und derselbe seid«, murmelte Jane. »Kannst du deine Erscheinung verändern, bist du mal ein Mann und mal ein Raubtier?«

»Was immer du dir wünschst«, brummte er und leckte mit seiner rauhen Zunge über ihren Hals.

Später, nachdem sie alle Wogen der Lust durchritten hatten, sah Lynx ihr tief in die Augen. »Jane, wirst du mich immer so lieben wie in der heutigen Nacht?«

Sie legte ihre Lippen auf seine und schwor feierlich: »Ich will, und ich werde!«

# Anmerkungen der Autorin

Bruce wurde als König Robert I. in Scone von den Bischöfen von Glasgow, St. Andrews und Moray gekrönt, den mächtigsten Kirchenmännern Schottlands. Der Norden erhob sich gegen Edward Plantagenet und unterstützte das neue Oberhaupt. Sechzehn Grafen aus Perthshire, jeweils zwölf aus Angus und Fife, jeweils elf aus Aberdeen, Banff und Moray, sechs aus Lennox, jeweils vier aus Stirling und Argyll und einer aus Dunbarton erklärten sich solidarisch mit Bruce.

Robert heiratete Elizabeth de Burgh, die Tochter des Grafen von Ulster, und ihre Verbindung hielt fünfundzwanzig Jahre.

Aber erst in der entscheidenden Schlacht von Bannockburn, im Jahre 1314, gewann König Robert Schottlands Unabhängigkeit und Freiheit.